Der Zorn des Purpurdrachen

von Susanne Gavénis

Fantasy-Roman

Impressum

Deutsche Erstveröffentlichung

Covergestaltung: Susanne Gavénis

Coverbild: adobe stock, „warrior and a dragon“ von laslolf, Nr. 107005530

https://susanne-gavenis.de

https://www.facebook.com/susannegavenis

Inhalt

Prolog

Mit vor Trauer blutendem Herzen und tränenverschleiertem Blick flog Alanerisk ziellos über den vernarbten Kontinent hinweg. Früher hätten sich auf einem solchen Flug schier endlose üppige Wälder, blumenübersäte Wiesen und hoch im Korn stehende Felder unter dem großen, smaragdfarbenen Drachen erstreckt, doch heute gab es auf dem Kontinent kein einziges Fleckchen Grün mehr, sondern nur noch schwarz verglaste Einöden, ein düsteres Mahnmal dafür, welch urgewaltige Macht dem Drachenfeuer innewohnte - und welchen Schaden es anrichten konnte, wenn der Wille, der es lenkte, nicht mehr länger von Mitgefühl und Güte geleitet wurde.

Noch nicht einmal ein Jahr dauerte der Krieg zwischen den Drachen bisher an, nicht einmal ein Jahr war es her, seit Kodorask und sein unheiliger, tausendfach verfluchter Clan damit begonnen hatten, die Menschen, die ihrem Schutz anvertraut gewesen waren, abzuschlachten, sie wie Tiere zu jagen und in der lodernden Glut ihres Feueratems zu Asche zu verbrennen; seit sie wie finstere Dämonen aus dem Himmel herabgestoßen waren, ihre Weiden und ihr Vieh in Brand gesteckt und die bröckligen Lehmmauern ihrer Häuser mit ihren mächtigen Krallen und peitschenden Schwänzen in Stücke gerissen hatten.

Doch so schändlich und grauenhaft diese sinnlosen Akte der Barbarei auch gewesen waren, so waren sie doch nahezu bedeutungslos im Vergleich zu dem namenlosen Schrecken, den Kodorask und sein Clan über die Drachen selbst gebracht hatten. Denn sie hatten es gewagt, *einen Drachen* zu töten, hatten getan, was niemals auch nur hätte *gedacht* werden dürfen. Voller Bosheit und Niedertracht waren sie über ihn hergefallen, hatten ihre mörderischen Zähne durch seine rubinrot glänzenden Schuppen hindurch in sein Fleisch getrieben und mit dem Blut seines Herzens den staubigen Boden getränkt. Er war der Erste, der gestorben war; der erste Drache, der sein Leben bei dem Versuch gegeben hatte, sich der tödlichen Flutwelle entgegenzustellen, die mit so jäher und grausamer Vehemenz über das Land und seine Bewohner hereingebrochen war.

Nur ein einziges Jahr - doch wie sehr hatte sich das Antlitz der Welt seitdem verändert! Nicht nur, dass der Kontinent von dem Drachenfeuer zerschnitten worden war wie Butter von heißen Sonnenstrahlen, nicht nur, dass die Menschen zu Zehntausenden in angsterfülltem, panischem Schrecken in kleinen Booten auf den benachbarten Kontinent geflohen und noch weit mehr von ihnen in den tobenden Kämpfen zwischen den Drachen ausgelöscht worden waren, kaum mehr Beachtung findend als Fliegen, die den Flammen eines Waldbrandes nicht mehr rechtzeitig hatten entkommen können. Nein, am schlimmsten von allem war das

Sterben unter den Drachen selbst, das mit jener ersten, schrecklichen Tat seinen Anfang genommen hatte.

Vor dem Krieg - vor Kodorasks erstem Mord - hatten die Drachen der verschiedenen Clans viele hundert gezählt, und nie, *niemals* war je ein Drache durch die niedrige Gesinnung und die bösartige Absicht eines anderen Drachen zu Schaden gekommen. Bis Kodorask seine Maske fallen gelassen und der Wahnsinn des Krieges begonnen hatte, sie alle mit sich in den Abgrund zu reißen.

Alanerisk stieß einen langgezogenen, gequälten Schrei aus. Auch er hatte getötet, hatte töten *müssen*, auch wenn er sich selbst dafür hasste und das helle, strahlende Licht seiner Seele mit jedem Leben, das er genommen hatte, stumpfer und kraftloser geworden war. Doch Kodorask und seine verderbte Brut ließen ihm keine Wahl, ließen *ihnen allen* keine Wahl. Sie mussten ihn aufhalten, ihn vernichten, dem Irrsinn ein Ende bereiten, bevor nichts mehr da war, für das es sich zu kämpfen lohnte.

Ein zweiter Schrei sammelte sich in seiner Kehle, doch er hielt ihn gewaltsam zurück, würgte seine Verzweiflung herunter, bis er glaubte, ersticken zu müssen. Blutig rote Schleier überzogen mit einem Mal seinen Blick, und seine Krallen zuckten wie im Krampf, als dürsteten sie danach, endlich wieder in das Fleisch eines Gegners hineingestoßen zu werden und den süßen Geschmack der Qual zu kosten, wenn sie wie gehärteter Stahl durch die Muskeln und Nervenstränge seines Feindes schnitten.

Es hatte einst eine Zeit gegeben, da hätte ihn bereits der Gedanke an Kampf und Gewalt bis in die letzte Faser seines mächtigen Drachenleibes vor Abscheu und Entsetzen erbeben lassen, und niemals, selbst nicht in seinen düstersten Albträumen, hätte er sich vorstellen können, gegen seine eigenen Artgenossen in die Schlacht zu ziehen und selbst jenes furchtbare Verlangen nach Tod und Vergeltung in sich zu spüren, das ihn stets mit so viel Grauen erfüllt hatte. Doch jetzt, in diesem Augenblick, wünschte er sich nichts mehr, als sich brüllend auf seinen Gegner zu werfen, ihn zu packen und nicht eher wieder loszulassen, bis sämtliches Leben unwiderruflich aus seinem ruchlosen Körper gewichen war; wünschte, Kodorask sein widerwärtiges schwarzes Herz herausreißen zu können, so, wie Kodorask ihm sein eigenes Herz aus dem Leib geschnitten hatte.

Jetzt schrie er doch wieder, brüllte seinen Schmerz heraus, bis seine Kehle wund und blutig war, schrie nach Kensarin, seinem geliebten Sohn, und nach Illilaim, seiner Gefährtin, beide am Morgen gefallen, Illilaim durch Kodorasks Hand, Kensarin durch Jaidell, Kodorasks ältesten Sohn. Er hatte ihre zerfetzten Körper vom Himmel stürzen sehen, hatte mit schreckensstarrer Seele das grauenhafte Knirschen vernommen, mit dem sie auf den scharfkantigen Felsen tief unter ihnen zerschmettert worden waren, und es lag kein Trost in dem Gedanken, dass es Kensarin noch in seinem Todeskampf gelungen war, auch Jaidell tödlich zu verwunden.

Das Licht seines Lebens war ihm genommen worden, und es würde niemals wieder für ihn scheinen.

Zudem war auch Kodorask, der Quell allen Übels, dem blutigen Gemetzel entkommen, war wie üblich entkommen, um neue Pläne zu schmieden und neues Leid zu bringen. Er würde niemals aufgeben, nach dem heutigen Tag noch weniger als je zuvor. Ebenso wie er selbst würde auch Kodorask mehr und mehr vom Gift seines eigenen Hasses verzehrt werden, würde die Gier nach Rache heißer und heißer in ihm brennen, bis kein anderer Gedanke und kein anderes Gefühl mehr Platz in ihm hatte. Dies war die einzige Gewissheit, die ihnen allen nach einem Jahr des Wahnsinns und der Gewalt noch geblieben war. Solange Kodorask lebte, war keiner von ihnen sicher. Doch selbst im Augenblick ihres Todes war die Gefahr, die von dem ruchlosen Mörder und seinen Drachen ausging, noch nicht gebannt.

Alanerisk zog es vor Grauen und Furcht den Magen zusammen, sobald er nur daran dachte, auf welch schaurige Weise Kodorask die uralte Magie der Drachen für seine finsteren Zwecke missbraucht und pervertiert hatte - und wie groß der Verrat war, den er damit an seinem Volk begangen hatte. Er wusste nicht genau, wie es geschehen war, kannte nicht die dunklen Pfade, die Kodorask beschritten hatte, um an sein Ziel zu gelangen, und doch war das Undenkbare schließlich Wirklichkeit geworden.

Eine Schändung hatte stattgefunden, abscheulicher und widernatürlicher als jeder Nachtmahr, der jemals dem diabolischen Geist eines denkenden und fühlenden Wesens entsprungen war, eine Vergewaltigung des Lebens und der Natur selbst, die Alanerisk beim ersten Mal, als er Zeuge des Schrecklichen geworden war, bis in die tiefsten Grundfesten seiner Seele erschüttert hatte. Und obwohl er es mittlerweile schon so oft gesehen hatte, weigerte sich ein Teil von ihm noch immer zu glauben, dass Kodorask tatsächlich *so weit* gegangen war.

Getrieben von seinem Wahnsinn und seinem Hass, hatte er eine Grenze überschritten, die niemals hätte überschritten werden dürfen, und Alanerisk verfluchte ihn dafür, dass er in seiner blindwütigen Raserei die Konsequenzen dessen, was er getan hatte, offenbar nicht begriff - oder sie ihm einfach gleichgültig waren. Spürte er denn nicht die Verderbtheit und abgrundtiefe *Bösartigkeit* des Zaubers, den er mit der rohen Kraft seines Willens aus dem magischen Gewebe der Wirklichkeit herausgezwungen hatte? Fühlte er nicht, wie selbst der winzigste Grashalm und das kleinste Insekt vor Schmerz und Entsetzen erbebten, wenn er die Magie der Drachen *auf diese Weise* benutzte - jene Magie, die stets etwas Gütiges und Reines gewesen war und niemals einem anderen Lebewesen Schaden zugefügt hatte?

Doch Kodorask war offenbar schon längst über jenen Punkt hinaus, an dem derartige Empfindungen und Skrupel noch irgendeine Bedeutung für ihn besaßen. Und so hatte er den Drachen seines Clans den Zauber gelehrt, den Alanerisk mehr als alles andere fürchtete, den Zauber, der ihr gesamtes Volk zum Untergang verurteilt und das Gleichgewicht der Kräfte für immer verändert hatte.

So oft er daran dachte, war es, als wolle seine Seele vor Gram zerspringen, und Bilder des Todes fluteten in seinen Geist, Erinnerungen an vergangene Schlachten, an Drachen, die tapfer gekämpft hatten und dennoch besiegt worden waren, weil sie sich nicht schnell genug von ihrem sterbenden Gegner hatten lösen können; an Drachen, deren Körper sich plötzlich aufbäumten und zu zucken begannen, als würden sie von unsichtbaren Zähnen in Stücke gerissen, während sich die Seele ihres Feindes in sie hineinwühlte, alle Widerstände mit der Kraft von Kodorasks Zauber beiseite fegte und wie ein düsterer, grauenvoller Parasit mit ihrem Fleisch verschmolz.

Es war so feige und niederträchtig, dass allein der Gedanke daran neuen Hass in Alanerisk emporlodern ließ. Ihre Gegner flohen aus ihren zerstörten Leibern wie Ratten, die aus dem leckgeschlagenen Rumpf eines Menschenschiffes auf die sicheren Planken eines anderen sprangen, ließen sie als leere, tote Hüllen zurück und stahlen die Körper derer, die bereits über sie triumphiert hatten, verdrängten und unterwarfen ihre Seelen und stürzten sich erneut in den Kampf; stürzten sich auf jene, die noch einen Augenblick zuvor ihre Verbündeten und Mitstreiter gewesen waren. Seitdem war es noch schwerer geworden, Kodorask und seine Drachen zu töten, und noch unwahrscheinlicher war es, dass sie überhaupt in diesem Krieg siegen konnten.

Anfangs waren sie dem Clan der Abtrünnigen vier zu eins überlegen gewesen, doch inzwischen war von diesem Vorteil kaum noch etwas geblieben. Ohnehin gab es nur noch wenig, was dieses eine Jahr des Gemetzels und gegenseitigen Abschlachtens überdauert hatte. So viele ihres Volkes waren vom düsteren Mahlstrom der Gewalt und des Todes bereits verschlungen worden, und auf beiden Seiten hatte es entsetzliche Verluste gegeben. Von den Hunderten Drachen, die einst die Weiten des Himmels bevölkert hatten, waren lediglich noch einige wenige Dutzend geblieben - und ein Sieg über Kodorask lag in weiterer Ferne als je zuvor.

Deshalb hatte Alanerisk seinen Clan verlassen und war allein losgeflogen, fort von dem Wimmern und Wehklagen der Verletzten und Sterbenden, fort von der Trauer jener, die ebenso wie er während des letzten Kampfes Freunde und Weggefährten verloren hatten. Die Wunden, die die Klauen und Zähne seiner Gegner in sein Fleisch gerissen hatten, pochten noch immer in dumpfem Schmerz, und seine überanstrengten Muskeln und stechenden Lungen sehnten sich nach ein wenig Erholung und Schlaf, doch er gönnte sich keine Rast.

Wie könnte er auch Ruhe finden, jetzt, wo das letzte seiner Kinder tot und auch seine Gefährtin gegangen war? Nun gab es nur noch eine Aufgabe für ihn: Er musste Kodorask finden, ihn stellen und töten - oder selbst bei dem Versuch sterben. Wenn das geschah, wäre er wenigstens wieder bei seiner Familie, könnte neben ihren Seelen im Schrein ruhen und auf ein neues Leben warten, auf ein besseres, glücklicheres Leben, ohne Gewalt und sinnloses Morden und das Wissen um eine Liebe, die zu tief und erfüllend gewesen war, um ihren Verlust auf Dauer ertragen zu können. Aber ein solches Leben konnte es nur geben, wenn der Krieg endete. Wenn nicht alle Drachen starben.

Alanerisks Schmerz wurde immer größer, und mit ihm wuchs sein Hass. Seine Schreie wurden lauter, wilder, wurden zu einer grimmigen Herausforderung, einer Herausforderung an Kodorask, sich ihm zu stellen und gegen ihn zu kämpfen, nicht aus dem Hinterhalt, sondern offen, Drache gegen Drache.

Stunden schienen zu vergehen, Stunden, in denen das Echo seiner Schreie wie das Heulen verdammter Seelen über das verwüstete Land hallte, in denen sich seine Trauer und sein Zorn ins Unermessliche steigerten und das Blut in seinen Adern vor Raserei zu kochen begann. Dann, als er schon beinahe nicht mehr damit gerechnet hatte, nahm er plötzlich eine Regung am Horizont wahr. Seine Augen verengten sich, verfolgten den winzigen Punkt, der gegen das schimmernde Blau des Himmels kaum zu erkennen war. Es war ein Drache - und er kam rasch näher.

Alanerisk spürte, wie Überraschung heiß wie eine Klinge aus Sonnenfeuer durch den Nebel aus Hass und ohnmächtiger Verzweiflung schnitt, der düster und rot vor seinen Augen wallte, und im ersten Moment glaubte er, sich geirrt zu haben. Doch schließlich gab es keinen Zweifel mehr. Es war nicht der Drache, auf den er gewartet hatte - nicht Kodorasks mächtige Schwingen in dunklem, purpurfarbenem Glanz -, sondern ein kleinerer, schlankerer Leib, mit Flügeln und Schuppen, die im Licht der Sonne wie geschmolzenes Silber glänzten.

Silber. Alanerisk fletschte die Zähne und stieß ein kehliges Knurren aus. Eine seltene Farbe unter den Drachen. Nach all den schrecklichen Morden der vergangenen Monate gab es nur noch einen Einzigen in ihrem gesamten Volk, dessen Haut jene besondere Pigmentierung aufwies. *Nur noch einen Einzigen!* Kodorasks Bruder! Sein jüngster Bruder, der bislang nie gekämpft hatte, den Kodorask stets sorgsam aus allem herausgehalten hatte. Der Bruder, den Kodorask mehr als seine eigenen Kinder liebte. Der Bruder, für den er ohne zu zögern in den Tod gehen würde. Und doch war der Silberdrache allein.

Alanerisk schrie triumphierend auf. Pfeilschnell schoss er auf seinen Gegner zu, forderte ihn wild zum Kampf, lange bevor sie tatsächlich aufeinandertrafen. Der Silberdrache antwortete ihm mit seiner Gedankenstimme, versuchte, zu ihm zu sprechen, doch Alanerisk konnte ihn nicht hören, *wollte* ihn nicht hören. Die Zeit zum Reden war seit langem vorüber.

Er sah nur noch Kensarin vor sich, der blutüberströmt und von unerträglichen Schmerzen geschüttelt in seinen Armen starb, sah, wie die Liebe seines Lebens von Kodorasks Flammen verzehrt wurde und als rauchender, blutiger Klumpen Fleisch vom Himmel stürzte, tot, noch bevor sie den Boden erreichte, tot, ohne dass er ihr hätte beistehen können.

Ein zweiter Schrei durchschnitt plötzlich die Luft und mischte sich unter Alanerisks wütendes Brüllen, ein Schrei höchster Verzweiflung und Angst. Alanerisk erkannte die Stimme sofort. *Kodorask.* Er sah, wie der amethystfarbene Drache hinter seinem Bruder am Horizont auftauchte und mit rasender Geschwindigkeit näher kam. Seine gewaltigen Schwingen peitschten die Luft, trieben ihn schneller voran, als er vermutlich je zuvor geflogen war. Und doch würde er zu langsam sein.

Alanerisk prallte mit großer Wucht gegen den Silberdrachen, der stumm und ohne jegliche Regung auf der Stelle gewartet hatte und selbst jetzt, wo der Tod nahe war, nicht einmal *versuchte,* sich zu wehren. Alanerisk zerfetzte seine Schwingen mit einem gezielten Flammenstoß und rammte seine Krallen tief in ihn hinein, ließ ihn bluten für seinen Schmerz, bluten für das Leid, das sein Clan über die Drachen und die Menschen gebracht hatte. Er hörte die schrillen, verzweifelten Schreie Kodorasks und stieß noch härter zu, riss klaffende Wunden in den grazilen Leib des Silberdrachen, zermalmte sein Fleisch und seine Knochen zwischen seinen mächtigen Kiefern, ließ sein Leben als blutigen Regen auf die verbrannte, tote Erde niedergehen.

Schließlich löste er seine Klauen aus dem Körper des kleinen Drachen und ließ sein Opfer fallen. Reglos sah er zu, wie der Bruder Kodorasks in einer Kaskade aus Blut dem Boden entgegenstürzte, sterbend, doch noch mit offenen Augen. Ihre Blicke trafen sich, begegneten einander über den Abgrund des Todes hinweg, der sich so unvermittelt und jäh zwischen ihnen geöffnet hatte. Und er sah die Wahrheit in diesem Blick, in diesen sanften blauen Augen, in denen es weder Wut noch Vorwurf gab, sondern nur Kummer und Traurigkeit - eine so tiefe, allumfassende Traurigkeit, dass die Flammen des Hasses, die so heiß und verzehrend in Alanerisk gebrannt hatten, binnen eines Herzschlags zu Asche wurden und sich die Erkenntnis dessen, was er getan hatte, wie Säure in seine Seele fraß. Nun erst wurde ihm zum ersten Mal wirklich bewusst, wie jung der Silberdrache war. Verglichen mit ihm selbst war er kaum mehr als ein

Kind - ein Kind, das weder für ihn noch für irgendjemanden sonst eine Gefahr dargestellt hatte.

Entsetzt starrte er auf den kleinen, geschändeten Körper, der tiefer und tiefer fiel, schließlich mit ungebremster Wucht auf dem harten Boden aufschlug und reglos liegen blieb. Eiswasser schien seine Adern zu füllen. Was hatte er nur getan? Er hatte *ein Kind* getötet! Ein wehrloses, vollkommen hilfloses Kind, ein Kind, das nicht einmal *versucht* hatte, sich zu wehren, geschweige denn auch nur die geringsten Anzeichen von Aggression gezeigt hatte. Er hatte keine Ahnung, was der kleine Silberdrache gewollt hatte, nur eines war sicher: Er hatte nicht kämpfen wollen.

Plötzliche Übelkeit erfüllte Alanerisk, raubte ihm beinahe all seine Kraft. Doch er riss sich zusammen, sprengte den lähmenden Panzer aus Schock und Entsetzen, ehe er sich vollends um seine Seele zu schließen vermochte, denn Kodorask war jetzt ganz nahe. Sein ohrenbetäubendes Brüllen schien das Gewölbe des Himmels selbst zum Einsturz zu bringen, und das Peitschen seiner mächtigen Schwingen war wie ein Sturm, der über Alanerisk hinwegfegte und jeden zu zermalmen versprach, der sich seinem rasenden Zorn entgegenzustellen wagte. Alanerisk blickte in seine Augen, Augen, die so schwarz waren wie die Dunkelheit des Todes, den er über Kodorasks Bruder gebracht hatte; Augen, in denen ein schreckliches Feuer loderte, dessen furchtbarer Hunger nur auf eine einzige Weise gestillt werden konnte. Es war eine Glut, deren verzehrende Hitze er nur wenige Herzschläge zuvor in seiner eigenen Seele gespürt hatte, und er fühlte auch die Trauer und den Schmerz, die darunter verborgen waren.

Rasch versuchte er, einen Gedanken zu formen, ihn an Kodorask zu senden, gab es jedoch sofort wieder auf. Kodorask war jenseits aller Worte. Sein Schmerz um den Verlust seines Bruders hatte ihm den Verstand geraubt. Er war jetzt nicht mehr als ein wildes Tier, das unkontrolliert um sich schlug.

Eine eigentümliche Ruhe überkam Alanerisk. Zum ersten Mal spürte er, dass er Kodorask tatsächlich schlagen konnte, dass es in seiner Hand lag, seinem Volk die Zukunft zurückzugeben, die er schon beinahe verloren geglaubt hatte. Doch der Schlag musste schnell und entschlossen geführt werden, denn eine zweite Chance würden sie vermutlich nicht bekommen. Und so bündelte Alanerisk seine Macht und rief nach den Drachen, ließ seine Gedankenstimme wie ein gewaltiges Leuchtfeuer in den Himmel emporlodern, sandte sie über die weiten, zerstörten Ebenen, zu den fernen Bergen am Horizont und den Höhlen, die tief in ihren zerklüfteten Hängen und Gipfeln klafften. Er spürte ihre Antwort, spürte, wie alle Verbündeten in seiner Reichweite ihre Köpfe hoben, wie sie seinen Ruf aufgriffen und weitergaben, während sie sich auf ihren im

Licht der Sonne schimmernden Schwingen in den Himmel hinaufschnellten und zu seiner Unterstützung herbeieilten.

Auch auf der anderen Seite, im Rücken seines Gegners, sah Alanerisk, wie sich eine größere Anzahl von Drachen rasch näherte, Gefolgsleute aus Kodorasks Clan, die ihrem Anführer wohl aus Sorge um seine Sicherheit gefolgt waren. Doch er hatte keine Zeit, mehr als einen flüchtigen Blick darauf zu verschwenden. Er benötigte all seine Kraft und Konzentration, um Kodorasks wahnsinnigem Ansturm standzuhalten. Geschickt wich er aus, ließ seine rasiermesserscharfen Klauen und seinen dornenbewehrten Schwanz in einem tödlichen Wirbel aus Schlägen auf seinen Gegner niederfahren, fügte ihm Wunde um Wunde zu, die den großen amethystfarbenen Drachen jedoch nur noch weiter anzustacheln schienen, ihn noch wilder werden ließen. Alanerisk aber kannte die Wahrheit, spürte sie in jeder Bewegung, in jedem keuchenden Atemzug seines Widersachers. Kodorasks Schicksal war besiegelt. Er würde fallen - fallen wie sein kleiner Bruder.

Geduldig wartete Alanerisk auf seine Chance, wartete auf eine Lücke in der Deckung seines Feindes, eine Nachlässigkeit, die das Ende herbeiführen würde. Dann, plötzlich, von einem jagenden Herzschlag zum nächsten, war es vorbei. Alanerisk schnappte nach Kodorasks Kehle, und diesmal war der gewaltige Drache zu langsam, forderten die Raserei seines Hasses und der Schmerz seines Verlustes schließlich ihren endgültigen und unwiderruflichen Tribut. Zähne bohrten sich tief in ungeschütztes Fleisch, mächtige Kiefer rissen und zerrten, dann schoss eine Fontäne aus Blut weit in den wolkenlosen Himmel hinauf, und das lodernde Feuer in Kodorasks Obsidianaugen, das gerade noch mit einer solchen Wildheit und Leidenschaft gebrannt hatte, erlosch so jäh, als habe es niemals existiert.

Hastig löste sich Alanerisk von seinem Gegner, bevor dessen unheiliger Zauber im letzten Augenblick vielleicht doch noch eine Wendung in ihrem Kampf herbeizuführen vermochte, und sah zu, wie der gewaltige purpurfarbene Leib dem Erdboden entgegenstürzte. Er fiel nicht so leicht wie der kleine Silberdrache, sondern sackte wie ein Stein in die Tiefe. Seine zerfetzten Flügel flatterten wie alte Segel, in denen sich der Wind verfing, während er, einen dünnen Schleier aus Blut wie einen letzten düsteren Gruß hinter sich her ziehend, rasend schnell an Geschwindigkeit gewann und schließlich mit der Wucht eines Kometen auf dem Boden aufschlug. Die geschmolzene und glasierte Kruste barst auseinander wie dünnes Porzellan, auf das die Faust eines Riesen niederfährt, und die Erschütterung seines Aufpralls war wie das Dröhnen einer titanischen Glocke, laut genug, um sämtliche Toten dieser Welt voller Schrecken aus ihren finsteren Gräbern emporfahren zu lassen.

Nun erst, da Kodorask tot und zerschmettert tief unter ihm auf den Felsen lag, wurde sich Alanerisk wieder seiner Umgebung gewahr, und er sah, dass am Himmel um ihn herum, der nur wenige Augenblicke zuvor einzig von seinen Schreien und denen seines Gegners erfüllt gewesen war, das Chaos tobte. Eine weitere erbarmungslose Schlacht war entbrannt, während er und Kodorask versucht hatten, sich gegenseitig in blutige Fetzen zu reißen, ein weiteres sinnloses Gemetzel in einem Krieg, der schon längst keine Sieger mehr kannte.

Wieder sah er Drachen sterben, hörte die qualvollen Schreie der Verwundeten und roch das Blut, das wie ein feiner roter Nebel zwischen den Kämpfenden im warmen Schein der Sonne glänzte. Mit einem Mal jedoch erstarb der Lärm des Kampfes, und eine tiefe, beinahe schmerzhafte Stille breitete sich aus, als immer mehr Drachen bemerkten, dass Kodorask, diabolischer Rädelsführer und Kopf des abtrünnigen Drachenclans, gefallen war. Nun erst wurde wirklich offenbar, wie sehr die Existenz Kodorasks und der drohende Untergang ihres Volkes zwei Seiten derselben Münze gewesen waren. Ohne das schlagende Herz, das sie in immer neue, wahnsinnigere Kämpfe hineintrieb, verließ die verbliebenen Drachen seines Clans augenblicklich der Mut. Alanerisk und seine Verbündeten kamen wie ein Sturmwind aus Zähnen und Klauen über sie. Keiner von ihnen wurde verschont, keinem Gnade gewährt.

Als es vorüber war, stand Alanerisk allein zwischen den verstümmelten und blutbesudelten Körpern der Gefallenen und blickte mit leerem Herzen über die tote, geschmolzene Ebene, die einst eine blühende Landschaft gewesen war. Noch immer weigerte sich ein Teil von ihm zu glauben, dass der Krieg, der mit so viel unerbittlicher Grausamkeit und über so viele Monate hinweg geführt worden war, an diesem schrecklichen Morgen des Blutes tatsächlich sein Ende gefunden hatte. Zu schwer waren die Verluste gewesen, zu hoch der Preis, den das Volk der Drachen für diesen Albtraum des Hasses und der Gewalt gezahlt hatte, als dass er etwas anderes als Müdigkeit und dumpfe Resignation über ihren vermeintlichen Sieg hätte empfinden können.

Mühsam wandte er den Kopf, als einige Drachen seines Clans sich zu ihm gesellten. Ohne es zu wollen schweifte sein Blick umher, und vor Trauer und Schmerz schnürte es ihm die Kehle zusammen. Nur achtzehn von ihnen hatten überlebt. Achtzehn von Hunderten! Die kläglichen Überbleibsel einer Rasse, die einst wie Götter über die Weiten des Himmels geherrscht hatte. Und auch von diesen wenigen waren einige so schwer verletzt, dass es fraglich war, ob sie sich jemals wieder vollständig erholen würden.

Doch die anderen Drachen strahlten weniger Entsetzen als grimmige Freude aus; vor allem Mavaderas und Vacanesion glühten geradezu vor innerem Jubel.

Aber noch war auch Hass darunter. „Kodorasks Bruder lebt noch", grollte Mavaderas. „Wir sollten ihm seinen dürren Hals umdrehen, damit diese verdammte Brut endlich vom Antlitz der Erde getilgt ist."

Alanerisk zuckte zusammen. Der kleine Silberdrache war noch am Leben? Das schien kaum möglich.

„Diese Ehre gebührt Alanerisk", knurrte Vacanesion. „Er hat diesen Abschaum vom Himmel geholt. Ihm allein steht es zu, es zu beenden."

Alanerisk nickte wie in Trance. Er erkannte seine Freunde, die früher so gütigen und friedliebenden Drachen, in den harten Worten nicht mehr wieder. War es das, wozu der Krieg sie gemacht hatte? Zu grausamen, skrupellosen Kreaturen, die selbst Kinder ohne Mitleid abschlachteten? Die Antwort darauf war ebenso einfach wie schmerzlich.

„Ich werde mich darum kümmern", erklärte er müde.

„Wir kommen mit dir", erbot sich Mavaderas sofort. Seine Augen glitzerten voller Blutgier, und er leckte sich über die Lippen, als könne er es kaum erwarten, dem kleinen Drachen eigenhändig das Herz aus seinem zerschmetterten Körper zu reißen.

„Nein!", erwiderte Alanerisk brüsk. „Die anderen sind zum Teil verletzt. Sie brauchen euch. Fliegt zu ihnen. Heilt sie, so gut ihr könnt."

Mavaderas zögerte, doch Vacanesion zog ihn mit sich. „Alanerisk hat Recht. Dieses Stück Dreck verdient es nicht, dass sich mehr als einer von uns die Finger an ihm beschmutzt." Er schüttelte grimmig den Kopf. „Trotz der Schande, die Kodorask und sein Clan über unsere Rasse gebracht haben, sind wir noch immer Drachen. Wir werden seinen Bruder von seinem Leiden erlösen, aber wir werden kein Volksfest daraus machen."

Die beiden wandten sich ab, flogen mit den anderen zu den Verletzten und begannen, sie fortzutragen.

Alanerisk wartete, bis sie außer Sicht waren, und flog dann zu der Stelle hinüber, an der der kleine Silberdrache zu Boden gestürzt war. Sein Herz hämmerte so hart gegen seine Rippen, als wolle es im nächsten Moment auseinanderbersten, und seine Augen brannten, als sei er zu lange im dichten Rauch eines Feuers umhergeirrt, während er mit langsamen, beinahe zögernden Flügelschlägen auf sein Ziel zusteuerte.

Am liebsten hätte er sich herumgeworfen und wäre geflohen, fort von der Erinnerung an seine Schuld, fort von dem Blick in jene Augen, den er so sehr fürchtete. Doch er hatte keine Wahl. Er musste sich der Anklage stellen, der Verachtung, vielleicht dem Hass. Er hatte all das verdient. Er hatte den Kleinen tödlich verwundet - und seinen Bruder ermordet.

Der kleine Silberdrache lebte tatsächlich noch, aber es ging zu Ende mit ihm. Zu schwer waren seine Verletzungen, zu viel seines Blutes war vergossen worden. Beschämt wie nie zuvor starrte Alanerisk auf die tiefen

Wunden, die er selbst in den Leib dieses Kindes gerissen hatte, wahnsinnig vor Schmerz und Zorn - genauso wie Kodorask.

„Kannst du mich hören?", fragte er leise.

Eine sanfte Gedankenstimme, schwach, fast schon verklungen, antwortete ihm.

„Ja."

Alanerisk senkte den Kopf. Tränen stiegen in seine Augen, ließen seinen Blick verschwimmen, und seine Kehle war jetzt so eng, dass er glaubte, ersticken zu müssen. Er wollte um Vergebung bitten, wusste jedoch, dass er nicht das Recht dazu hatte. Seine Tat war zu schrecklich, zu weit jenseits jeden Mitgefühls und jeder Barmherzigkeit, um Absolution dafür zu erhoffen. Er hatte gemordet, kaltblütig und ohne Erbarmen, und er würde sich selbst niemals die Grausamkeit seines Verbrechens verzeihen können.

Eine schwache Regung ließ ihn wieder aufblicken. Er hob den Kopf und sah, dass der kleine Silberdrache ein letztes Mal die Augen geöffnet hatte. Ein klarer Blick, schon halb in der Dunkelheit des Todes gefangen, doch noch gegenwärtig genug, um ein ersticktes Schluchzen aus seiner Kehle hervorbrechen zu lassen, traf Alanerisk. Es war ein Blick, der selbst jetzt noch frei war von jeglichem Vorwurf, frei von Zorn oder Hass oder Bitterkeit. Das einzige Gefühl, das Alanerisk darin spürte, war Erleichterung. Der kleine Drache öffnete seinen Geist für ihn, ließ ihn alles sehen, seine Erinnerungen, seine Gefühle, seine Motive - Motive, die so viel edler waren als alles, was Alanerisk für sich selbst oder die Drachen seines Clans in Anspruch hätte nehmen können.

Mit einem gequälten Laut brach Alanerisk vor dem Silberdrachen in die Knie, umhüllte ihn mit seinen großen Schwingen, versuchte verzweifelt, seine Heilkräfte wirken zu lassen, doch dafür war es längst zu spät. Der Silberdrache starb; das Leben verließ ihn sanft wie ein Morgenwind, und der kleine Körper erschlaffte in Alanerisks hilfloser Umarmung.

Alanerisk heulte auf, schrie seinen Kummer und seinen Schmerz hinaus, schrie lauter als am Morgen, als er den Tod seines Sohnes und seiner Gefährtin betrauert hatte. Ein flüchtiger Hauch streifte ihn, ein letzter Gruß der Drachenseele, die sich vom Körper des Silberdrachen löste, bereit, ihre lange Reise zur nächsten Wiedergeburt anzutreten.

Doch Alanerisk wusste, anders als früher würde sie diese Reise niemals beenden können - nicht, wenn er zuließ, dass sie einfach davonschwebte. Und so streckte er seinen Geist aus, rief die Seele des Kleinen zu sich, versuchte, für sie zu einem Leuchtfeuer zu werden, zu einem Licht, das stärker war als die Kälte und die Dunkelheit, stärker als der düstere Schlund, der sich vor ihr geöffnet hatte.

Und er wurde erhört. In einem sanften, silbrigen Schimmer manifestierte sich die Seele des kleinen Drachen und wurde zum Seelenkristall, den Alanerisk beinahe ehrfürchtig in seinen Krallen barg. Die Seele des Kleinen schlief jetzt. Viele Jahre würden vergehen, bevor sie bereit sein würde, erneut zu erwachen, bevor die Schrecken ihres gewaltsamen Todes so weit von ihr gewichen waren, dass sie in der Lage war, zu vergessen und in einer neuen, besseren Existenz wiedergeboren zu werden. Und er würde über sie wachen. Er würde ihr Hüter sein, und niemals, *niemals* würde er zulassen, dass ihr noch einmal ein Leid geschah.

Zitternd richtete sich Alanerisk auf und blickte mit verschleierten Augen zum Himmel empor. Irgendwo und irgendwann würde sich auch Kodorasks Seele manifestieren, doch er wusste, anders als sein Bruder würde Kodorask nicht friedlich auf seine Wiedergeburt warten. Er würde versuchen, sich einen Körper zu stehlen, den eines Menschen, vielleicht sogar den eines Drachen.

Dann aber würde der Krieg von Neuem beginnen, und es gab nichts, was Alanerisk und die letzten Überlebenden ihres Volkes hätten tun können, um das Verhängnis dann noch aufzuhalten. Ihm blieb nur, den Tag von Kodorasks Wiederkehr zu fürchten. Und das tat er.

1. Kapitel

Mit einem schweren Buch in der einen Hand, die andere stets demonstrativ in der Nähe seiner beiden Schwerter, schritt Erem energisch aus, während er gleichzeitig versuchte, einen möglichst geschäftigen Eindruck zu erwecken, um damit jeden Versuch, ihn aufzuhalten und in ein Gespräch zu verwickeln, bereits im Keim zu ersticken.

Streng genommen allerdings hätte er sich diese Mühe sparen können. Die Diener und Mägde im Schloss König Wilberens wirkten ihrerseits unerhört in Eile, kaum dass sie seines grimmigen Gesichts ansichtig wurden, und es war schon erstaunlich zu sehen, wie viel Arbeit es offenbar stets gerade in jenen Gemächern und Höfen des Schlosses zu tun gab, in denen er sich eben *nicht* aufhielt.

Doch natürlich war ihm klar, dass er nichts anderes von ihnen erwarten durfte. Er war eben kein Teil des Hofstaats, war kein Diener, kein Adliger, ja nicht einmal ein Gast, obwohl er seit seinem achten Lebensjahr im Schloss lebte. Weder Hofbeamter noch Edelmann, letztlich nicht einmal der König selbst konnten ihm befehlen. Erem ebenso wie sein älterer Bruder Serim dienten einem anderen, mächtigeren Herren - dem smaragdfarbenen Drachen Alanerisk, dem uralten, weisen Beschützer dieses Königreichs.

Schon seit vielen Generationen kamen Alanerisks Drachenreiter aus ihrer Familie, eine Ehre, um die er und sein Bruder von vielen heimlich, von manchen aber auch offen beneidet wurden, wie Erem in den beinahe zehn Jahren, die er nun bereits am Hof König Wilberens verbracht hatte, immer wieder schmerzlich hatte erfahren müssen.

Bereits wenige Wochen, nachdem er damals ins Schloss gekommen war, hatte er verstanden, warum der Rest ihrer Familie fernab des Königshauses in Einsamkeit und Abgeschiedenheit lebte - eine Einsamkeit, die sie vermutlich selbst dann gesucht hätten, wenn sie nicht noch jenem anderen, dunkleren Dienst verpflichtet gewesen wären, von dem die Menschen der elf Königreiche nichts erfahren durften.

Erem seufzte leise. Letztlich war es immer dieselbe alte Geschichte, egal wohin man auch blickte und wie sehr man versuchte, der Angst, dem Neid und der Missgunst in den Augen jener, die sich mit Dingen konfrontiert sahen, die jenseits der Möglichkeiten ihres Begreifens lagen, mit einem freundlichen Lächeln entgegenzutreten.

Das war eine der ersten Lektionen gewesen, die er nach seiner Ankunft im Schloss gelernt hatte. Menschen verlangten nach Sicherheit. Sie mussten wissen, woran sie waren, mussten die Mächte einschätzen können, die über Glück oder Unglück ihrer Existenz bestimmten. Trafen sie auf jemanden wie Erem oder die übrigen Drachenreiter, für die die bestehenden Machtstrukturen offensichtlich keine Gültigkeit besaßen, so mussten sie beinahe zwangsläufig mit Argwohn und instinktiver Furcht darauf reagieren. Wer nicht einmal dem König Rechenschaft schuldete und mit den Drachen, jenen zeitlosen, beinahe gottähnlichen Wesen, auf Du und Du stand, der bewegte sich so weit außerhalb der alltäglichen Beschränkungen der gewöhnlichen Handwerker, Bauern und Schlossbediensteten, dass er für sie fast selbst zu einem Gott wurde, von dem anscheinend jeder glaubte, dass er alles zu tun vermochte, wonach ihm gerade der Sinn stand.

Erem indes kümmerte Macht nicht. Es kümmerte ihn auch nicht (zumindest heute nicht mehr), dass er in den Augen der meisten anderen kaum mehr Substanz zu besitzen schien als ein Geist, der durch die Korridore des Schlosses spukte, denn jene Momente, in denen er tatsächlich wahrgenommen wurde, waren meist das größere Übel. Und es war schließlich nicht so, dass er sich nicht auch allein beschäftigen konnte. Zumindest nicht, solange er die Bibliothek des Königs nicht ausgelesen hatte.

Ein Lächeln stahl sich auf seine Lippen, bevor er es unterdrücken konnte. König Wilberen, einer der wenigen, mit denen er sich gut verstand, und er lagen schon seit Jahren in einem freundschaftlichen Wettstreit. Sie waren fest entschlossen herauszufinden, ob es Erem gelingen würde, alle Werke in der Bibliothek zu lesen, bevor der König neue Bücher auftreiben konnte, die es wert waren, in die Sammlung aufgenommen zu werden. Allerdings würde Seine Majestät schon verdammt flinke Füße brauchen, um in diesem Rennen noch an ihm vorbeizuziehen, sofern ihn nicht irgendwelche unerwarteten Hindernisse kurz vor der Ziellinie vom Lesen abhielten.

Auch jetzt war er auf dem Weg in den kleinen Eichenhain im Westen des Schlossgartens, wo er meist seine freie Zeit verbrachte. Anders als der Rest der Parkanlagen war jener Hain natürlich gehalten worden und erinnerte Erem an die dichten Wälder, in denen das Anwesen seiner Eltern lag, Wälder, in denen er acht unbeschwerte Jahre der Freiheit verbracht hatte. Es war diese Unbeschwertheit, diese wundervolle Leichtigkeit des Seins, nach der er sich an besonders dunklen Tagen schmerzlich zurücksehnte.

Doch die waren trotz allem selten, und Alanerisk nahe sein zu dürfen, wog eine Menge auf. Erem kannte kein gütigeres, sanftmütigeres und weiseres Wesen als den smaragdfarbenen Drachen, und hätte es nur diese eine Möglichkeit gegeben, er hätte jeden Tag bereitwillig auf blanken Klingen getanzt, um nur weiterhin in den Diensten des Drachen zu bleiben.

Am liebsten wäre er auch jetzt bei Alanerisk, und hätte er nur die Wahl gehabt, er wäre nicht einmal zum Essen oder Schlafen von seiner Seite gewichen. Doch keinesfalls würde er riskieren, ihm auf die Nerven zu fallen. Deshalb ging er nur dann zu ihm, wenn der Drache nach ihm rief. Was zum Glück mindestens einmal am Tag geschah, oft sogar noch häufiger.

Auch jetzt lauschte er instinktiv nach innen, horchte aufmerksam, ob die sanfte Stimme Alanerisks in seine Gedanken trat, doch bis auf das feine Band, über das Erem die Nähe des Drachen zu jeder Zeit spüren konnte, blieb er mit sich selbst allein.

Zumindest was Alanerisk anbelangte, denn als er sich dem Eichenwäldchen näherte, bekam er durchaus Gesellschaft. Ein halbes Dutzend adliger Mädchen, allesamt etwa in seinem Alter, lungerten wieder einmal auf den Pfaden vor dem Hain herum und versuchten wie immer so zu tun, als sei es lediglich der Zufall gewesen, der ihre grazilen Elfenschritte zu dieser frühen Stunde zu diesem speziellen Ort des Parks geführt hatte. Wie unschuldig sie doch taten, mit wie viel hingebungsvoller Leidenschaft sie sich mit ihrem Federballspiel beschäftigten! Allerdings wäre ihre Vorstellung wohl glaubwürdiger gewesen, wenn sie auch einmal den Ball getroffen hätten, statt ständig begierig den Weg hinaufzustarren, den er, wie sie sehr wohl wussten, um diese Zeit fast täglich zum Hain entlangeilte.

Als sie ihn entdeckten, vergaßen sie ihr Spiel sofort, klumpten sich zu einem beinahe lächerlich farbenfrohen, kichernden Haufen zusammen und warfen ihm Blicke zu, die ihn nichts Gutes ahnen ließen.

Kurz überlegte er, ob er umkehren sollte, aber den Tag, an dem er vor irgendjemandem zurückwich, hatte die Welt noch nicht gesehen, und es wäre absurd gewesen, gerade jetzt damit anzufangen. Als nächstes erwog er, mit einem schnellen Sprint an ihnen vorbeizuziehen, aber auch das hätte den bitteren Beigeschmack der Flucht in sich getragen, noch dazu hätten sie es als Affront auffassen können.

Erem schnaubte leise. Wie sehr er diese Spielchen hasste! Doch er streckte den Rücken durch und ging weiter, schritt offenen Auges und würdevoll erhobenen Hauptes ins Verderben. Vielleicht hatte ihn das Schicksal heute ausnahmsweise einmal nicht im Visier, vielleicht hatten sie ja tatsächlich nicht mehr als ihr dummes Federballspiel im Sinn. Nur glauben konnte er leider nicht daran.

Tatsächlich beachteten die Mädchen die Bälle und Schläger, die sie achtlos fallen gelassen hatten, längst nicht mehr. Tuschelnd, kichernd und glucksend steckten sie die Köpfe zusammen, warfen, wie sie wohl dachten, verstohlene Blicke zu ihm herüber, und als er auf dem Weg auf ihre Höhe gelangte (wobei er wenigstens versuchte, sie mit seiner starren Miene abzuschrecken), schloss sich der Kreis der Mädchen mit der jähen Vehemenz einer Bärenfalle um ihn.

Gezwungenermaßen blieb Erem stehen, zerbiss einen lautlosen Fluch zwischen den Zähnen und neigte einmal, nur ein einziges Mal, den Kopf in ihre Richtung, ein knapper Gruß, den er wohlweislich keinem bestimmten Mädchen widmete.

„Ein schönen Tag wünsche ich, werte Damen", sagte er steif.

Wie üblich schienen die Mädchen das unglaublich lustig zu finden. Vor allem Elerendora und Kaminasia, die beiden jüngsten im Bunde, würden morgen wohl unter einem heftigen Muskelkater leiden, so unkontrolliert kicherten sie vor sich hin.

Erem stöhnte im Stillen und wünschte sich weit fort.

„Einen schönen Tag wünschen auch wir, werter Drachenreiter!"

„Seid Ihr gekommen, um erneut im Hain zu lesen?"

„Habt Ihr heute schon Alanerisk besucht?"

„Ach wie herrlich es doch sein muss, auf Alanerisks Rücken durch die Lüfte zu gleiten!"

Solche und ähnliche Fragen und Bemerkungen prasselten von allen Seiten auf ihn ein, ein wahres Trommelfeuer der Belanglosigkeiten, und nur um des lieben Friedens willen bemühte er sich, auf alles halbwegs höfliche Antworten zu geben - was ihm zweifellos nur deshalb gelang, weil er Gespräche wie dieses schon so oft in den vergangenen Jahren geführt hatte, dass er selbst tief in der Nacht und gerade aus einem Traum gerissen noch die passenden hirnlosen Floskeln hätte herunterleiern können. Nun ja, auch im Kuhmist schaufeln bekam man schließlich irgendwann Routine - wieder eine der Lektionen, auf die er gerne verzichtet hätte.

Serefina, die älteste Tochter des jüngeren Bruders des Königs, war wie üblich die dreisteste. Sie rückte ihm so dicht auf die Pelle, dass er weit mehr von ihrem in unmöglichen Mengen aufgetragenen Parfüm in die Nase bekam, als ihm lieb war, und bald mehr damit beschäftigt war, einen heftigen Niesanfall zu unterdrücken, als sich einigermaßen unverfängliche Erwiderungen auf ihr hohles Geplapper aus den Hirnwindungen zu quetschen.

Schließlich legte sie ihm sogar in einer plump-vertraulichen Geste ihre Hand auf den Arm, als wären sie ein altes Ehepaar, das gerade im warmen Sonnenschein durch den Park flanierte und müßig dem Summen der Bienen und dem fröhlichen Tirilieren der Vögel lauschte.

„Ach, werter Erem, Ihr müsst mir versprechen, mich bald einmal auf einem Flug mitzunehmen", säuselte sie, ihr Gesicht so nah an seinem, als wolle sie ihm im nächsten Augenblick einen herzhaften Kuss auf die Lippen drücken.

Und das gierige Funkeln in ihren Augen versprach, dass es nicht bei einem Kuss zu bleiben brauchte.

Erem erstarrte. Das war *keine* Routine mehr!

Serefinas Gesicht kam ihm noch immer näher, der Griff um seinen Arm war plötzlich fester geworden. Erem wollte zurückweichen, sich losreißen, sie von sich stoßen. Bei allen Drachen, sein natürlichster Impuls bestand im Augenblick darin, sein Schwert zu ziehen - sein *wahres* Schwert, nicht die stumpfe Trainingsklinge, die er ebenfalls bei sich trug - und sie sich damit vom Hals zu halten.

Er wollte nicht länger von ihr berührt werden! Er wollte nicht länger ihren heißen Atem in seinem Gesicht spüren, ganz sicher nicht von ihr geküsst werden, und auch nichts von allem anderen, was sie sich in ihrer hungrigen Fantasie auszumalen schien.

Doch stieße er sie von sich, würde er die Tochter des Bruders des Königs beleidigen, daran gab es leider nicht den Hauch eines Zweifels. Alle Welt wusste doch, wie leicht adlige Damen beleidigt waren. Es würde ein riesiges Gezeter geben, und auch wenn weder der König noch sein Bruder das Recht hatten, ihn zu strafen - dieses Recht besaß Alanerisk allein -, war es eines Drachenreiters unwürdig, Quell von derart großem Unfrieden zu sein.

Was auch immer er aber tat, er musste es schnell tun. Nur noch einen Wimpernschlag, und sie würde ihn tatsächlich küssen.

Abrupt ließ sich Erem auf ein Knie fallen, senkte tief den Kopf, brachte so seine Lippen aus der unmittelbaren Gefahrenzone und erreichte gleichzeitig, dass sich ihm ihre Finger nicht länger in den Arm gruben, wenngleich sie ihn lediglich vor Überraschung losgelassen hatte.

„Vergebt mir, Lady Serefina", stieß er mit geheuchelter Demut hervor. „Dies zu entscheiden, liegt nicht in meiner Macht. Mein Bruder und ich sind die Diener des Drachen, nicht seine Herren, so gering, dass wir es selbst kaum wert sind, von seinen Schwingen getragen zu werden, geschweige denn in seiner Nähe zu sein."

Das war ein deutlicher Seitenhieb, obwohl Erem bezweifelte, dass die einfältigen, verwöhnten Gänse ihn verstanden. Doch wenigstens kicherten sie jetzt nicht mehr, sondern sahen alle überrascht und leicht verwirrt auf ihn herab.

„Alanerisk ist der Beschützer dieses Landes, des Königreichs Eures Onkels", fuhr er fort und schaffte es nicht, den Zorn, der in ihm tobte, gänzlich aus seiner Stimme herauszuhalten. „Wie groß wäre sein Schmerz, würde er erfahren, dass jene, denen er so bedingungslos zur Seite steht, lediglich ein gewöhnliches Reittier in ihm sehen? Dass er nicht mehr Bedeutung für sie hat als eine schnöde Mähre, die sich träge durch die Gegend schleppt, während ihr Reiter auf ihrem Rücken die schöne Aussicht genießt?"

Die Mädchen keuchten im Chor auf ob der Ungeheuerlichkeit seiner Worte, aber Erem sprach rasch weiter.

„Ich bin sicher, niemals würdet Ihr, Lady Serefina, unseren verehrten Beschützer in diesem Lichte sehen, und so vergebt mir, sollte ich den Sinn Eurer Worte in meiner Einfalt auf solch infame Weise fehlgedeutet haben.

Ich bin nur ein schlichter Mann von einfacher Herkunft, weder in Stand noch Herzen Euch ebenbürtig, in keiner Weise Eurer Vergebung oder auch nur Eurer Aufmerksamkeit würdig. Dennoch bitte ich Euch untertänigst, mir meine Grobheit zu verzeihen, denn ich kann mich nicht eher wieder erheben, bis Ihr mir Eure großzügige Gnade schenkt und so den Makel der Unwürdigkeit von mir nehmt, mit dem behaftet ich unmöglich wieder unter Alanerisks Augen treten kann."

Die Worte schmeckten bitter und schal auf seiner Zunge. Warum, verflucht, konnte er nicht wirklich unsichtbar sein? Er war kein Teil des Hofs, wieso also musste er diese dummen Possen mitspielen? Bedauerlicherweise hatte er gar keine andere Wahl, denn leider wäre die Entscheidung, sich selbst aus dem Spiel zu nehmen, in dem Augenblick, in dem er sie traf, ein ebensolcher Spielzug wie die, seine Figur auf dem Brett zu lassen. Es war gleichgültig, ob er handelte oder nicht. Der Tanz, den zu beginnen er vor zehn Jahren gezwungen worden war, würde erst enden, wenn Alanerisk es wollte. Nur auf seinem Rücken war er wirklich frei.

Serefina ließ sich Zeit mit ihrer Antwort, die Zeit, die sie wohl brauchte, um den Inhalt seiner Worte zu begreifen - falls ihr das überhaupt möglich war, denn ihr hervorstechendster Charakterzug bestand weniger in ihrer Intelligenz und der Fähigkeit zu geschliffener Konversation als in ihrem Talent, jedem noch so winzigen Geheimnis, das an ihre allzeit gespitzten Ohren gelangte, binnen kürzester Frist bis in den entlegensten Winkel des Schlosses zu ungeahnter Popularität zu verhelfen. Doch immerhin war ihr, wie allen adligen Mädchen, höfischer Benimm und Etikette bereits mit der Muttermilch eingeflößt worden. Da er sich mit seinem Verhalten derart demütig vor ihre Füße warf, blieb ihr kaum eine andere Wahl, als ihm großmütig zu verzeihen, wollte sie nicht ihrerseits das Missfallen des Königs erregen.

Zu dem gleichen Schluss kam sie offenbar auch, denn sie trat einen Schritt zurück und winkte jovial, eine Bewegung, deren Schattenspiel er auf dem hellen Kies des Wegs vor seinen Füßen mitverfolgen konnte.

„Ich vergebe Euch, Drachenreiter Erem, wenn es das ist, was Ihr wünscht. Erhebt Euch!"

Das behagte ihm zwar gar nicht, schließlich gelangte er so wieder in ihre Reichweite, aber andererseits konnte er diese Farce schlecht auf den Knien hinter sich bringen. Er stand auf.

Und bereute es sofort, denn der Blick, den sie ihm zuwarf, bewies, dass sie noch lange nicht aufgegeben hatte.

„Ihr seid kein simpler Mann, werter Erem", sagte sie leise. Aus ihrem Mund klang es fast wie eine Drohung. „Alanerisk würde niemals einen Reiter erwählen, der seiner nicht würdig ist."

Womit er sich, wie sie zweifellos glaubte, ganz nebenbei den Passierschein für ihre eigene Gunst verdient hatte. Pech für sie, dass das umgekehrt nicht galt.

Erem verbeugte sich steif. „Wenn Ihr mich nun entschuldigen würdet, werte Damen. Ich muss meine Studien fortsetzen."

Sie ließen ihn gehen, nur zögernd zwar, aber sie taten es. Selbst Serefina trat einen Schritt beiseite, nachdem er ihren Versuch, mit einem letzten betörenden Blick sein Blut doch noch in eine ihrem Werben aufgeschlossenere Körperregion umzuleiten, an einer Maske stumpfer Ausdruckslosigkeit hatte zerschellen lassen.

Hastig verließ er ihren Kreis, damit sie nicht sahen, wie erleichtert er war. Während er sich nach Kräften bemühte, die begehrlichen Blicke zu ignorieren, die sich in seinen Rücken brannten, nahm er sich vor, in den nächsten Tagen einen weiten Bogen um das Eichenwäldchen zu machen. Wenn sie ihn hier nicht mehr trafen, wurden sie es vielleicht leid, ihm aufzulauern, und das würde sie hoffentlich motivieren, nach willigeren Opfern Ausschau zu halten. Davon gab es zweifellos mehr als genug.

Kaum hatte er den Gedanken beendet, presste er grimmig die Lippen aufeinander. Seit wann ließ er sich eigentlich vertreiben? Der Hain war der Ort, den er für seine Stunden der Ruhe und Erholung gewählt hatte, so wie es schon viele Drachenreiter vor ihm getan hatten. Die Mädchen hatten kein Recht, ihm das zu nehmen, und er wäre ein Narr, wenn er es sich nehmen ließe.

Erem schnaubte abfällig. Er würde auch morgen wieder hierherkommen, übermorgen und auch an jedem anderen Tag, an dem ihm danach war. Nichts und niemand würde ihn davon abhalten, erst recht nicht diese einfältigen Hofschranzen! Mochten sie auch wie hungrige Raubtiere sein, am Felsen seiner Gleichgültigkeit würden sie sich Krallen und Zähne abbrechen! Er wollte verdammt sein, wenn er ihnen auch nur eine einzige Schwäche offenbarte.

* * *

Noch immer aufgebracht über den Vorfall erreichte Erem wenig später den Eichenhain. Er seufzte erleichtert auf, als sich die Stämme der gewaltigen Bäume um ihn schlossen und ihn das schattige Zwielicht vor weiteren neugierigen Blicken verbarg. Nun erst spürte er, wie der letzte klebrige Faden des Spinnennetzes von ihm abfiel, in dem sie ihn wieder einmal hatten fangen wollen. Er schüttelte sich ein letztes Mal, dann atmete er tief durch und eilte mit raumgreifenden Schritten voran, bis er die riesige Eiche vor sich sah, die in erhabener, majestätischer Stille im Herzen des kleinen Wäldchens in die Höhe ragte.

Sie war der erste Baum, der hier gepflanzt worden war, der Urvater aller übrigen Bäume des Parks, alt schon, lange bevor Menschen und Drachen einander über den Abgrund aus Tod und Vernichtung hinweg in die Augen geblickt hatten und neue Freundschaft und neues Vertrauen zwischen ihren Rassen gewachsen war. Ihr knorriger, verwitterter Stamm wuchs aus dem Boden, so zeitlos und ewig wie die Erde selbst, und wie so oft, wenn er ihre mächtigen, ausladenden Äste und ihr dichtes, im warmen Licht der Sonne schimmerndes Blattwerk betrachtete, hatte Erem das Gefühl, unter dieser rauen, rissigen Borke noch etwas anderes zu spüren, etwas, das weniger Baum als Drache war - ein ungeheuerlicher, titanischer Drache, verzaubert und in Holz gebannt in jenem Augenblick, in dem er sich, aus einem langen, traumlosen Schlaf erwacht, auf seinen gewaltigen Flügeln in die Lüfte hatte emporschwingen wollen.

Das Besondere war, dass sich der Stamm bereits in wenigen Metern Höhe in zwei imposante, mehr als doppelt mannsdicke Äste teilte, die beide so schwer waren, dass sie an den Stämmen benachbarter Bäume eine Stütze suchen mussten.

Das Buch noch immer in der einen Hand, zog sich Erem mit der anderen geschickt in das Dickicht der Zweige und Blätter hinauf. Als er sich in die breite Astgabel sinken ließ, deren Borke von den vielen Männern und Frauen glatt poliert worden war, die im Lauf der Jahrzehnte ebenso wie er ein wenig Abstand von dem Getümmel und den Intrigen des Hofs gesucht hatten, gestattete er sich ein wohliges Seufzen, gefolgt von einem nicht minder zufriedenen, rasch breiter werdenden Grinsen.

Selbst wenn sich die lüsterne Serefina und ihre Horde schnatternder Gänse als hartnäckiger erweisen sollten als erwartet, würden sie ihn hier oben niemals erwischen, außer sie machten sich die Mühe, sich der monströsen Stoffberge zu entledigen, die sich um ihre grazilen Hüften bauschten und ihnen bei jeder ihrer Bewegungen, die nicht mit ihrem Mund erfolgte, die Gewandtheit und Eleganz eines im Morast zappelnden Ochsenfrosches verliehen. Doch auch wenn sie nackt wie am Tag ihrer Geburt und mit Seilen und Kletterhaken in ihren zierlichen Händen versucht hätten, sein Versteck zu stürmen, wären sie wohl gescheitert. Solange er ihnen nicht mit seinem Schwert eine Treppe in den Stamm schnitzte, auf deren Stufen sie die wenigen Meter zu ihm hätten emporschreiten können, war er so sicher vor ihnen wie auf Alanerisks Rücken, und wenn nicht gerade der Himmel einstürzte oder eine Horde sabbernder Dämonen über das Schloss herfiel, würde sich an diesem paradiesischen Zustand in den nächsten Stunden auch nichts ändern.

„Du hast deinen Kopf wieder einmal mit dem diplomatischen Geschick eines wahren Drachenreiters aus der Schlinge gezogen", klang unvermittelt Alanerisks Stimme in seinen Gedanken auf.

Die meisten Menschen am Hof glaubten, der Drache könne nur in Gedanken zu ihnen sprechen, wenn sie ihm von Angesicht zu Angesicht gegenüberstanden, doch tatsächlich konnte Alanerisk ihn mit seiner geistigen Berührung überall im Schloss erreichen. Nur wenn er sich deutlich davon entfernte, würde die Stimme des Drachen nicht mehr zu ihm gelangen.

Doch obwohl er das wusste, schrak Erem leicht zusammen und richtete sich unwillkürlich gerader auf. „Du hast alles mitbekommen?", fragte er beklommen.

Was, wenn er nun doch einen Fehler gemacht hatte? Seine Kehle schnürte sich zusammen. Es gab nicht viel, was er nicht ertragen könnte, aber ein Gedanke ließ ihn immer wieder innerlich erzittern: die Sorge, in Alanerisks Augen unwürdig zu erscheinen.

Wie stets schien Alanerisk seine Furcht zu spüren, denn er schenkte ihm über das geistige Band, das ihre Seelen so innig miteinander verwob, ein gütiges Lächeln. „Ich habe alles gehört, Erem - und ich hielt mich bereit, deine Flanke zu sichern, so wie früher."

Erem presste die Lippen aufeinander, und seine Schultern sanken herab. Früher - früher war er zu dumm oder nicht entschlossen genug gewesen, selbst mit den Mädchen fertig zu werden. Ein ums andere Mal hatte Alanerisk seinen lauten Ruf erschallen lassen und ihm somit einen Anlass gegeben, sich hastig zurückzuziehen. Nicht einmal die Nichte des Königs hätte es gewagt, einen Drachenreiter von seinen Pflichten abzuhalten.

Alanerisk sprach weiter und sandte Erem zugleich einen Strom seiner Gefühle. „Ich war erfreut zu sehen, dass du meine Hilfe dieses Mal nicht gebraucht hast. Ich bin stolz auf dich."

Der Stolz, den der Drache empfand, hüllte Erem wie eine weiche Decke ein, wärmend, schützend und so von Zuneigung erfüllt, dass ihm um ein Haar die Tränen gekommen wären.

„Ich ... ich muss selbst mit meinen Problemen klarkommen", sagte er rau. „Ich wäre deiner kaum würdig, wenn ich mich immer nur auf deine Hilfe verlassen würde."

Die Worte enthielten eine schmerzliche Wahrheit, einen Stachel des Zweifels, dessen quälende Existenz auch nach all den Jahren, die er nun bereits an der Seite Alanerisks verbracht hatte, nicht geringer geworden war. Im Grunde begriff er nicht - und hatte es nie -, warum der Drache ausgerechnet ihn und nicht einen seiner anderen Brüder als seinen Reiter auserwählt hatte. Brion und Karan waren beide deutlich älter als er, 28 und 31 Jahre, damit zwar jünger als Serim, der 34 war, aber auf jeden Fall weitaus erfahrener als er selbst, und auch in der Kunst, das Schwert zu führen, standen sie ihm in nichts nach. Streng genommen gab es also nichts, was ihn ihnen gegenüber auszeichnete. Und doch hatte Alanerisk ihn an den Hof kommen lassen, um neben Serim zweiter Drachenreiter zu werden.

Brion und Karan hatten den Wunsch des Drachen sofort akzeptiert. Nie hatten sie ihn spüren lassen, dass sie die Entscheidung für falsch hielten, oder ihn gar mit heimlichem Neid oder Missgunst betrachtet. Im Gegenteil hatten sie sich stets aufrichtig für ihn gefreut, und wann immer er die Familie in ihrer abgeschiedenen Zuflucht besuchte, begrüßten sie ihn mit ebensolcher Herzlichkeit wie Simai, ihre Schwester. Die hatte ihm im Übrigen mit ihren 25 Jahren ebenfalls eine Menge an Erfahrung voraus, und genauso wie alle anderen wäre auch sie als Drachenreiterin in Frage gekommen, denn sie hatte die gleiche Ausbildung wie sie alle genossen.

Doch der Drache allein entschied, wer ihm dienen sollte, und auch wenn Erem nicht verstand, wieso die Wahl gerade auf ihn gefallen war, wäre es einem Verrat an seinen Geschwistern gleichgekommen, hätte er nicht versucht, in jeder Beziehung sein Bestes zu geben.

„Es ist nicht immer nötig, alles auf seinen eigenen Schultern zu tragen", belehrte ihn Alanerisk sanft. „Nichts ist falsch daran, um Hilfe zu bitten, wenn man sie benötigt. Es nicht zu tun, obwohl man weiß, dass man allein nicht bestehen kann, und so Schaden für sich selbst und andere zu riskieren - *das* wäre falsch. Und dumm."

Erem ließ den Kopf hängen, fühlte sich nun doch getadelt. Und da der Drache ohnehin spüren konnte, was ihn bewegte, beschloss er, es offen auszusprechen.

„Ich werde versuchen, mich daran zu halten, aber ich weiß nicht recht, wie. Wie kann ich erkennen, wann es richtig ist, um Unterstützung zu bitten, und wann der Wunsch danach lediglich in eigener Faulheit und Bequemlichkeit begründet ist?"

„Du wirst sicher noch lernen, dies zu unterscheiden. Im Zweifelsfall ist es immer besser, um Hilfe zu bitten, als es nicht zu tun."

„Auch wenn das heißt, anderen etwas aufzuladen, was man gut allein hätte bewältigen können?"

„Auch dann. Vergiss nicht, Freunde helfen gern."

Ein dumpfer Schmerz begann in seinem Magen zu pochen, und seine Kehle schnürte sich noch enger zusammen. Das mochte ja stimmen, doch er würde wohl kaum die Gelegenheit bekommen, es herauszufinden. Er hatte keine Freunde, nicht einen einzigen. Vermutlich war er selbst daran schuld. Er war schon immer besser darin gewesen, Menschen aus dem Weg zu gehen, als ihnen die Tür zu seinem Herzen zu öffnen. Manchmal, in seinen düsteren Momenten, hatte er das Gefühl, dass es eine solche Tür niemals gegeben hatte.

Und doch war es früher einmal anders gewesen. Damals, als er gerade ins Schloss gekommen war, ein naiver, kleiner Junge von acht Jahren, hatte er sich darauf gefreut, Kinder im eigenen Alter kennenzulernen, denn zu Hause hatte es nur seine beiden Brüder und seine Schwester gegeben, die alle um Jahre älter waren als er. Doch er hatte schnell begreifen müssen, dass sowohl die Adligen als auch die Dienerschaft in ihm keinen geeigneten Spielkameraden für ihre Söhne und Töchter sahen. Zu groß war wohl ihre Sorge gewesen, ein möglicher Streit zwischen ihm, dem zukünftigen Drachenreiter, und ihren Sprösslingen könnte negativ auf sie selbst zurückfallen.

„Darf ich dich etwas fragen, Erem?", unterbrach Alanerisk seine düsteren Erinnerungen, bevor sie allzu schmerzlich werden konnten.

„Natürlich", erwiderte er hastig. „Jederzeit."

„Serefina ist heute auf recht eindeutige Weise mit den Waffen einer Frau in die Schlacht gezogen, und ich kenne viele, die sich diesem geballten Aufmarsch an weiblichen Reizen nur zu gern ergeben hätten. Wieso hast du es nicht getan?"

Sofort war sein Zorn wieder da.

„Weil sie sich wie eine Hure aufgeführt hat! Eine Hure ist im Grunde sogar noch ehrlicher, als Serefina es war. Man weiß, was man zahlt und was man dafür bekommt. Doch Serefina hat ihre Absichten nicht offengelegt. Sie gab vor, an mir interessiert zu sein, aber hätte ich die Gelegenheit ergriffen, hätte sie daraus eine Schuld abgeleitet, die sie niemals müde geworden wäre einzufordern. Sie hätte verlangt, dass ich sie auf einen Flug mit dir mitnehme. Das ... das hätte ich dir niemals zugemutet!"

Ein leises Lachen erreichte Erem. „Ich habe in all den Jahren schon so viele Menschen auf meinem Rücken getragen, und glaube mir, es gab einige darunter, deren Charakter man mit Fug und Recht als fragwürdig hätte bezeichnen können. Es hätte mir nichts ausgemacht."

„Aber mir! Serefina ist der Flug doch völlig egal! Das Einzige, was sie interessiert, ist, vor ihren adligen Busenfreundinnen damit protzen zu können. Da mache ich nicht mit! Ich will nicht, dass du auf diese Weise benutzt wirst! Und ich ... ich will auch nicht benutzt werden." Erem schüttelte bitter den Kopf. „Das habe ich durch das Leben am Hof des Königs am schnellsten gelernt: Geschenke sind selten aufrichtig. Fast immer haben sie einen Preis, den man nie hätte zahlen wollen, hätte man ihn nur vorher gekannt."

Tiefe Zustimmung erfüllte Alanerisks Stimme, als er ihm antwortete. „Du hast natürlich recht, Erem, und es freut mich, dass du Serefinas Absichten und Hintergedanken so gut durchschaut hast. Hinter die glänzende Fassade der Menschen blicken zu können ist eine unverzichtbare Gabe für einen Drachenreiter. Nur so kann er sich seine Unabhängigkeit bewahren."

Erem schnaubte verächtlich. „Wenn man erst einmal weiß, worauf man achten muss, ist es nicht weiter schwer, Schein und Sein zu unterscheiden.

Ich wünschte nur, beides wäre ausgeglichener. Neid, Gier und Machtbesessenheit sind allzu übermächtig."

„Das mag stimmen. Aber es gibt auch die andere Seite. Es gibt Menschen mit ehrlicher Freundlichkeit, Herzlichkeit und Güte."

„Schon möglich, aber sie sind bei Weitem in der Unterzahl. Ich bin sicher, wenn nicht jedes der elf Königreiche von einem Drachen beschützt werden würde, hätte es längst unzählige Kriege auf Mendori gegeben, und solltet ihr euch je entschließen, euch zurückzuziehen, würde es nicht lange dauern, bis das erste Blut fließt, daran besteht nicht der geringste Zweifel."

„Wir werden niemals gehen, Erem. Nicht, solange die Menschen unseren Schutz und unsere Führung noch brauchen. Drachen waren es, die vor neunhundert Jahren den zweiten Kontinent verwüsteten und die Menschen aus ihrer ursprünglichen Heimat vertrieben. Diese Schuld ist noch lange nicht beglichen, und solange nicht alle Seelenkristalle von Kodorask und seinem Clan gefunden worden sind, ist selbst der von uns bewachte Friede nicht sicher."

„Ich weiß", erwiderte Erem leise. Er wusste es nur zu gut. Alle Familien, die den Drachen dienten, taten das. Dies war die Bürde, die sie zu tragen, das Geheimnis, das zu bewahren sie unter Einsatz ihres Lebens geschworen hatten - ein Geheimnis, von dem niemals, unter keinen Umständen, auch nur ein einziges Wort nach außen dringen durfte. Panik und Furcht, Misstrauen und Gewalt wären die unvermeidliche Folge gewesen. Denn während die Mehrheit der Bevölkerung glaubte, die Drachen, die damals Zerstörung und Tod über die Menschen hatten bringen wollen, seien endgültig besiegt worden, kannte er die schreckliche Wahrheit, wusste um das unsichtbare Fallbeil, das über ihren Köpfen hing und nur darauf wartete, in einem unachtsamen Moment auf ihre ahnungslosen Häupter niederzufahren.

Er wusste nicht, wann genau das Unheil über sie hereinbrechen würde, doch er spürte, wie sich mit jedem Tag, der ereignislos verstrich, die düsteren Wolken bedrohlicher und unheilvoller am Horizont zusammenballten. Es war ein Wettlauf gegen die Zeit, und manchmal, in den dunklen, einsamen Stunden der Nacht, wenn er wach in seinem Bett lag und der Schlaf wieder einmal nicht kommen wollte, glaubte er, dass sie trotz all ihrer Anstrengungen und aller Entbehrungen, die sie auf sich nahmen, am Ende zu spät kommen würden; dass es *gar nicht möglich* war, diesen Kampf zu gewinnen, egal wie viele Kräfte sie auch mobilisierten und in die Schlacht warfen.

Denn anders als früher, als Kodorask und sein Clan von den übrigen Drachen niedergerungen worden waren, gab es diesmal keinen Gegner, gegen den sich ihre Wut und ihre Verzweiflung hätten richten können. Es gab keinen Feind aus Fleisch und Blut, dessen Körper blutete, wenn sich

Krallen in ihn hineinbohrten. Diesmal kämpften sie gegen die Natur selbst, gegen das, was die Drachen vielleicht am fundamentalsten von den Menschen und allen anderen Wesen auf der Erde unterschied. Sie kämpften gegen die Unsterblichkeit.

Dies, vor allem anderen, war der eigentliche Schrecken, den sie zu fürchten hatten. Erem wusste - so wie alle Familien, die das Geheimnis hüteten, es ebenfalls taten -, dass Kodorasks verderbte Seele und die der übrigen Verräter mit dem Tod ihrer Körper nicht erloschen waren. Sie existierten weiter, unzerstörbar, ewig, trieben einsam und hasserfüllt durch die Unendlichkeit, bis sie irgendwann als Seelenkristalle in die Welt der Lebenden zurückkehrten, in kalter, tödlicher Geduld darauf lauernd, von den Händen eines ahnungslosen Menschen berührt zu werden, sein Bewusstsein hinwegzufegen und in seinen Körper zu fahren.

Aus diesem Grund gab es die Sucher. Mehr als alle anderen Drachen waren es jene sieben, die das Licht der Hoffnung auf eine friedliche, für Menschen und Drachen gleichermaßen erstrebenswerte Zukunft am Leben erhielten. Tag für Tag, Jahr für Jahr streiften sie umher, forschten nach dem Verbleib der Kristalle, die trotz der neunhundert Jahre, die seit dem schrecklichen Krieg der Drachen inzwischen vergangen waren, noch immer vermisst wurden. Die Kristalle ihrer alten Gefährten, die damals Seite an Seite mit ihnen gegen Kodorask gekämpft hatten, brachten sie in den Drachenschrein, der hoch oben auf den gewaltigen, ewig schneebedeckten Gipfeln der Dreaden thronte, wohin kein gewöhnlicher Mensch bislang seinen Fuß gesetzt hatte. Die der anderen jedoch, die Kristalle der Gestrauchelten, dem Wahnsinn Verfallenen, jener, die der Raserei ihres Anführers allzu bereitwillig in den Untergang gefolgt waren, wurden den Familien anvertraut, die den Drachen dienten und aus deren Mitte auch die Drachenreiter kamen.

Auch auf dem einsamen Waldgut, auf dem Erem seine ersten acht Lebensjahre verbracht hatte, gab es drei dieser Kristalle. Mehr an einem Ort zu versammeln wäre zu gefährlich gewesen, sowohl für die Wächter als auch für den Fall, dass ein solches Versteck einmal von einer zurückgekehrten Seele aufgespürt werden sollte.

Ein eisiger Finger schien Erem das Rückgrat hinabzustreichen, und trotz der Wärme der Sonne lief ein Frösteln über seine Haut. Ohne dass er es verhindern konnte, beschworen die düsteren Gedanken die Albträume seiner Kindheit von neuem herauf, Albträume, in denen er in Todesangst durch die finsteren Korridore ihres Anwesens geflohen war, gejagt von Wesen, die mit kalten Augen und blutigen Messern durch die Dunkelheit schlichen. Er hatte gewusst, dass sie gekommen waren, um ihn zu holen, so wie sie bereits den Rest seiner Familie geholt hatten. Er war der Letzte, der noch übrig war, und er spürte ihre schreckliche Gegenwart, spürte, wie sie näher und näher kamen, wie sie ihre Beute einkreisten und geduldig auf eine Gelegenheit warteten, um aus den Schatten über ihn herzufallen.

Stets erwachte er schweißgebadet und mit rasendem Puls, bevor die unsichtbaren Jäger ihres grausamen Spieles überdrüssig wurden, und stets hatte er das Gefühl, als sei die namenlose Bedrohung aus seinen Träumen danach ein kleines Stückchen wirklicher geworden als zuvor, als habe die Mauer, die die Albmahre der Nacht von den lichten Gefilden des Tages trennte, mit jedem angstvollen Erwachen mehr an Substanz und Stabilität verloren. Und er fürchtete den Tag, an dem sie das, was auch immer von der anderen Seite herüberkommen wollte, nicht mehr länger würde zurückhalten können.

Doch das waren die Ängste seiner Kindheit gewesen, und obwohl er bei der Erinnerung daran noch immer ein unangenehmes Kribbeln zwischen den Schulterblättern verspürte und ein Teil von ihm am liebsten verstohlen nach dem Griff seines Schwertes getastet hätte, so war er doch längst kein Kind mehr. Seine Eltern ebenso wie die anderen Wächter, die weit über die Königreiche verstreut lebten, kannten das Risiko und trugen es ebenso bereitwillig wie ihre Vorfahren. Sie nahmen das Leben in Einsamkeit auf sich, damit die Seelenkristalle niemals in falsche Hände geraten konnten, und sei es auch nur in die unwissender Räuber, die glaubten, einen Schatz vor sich zu haben, statt das Verderben zu erkennen, das in den glänzenden Steinen lauerte.

Erem spürte, wie selbst Alanerisk in dumpfer Sorge erschauerte. „Denkst du wieder an Kodorask?“, fragte er beklommen.

Allein der Name ließ ihn zittern. Kodorask, der Anführer der Drachen, die in den Menschen nichts als Gewürm sahen, das sie unter ihren mächtigen Klauen zerfetzen konnten. Alanerisk selbst hatte Kodorask getötet, doch sein Seelenkristall war bis heute nicht gefunden worden.

„Es gibt keinen Tag, an dem ich nicht an ihn denke“, sagte Alanerisk. Seine Stimme klang leise, tonlos, schien durch Abgründe aus lichtloser Finsternis in Erems Geist zu wehen. „Jedes Mal, wenn ich es tue, wünschte ich, ich könnte mich den Suchern anschließen. Doch meine Pflichten binden mich hier. Mir bleibt nur zu hoffen, dass sie seinen Kristall aufspüren, bevor irgendein törichter Mensch ihn berührt.“

Es kam selten vor, dass Alanerisk einen Menschen töricht nannte, und mehr als alles andere vermittelte diese Wortwahl Erem einen Eindruck davon, wie sehr der Drache Kodorasks Rückkehr fürchtete. Und das zu recht. Sollte es dem Anführer des dunklen Drachenclans je gelingen, einen Körper zu stehlen, würden ohne Zweifel erneut Krieg und Vernichtung wie ein Flächenbrand über das Land toben - ein Brand, der sowohl die Rasse der Menschen als auch die der Drachen in ewige Verdammnis stürzen konnte.

2. Kapitel

Nach dem düsteren Ende, das seine Unterhaltung mit Alanerisk gefunden hatte, fiel es Erem zunächst schwer, sich auf seine Lektüre zu konzentrieren, und so hielt er während des Lesens immer wieder inne, schloss kurz die Augen und versuchte, die Worte im stillen Revue passieren zu lassen, um sie auf diese Weise der finsteren Vision entgegenzusetzen, die der Gedanke an Kodorask heraufbeschworen hatte.

Ohnehin war dies die Art und Weise, auf die er meistens las; zunächst verschlang er einige Kapitel mit großem Wissensdurst, dann dachte er darüber nach, damit die neuen Erkenntnisse nicht lediglich Treibholz im Ozean seiner Gedanken wurden und nach einer Weile spurlos darin versanken, sondern dem Meer eine neue Fülle hinzufügten, ein Teil von ihm wurden, innig verknüpft mit all den anderen Schätzen, die dort ruhten, bereit, jederzeit abgerufen zu werden.

Das Buch, das er sich heute ausgesucht hatte, enthielt zum Glück so viele unerwartete Perlen und Juwelen, dass Furcht und Beklommenheit schon bald von ihm abfielen und die Geister einer fernen Vergangenheit, ohnmächtig und besiegt zumindest für den Moment, ihre lauernden Raubtieraugen von ihm abwandten und wieder zurückwichen in die Schatten, aus denen sie hervorgekommen waren. Und eins stand fest: Solange Erem mit dem schweren Folianten auf den Knien in seiner Astgabel hockte, würde sich daran auch nichts ändern.

Autor des üppigen Werkes war ein bekannter Philosoph, der scharfsinnig und wortreich darüber spekulierte, wie die Entwicklung der elf Königreiche wohl verlaufen wäre, hätten die Menschen niemals erfahren, was es hieß, einen Drachen als Freund und Beschützer zu haben. Konzentriert tauchte Erem in die Gedankenwelt des Schreibers ein, folgte seinen Pfaden, entdeckte hier und da einen Seitenweg, den der Mann übersehen oder für nicht bedeutungsvoll genug erachtet hatte, und fügte seine eigene Sicht der Dinge hinzu.

In einigen Punkten stimmte er mit dem Autor überein, andere wiederum konnte er nicht nachvollziehen, und bei einer Sache spürte er, wie er vor Wut mit den Zähnen zu knirschen begann. Wie konnte jemand, der für sich in Anspruch nahm, über eine gewisse Bildung und einen Blick fürs Wesentliche zu verfügen, nur allen Ernstes behaupten, allein die bloße Anwesenheit der Drachen habe einen so gewaltigen Einfluss auf die Königreiche, dass den Menschen ihre Entscheidungsfreiheit genommen wurde und sie nicht viel mehr waren als Marionetten, die an den Schnüren eines fremden Puppenspielers zu einer Melodie tanzten, die nicht ihre eigene war?

Erem schnaubte verächtlich. Welche Entscheidungsfreiheit sollte das sein? Die, Kriege zu beginnen? Die, sich gegenseitig abzuschlachten? Das verhinderten die Drachen tatsächlich durch ihre sanfte Präsenz, aber daran konnte er nun wirklich nichts Verwerfliches sehen. Nur ein Narr konnte sich eine Welt wünschen, in der jedes herumstehende Pulverfass durch jeden winzigen Funken zu einer Kettenreaktion von Explosionen führen würde, die Hunderte, wenn nicht Tausende unschuldiger Menschen in einen sinnlosen Tod zu reißen vermochte.

In jeder anderen Hinsicht aber hielten sich die Drachen zurück. Sie mischten sich weder in die Politik noch ins Alltagsleben der Menschen ein, und wenn sie halfen, dann stets nur durch ihre Klugheit und ihren weisen Rat, und niemals ungebeten. Selbst die Familien, die sich den Drachen so tief verpflichtet hatten wie die seine, waren dazu keinesfalls gezwungen worden. Ohnehin wäre ein solcher Zwang undenkbar gewesen, waren doch beide Seiten auf bedingungsloses Vertrauen zueinander angewiesen.

Seine Brüder, seine Schwester und auch er selbst hatten stets die Wahl gehabt. Als Alanerisk Serim und ihn darum gebeten hatte, Drachenreiter zu werden, hatte es ihnen in jedem Moment freigestanden, ihre eigene Entscheidung zu treffen, denn genau das war es gewesen - eine Bitte. Auch Brion, Karan und Simai hätten nicht wie ihre Eltern auf dem einsamen Waldgut bleiben müssen. Doch sie hatten sich aus freien Stücken dazu entschlossen, hatten frei gewählt, ihren Teil dazu beizutragen, die Menschen Mendoris vor der Gefahr durch Kodorasks abtrünnigen Drachenclan zu schützen, ebenso wie Brions und Karans Gattinnen und Simais Gemahl. Und wenn die Zeit reif war, würden auch ihre Kinder die gesamte Wahrheit erfahren und sich ohne Zwang entscheiden können, ob sie bleiben wollten oder nicht.

Erem hatte nicht eine Sekunde lang gezögert, sich in Alanerisks Dienst zu stellen, und obwohl er damals erst acht Jahre alt gewesen war, konnte er sich noch heute in aller Klarheit an den Moment erinnern, in dem der Drache vor ihn getreten war und seine Bitte vorgetragen hatte. Die Freude hatte ihn so sprachlos werden lassen, dass er nicht hatte antworten können, stattdessen war er vor Alanerisk auf die Knie gefallen und hatte ihm stumm und doch mit jeder Faser seines Herzens geschworen, ihn mit aller Kraft, zu der er fähig war, in seinen noblen Absichten zu unterstützen und zu tun, was er vermochte, um das Königreich und seine Bevölkerung vor Schaden zu bewahren, während Tränen unaufhaltsam seine Wangen hinabströmten.

Erst Stunden später hatte er sich wieder so weit gefangen, dass er hatte sprechen können. Und obwohl inzwischen so viele Jahre vergangen waren, hatte sich an seiner Ergriffenheit und der Intensität seiner Gefühle bis heute nichts geändert. Noch immer begann sein Herz vor Aufregung und Freude schneller in seiner Brust zu schlagen, wenn Alanerisks Stimme in seinem Geist erklang, noch immer war die sanfte Gegenwart des Drachen wie ein warmer Frühlingsregen, der alle Ängste und Sorgen, alle niedrigen Gedanken und Gefühle und kleinmütigen Anwandlungen aus seiner Seele wusch und ihn für die Zeit, die er in seiner Nähe verbringen durfte, zu einem besseren Menschen machte, als er es ohne ihn jemals hätte sein können.

Wieder einmal schloss Erem die Augen, und ein leichtes Lächeln glitt über seine Züge. Dieser Philosoph war wahrhaftig ein Dummkopf, wenn er ignorierte, was so offensichtlich vor seinen Augen lag. Alanerisk und die anderen Drachen beschnitten die Menschen nicht in ihren Möglichkeiten, im Gegenteil. Nur durch sie erhielten sie die Freiheit, das zu verwirklichen, was an Fähigkeiten und Potenzial in ihnen steckte, sich voller Vertrauen in die eigene Stärke allen Herausforderungen ihres Lebens zu stellen, ohne befürchten zu müssen, jederzeit von einer Flutwelle aus Krieg und Gewalt ins Verderben gerissen zu werden. Seine eigene Welt zumindest war in den letzten zehn Jahren sehr viel weiter geworden, so weit, wie Drachenschwingen ihn zu tragen vermochten.

Ein leiser Laut unterbrach plötzlich seine Gedanken. Erem spitzte die Ohren, ließ die Augen jedoch geschlossen. Da war es wieder. Ein leises Rascheln, erzeugt von Kleidung, die bei langsamen Bewegungen aneinander rieb. Das Knirschen und Klackern, das zu erwarten gewesen wäre, wenn jemand den Kiesweg entlangschritt, war hingegen nicht zu hören, also benutzte der Herannahende nicht den Weg, sondern pirschte sich über die Moose und weichen Gräser, die den Boden des Eichenhains beinahe überall bedeckten, heran.

Sofort ahnte Erem, wer da so tölpelhaft versuchte, unbemerkt in seine Nähe zu gelangen. Er erweiterte seine Sinne, so wie er es in jahrelangem Schwertkampftraining erlernt hatte, und fand seine Vermutung sogleich bestätigt. Es war Keiran, ehrgeiziger Nachwuchssoldat für die Elitegarde des Königs und einziger Sohn des Waffenmeisters Jorran. Seine Art, sich zu bewegen, verriet ihn ebenso wie die unfreundliche, beinahe feindselige Aura, die ihn umgab, obwohl er sich offensichtlich nach Kräften bemühte, beides zu unterdrücken und ihm so wenige Hinweise wie möglich auf seine Anwesenheit zu liefern.

Erem hielt die Lider noch immer geschlossen, stellte sich schlafend. Was führte Keiran wohl im Schilde? Nichts Gutes, so viel stand fest, andernfalls hätte er sich nicht so viel Mühe gemacht, unentdeckt zu bleiben. Um ein Haar hätte Erem verächtlich die Lippen verzogen. Glaubte Keiran tatsächlich, er wäre dumm genug, in seiner Gegenwart zu schlafen? Oder auch nur unaufmerksam zu sein?

Keiran war ebenso alt wie Erem, mit dem kleinen Unterschied, dass Keiran seinen achtzehnten Geburtstag vorgestern gefeiert hatte, während Erem damit noch ein paar Tage warten musste, und er war genauso groß, was bedeutete, dass sie beide einen Deut größer waren als der Durchschnitt. Dieser glückliche Umstand führte dazu, dass sie im

Vergleich zum Rest ihrer Kameraden im Kampf über einen Vorteil in der Reichweite verfügten, ohne dass sie durch allzu lange Glieder in ihrer Geschicklichkeit behindert worden wären.

Auch in ihrer Statur glichen sie sich, waren sie doch beide durch jahrelanges Schwerttraining athletisch, durchtrainiert und schlank. Aber damit erschöpften sich ihre Gemeinsamkeiten auch schon. Während Erem welliges, dunkelbraunes Haar besaß, das mit großer Vorliebe vom Wind zerzaust wurde und stets im Licht der Sonne glänzte, war Keiran blond, und sein Haar neigte dazu, platt und stumpf an seinem Schädel anzuliegen wie schlecht getrocknetes Stroh. Keirans Augen waren von einem wässrigen, eher unansehnlichen Blau, während seine eigenen ein seltenes, intensives Grau zeigten, und während Keirans Haut von der heißen Sonne Mendoris stets wie eine Kartoffel im Feuer dunkel geröstet schien, war Erem nur leicht gebräunt, was seiner Haut einen samtig matten Bronzeschimmer verlieh.

Auch ihre Gesichter unterschieden sich. Keiran besaß ein markantes, kantiges Gesicht mit harten, beinahe schroffen Konturen, das er schon seit einiger Zeit voller Stolz mit einem dünnen Oberlippenbärtchen schmückte, Erem hingegen zeichnete sich eher durch sanfte, jugendlichere Züge aus, in denen sich, sehr zu seinem Leidwesen, bislang noch kein einziges Barthaar hatte blicken lassen. Manchmal beneidete er Keiran sogar um sein markiges Aussehen, das ihn älter und männlicher erscheinen ließ, während er selbst, wenn er sich aus einem Spiegel heraus anblickte, leider noch immer kaum einen Unterschied zu dem Jungen entdecken konnte, der er vor ein paar Jahren gewesen war.

Ein Bartwuchs, und sei er noch so gering, hätte ihn möglicherweise davon überzeugen können, dass es wenigstens eine winzige Chance für ihn gab, irgendwann nicht mehr wie ein harmloser, unbedarfter Bub zu wirken, den die Mädchen zwar „niedlich“ fanden (wie sehr er das Wort hasste!), den die Erwachsenen jedoch nie für voll nahmen. Doch anders als bei Serim und seinen beiden anderen Brüdern, die sich schon früh kräftige Vollbärte hatten stehen lassen, würde er wohl noch auf Jahre hinaus vergeblich darauf hoffen.

Keiran war indessen näher gekommen und stand nun beinahe unmittelbar unter der alten Eiche. Erem spürte, wie seine Blicke mit boshafter Vorfreude auf ihm ruhten, und seine angespannten Sinne verrieten ihm auch, dass Keiran die Hand hob, vermutlich, um etwas nach ihm zu werfen. Aber da musste er schon früher aufstehen!

In einer einzigen fließenden Bewegung schlug Erem das Buch zu, das noch immer aufgeschlagen auf seinen Knien gelegen hatte, schwang sich von der Astgabel und sprang Keiran aus drei Meter Höhe direkt vor die Füße. Er kam so dicht vor ihm auf, dass ihre Gesichter schlagartig kaum mehr als zwei Handbreit voneinander entfernt waren.

Keiran stolperte einen Schritt zurück, unfähig, sein Erschrecken oder auch nur den Stein zu verbergen, den er in der erhobenen Hand hielt - einen *ziemlich großen* Stein, nebenbei bemerkt. Wie nicht anders zu erwarten, loderte sofort grelle Wut in seinen Augen auf.

„Bist du verrückt geworden?", zischte er. „Wie kannst du es wagen, mich derart zu erschrecken?"

Erem genoss seinen Triumph durchaus, behielt das aber für sich. Mit ausdrucksloser Miene wies er auf den Stein in Keirans Hand.

„Ich wollte dir nur die Mühe ersparen, so viel Gewicht so weit nach oben schleudern zu müssen."

Keiran lief dunkelrot an und ließ den Stein so abrupt fallen, als sei er plötzlich glühend heiß geworden. „Was für ein Gewicht? Das ist doch nur ein harmloser Kiesel!"

Der *Kiesel* landete mit einem deutlich hörbaren Laut auf dem Boden und strafte so seine Worte Lügen, mehr noch, als es bereits seine Größe tat. Erem fragte sich, wo Keiran den unförmigen Brocken wohl aufgetrieben hatte. Trug er ihn etwa ständig mit sich herum, nur für den Fall, dass sich einmal die Gelegenheit ergab, ihn ihm an den Kopf zu werfen? Das wäre ein ziemlicher Aufwand für ein Unterfangen, das so wenig Erfolg versprechend war, andererseits jedoch war Keiran im ganzen Schloss der Einzige, bei dem ihn eine derartige Narretei nicht im Geringsten gewundert hätte.

„Ich hätte dich schon nicht getroffen!", murrte Keiran und kickte den Stein etwas zu heftig zur Seite, wo er im Gras verschwand.

Erem musste unwillkürlich lächeln. „Nein, das hättest du nicht."

Obwohl es kaum möglich schien, wurde das Rot auf Keirans Wangen noch intensiver und hätte nun jeden Hummer, der sich nach einem Ausflug in die seichten Küstengewässer unversehens in den großen Suppentöpfen der Schlossküche wiedergefunden hatte, wie eine tiefgefrorene Wasserleiche aussehen lassen. Damit nicht genug, begannen wie stets, wenn er sich über die Maßen echauffierte, zornige weiße Flecken wie ein bizarrer Pilzbefall auf seinem unheilvoll verfärbten Gesicht zu erblühen, was auf Keirans ohnehin schon dunklem Teint eine eigentümliche und nicht gerade appetitanregende Mischung ergab.

„Ich habe auf den Ast neben dir gezielt, damit das klar ist! Irgendwie muss ich dich schließlich wecken, wenn du schon nicht auf Rufe reagierst."

Erem sparte sich die Mühe, darauf zu verweisen, dass er nicht geschlafen und Keiran nicht nach ihm gerufen hatte - beides lag offen auf der Hand.

„Wieso bist du hier?"

„Ich soll dich zum Training holen“, knurrte Keiran. „Und du kannst froh sein, dass ich das überhaupt tue. Ich bin nicht dein persönlicher Lakai!“

Erem warf einen raschen Blick nach oben und schätzte den Stand der Sonne ab. „Aber das Training beginnt doch erst in einer Stunde!“

Keiran verzog verächtlich das Gesicht. „Heute nicht. Tut mir ja leid, dich von deinen Illusionen erlösen zu müssen, aber nicht alle im Schloss haben so viel Freizeit wie du. Im Gegensatz zu dir arbeiten wir hart und können nicht stundenlang in Bäumen herumhängen und am helllichten Tag schlafen. Du kannst nun wirklich nicht erwarten, dass sich alle nur nach dir richten.“

Erem überhörte die Beleidigungen. Sich damit auseinanderzusetzen, war nicht der Mühe wert. „Dein Vater hat das Training also vorverlegt“, schloss er ungerührt.

Und das vermutlich mit voller Absicht. Ebenso wie Keiran war Jorran alles andere als ein Anwärter auf die Auszeichnung „Erems bester Freund“, und aus Gründen, die Erem nicht verstand, schien es dem Waffenmeister eine Herzensangelegenheit zu sein, ihn immer wieder schlecht aussehen zu lassen. Dass er nun zu spät zum Training kam und dafür gescholten werden würde, obwohl er nichts von dem veränderten Termin gewusst hatte, war eine der geringeren Nettigkeiten, die Jorran mit großer Leidenschaft für ihn ersann.

Schlimmer war es schon, wenn er es darauf anlegte, ihn im Training zu demütigen, was ziemlich häufig geschah. Leider war Jorran einer der wenigen, die dazu in der Lage waren. Er war ein Meister der „Falkenflug“-Schwerttechnik, der gleichen Technik, die auch Erem von seinen Brüdern und seinem Vater gelernt hatte, und aufgrund seiner größeren Erfahrung hatte Erem ihn bislang noch nicht schlagen können. Aber er arbeitete daran!

Ohne Keiran noch länger zu beachten, wandte er sich ab und schritt über das weiche Gras des Wäldchens davon. Dabei legte er ein derart hohes Tempo vor, dass der Sohn des Waffenmeisters stets einen Schritt hinter ihm zurückblieb - was zweifellos die Ursache für die unzähligen bösen Blicke war, die er auf dem gesamten Weg wie Dolche in seinem Rücken spürte. Zur Sicherheit behielt er seine wachsame Konzentration bei, nur für den Fall, dass sich Keiran dazu entschließen sollte, etwas noch Spitzeres als seinen *Kiesel* nach ihm zu werfen.

* * *

Als Erem den großen Trainingsplatz wenig später erreichte, warf er einen schnellen Blick in die Runde, zählte und zog gleich darauf die linke Augenbraue steil in die Höhe. 25 Gardeschüler und Gardisten umstanden

Jorran, der in der Mitte des Platzes posierte und in scharfem Ton letzte Anweisungen gab. 25 - das waren sieben mehr als in jedem anderen Training zuvor. Offenbar war der Waffenmeister zu dem Schluss gelangt, dass seine fortgesetzten Bemühungen, ihn zu beleidigen und beim Kampf mit dem Schwert als inkompetenten Tölpel zu demaskieren, nicht zum gewünschten Erfolg führen würden, und schien mit einer Lektion der rustikaleren Art endgültig für klare Verhältnisse sorgen zu wollen.

Erem lächelte dünn. Er schätzte Herausforderungen durchaus, halfen sie einem doch, die eigenen Grenzen zu erkennen und zu erweitern. Zudem waren ihm die letzten paar Trainingseinheiten im Grunde zu einfach gewesen. Schon seit Wochen war es keinem seiner Gegner mehr gelungen, einen nennenswert harten Schlag auf seinen Körper durchzubringen, und Jorran schien das genauso zu bedauern wie er selbst, wenn auch aus unterschiedlichen Gründen.

Erem nahm sich die Zeit, das Buch aus der Bibliothek des Königs auf einer schmalen Holzbank am Rande des Platzes abzulegen, zog anschließend sein wahres Schwert - die scharf geschliffene, stählerne Klinge, die ihn als Reiter im Dienst Alanerisks auszeichnete - samt Scheide aus dem Gürtel und platzierte es genau darüber, ein unmissverständlicher Hinweis darauf, was jenen blühte, die es wagen sollten, den kostbaren ledernen Einband oder die feinen pergamentenen Seiten des königlichen Folianten mit ihren ungewaschenen Fingern oder dem Staub des Übungsplatzes zu besudeln. Ein einziges Mal war das im Laufe der Jahre geschehen, in einer ähnlichen Situation wie heute, als das Training zu einer ungewöhnlichen Zeit stattfand und er keine Gelegenheit gehabt hatte, seinen wertvollen Schatz zuvor an einem Ort mit weniger Schmutz und neidischen Blicken in Sicherheit zu bringen.

Den Tadel des Königs hatte Erem damals selbst auf sich genommen, den wahren Schuldigen hatte er auf eigene Faust bestraft. Er war gerade einmal elf gewesen, der Gardist doppelt so alt und mindestens zwei Köpfe größer, doch das Duell, das Erem zur Genugtuung gefordert hatte, hatte er locker gewonnen, schließlich war er schon damals in die Technik, die er noch heute verwendete, eingeweiht gewesen.

20 oder gar 25 Gegner hätte er zu jener Zeit zwar noch nicht zu schlagen vermocht, diesem einen gegenüber allerdings hatte er sich Respekt verschafft, zumal sie mit scharfen Schwertern gekämpft hatten - eine Tatsache, die Serim heute noch immer vor Schreck erbleichen ließ, sobald er daran dachte. Trotzdem hatte Erem keinen Kratzer abbekommen - er konnte sich ohnehin nicht daran erinnern, jemals geblutet zu haben -, und der Gardist war mit einigen dünnen, nicht sehr tiefen Schnitten davongekommen, doch die Stellen, an denen sie sich befunden hatten, waren als Warnung mehr als ausreichend gewesen. Das hatte allen

Versuchen, ihn auf diese oder ähnliche Weise beim König in Misskredit zu bringen, ein ebenso rasches wie befriedigendes Ende bereitet.

Erem atmete tief durch, ließ die Vergangenheit hinter sich und schritt mit durchgestrecktem Rücken und erhobenem Haupt zu Jorran hinüber. Der war abrupt verstummt, als er ihn bemerkt hatte, und der Ausdruck auf seinem Gesicht wandelte sich von blasierter Wichtigtuerei zur lauernden Anspannung eines Raubtiers, dem gerade der Geruch nach Blut in die Nase gestiegen war. Offensichtlich lag ihm nichts daran, auch Erem in den Genuss der Weisheiten kommen zu lassen, die er gerade noch mit verschwörerisch gesenkter Stimme in die Runde gezischt hatte, doch die Mühe hätte er sich sparen können. Erem wusste längst alles darüber, was er wissen musste, und das wenige, das nicht ohnehin bereits offen auf der Hand lag, hätte er spätestens beim Blick in Jorrans Augen erfahren.

Die Augen des Waffenmeisters waren von ebenso fahlem, unscheinbarem Blau wie die seines Sohnes. Auch im restlichen Aussehen glichen sich die beiden, Jorran war jedoch noch ein gutes Stück größer, etwas breiter gebaut und noch stärker als Keiran. Ebenfalls gemeinsam war ihnen die profunde, tiefe Abneigung, mit der beide ihm begegneten, mit dem kleinen Unterschied, dass Jorrans Blick, noch weit mehr als der von Keiran, vom heißen Feuer des Hasses erfüllt war, während er ihm über den staubigen Übungsplatz hinweg finster entgegenstarrte.

Erem hatte keine Ahnung, womit er so viel Zuneigung verdient hatte, aber im Grunde spielte das auch keine Rolle. Jorran hatte ihn vom ersten Tag an nicht anders betrachtet, und zweifellos war die Verachtung und beinahe offene Feindschaft, mit der Keiran ihn bei jedem ihrer Aufeinandertreffen so großzügig bedachte, ebenfalls auf den Einfluss seines Vaters zurückzuführen.

„Der hochwohlgeborene Herr Drachenreiter geruht also endlich, uns mit seiner Anwesenheit zu erfreuen", spottete Jorran, und ein höhnisches Grinsen kräuselte seine Lippen.

Erem blieb vor Jorran stehen, neigte knapp den Kopf und lächelte. „So ist es, Waffenmeister Jorran."

Jorran lief rot an, etwas, das er mindestens genauso gut, wenn nicht sogar noch besser als sein Sohn beherrschte. Und im Brüllen war er ohnehin ungeschlagen.

„Wenn ich nach dir schicke, erwarte ich, dass du *unverzüglich* zur Stelle bist!", schrie er Erem ins Gesicht. „Ich habe Besseres zu tun, als auf ein so verwöhntes Balg wie dich zu warten, und ..."

„Das ist mir schon klar", erwiderte Erem seelenruhig. „Doch bevor Ihr noch mehr Eurer kostbaren Zeit damit verschwendet, mir eine Verfehlung vorzuwerfen, die ich, wie Ihr sehr wohl wisst, nicht begangen habe, solltet Ihr erwägen, mit dem Training zu beginnen. Ich bin bereit, sobald Ihr es seid."

Die Gardisten und Gardeschüler zogen unwillkürlich die Köpfe ein, erwarteten eine verheerende Explosion des Zorns, und tatsächlich sah Jorran für einen Augenblick so aus, als wolle er sich mit gefletschten Zähnen und wirbelnden Fäusten auf ihn stürzen, ihn packen und seinen Schädel so lange auf den harten Boden schmettern, bis jegliche Aufmüpfigkeit ein für allemal aus ihm gewichen war. Doch er beherrschte sich. In seinen wässrigen blauen Augen glühte der Hass, als er mit einem schnellen Schritt auf Erem zutrat und ihn aus kaum mehr als einer Handbreit Entfernung mit mörderischem Blick fixierte.

„Einen wie dich würde *ich* niemals in meiner Garde dulden!“, zischte er. „Du bist faul, aufsässig, arrogant und eines Drachenreiters durch und durch unwürdig.“

Früher hätte eine derartige Beleidigung Erem noch getroffen, deckte sie sich doch zu sehr mit seiner eigenen Angst. Doch über den Punkt, an dem er anderen ein Urteil über sich gestattet hätte, war er schon seit Jahren heraus. Er wich keinen Deut zurück, weder innerlich noch äußerlich.

„In dem Fall kann ich wohl von Glück sagen, dass Ihr dies nicht zu entscheiden habt.“

Jorran schob sein Gesicht noch näher heran. „In der Tat. Und du wirst heute Glück brauchen. Eine Menge sogar. Die Zeit des Verhätschelns ist vorbei, du Wicht! Ab heute wirst du alles aus dir herausholen müssen. Und glaub ja nicht, dass ich dir auch nur die geringste Schonung gewähren werde.“

„Keine Sorge, damit würde ich niemals rechnen. Können wir jetzt endlich anfangen?“

Jorran stieß ihn hart vor die Brust, so dass Erem einen Schritt zurücktaumelte. „Dann beweg dich endlich und halt keine Vorträge! Wollen wir doch mal sehen, ob du mit deinem Schwert genauso schnell bist wie mit deinem Mundwerk.“ Er grinste verschlagen. „Vielleicht solltest du das Ding stecken lassen und lieber gleich anfangen, um Gnade zu winseln. Möglicherweise gelingt es dir ja, deine Gegner mit deinem Gequassel in die Flucht zu schlagen.“

Erem bleckte die Zähne. „Das wird nicht nötig sein.“

Er ließ Jorran stehen, ging zur Mitte des Platzes und bezog dort Aufstellung, die Hand dicht am Schwertgriff, bereit, die Waffe blitzartig aus der Scheide zu ziehen. Er spürte, wie sich sein Herzschlag beschleunigte und seine Sinne schärften, wie sie einen Grad an Klarheit und Intensität gewannen, dass er selbst die Veränderungen im Luftzug, die die Bewegungen seiner Gegner verursachten, als sie auf ihn zukamen, auf seiner Haut zu fühlen vermochte. Sogar die von jenen, die sich in seinem Rücken befanden, nahm er so deutlich wahr, als hätten sich die Soldaten mit Schellen und Kuhglocken behängt, die bei jedem ihrer

Schritte unmissverständlich kundtaten, an welcher Stelle sich ihr Träger gerade heranzupirschen versuchte.

Erem spannte sich, ließ sie noch etwas näher herankommen - 25 Gegner, aufgeteilt in acht Gruppen aus je drei Mann, die ihn in einem gestaffelten Kreis umgaben, der sich wie eine Henkersschlinge um ihn zusammenzog. Lediglich Keiran agierte selbstständig. Im Augenblick hielt er sich leicht versetzt hinter zwei der Gruppen, die sich in seinem Rücken anschlichen, eine Schlange, die nur darauf lauerte, in einem unerwarteten Moment aus ihrem Versteck zu schnellen und ihm ihre Giftzähne in den Leib zu bohren. Vermutlich hatte er diesbezüglich von seinem Vater genaueste Instruktionen erhalten.

Erem schnaubte verächtlich. Nichts anderes hatte er von Keiran erwartet. Er hatte bislang in jedem Training versucht, ihn von hinten zu treffen. Er begriff es einfach nicht, und aus Schaden wurde er offenbar auch nicht klug, das Vorrecht der Narren.

Die Gruppe links von ihm überschritt den unsichtbaren Kreis, den Erem in Gedanken um sich gezeichnet hatte, zuerst, und nicht einmal einen Wimpernschlag später hatte er seine Waffe gezogen, so schnell, dass die Bewegung des Schwertes einem schimmernden Bogen aus Licht gleichkam, einem Blitz, der unmittelbar darauf in die erste Gruppe der Angreifer fuhr und sie auseinandersprengte.

Einen Herzschlag später gingen alle drei Mann in die Knie. Nicht einer von ihnen hatte Erem abwehren oder auch nur sein Vorwärtsschnellen verlangsamen können. Erem wurde eins mit dem Schwert, verwickelte die restlichen Angreifer in einen wirbelnden Tanz aus blitzendem Stahl und huschenden, schattengleichen Bewegungen, hatte drei Atemzüge darauf die nächste Gruppe ausgeschaltet und Keiran im Vorbeigehen zu Boden geschickt.

Doch die verbleibenden Gegner waren stärker. Ganz bewusst hatte er sich zuerst gegen jene gewandt, deren Kraft und Geschicklichkeit er als die geringste einschätzte, um sie aus dem Weg zu haben. Aber auch die anderen gewannen dadurch Raum, was Erem durchaus bewusst war. Ihre Bewegungen fanden einen Rhythmus, passten sich den seinen an, so dass sie sich wie Kornähren unter heftigen Windböen bogen, dem peitschenden Sturm jedoch keine Angriffsfläche boten, die ihnen zum Verhängnis hätte werden können.

Es dauerte nur Sekunden, bis Erem das Muster darin erkannte. Offensichtlich hatte Jorran die sieben Männer, die er heute das erste Mal gegen ihn in den Kampf schickte, sorgfältig auf ihren Einsatz vorbereitet, denn ganz ohne Zweifel waren sie von langer Hand speziell dafür ausgebildet worden, einem Widersacher standzuhalten, der, so wie er, die Schwerttechnik des Falkenflugs benutzte. Zwar besaßen nur zwei von ihnen die nötige Geschwindigkeit dazu, doch die vereinte Anstrengung aller sieben, kombiniert mit dem massiv vorgetragenen Ansturm der restlichen Gardisten, brachte Erem durchaus in Bedrängnis.

Ein hartes Lächeln grub sich in seine Mundwinkel. Gut so! Es geschah ohnehin viel zu selten, dass er tatsächlich einmal bis an die Grenze seines Könnens vorstoßen musste. Sollte Jorran glauben, ihn dadurch in ein wimmerndes Wrack verwandelt zu haben, so täuschte er sich. Mühelos erhöhte er sein Tempo noch weiter, tauchte elegant zwischen mit großer Härte gegen ihn geführten Schlägen hindurch, ohne auch nur ein einziges Mal von einem von ihnen getroffen zu werden, wenn auch einige ihn nur um Haaresbreite verfehlten.

So ungehemmt und brutal jedoch seine Gegner auf ihn eindrangen, so sehr achtete er selbst darauf, seine Kräfte zu zügeln, andernfalls hätten seine Hiebe, obgleich mit der stumpfen Trainingsklinge ausgeführt, allein durch die Energie, die in den blitzartigen Bewegungen steckte, wohl den einen oder anderen Knochen gebrochen oder den Gardisten sogar innere Verletzungen zugefügt. Dies zu vermeiden hatte er bereits ganz am Anfang seiner Ausbildung gelernt, noch bevor er ins Schloss kam, und obwohl die anderen so offensichtlich danach trachteten, ihm seine angebliche Arroganz mit roher Gewalt aus dem Leib zu prügeln, sah er nicht ein, warum er es ihnen gleichtun sollte. Eine derart billige Form der Rache war nicht sein Stil. Ihm genügte es, sie in dem Wissen zu lassen, dass er sie hätte verletzen *können*, wenn er gewollt hätte - und sie so zu zwingen, seine Überlegenheit anzuerkennen.

Sie taten es, wenn auch nur widerwillig. Einer nach dem anderen streckte seine Waffe als Zeichen, dass der Schlag, den Erem gegen ihn ausgeteilt hatte, in einem echten Kampf den Tod oder zumindest Kampfunfähigkeit bedeutet hätte. Wie üblich war Keiran der Einzige, der sich nicht an diese Regel hielt. Er griff noch viermal an, nachdem er gerade von einem „tödlichen" Treffer tranchiert worden war, und so war er schließlich der Letzte, der durch Erem zu Fall gebracht wurde. Er fiel schwer auf den Rücken, Erem stand über ihm, sah das wilde Aufblitzen in seinen Augen und setzte ihm die stumpfe Klinge an den Hals.

„Du bist besiegt, also lass es endlich gut sein", sagte er ruhig.

Doch Keiran schnaubte lediglich wütend, schlug das Schwert beiseite und wollte wieder aufstehen. Erem seufzte. Es schien, als müsste er dem Narren tatsächlich weh tun, damit er endlich einsah, wie lächerlich sein fortgesetztes blindes Anrennen gegen einen offensichtlich überlegenen Gegner mittlerweile anmutete.

Da mischte sich Jorran ein. „Hör auf, Keiran! Es ist vorbei."

Erem atmete auf. Erst jetzt gestattete er es sich, seinen Blick von Keiran abzuwenden und über den Übungsplatz schweifen zu lassen. Seine 25 Gegner rappelten sich langsam wieder auf, manche stöhnend, andere mit grimmig zusammengepressten Lippen und finsteren Blicken, die sie in seine Richtung abschossen. Doch das war bedeutungslos. Mit einer bedächtigen Bewegung steckte er sein Schwert in die Scheide zurück und lächelte.

Er hatte es geschafft. 25 wild entschlossene, von Jorrans Verachtung und Hass infizierte Gardisten hatten sich auf ihn gestürzt, und dennoch hatte er niemals die Kontrolle über den Kampf verloren, war kein einziges Mal getroffen worden, und dabei war noch nicht einmal viel Zeit vergangen, wie ein rascher Blick zur Sonne verriet. Er hatte sich also tatsächlich verbessert, und vermutlich könnte er es sogar mit einer noch größeren Anzahl an Gegnern aufnehmen, wenn es sein musste.

Serim hatte das schon immer behauptet. Stets hatte er betont, es mache keinen großen Unterschied, ob man gegen 20 oder gegen hundert Männer kämpfte, und angesichts der heutigen Erfahrung war Erem geneigt, ihm zuzustimmen. Noch immer vibrierten seine Sinne von der Intensität seiner Wahrnehmungen, war er überwältigt von der Erinnerung an die Klarheit, mit der er die Bewegungen seiner Widersacher gespürt und deren Absichten intuitiv vorausgeahnt hatte. Auf einer Ebene, die vollständig außerhalb ihrer bewussten Kontrolle lag, hatte er die Muster und Gesetzmäßigkeiten erblickt, denen ihre Bewegungen gefolgt waren und bei höheren Gegnerzahlen unweigerlich folgen *mussten,* und obwohl er ansonsten kein Mensch war, der dazu neigte, sich bei seinen Erfolgen allzu sehr selbst auf die Schulter zu klopfen, erfüllte ihn die Bedeutung dieser Erkenntnis mit nicht geringem Stolz.

„Ich weiß wirklich nicht, warum du so dämlich vor dich hin grinst!", brüllte Jorran, und schon hatte ihn die raue Gegenwart wieder eingeholt. „Das war eine miserable Vorstellung. Du hast den Vorteil deiner Geschwindigkeit nie wirksam ausgenutzt, dich ständig in überflüssigen Bewegungen verzettelt und dem Gegner viel zu viel Raum gegeben!"

Obwohl Jorrans Vorwürfe offensichtlich jeglicher Grundlage entbehrten, hatte Erem nichts anderes von ihm erwartet. Der Waffenmeister ließ sich nie dazu herab, ihn zu loben, egal, wie gut er gewesen war.

„Solltet Ihr irgendwo einen Tropfen Blut oder einen blauen Fleck an mir finden, der vor dem Kampf nicht dort gewesen ist, so werde ich mich Eurem Urteil gern anschließen", gab er achselzuckend zurück.

Jorran packte ihn hart am Arm. „Und du glaubst, das ist alles, was einen guten Kämpfer ausmacht? Wie dumm bist du eigentlich? Damit beweist du einmal mehr, wie viel dir noch zu einem vollwertigen Mitglied der Garde fehlt. Du hampelst auf dem Übungsplatz herum wie ein Kind, das mit seinem Holzschwert nach Fliegen schlägt, und trotzdem hältst du dich in deiner Arroganz bereits für den Gott der Klingen persönlich! Wach endlich auf, du Kretin! Schon seit Monaten stagniert dein Können, und du tust nicht das Geringste dafür, dass sich das ändert. Du gibst dich faul mit dem zufrieden, was du bereits erreicht hast."

Erem spürte, wie nun doch der Zorn in ihm zu rumoren begann. Jorran bewegte sich mit seinen Beleidigungen zwar stets an der Grenze des Erträglichen, aber in derart geballter Form entleerte er seine Giftkübel normalerweise nicht über ihm. Selbst ein so bornierter Querulant wie der Waffenmeister musste wissen, wie absurd und haltlos seine Anschuldigungen waren.

„Wenn das so ist, solltet Ihr vielleicht beim nächsten Kampf ein paar fähigere Fliegen finden, die Ihr auf mich hetzen könnt. Gerade Ihr solltet in der Lage sein, meine Fortschritte zu erkennen. Immerhin seid Ihr einer der wenigen, die außer meinem Bruder und mir diese Technik beherrschen."

Erem wusste sofort, dass er dem Waffenmeister mit seinen hitzig hervorgestoßenen Worten einen Ball zugespielt hatte, den dieser keinesfalls ignorieren würde. Schon sah er, wie ein boshaftes Glitzern in Jorrans Augen trat und er in Vorfreude auf seinen nächsten Schlag tief Luft holte. „Das Einzige, was ich gesehen habe, war ein Großmaul, das wild sein Schwert schwingt und sich auf Glückstreffer verlässt. Dein Bruder war um Klassen besser als du, als er in deinem Alter war, und wenn du nicht endlich anfängst, ernsthaft an dir zu arbeiten, wirst du nur davon träumen können, ihm jemals gleichrangig zu sein!"

Erem sog scharf Luft ein. Das ging zu weit. Niemand hatte das Recht, so mit ihm zu reden, auch nicht - oder besser *erst recht* nicht - Jorran. Was dachte sich dieser aufgeblasene Lurch überhaupt dabei?

„Er will dich provozieren, Erem", erklang die sanfte Stimme des Drachen plötzlich in seinen Gedanken. „Geh nicht darauf ein."

Erem knirschte mit den Zähnen. Alanerisk hatte das Offensichtliche ausgesprochen, doch er dachte bereits einen Schritt weiter. „Und ob ich das tun werde", erklärte er stumm an den Drachen gerichtet.

„Warum?"

Hastig vertrieb Erem die düstere Wolke des Zorns aus seinen Gedanken und öffnete seinen Geist für Alanerisk. Gütige, aber auch besorgte Zustimmung erreichte ihn.

„Also gut, ich werde mich nicht einmischen, denn ich respektiere deine Gefühle. Aber glücklich bin ich nicht darüber."

Erem biss sich auf die Unterlippe. „Das verstehe ich, und es tut mir leid, dass ich dir Kummer bereite. Aber eine solche Gelegenheit kommt vielleicht so schnell nicht wieder. Jorran hat dieses Spiel begonnen. Ich will wissen, wie weit er gehen wird, um es zu beenden."

„Mit ein wenig mehr Geduld würdest du in nicht allzu ferner Zeit ganz von selbst eine Antwort auf deine Fragen bekommen."

Erem neigte leicht den Kopf. „Das mag sein. Aber wie du weißt, zählt Geduld nicht gerade zu meinen Stärken. Ich werde später daran arbeiten - versprochen."

Alanerisk seufzte leise, dann zog er sich aus seinen Gedanken zurück.

Jorran und die anderen hatten von dem stummen Wortwechsel nichts mitbekommen. Der Waffenmeister fixierte ihn noch immer mit lauerndem Blick, erwartete mit einem kaum verhüllten Ausdruck hämischer Vorfreude auf seinem kantigen Gesicht eine Antwort auf seine plumpe Provokation.

Erem lächelte kalt. „Wenn Ihr mich für einen derart erbärmlichen Kämpfer haltet, wird es Euch sicher nichts ausmachen, persönlich gegen mich anzutreten."

Jorrans Augen blitzten triumphierend auf. Er trat einen Schritt von Erem zurück, und ein spöttisches Lächeln legte sich auf seine Lippen. „Wie käme ich dazu, mich dem Wunsch eines Drachenreiters zu verweigern? Sei versichert: Es wird mir ein Vergnügen sein, dir deine wahre Bedeutung für den König vor Augen zu führen."

Beinahe genüsslich zog er sein Schwert aus der Scheide, und die Gardisten, die gerade noch mit schadenfrohem Grinsen oder harten, grimmigen Gesichtern um sie herumgestanden und ihren Disput verfolgt hatten, wichen hastig vor ihnen zurück, ehe sie sich bei dem Tänzchen, das Erem und der Waffenmeister aufzuführen gedachten, selbst eine blutige Nase holten. Natürlich würde keiner von ihnen gehen, bevor nicht der letzte Akt dieses armseligen Dramas zu seinem endgültigen Ende gekommen war. Zu begierig warteten sie alle darauf zu sehen, wie Erem von Jorran erniedrigt und in den Boden gestampft wurde.

Erem war das gleichgültig, auch wenn er ahnte, dass sie nicht enttäuscht werden würden. Doch er hatte seine Antwort bekommen, und das war mehr wert als alle Schmerzen und blauen Flecken, die die nächsten Minuten für ihn bereit hielten - und auch mehr als der jämmerliche Triumph, den er dem Waffenmeister auf diese Weise zugestand. Außerdem würde er sich auf jeden Fall so teuer wie möglich verkaufen.

Jorran schien kein Risiko eingehen zu wollen. Pfeilschnell schoss er auf ihn zu, kaum dass Erem sein Schwert gänzlich aus der Scheide gezogen hatte und der letzte der Gardisten beiseitegetreten war, ließ ihm trotz seiner Überlegenheit und größeren Erfahrung als Waffenmeister weder den Vorteil des ersten Angriffs noch die Zeit, seine Sinne auf seinen neuen Gegner zu fokussieren und seinen Körper in die richtige Position zu bringen, bevor der erste Schlag ihn traf. Hastig parierte er den Hieb, täuschte einen Konter vor und sprang stattdessen zurück, nur um sogleich einen eigenen Angriff zu starten.

Funken stoben in einem feurigen Regen um ihre Köpfe und vermischten sich mit den grellen Reflexen der Sonnenstrahlen auf den singenden Klingen. Bereits nach den ersten Schlägen wurde Erem wieder einmal schmerzhaft bewusst, dass es sich bei Jorran um keinen gewöhnlichen Gegner handelte. Er war der Waffenmeister des Königs, einer der besten, wenn nicht sogar *der* beste Schwertkämpfer des Reiches. Er bewegte sich mit der Geschwindigkeit eines jagenden Raubvogels, gönnte Erem keinen Augenblick zum Luftholen. Seine Klinge zuckte vor, fuhr mit der tödlichen Präzision eines zustechenden Skorpions durch die Luft, suchte nach einer Lücke in seiner Abwehr, durch die sie hindurchstoßen konnte. Neben seiner Geschmeidigkeit und Stärke besaß Jorran aufgrund seiner Körpergröße darüber hinaus einen leichten Vorteil in der Reichweite, zudem war er ausgeruht, während Erem gerade erst einen harten Kampf hatte durchstehen müssen. Es gab also keinen Zweifel, wie dieses Kräftemessen ausgehen musste. Trotzdem schaffte es Erem, über hundert Schläge und Paraden mitzuhalten. Erst als er deutlich ermüdete, gelang es Jorran, seine Deckung aufzubrechen.

Erem biss sich auf die Lippe, unterdrückte so den schmerzerfüllten Schrei, der in seiner Kehle empordrängte, als Jorrans Schwert ihn hart am linken Arm traf.

„In einem echten Kampf hättest du jetzt schon verloren!", höhnte Jorran. „Dieser Hieb hätte deinen Arm sauber abgetrennt."

Was keineswegs übertrieben war, denn die echten Schwerter waren höllisch scharf. Mit dem nötigen Schwung konnten sie auch ein Schwein ohne Probleme in zwei Hälften schlagen, so glatt, sauber und schnell, dass es vermutlich noch ein Dutzend Meter weiterlaufen würde, bevor es auseinander fiel.

Aber auch die stumpfe Trainingsklinge besaß eine Menge Zerstörungspotenzial. Erem konnte den linken Arm nicht mehr gebrauchen, so heftig tobte der Schmerz darin. Für den Rest des Kampfes würde er sein Schwert einhändig führen müssen - womit er bei einem Meister wie Jorran von einem wenn schon nicht gleichwertigen, so doch zumindest tendenziell ernstzunehmenden Gegner augenblicklich zu einem hilflosen Lämmchen mutierte, das seine ungeschützte Kehle den hungrigen Wölfen darbot.

Jorran hätte sein kleines Possenspiel nun beenden können. Zwei, drei gut gezielte Schläge hätten genügt, um Erem die Waffe aus der Hand zu prellen und ihn in den Staub zu schicken. Doch Jorran wäre nicht Jorran gewesen, hätte er sich mit einem derart schlichten und schnörkellosen Sieg zufriedengegeben. Stattdessen trieb er Erem weiter vor sich her, demontierte seine Deckung mit Dutzenden brutaler, mit diabolischer Präzision geführter Schläge, von denen er jeden einzelnen mit erlesener Häme kommentierte.

„Damit hätte ich deine Leber durchbohrt, jetzt deinen linken Lungenflügel!"

Erem taumelte bereits, doch Jorran setzte ihm unbarmherzig nach. Er schlug wieder zu. „Soeben habe ich dein Schlüsselbein zerschmettert und dir den Bauch aufgeschlitzt. Willst du nicht langsam aufgeben, du Schwächling?"

Doch Erem gab nicht auf, nicht, solange er mit einem Schwert in der Hand auf seinen eigenen Beinen stand. Jorran mochte ihm im Schwertkampf überlegen sein, aber seinen Willen und seine Entschlossenheit ließ er sich nicht von ihm nehmen. Er konnte nicht verhindern, dass der Waffenmeister seinen Triumph bekam, aber er konnte zumindest entscheiden, auf welche Weise das geschah. Jorran würde den Kampf auf altmodische Art zu Ende bringen müssen; ein vorzeitiges Aus gab es nicht. Und egal wie sehr der Mistkerl auch auf ihn eindreschen mochte, er würde ihm niemals die Genugtuung geben, ihn schreien zu hören, obwohl sein ganzer Körper längst von grellen Flammen verzehrt zu werden schien.

Bedauerlicherweise war es genau dieser Körper, der ihn schließlich im Stich ließ. Das abgehackte Keuchen seines Atems klang mit jeder Sekunde ferner und unwirklicher in seinen Ohren, und seine Arme und Beine waren mittlerweile so schwer geworden, als hätte Jorran heimlich ein paar Mehlsäcke daran gebunden. Längst waberte tintige Schwärze an den Rändern seines Blickfeldes, die sich enger und enger um ihn zusammenzog, doch bevor er stürzen konnte, war Jorran heran, riss ihm das Schwert aus der bereits schlaff werdenden Hand, drehte ihm den Arm auf den Rücken, trat ihm in die Kniekehlen, so dass Erem zusammensackte, und drückte ihn mit dem Gesicht voran in den Staub.

„Du bist ein Nichts, du Großmaul!", zischte er Erem ins Ohr, während er ihn mit seinem gesamten Körpergewicht auf dem Boden festnagelte und ihm den Arm so hoch in den Rücken drehte, dass Erem nun doch vor Schmerz zu keuchen begann. „Hast du wirklich geglaubt, du könntest mich besiegen?" Jorran stieß ein verächtliches Lachen aus. „Selbst in tausend Jahren könntest du mir nicht das Wasser reichen, du jämmerlicher Kretin!"

Der Waffenmeister bog seinen Arm noch höher hinauf, so hoch, dass er mit einem hässlichen Knirschen aus dem Schultergelenk sprang – eine liebevolle Erinnerungshilfe, mit der Jorran auf seine ihm eigene Weise die Bedeutung seiner Worte zu unterstreichen verstand.

Der Schmerz trieb Erem Tränen in die Augen, und um ein Haar hätte die Schwärze sein Bewusstsein vollends mit sich fortgespült, doch mit letzter Kraft riss er sich zusammen und zwang ein zittriges Lächeln auf seine Lippen.

„Ich ... hätte nie gedacht, dass Ihr ... so viel Angst vor mir habt", stieß er keuchend hervor. „Ich werde Euch besiegen. Nicht heute, aber schon sehr bald. Und Ihr wisst es."

Jorran brüllte auf wie ein Tier, dem unvermittelt der Pfeil eines Jägers in die Flanke gefahren war. Er packte Erem im Haar und zog seinen Kopf grob ein Stück vom Boden hoch. Die Aggression, die von ihm ausstrahlte, war so intensiv, dass Erem daran zu ersticken glaubte. Benommen versuchte er, sich aus dem Griff zu winden, bevor der Waffenmeister auf die Idee kam, sein Gesicht durch beständiges Schlagen auf den harten Boden neu zu modellieren, doch die Entschlossenheit, mit der Jorran ihn festhielt, zeigte, dass dieser Plan längst über das Stadium einer bloßen Idee hinaus war. Schon sah Erem die festgestampfte Erde des Übungsplatzes auf sich zuschnellen. Er schloss die Augen, versuchte sich gegen den Schmerz zu wappnen, der gleich kommen würde.

„Es ist genug!", durchschnitt eine scharfe Stimme plötzlich die atemlose Stille im Hof.

Jorran erkannte sie wie alle anderen sofort und erstarrte mitten in der Bewegung. Gerade noch rechtzeitig, denn Erem konnte den harten Boden beinahe schon an seiner Nasenspitze spüren.

Der Waffenmeister ließ ihn abrupt los und sprang auf die Füße, nur um sogleich mit demütig gesenktem Haupt auf ein Knie zu sinken.

„Mein König", murmelte er, und alle im Hof schlossen sich ihm an.

Nur Erem wandte lediglich schwach den Kopf, zu kraftlos, um auch nur den Versuch zu machen, mit seinen trockenen, staubverkrusteten Lippen die Worte zu formen, die in Gegenwart seines Herrschers von ihm erwartet wurden. So blieb er einfach liegen, wo er war, während Schmerz wie flüssiges Feuer von seinem ausgekugelten Schultergelenk in seinen Arm und seine Brust strömte und sich das Innere seines Schädels immer mehr in einen matschigen Klumpen Haferbrei zu verwandeln schien, der bei jedem wummernden Schlag seines Herzens übelkeiterregend hin und her schwappte.

Er sah, wie der König mit energischen Schritten näher kam und schließlich dicht vor ihm und dem Waffenmeister stehen blieb. König Wilberen war eine stattliche Erscheinung, größer als die meisten anderen Männer und breit gebaut, doch er wirkte nicht nur stark wie ein Bär, sondern er war es auch, denn er war durchtrainiert bis hin zum allerkleinsten Muskel. Sein dunkles Haar trug er sorgsam kurz geschnitten, sein schwarzer Vollbart war auf Daumennagellänge getrimmt, und unter seinen dichten Augenbrauen blitzten zwei tiefblaue Augen wie scharf geschliffene Edelsteine.

Zumeist verzichtete er darauf, seine Dienerschaft und die Soldaten der Garde durch sein Auftreten noch mehr zu verschüchtern, als es aufgrund seiner Stellung als mächtigster Mann des Landes ohnehin bereits der Fall war, und bevorzugte statt Krone und Hermelinfellmantel für gewöhnlich einen eher schlichten, wenn auch eleganten Kleidungsstil. Im Augenblick jedoch trug er eine lange, weinrote Robe aus wertvollem Samt, dazu eine schwere goldene Kette mit den Insignien der Herrschaft.

Beides legte er nur dann an, wenn er Audienzen gewährte oder Gericht hielt. Die fortgeschrittene Tageszeit ließ eher letzteres vermuten, ebenso wie der Schreiberling, der mit sichtlich unglücklicher Miene dem König in den Hof gefolgt war. Offenbar hatte König Wilberen tatsächlich eine Sitzung unterbrochen, nur um hierherzukommen.

„Ich dachte, du wolltest dich nicht einmischen", richtete Erem einen schwachen Gedanken an Alanerisk.

„Das habe ich nicht. Euer Kampf war lang und laut, deshalb hat der König auch ohne mein Zutun davon erfahren, und offenbar hielt er ihn ebenso wie ich für eine schlechte Idee."

Erem verzog schmerzlich das Gesicht. „Im Augenblick neige ich dazu, dir zuzustimmen."

Das Schweigen des Drachen war beredt genug.

Der König hatte sich unterdessen in bedrohlicher Haltung vor Jorran aufgebaut und sah mit grimmiger Miene auf ihn herab. „Ich schätze es ganz und gar nicht, einen meiner besten Drachenreiter wie einen geprügelten Hund im Staub liegen zu sehen. Und ganz besonders missfällt es mir, dies unter deiner Aufsicht erleben zu müssen, Waffenmeister Jorran!"

„Aber, Herr, ich habe nur versucht ..."

„Schweig still!", donnerte König Wilberen. „Glaub nicht, du könntest mich über deine wahren Beweggründe täuschen, Jorran. Ich kenne dich, ich kenne dich nur zu gut, und ich muss sagen, was ich an dir sehe, missfällt mir schon seit langem. Aber du wirst Gelegenheit haben, darüber nachzudenken. Ich erwarte, dass du noch in der nächsten Stunde aufbrichst, um dich höchstpersönlich davon zu überzeugen, ob in den sieben größten Städten meines Landes alles zum Besten steht."

Jorran zuckte sichtlich zusammen, was kein Wunder war, denn dies war eine Aufgabe, wie sie einem einfachen Soldaten oder Botenreiter, aber ganz sicher nicht dem Waffenmeister des Königs angemessen war.

„Wie Ihr befehlt, mein König", erwiderte er steif.

„Gut. Wollen wir hoffen, dass du dich deinen diesbezüglichen Pflichten mit dem gleichen Enthusiasmus widmest, den du dem Verprügeln unterlegener Gegner entgegenbringst. Und jetzt geh mir aus den Augen!"

Jorran floh förmlich vom Hof. In seinem Schlepptau eilte auch Keiran davon, zusammen mit dem Rest der Gardisten, die mit eingezogenen Schultern und schuldbewusst gesenkten Blicken dem Zorn des Königs zu entkommen versuchten. Gerade als der letzte von ihnen verschwand, trat

Serim auf den Platz. Erem seufzte, als er die besorgte Miene seines Bruders sah, die so sehr der des Königs glich. Doch immerhin ersparte ihm das, seine Geschichte zweimal erzählen zu müssen.

3. Kapitel

Zum Glück bestürmten ihn der König und Serim nicht sofort mit ihren Fragen, sondern halfen ihm zunächst sachte auf die Füße, geleiteten ihn zu einer Bank und drückten ihn vorsichtig darauf nieder. Erem ließ es geschehen, noch immer zu betäubt von Jorrans liebevoller Zuwendung der letzten Minuten, um gegen die sanfte Fürsorge der beiden Männer zu protestieren und die stützenden Hände abzuschütteln, die ihn wie einen tattrigen Greis aufrecht hielten und behutsam über den Hof dirigierten. Erst als Serim ihm mit einem Ruck den Arm wieder einkugelte, wäre er um ein Haar doch noch ohnmächtig geworden.

Mit heftigen Atemzügen rang er nach Luft, hielt die Augen dabei geschlossen und lehnte sich dankbar an Serim, der sich neben ihn gesetzt hatte und ihn stützte.

„Dummer Junge“, hörte er seinen Bruder flüstern, doch vielleicht täuschte er sich auch. Das Blut rauschte ihm so stark in den Ohren, dass er eigentlich kaum etwas hören konnte.

Aber so jämmerlich er sich auch fühlte, vergaß er doch nicht die Gegenwart des Königs. Entschlossen kämpfte er Schmerzen und Schwäche nieder und öffnete die Augen. König Wilberen war vor ihm in die Hocke gegangen und blickte ihm prüfend ins Gesicht.

„Wie geht es dir, Erem?“ Seine tiefe Stimme vibrierte vor Sorge, und seine klaren blauen Augen schimmerten voller Mitgefühl, als er Erem sachte eine Hand auf den Arm legte.

Sofort versuchte Erem, sich noch mehr zu straffen und einen Ausdruck selbstsicherer Gelassenheit auf seine müden Züge zu zwingen.

„Alle meine Knochen sind noch ganz, und auch meine Zähne befinden sich noch dort, wo sie hingehören. Es gibt also keinen Grund, mich zu beklagen, Majestät.“

Sofort verfinsterte sich das Gesicht des Königs. „Das will ich sehr hoffen. Andernfalls wären ein wenig Staub in seinen Stiefeln und ein wunder Hintern nicht das Einzige, worüber sich Jorran Gedanken machen müsste.“

Die offensichtliche Wut des Königs trieb Erem heißes Blut in die Wangen. „Es ... es tut mir leid. Ich wollte Euch nicht erzürnen. Hätte ich geahnt, dass Ihr nur wegen mir Eure Arbeit unterbrechen müsst ... “ Er senkte beschämt den Kopf.

Der König seufzte. „Ich weiß, dass ich der Letzte wäre, den du bei einem Streit um Hilfe bitten würdest, Erem. Aber als ich hörte, dass du Jorran herausgefordert hast, konnte ich nicht tatenlos dabeistehen, schließlich war klar, wie dieser Kampf enden würde.“ Er musterte Erem streng. „Und du hättest es auch wissen müssen.“

Erem schluckte. Wie war es nur möglich, dass König Wilberen so schnell und umfassend über alles informiert war, was bei Hofe geschah? Er räusperte sich, versuchte vergeblich, seine Stimme weniger kläglich klingen zu lassen, als er sich fühlte.

„Natürlich war mir das klar."

„Wieso hast du dich dann darauf eingelassen?", mischte sich Serim zum ersten Mal ein.

Erem musterte seinen älteren Bruder kurz. Serim wirkte nicht nur besorgt, sondern geradezu aufgebracht. Seine saphirblauen Augen enthielten so viel Kummer, dass Erem es nicht ertrug, länger als einen Herzschlag lang in sie hineinzublicken.

„Jorran hat mich provoziert, und ich wollte den Grund dafür erfahren."

„Und das konntest du nur, indem du dich von ihm in Grund und Boden prügeln lässt?", fragte Serim grimmig.

Erem nickte. „So ist es."

König Wilberen seufzte abermals. „Lag es denn nicht auf der Hand, dass er dir eine Falle gestellt hat?"

„Das war mir bewusst", erklärte Erem schnell, schließlich wollte er nicht als dummer Hitzkopf erscheinen, der sich nicht unter Kontrolle hatte, sondern bei der kleinsten Beleidigung sofort in die Luft ging und deshalb leichter zu manipulieren war als ein hungriger Hund, dem man eine saftige Wurst unter die Nase hielt. „Aber das war auch nicht der Punkt."

Der König und Serim runzelten synchron die Stirn.

Sein Bruder holte tief Luft. „Also, was war der Punkt?"

„Der Punkt ist, dass es Jorran mit all seinem Können und seiner Erfahrung eigentlich nicht die geringsten Probleme hätte bereiten dürfen, mich zu besiegen. Aber das allein war ihm nicht genug. Er wollte mich bloßstellen und erniedrigen und so lange auf meinem Selbstvertrauen herumtrampeln, bis ich überzeugt gewesen wäre, ihn *niemals* schlagen zu können. Vielleicht wäre ihm das sogar gelungen, wäre es ein fairer Kampf gewesen, und hätte er mich nicht zuvor gegen 25 seiner Lakaien antreten lassen. Auch wenn ihm das nicht bewusst war, hat er dadurch seine wahre Einschätzung meiner Fähigkeiten offenbart."

Der König sah ihn nachdenklich an. „Und die wäre?"

„Jorran ist sich längst nicht mehr sicher, ob er mich besiegen kann. Aus diesem Grund hat er sich so viele unlautere Vorteile verschafft, wie er finden konnte. Wenn es ihm tatsächlich gelungen wäre, mein Selbstbewusstsein durch diesen Kampf zu erschüttern, hätte er sich seine Überlegenheit noch für eine ganze Weile gesichert, auch wenn ich, was Fähigkeit und Geschick angeht, mit ihm gleichgezogen hätte. Doch so wie es aussieht, dürfte wohl mehr er es sein, dessen Selbstvertrauen heute ein paar Schrammen abbekommen hat."

Serim stöhnte leise. „Jetzt wird mir klar, warum Jorran wie ein tollwütiger Hund auf dich losgegangen ist. Ich nehme an, du hast es dir nicht nehmen lassen, ihm dein Wissen ordentlich unter die Nase zu reiben."

Erem grinste. „Nur so macht es Sinn, findest du nicht? Er hat mich zwar zu Boden geschickt, doch den wirklich wichtigen Kampf habe *ich* gewonnen, und ich fand, das sollte er ruhig wissen."

König Wilberen lachte plötzlich. „Das ist wieder einmal typisch für dich, Erem. Du bist vermutlich der Einzige, der es fertigbringt, einen Kampf zu gewinnen, indem er ihn verliert."

Gleich darauf wurde er wieder ernst. „Allerdings bist du ein ziemlich großes Risiko eingegangen, und ich weiß nicht, ob es das wirklich wert war."

„Mir schon."

„Aber dir ist doch sicher klar, dass nur mein Erscheinen Schlimmeres verhindert hat. Ich habe Jorran noch niemals *derart* außer sich erlebt."

„Das weiß ich, und auch wenn ich bereit war, Jorrans ganzen Zorn auf mich zu nehmen, so bin ich Euch doch dankbar für Euer Eingreifen, mein König. Allerdings fürchte ich, dass die Situation dadurch nur noch verschärft worden ist."

„Erem!", rief Serim tadelnd, und auch der König blinzelte verdutzt angesichts des Vorwurfs, der in seinen Worten mitgeschwungen hatte.

Erem hob die Schultern. „So sehr ich mir wünschte, es wäre anders, so ist es doch die Wahrheit. Die Strafe, die Ihr Jorran auferlegt habt, wird seine Wut auf mich nur noch schüren, und die anderen Gardisten mögen es ebenfalls nicht, wenn ich so offen von Euch protegiert werde. Deshalb möchte ich Euch bitten, Euch in Zukunft nicht mehr mit meinen Problemen zu befassen."

Jetzt hörte Erem sogar Alanerisk in seinen Gedanken seufzen, und auch der König schüttelte den Kopf.

„Wenn die Gesundheit eines meiner Drachenreiter auf dem Spiel steht, empfinde ich das durchaus als *mein* Problem. Im Übrigen kann von *protegieren* keine Rede sein. Ich habe lediglich zwei streitlustige Gockel voneinander getrennt, die sich gegenseitig an die Federn wollten. Und der Anblick von gerupften Gockeln war mir schon immer zuwider."

Erem spürte, wie seine Wangen zu brennen begannen. Natürlich erkannte er eine Rüge, wenn er eine hörte, und obwohl um König Wilberens Lippen ein belustigtes Schmunzeln spielte, war ihm doch klar, dass er wieder einmal zielsicher in ein weiteres Fettnäpfchen hineingestolpert war. Zweifellos bekam der König nicht jeden Tag zu hören, er solle sich gefälligst um seinen eigenen Kram kümmern, und auch wenn sich Erem mit seinen Worten ein wenig gewählter ausgedrückt hatte, lief es leider trotzdem genau darauf hinaus. „Es … es tut mir leid“, begann er zu stammeln. „Das klang anders, als ich es gemeint hatte, aber ich …“

König Wilberen winkte lachend ab. „Lass es gut sein, Erem. Ich verstehe dich durchaus, und ich schätze deine Offenheit. Es ist erfrischend, mit jemandem zu reden, der sagt, was er denkt.“

Irgendwie war sich Erem nicht sicher, ob das wirklich ein Kompliment war, immerhin klang es, als würde er keinerlei Rücksicht darauf nehmen, wie viel Porzellan er rings um sich zerschlug. So war es nicht - zumindest nicht immer. Doch wenigstens dieses eine Mal war er schlau genug, den Mund zu halten.

Der König straffte seine Gestalt und blickte zu Serim herüber. „Ich muss jetzt zu meinen Pflichten zurückkehren. Kümmerst du dich um deinen Bruder?“

Serim nickte so entschlossen, dass Erem sogleich argwöhnte, die beiden könnten nicht nur von seinen Verletzungen sprechen. Doch als er ansetzte, den Mund zu öffnen, traf ihn Serims strenger Blick, und so schloss er ihn wieder.

* * *

Ohne noch viele Worte zu verlieren, machte sich Erem mit seinem Bruder auf den Weg zu den Räumlichkeiten, die er zusammen mit Serim, dessen Frau Kaderina und ihrer dreizehnjährigen Tochter Cissima bewohnte. Er konnte förmlich spüren, wie Serims Anspannung mit jeder Sekunde weiter anwuchs und grimmige Gedanken wie düstere Gewitterwolken hinter seiner Stirn zu wogen begannen, und er war ihm zutiefst dankbar, dass er darauf verzichtete, das Unwetter bereits jetzt über ihn hereinbrechen zu lassen.

Gerade im Augenblick, wo er bei jedem seiner Schritte das Gefühl hatte, das Gewicht der ganzen Burg auf seinen Schultern zu tragen, und sämtliche Muskeln seines Körpers pochten und schmerzten, als sei er gerade von einer Horde Wasserbüffel in den Uferschlick getrampelt worden, stand ihm nicht der Sinn nach erhobenen Zeigefingern oder moralgeschwängerten Ermahnungen. Sein Bruder würde ihm noch früh genug den Kopf waschen, außerdem besaß er durchaus einen gewissen Stolz.

Es war schon schlimm genug, sich von einem überlegenen Gegner in Grund und Boden prügeln zu lassen, noch übler allerdings wäre es, auch noch seine Würde zu verlieren und wie ein wimmerndes, mitleidheischend in seinen Qualen ertrinkendes Häufchen Elend vom Ort der Erniedrigung zu schlurfen. Serim kannte ihn - einmal abgesehen von

Alanerisk - ohnehin am besten, und er hätte seine Schmerzen sofort aus seiner Stimme herausgehört. Das jedoch hätte die Grenze dessen, was er an offen gezeigter Schwäche für den heutigen Tag zu akzeptieren bereit war, noch weiter überschritten, als es jetzt schon der Fall war.

Erem warf einen verstohlenen Blick auf seinen Bruder und seufzte still. Vermutlich war sein heroisches Bemühen, eine Stärke zu demonstrieren, die ihm im Moment auf schmerzliche Weise abging, ohnehin zum Scheitern verurteilt, immerhin war auch Serim ein Meister der „Falkenflug"-Schwerttechnik und sich somit der verheerenden Wirkung der Schläge, selbst wenn sie nur mit einem stumpfen Trainingsschwert ausgeführt wurden, nur allzu deutlich bewusst.

Ein wenig wunderte sich Erem selbst darüber, dass er überhaupt ohne Hilfe laufen konnte, denn so heftig, wie Jorran ihn attackiert hatte, hätte jeder andere wohl bewusstlos im Staub gelegen, wäre über lange Stunden nicht wieder erwacht und hätte sich anschließend für Tage nicht richtig bewegen können. Allerdings war Erem nicht wie jeder andere.

Den Grund dafür kannte er nicht, doch er besaß einen Körper, gegen den die Marmorstatuen im königlichen Garten wie aus Mürbeteig wirkten. Nicht dass er sich darüber beschwert hätte. Wo andere Knochenbrüche erlitten, kam er mit einer deftigen Prellung davon, wo sie sich Platzwunden oder tiefe Schnitte zuzogen, bekam er nur ein paar blaue Flecke, und geblutet hatte er noch nie, weder im Training noch bei seinen kleineren oder größeren unerfreulichen Zusammenstößen außerhalb davon.

Seine Haut schien Verletzungen regelrecht abzuweisen, und selbst wenn er, so wie heute, eine Vielzahl übler Prellungen und Quetschungen erlitt, so konnte er sich doch darauf verlassen, dass sie zügig heilten. Woran andere lange Tage oder gar Wochen laborierten, war für ihn meist schon nach einer Nacht gesunden Schlafs ausgestanden, vor allem wenn er diese Nacht an Alanerisks Flanke gelehnt verbrachte.

Vermutlich war die Ursache dafür irgendein Zauber, mit dem Alanerisk ihn belegt hatte, um ihn zu schützen. Der Smaragddrache wich zwar immer aus, wenn Erem ihn nach seinen magischen Fähigkeiten zu befragen versuchte, doch allein dies war Beweis dafür, dass er über ein gutes Ausmaß davon verfügte, aber nicht wollte, dass sie offengelegt wurden. Warum sonst sollte er sich derart vage ausdrücken?

Leider gab es auch in den ältesten Büchern keine Aufzeichnungen über die Magie der Drachen, jedenfalls keine, die Erem bisher gefunden hätte, dabei hatte er vermutlich die gesamte Literatur, die auf Mendori zum Thema Drachen existierte, längst studiert. Es schien, als seien Alanerisk und der Rest seines Volkes beinahe furchtsam darauf bedacht, den Menschen nichts zu offenbaren, was auch nur im Entferntesten mit Magie und Zauberkräften zu tun hatte. Glaubten sie etwa, die Bewunderung und der Respekt gegenüber ihrer Rasse würde in Misstrauen und Angst umschlagen, wenn allgemein bekannt wurde, über welche Fähigkeiten die ohnehin fast gottgleichen Wesen in Wirklichkeit verfügten?

Erem schüttelte sinnend den Kopf. Ihn würde das nicht erschrecken - warum auch, schließlich würden die Drachen ihre Macht niemals einsetzen, um den Menschen zu schaden. Er wünschte jedoch, Alanerisk würde ihm mehr vertrauen, als er es offensichtlich tat. Aber noch schien er sich dieses Vertrauen nicht verdient zu haben.

Der Gedanke brachte ihn noch eindringlicher zum Schweigen als seine Schmerzen, und er verlor sich darin, bis sie ihre Räumlichkeiten erreichten und Kaderina und Cissima ihnen entgegeneilten.

Kaderina war eine kleine, zierliche Frau mit langem, glatt fallendem dunkelbraunem Haar und einem blassen Teint. Sie war ebenso schön wie viele der adligen Frauen bei Hofe, eigentlich sogar noch schöner, da sie es nicht nötig hatte, durch übertriebene Gesichtsbemalung oder einen Schmuckbehang im Wert des halben Königreiches Aufmerksamkeit zu erheischen; ihre zarten Züge fingen auch ohne jeglichen Prunk die Blicke der Männer - und die vieler Frauen - ein.

Cissima hatte die Statur ihrer Mutter, war jedoch sehr viel energiegeladener und besaß die bemerkenswerte Eigenschaft, keine Sekunde still auf einem Fleck sitzen zu können, ohne sofort mit ihrem Gesicht, ihren Händen oder dem Rest ihres Körpers in zappelnde Bewegung zu geraten. Sie war blond wie ihr Vater, von dem sie auch ihre strahlenden blauen Augen geerbt hatte, ebenso wie die hohen Wangenknochen und das etwas kantige, energisch wirkende Kinn, das sie stets herausfordernd nach vorne streckte, als wolle sie jeden Widerstand, der sich ihrem lebhaften Temperament entgegenstellte, mit der Kraft ihrer kindlichen Entschlossenheit beiseiteschieben.

Auch Brion, Karan und Simai besaßen die gleiche Haar- und Augenfarbe wie Serim und seine Tochter, genauso wie ihre Eltern; allein Erem fiel mit seinem dunkelbraunen Haar und seinen grauen, beinahe silberfarbenen Augen ein wenig aus der Rolle, doch man hatte ihm erzählt, er käme mehr nach seinen Großeltern, die er jedoch nie kennengelernt hatte. Sie waren bereits tot gewesen, als er geboren worden war.

Während Kaderina Erem sogleich fürsorglich am Arm nahm und zum nächsten Stuhl führte, begutachtete Cissima ihn neugierig von oben bis unten und schüttelte gleich darauf in einer schrulligen Imitation ihres Vaters den Kopf.

„Du siehst echt furchtbar aus."

Erem grinste verzerrt. „Sei froh, dass du nicht spüren kannst, wie ich mich fühle."

Cissima kicherte und huschte davon, als Kaderina ihr auftrug, die Heilsalbe aus der Küche zu holen. Erem sah ihr nach, und wie so oft, wenn er ihre hochgeschossene, gertenschlanke Gestalt betrachtete, überkam ihn ein seltsames Gefühl. Cissima war gerade einmal vier Jahre jünger als er und sah ihn weniger als Onkel denn als älteren Bruder, und im Grunde lag sie damit gar nicht so verkehrt. Serim war über sechzehn Jahre älter als er, also hätte er durchaus auch sein Sohn sein können.

Auch seine anderen Geschwister waren deutlich älter und führten mit ihren Ehepartnern und ihren eigenen Kindern bereits seit langer Zeit das Leben eines Erwachsenen, während er nichts weiter war als ein Welpe, dessen Fell noch nicht richtig getrocknet war. Wie jedes Mal, wenn ihm dieser Unterschied ins Auge fiel, fühlte er eine merkwürdige Distanz zwischen sich und ihnen, kam er sich in seiner Familie beinahe wie ein Fremder vor. Da half es auch nicht, dass Serim und seine Frau sich in liebevoller Sorge um ihn kümmerten, im Gegenteil, ihm wurde dadurch nur noch beklommener zumute.

Und so überließ er es Serim, Kaderina und Cissima zu berichten, was vorgefallen war, zog nebenbei sein Hemd aus und versuchte, niemanden anzusehen, während Kaderina seine Prellungen mit der Heilsalbe einzureiben begann. Kurz erwog er, dagegen aufzubegehren, denn im Grunde war das pure Verschwendung. Seine Blessuren würden auch so morgen wieder verschwunden sein. Aber weder Serim noch Kaderina würden dieses Argument wohl gelten lassen.

Als die Prozedur beendet war, winkte Serim Cissima herbei. „Das Buch dort gehört in König Wilberens Bibliothek. Sei doch so gut und bring es an Erems Stelle zurück, mein Schatz."

Cissima zögerte kurz, und Erem sah ihr an, wie sie überlegte, wie sie sich vor diesem Auftrag drücken konnte. Arbeit auszuweichen war ein Talent, das sie seit einiger Zeit zur Perfektion auszuformen gedachte.

Serim kannte seine Tochter natürlich genauso gut und warf ihr einen langen Blick zu. „Wenn du es nicht tust, muss Erem das selbst übernehmen. Es wäre lieb, wenn du ihm das ersparen könntest."

Cissima ließ in einer übertrieben fatalistischen Pose die Schultern hängen, dann grinste sie und zwinkerte Erem beinahe verschwörerisch zu. „Kein Problem. Der furchtlose Ritter Cissima wird sich unerkannt durch die feindlichen Linien pirschen."

Sie schnappte sich das Buch und war gleich darauf verschwunden.

Erem biss sich auf die Lippe. Er wusste selbst, dass er mit seiner heutigen Ruhmestat seinem Status als Querulant und notorischer Unruhestifter eine weitere schillernde Facette hinzugefügt und wieder einmal nach Kräften an dem Bild des Eigenbrötlers und merkwürdigen Sonderlings gefeilt hatte, den ohnehin bereits alle in ihm sahen, auch ohne mit der Nase darauf gestoßen zu werden, schließlich hatte er diese

Reaktion - ebenso wie die Prellungen und Blutergüsse - als bedauerliche, aber unvermeidliche Kollateralschäden in Kauf genommen, als er sich mit Jorran anlegte. Doch dass nun offenbar selbst Cissima glaubte, er sollte sich besser für eine Weile vor niemandem blicken lassen, bewies überdeutlich, wie schlecht sein Stand am Hof tatsächlich war.

Stumm schickte er eine Entschuldigung hinter ihr her und hoffte, dass sie nicht auch einen Teil der Zeche würde zahlen müssen, denn anders als er kam Cissima mit den meisten Menschen im Schloss gut zurecht. Hoffentlich verdarb er ihr das nicht irgendwann durch seine Unbesonnenheit.

Serim unterbrach seine düsteren Gedanken, als er zu seiner Frau sprach. „Kaderina, lässt du uns bitte für einen Augenblick allein?"

Erem senkte den Kopf, erwartete den Tadel, der unausweichlich kommen würde.

Serim wartete, bis Kaderina gegangen war, dann zog er sich einen Stuhl herbei, setzte sich vor Erem und sah ihn prüfend an. Das vermutete Erem jedenfalls, denn er starrte noch immer konzentriert auf seine Schuhspitzen. Man sollte nicht glauben, welch interessante Muster Staub und Dreck darauf formen konnten!

„Ich werde dich nicht noch einmal mit Jorran trainieren lassen", sagte Serim nach einer Weile. „Eigentlich hatte ich gehofft, es wäre gut und lehrreich für dich, nicht nur mich als Gegner zu haben, aber ich habe mich getäuscht. Vielleicht hätte ich es besser wissen sollen. Mir hätte klar sein müssen, dass Jorran dich niemals unvoreingenommen sehen kann, doch ich hatte gehofft, er würde sich zumindest anständig benehmen. Ein Fehler, wie ich jetzt weiß, und es tut mir leid, dass du darunter zu leiden hattest."

Verblüfft hob Erem den Kopf. Er hatte erwartet, in den folgenden Minuten eines jener denkwürdigen Älterer Bruder- Kleiner Bruder-Gespräche zu erleben, die im Lauf der letzten Jahre zu einer festen Tradition zwischen ihnen geworden waren. Mit einer Entschuldigung hatte er nun wirklich nicht gerechnet. Das warf natürlich eine Menge Fragen auf, von denen ihm die wichtigste ohnehin bereits die ganze Zeit auf der Zunge brannte.

„Was hat Jorran gegen mich? Mir ist schon klar, dass ich wohl niemals einen Preis für umgängliches Verhalten gewinnen werde, aber davon einmal abgesehen habe ich nie etwas getan, was Jorran derart gegen mich hätte aufbringen können. Und es ist nicht nur eine einfache Abneigung. Er hasst mich mehr als ein Geschwür im Gesicht seiner Geliebten, das habe ich heute deutlich in seinen Augen gesehen."

Leider erst, nachdem ihr Kampf schon begonnen hatte, andernfalls hätte er es sich vermutlich zweimal überlegt, ob er Jorran tatsächlich herausfordern sollte. Alanerisk hatte schon recht, wenn er sagte, Geduld sei keine schlechte Tugend. Und vor allem eine, die weit weniger schmerzhaft war als seine übliche hitzige Unbesonnenheit.

„Es geht eigentlich nicht um dich persönlich, Erem", erwiderte Serim leise.

„Na ja, *dich* hat er nicht verprügelt."

„Weil er sich nicht sicher ist, ob er mich besiegen würde, andernfalls würde er sich mir gegenüber nicht besser verhalten. Jorran hasst alle Drachenreiter, aber er hat dich als Opfer seines Zorns ausgesucht."

Erem ballte die Fäuste. „Weil ich der Schwächste bin."

„Im Augenblick, ja. Aber du lernst, und du tust es schnell. Du bist viel besser, als ich es in deinem Alter war, und Jorran wäre ein Narr, wenn er das nicht ebenfalls erkennen würde. Du hast es völlig richtig gesehen. Er wollte dich verunsichern, dich noch eine Weile länger in Unterlegenheit halten. Dass ihm das nicht gelungen ist, wird ihn rasend machen. Auch deshalb darf ich nicht erlauben, dass du noch einmal gegen ihn antrittst. Noch bist du ihm nicht ebenbürtig, und ich fürchte, beim nächsten Mal würde er endgültig jede Hemmung verlieren."

Serims düsterer Ton ließ Erem eine Gänsehaut über den Rücken laufen. Um ein Haar wäre er aufgesprungen. „Aber ihm muss doch klar sein, dass er sich damit riesigen Ärger einhandelt! Der König würde ihn bestrafen, so wie heute."

„Nicht nur der König", mischte sich Alanerisk ein, und seine sonst so sanfte Stimme klang erstaunlich scharf. „Wenn er dir jemals etwas antun sollte, würde er das für den Rest seines Lebens bereuen."

Erem spürte, wie sich seine Kehle vor Beklommenheit zusammenschnürte. Niemals zuvor hatte er Alanerisk von Rache sprechen hören, und er schämte sich, weil er der Anlass dafür war.

„Das klingt ja fast so, als glaubtet ihr, er könnte sich tatsächlich dazu hinreißen lassen, mich *umzubringen*!", sagte er mit rauer Stimme sowohl an Serim als auch an Alanerisk gerichtet. „Wieso sollte Jorran etwas derart Irrationales tun? Woher kommt der Hass, der ihn dazu bewegen könnte?"

Gleich darauf spürte er Alanerisks Aufforderung an Serim, die Erklärung zu übernehmen.

Sein Bruder sah Erem eindringlich an. „Hast du dich nie gefragt, warum Jorran die gleiche Schwerttechnik beherrscht wie du und ich? Wie alle Drachenreiter und Wächter der dunklen Seelenkristalle?"

„Nein, ich ... ich dachte immer, die Technik sei jedem zugänglich, der nur talentiert genug ist, sie zu lernen."

„Im Grunde stimmt das auch. Allerdings gibt es kaum gewöhnliche Menschen, die dazu in der Lage wären. Als die Vorfahren unserer Familien vor Hunderten von Jahren beschlossen, sich mit all ihren Kräften der Sache der Drachen zu verschreiben, wurde ihnen ein Geschenk zuteil: Sie wurden schneller, geschickter, stärker und widerstandsfähiger als normale Menschen. Nicht in gewaltigem Ausmaß, doch eben gerade so viel, um allen anderen überlegen zu sein. Die Gefahr durch die dunklen Seelenkristalle war einfach zu groß, als dass es die Drachen gewagt hätten, in dieser Hinsicht irgendein Risiko einzugehen." Serim hob die Schultern. „Was auch immer diese Gabe letztlich wert sein mag, auf jeden Fall hat sie sich im Laufe der Zeit von Generation zu Generation weitervererbt."

„Dann ist Jorran einer von uns?", fragte Erem überrascht.

„Er *war* einer von uns!", korrigierte Serim sofort energisch. „Jorran war der einzige Sohn einer der Wächterfamilien aus dem Nachbarkönigreich. Seine Mutter hatte nach ihm keine Kinder mehr bekommen können, und so schien es selbstverständlich, dass Jorran eines Tages seinem Vater als Reiter von Vanadeen, dem weißen Drachen, zur Seite stehen und ihn letztlich ablösen würde, und entsprechend wurde er auch ausgebildet. Doch Vanadeen hatte von Anfang an Zweifel, was Jorran betraf, und er zögerte lange, ehe er ihm erlaubte, in seine Dienste zu treten. Du warst erst acht, als Alanerisk dich rufen ließ, Jorran hingegen war bereits zwanzig. Und es ging auch nicht lange gut. Vanadeen entließ Jorran kaum ein halbes Jahr später."

Erem starrte ihn entsetzt an. Er wusste nicht, welche Gründe Vanadeen zu seinem Handeln bewogen hatten, er wusste nur eines: Von einem Drachen auf diese Weise zurückgewiesen zu werden, war eine Demütigung, wie sie grausamer und vernichtender nicht sein konnte. Und es war nicht nur das. Vanadeen hatte ihn nicht einfach bloß zurückgewiesen, sich aus einer spontanen, unberechenbaren Laune heraus von ihm abgewandt. Selbst dieses kleine barmherzige Hintertürchen war Jorran verwehrt geblieben. Der Drache hatte ihn *geprüft,* hatte ihm über Monate hinweg die Chance gegeben, sich zu beweisen und sich als würdiger Nachfolger seines Vaters zu qualifizieren.

Doch Jorran hatte versagt. Wieder und wieder war er im Verlauf dieses halben Jahres gewogen und für ungenügend befunden worden, bis Vanadeen am Ende keine andere Wahl geblieben war. Sollte Jorran den Drachen auch nur einen winzigen Bruchteil jener Liebe und Verehrung entgegenbringen, wie sie Erem für Alanerisk empfand, so musste die Entscheidung Vanadeens wie ein Schwert gewesen sein, das ihm geradewegs ins Herz gerammt worden war, und sie musste seine Seele innerhalb eines einzigen entsetzlichen Augenblicks in Trümmer geschlagen haben. Und das war noch nicht einmal das Ende seines Martyriums. Erem wusste, wie Serims Antwort lauten würde, noch bevor er seine Frage stellte, und er spürte, wie sich sein Magen vor Mitgefühl und Kummer zusammenzog. „Er hat seine Familie niemals wiedergesehen, nicht wahr?"

Serim schüttelte den Kopf. „Nein. Die Regeln sind in diesem Punkt ebenso unerbittlich wie eindeutig. Du weißt selbst, wie wichtig es ist, dass die Seelenkristalle der abtrünnigen Drachen niemals in die falschen Hände geraten."

Erem senkte den Blick. „Die Verstecke müssen geheim bleiben", sagte er leise. „Und ein Mitglied der Familie, das von einem Drachen zurückgewiesen wurde, ist nicht länger vertrauenswürdig."

Zwar bestand immer die Möglichkeit, dass ein neuer Drachenreiter die Erwartungen der Drachen enttäuschte oder bei ihnen in Ungnade fiel, doch das war in den vergangenen Jahrhunderten so selten geschehen, dass vermutlich nur die Drachen eine genaue Erinnerung daran besaßen. Trat ein derartiger Fall jedoch tatsächlich ein, bedeutete er nicht nur für den verschmähten Drachenreiter selbst, sondern für die gesamte Familie eine Tragödie, die das Leben aller einer dramatischen und einschneidenden Veränderung unterwarf.

Sein Bruder schaute ihn ernst an. „Noch am selben Tag, an dem Vanadeen sein Urteil aussprach, hat Jorrans Familie ihr Anwesen verlassen und lebt seitdem an einem anderen Ort, den nur sie selbst und die Drachen kennen. Du weißt, dass für alle Wächter der Kristalle besondere Notfallpläne existieren, die unter bestimmten Umständen in Kraft treten. Dies war einer davon. Jorran wusste das ebenso wie alle anderen. Deshalb hat er sein Land verlassen, und deshalb ist er nun hier - ein Verstoßener, der weder Heimat noch Familie mehr hat."

Erem atmete tief durch. „Das ist ziemlich hart."

„Nein, das ist es nicht." Serims strahlende blaue Augen verdunkelten sich, und seine Miene wurde hart. „Dein Mitgefühl ehrt dich, aber hier ist es unangebracht. Jorran hat es nicht anders verdient, das hat er heute wieder einmal eindrucksvoll bewiesen."

Erem runzelte die Stirn. „Ich weiß nicht, Serim. Ich verstehe seinen Groll. Es muss für ihn eine fortwährende Demütigung bedeuten, ständig von Drachenreitern umgeben zu sein und zu sehen, dass sie etwas haben, das er niemals bekommen wird. Und gerade ich muss ein besonders schmerzhafter Stachel in seinem Fleisch sein. Alanerisk hat mich bereits mit acht erwählt, und ich durfte beinahe meine gesamte Kindheit und Jugend in der Nähe des Drachen im königlichen Schloss verbringen. Ich habe alles, was Jorran auf ewig versagt bleiben wird, auf dem Silbertablett serviert bekommen, und ich musste mich nicht einmal dafür anstrengen. Kein Wunder, dass er mich derart hasst."

Serim schnaubte verächtlich. „Es war Jorrans freie Wahl, König Wilberen an seinem Hof als Waffenmeister zu dienen. Niemand hat ihn dazu gezwungen, und er hat gewusst, dass es hier ebenfalls Drachenreiter gibt. Wenn man eine Entscheidung trifft, muss man auch mit den Konsequenzen leben - mit *allen* Konsequenzen. Alles andere ist lediglich Feigheit oder Schwäche." Serims Gesicht wurde noch grimmiger, und seine Augen funkelten zornig. „Niemand, der einen ehrbaren Charakter besitzt, hätte seine Wut oder seine Enttäuschung an einem unschuldigen Kind ausgelassen, ganz egal, wie sehr er auch in seinem Stolz gekränkt worden ist. Du warst nie mehr als ein Sündenbock für ihn, ein williges Opfer, weil die wahre Quelle seines Hasses unerreichbar für ihn war. Aber es ist natürlich einfacher, einen unterlegenen Gegner zu verprügeln, als sich auch nur ein einziges Mal zu fragen, was Vanadeen zu seiner Entscheidung bewogen hat."

„Ich schätze, er hatte gute Gründe."

„Gewiss hatte er die. Ein Mensch, der versucht, sich auf Kosten Schwächerer stark zu machen, ist einfach nicht würdig, einem Drachen zu dienen, gleichgültig, was für Fähigkeiten und Talente er ansonsten auch besitzen mag. Jorran hat das nie begriffen. Dabei hat der Mistkerl allen Grund, den Drachen auf Knien zu danken, immerhin haben sie ihm seine überlegene Geschicklichkeit und Stärke gelassen, auch nachdem klar war, dass Vanadeen ihn nicht als seinen Reiter akzeptieren würde. Nur so war es ihm möglich, an König Wilberens Hof so schnell zum Waffenmeister aufzusteigen. Es ist vielleicht nicht das Leben, das er sich einmal erträumt hat, aber es ist trotzdem ein verdammt gutes Leben. Doch der Narr tritt auch dieses Geschenk mit Füßen!"

Erem musterte seinen Bruder nachdenklich. „Jorran verfügt zweifellos über die Kräfte und die Gewandtheit eines Drachenreiters. Aber offensichtlich hat Keiran diese Fähigkeiten nicht von seinem Vater geerbt."

Serim lächelte dünn. „Das ist wohl wahr. Die Drachen haben das unterbunden, schließlich wird auch er niemals ein Drachenreiter werden. Die Unzulänglichkeit des Vaters hat auch für seinen Sohn die Zukunft bestimmt." Er hob die Schultern. „Man mag es Grausamkeit oder Gerechtigkeit nennen. Ein Urteil darüber steht nur den Drachen allein zu."

„Weiß Keiran davon?"

„Ich denke schon."

Erem seufzte. „Dann haben die beiden trotzdem eine Menge gemeinsam."

Serim runzelte die Stirn. „Was meinst du damit?"

„Sie hassen mich beide für etwas, wofür ich nicht die geringste Verantwortung trage."

4. Kapitel

Weder Serim noch Alanerisk wussten auf sein ernüchterndes Fazit etwas zu erwidern, und so senkte sich für eine geraume Weile Schweigen über den kleinen Raum. Erem presste stumm die Lippen aufeinander und starrte düster auf die Tischplatte vor sich. Das Wissen um Jorrans Schicksal gab der gesamten Angelegenheit eine neue Komponente, angesichts derer er auch sein eigenes Verhalten neu bewerten musste - und zu keinem guten Urteil kam.

Das bedrückte ihn so sehr, dass er sich am liebsten in die Stille seines Zimmers verkrochen hätte, doch natürlich ließ Alanerisk das nicht zu. Die Stimme des Drachen in seinen Gedanken war sanft, aber bestimmt, doch Erem spürte auch die Besorgnis darin.

„Erem, ich möchte, dass du zu mir kommst."

Erem schickte einen schnellen Impuls der Zustimmung und hoffte, dass Alanerisk nicht spürte, wie eng sich seine Kehle vor Scham zusammenschnürte und wie hart und schmerzhaft ihm das Herz gegen seine Rippen schlug. Es war nie einfach für ihn, Alanerisk unter die Augen zu treten, nachdem er gerade wieder für Unruhe gesorgt hatte. Und heute hatte er tatsächlich einen Fehler gemacht.

Serim fragte nicht, wohin er wollte, als er aufstand, sondern nickte ihm lediglich zu. Seine Augen gaben ihm jedoch die stumme Mahnung mit, heute nicht noch einmal frontal auf Kollisionskurs zu gehen, mit wem auch immer.

Erem senkte rasch den Blick, warf sich sein Hemd über und verließ die Wohnung. Als er durch die Tür auf feindliches Territorium trat, begannen seine Sinne sofort mit sehr viel höherer Leistung zu arbeiten, und zum ersten Mal wusste er, dass er darin normalen Menschen tatsächlich überlegen war. Es war ein eigenartiger und beunruhigender Gedanke, und er verschaffte ihm nicht das Triumphgefühl, das andere aufgrund einer solchen Gewissheit vielleicht verspürt hätten. Mehr als jemals zuvor war ihm bewusst, dass er immer ein Fremder unter ihnen sein würde, nicht mehr als ein Eindringling in einer Welt, in der er nicht erwünscht war. Sie mochten ihn fürchten oder um seine Gunst buhlen, weil sie sich Vorteile durch ihn erhofften, aber *lieben* würden sie ihn nie; dazu war der Graben, der zwischen ihnen klaffte, einfach zu groß.

Doch wenigstens konnte er seine Überlegenheit nutzen, um weiterem Streit aus dem Weg zu gehen. Sobald er jemanden kommen hörte, wich er aus und nahm einen anderen Gang, und obwohl das Schloss zu dieser Tageszeit ein ziemlich belebter Ort war, schaffte er es, für alle anderen unsichtbar zu bleiben, bis er das Dach des Ostflügels erreicht hatte.

Das Schloss war ein gewaltiger Komplex mit einem rundlich nach vorn gewölbten Hauptbau, an den sich nach Osten und Westen zwei lange

Gebäudeflügel anschlossen. Selbst im Laufschritt benötigte man einige Minuten, um vom Ende des einen Flügels bis zum anderen zu gelangen, und die Ausdehnung in die Höhe stand derjenigen in die Breite um nichts nach. Das Hauptgebäude besaß sieben, die beiden Flügel jeweils sechs Stockwerke, und so öffnete sich vor Erem ein weiter Blick über das Land, als er schließlich auf das Dach trat.

Nach Süden lag der Zeremonienplatz, direkt vor dem Haupteingang des Schlosses, eingebettet in kunstvoll gestaltete Blumenflächen und helle Zufahrtswege. Dort fuhren die Gäste des Königs vor, und wenn der König zum Bankett geladen hatte, reihte sich dort Kutsche an Kutsche auf, während die Wege heute nur mäßig belebt waren. Lediglich an jener Stelle, wo die Schlossmauern den Zeremonienplatz von der nahen Stadt abgrenzten, wartete wie an jedem Tag eine kleine Gruppe von Menschen darauf, mit ihrer Bitte um eine königliche Audienz bei dem Hofbeamten vorstellig zu werden, der mit gewichtiger Miene in seinem Wachhäuschen in der Nähe des Tores saß. Häufig wurde ihrem Begehr entsprochen. König Wilberen hatte stets ein offenes Ohr für sein Volk.

Jenseits des Tores lag Tsimai, die größte Stadt des Königreichs. Von hier oben wirkten die vielen Menschen, die in den Straßen und Gassen geschäftig durcheinanderwuselten, wie eine Armee winziger Ameisen, die zielstrebig ihren geheimnisvollen Arbeiten nachgingen, eingewoben in einen Traum, in dem selbst die kleinste Bewegung eine tiefere und verborgene Bedeutung besaß.

Tsimai war das Herz des Landes, sein vitales, pulsierendes Zentrum, und Erem spürte seinen Pulsschlag bis in die winzigste Faser seines Körpers hinein. Er spürte das Leben, das sich in tausend verschiedenen Farben und Formen zusammendrängte, fühlte das Stimmengewirr von Menschen und Tieren und die Myriaden verschiedenartiger Laute, die als kaum merkliches Vibrieren in der Luft tanzten und wie ein sanfter Windhauch über seine Haut strichen, und ein leichtes Lächeln legte sich auf seine Lippen. Serim ging häufig in die Stadt. Er liebte es, mit seiner Frau und seiner Tochter über die Märkte und Plätze zu schlendern und in das bunte Treiben einzutauchen. Früher hatte Erem sie oft begleitet, doch seit einer Weile verzichtete er bewusst darauf.

Serim, Kaderina und Cissima teilten ihr gesamtes Leben mit ihm. Sie gaben ihm ein Zuhause und das Gefühl, ein ganz normaler Teil ihrer Familie zu sein, und sie hätten ihn von sich aus niemals ausgeschlossen, doch er wollte sich nicht überall hineindrängen. Sie gaben ihm ohnehin mehr als er brauchte, und so war es nur recht und billig, dass er ihnen, so oft es ging, die Freiheit ließ, als ihre eigene kleine Familie für sich allein zu sein. Im Grunde wurde es ohnehin Zeit, dass er ein eigenes Quartier bekam. Er wurde bald achtzehn, es war also nicht mehr nötig, dass sie ihn wie ein kleines Kind umsorgten.

Mit einem Achselzucken tat Erem den Gedanken ab und sah nach Norden. Dort erstreckten sich über viele Hektar die Parkanlagen des Schlosses, ein gewaltiges Areal aus weitläufigen Rasenflächen, in strahlenden Farben leuchtenden Blumenbeeten, weiß schimmernden Marmorbänken an zierlichen Brunnen und sorgsam beschnittenen Sträuchern, die von der Hand eines exzentrischen Künstlers in eigenwillige Tier- und Fabelgestalten verwandelt worden waren. Der Eichenhain, in dem er seinen Morgen verbracht hatte, lag zur linken Hand am Rande des Parks, die großen Stallungen mit den edlen Zuchthengsten des Königs zur rechten.

Doch für all das hatte Erem nur einen kurzen Blick übrig. Seine gesamte Aufmerksamkeit galt längst Alanerisk. Das gesamte Dach des Ostflügels war allein dem Drachen vorbehalten. Von hier oben blickte er über das Land, beobachtete und wachte über die Menschen und war seinerseits von allen, die im Park, auf dem Zeremonienplatz oder in den Straßen der Stadt unterwegs waren, gut zu erkennen, so dass sie jederzeit aus seiner Präsenz Trost und Sicherheit ziehen konnten.

Alanerisk wusste um seine Bedeutung für die Bewohner Tsimais, und so zog er sich nur selten in sein hohes, halbkugelförmiges Schlafquartier zurück, das sich am Ende des Ostflügels auf dem Dach erhob. Es war kein festes Gebäude, vielmehr eine leichte Konstruktion aus dünnem Metall und buntem Glas, nach vorn hin offen, so wie es auch eine Höhle gewesen wäre.

Doch sie war bei Weitem nicht so düster wie eine Höhle. Die farbigen Glasscheiben ließen den größten Teil der Sonnenstrahlen ungehindert durch und tauchten Alanerisks Schlafstätte zu jeder Zeit des Tages in ein Kaleidoskop aus Licht und Farben, die wie ein Meer aus schillernden Regenbögen über den weichen Sand wogten, mit dem der Innenraum ausgestreut war.

Im Sommer konnte es unter der gläsernen Kuppel brütend heiß werden, eine Temperatur, die Alanerisk sehr genoss, und auch Erem wäre lieber einen ganzen Tag lang barfuß durch eine Wüste marschiert, als auch nur für eine einzige Sekunde zu spüren, wie sich seine Nasenspitze unter der diabolischen Berührung einer Schneeflocke blau verfärbte oder seine Lippen im eisigen Nordwind mehr und mehr die Konsistenz von altem Dörrfleisch annahmen. Doch das Klima in König Wilberens Reich war zum Glück mild. Harte Winter mit längeren Frostperioden gab es nicht, lediglich einige wenige kühlere Monate, in denen die Regenschauer etwas kräftiger und ergiebiger ausfielen und einem der Biss des Windes schneller als sonst das Blut aus den Wangen trieb. Das war zwar bei Weitem nicht so schlimm, wie es einige der anderen Königreiche des Landes erwischt hatte, aber für Erem hätte es trotzdem für immer Sommer bleiben können.

Alanerisk hatte sich auch heute nicht in seine Kuppel zurückgezogen, sondern lag, seinen Blick in Richtung Norden gewandt, in der Mitte des Dachs, so dass Erem den Drachenkörper in seiner gesamten Länge erkennen konnte.

Wie so oft stockte ihm bei Alanerisks Anblick unwillkürlich der Atem. Vom Kopf bis zur Schwanzspitze maß der Drache gute zehn Meter, und seine Spannweite war sogar noch ein ganzes Stück größer. Trotzdem wirkte er weder behäbig noch plump, sondern besaß einen schlanken, biegsamen Leib, der wie eine Feder in warmen Aufwinden tanzen konnte, wie Erem nur zu gut wusste.

Seine gewaltigen Schwingen trug Alanerisk derzeit eng am Rücken gefaltet, und seine grünen Schuppen glänzten im Sonnenlicht wieder einmal wie unzählige kostbare Smaragde. Alanerisks schmaler Hals bog sich, als er ihn kommen hörte, und gleich darauf fand sich Erem Auge in Auge mit dem Drachen wieder.

Alanerisks Kopf war beinahe so groß wie Erem selbst, doch auch er besaß eine schlanke, fast filigrane Struktur mit vielen kleineren Höckern und einem Kranz feiner Dornen, der seinen Nacken umfasste. Die Augen des Drachen leuchteten goldfarben, doch ebenso wie beim Glas seiner Schlafkuppel, so mischten sich oft auch andere Farben darunter, ein Spiel, aus dem Erem die Gefühle Alanerisks herauszulesen gelernt hatte.

Im Augenblick war der wundervolle goldene Glanz beinahe vollständig verschwunden. Dunkle Schleier aus Blau und Violett zogen wie Wolkenschatten durch die schimmernden Tiefen, die zu Alanerisks Seele führten, verschlangen die Wärme und das Licht und ließen nur ein düsteres Glosen hindurchdringen.

Mit wummerndem Herzen und einem engen Gefühl im Hals trat Erem vor den Drachen, wusste nichts zu sagen und senkte stumm den Kopf. Er spürte, wie Alanerisk ihn musterte, und hätte sich am liebsten in irgendeiner Mauerritze verkrochen. Es gab keine Entschuldigung für sein Verhalten, keine Worte des Trostes, die sein Versagen beschönigen oder rechtfertigen konnten. Nicht dieses Mal. Auch Alanerisk musste das wissen. Dieses Mal war er zu weit gegangen.

Er schluckte mühsam, würgte verzweifelt an den Tränen, die ihm in die Augen zu steigen drohten. Da vernahm er plötzlich ein leises Geräusch, wie ein Windhauch, der wispernd durch sommerwarmes Gras strich, und im nächsten Moment fühlte er, wie sich eine von Alanerisks mächtigen Schwingen behutsam um seine Schultern legte, so vorsichtig und sanft, als sei er ein Drachenjunges, das gerade aus seinem Ei geschlüpft war und sich nun schutzlos den bösartigen Kreaturen dieser Welt gegenübersah.

Die liebevolle Fürsorge des Drachen schnürte Erem den Hals nur noch enger zusammen. Er ließ sich abrupt auf ein Knie fallen, senkte den Kopf noch tiefer und hoffte, so wenigstens ein wenig verbergen zu können, wie sehr seine Wangen vor Scham brannten.

„Es tut mir leid, Alanerisk. Ich habe dir schon wieder Kummer bereitet."

Alanerisks Kopf kam ein wenig näher, dann blies er ihm mit einem Schnauben seinen warmen Atem ins Gesicht - ein spielerisches Haarezausen nach Drachenart, das Erem schon manches Mal zum Lächeln gebracht hatte. Es war eine Geste der Zuneigung, die den meisten Menschen vermutlich allein bei der Vorstellung einen Schauder über den Rücken laufen ließ, aber er wusste es besser. Denn auch wenn Drachen dem Genuss von saftigen Hammelkeulen oder Schweinelenden im allgemeinen nicht abgeneigt waren, so war Alanerisks Atem doch niemals unangenehm, sondern roch stets nach reinem, weißem Sand, der lange unter den milden Strahlen einer Sommersonne gewärmt worden war. Auch dies machte die Drachen zu etwas Einzigartigem, und es unterstrich die Schönheit und Erhabenheit ihres Wesens auf eine besondere, beinahe überirdische Weise, die Erems eigene niedere Taten und Beweggründe umso hässlicher und verabscheuungswürdiger hervortreten ließ.

„Steh auf und sieh mich an", vernahm er Alanerisks Stimme leise in seinen Gedanken. Erem zögerte einen Moment, dann holte er tief Luft und tat, worum der Drache ihn gebeten hatte.

Die goldenen Augen musterten ihn eindringlich. Jetzt lag mehr Grün als Blau in ihnen.

Abermals erklang Alanerisks Stimme in seinem Kopf, so behutsam und sanft wie die Drachenschwinge, die noch immer um seine Schultern lag. „Ich hatte den Eindruck, du hast dir die Entscheidung, Jorran herauszufordern, wohl überlegt, andernfalls hätte ich so etwas niemals zugelassen. Doch nun scheinst du sehr bedrückt. Bereust du sie?"

Erem schluckte, und es kostete ihn alle Kraft, nicht erneut seinen Blick von den weisen, verständnisvollen Augen des Drachen abzuwenden, die unverwandt auf ihm ruhten und mühelos bis in die tiefsten Tiefen seiner Seele zu dringen schienen. „Zum Teil."

„Welchem Teil?"

„Den, den ich nicht bedacht hatte. Ich habe Jorran mit meinen Worten gedemütigt und bloßgestellt, und das tut mir leid. Ein Ochse in der Schlossküche hätte nicht mehr Porzellan zertrampeln können als ich in einem einzigen Augenblick, und das nur, weil ich dem verdammten Kerl unbedingt noch einen letzten Stich verpassen wollte. Ich hatte doch meine Antwort bereits bekommen, aber ich konnte es einfach nicht gut sein lassen!"

„Aber du wusstest nicht, dass Jorran früher einmal ein Drachenreiter werden sollte, deshalb konntest du nicht einschätzen, wie deine Worte auf ihn wirken würden."

Erem spürte, wie seine Augen erneut unter nahen Tränen zu brennen begannen. Auch Alanerisk schien offensichtlich nicht gewillt zu sein, ihn wegen seines Fehlverhaltens zur Rede zu stellen, sondern bot ihm im Gegenteil sogar einen eleganten Ausweg, um seinen Kopf doch noch aus der Schlinge zu ziehen und sie stattdessen um Jorrans dicken Hals zu legen. Doch dieses Angebot anzunehmen, hätte seine Scham noch größer werden lassen, als es ohnehin bereits der Fall war. Er schüttelte gequält den Kopf.

„Das ist keine Entschuldigung. Es ist kein Zeichen von Weisheit, einen Wolf, der sich bereits knurrend in eine Ecke drängt und keinen Fluchtweg mehr besitzt, noch weiter zu reizen. Aber ich war zu selbstgerecht und arrogant, um auf deinen Rat zu hören, und musste natürlich wieder einmal mit dem Kopf durch die Wand. Allein deshalb ist Jorran von König Wilberen bestraft worden."

Rote Flammen loderten unvermittelt in dem Gold auf. „Jorran wurde bestraft, weil sein Verhalten unangemessen war. Das war gewiss nicht deine Schuld!"

„Aber ich war der Anlass für dieses Verhalten. Hätte ich ihm seinen Triumph gelassen und mir einfach meinen Teil dazu gedacht, wäre nichts weiter geschehen. Aber der große Erem war zu stolz, um einem anderen als sich selbst den Sieg zu gönnen. Ich habe Jorrans Wunde ans Licht gezerrt, und dann habe ich auch noch ein ganzes Fass Salz hineingekippt! Vielleicht wäre es vorher noch möglich gewesen, ihm die Hand zur Versöhnung zu reichen, *nun* sicherlich nicht mehr. Ich habe es verpatzt, und zwar gründlich!"

Erem presste bitter die Lippen aufeinander, und seine Hände ballten sich zu Fäusten. Erneut wurden seine Haare von einer plötzlichen Brise gezaust, und er spürte Alanerisks Widerspruch, noch bevor die Stimme des Drachen in seinen Gedanken erklang.

„Du irrst dich, Erem. Jorran mag in deinen Worten eine Kränkung gesehen haben, aber du hast sie ihm nicht absichtlich zugefügt. Du wolltest nur deinen Standpunkt klarmachen und ihm zeigen, dass du sein Spiel durchschaut hast. Das war dein gutes Recht, immerhin hat er dieses Spiel begonnen. Du hast es lediglich zu seinen Regeln angenommen. Wenn er Angst davor hat, zu verlieren, darf er eben nicht spielen."

Erem senkte erneut den Kopf. „Vorhin habe ich das genauso gesehen, aber da dachte ich auch noch, es ginge nur um Jorran und mich."

„Und wer, glaubst du, ist noch betroffen?"

Zögernd sah Erem wieder auf. „Du."

Ein Hauch von Verblüffung flackerte durch seine Gedanken. „Was meinst du damit?"

Sein Magen zog sich vor Qual zusammen, und am liebsten wäre er einfach davongelaufen. Doch wie üblich, wenn er eine Angst in sich rumoren fühlte, knirschte er trotzig mit den Zähnen und tat genau das Gegenteil. Er fuhr sich mit der Zunge über die trockenen Lippen, räusperte sich und begann stockend zu sprechen.

„Du hast vorhin gesagt, Jorran würde es bis an sein Lebensende bereuen, wenn er mir etwas antun würde. Das klang so hart, so unversöhnlich! Es klang, als würdest du nicht zögern, Jorrans Blut zu vergießen, sollte er es wagen, sich noch einmal an mir zu vergreifen." Seine Stimme schwankte, wurde brüchig von dem Schmerz, den er empfand. „Ich will das nicht! Selbst wenn Jorran so verrückt sein sollte, mich umzubringen - was er natürlich erst einmal schaffen müsste -, will ich nicht, dass du ihn dafür bestrafst! Überlass es dem König, Recht zu sprechen. Von nun an werde ich besonnener sein, und ich werde Jorran aus dem Weg gehen, wo immer mir das möglich ist, das verspreche ich dir! Bitte, Alanerisk, ich ..."

Seine Stimme brach, wurde endgültig von seiner Qual erstickt. Und so öffnete Erem seine Gedanken und Gefühle für Alanerisk, ließ ihn spüren, wie unerträglich es für ihn wäre, wäre er der Anlass dafür, dass sich nach so vielen Jahrhunderten des harmonischen Zusammenlebens plötzlich wieder ein Drache gegen einen Menschen wandte. Das würde alles verändern, würde alte Ängste neu erwachen und die Drachen in einem anderen, düstereren Licht erscheinen lassen.

„Ich bin das nicht wert", flüsterte er. „Bitte, Alanerisk, wirf nicht fort, wofür deine Rasse so lange und hart gearbeitet hat. Nicht meinetwegen." Die bloße Vorstellung, dass es tatsächlich einmal so weit kommen könnte, ließ ihn bis ins Mark erbeben, und trotz der spätsommerlichen Wärme begann er, unkontrolliert mit den Zähnen zu klappern.

Alanerisk stieß ein tiefes, bekümmertes Grollen aus. Die goldene Farbe seiner Augen wurde so intensiv und strahlend, wie Erem es niemals zuvor bei ihm erlebt hatte, gleichzeitig flutete eine Woge aus Mitgefühl und bedingungsloser Zuneigung in seinen Geist.

„Nicht du musst dich bei mir entschuldigen, Erem. Ich muss dich um Vergebung bitten. Ich habe dir Angst gemacht."

Erem riss abrupt die Arme hoch und winkte hastig ab. „Nein, so ist es nicht! Ich habe keine Angst vor dir."

„Das weiß ich. Aber ich habe dich meinen Zorn auf Jorran allzu deutlich spüren lassen, und dies hat Angst um ihn in dir geweckt." Ein warmes Lächeln erhellte Alanerisks Seele. „Jorran hat nie etwas anderes als einen Feind in dir gesehen, und dennoch sorgst du dich um ihn."

Erem biss sich auf die Lippe. „Eigentlich weniger um ihn als um dich. Wenn ich der Anlass dafür bin, dass du derart zornig auf einen Menschen wirst, bin ich nicht würdig, ein Drachenreiter zu sein."

„Solltest du diese Beurteilung nicht lieber mir überlassen?"

Obwohl sich alles in ihm danach sehnte, über die Brücke zu gehen, die Alanerisk mit seiner Frage für ihn gebaut hatte, schüttelte Erem den Kopf, und ein ersticktes Schluchzen entrang sich seiner Kehle. „Ich wünschte, das könnte ich. Aber so leicht darf ich es mir nicht machen. Ich muss mich auch selbst hinterfragen. Würde ich immer nur meinen Launen folgen und niemals darüber nachdenken, welche Konsequenzen mein Handeln für andere besitzt, wäre ich nicht besser als Jorran."

„Du hast recht, Erem. Das wärst du nicht. Aber gerade weil du das tust, unterscheidest du dich so sehr von ihm."

Erem schaffte es nicht, Alanerisk noch länger anzusehen. „Aber was, wenn es nicht genug ist? Wenn ich irgendwann einen Fehler mache, den du mir *nicht* verzeihen kannst, ganz egal, wie viel Reue ich hinterher zeige?"

„Das wirst du nicht."

„Wie kannst du das wissen?"

„Ich weiß es, weil ich dich kenne und dir vertraue."

Erem schwieg bedrückt. Er wünschte, er könnte sich Alanerisks Worten anschließen, könnte das gleiche Vertrauen zu sich haben, das der Drache offensichtlich in ihn setzte. Doch er konnte es nicht.

* * *

Das Gespräch mit dem Drachen hatte Erem mit schweren, düsteren Gedanken erfüllt, doch Alanerisk ließ nicht zu, dass sie ihn vollkommen beherrschten. Er hieß ihn aufzusteigen, und schon wenig später flogen sie über das weite Land. Stundenlang zogen sie ihre Kreise über Arkandt, dem Reich König Wilberens, und erst als die Nacht heraufdämmerte, kehrten sie zum Schloss zurück.

Müde, aber wieder ein wenig mehr mit sich und seinen Narreteien und Unzulänglichkeiten versöhnt, wollte sich Erem von dem Drachen verabschieden, doch Alanerisk überraschte ihn erneut. Er bat ihn, ihm auch während der Nacht Gesellschaft zu leisten - etwas, das sich Erem insgeheim gewünscht, wonach er aber niemals offen zu fragen gewagt hätte. Besonders an Tagen wie diesem, an denen er weniger denn je verstand, weshalb Alanerisk bei der Wahl des neuen Drachenreiters gerade ihm vor seinen gesamten übrigen Geschwistern den Vorzug gegeben hatte, sehnte er sich nach der Gegenwart des Drachen, und sein Bedürfnis nach menschlichen Kontakten, in welcher Form auch immer, tendierte rapide gegen Null. Dies schloss, wie er sich mit einem leisen Schuldgefühl eingestehen musste, auch Serim und seine Familie mit ein.

Und so lehnte er sich dankbar an Alanerisks weiche Flanke, nachdem sich der Drache unter seiner Glaskuppel zum Schlafen ausgestreckt hatte, und wurde von Alanerisks tiefen, ruhigen Atemzügen alsbald selbst in den Schlaf gewiegt.

Als er am nächsten Morgen wieder erwachte und blinzelnd die Lider hob, fand er sich Auge in Auge mit dem Drachen wieder. Alanerisk hatte den Hals weit zurückgebogen und seinen schmalen Kopf dicht vor Erem auf den weißen Sand sinken lassen, und seine goldenen Augen waren einzig auf ihn gerichtet. Es schien, als habe er ihn schon seit Stunden im Schlaf beobachtet, und obwohl sein Blick ganz ruhig war und selbst jetzt nicht das winzigste emotionale Aufflackern den wundervollen Bernsteinschimmer störte, konnte Erem doch eine ewige Wahrheit darin lesen: Alanerisk würde ihn stets beschützen.

Ein tiefes Gefühl der Wärme überkam Erem, und so schmiegte er sich mit einem wohligen Seufzen an den schlanken Hals des Drachen, legte beide Hände auf die glatten, glänzenden Schuppen, schloss die Augen und atmete tief ein. Er spürte, wie mit der frischen Morgenluft auch unbändiger Stolz sein Herz erfüllte und die Zweifel und Ängste des Vortages endgültig mit sich forttrug.

Dies war genau der Ort, an dem er sein sollte. Dies war sein Platz im Leben. Einen anderen gab es nicht für ihn, und er würde auch keinen anderen wollen.

Als er wenig später die Augen wieder öffnete, aufstand und einen Schritt zurücktrat, hob Alanerisk den Kopf vom Sand und blies ihm sanft die Haare aus dem Gesicht.

„Wie geht es dir?"

Erem sah nur kurz an sich herab und schob einen Ärmel seines Hemds zurück, obwohl er längst wusste, was er sehen würde. Und er irrte sich nicht. Die Prellungen und Blutergüsse, die Jorran ihm zugefügt hatte, waren vollständig verschwunden, die mit ihnen verbundenen Schmerzen ebenso.

„Ich bin in Ordnung."

Und zum ersten Mal verstand er den Grund dafür. Auch dies war Teil des Zaubers, mit dem die Drachen ihre Reiter gestärkt hatten.

Alanerisk sah ihn aufmerksam an. „Wie würde es dir gefallen, einen kleinen Ausflug zu unternehmen?"

Erem lächelte. „Ziemlich gut, würde ich sagen." Im Augenblick war ihm ohnehin nicht nach menschlicher Gesellschaft zumute. Was hatten ihm die Menschen schon zu bieten, wenn er stattdessen bei Alanerisk sein konnte? Die Gegenwart des Drachen war das Einzige, was zählte und jemals zählen würde.

Ein nachdenklicher Zug erschien in den goldfarbenen Augen, die ihn mit so viel Güte und Wohlwollen betrachteten, dann wandte Alanerisk den Kopf zum nördlichen Horizont.

„Du solltest gut frühstücken, Proviant für etwa elf Tage einpacken und warme Kleidung anlegen. Wir starten, sobald du fertig bist."

Warme Kleidung? Das machte Erem sofort hellhörig. „Wohin fliegen wir?"

Ein amüsierter Schimmer glänzte in Alanerisks Augen auf. „Ahnst du es nicht längst?"

„Zum Drachenschrein!", stieß Erem aufgeregt hervor.

Alanerisk neigte anmutig sein Haupt. „So ist es."

Erem hastete los wie ein kleiner Junge, dem der Geruch nach frischen Backwaren in die Nase gestiegen war und unbedingt als Erster in der Küche sein wollte.

„Ich bin sofort zurück!", rief er, schon fast bei der Tür.

Alanerisks Schmunzeln folgte ihm, und obwohl Erem wusste, dass er sich reichlich albern benahm, konnte er seine Schritte dennoch nicht zügeln.

Der Drachenschrein! Allein beim Gedanken an jenen stillen, heiligen Ort schlug ihm das Herz rasend schnell gegen die Rippen. Alanerisk hatte ihn bereits einige Male dorthin mitgenommen, doch das war, soweit es Erem betraf, noch nicht einmal annähernd genug. Er liebte den Schrein, liebte seine schlichte Schönheit und Erhabenheit und den Frieden, den er nur dort fand, mit Alanerisk an seiner Seite und den schneebedeckten Gipfeln der Berge, die wie stumme Wächter der Ewigkeit um sie herum in den sternenschimmernden Himmel ragten. Nirgendwo sonst verspürte er eine solche Freiheit, war er auf eine so fundamentale und innige Weise in Harmonie mit sich selbst, war sein Denken und Handeln so frei von allen Beschränkungen, die das Leben am königlichen Hof ihm auferlegte.

Es war ein Ort der Besinnung und der Kontemplation, ein Ort, an dem niemand an ihm zerrte und ihn in tausend verschiedene Richtungen zu drängen versuchte, wo es keine Intrigen gab und kein kleinliches Gezänk, keine lüsternen Fürstentöchter und keinen Jorran, dessen blinder Hass stets nur eines winzigen Funkens bedurfte, um von schwelender Glut zu grellen Flammen emporzulodern. Ein Ort, der es ihm erlaubte, für einen kurzen Moment einfach nur Erem zu sein.

Er blieb stehen und wandte sich noch einmal zu Alanerisk um, als ihm - ein wenig verspätet - noch etwas einfiel. „Wird Serim uns begleiten?" Auch wenn er sich für diesen egoistischen Gedanken schämte, so hoffte er doch von ganzem Herzen, es möge nicht so sein.

Zu seiner Erleichterung schüttelte Alanerisk den Kopf. „Nein. Es gibt etwas, das getan werden muss, und dies betrifft nur dich, nicht ihn."

Erem blickte den Drachen verblüfft an. „Etwas, das getan werden muss?" Er hatte nicht damit gerechnet, dass es einen konkreten Grund für den Ausflug gab, außer vielleicht den, dass Alanerisk ihn aus der

Reichweite der Gardisten, die wegen Jorrans Bestrafung wütend auf ihn waren, herausschaffen wollte. Und wieso betraf es nur ihn allein?

„Was ist es?"

„Das lässt sich nicht in Worte fassen, Erem, aber es ist sehr bedeutsam. Eigentlich wollte ich diese Reise mit dir erst nach deinem achtzehnten Geburtstag unternehmen, doch der ist ohnehin nicht mehr fern und es liegt in meiner Hand, den Zeitpunkt nach vorn zu verlegen. Und genau dies wünsche ich."

Alanerisk schob seinen Kopf ein Stück näher und sah ihn so intensiv an, dass Erem das Gefühl hatte, im Spiegel der goldenen Augen zu ertrinken.

„Die letzten Tage haben mich davon überzeugt, dass ich nicht länger warten muss. Du bist bereit."

Erem fragte nicht weiter nach, aber sein Mund war vor Aufregung so trocken geworden, dass er vermutlich ohnehin nur ein raues Krächzen herausgebracht hätte. Bereit? Bereit *wofür?* Er konnte es sich nicht vorstellen. Nur eines war ihm klar: Wenn selbst Alanerisk es bedeutsam nannte, dann war es das auch, denn in den Augen dieser uralten, weisen Geschöpfe mussten die Belange der Menschen üblicherweise klein und nichtig erscheinen. Was aber konnte so unglaublich wichtig sein, dass nicht einmal Alanerisk es in Worte fassen mochte? Und wie könnte so etwas *mit ihm* zu tun haben?

Erem wusste schon jetzt, dass ihm die fünf Tage, die sie benötigen würden, um den Schrein zu erreichen, wie eine Ewigkeit vorkommen würden, und so war er bereits eine halbe Stunde später zum Abflug bereit. Nach einem kurzen Abschied von Serim schwang er sich auf Alanerisks Rücken, winkte seinem Bruder noch einmal zu und schmiegte sich vertrauensvoll an den schlanken Drachenhals.

Ein Teil seiner Aufregung schien sich auf Alanerisk zu übertragen, denn der Drache sprang mit beinahe übermütigen Flügelschlägen vom Dach fort, schraubte sich in engen Spiralen in die Höhe und gewann dabei atemberaubend rasch an Geschwindigkeit, so dass das Schloss und die Stadt schon nach wenigen Augenblicken tief unter ihnen lagen.

Erem sah nicht zurück. Sein Blick war ganz nach Norden gerichtet, dorthin, wo in den eisigen Höhen der Dreaden der Drachenschrein über weißen Gletschern thronte.

5. Kapitel

Alanerisk flog schneller, als Erem es je zuvor erlebt hatte. Auch er schien es kaum erwarten zu können, den Schrein zu erreichen, und so waren von den veranschlagten fünf Tagen gerade einmal dreieinhalb verstrichen, als bereits das Ziel ihrer Reise in Sicht kam.

Schon seit dem Morgen befanden sie sich über den zerklüfteten Ausläufern der Dreaden, dem mit Abstand höchsten Gebirgszug auf dem Kontinent Mendori. So weit das Auge blickte, ragten dunkle Felswände beinahe senkrecht in den wolkenlosen Himmel empor, schroffe Giganten, die das helle Licht der Sonne in ihren düsteren Schluchten und Tälern zu fangen und nicht wieder loszulassen schienen. Lediglich auf den Gipfeln, wo der Schnee niemals wich, wurden die Sonnenstrahlen von den weiten Eisfeldern der Gletscher so blendend zurückgeworfen, dass Erem ein ums andere Mal gezwungen war, seine Augen geschlossen zu halten und ganz auf die Führung Alanerisks zu vertrauen – was aber natürlich keinerlei Problem darstellte, da der Drache ohnehin über ein sehr viel besseres Orientierungsvermögen verfügte als er selbst und vermutlich tatsächlich in der Lage gewesen wäre, sie auch ohne Hinzusehen punktgenau an ihr Ziel zu befördern.

Schon seit Stunden flog er mit ruhigen, rhythmischen Schlägen dahin. Bemerkenswerterweise schien es ihm nicht das Geringste auszumachen, dass die Luft in dieser großen Höhe doch um einiges dünner war als unten am Boden, und während Erem mittlerweile das Gefühl hatte, statt einer gut funktionierenden Lunge lediglich ein paar verschrumpelte Stücke Dörrobst in seinem Brustkorb zu haben, die mit jedem keuchenden Atemzug weiter schrumpften, zeigte der Drache nicht einmal einen Hauch von Erschöpfung oder Unwohlsein.

Vermutlich hätten ihm seine körperlichen Missempfindungen trotzdem nur ein stoisches Schulterzucken abgerungen, wäre nicht die Kälte hinzugekommen. Obwohl er eine dick mit Fell ausgepolsterte Jacke und dazu eine warme, wollene Hose trug, sich einen Schal um Hals und Gesicht gewickelt hatte, so dass nur seine Augen frei blieben, und sein Kopf von einer weichen Mütze geschützt wurde, fror er erbärmlich. Die niedrigen Temperaturen der Regenzeit waren schon nicht nach seinem Geschmack, doch hier oben war es noch sehr viel kälter. Hier herrschte ewiger Frost, und dass die eisige Luft ihm durch Alanerisks schnellen Flug durch seine dicke Kleidung hindurch in jede Pore getrieben wurde, half ihm auch nicht gerade.

Dennoch klagte er nicht, ließ weder durch Worte noch durch irgendeine Regung erkennen, dass er sich allmählich fühlte wie eine Wasserleiche, die gerade aus dem Packeis gehackt worden war. Um nichts auf der Welt hätte er Alanerisk gebeten, langsamer zu fliegen oder mehr

Pausen einzulegen, damit er sich wieder aufwärmen konnte. Wären sie dadurch nur schneller beim Schrein gewesen, er hätte sich auch nackt in einer Schneewehe gewälzt oder mit einer Narrenkappe auf dem Kopf von Jorran mit Torten bewerfen lassen. Alanerisks geheimnisvolle Worte gaben ihm noch immer Rätsel auf, und je näher sie dem Schrein kamen, desto aufgeregter wurde er.

Manchmal glaubte er fast, das Herz müsse ihm in der Brust zerspringen, so sehr sehnte er den Augenblick herbei, in dem das Ziel ihrer Reise endlich unter ihnen zwischen den schroffen Felshängen auftauchte, und so stieß er einen tiefen, erleichterten Seufzer aus, als Alanerisk am frühen Nachmittag über einen letzten hohen Grat glitt und sich dahinter ein gewaltiges Hochplateau entfaltete, in dessen Mitte sich eine halb von Schnee bedeckte, von Weitem leicht zu übersehende Kuppel erhob.

Doch der Anschein täuschte. Nur in der Weite des Plateaus wirkte die Kuppel klein und unscheinbar, tatsächlich war sie deutlich höher als das Schloss König Wilberens und so groß, dass ein Drache in ihrem Inneren durchaus einen kleinen Kreis fliegen konnte.

Von ihrem Bau her glich sie Alanerisks Schlafkuppel, besaß jedoch nicht einfach eine Öffnung in der gewölbten Wand, die als Zutrittsmöglichkeit diente, sondern einen - zumindest für ein Wesen von der Größe Alanerisks - relativ schmalen Tunnel, der zwei Drachenlängen von dem Gebäude fortführte, so dass kein Schnee von den heftigen Stürmen, die häufig über das Plateau tobten, in den Schrein hineingedrückt werden konnte.

Ihre Ankunft blieb nicht unbemerkt. Schon aus der Ferne erblickte Erem den kleinen Farbklecks, der im sonst ungebrochenen Weiß der Ebene deutlich hervorstach, und als sie näher kamen, gewann der Klecks rasch an Größe, Form und Kontur - die Gestalt eines Drachen.

Erem erkannte sie, noch bevor sie die Flügel ausbreitete und ihnen entgegenflog, denn jeder Drache besaß seine ganz charakteristische, nur ihm eigene Färbung. Es war Amnerona, das aquamarinfarbene Drachenweibchen mit Augen, die wie dunkles Silber glänzten. Sie war einer der sieben Drachen, die sich nicht dem Schutz eines bestimmten Königreichs verschrieben hatten, sondern nach den Seelenkristallen ihrer im Krieg gefallenen Artgenossen suchten. Sie und die sechs anderen Drachen wechselten sich bei der Suche und bei ihrer zweiten, wichtigen Aufgabe ab: der Wache über den Drachenschrein.

Amnerona hatte sie ihrerseits längst erkannt und schmetterte ihnen einen hallenden Gruß entgegen. Alanerisk antwortete in gleicher Weise, und das Echo der beiden Drachenrufe verwob sich an den Hängen der umliegenden Berge zu einer geheimnisvollen Melodie, in die Erem nur zu gern eingestimmt hätte.

Doch das war ein lächerlicher Gedanke. Im Vergleich zu dem kraftvollen, von Vitalität und purer Lebensfreude erfüllten Gesang der Drachen wirkte sein eigenes menschliches Stimmchen so dünn und jämmerlich wie das Quieken einer Ratte in einem Chor von Nachtigallen, und die bloße Vorstellung, er könne sich mit irgendetwas von dem, was er dachte oder tat, auf die Ebene jener wundervollen Geschöpfe emporschwingen, könne einen Moment wahrer Verbundenheit und Gemeinschaft mit ihnen teilen, wie kurz und flüchtig auch immer, zog ihm vor Scham und dumpfem Schmerz den Magen zusammen.

Er würde niemals sein wie sie, und wenn ihm auch Alanerisk stets mit so viel mehr Sympathie und Zuneigung begegnete, als er verdiente, durfte er doch nicht vergessen, wo sein Platz im Leben war. Alles, was die Drachen gaben, war ein Geschenk, und nichts davon würde jemals selbstverständlich für ihn sein. Und so begnügte er sich damit, lediglich stumm den Kopf zu neigen und Amnerona in Gedanken einen respektvollen Gruß zu senden. Eigentlich hatte er nicht mit einer direkten Antwort gerechnet, doch Amnerona flog einen eleganten Bogen, der sie unmittelbar an Alanerisks Seite brachte, und bog den Hals, um ihn genauer betrachten zu können.

„Auch ich grüße dich, Erem", erklang ihre sanfte Stimme, die jede Sängerin am Hofe König Wilberens vor Neid in Tränen hätte ausbrechen lassen, in seinen Gedanken.

Erem neigte den Kopf noch tiefer. Jedes Wort der Erwiderung, das ihm in den Sinn kam, erschien ihm so qualvoll ungenügend, dass er wie so oft sein Heil in demütigem Schweigen suchte, bevor es ihm wieder einmal gelang, den besonderen Zauber des Augenblicks mit einer seiner üblichen Unbesonnenheiten zu ruinieren. Auch nach all den Jahren war es für ihn jedes Mal wie ein Wunder, wenn er spürte, dass nicht nur Alanerisk, sondern auch andere Drachen ihn auf eine Weise wertschätzten und achteten, die er vermutlich niemals ganz begreifen würde, wenn sie ihm ihre Aufmerksamkeit und ihre Zeit schenkten und ihm das Gefühl gaben, etwas Besonderes zu sein, ein Mensch mit Fähigkeiten und Talenten, für die ihm offenbar zur Gänze der Blick fehlte.

Amnerona wandte sich jetzt an Alanerisk, fokussierte ihre Gedanken jedoch so, dass auch Erem sie weiterhin hören konnte.

„Ist seine Zeit gekommen?"

Alanerisk nickte. „Das ist sie."

„Gut, dann folgt mir zum Schrein."

Erem hätte vor Aufregung schreien mögen. Amnerona wusste also Bescheid. Sie wusste, was ihn erwartete. Und auch sie schien es für bedeutsam zu halten. *Ist seine Zeit gekommen?* Die Zeit *für was*?

Erem schüttelte den Kopf und versuchte gleichzeitig, seinen Herzschlag zu beruhigen, der wieder einmal zu rasen begonnen hatte.

Nur noch wenige Minuten, und er würde es erfahren. Hoffte er zumindest.

Alanerisk und Amnerona landeten in perfekter Synchronizität vor dem Eingang des Schreins. Erem schnallte sich los, rutschte von Alanerisks Rücken und folgte ihm, als der Smaragddrache durch den kurzen Tunnel in die Kuppel trat. Er musste sich nicht umschauen, um zu wissen, dass Amnerona sie nicht begleiten würde. Sie würde draußen bleiben und warten, bis Alanerisk getan hatte, weshalb auch immer er gekommen war, ein einsamer Wächter, der lautlos zwischen den Berggipfeln seine Kreise zog und dessen niemals ruhender, niemals nachlassender Blick mühelos durch die Schatten und das Zwielicht drang, stets auf der Suche nach Gefahr, stets bereit, sich jeder Bedrohung des Schreins und seines kostbaren Inhalts mit aller Härte und Entschlossenheit entgegenzustellen. Erem hoffte inständig, dass dieser Fall niemals eintrat.

In der Kuppel war es, obwohl sie, anders als Alanerisks Schlafstätte, nicht aus Glas, sondern aus kompaktem Stein geschaffen und zusätzlich meist fast vollständig mit Schnee bedeckt war, nicht dunkel. An diesem heiligen Ort, wo der Atem der Ewigkeit so deutlich zu spüren war wie vermutlich nirgendwo sonst auf der Welt, wo alles Lebendige in seiner ursprünglichen Schönheit und Kraft erstrahlte und das Universum jubilierend im Rhythmus des eigenen Herzschlags sang, war kein Platz für Schatten und Düsternis. Noch bevor sich die weite Halle vor ihnen öffnete, spürte Erem das Licht, das wie eine sanfte Berührung über seine Haut strich, ein Licht, das dem Boden und den Wänden selbst zu entströmen schien und alles im Schrein in einen milden, beinahe überirdischen Glanz tauchte. Wie unendlich feiner, schimmernder Nebel erfüllte es die Luft, ein zarter, ätherischer Dunst, der sich warm um seinen Körper und seine Seele schmiegte und ein Gewicht von ihm nahm, das er bis zu diesem Augenblick nicht einmal bemerkt hatte.

Unwillkürlich hielt er den Atem an und wusste wie auch bei seinen letzten Besuchen nicht, ob er angesichts der Fülle an Wundern und Mysterien vor Ehrfurcht auf die Knie fallen oder staunend wie ein Kind auf dem Jahrmarkt mit großen Augen umherschauen und alle dargebotenen Attraktionen begierig in sich aufsaugen sollte. Wie üblich siegte das Staunen, wenn es auch stets mit einer gehörigen Portion demütiger Befangenheit vermischt blieb. Und so legte er den Kopf weit in den Nacken und starrte gebannt nach oben, folgte mit seinem Blick der Wölbung der Kuppel, die majestätisch und still wie das nächtliche Firmament über ihm in die Höhe ragte. Ihre Ausmaße waren so gewaltig, dass sie mühelos auch einem Dutzend Drachen Platz geboten hätte - ein Anblick, für den Erem alles gegeben hätte, hätte er ihn nur ein einziges Mal erleben dürfen. Doch er wusste, *alles* würde bei Weitem nicht genug sein.

Ein Hauch von Trauer wehte durch seine Seele, die bittere Erinnerung an einen Verlust, der so unermesslich groß und schmerzhaft war, dass der Fluss der Zeit allein niemals genügen würde, um die Tränen des Grams versiegen und das Antlitz der Welt in neuem Glanz und neuer Schönheit erstrahlen zu lassen. Auch dies waren Gefühle, die er nur zu gut kannte.

Bei jedem seiner Besuche im Schrein gab es einen solchen Moment, einen Augenblick, wo die Wahrheit sich brutal und schonungslos in seinen Magen grub und er die heilige Stätte der Drachen als das sah, was sie in Wirklichkeit war - ein Monument der Tragik, ein Symbol des Wahnsinns und der Verblendung, einer Verblendung, die einst ein gesamtes Volk an den Rand der Vernichtung gebracht hatte. Trotz seiner Ergriffenheit und der wundersamen Energie, die ihn seit seinem ersten Schritt in die Kuppel umspülte und ihm - zumindest für eine kurze Zeit - das berauschende Gefühl gab, beinahe selbst so stark und ewig wie ein Drache zu sein, war sich Erem doch allzu deutlich bewusst, dass dies ein Ort war, an dem das Leben schon lange keine Macht mehr besaß. Es war ein Ort der Geister, ein Mausoleum des Scheiterns und der verlorenen Träume, wo die Vergangenheit niemals starb und die Toten mit lautlosen Stimmen ihr Klagelied sangen.

Erem wandte den Kopf, betrachtete stumm die kleinen Nischen, die auf allen Seiten der Kuppel die Wände bedeckten. Nicht alle von ihnen waren gefüllt, doch jede, die es war, erzählte die gleiche Geschichte, kündete von Liebe und Hoffnung, die in den Flammen von Hass und Verrat zu Asche geworden waren. In ihnen ruhten die Seelenkristalle jener Drachen, die vor über neunhundert Jahren auf der Seite der Menschen gekämpft hatten. Sie zu zählen wäre zu schmerzlich gewesen, aber Erem wusste, es waren Hunderte; mehr wagte er sich nicht vorzustellen. Die Tragödie der Drachen bedurfte keiner genauen Zahlen; sie war auch so offenkundig genug.

Noch schwerer allerdings wog das Wissen, dass viele von jenen, die sich Kodorask und seinen finsteren Schergen auf ihrem mörderischen Feldzug in den Weg gestellt hatten und niemals zu ihren Familien und Freunden zurückgekehrt waren, bis zum heutigen Tag darauf warteten, im Schrein ihre letzte Ruhe zu finden. Sie waren noch immer verschollen, waren irgendwo auf der Welt begraben unter Schlamm und Geröll oder harrten in der lichtlosen Finsternis unterirdischer Höhlen oder Felsspalten darauf, endlich von einem der Sucherdrachen entdeckt und zurück nach Hause geholt zu werden. Einige von ihnen würden vielleicht nie gefunden werden, waren unerreichbar selbst für die gewaltigen Kräfte eines Drachen, dazu verdammt, bis ans Ende aller Tage vergeblich auf den Moment ihrer Erlösung zu warten. Für sie würde es keine Rettung geben, niemanden, der den Kerker ihrer Einsamkeit zerbrach und ihnen, wenn schon kein neues Leben, so doch zumindest ein klein wenig Frieden und Geborgenheit schenkte.

Erem atmete tief durch. Nur achtzehn Drachen waren dem furchtbaren Gemetzel entronnen; achtzehn Drachen, die das Gewicht einer gesamten Rasse auf ihren Schultern trugen. Was, wenn auch sie eines Tages starben? Er wusste nichts über den Fortpflanzungszyklus eines Drachen, wusste nicht, ob es nach dem schrecklichen Blutzoll, den ihr Volk gezahlt hatte, überhaupt noch *möglich* war, in der heraufziehenden Dämmerung ein neues Licht zu entzünden, das der Dunkelheit und Kälte der Nacht zu trotzen und einen Weg über den Abgrund zu weisen vermochte, dessen tödliche Schwärze unaufhaltsam näher rückte. Vielleicht war es längst zu spät, um noch irgendetwas ändern zu können. Vielleicht würden die Drachen trotz seiner verzweifelten Hoffnung eines Tages gänzlich vom Antlitz der Welt verschwunden sein. Vielleicht würde Kodorask am Ende doch noch über seine Widersacher triumphieren.

Erem ließ den Kopf sinken, konnte den Anblick der Seelenkristalle plötzlich nicht länger ertragen. Verzweifelt versuchte er, die düsteren Gedanken zu vertreiben und sich erneut von der Schönheit und friedlichen Stille des Schreins erfüllen zu lassen, doch es wollte ihm nicht gelingen.

Alanerisk schien ebenso bedrückt wie er selbst. Auch er ging jetzt langsamer, blieb schließlich ganz stehen und wandte stumm den Kopf. Der Blick seiner goldenen Augen richtete sich auf ihn, und Erem spürte, wie er innerlich erschauerte. Wie so oft hatte er das Gefühl, durch die schimmernde Oberfläche dieser Augen hindurchzutauchen, durch Nebelschleier und Wolken hinabzuschauen auf eine Welt, so unendlich fremdartig und fern und doch von einem so tiefen Mitgefühl, einer so allumfassenden, bedingungslosen Liebe zum Leben und allen atmenden Kreaturen erfüllt, dass selbst die flüchtigste Berührung, der kürzeste Kontakt niemals etwas anderes als brennende Scham über die eigene Unzulänglichkeit in einem empfindenden menschlichen Herzen zu entfachen vermochte.

Und doch stand er nun hier, war er als einer von nur einer Handvoll Menschen von den Drachen auserwählt worden, das größte Wunder und den tiefsten Schmerz ihrer Existenz an diesem heiligsten aller Orte mit ihnen zu teilen. Dies war vielleicht das größte Geschenk von allen, war Ausdruck eines Vertrauens und einer Verbundenheit, die zugleich Ehre und Verpflichtung war. Und so hob Erem den Kopf, straffte die Schultern und erwiderte Alanerisks Blick, ließ zu, dass die goldene Wärme der Drachenaugen die Schatten und die Dunkelheit aus seiner Seele wusch.

Langsam, beinahe bedächtig legte er seine Jacke, den Schal und die Mütze ab, denn im Inneren der Kuppel war es trotz der Kälte draußen warm wie an einem milden Sommermorgen. Er hatte sich niemals gefragt, wie das möglich war, sondern es stets als selbstverständlich hingenommen. Wie könnten auch die Seelenkristalle der Drachen, die die Berührung der Sonne in ihrem Leben so sehr geliebt hatten, in eisigem Frost ihre letzte Ruhe finden? Der Gedanke schien absurd, doch heute wurde ihm bewusst, dass wohl Magie dahinterstecken musste.

Er neigte den Kopf, gedachte still der Drachen, die so viel geopfert hatten, damit die Menschen leben konnten. Es war ein armseliger Dank, ungenügend und bedeutungslos im Angesicht der Tragödie einer Rasse, die dem Leben in all seinen Formen so viel mehr Respekt erwies als sein eigenes Volk, das oft genug den einzigen Sinn seiner Existenz darin zu sehen schien, Leid und Zerstörung über andere zu bringen. Doch es war das Einzige, was er zu geben vermochte.

Er spürte, dass auch Alanerisk in tiefer Andacht versunken war, und er fühlte ebenso, wie sich die Gedanken des Drachen so wie auch schon bei ihren früheren Besuchen auf zwei bestimmte Kristalle richteten, die auf halber Höhe zwischen Boden und Kuppeldach in zwei benachbarten Nischen ruhten. Es waren die Seelen von Ameranu und Inyona, Alanerisks Eltern. Beide waren im Krieg gefallen, bevor Alanerisk den Anführer des abtrünnigen Drachenclans schließlich in einer letzten schrecklichen Schlacht hatte töten können. Erem wurde der Hals eng, als er sich vorstellte, wie es sein musste, neunhundert Jahre mit dem Wissen leben zu müssen, dass man zu spät gekommen war, um seine Liebsten vor einem grausamen Tod zu bewahren.

Rasch trat er noch einen Schritt näher zu Alanerisk, versuchte, ihm auf diese Weise Trost zu spenden. Ihn zu berühren, wagte er nicht. Der Schmerz der Drachen war zu groß, als dass er jemals darauf hätte hoffen können, Alanerisks Verlust mit einer plumpen Geste der Vertraulichkeit zumindest ein wenig von seiner qualvollen Schärfe zu nehmen. Verglichen mit der Lebensspanne der Drachen war die Zeit eines Menschen auf der Erde nicht mehr als das kurze Aufflackern eines Kerzenflämmchens, schon wieder erloschen, bevor es noch richtig zu brennen begonnen hatte. Ein Mensch würde niemals in der Lage sein zu ermessen, wie es sich anfühlen musste, Gefährten zu verlieren, mit denen man tausende von Jahren Seite an Seite gegangen war. Es auch nur zu versuchen, hieße, sich auf eine Stufe mit den Drachen zu stellen, würde bedeuten, das Opfer, das die Drachen für die Menschen gebracht hatten, mit Füßen zu treten.

Und so verharrte er reglos neben Alanerisk, teilte mit ihm einen Moment der Stille, die zu tief war, um sie mit einer Bewegung oder einem unbedachten Wort zu entweihen; zu tief, um etwas anderem als den Gefühlen und der Trauer des Drachen Raum zu geben, gleichgültig, was an Gedanken, Empfindungen und Wünschen in ihm selbst existieren mochte. Plötzlich spürte er einen leisen Hauch, der sanft über ihn hinwegstrich, ihn beinahe spielerisch zu umschmeicheln schien, als sei irgendwo in der riesigen Halle ein unsichtbarer, aber wohlwollender Geist aus seinem Schlaf erwacht, um ihn gutmütig zu ermahnen, es mit seinen düsteren Grübeleien nun genug sein zu lassen.

Verwirrt hob er den Kopf, denn hier, im Drachenschrein, gab es keine verborgenen Risse und Spalten, durch die ein Luftzug von draußen ins Innere hätte dringen können. Doch es war auch kein Windhauch, den er gespürt hatte.

Seine Augen wurden groß, als mit einem Mal ein leises Wispern durch seine Seele wehte, flüsternde Stimmen, deren Echo auf unbegreifliche Weise von einem weit entfernten Ort zu ihm getragen wurde. Er wusste, auch wenn er nicht verstand, woher dieses Wissen kam, dass es die Stimmen von Ameranu und Inyona waren, und als er seinen Blick auf die Seelenkristalle von Alanerisks Eltern richtete, sah er, dass der warme Glanz des Schreins, der sich sonst ruhig wie Mondlicht auf der unbewegten Oberfläche eines Teichs in den unzähligen Facetten der Kristalle spiegelte, beinahe übermütig zu tanzen begonnen hatte, als wären die winzigen Geister von Elfen in ihren geheimnisvollen Tiefen zum Leben erwacht.

Während er noch gebannt zu den beiden Kristallen hinaufstarrte, wurde das Wispern in seinem Kopf stärker und stärker, als weitere Stimmen in den flüsternden Chor mit einfielen. Erst eine oder zwei, dann vier, fünf, bald so viele, dass Erem sie nicht mehr zählen konnte. Auch das tanzende Licht breitete sich aus, erfasste einen Seelenkristall nach dem anderen, glitt wie eine Welle über die hohen Wände der Kuppel, bis es schließlich keine Nische mehr gab, die nicht von dem ätherischen Glanz berührt worden wäre. Die Stimmen der Drachenseelen, einzeln beinahe unhörbar, wurden zu einem Brausen, einem tosenden Sturm, dessen Melodie sich machtvoll und jubilierend bis zu den Sternen emporzuschwingen schien. Und Erem erkannte die Melodie als das, was sie war.

„Erem. Erem. Erem."

Mit einem erstickten Laut sackte er in die Knie. Die Drachenseelen sprachen zu ihm. Sie *riefen* ihn.

Tränen begannen über seine Wangen zu strömen, und ein Schluchzen entrang sich seiner Kehle. Zitternd hob er den Kopf. Alanerisks gütiger Blick ruhte auf ihm. Seine Augen strahlten in einem so tiefen Goldton, wie Erem es nie zuvor bei ihm gesehen hatte. „Was ... was bedeutet das, Alanerisk?", hauchte er.

Die Stimmen der Drachenseelen wurden leiser, sanken erneut zu einem fernen, flüsternden Chor herab, als sich Alanerisks Worte in seinen Gedanken zu formen begannen. „Du wirst heute ein Geschenk erhalten, Erem. Es ist eine Gabe, die niemals leichtfertig verliehen wird, und es ist eine große Verantwortung damit verbunden. Bist du bereit, dieses Geschenk anzunehmen?"

Der feierliche Ernst in der Stimme des smaragdfarbenen Drachen ließ Erem erschauern. Bange Furcht grub sich in seinen Magen, ließ sein Herz noch schneller gegen seine Rippen hämmern. Die Drachen hatten ihm bereits so viel gegeben. Er wusste nicht, womit er ihr Vertrauen und Alanerisks Zuneigung verdient hatte, welche Fähigkeiten sie in ihm sahen, die ihm selbst verborgen blieben. Und doch hielten sie ihn nun für würdig, ein noch größeres Geschenk von ihnen zu empfangen. Glaubten trotz seiner Unbesonnenheit und seines hitzigen Temperaments so fest an ihn, dass selbst die Seelen der verstorbenen Drachen ihren ewigen Schlaf unterbrochen hatten, um in diesem besonderen Moment bei ihm zu sein. Einen Augenblick lang war er wie gelähmt, hatte er das Gefühl, von diesem unbegreiflichen Vertrauen zu Boden gedrückt und wie eine Schabe zermalmt, bei der winzigsten Bewegung als der unzulängliche Mensch enttarnt zu werden, der er in Wirklichkeit war. Dann holte er bebend Luft, straffte seine Schultern und erhob sich.

„Was muss ich tun?"

Verständnis und liebevolle Fürsorge wehten wie ein warmer Frühlingswind durch seinen Geist, und der goldene Schimmer in Alanerisks Augen wurde noch intensiver. „Leg deine Kleidung ab. Alles, jedes einzelne Stück."

Erem blinzelte verdutzt, doch er fragte nicht nach dem Grund. Langsam, fast wie in Trance, streifte er sein Hemd, seine Schuhe und seine Hose ab, schob sie mit der Jacke, der Mütze und dem Schal zu einem kleinen Bündel zusammen, bis er schließlich nackt vor Alanerisk stand. Sein Herz raste mittlerweile so schnell, dass sein ganzer Körper wie eine gewaltige Glocke zu vibrieren schien, und sein Blut rauschte ihm wie ein Gebirgsbach in den Ohren, machte ihn taub für alle Geräusche außer der sanften Stimme des Drachen in seinen Gedanken.

„Und nun knie dich hin." Erem spürte Alanerisks Anspannung wie eine Wolke, die sich plötzlich vor die Sonne schob, eine Unsicherheit und Nervosität, die so untypisch für den großen, smaragdfarbenen Drachen waren, dass sie beinahe menschlich wirkten. Gleichzeitig wich Alanerisk von ihm fort, zog sich fast bis zur Wand des Schreins zurück.

Verwirrt starrte Erem ihm nach. Erneut begannen sich Schlangen der Furcht in seinem Magen zu winden, ließen seine Handflächen feucht und seinen Mund trocken werden.

„Vertraust du mir, Erem?" Alanerisks goldene Augen schimmerten warm durch den leuchtenden Dunst, ließen seinen Blick nicht los.

Erem lächelte; neue Tränen sammelten sich in seinen Augen, doch er bemerkte sie kaum. „Das tue ich."

„Dann vertraue mir *jetzt.* Wir werden gleich einen Zauber über dich sprechen. Es ist ein alter, mächtiger Drachenzauber, der mächtigste überhaupt. Nur eine Handvoll Menschen wissen, dass es ihn gibt." Alanerisk verstummte, schien in Gedanken tief durchzuatmen. „Bitte erschrick nicht, Erem. Es ist schmerzhaft beim ersten Mal, doch das geht schnell vorbei. Kämpfe nicht dagegen an."

Er begann zu singen, ein Lied, das leise und zart wie der Flügelschlag eines Schmetterlings durch seinen Geist schwebte und mit seiner Kraft doch das ganze Universum zu füllen schien. Magie lag in den Worten dieses Liedes, in dem Klang von Alanerisks Stimme, alte, mächtige Magie, alt wie die Drachen selbst. Obwohl Erem die Worte nicht verstand, nichts von ihrer Bedeutung und ihren Geheimnissen wusste, schienen sie ihm doch so unendlich vertraut, berührten etwas so tief in seiner Seele, dass er vor qualvoller Sehnsucht aufschluchzte.

Das Schluchzen wurde unvermittelt zu einem Keuchen, als die anderen Drachenseelen in Alanerisks Gesang mit einfielen und von einer Sekunde zur anderen lodernde Flammen durch seinen Körper zu tosen begannen. Wie eine Woge aus Feuer schlugen sie über ihm zusammen, sengten sich heiß und verzehrend durch Haut und Fleisch und Knochen und ließen ihn nach Luft ringend nach vorne auf die Hände kippen.

Erem warf den Kopf zurück und schrie, als er spürte, wie sich sein Körper zu *verändern* begann, als sämtliche Muskeln wie die Wellen eines sturmgepeitschten Meeres in brodelnde Bewegung gerieten, wie ein Nest aus Schlangen zuckten und sich wanden und in alle Richtungen zugleich ihrem plötzlich zu eng gewordenen Gefängnis zu entkommen versuchten. Sein Schrei wurde zu einem heiseren Krächzen, als sein Hals sich verzog, länger und sehniger wurde, während sein Oberkörper in die Breite wuchs, auf unbegreifliche Weise eine neue Form gewann. Seine Schulterblätter durchstießen die Haut seines Rückens, entfalteten sich zu mächtigen Flügeln, und Erem spürte, wie seine Hände und Füße zu Klauen wurden, die hart über den felsigen Boden kratzten, als sich sein Leib streckte und neue Muskeln, Adern und Nerven wuchsen, wo zuvor keine gewesen waren. Er hätte sich herumgeworfen und wäre geflohen, hinaus in die eisige Kälte des Hochplateaus, um die lodernden Flammen zu löschen, die seine Nervenenden zu schmelzen und sein Blut zu kochen schienen, doch sein Gehirn schien vergessen zu haben, wie man den Befehl dazu gab, und sein Körper veränderte sich zu schnell. Ihm blieb nur, reglos im Zentrum der gewaltigen Halle hocken zu bleiben und zu ertragen, was auch immer mit ihm zu tun die Drachen für notwendig hielten.

Irgendwann - es mochten Sekunden oder Stunden vergangen sein, Erem hätte es nicht zu sagen gewusst - ließ der Schmerz plötzlich nach, und die Flammen fielen in sich zusammen, als hätten sie von einem Moment zum anderen nichts mehr gefunden, wovon sie sich hätten nähren können. Auch der Gesang der Drachenseelen wurde leiser, sank zu einem zarten Wispern herab und verklang schließlich ganz.

Zitternd stand Erem da, wagte nicht, sich zu rühren. Seine Brust hob und senkte sich unter schweren, keuchenden Atemzügen, pumpte Blut durch einen Körper, der zu groß und massig war, um wirklich *real* sein zu können; einen Körper, der unmöglich *ihm selbst* gehören konnte. Er wusste, was die Drachen getan hatten, dass ihr Gesang und die Magie nur einem einzigen Zweck gedient haben konnten, und doch weigerte sich sein Verstand, das Offensichtliche zu akzeptieren. Ihm war, als habe sich sein gesamtes Leben binnen eines Lidschlags in einen Traum verwandelt, einen so bizarren, aberwitzigen Traum, dass er nicht einmal in seinen wildesten Fantasien einen Gedanken daran verschwendet hätte; einen Traum, in dem sein neuer Körper wie eine Skulptur aus Sand auseinanderfallen würde, sobald er die Augen öffnete und aus den ätherischen Gefilden des Schlafs in die Wirklichkeit hinüberzuwechseln versuchte.

Erst jetzt bemerkte er, dass er die Lider tatsächlich die ganze Zeit fest zusammengepresst hatte. Verbissen rang er die Panik nieder, die seinen Magen verkrampfte und den Boden unter seinen Füßen schwanken ließ, atmete noch einmal tief durch und riss mit einem jähen Ruck die Augen auf.

Das Erste, was er sah, war Alanerisk, der sich ihm lautlos wieder genähert haben musste, nachdem der Zauber der Drachenseelen erloschen und seine Verwandlung vollzogen worden war. Erem starrte dem Drachen aus beinahe gleicher Höhe direkt in die Augen, obwohl Alanerisk nicht den Kopf zu ihm herabgesenkt hatte, wie er es sonst stets hatte tun müssen. Er schaute ihm in die Augen – und er sah sein eigenes Spiegelbild darin.

Sein Herz setzte einen Schlag aus, dann noch einen, als das Universum zusammen mit ihm den Atem anzuhalten schien. „Wie ist das möglich, Alanerisk?“, flüsterte er. Seine Gedankenstimme war dünn und zittrig wie ein Kerzenflämmchen in einem Wintersturm, und doch war sie ihm niemals mehr wie seine eigene vorgekommen.

Stolz und eine unbändige Freude strichen durch seinen Geist, als Alanerisk ihn sanft mit seiner Schnauze berührte. „Gefällt dir unser Geschenk, Erem?“

„Gefallen?“ Ein Laut entrang sich seiner Kehle, von dem Erem nicht zu sagen vermocht hätte, ob es ein Lachen oder ein Schluchzen war. „Es ist ein Wunder! Alanerisk, ich …“ Seine Stimme brach, und er spürte, wie sein Blick schon wieder verschwamm. Hilflos schüttelte er den Kopf. „Ich wusste nicht, dass auch Drachen weinen können“, schniefte er, beschämt über seine eigene Schwäche.

Alanerisk lachte leise. „Wir können vieles, Erem. Und es war unser Wunsch, dich an diesem Wissen teilhaben zu lassen."

Erem hob den Kopf, blinzelte mühsam die Tränen fort. Seine Gedanken suchten nach einem Anker, nach irgendetwas, woran er sich festklammern konnte, bevor ihn seine wild durcheinanderwirbelnden Gefühle vollends zu einem stammelnden Idioten machten. „Wie lange … wie lange wird der Zauber anhalten? Wie lange werde ich … ein Drache sein?" Allein das Wort war so gewaltig und bedeutungsschwer, dass er es kaum über seine Lippen bekam.

Wieder erklang Alanerisks Lachen in seinem Geist, sanft und voller Verständnis, doch Erem spürte auch den Ernst, der plötzlich darin mitschwang. „Wir werden dich die Worte lehren, die nötig sind, um deinen menschlichen Körper in den eines Drachen zu verwandeln. Danach wirst du jederzeit in der Lage sein, diesen Zauber selbst zu wirken. Doch wie ich vorhin sagte, Erem, ist diese Gabe mit einer großen Verantwortung verbunden. Niemals darfst du jemanden berühren, während du dich verwandelst. Ein Mensch würde auf der Stelle sterben, und selbst für einen Drachen wäre eine solche Berührung äußerst schmerzhaft. Außerdem ist der Zauber nicht zu deinem Vergnügen gedacht, sondern ausschließlich dazu bestimmt, dir in Zeiten der Not Hilfe zu gewähren. Setze ihn nur ein, um dein eigenes oder das Leben anderer zu retten, und verwandle dich nur, wenn du unbeobachtet bist. Das Wissen um deine neue Fähigkeit sollte nicht über einen bestimmten Kreis hinausdringen."

Erneut konnte Erem nicht mehr tun, als Alanerisk mit offenem Mund anzustarren, während er versuchte, die Bedeutung dessen zu erfassen, was der Drache ihm gerade offenbart hatte. Unvermittelt hämmerte sein Herz so hart gegen seine Rippen, dass er das Gefühl hatte, wie eine zarte Porzellanfigur in tausend Stücke zerspringen zu müssen, und ihn schwindelte, als sei er von einem Moment zum anderen von einem gewaltigen Wirbelsturm ergriffen und brausend in die Lüfte emporgetragen worden. Die Drachen gaben ihm die Macht, *sich selbst* in einen Drachen zu verwandeln, jederzeit, wann immer es ihm beliebte!

Seine Krallen kratzten über den glatten Boden, als könne es sein neuer Körper kaum erwarten, loszustürmen und eine Freiheit zu kosten, die Erem nicht einmal in seinen verwegensten Träumen für möglich gehalten hätte, und nur mit Mühe gelang es ihm, seine Gedanken zum Rest von Alanerisks überraschenden Enthüllungen zurückzuzwingen. Er dachte an Jorran, Keiran und Serefina, daran, wie sie mit kalter Gier im Blick versucht hatte, ihn zu einem Flug auf Alanerisks Rücken zu überreden, und schauderte.

„Ich schwöre bei meinem Leben, dass ich euer Geschenk niemals missbrauchen werde", erklärte er feierlich. Gleichzeitig öffnete er seinen

Geist für Alanerisk und die Seelen der verstorbenen Drachen, ließ sie alles lesen, was er an Gedanken und Empfindungen in sich hatte.

Zustimmung und eine tiefe Freude hüllten ihn ein wie eine zärtliche Umarmung, hießen ihn - zumindest für diesen wundersamen, berauschenden Moment - als einen der Ihren willkommen. Sein Schwur war akzeptiert worden.

Vorsichtig, beinahe ängstlich spreizte Erem die Flügel, bewegte sie sachte auf und ab, dann bog er seinen schlanken Hals nach hinten und betrachtete voller Staunen seinen neuen Körper. Er war nicht so groß wie Alanerisk, bei Weitem nicht, maß vielleicht sechs Meter vom Kopf bis zur Schwanzspitze, und auch seine Spannweite war nur unwesentlich größer. Er bewegte seine Flügel ein wenig stärker und spürte sofort, wie sie die Luft unter sich fingen und ihn forttragen wollten. „Ich könnte tatsächlich fliegen!“, flüsterte er.

Ein amüsierter Hauch strich durch seinen Geist, als würde Alanerisk innerlich schmunzeln. „Natürlich kannst du fliegen, Erem! Unser Zauber hat dir nicht nur die Gestalt eines Drachen verliehen. In diesem Augenblick *bist* du ein Drache!“

Erem atmete tief durch. Schon wieder schwammen seine Augen in Tränen, doch er schämte sich ihrer nicht. Noch einmal bog er seinen Hals zurück, ließ seinen Blick ehrfürchtig über seinen schlanken, mit silbern glänzenden Schuppen bedeckten Leib gleiten. Da kam ihm plötzlich ein Gedanke, der ihn jäh zusammenzucken ließ. Aufgeregt wandte er den Kopf, starrte Alanerisk mit klopfendem Herzen an. „Kann Serim sich auch verwandeln? Hat er ebenfalls euren Zauber erhalten?“

Alanerisk zögerte. „Nein, Erem. Das hat er nicht.“

Erem spürte, wie sich sein Magen zusammenzog. „Aber Serim ist schon viel länger ein Drachenreiter als ich! Wenn jemand euer Geschenk verdient hätte, dann er!“

Alanerisk seufzte leise. „Du hast recht, Erem. Und doch ist es unmöglich. Nicht jeder ist für die Magie der Drachen empfänglich.“

„Aber Serim und ich sind Brüder!“

„Manchmal ist selbst das nicht genug.“

Erem senkte den Kopf. „Warum ich? Alanerisk, ich verstehe das nicht!“

Ein weiteres Seufzen wehte durch seinen Geist. Es lag ein eigentümlicher Kummer darin. „Ist es dir so wichtig, den Grund zu kennen?“

Erem hob den Blick, sah Alanerisk voller Schmerz an. „Ihr habt mir bereits so viel gegeben, das anderen, die weiser und fähiger sind als ich, verwehrt geblieben ist. Ich bin nichts Besonderes, Alanerisk! Es gibt nichts, was mich über die anderen erheben würde. Und doch geschieht genau das wieder und wieder!“

Erneut berührte ihn Alanerisk sanft mit der Schnauze. „Es sind nicht Fähigkeiten oder Charakterzüge, die darüber entscheiden, ob unser Zauber wirkt oder nicht. Bitte versuche, das zu verstehen."

„Was ist es dann?"

Alanerisk schwieg lange, dann sagte er leise: „Vertraue auf die Zukunft, Erem. Alle Antworten auf deine Fragen wirst du dort finden." Seine Gedankenstimme sank zu einem geheimnisvollen Raunen herab. „Ich bin jedoch sicher, die Antworten, die der heutige Tag noch für dich bereit hält, werden dir die Wartezeit auf angenehme Weise versüßen."

Als Erem ihn verständnislos ansah, wandte er sich um, warf einen amüsierten Blick über die Schulter zurück und wackelte auffordernd mit den Flügeln. „Findest du nicht auch, dass es hier ein wenig beengt ist, Erem?"

Erem spürte, wie sein großes Drachenherz einen allzu menschlichen Sprung in seiner Brust tat. Alle Zweifel und seinen Schwermut vergessend, stürmte er an Alanerisk vorbei und in den pulvrigen Schnee hinaus. Alanerisk folgte ihm, noch immer lächelnd.

* * *

Fliegen war leichter, als Erem erwartet hatte; vielleicht war es aber auch lediglich Bestandteil des Zaubers, der seinen Körper in den eines Drachen verwandelt hatte. Seine Schwingen schienen von selbst zu wissen, was sie zu tun hatten, und trugen ihn weit in den Himmel hinauf. Alanerisk blieb stets dicht an seiner Seite, lehrte ihn, die vielfältigen Strömungen der Luft zu erkennen, Aufwinde zu nutzen, Abwinde zu meiden, jede noch so kleine Brise mit all seinen Sinnen zu schmecken.

Erst als der Abend seinen blauen Kobaltmantel über die weiten Schneefelder warf, kehrten sie zum Drachenschrein zurück. Beim Gedanken an die glühenden Flammen, die bei der ersten Verwandlung durch jede Zelle seines Körpers gelodert waren, wurde Erem der Hals eng, und er spürte, wie sich seine Muskeln in banger Erwartung des Kommenden zu verkrampfen begannen.

Zu seiner Überraschung und Erleichterung erwies sich die Rückkehr in seine menschliche Gestalt jedoch als erheblich weniger qualvoll, als er befürchtet hatte. So wie Alanerisk es vorausgesagt hatte, schien sein Körper tatsächlich bereits damit begonnen zu haben, seine neue Drachenform als einen natürlichen Teil seiner selbst zu akzeptieren, Mensch und Drache gleichermaßen als zu seiner Seele und seinem schöpferischen Selbstausdruck zugehörig anzuerkennen. Es war ein berauschendes Gefühl, das allerdings schnell von einer überwältigenden Müdigkeit hinfortgespült wurde, die ihn wie eine gewaltige Woge überkam, als er schließlich – noch ein wenig wacklig – wieder auf seinen eigenen Beinen im silbrig schimmernden Licht des Drachenschreins stand.

Er schaffte es kaum noch, sich ein paar Haferkekse in den Mund zu schieben, obwohl Alanerisk ihn streng dazu anhielt, dann fiel er in einen tiefen Schlaf, als stürze er kopfüber in einen pechschwarzen Abgrund. Doch selbst die größte Erschöpfung konnte ihn nicht davon abhalten, in seinen Träumen erneut seine Flügel auszubreiten, an Alanerisks Seite über die majestätischen Berge zu schweben, im Sturzflug in schattige Täler hinabzustoßen und jauchzend über weiß gepuderte Hänge dahinzuschießen, nur um sogleich wieder mit kräftigen Schlägen hoch in den Himmel hinaufzusteigen, durch Wolken zu tauchen und die Sonne zu jagen.

Als Erem am nächsten Morgen erwachte und mit leisem Stöhnen in seinen Körper hineinspürte, wünschte er inständig, er würde noch immer träumen. Es gab keine Sehne, keinen Muskel und keinen Knochen, die nicht in dumpfem Schmerz vor sich hin pochten, und seine Glieder waren so schwer, als seien sie über Nacht mit dem felsigen Boden des Schreins verschmolzen. Ächzend richtete er sich auf seinem Lager auf, ließ vorsichtig seine Schultern kreisen, dann blickte er sich suchend um.

Er entdeckte Alanerisk sofort. Der Drache stand ganz am anderen Ende der gewaltigen Halle, hielt ihm den Rücken zugewandt und schien in tiefe Meditation versunken. Erem zögerte einen Moment, dann schlang er sich eine seiner Decken um die Schultern und tappte gähnend zu Alanerisk hinüber.

Schon nach wenigen Schritten spürte er das leise Raunen einer Drachenseele, das sanft wie fallender Schnee durch seinen Geist strich. Doch dieses Mal galt es nicht ihm, sondern Alanerisk. Erem hatte keine Ahnung, woher dieses Wissen kam, und doch spürte er ohne den geringsten Hauch eines Zweifels, mit welchem der Kristalle Alanerisk seine stumme Zwiesprache hielt; und er spürte ebenso die innige Zuneigung, die zwischen beiden bestand.

Schweigend trat er neben Alanerisk, neigte den Kopf und sandte der Seele in Gedanken einen Gruß, nur ganz leise, denn er wollte das Gespräch der beiden auf keinen Fall stören. Doch die Seele antwortete ihm, ließ einen warmen Strom stiller Anerkennung und aufrichtiger Freude zu ihm herüberfließen.

Erem keuchte überrascht, und seine Augen wurden groß. Alanerisk wandte den Kopf, sah ihn mit seinen wunderschönen, goldenen Augen an. Ein Schimmer von Blau lag darin, ein ruhiges, friedliches Blau, das Schmerz und Verlust und Trauer kannte und wusste, dass die Welt sich dennoch weiterbewegte.

„Kensarin freut sich, dich wiederzusehen", erklärte der große Drache. „Wir sprachen gerade darüber, wie sehr du in den letzten zwei Jahren gewachsen bist."

Zwei Jahre war es her, dass Erem das letzte Mal den Schrein besucht hatte, damals allerdings nur kurz. Zu jenem Zeitpunkt hatte Alanerisk nicht erkennen lassen, dass es außer den Seelen seiner Eltern Ameranu und Inyona noch weitere gab, mit denen er sich auf einer tieferen Ebene verbunden fühlte.

Erem starrte gebannt auf den schimmernden Kristall, der von innen heraus zu leuchten schien, als wäre er mit unbändigem Leben erfüllt. Aber im Grunde war er das ja auch.

„Kensarin ist dein Sohn, nicht wahr?", fragte er leise.

Das Blau in Alanerisks Augen verdunkelte sich. „Das kannst du spüren?"

Erem nickte.

Alanerisk schwieg. Erem befürchtete schon, er wäre zu weit gegangen, hätte sich in Dinge eingemischt, die ihn nichts angingen. Doch da wich die Düsternis aus Alanerisks Augen, verschwand wie die letzten Schatten der Nacht im Licht des neuen Morgens, und es gab nur noch helles, strahlendes Gold. Beinahe übermütig stupste er Erem mit der Schnauze vor die Brust. „Ich hätte mir denken können, dass du es erkennst. Du hast recht. Kensarin ist mein Sohn - mein ältester Sohn."

Wie um seine Worte zu bekräftigen, erhob sich mit einem Mal ein mehrstimmiges Raunen um sie herum. Staunend hob Erem den Kopf, ließ seinen Blick über die Wände gleiten, wo die Seelenkristalle der Drachen wie vom Himmel herabgefallene Sterne in ihren Nischen ruhten. Einige von ihnen hatten intensiver zu leuchten begonnen, und er spürte, dass sie ebenso wie Kensarin eine besondere Beziehung zu Alanerisk besaßen. *Seine Kinder*. Sie alle waren hier versammelt. Nicht ein einziges von ihnen hatte den Drachenkrieg überlebt.

Oh Alanerisk! Wieder einmal schien sich im Angesicht des unvorstellbaren Verlusts, den die Drachen erlitten hatten, ein kalter, düsterer Nebel auf Erem herabzusenken, erfüllte ihn mit Verzweiflung und ohnmächtiger Wut. Hätte es nur etwas genützt, er hätte auf der Stelle sein Leben dafür gegeben, damit Alanerisk und seine Familie noch einmal mit ausgebreiteten Flügeln im Wind hätten tanzen können; noch einmal frei von den Ketten, die sie an eine Vergangenheit banden, deren Schmerz auch die Zeit nicht zu lindern vermochte. Doch das lag nicht in seiner Macht. Ihm blieb nur, Alanerisk, Kensarin und den anderen Drachen weit sein Herz zu öffnen, sie alles an Liebe und Mitgefühl darin lesen zu lassen, was er für sie empfand.

Wieder spürte er, wie Kensarins Seele auf seine Gefühle reagierte, wie sie sich ihm entgegenneigte und sich ihrerseits für ihn öffnete. Auch dies war ein Wunder für Erem, so neu und unvertraut, dass er vor ehrfürchtigem Staunen erschauerte.

Bei seinen früheren Besuchen im Schrein hatte er die Seelen der Drachen lediglich als fernes, stimmloses Raunen wahrgenommen, nicht mehr als eine vage Präsenz im Hintergrund, die sich ihm niemals offenbart hatte, ihm niemals gezeigt hatte, dass sie seine Gegenwart überhaupt zur Kenntnis nahm. Nun jedoch schienen die Drachenseelen jede Zurückhaltung ihm gegenüber fallen gelassen zu haben, wirkten plötzlich beinahe wie alte Freunde, die einen der Ihren nach langer Abwesenheit in ihrer gemütlichen Runde willkommen hießen. Was auch immer der Zauber der Drachen gestern für Veränderungen in ihm bewirkt hatte, sie schienen weit über die Verwandlung seines Körpers hinauszugehen, schienen eine Mauer niedergerissen zu haben, die zu überwinden die Drachen bisher offenbar nicht den Wunsch verspürt hatten. Erem wünschte von ganzem Herzen, es möge für immer so bleiben.

Atemlos lauschte er, als Kensarin begann, ihm seine Geschichte zu erzählen und seine Erinnerungen mit ihm zu teilen - Erinnerungen, die so lebendig und mit einer solchen Intensität in seinem Geist erblühten, dass er Mühe hatte, nicht vollständig darin zu versinken und wie ein Blatt in einem reißenden Fluss von ihnen davongespült zu werden. Er erfuhr, wie Kensarin gegen Jaidell, Kodorasks Sohn, gekämpft und ihn nach einem langen, brutalen Schlagabtausch schließlich besiegt hatte, und er keuchte voller Entsetzen, als er sah, wie ihm Jaidell, bereits tödlich verwundet, seine Klauen ebenfalls tief in den Leib trieb.

Alanerisk hatte seinen Sohn wenig später blutend und mit zerschmettertem Körper auf den scharfkantigen Felsen gefunden. Eingehüllt in seine schützenden Schwingen, war Kensarin gestorben, so wie kurz zuvor bereits seine Mutter und seine Großeltern. Und doch verspürte er weder Bitterkeit noch Zorn, sondern war von tiefem Frieden und Dankbarkeit erfüllt, weil er in seinen letzten Augenblicken an der Seite seines Vaters hatte sein können. Seinen Geschwistern war dieses Glück nicht vergönnt gewesen. Sie waren fern von ihrer Familie dahingeschlachtet worden.

Erem ballte die Fäuste. Warum nur war er nicht damals geboren worden? Er hätte sich mit bloßen Händen auf Jaidell gestürzt, hätte sich seinen Zähnen und Klauen in den Weg geworfen, um Kensarin vielleicht die eine entscheidende Sekunde Zeit zu verschaffen, um sich von seinem Gegner lösen und davonfliegen zu können. Um *leben* zu können.

Er spürte, wie er zu zittern begann, wie seine Zähne vor ohnmächtiger Wut aufeinanderschlugen. Da legte sich plötzlich eine von Alanerisks Schwingen um ihn, schirmte ihn vor der Wand mit den Seelenkristallen ab und schob ihn sanft von seinem Sohn fort.

„Er ist jung, Kensarin. Lass die Vergangenheit für heute ruhen."

Ein leises Wispern, das eine Entschuldigung in sich trug, erreichte Erem von Kensarins Seele, dann zog sich Alanerisks Sohn aus dem Kontakt zurück. Das Leuchten in seinem Kristall wurde schwächer und verglomm schließlich ganz.

Erem war, als erwache er aus einem tiefen Traum, der ihn nur widerwillig freigeben wollte. Er blinzelte, schüttelte den Kopf, während die heiße Flamme seines Zorns langsam in sich zusammenfiel und ein eigenartiges Gefühl der Leere in ihm hinterließ.

Alanerisk bog den Hals, senkte seinen Kopf zu ihm herab und sah ihn eindringlich an. „Kensarin scheint dich wirklich zu mögen, Erem. Doch die Gefühle eines Drachen sind stark, und du bist es nicht gewohnt, so intensiv wie eben mit den Erinnerungen von einem von uns zu verschmelzen. Jeder von uns hat seine eigene Bürde zu tragen, aber diese Bürde ist nicht die deine. *Dein* Leben findet jetzt statt. Vergiss das niemals. Und nun" - seine Schwinge begann, Erem behutsam, aber unnachgiebig weiter von der Wand wegzuschieben - „solltest du diesem Leben wieder die Aufmerksamkeit zukommen lassen, die ihm gebührt."

Wie aufs Stichwort fing sein Magen an, ein lautstarkes Knurren von sich zu geben, und mit einem Mal spürte Erem wieder, wie sehr der gestrige Tag an seinen Kräften gezehrt hatte. Tatsächlich fühlte er sich, als hätte ein Heer hungriger Ratten über Nacht ein Loch in seine Körpermitte genagt, das mit jeder Sekunde, in der er es nicht mit Brot und Wurst und Käse stopfte, größer und größer wurde. Also trottete er, noch immer in seine Decke gehüllt, zu seinem Lager zurück, kramte den Proviant aus seiner Tasche hervor und machte sich gierig darüber her.

Alanerisk leistete ihm schweigend dabei Gesellschaft und sprach ihn erst wieder an, als Erem das letzte Stück Käse vertilgt hatte und sich mit einem zufriedenen Seufzen den Bauch rieb.

„Du bist der Erste, der danach gefragt hat."

Erem sah verwundert auf. „Wonach gefragt?"

„Danach, ob wir unser Geschenk auch anderen verliehen haben. Die anderen waren zu sehr mit sich selbst beschäftigt, um daran einen Gedanken zu verschwenden."

Erem schoss beinahe senkrecht vom Boden hoch. Sein Herz hämmerte plötzlich wild in seiner Brust. „Also gibt es noch andere!"

Alanerisks Lächeln wehte durch seinen Geist. „Ja, die gibt es. Du hast gestern lediglich nach Serim gefragt."

„Wer?", hauchte Erem.

Das Gold in Alanerisks Augen begann, intensiver zu schimmern. „Yadell, Aleya, Ajan, Jeron und Iscina kennen den Zauber ebenfalls."

Erem nickte nachdenklich. Das machte Sinn. Er kannte die Fünf gut, natürlich, denn sie waren alle Jungreiter wie er selbst. „Es hängt vom Alter ab, nicht wahr?"

Alanerisk neigte bestätigend den Kopf. „Unter anderem, ja. Wie bist du darauf gekommen?"

„Die Vermutung lag nahe. Jeder der Fünf ist etwas älter als ich, und du sagtest vor unserem Aufbruch, eigentlich hätte ich diese Reise erst nach meinem achtzehnten Geburtstag antreten sollen."

„Der achtzehnte Geburtstag ist nur ein Richtwert, aber du hast recht. Viel früher dürfen wir unsere Gabe nicht verleihen. Die Gefahr, dass eure Körper dadurch geschädigt werden könnten, wäre sonst zu groß."

Erem atmete tief durch. „Was ist mit Selos, Falis, Liva, Dris und Cia?" Das waren die anderen fünf Jungreiter. Cia war mit acht Jahren die Jüngste, Dris und Falis waren siebzehn. „Werden sie euren Zauber ebenfalls erhalten, wenn sie alt genug sind?"

Alanerisk nickte beinahe feierlich. „Wenn der Zeitpunkt gekommen ist, werden auch ihre Drachen mit ihnen zum Schrein fliegen, so wie ich es mit dir getan habe."

Erem seufzte. „Das ist gut."

Neugier und ein Hauch Verwunderung strichen durch seinen Geist. „Wieso bist du darüber erleichtert?"

Erem straffte die Schultern und sah Alanerisk fest an. „Ihr seid doch nur noch so wenige. Wenn es je einer der dunklen Drachenseelen oder sogar Kodorask selbst gelingen sollte, in die Welt zurückzukehren, werdet ihr alle Hilfe brauchen, die ihr bekommen könnt."

Er zuckte erschrocken zusammen, als Alanerisk mit einem Ruck seinen Kopf emporriss und zorniges, düsteres Rot das warme Gold seiner Augen verschlang. „Niemals! Sollte dieser Fall tatsächlich eintreten, werdet ihr nur eins tun - ihr werdet weglaufen, so schnell ihr könnt!"

„Aber ..."

„Widersprich mir nicht, Erem, nicht in diesem Punkt! Sollte Kodorask einen Weg zurück in einen Körper finden, gibt es nichts, was ihr tun könntet. Verbergt euch hier im Schrein, solange es möglich ist. Nichts anderes als das erwarten wir von euch."

Erem ballte die Fäuste, obwohl er innerlich vor Alanerisks plötzlicher Wut zu zittern begann. „Wir sollen uns einfach verkriechen, während ihr für die Menschen in den Kampf zieht?"

Alanerisk stieß schnaubend Luft aus. Noch immer loderten Flammen in seinen Augen. „Auch in eurer Drachengestalt seid ihr nicht unverwundbar, und euch fehlt die Erfahrung. Wir Drachen leben *Jahrtausende!* Gegen Kodorasks Bosheit und Niedertracht würdet ihr nicht eine Sekunde lang bestehen."

Erem schüttelte verzweifelt den Kopf. „Kodorask mag boshaft und niederträchtig sein, aber er besäße trotz allem nur einen Menschenkörper. Sollen wir diesen Vorteil denn einfach *aufgeben?"*

Alanerisk starrte ihn an, während das grelle Rot in seinen Augen dunkler wurde, bis es beinahe schwarz wirkte, so als sei unvermittelt ein Schatten über seine Seele gefallen. Dann lief ein Beben über seine mächtige Gestalt, und er sagte leise: „Es wäre nur so lange ein Vorteil, bis es Kodorask oder einer der anderen Verräter schaffen würde, euch zu berühren."

Erem blinzelte, während die Bedeutung von Alanerisks Worten langsam in seinen Geist sickerte. Dann keuchte er auf. „Heißt das, sie können weitere Körper übernehmen, selbst nachdem ihre Seele bereits in einen Menschenkörper gefahren ist?" Bislang hatte er stets geglaubt, nur ein Mensch, der einen der verschollenen Seelenkristalle direkt berührte, sei einer solchen Gefahr ausgesetzt. Doch so wie es aussah, war das ein schrecklicher Irrtum gewesen.

Alanerisk schien in sich zusammenzusinken, wirkte plötzlich nicht mehr so mächtig und Ehrfurcht gebietend wie noch einen Moment zuvor. „Verstehst du nun, Erem? Ihr müsst unter allen Umständen verhindern, von einem von einer verderbten Seele besessenen Menschen berührt zu werden - gleichgültig, ob in eurer Menschen- oder in eurer Drachengestalt. Sobald sie euren Körper besitzt, würde sie damit auch die Macht über den Zauber erlangen, den wir euch verliehen haben. Begreifst du, was das bedeutet?"

„Sie würde wieder ein Drache sein", flüsterte Erem. Sein Mund war plötzlich so trocken, dass er die Worte kaum über seine Lippen bekam.

Die Nacht in Alanerisks Augen wurde tiefer. „Es wäre der Beginn eines neuen Drachenkrieges."

Erem spürte, wie eisige Kälte durch seine Adern zu sickern begann. Nie zuvor hatte er Alanerisk so schwach, so voller Angst erlebt, und er erkannte die Wahrheit, die in den dunklen Tiefen dieser Angst verborgen lag. „Ihr habt das schon einmal erlebt, nicht wahr? Damals, als ihr zum ersten Mal gegen Kodorask und seinen Clan gekämpft habt. Die verderbten Seelen können nicht nur die Körper von Menschen stehlen. Sie können *in jeden* Körper fahren!" Plötzlich erinnerte er sich, dass die Sucherdrachen die gefundenen Seelenkristalle niemals direkt berührten. Zweimal war er dabei gewesen, als seinen Eltern ein Kristall zur Aufbewahrung übergeben worden war, und beide Male war der Kristall in dicken Stoff geschlagen gewesen. Damals hatte er geglaubt, diese Vorsichtsmaßnahme habe seine Familie schützen sollen, doch offenbar war das nie die ganze Wahrheit gewesen.

Alanerisk seufzte schwer. „Du hättest das alles gar nicht erfahren sollen, Erem. Nicht jetzt, nicht so früh. Aber es ist wahr. Kodorask und seine Gefolgsleute könnten auch mich, Amnerona oder jeden anderen Drachen unterwerfen. Wir sind gegen ihren Zauber so machtlos, wie es die Menschen sind."

Erem starrte Alanerisk voll Grauen an. Die Kälte in ihm breitete sich aus, schien seinen Körper und seinen Geist mit Raureif zu überziehen. „Gibt es keine Möglichkeit, einen gestohlenen Körper zurückzuerobern? Kann man die gefangene Seele nicht wieder befreien?"

Alanerisk schwieg lange, und als er schließlich sprach, spürte Erem die Qual, die seine Worte begleitete. „Es gibt einen Weg. Aber nur einen einzigen."

„Und welchen?"

„Der befallene Drache muss getötet werden."

Alanerisks Gedankenstimme schien wie eine glühende Messerklinge durch seinen Geist zu schneiden, ließ Erem vor Entsetzen beinahe in die Knie sacken. Nur mit eiserner Willenskraft hielt er sich aufrecht.

„Ich schwöre, dass ich euch nicht enttäuschen werde", flüsterte er. „Ich werde niemals einer der dunklen Drachenseelen meine Drachengestalt offenbaren. Und ich werde niemals - unter keinen Umständen - zulassen, von ihr berührt zu werden." Es war ihm tödlich ernst damit. Eher würde er sich selbst sein Schwert in den Leib stoßen, als Kodorask und seinem Clan auf diese Weise in die Hände zu spielen. Doch er hoffte, betete, flehte, dass es niemals so weit kommen würde.

6. Kapitel

Die Hälfte des Rückwegs legte Erem nicht auf Alanerisks Rücken, sondern mit seinen eigenen Schwingen zurück; erst als sie dichter besiedeltes Gebiet erreichten, nahm er widerwillig wieder seine menschliche Gestalt an und ließ sich von Alanerisk tragen. Niemals war ihm etwas so schwer gefallen. Als sich seine mächtigen Schwingen und Klauen in die Arme und Beine eines gewöhnlichen Menschen zurückzuverwandeln begannen, hatte er das Gefühl gehabt, als werde er unvermittelt aus hellem Sonnenlicht in ein enges, finsteres Verlies hinabgestoßen - ein Verlies, zu dessen Tür er zwar den Schlüssel besaß, aus dem es aber trotzdem kein Entkommen für ihn gab.

Erst durch sein letztes Gespräch mit Alanerisk hatten die mahnenden Worte des Drachen am Tag zuvor ihre wahre, düstere Bedeutung offenbart. Hatte er sich bereits vor ihrem Flug zum Schrein der Sache der Drachen bis zum tiefsten Grund seiner Seele verpflichtet gefühlt, so brannte seine Entschlossenheit nun wie eine heilige Flamme in ihm, und sie würde es bis zum Ende seines Lebens tun. Er würde Alanerisks Vertrauen nicht enttäuschen, gleichgültig, was ihn das kostete und welches Opfer er dafür bringen musste.

Serim erwartete sie, als sie schließlich auf dem Dach des Schlosses landeten. Erem spürte, wie sein Bruder sich kurz in Gedanken mit Alanerisk austauschte, dann trat er vor ihn und lächelte.

„Ich sehe, du bist gewachsen, Erem."

Erem erwiderte sein Lächeln, auch wenn sein Herz erneut vor Kummer schwer wurde. Das Wissen, dass Serim niemals erleben würde, wie es war, frei wie ein Vogel auf seinen eigenen Schwingen durch die Lüfte zu gleiten, auf ewig von jener besonderen und einzigartigen Verbundenheit mit den Drachen ausgeschlossen blieb, die ihm selbst in den vergangenen Stunden zuteil geworden war, hätte ihm beinahe die Tränen in die Augen getrieben. Doch diesmal drängte er sie energisch zurück, ließ nicht zu, dass sein eigener Schmerz den Moment des Wiedersehens mit seinem Bruder überschattete. Serim hatte die Tatsache bereits vor langer Zeit akzeptiert, dass der Zauber der Drachen bei ihm wirkungslos war, das wusste Erem nun, und es war an ihm, dasselbe zu tun. Er war kein Kind mehr, das es sich erlauben konnte, seinen närrischen Stimmungen und Anwandlungen ständig die Zügel schießen zu lassen, sondern ein Drachenreiter. Was das bedeutete, hatten ihm erst die letzten Tage wirklich bewusst gemacht.

Er atmete tief durch. „Ist irgendetwas Ungewöhnliches vorgefallen, während wir fort waren?"

Serim schaute ihn eigenartig an. Es war ein Blick, wie Erem ihn nie zuvor bei seinem Bruder erlebt hatte, ein Blick voller unausgesprochener

Bedeutungen und neuer, düsterer Schatten. Er verfluchte sich selbst, weil es ihm offensichtlich nicht gelungen war, seine Anspannung gänzlich aus seiner Stimme herauszuhalten. Aber Serim hätte er vermutlich ohnehin nichts vormachen können. Auch sein Bruder musste Angst haben, nur hatte er gelernt, besser mit dieser Angst umzugehen.

Serim schüttelte den Kopf, und das Lächeln kehrte auf seine Züge zurück. „Nichts Ungewöhnliches. Nur ein Bote, der gestern Nachmittag im Schloss eintraf. In drei Tagen findet ein großes Drachentreffen statt. Ich hatte schon befürchtet, ihr würdet nicht rechtzeitig zurück sein."

Nicht ganz zu Unrecht, wie Erem zugeben musste, denn ebenso wie ihr Schrein befand sich auch der Ort, den die Drachen für ihre Versammlungen gewählt hatten, nicht gerade in Steinwurfweite vom Schloss König Wilberens entfernt. Wollten sie den Beginn des Treffens nicht versäumen, würden sie spätestens am nächsten Morgen aufbrechen müssen.

„Möchtest du vielleicht hierbleiben?", erklang Alanerisks fürsorgliche Stimme in seinen Gedanken. „Ich könnte verstehen, wenn du dich nach allem, was hinter dir liegt, erst einmal ausruhen willst. Serim und ich könnten allein fliegen."

„Auf keinen Fall!", begehrte Erem sofort heftig auf - und spürte, wie er errötete. Soviel dazu, seine impulsiven Stimmungen besser unter Kontrolle zu halten! Mit mühsam gebremstem Eifer fuhr er fort: „Ich möchte die anderen gern sehen."

Schließlich bekam er nicht oft Gelegenheit dazu. Zwischen den Treffen lagen meist mehrere Monate, und versäumte er eines davon, wäre die Chance, einem der anderen Drachen zu begegnen, bis auf Weiteres vertan. Dabei gab es für ihn - außer den Momenten, die er in Alanerisks Gegenwart verbrachte - nichts Schöneres, als mit der wunderschönen Eysenderia, dem saphirblauen Beschützerdrachen des Nachbarkönigreichs Sidoreth, über die neuesten Ereignisse bei Hofe zu plaudern oder mit dem obsidianfarbenen Tunerian die philosophischen Themen zu diskutieren, über die er in König Wilberens Büchern gelesen hatte, und auch die übrigen Drachen wollte er unbedingt wiedersehen. Und sei es nur, um sich zu vergewissern, dass es ihnen allen gut ging.

Erneut schien eine kalte Hand nach seinem Herzen zu greifen, schienen sich unsichtbare Augen voller Bosheit aus den Schatten auf sie zu richten. Unwillkürlich ballten sich seine Hände zu Fäusten.

Serim legte ihm wortlos eine Hand auf die Schulter.

Wir tun, was wir können, schien sein stummer Blick zu sagen.

Erem presste die Lippen aufeinander. Was, wenn das nicht genug war?

Und da sah er sie in Serims Augen, dieselbe Furcht, die auch ihn quälte.

Im gleichen Augenblick schob sich eine dunkle Wolke vor die Sonne, und eine kühle Brise fegte über das Dach. Erem erschauerte. Selbst als die Wolke weiterzog und die Sonne wieder hervorkam, wollte sich die Gänsehaut auf seinen Armen nicht legen.

* * *

Das Drachentreffen fand seit jeher auf einem gewaltigen Hochplateau statt, einem von vielen in einer eigentümlich kargen Landschaft, die sich in alle Richtungen bis zum Horizont erstreckte. Das ausgedörrte Land lag im Grenzgebiet dreier Königreiche und bot mit seinen schroffen Felsen und den viel zu seltenen Wasserlöchern nur wenig Lebensraum für Menschen, und doch barg es seinen ganz eigenen Zauber, der Erem jedes Mal von Neuem in seinen Bann zog.

Sein Herz begann schneller zu schlagen, als er in der Ferne die riesigen Monolithen erblickte, die sich im warmen Schein der Nachmittagssonne majestätisch und Ehrfurcht gebietend wie titanische Krieger über der weiten Ebene erhoben, stumme Wächter in golden schimmernden Rüstungen, die keines Menschen Hand jemals zu bezwingen vermochte. Beinahe senkrecht strebten ihre Felswände in die Höhe, und obwohl sie von tiefen Graten und Spalten durchzogen waren, kannte Erem niemanden, der verrückt genug gewesen wäre, einen Aufstieg zu wagen. Aus diesem Grund hatten die Drachen gerade diesen Ort für ihre Treffen gewählt. Dort waren sie unter sich, nur die Drachen und ihre Reiter, ungestört von den Launen, Possen und Streitigkeiten, die das Leben der Menschen sonst so häufig bestimmten.

Auch deshalb hätte Erem die Treffen auf keinen Fall missen wollen. Hinter seinem Bruder auf Alanerisks Rücken geschnallt, erkannte er schon von Weitem die Drachen, die bereits auf dem Plateau eingetroffen waren - den schneeweißen Vanadeen, den rubinfarbenen Inorisk, außerdem Sapherion, dessen Schuppen in flammendem Rot glänzten; die zierliche, nebelgraue Caderell, den weiblichen Opaldrachen Osneri und den stolzen Mavaderas, der ebenso smaragdfarben war wie Alanerisk, jedoch von einem dunkleren Farbton und mit Kupfer- statt Goldaugen.

Wie stets, wenn er all diese wunderbaren Geschöpfe sah, zog sich sein Herz vor Wehmut beinahe schmerzlich zusammen, gleichzeitig hätte er vor Freude jauchzen mögen. Vielleicht hätte er es sogar getan, wenn er Eysenderia ebenfalls schon auf der felsigen Hochebene entdeckt hätte. So sehr er auch die Drachen liebte, ihr fühlte er sich näher, beinahe so nahe wie Alanerisk. Es gab sogar Momente, da ertappte er sich bei dem Gedanken, wie es wohl wäre, für eine kleine Weile mit Selos, Eysenderias Jungreiter, zu tauschen oder - besser noch - gemeinsam mit Selos für einige Wochen dem weiblichen Drachen zu dienen.

Mit vierzehn Jahren war Selos mit Abstand der jüngste der männlichen Jungreiter. Der zweitjüngste war Erem selbst, Jeron war ein halbes Jahr, Ajan beinahe ein Jahr und Yadell sogar anderthalb Jahre älter als er. Dennoch verstand sich Erem mit Selos am besten. Im Augenblick jedoch würde er wohl mit Yadell, Jeron und Ajan vorlieb nehmen müssen. Auch Liva, die erst neun Jahre alte Jungreiterin von Caderell, erblickte er tief unter sich auf dem Plateau, aber die Kleine würde vermutlich noch für Stunden zwischen den Drachen herumtollen, während sich die drei jungen Männer bereits jetzt ein Stück von den anderen abgesondert hatten.

Erem seufzte, als er die ernsten, gewichtigen Mienen sah, die Yadell, Jeron und Ajan gern und oft zur Schau trugen, wann immer sie mit dem Rest der Drachen und ihren Reitern zusammentrafen. Nach der Landung schlenderte er ohne Eile hierhin und dorthin, doch schließlich hatte er alle Drachen und ihre Reiter ausgiebig begrüßt, und es wäre unhöflich gewesen, allein den drei jungen Männern diese Begrüßung zu verweigern. Andererseits hätten ihm die drei durchaus auch selbst entgegengehen können, wenn sie den Wunsch dazu verspürt hätten.

Doch darauf brauchte er nicht zu hoffen. Yadell spielte sich gern als Anführer der Jungreiter auf, und seine Ansichten über viele Dinge waren zuweilen ein wenig … schwierig.

Erem seufzte ein weiteres Mal, dann setzte er ein freundliches Lächeln auf und marschierte schnurstracks auf das kleine Grüppchen zu.

Yadell schien gerade wieder einen seiner üblichen Monologe zu halten - er hörte sich ebenso gern reden, wie er es als seine heilige Pflicht betrachtete, die übrigen Jungreiter auf ihre vermeintlichen oder realen Unzulänglichkeiten und Fehler hinzuweisen -, und seine Stirn runzelte sich unheilvoll, als er den Blick hob und Erem entdeckte. Kurz schien er zu überlegen, ob er in seinem Vortrag innehalten oder einfach weiterdozieren und ihn komplett ignorieren sollte, doch schließlich fügte er sich mit sichtlichem Widerwillen in seine selbst gewählte Rolle als von allen bewundertes Vorbild und wandte sich ihm zu.

Erem nickte zuerst Ajan, dann Jeron und zuletzt - nach einer deutlichen, wohldosierten Pause - Yadell grüßend zu.

Yadells Miene verdüsterte sich noch mehr. „Sieh an, unser Küken ist also auch schon da", knurrte er, ohne den Gruß zu erwidern.

Erem war weder von Yadells Worten noch von seinem Verhalten überrascht. Yadell gefiel sich darin, stets herauszustreichen, wie viel vor allem Selos und er noch zu lernen hatten, bevor sie zu „echten Männern" und „wahren Drachenreitern" herangereift waren. Dass Erem bald seinen achtzehnten Geburtstag feierte und schon lange nicht mehr mit seinen Förmchen im Sandkasten spielte, störte ihn dabei nicht im Geringsten.

„Sieh an, und die Erwachsenen tun, was sie immer tun." Erem sah Yadell offen in die Augen und lächelte liebenswürdig.

Yadell, der eben den Mund geöffnet hatte, vermutlich, um Erem noch ein paar weitere pädagogisch wertvolle Schmähungen angedeihen zu lassen, blinzelte. Erem sah, wie Ajans Mundwinkel zu zucken begannen. So arrogant und selbstherrlich Yadell oft auftrat, so begriffsstutzig war er auch. Es war so leicht, ihn aus dem Konzept zu bringen, dass es fast schon wieder langweilig war.

„Lass dich von mir nicht stören, Yadell. Es wäre mir eine Ehre, an deinen Weisheiten teilhaben zu dürfen."

Yadells Brust schwoll gleich um mehrere Zentimeter. „Das sollte es auch, Erem. Allerdings haben wir gerade über etwas gesprochen, bei dem *du* noch nicht mitreden kannst. Du bist noch zu jung."

Ajan seufzte. „Komm schon, Yadell. So jung ist er nun auch wieder nicht. In ein paar Tagen wird er achtzehn."

„In ein paar Tagen ist nicht *jetzt!* Noch ist er kein *echter* Drachenreiter!"

Falls er darauf spekuliert hatte, Erem zu verunsichern oder ihn wie ein Hündchen um weitere Informationskrumen betteln zu lassen, die Licht in seine geheimnisvollen Andeutungen gebracht hätten, so musste Erem ihn enttäuschen. „Ich nehme an, ihr habt über den Verwandlungszauber gesprochen. Alanerisk und ich kommen gerade vom Schrein."

Jeron und Ajan hoben überrascht eine Braue, und Yadell fiel die Kinnlade herunter. „Soll das heißen, du kannst dich jetzt ebenfalls in einen Drachen verwandeln?"

Erem nickte.

Yadell schnaubte. „Das ist mal wieder typisch! Alle anderen müssen bis zu ihrem achtzehnten Geburtstag warten, nur dem großartigen Erem wird wie immer eine Extrawurst serviert."

Erem erstarrte. Nur mit Mühe konnte er verhindern, dass sich seine Hände zu Fäusten ballten. „Ich bin weder großartig, noch werde ich von den Drachen bevorzugt. Du redest Unsinn, Yadell! Alanerisk sagte mir, der achtzehnte Geburtstag sei lediglich ein Richtwert. Allein die Drachen entscheiden, wann ein Reiter bereit ist, den Zauber zu erhalten."

Ajan nickte. „Das ist richtig. So hat Sapherion es auch mir erklärt."

Yadell starrte Erem finster an. „Trotzdem mussten wir warten und er nicht."

Erem knirschte mit den Zähnen. „Man kann nur auf etwas warten, von dem man weiß, dass es geschehen wird. Wenn du es vorher gewusst hast, wurde bei *dir* die Ausnahme gemacht und nicht bei mir."

„Das habe ich nicht. Aber darum geht es auch nicht."

Erem wusste genau, worum es ging. „Wenn du dich in deiner Eitelkeit gekränkt fühlst, ist das nicht mein Problem. Beschwer dich bei Vanadeen, nicht bei mir oder Alanerisk."

Ajan trat mit einem schnellen Schritt zwischen ihn und Yadell. „Es sind doch nur ein paar Tage, Yadell. Ich würde jetzt gerne die Technik sehen, von der du uns vorhin erzählt hast."

Zuerst schien Yadell ihn einfach beiseiteschieben zu wollen, doch dann erwies sich das Filet, das Ajan ihm vor die Nase gehalten hatte, als zu saftig, um nicht danach zu schnappen. Seine Miene nahm erneut den selbstgefälligen, bedeutungsschweren Ausdruck an, den er so sehr liebte, und er stemmte in dem vergeblichen Versuch, martialisch und einschüchternd zu wirken, die Hände in die Seiten.

„Es ist nicht irgendeine Technik. Es ist *die* Technik! Ich nenne sie „den Vernichter".

„Hast du an deinem *Vernichter* zusammen mit deinem Bruder geübt?" Der Zorn, der noch immer in Erem rumorte, ließ seine Frage sarkastischer klingen, als sie gemeint war, doch entweder hatte Yadell den skeptischen Unterton in seiner Stimme überhört, oder er ging großmütig darüber hinweg. Er stieß verächtlich Luft aus.

„Nein, denn *ich* bin kein Kind mehr, das man ständig an der Hand nehmen muss. *Ich* kann selbst denken!"

Erem schluckte die Antwort herunter, die ihm auf der Zunge gelegen hatte, und sagte stattdessen: „Na schön, Yadell, du hast meine Aufmerksamkeit. Was muss ich mir unter deinem *Vernichter* vorstellen?"

Yadell schaute gewichtig von einem zum anderen. „Ihr wisst, dass unsere Schwertkunst sich darauf konzentriert, als Einzelner gegen viele Gegner anzutreten. Das ist gut, solange wir es mit einer kleinen Armee zu tun haben. Doch kämpfen wir gegen einen einzigen, noch dazu sehr starken Gegner, mangelt es unserem Schlagrepertoire an Variabilität. Mein *Vernichter* setzt genau an diesem Punkt an."

„Allzu viele gleichwertige Gegner gibt es für uns nicht", gab Ajan zu bedenken. „Du wirst sie vor allem in unseren Reihen finden."

Erem dachte an Jorran, doch bevor er etwas sagen konnte, nickte Yadell. Offenbar hatte er mit diesem Einwand gerechnet.

„Im Augenblick mag das so sein. Aber das muss nicht so bleiben. Was, wenn einigen Drachenseelen aus Kodorasks Clan die Rückkehr gelingt? Was, wenn sie mithilfe ihrer Magie eine Armee aus dem Boden stampfen, die uns an Kraft und Schnelligkeit ebenbürtig ist? Ich finde, wir tun gut daran, darauf vorbereitet zu sein."

Jeron und Ajan wurden bleich, und auch Erem spürte, wie er sich unwillkürlich anspannte.

Wieder schaute Yadell mit bedeutungsschwerer Miene in die Runde, dann blieb sein Blick an Erem hängen. „Das ist es, was den Erwachsenen vom Kind unterscheidet. Besonnenheit, Vorausschau sowie die Fähigkeit, stets alle Eventualitäten einzukalkulieren. Genau dafür ist mein *Vernichter* gedacht."

Erem verdrehte innerlich die Augen. „Also gut, Yadell. Und wie funktioniert er?"

Yadell holte tief Luft, schien sich für seinen großen Auftritt zu sammeln. Dann machte er eine theatralische Handbewegung. „Erem, komm her! Ich werde die Technik an dir demonstrieren!"

Erem zögerte keine Sekunde. Er hatte keine Angst. Yadell spielte sich zwar gern auf, aber er war nicht Jorran. Er würde ihn nicht verletzen.

Ruhig trat er vor Yadell, der plötzlich lächelte und sein scharfes Schwert halb aus der Scheide zog.

„Yadell!", rief Ajan sofort protestierend.

Yadell schnaubte. „Reg dich ab, Ajan! War nur Spaß."

Erem nickte Ajan gelassen zu. „Selbst wenn es keiner wäre, wäre es gleichgültig, welche Klinge Yadell benutzt. Ich vertraue ihm."

Ein Ausdruck ehrlicher Überraschung erschien auf Yadells Gesicht. „Tatsächlich?"

Erem erwiderte seinen Blick offen. „Natürlich."

Zum ersten Mal seit ihrem Zusammentreffen wurden Yadells Züge weicher. Er schob das scharfe Schwert in die Scheide zurück und zog dafür sein Trainingsschwert. Noch einmal atmete er tief durch. „Du darfst dich nicht bewegen, Erem. Tust du es doch, wirst du einige üble blaue Flecken abbekommen. Also halt besser still."

Erem lächelte. „Ich bin bereit."

Er konnte spüren, wie jede Zelle von Yadells Körper vor Konzentration förmlich zu knistern begann, wie sein Geist schärfer, fokussierter wurde. Noch zwei, drei Herzschläge lang stand er reglos, dann explodierte er von einem Moment zum anderen in einen Wirbel aus rasender Bewegung. Kein gewöhnlicher Mensch hätte dem irrwitzig schnellen Wechsel von Schlägen, Stößen und Finten mit den Augen zu folgen vermocht, geschweige denn es geschafft, seine eigene Waffe auch nur ansatzweise in eine Verteidigungsstellung zu bringen. Er wäre in blutige Stücke gehauen worden, bevor er auch nur gemerkt hätte, wie ihm geschah. Doch die Gegner, für die Yadells Angriffstechnik gedacht war, würden keine gewöhnlichen Menschen sein.

Erem zuckte weder zusammen, noch beschleunigte sich sein Puls, obwohl die Klinge nur wenige Handbreit von seinem Körper und seinem Gesicht entfernt durch die Luft zischte. Er spürte die tödliche Energie, die den Schlägen und Stößen innewohnte, und er wusste, dass ein einziger Treffer ausgereicht hätte, um Fleisch zu zermalmen und Knochen zu brechen.

Doch auch Yadell war kein gewöhnlicher Mensch. Er beherrschte seine Waffe perfekt, und er würde ihm keinen Schaden zufügen, solange Erem nicht etwas Dummes tat. Als Yadell schließlich schwer atmend innehielt, sein Schwert senkte und Beifall heischend in die Runde blickte, war er dennoch enttäuscht.

„Deine Technik ist gut, Yadell“, sagte er ruhig. „Allerdings ist sie unvollständig.“

Yadell entgleisten beinahe die Gesichtszüge, dann verdüsterte sich seine Miene. „Unvollständig? Was soll das denn heißen?“

„Ihr fehlt der letzte Schlag.“

„Das war ja klar“, knurrte Yadell. „Ich mache mir wochenlang Gedanken, feile an jeder einzelnen Bewegung, aber unser Genie erkennt natürlich durch bloßes *Zuschauen,* wie unfähig ich bin.“

Erem unterdrückte ein Seufzen. „Das habe ich nicht gesagt, Yadell. Aber Tatsache ist, ihr fehlt wirklich ein Schlag. Außerdem kannst du sie niemals gegen einen Gegner einsetzen, der sie schon einmal gesehen hat.“

„Und wieso das nicht?“

„Weil sie zu leicht abzuwehren ist.“

Ajan und Jeron wechselten einen ungläubigen Blick. Yadell dagegen lief hochrot an.

„Das ist absurd! Ich kenne niemanden, der sie abwehren könnte.“

„Weil du es nie versucht hast. Du hast deinen *Vernichter* noch niemals ernsthaft erprobt. Wenn du mit deinem Bruder geübt hättest, hätte er dir die Schwachstellen ebenso aufgezeigt, wie ich es tue. Die einzelnen Schläge sind zwar sehr schnell, aber auch sehr vorhersehbar. Du hast im Grunde kaum mehr getan, als einige Grundschläge miteinander zu verknüpfen. Auf den ersten Blick wirkt das Ergebnis Furcht einflößend und unüberwindbar, aber ich fürchte, dem ist nicht so.“

Yadell verschränkte die Arme vor der Brust, und seine Miene verhärtete sich. „Wenn es so einfach ist, meinen Angriff abzuwehren, tu dir keinen Zwang an“, presste er hervor. „Von einem Großmeister wie dir lerne ich gerne dazu.“

Zweifellos erwartete er, dass Erem im Angesicht dieser offenen Herausforderung den Schwanz einzog und kleinlaut eingestehen würde, dass es mit seinen eigenen Fähigkeiten doch nicht so weit her war, wie er eben großspurig behauptet hatte. Doch Erem zog wortlos sein Schwert und nickte Yadell auffordernd zu. „Einverstanden.“

Ajan und Jeron wirkten plötzlich angespannt. Ajan warf einen nervösen Blick zu den Drachen hinüber. Vielleicht hoffte er, dass einer von ihnen einschreiten und dem Ganzen hier und jetzt ein Ende machen würde. Doch Alanerisk, Vanadeen und die anderen hatten ihrer kleinen Gruppe bisher keine Aufmerksamkeit geschenkt, waren ganz in ihre eigenen Gespräche vertieft.

Yadell fletschte die Zähne, riss sein Schwert hoch und ging zum Angriff über. Vermutlich glaubte er, Erem mit der puren Geschwindigkeit und Wucht seiner Schläge binnen Sekunden in den Staub schicken zu können.

Doch Erem hatte nicht gelogen. Nun, da er Yadells Schwerttechnik einmal in Aktion erlebt hatte, war es ein Leichtes, das Muster seiner Bewegungen zu antizipieren und jedem seiner Hiebe und Stöße eine eigene Parade entgegenzusetzen. Letztlich tat er nichts anderes, als Yadells Schläge einfach zu kopieren und die Energie ihrer Geschwindigkeit auf ihn selbst zurückzuwerfen. Das genügte, um den Fluss seiner Bewegungen gerade so weit zu stören, dass sich in seiner Abwehr eine Lücke öffnete, nicht groß und nur für den Bruchteil einer Sekunde und doch ausreichend, um Yadells *Vernichter* den Todesstoß zu versetzen. Kaum hatte er Yadells letzten Schlag zurückgeschmettert - was für sich genommen bereits einen Affront darstellte, da es Yadell nicht gelungen war, bis zu diesem Moment einen direkten Körpertreffer zu landen und den Kampf so für sich zu entscheiden -, ließ Erem sein Schwert vorzucken, ein schneller, harter Stoß zur Körpermitte, tödlich wie der Biss einer Natter.

Yadell rang um sein Gleichgewicht. Erst als er es wiederfand, bemerkte er die Schwertspitze, die nur einen Fingerbreit von seinem Bauch entfernt in der Luft schwebte. Ein Ausdruck ungläubiger Verblüffung erschien auf seinem Gesicht.

„Du bist tot“, sagte Erem ruhig.

„Wie hast du das gemacht?“, keuchte Yadell.

Erem ließ sein Schwert wieder in die Scheide gleiten und hob die Schultern. „Wie ich sagte - deine Schläge sind schnell, aber zu berechenbar. Mit einem Schlag mehr hättest du meinen Angriff vielleicht abwehren können - wenn du darauf gefasst gewesen wärst. Aber selbst dann wäre es schwierig geworden.“

Ajan schüttelte bewundernd den Kopf. „Alle Achtung, Erem! Ich hätte Yadells Technik nicht so schnell durchschauen und seine Schläge spiegeln können. Du bist ein echtes Naturtalent!“

Yadell schürzte die Lippen. Schon kehrte die altvertraute Überheblichkeit in seine Züge zurück. „Dann ist meine Technik also doch nicht völlig nutzlos. *Ajan* hätte ich besiegt!“

Erem schaute ihn ernst an. „Du solltest sie trotzdem besser deinem Bruder zeigen.“

Yadell erwiderte seinen Blick kalt. „Was ich tue und was nicht, ist meine Sache. Niemand hat dich nach deiner Meinung gefragt, Erem.“

Damit wandte er sich ab und stapfte steif über den weiten Platz davon. Nachdenklich und bekümmert sah Erem ihm nach.

* * *

Nach und nach trafen auch die anderen Drachen und ihre Reiter ein. Zuerst schwebte der glänzend schwarze Tunerian vom Himmel herab, ihm folgten die kupferfarbene Roderis und die beiden Bronzedrachen Arkendeon und Emnetial, dann erschienen die jadefarbene Sikoneria und die beiden Saphirdrachen Eysenderia und Rudona, und zuletzt sank der erdfarbene Drache Vacanesion majestätisch mit seinen gewaltigen Schwingen auf das Plateau herab.

Damit waren die Beschützer der elf Königreiche vollzählig versammelt, und sogar vier der sieben Sucherdrachen waren der Einladung zum Treffen gefolgt. Lediglich Amnerona konnte ihre Wache beim Schrein nicht aufgeben, und Maderask und Bonaia waren auf dem zweiten Kontinent unterwegs und hatten deshalb nicht erscheinen können. Aber vielleicht kamen sie beim nächsten Mal, und auch Amnerona wäre dann bei ihrer einsamen Wacht auf den sturmgepeitschten Gipfeln der Dreaden längst abgelöst worden.

Mit den vier Sucherdrachen Arkendeon, Mavaderas, Osneri und Vacanesion unterhielt sich Erem besonders lange. Anders als die Beschützer der Königreiche hatten sie keine Reiter, und obwohl sie stets zu zweit auf die Suche gingen, spürte er, wie sehr sie darunter litten, oft viele Monate von den wenigen ihrer Brüder und Schwestern getrennt zu sein, die ihnen nach den grausamen Kämpfen gegen Kodorask und seinen Clan noch geblieben waren.

Die vier nahmen die Gelegenheit zum Plaudern dankbar an und fesselten Erem beinahe eine Stunde lang mit Geschichten, die sich vor dem Drachenkrieg zugetragen hatten. Erst als Eysenderia zu ihnen herüberkam und ihn bat, sie kurz zu begleiten, konnte er sich von den vier Sucherdrachen losreißen. Sie hatte von Alanerisk von seinem Streit mit Jorran erfahren und war offenbar so besorgt darüber, dass sie sich den Ablauf der Ereignisse noch einmal aus seiner Sicht schildern lassen wollte.

So gingen die Stunden dahin. Erst als die Sonne langsam zu sinken begann, löste sich Erem aus dem Kreis der Drachen und ihrer Reiter und ließ sich ein wenig abseits auf einem hüfthohen Felsbrocken nieder. Vom vielen Reden schwirrte ihm der Kopf. Er war es nicht gewöhnt, von so vielen Menschen, geschweige denn Drachen umgeben zu sein, und obwohl sie ihm eine sehr viel angenehmere Gesellschaft waren, als es die Höflinge im Schloss König Wilberens je sein konnten, verspürte er das dringende Bedürfnis nach einer Pause, um wieder zu Atem zu kommen und seine Gedanken zu ordnen.

Die anderen Reiter und Drachen waren es hingegen noch längst nicht müde geworden, Erfahrungen auszutauschen und über ihre Erlebnisse der vergangenen Monate zu plaudern. Hätte nicht ein großer Teil ihrer Gespräche in Gedanken stattgefunden, hätte es auf dem Plateau vermutlich gesummt wie in einem gigantischen Bienenstock, so aber wurden die wenigen Stimmen, die leise an sein Ohr drangen, vom sanften Wind ergriffen und wie wispernde Geister in die unendliche Weite davongetragen.

Versonnen betrachtete Erem die gewaltigen, im warmen Licht der Sonne schimmernden Körper der Drachen, und je länger er das tat, desto schwerer wurde ihm ums Herz. Fünfzehn Drachen waren hier zusammengekommen, fünfzehn der achtzehn, die noch lebten. Jeder einzelne von ihnen war faszinierend, beeindruckend und wunderschön, und doch wirkten sie auf der weiten Fläche des Hochplateaus beinahe verloren.

Bekümmert schloss Erem die Augen und dachte an vergangene Zeiten. Vor dem Drachenkrieg musste es anders gewesen sein. Damals hätte dieser Berg niemals für ein Treffen aller Drachen ausgereicht, damals hätten Alanerisk und seine Brüder und Schwestern gleich ein Dutzend solcher steinernen Türme mit ihrem sprühenden Leben erfüllt, und das Schlagen unzähliger Schwingen wäre wie das Rauschen eines Ozeans gewesen, dessen Wogen sich tosend an einer Felsküste brachen. Doch diese Zeit war vorbei, lange schon vorbei, und sie würde niemals wiederkehren. Der Gedanke machte Erem so traurig, dass er das Gefühl hatte, an seinem eigenen Schmerz ersticken zu müssen.

Doch bevor er wie schon so oft von seinen düsteren Anwandlungen vollends zu Boden gedrückt wurde, hörte er, wie sich ihm leise Schritte näherten. Er öffnete die Augen und erkannte Selos, den vierzehnjährigen Jungreiter Eysenderias. Selos hatte das gleiche dunkelbraune Haar wie er selbst, jedoch hellblaue statt graue Augen. Oft lag ein fröhliches Lächeln auf seinem Gesicht, im Moment aber wirkte er beinahe schüchtern.

„Störe ich dich, Erem?"

Erem schüttelte den Kopf. „Nein, natürlich nicht."

Selos ließ sich neben ihm auf dem Felsbrocken nieder. „Wirklich nicht? Ich hatte das Gefühl, dass deine Gedanken eben weit fort waren."

„Das waren sie auch."

Selos zögerte einen Moment. „Und woran hast du gedacht?"

Erem deutete mit dem Kinn in Richtung der Drachen. „Daran, wie es gewesen sein muss, als es noch Hunderte von ihnen gab."

Selos lächelte wehmütig. „Das hätte ich auch gern erlebt." Für einen langen, kummervollen Augenblick schwiegen sie beide, dann sagte Selos leise: „Ich danke dir."

Erem sah ihn erstaunt an. „Wofür?"

„Für deine ehrliche Antwort. Wenn Yadell, Jeron oder Ajan das Gleiche gedacht hätten wie du eben, hätten sie das niemals zugegeben – erst recht nicht vor *mir.*"

Erem legte ihm sacht eine Hand auf die Schulter. Er wusste genau, was Selos meinte. Und er wusste ebenso, wie frustrierend – und auch gefährlich - es sein konnte, wenn andere sich das Recht herausnahmen, darüber zu entscheiden, welche Wahrheiten gut für einen waren und welche nicht. Seine Unwissenheit über Jorrans Vergangenheit war in dieser Hinsicht das beste Beispiel.

„Du bist mit deinen vierzehn Jahren nicht weniger ein Drachenreiter, als ich es bin, Selos. Und auch nicht weniger als Yadell, Jeron und Ajan."

Selos nickte nachdenklich. Er schwieg kurz, dann seufzte er. „Glaubst du, es könnte eines Tages wieder wie früher werden? Es sind doch schon neunhundert Jahre seit dem Krieg vergangen, und trotzdem gibt es auch heute nur die achtzehn Drachen, die damals überlebt haben. Hätten sie nicht längst Nachwuchs bekommen müssen?"

Erem dachte an Kensarin, Alanerisks Sohn, und spürte, wie sich sein Magen zusammenzog. „Vielleicht wollen sie keine Kinder mehr. Vielleicht ist der Schmerz über ihren Verlust noch immer zu groß für sie."

Selos schüttelte den Kopf. „Das kann ich nicht glauben. Schau dir doch nur Eysenderia und Alanerisk an. Bei jedem Treffen sind sie unzertrennlich. Ich bin mir sicher, sie sind ein Paar, und das nicht erst seit gestern. Und sie wirken so *glücklich,* wenn sie zusammen sind. Warum sollten sie sich dennoch gegen Kinder entscheiden, obwohl die Zukunft ihrer gesamten Art auf dem Spiel steht?"

Erem hob die Schultern. „Ich weiß es nicht, Selos. Wir wissen einfach nicht genug über die Drachen, um uns darüber ein Urteil erlauben zu können. Letztlich wissen wir nur das, was die Drachen uns freiwillig offenbaren. Und ich werde ganz sicher nicht vor Alanerisk treten und ihm ausgerechnet *diese* Fragen stellen!"

Selos öffnete den Mund, schien etwas darauf erwidern zu wollen, dann schloss er ihn wieder, und ein beinahe schelmisches Grinsen glitt über sein Gesicht. „Es sieht so aus, als würden wir Besuch bekommen."

Erem folgte seinem Blick und musste unwillkürlich schlucken. Falis, Tunerians Jungreiterin, hatte sich aus der Gruppe der Drachen und ihrer Reiter gelöst und schlenderte auf sie zu. Falis war siebzehn Jahre alt, nur wenige Monate jünger als er selbst, und wie jedes Mal, wenn er sie sah, ertappte sich Erem dabei, dass er seine Blicke, hatten sie einmal ihr Ziel gefunden, nicht wieder von ihrer schlanken, hochgewachsenen Gestalt abzuwenden vermochte, als sei er plötzlich nicht mehr als eine Motte, die sich geistlos in eine Kerzenflamme stürzte, obwohl ihr die Hitze bereits die Flügel versengte.

Doch Falis war auch anders als all die anderen Mädchen in König Wilberens Schloss, die ihm mit ihrem eitlen Geschnatter und ihrer Egozentrik so auf die Nerven fielen. Schöne Kleider oder Schmuck bedeuteten ihr nichts; wie alle Drachenreiter trug sie die praktische, strapazierfähige Kluft aus hellem Stoff und dunklem Lederbesatz, die die

Konturen ihres Körpers auf eine Weise betonte, die man nicht anders als *faszinierend* bezeichnen konnte.

Die warmen Strahlen der späten Nachmittagssonne fingen sich in ihrem langen, weizenblonden Haar und ließen es wie geschmolzenes Gold leuchten, als sie sich ohne Eile ihrem Felsen näherte. Hätte sie es offen getragen, hätte es wie ein Banner aus schimmernder Seide im leichten Wind geweht, meist jedoch hatte sie es eng geflochten und zusammengesteckt - was zwar für den Ritt auf einem Drachen vorteilhaft sein mochte, Erem aber trotzdem mit nicht unbeträchtlichem Bedauern erfüllte.

Sein Blick traf den ihren, und wie so oft hatte er das Gefühl, im strahlenden Blau ihrer Augen wie in den tiefen Wassern eines Bergsees zu versinken, bis zu seinem Grund hinabzutauchen an einen Ort, wo selbst die Sorgen und Nöte der Drachen merkwürdig fern und bedeutungslos schienen.

Erneut musste er schlucken. Vermutlich bemerkte sie nicht einmal, wie stolz und selbstsicher sie einherschritt, wie sehr jede ihrer Bewegungen der einer Raubkatze glich, die, vollkommen in ihrer eigenen Stärke ruhend, geschmeidig und lautlos durch das Unterholz schlich. Bis auf einen kurzen Gruß, den sie sich aus der Ferne zugeworfen hatten, hatte er heute noch nicht mit ihr sprechen können, und die Aussicht, dass sich dies nun ändern könnte, beschleunigte seinen Puls. Ehe er noch recht wusste, was er tat, war er aufgestanden und trat ihr entgegen.

Falis lächelte und umarmte ihn herzlich. „Schön, dich zu sehen, Erem."

Erem war wie betäubt von ihrer Nähe und ihrem Duft, sein Herz raste mittlerweile in seiner Brust. Linkisch erwiderte er die Umarmung.

„Ich freue mich auch, Falis."

Sie löste sich von ihm und schloss auch Selos in die Arme. Selos grinste ihm über Falis' Schulter hinweg spitzbübisch zu.

Erem fragte sich plötzlich, wie sie wohl Yadell, Ajan und Jeron begrüßt hatte. Hatte sie die drei auch umarmt? Beinahe hätte er sie danach gefragt, doch er biss sich gerade noch rechtzeitig auf die Zunge. Es genügte, dass er sich in ihrer Gegenwart stets wie ein ungeschlachter Tölpel vorkam. Diesen Eindruck auch noch durch seine Worte zu bestätigen, wäre unerträglich gewesen.

Trotzdem hatte er das unbestimmte Gefühl, dass Falis ziemlich genau wusste, wie es in ihm aussah. Ihr Blick schien mühelos durch seine Mauern zu dringen und in seiner Seele zu lesen, und wann immer sie ihn anschaute, fühlte er sich auf eine Weise verletzlich, wie er es selbst auf einem Schlachtfeld, umringt von hundert waffenstarrenden Feinden, nicht getan hätte. Der Gedanke, dass seine wirren Empfindungen für Falis völlig offensichtlich sein könnten, erfüllte ihn gleichermaßen mit Grauen wie mit einem wohligen Kribbeln, das sein Herz noch schneller schlagen ließ, und als sie sich schließlich von Selos löste und wieder zu ihm umwandte, lächelte er sie unsicher und - wie er fürchtete - ein wenig dümmlich an.

Der Schimmer in ihren wundervollen blauen Augen schien sich noch zu vertiefen, doch ihre Stimme verriet nichts von dem, was sie möglicherweise gerade dachte, als sie leichthin sagte: „Die Jungs und ich wollen noch etwas trainieren, bevor es dunkel wird. Möchtet ihr mitmachen?"

Enttäuscht darüber, dass das Gespräch mit Falis schon wieder vorbei war, bevor es richtig begonnen hatte, zugleich aber auch erfreut über die seltene Gelegenheit, sich mit gleichstarken Gegnern zu messen, nickte Erem.

„Ich bin auch dabei", rief Selos. „Sind wir wieder ein Team, Erem?"

Erem lächelte. „Natürlich."

Das waren sie stets, wenn sie während eines Drachentreffens im Trainingskampf gegen die anderen Jungreiter antraten. Zwar wollte er irgendwann auch einmal Seite an Seite mit Falis kämpfen, aber nicht heute; nicht, solange Yadell nicht gelernt hatte, im Training keinen Wettkampf zu sehen, und seine Angriffe mit Vorliebe auf Selos, den vermeintlich Schwächsten, konzentrierte. Im Augenblick fuhr er damit noch recht gut, da Selos ihm an Kraft und Reichweite unterlegen war, aber in ein paar Jahren würde das anders aussehen. Insgeheim freute sich Erem schon auf den Moment, in dem Yadell zum ersten Mal von Selos in den Staub geschickt werden würde.

Yadell verließ sich einfach viel zu sehr auf sein angeborenes Talent, statt gewissenhaft zu trainieren. Vielleicht hätte Erem das ebenfalls getan, wenn er sich so wie er zumeist mit hoffnungslos unterlegenen Übungspartnern hätte zufriedengeben müssen. Doch Jorran hatte ihm stets deutlich vor Augen geführt, dass er sich auf seinem bisherigen Können nicht ausruhen durfte. Dafür war er dem Waffenmeister trotz seines liebenswerten Charakters sogar dankbar.

Falis nickte ihm zu. „Ich bilde mit Ajan ein Team." Sie grinste. „Etwas anderes wäre mir auch gar nicht übrig geblieben. Ihr kennt ja unsere beiden *Großmeister* Yadell und Jeron. Mit Tölpeln wie uns würden sie sich niemals freiwillig zusammentun, wenn es Ruhm und Ehre in einem Kampf zu erringen gilt."

Erem musste ebenfalls grinsen. Die Teamkämpfe während der Drachentreffen waren schon eine ganz besondere Sache, die alle Drachenreiter trotz - oder gerade wegen - ihrer so unterschiedlichen Persönlichkeiten noch enger zusammenschweißte, als sie das aufgrund ihrer herausragenden Stellung in den Königreichen ohnehin bereits waren. Er klatschte in die Hände. „Dann wollen wir den Großmeistern etwas geben, woran sie sich ordentlich die Zähne ausbeißen!"

Selos sah sich suchend um. „Wollen die anderen nicht auch trainieren?“

Falis schüttelte den Kopf. „Nein. Aleya, Dris und Iscina haben keine Lust, und Cia und Liva scheinen sich noch eine Menge zu erzählen zu haben. Da, schaut!“

Erem folgte ihrem Blick und runzelte die Stirn. Tatsächlich hatten sich die beiden jüngsten Jungreiterinnen - Liva war neun und Cia gerade einmal acht Jahre alt - vom Rest der Gruppe abgesondert und saßen, in ein angeregtes Gespräch vertieft, am Rand der weiten Hochebene, ließen ihre Beine über den Abgrund baumeln und schienen alles um sich herum vergessen zu haben. Erem sah besorgt zu den Drachen hinüber, doch keiner von ihnen schenkte den beiden Mädchen auch nur die geringste Beachtung.

Sein Stirnrunzeln vertiefte sich. „Das gefällt mir nicht“, sagte er. „Liva und Cia sind viel zu nah am Abgrund.“ Er schickte sich an, zu den beiden hinüberzugehen, doch Falis legte ihm eine Hand auf den Arm.

„Lass sie, Erem. Wir sind nicht ihre Kindermädchen. Liva und Cia können gut auf sich selbst aufpassen. Und für die Drachen ist es offensichtlich auch in Ordnung.“

Erem zögerte, dann nickte er langsam. „Du hast vermutlich recht. Dennoch ist es leichtsinnig. Als Drachenreiterinnen sollten sie wissen, dass es niemandem etwas nützt, wenn man unnötige Risiken eingeht.“

Yadell, Ajan und Jeron erwarteten sie bereits ungeduldig, als sie schließlich zu ihnen traten. Im goldenen Schein der späten Nachmittagssonne begannen sie ihr Training. Schon als sie in einer einzigen, fließenden Bewegung ihre Schwerter aus der Scheide zogen, spürte Erem, wie er sich veränderte, wie er Teil von etwas Anderem, *Größerem* wurde. Jeder Atemzug und jeder winzige Schritt wob ihn tiefer hinein in einen Tanz, ließ ihn weniger und zugleich mehr er selbst werden, während Grenzen und Beschränkungen sich auflösten und in einem rasenden Wirbel ineinander verschlungener Muster neu zusammenfügten. Finten, Paraden und Ausfälle folgten so schnell aufeinander, dass ein gewöhnlicher Kämpfer - wenn er klug gewesen wäre - sein Heil augenblicklich in der Flucht gesucht hätte, ohne auch nur einen einzigen Gedanken an Gegenwehr zu verschwenden.

Doch für gewöhnliche Kämpfer gab es an diesem Tag keinen Platz auf dem weitläufigen Plateau. Nur bei ihren Treffen erlaubten es sich Erem und die übrigen Drachenreiter, ganz und vollständig sie selbst zu sein, zwang sie das Können der anderen, bis an die Grenzen ihrer eigenen Fähigkeiten - und darüber hinaus - zu gehen. Sie waren der Sturmwind, der wild und frei zwischen den Sternen dahinjagte, waren die Wogen, die sich tosend gegen die Küste warfen, um alles, was sich ihnen entgegenstellte, vom Antlitz der Erde zu tilgen.

Erst als die Sonne flammend rot den Horizont berührte, hielten sie inne, alle mit gut durchgewärmten Muskeln, doch keineswegs außer Atem.

Die Drachen und erwachsenen Reiter hatten inzwischen Feuer entzündet, und verlockende Düfte verrieten, dass das Abendessen so gut wie fertig sein musste. Aus dem Augenwinkel bemerkte Erem, dass auch Cia und Liva sich erhoben, um sich zu den anderen zu gesellen, und wie bereits vorhin zog sich ihm unwillkürlich der Magen zusammen, als er sie so dicht am Rand des gähnenden Abgrunds stehen sah. War er tatsächlich der Einzige, der erkannte, wie dumm und leichtsinnig sich die beiden verhielten? Vertrauten wirklich alle so sehr auf die Fähigkeiten, die sie als Drachenreiter besaßen, selbst wenn es sich bei diesen Drachenreitern erst um Kinder handelte? Ein einziger falscher Schritt, ein winziger Verlust des Gleichgewichts, und Cia und Liva würden in den sicheren Tod stürzen. *Sahen* die anderen die Gefahr denn nicht?

Als hätten seine düsteren Gedanken das Unheil heraufbeschworen, stieß Cia, die sich eben in Bewegung gesetzt hatte, plötzlich einen schmerzerfüllten Schrei aus. Ihr Knöchel knickte um, als ihr Fuß von dem Stein, auf den sie offenbar achtlos getreten war, abrutschte, und Erem sah voller Entsetzen, wie sie am Rand des Abgrunds ins Taumeln geriet. Liva griff erschrocken nach ihrem Arm, versuchte, sie festzuhalten, doch sie war zu langsam. Mit aufgerissenen Augen und einem Ausdruck vollkommenen Unglaubens auf ihrem Gesicht kippte Cia über die Kante und war verschwunden.

Livas panisches Kreischen ließ alle auf dem Plateau die Köpfe herumreißen.

„Ich fange sie auf!"

Erem wirbelte herum und sah, wie Yadell in vollem Lauf auf ihn zugesprintet kam. Er erkannte, was er vorhatte, und eine kalte Klaue grub sich in sein Herz.

„Yadell, nein!"

Doch wie Liva vor ihm, so vermochte auch Erem das Verhängnis nicht aufzuhalten. Ohne seinen wilden Lauf zu verlangsamen oder die Jungreiter zu beachten, die ihm erschrocken aus dem Weg sprangen, verwandelte sich Yadell. Als flammend roter Drache spreizte er seine Schwingen, hob mit zwei kräftigen Schlägen vom Boden ab, während sein schuppenbedeckter Schwanz unkontrolliert durch die Luft peitschte.

„Selos, pass auf!"

Erem stürzte vor, stieß Selos aus der Gefahrenzone und wollte sich selbst zu Boden werfen, doch es war zu spät. Yadells Schwanzspitze zischte wie eine Messerklinge auf ihn zu, dann ertönte ein knirschender Laut, der ihm wie ein Axthieb durch den Schädel fuhr. Etwas Warmes lief ihm plötzlich über die Stirn, und sein Blick verschwamm.

„Erem!“, hörte er Selos schreien. Obwohl er sich dicht neben ihm befinden musste, schien seine Stimme unendlich weit entfernt zu sein. Doch irgendwie fand Erem nicht die Kraft, um den Kopf zu drehen und das Rätsel zu lösen. Fahrig hob er die Hand, berührte seine Stirn. Als er sie wieder senkte, waren seine Finger rot gefärbt.

„Was ... was ist das?“, nuschelte er.

„Du blutest! Erem, du blutest!“, schrie Selos. Erem spürte die Panik in seiner Stimme, doch auch sie schien seltsam bedeutungslos, war so fern wie eine Wolke, die irgendwo weit über ihm am Himmel schwebte.

„Aber ich habe ... noch nie geblutet“, erklärte er matt. Irgendwie hatte er das Gefühl, sich für die rote Farbe an seinen Fingern entschuldigen zu müssen.

Und wieso kam der Boden plötzlich so schnell auf ihn zu?

Hände griffen nach ihm, fingen ihn auf, doch er konnte nicht sehen, zu wem sie gehörten. Schwarze Nebelschleier schienen mit einem Mal vor seinen Augen zu tanzen, zogen sich von Sekunde zu Sekunde enger um ihn zusammen. Das Letzte, was er spürte, war ein jäher Windstoß wie von mächtigen Schwingen.

„Alanerisk“, flüsterte er.

Keinen Herzschlag später wurde es gänzlich schwarz um ihn, und seine Gedanken erloschen so plötzlich wie die Flamme einer Kerze, die allein auf einem Berggipfel dem eisigen Nordwind zu trotzen versucht. Er merkte nicht mehr, wie ihn die Finsternis endgültig verschlang.

7. Kapitel

Eine eigentümliche Wärme erfüllte Erem, als sein Bewusstsein langsam aus der Dunkelheit zurück zum Licht schwebte. Er spürte, wie die Ranken aus Finsternis von ihm abglitten, wie sich ihre eisigen Dornen aus seinem Geist lösten und sie widerwillig zurückwichen in den düsteren Schlund, der sie geboren hatte. Die Wärme hüllte ihn ein, trug ihn empor, würde nicht zulassen, dass er abermals fiel.

Er versuchte, die Augen zu öffnen, aber er fand nicht die Kraft dazu.

„Cia", flüsterte er. Oder war es nur ein Gedanke gewesen, nur ein Funke, der zaghaft in den Nebeln aufgeglommen war, die sich langsam zu lichten begannen?

Und doch spürte er mit einem Mal eine Präsenz um sich herum, und er hörte eine sanfte Stimme, die leise sagte: „Mach dir keine Sorgen um sie. Ihr geht es gut." Eine weibliche Stimme, fremd und doch unendlich vertraut. Diese Stimme würde ihn niemals belügen.

„Wie …", hauchte er.

Ein liebevolles Lächeln schien wie der Duft von Frühlingsblumen über ihn hinwegzustreichen. „Vanadeen hat sie aufgefangen und sicher aufs Plateau zurückgebracht."

Vanadeen, nicht Yadell. Irgendwie war Erem froh darüber. Die Drachengestalt war weder ihm noch Yadell vertraut. Ihn schauderte bei dem Gedanken, was hätte passieren können, wenn Yadell wie ein monströser Falke aus dem Himmel herabgeschossen wäre und versucht hätte, Cia mit seinen Klauen zu packen.

Die Wärme vertiefte sich, vertrieb die schrecklichen Bilder, bevor sie gänzlich Gestalt annehmen konnten. Sein Bewusstsein dämmerte ins Dunkel zurück.

„Schlaf, Erem. Schlaf und heile."

Heile? Wieso heilen? Verwirrung flackerte wie das Wetterleuchten eines hinter Wolken verborgenen Gewitters durch seinen Geist, ließ sein Herz urplötzlich schneller schlagen. Dann zerrissen die Wolken, und er erinnerte sich.

Ein ersticktes Keuchen entrang sich seiner Kehle, als er unvermittelt Yadells wild durch die Luft peitschende Schwanzspitze auf sich zukommen sah und noch einmal das grausige Knirschen zu spüren glaubte, als sie mit der Wucht eines von einem Katapult geschleuderten Felsbrockens seinen Schädel getroffen hatte. Hatte er tatsächlich *geblutet*?

Er versuchte, einen Arm zu heben, nach seiner Stirn zu tasten, und spürte im selben Moment zwei Hände, die sanft über seine Schläfen strichen, ihn vergessen ließen, was er gerade noch hatte tun wollen.

„Es wird alles gut", raunte die Stimme ihm zu. „Du wirst überleben. Wir würden dich niemals sterben lassen."

Sterben!

Wieder kämpfte Erem darum, die Augen zu öffnen. So schlimm konnte es unmöglich gewesen sein!

Endlich hoben sich seine Lider, wenn auch nur ein winziges Stück. Und da sah er sie. Eine Frau beugte sich über ihn. Sie wirkte jung und alt zugleich; jung waren ihre Züge, glatt und makellos, doch im strahlenden Blau ihrer Augen schienen die Würde und die Weisheit von Jahrtausenden verborgen zu liegen. Ihr Haar schimmerte weiß wie frisch gefallener Schnee und floss wie Seide um ihre Schultern. Sie trug keine Kleidung, schien keine zu brauchen; ihre Haut war am ganzen Körper ebenso weiß wie ihr Haar.

Und doch waren es nicht die Anmut und Schönheit ihrer Gestalt oder ihre Nacktheit, die seinen Blick fesselten; es waren allein ihre Augen. Niemals zuvor hatte ihn jemand mit so viel Wärme, nie mit mehr Fürsorglichkeit und Liebe angeschaut, als es diese Frau tat. Es war, als würde sie alle seine Ängste und alles Hässliche in ihm kennen, es verstehen - und es vollständig und bedingungslos akzeptieren. Es gab nichts, was er hätte zurückhalten oder verheimlichen müssen - nicht vor *ihr*.

Rings um sie herum standen die Drachen - *alle* Drachen. Seine Augen waren zu verschleiert, um sie zu sehen, doch er konnte sie spüren, fühlte ihre besorgten Blicke auf sich ruhen.

Doch selbst wenn er die Kraft gehabt hätte, seinen Kopf zu ihnen zu drehen, hätte er es wohl nicht getan. Er sah nur diese Augen, war verzaubert von ihren wundervollen, saphirblauen Tiefen und den Empfindungen, die ihn wie eine warme, weiche Decke umhüllten, ihm Trost und Zuversicht und Hoffnung schenkten. Und wie eine Blume, die ihre Blüte dem Licht der Sonne öffnet, spürte er in seiner Seele mit einem Mal eine Resonanz, und ihm war, als striche der Hauch einer bedeutsamen Wahrheit sanft, beinahe unmerklich über die Oberfläche seines Geistes hinweg.

„Mutter", flüsterte er.

Und zuckte innerlich beschämt zurück. Das war falsch! Das war nicht seine Mutter. Er hatte diese Frau noch nie gesehen. Und doch ...

Sie lächelte ihn an, noch liebevoller, noch gütiger als zuvor. Ihre Hand streichelte seine Wange, dann neigte sie den Kopf und küsste ihn auf die Stirn.

„Schlaf", sagte sie leise.

Er wollte nicht, wollte sie weiter ansehen; wollte herausfinden, warum er sie kannte, warum er sich mehr als alles andere wünschte, sie würde ihn umarmen und nie wieder loslassen. Doch seine Lider gehorchten ihm nicht länger. Sie sanken herab, ohne dass er es hätte verhindern können, und nur Sekunden später hatte der Schlaf ihn endgültig überwältigt.

* * *

Als er das nächste Mal erwachte, spürte er sofort, dass er nicht allein war. Jemand saß dicht neben ihm, strich ihm mit den Fingerspitzen behutsam über die Stirn. Es war ein so gutes Gefühl, dass er beinahe wieder in den Schlaf zurückgedämmert wäre.

Eine Stimme, so angespannt wie eine Saite, die jeden Moment zu reißen drohte, ließ das lockende Dunkel stattdessen noch weiter von ihm fortweichen, fuhr wie ein kalter Windstoß in den Nebel, der seinen Geist noch immer umfangen hielt.

„Müsste er nicht endlich wieder aufwachen? Die Drachen haben ihn doch geheilt! Irgendetwas stimmt da nicht!"

Yadell. Erem konnte spüren, wie der Jungreiter ganz in seiner Nähe nervös hin und her stapfte. Angst strahlte in so starken Wellen von ihm aus, dass er sie selbst durch die geschlossenen Lider hindurch wahrnehmen konnte.

Die sanften Hände kehrten zurück, strichen ihm zärtlich über die Wange. Erem wusste, zu wem sie gehörten, noch bevor er ihre Stimme hörte, und sein Herzschlag beschleunigte sich.

„Die Drachen haben gesagt, Erem würde mindestens eine Nacht durchschlafen, das weißt du, Yadell", erwiderte Falis ruhig.

„Aber die Nacht ist schon lange vorüber!"

„Wenn du hier wie ein vom Fuchs aufgescheuchtes Kaninchen herumläufst, wird Erem davon auch nicht schneller wach. Du solltest dich lieber beruhigen. Setz dich hin, dann warten wir gemeinsam."

„Ich *kann* mich nicht setzen!" Yadells Stimme hatte einen schrillen Unterton angenommen, der von naher Hysterie kündete. „Und ich kann mich erst recht nicht beruhigen. Ich habe Erem beinahe *umgebracht*!"

Erem spürte, wie Falis erschauerte, ebenso wie er selbst. „Das weiß ich, Yadell."

„Das wollte ich nicht!" Yadell klang, als stünde er tatsächlich kurz davor, in Tränen auszubrechen.

„Auch das weiß ich."

Erem hörte, wie Yadell zitternd Luft holte. „All das viele Blut! Bei allen Drachen, Falis, ich habe noch niemals einen von uns *bluten* sehen!"

Die sanfte Berührung der Fingerkuppen auf seiner Wange stockte. „Ich auch nicht", sagte Falis leise.

Die Furcht, die jetzt auch in ihrer Stimme vibrierte, krampfte Erem den Magen zusammen. Er musste endlich die Augen öffnen, musste den beiden zeigen, dass es ihm gutging. Er hatte schon viel zu lange gezögert.

Grimmig knirschte er mit den Zähnen, sammelte alle Kraft, die er in sich fand, und stemmte verbissen seine Lider in die Höhe. Sofort stöhnte er auf, als das grelle Licht der Mittagssonne wie mit tausend Nadeln in seine Augen stach und ein dumpfer Schmerz hinter seinen Schläfen zu pochen begann.

„Erem!"

Die Erleichterung in Falis' Stimme ließ trotz seiner Pein ein schwaches Lächeln auf seinen Lippen erscheinen.

„Ich bin wach", krächzte er, um auch noch den letzten Zweifel an dieser Tatsache auszuräumen. Sogleich versuchte er, sich aufzurichten, da spürte er bereits Yadells Hand auf seiner Brust, die ihn behutsam, aber bestimmt am Boden festhielt.

„Lass es langsam angehen, Erem! Die Drachen meinten, dass du dich schonen sollst, auch nachdem du erwacht bist, und daran wirst du dich gefälligst halten!"

Trotz der Schroffheit seiner Worte sah Erem, dass Yadells Augen verräterisch glänzten, und auch sein Gesicht wirkte so eingefallen und erschöpft, als habe er eine Woche lang weder gegessen noch geschlafen.

Vorsichtig wandte er den Kopf, ignorierte das Hämmern hinter seiner Stirn und suchte Falis' Blick. „Ich habe euch eben reden gehört." Noch immer fühlte er sich so schwach, dass es ihm nur mit Mühe gelang, die Worte zu formen, aber er musste es wissen. „Ist das wahr? Wäre ich tatsächlich beinahe *gestorben?"*

Aus dem Augenwinkel sah er, wie Yadell zusammenzuckte und sich sein Gesicht wie unter einem jähen inneren Schmerz verzerrte. Falis beugte sich vor, nahm seine Hand und drückte sie fest, doch Erem hatte das Gefühl, dass sie damit nicht nur ihm, sondern auch sich selbst Trost zu spenden versuchte.

„Es stimmt", sagte sie leise. „Yadells Schlag mit der Schwanzspitze hat dir den Schädelknochen gebrochen. Ohne die Drachen hättest du … es nicht geschafft."

Für einen kurzen Moment war Erem, als wehe eine leise Stimme wie das Echo einer seit langem vergessenen Erinnerung durch seinen Geist, die ihm irgendwann bereits dasselbe gesagt hatte, und Augen, in deren blauen Tiefen die Weisheit von Jahrtausenden verborgen lag, schienen voller Liebe auf ihn herabzublicken. Doch die Erinnerung verblasste, als er sich darauf zu konzentrieren versuchte, verschwand im Nebel wie ein flüchtiger Traum und ließ ihn mit einem seltsamen Gefühl der Leere zurück. Aber vermutlich war es genau das - ein Traum. Er konnte sich zumindest nicht erinnern, bereits zu einem früheren Zeitpunkt schon einmal wach gewesen zu sein.

Nachdenklich sah er wieder zu Yadell, der unter seinem Blick gleich noch einmal zusammenzuckte.

„Es tut mir so leid, Erem", begann er zu stammeln, und plötzlich rann tatsächlich eine Träne seine Wange hinab. „Ich war so ein verdammter

Narr!“ Er schluckte, wandte den Blick ab. „Wirst du mir ... wirst du mir jemals vergeben können?“

Erem schüttelte den Kopf. „Es gibt nichts zu vergeben, Yadell. Du hast versucht, Cia zu retten. Das war beherzt und entschlossen gehandelt - wenn auch, wie ich gestehen muss, nicht sehr weitsichtig.“ Er grinste. „Was haben die Drachen dazu gesagt, dass ihr kleines Geheimnis nun keines mehr ist? Ich fürchte, die Zeit bis zu ihrem achtzehnten Geburtstag wird Cia, Liva und den anderen von jetzt an noch länger vorkommen, als sie es ohnehin bereits tut.“

Falis stieß ein abfälliges Schnauben aus, dann grinste sie ebenfalls und knuffte Yadell spielerisch in die Seite. „Ja, unser kleines Plappermaul hat uns die größte Geburtstagsüberraschung bereits verraten, das ist wohl wahr. Allerdings hat Yadell auch ziemlich eindrucksvoll demonstriert, dass der Verwandlungszauber der Drachen nicht das Spaßgeschenk ist, als das der eine oder andere ihn ohne seine Vorführung vielleicht empfunden hätte.“

Auch wenn sie versuchte, unbeschwert zu klingen, spürte Erem doch die Unsicherheit und Furcht in ihrer Stimme - ebenso wie ihren Zorn. Der gestrige Tag hatte bei ihnen allen Spuren hinterlassen, die vermutlich noch lange nachwirken würden.

Yadell senkte den Kopf. Er schien etwas sagen zu wollen, überlegte es sich dann offenbar anders und erhob sich. „Ich danke dir, Erem. Und auch dir, Falis. Eure Worte ehren mich mehr, als ich verdient habe.“ Damit wandte er sich ab und ging davon.

Betroffen sah Erem ihm nach, wie er mit hängenden Schultern und gebeugter Gestalt wie ein alter Mann über das Plateau schlurfte. Wieder spürte er die Wärme von Falis' Hand in der seinen.

„War es *so* schlimm?“, fragte er leise.

Falis schwieg einen Moment. Auch ihr Blick folgte Yadell, der sich in einiger Entfernung von ihrem Lager unter die übrigen Reiter und ihre Drachen mischte. Erst jetzt bemerkte Erem die eigentümliche Stille, die über dem Plateau lag. Kein Lachen und keine angeregten Gespräche wehten zu ihnen herüber, und auch Yadell schlich stumm wie ein reuiger Sünder und mit zu Boden gerichtetem Blick zwischen den anderen herum. Auch die Drachen warteten schweigend, obwohl sie sein Erwachen längst gespürt haben mussten. Schließlich wandte Falis den Kopf zu ihm, und nun bemühte sie sich nicht mehr, ihre Gefühle zurückzuhalten.

„Oh, es war *definitiv* schlimm“, stieß sie heftig hervor. „Wir haben zwar nicht mithören dürfen, was sie zu ihm gesagt haben, aber die Drachen haben Yadell über eine Stunde lang ins Gebet genommen. Man konnte förmlich zusehen, wie sein Selbstbewusstsein immer mehr geschrumpft ist und sich am Ende komplett verabschiedet hat.“

Erem erschrak. „Haben sie damit gedroht, ihn auszuschließen?“

Undenkbar war das nicht. Yadell diente Vanadeen, und der weiße Drache hatte vor zwanzig Jahren immerhin auch Jorran aus seinen Diensten entlassen.

Falis drückte seine Hand. „Selbst wenn, wäre es nicht deine Schuld. Yadell hat sich das ganz allein selbst zuzuschreiben."

„Immerhin hat er versucht, Cia zu retten."

„Was völlig überflüssig war! Die Drachen waren längst gestartet, und Vanadeen hat Cia sicher aufgefangen, bevor Yadell auch nur halb vom Plateau herunter war - was wahrhaftig keine Überraschung gewesen ist!" Heißer Zorn loderte plötzlich in ihren Augen. „Yadell mag sich ja jetzt in einen Drachen verwandeln können, aber er *ist* eben kein Drache, sondern immer noch Yadell. Und ganz bestimmt ist er nicht so schnell und geschickt wie Vanadeen, Alanerisk und die anderen."

Erem nickte. Dem konnte er schlecht widersprechen. Selbst wenn er und die übrigen Drachenreiter tausend Jahre Zeit hätten, die Fähigkeiten ihrer neuen Drachenform zu trainieren, würden sie vermutlich nicht einmal im Ansatz an die Kraft und Gewandtheit der natürlich geborenen Drachen heranreichen. Es auch nur zu versuchen, hieße, eine Hybris zu nähren, die sich früher oder später als eine brüchige und gefährliche Selbsttäuschung herausstellen würde. Yadell hatte gestern bereits ein eindrucksvolles Beispiel dafür geliefert.

„Aber Yadell musste ja unbedingt den Helden spielen!" Das Feuer des Zorns in Falis' Augen loderte noch heißer. „Er musste wieder einmal allen zeigen, wer der Mutigste und Stärkste ist. Aber bewiesen hat er nur, was für ein Idiot er ist!"

Erem musste unwillkürlich grinsen. „Kein Wunder, dass Yadell so geknickt durch die Gegend schleicht, wenn das die allgemeine Meinung über ihn ist."

Falis schnaubte. „Wie könnte es nicht? Nur weil Yadell wieder einmal vor uns protzen wollte, wärst du beinahe *gestorben!*" Ein Beben lief über ihre schlanke Gestalt, und der Druck ihrer Finger um seine Hand wurde beinahe schmerzhaft. „Ich hatte solche Angst, Erem! Die Wunde sah so furchtbar aus, und du hast so schlimm geblutet! Und als du dann zusammengebrochen bist, dachte ich, du … du wärst tot!"

Sie war so bleich, dass er nun selbst beruhigend ihre Hand drückte. „Aber ich lebe."

Falis holte tief Luft. „Ja, du lebst. Aber nur, weil die Drachen dich gerettet haben. Sie wollten dich nicht sterben lassen."

Ihre Worte rührten etwas tief in seiner Seele an. Er runzelte die Stirn, versuchte, sich zu erinnern, doch wieder entglitten ihm die Bilder, bevor er sie festzuhalten vermochte.

„Hast du gesehen, was die Drachen mit mir gemacht haben?“ Sein Herz schlug ihm plötzlich schnell und hart gegen die Rippen. Angespannt wartete er auf ihre Antwort.

Doch Falis schüttelte den Kopf. „Nein, ich konnte nichts erkennen. Die Drachen haben einen engen Kreis um dich geschlossen, und die erwachsenen Reiter haben nicht zugelassen, dass wir uns ihnen nähern. Aber sie haben Stunden für die Heilung gebraucht. *Stunden!*“

Wieder erbebte sie, dann atmete sie tief durch, und ihre Finger lösten sich aus seinen. „Du solltest versuchen, noch ein wenig zu schlafen. Es war für uns alle eine schlimme Nacht.“

Erem schluckte, wagte kaum, die nächsten Worte auszusprechen. Doch er hätte sich auf ewig dafür gegeißelt, wenn er es nicht getan hätte. „Bleibst du bei mir?“

Falis schaute ihn einen Moment lang schweigend an, ließ nicht erkennen, was sie über seine Bitte dachte. Dann beugte sie sich vor und küsste ihn sanft auf die Stirn. „Das tue ich gern.“

„Ich danke dir.“ Seufzend schloss Erem die Augen, ließ sich in die warme Umarmung des Schlafs zurücksinken. Doch obwohl er Falis und die übrigen Drachenreiter so dicht bei sich wusste, grub sich mit einem Mal eine namenlose Angst in sein Herz, und ein unerklärliches Gefühl des Verlusts überkam ihn. Für einen schrecklichen Moment war ihm, als könne er die Drachen und ihre Reiter verschwinden sehen, hineingesogen in eine Dunkelheit, die alles auslöschte, was mit ihr in Berührung kam; die sie verschlang, einen nach dem anderen, bis nur noch er allein übrig war.

Beinahe hätte er noch einmal die Augen geöffnet, um sich zu vergewissern, dass diese düstere Anwandlung tatsächlich nicht mehr war als das – nur eine Fantasie, die ersten Vorboten eines Albtraums, geboren aus dem Schmerz, dem Schock und der Erschöpfung der vergangenen Stunden. Doch er war zu müde, seine Schwäche zu groß; seine Gedanken zerfaserten, und eine Dunkelheit anderer Art hüllte ihn ein und trug ihn mit sich fort.

8. Kapitel

Am Tag seines achtzehnten Geburtstags war Erem bereits früh wach. Von einem merkwürdigen Gefühl der Unruhe getrieben, stand er auf, trat ans Fenster und starrte hinaus in die Nacht. Stumm beobachtete er, wie sich die Finsternis am östlichen Horizont allmählich aufhellte und die Sterne von der heraufziehenden Dämmerung einer nach dem anderen wie verlöschende Kerzenflämmchen vom Horizont gewaschen wurden, bis nur noch ein einziger von ihnen übrig war. Auch er verschwand, als die Sonne schließlich als flammend roter Ball über den Hügeln aufging und das ganze Land unvermittelt mit einer Patina aus Blut zu überziehen schien.

Erem spürte, wie sich sein Magen verkrampfte und eine eisige Hand langsam seinen Rücken hinunterstrich. Verärgert presste er die Lippen aufeinander und rieb sich mit einer heftigen Bewegung die Gänsehaut von den Armen. Was war nur los mit ihm? Er hatte wahrhaftig keinen Grund, Trübsal zu blasen. Gleich nach dem Frühstück wollte er zusammen mit Serim und Alanerisk aufbrechen, um ihre Eltern in ihrer Einsiedelei zu besuchen. Erem selbst hatte vorgeschlagen, seinen Geburtstag im Kreis der Familie zu feiern, und Alanerisk hatte sofort zugestimmt.

Er straffte seine Gestalt, sog tief die klare Morgenluft in seine Lungen. Er freute sich darauf, seinen Vater, seine Mutter, seine Brüder Karan und Brion und seine Schwester Simai wiederzusehen. Sein letzter Besuch lag bereits Monate zurück, und seitdem war so viel geschehen. Der Gedanke, wieder einmal gemeinsam mit ihnen auf der knorrigen Holzbank vor ihrem Haus zu sitzen, zusammen mit seinen Eltern und seinen Geschwistern zu lachen und fröhlich zu sein, ließ - endlich - ein Lächeln über seine angespannten Züge gleiten. Dies war *sein* Tag, und den würde er sich weder durch närrische Ängste noch durch irgendetwas anderes verderben lassen.

Das Frühstück verbrachte er zusammen mit Serim, Kaderina und Cissima, und obwohl er normalerweise bei allen anfallenden Arbeiten half, erntete er heute entrüstete Mienen, wenn er nur daran dachte, sich von seinem Stuhl zu erheben. Erem ließ es gern zu. Die Freude in ihren Gesichtern zu sehen und zu spüren, wie wichtig es ihnen war, diesen Tag zu etwas Besonderem zu machen, wärmte sein Herz, vertrieb die letzten Reste der düsteren Wolken, die bei seinem Erwachen so unerklärlich und schwer auf seiner Seele gelastet hatten. Vor allem Cissima plapperte den ganzen Morgen unentwegt und ließ keinen Zweifel daran aufkommen, dass wirklich, wirklich, wirklich eine *unglaubliche* Überraschung auf ihn wartete. Auch Serim und Kaderina gaben sich geheimnisvoll, genossen es sichtlich, ihn noch ein klein wenig länger auf die Folter zu spannen.

Erem sog jeden Moment in sich auf, wollte keine Sekunde davon vergessen, sie wie einen kostbaren Schatz tief in seiner Seele verwahren. Ohne dass er es wollte, ertappte er sich einige Male dabei, wie er mit seinen Fingerkuppen seine Stirn berührte, dort, wo Yadells Schwanzspitze ihn getroffen hatte. Obwohl die Haut glatt und unversehrt und nicht einmal eine winzige Narbe zurückgeblieben war, hatte er das Gefühl, als könne er die Wunde noch immer spüren. Sie war wie ein unsichtbares Mal, eine Mahnung. Jeder dieser schönen Tage konnte der letzte sein.

Gegen Ende des Frühstücks gesellte sich König Wilberen zu ihnen, umarmte Erem herzlich und winkte ihm, ihn zu begleiten. Erem folgte ihm verblüfft, während Serim und Kaderina wissend lächelten und Cissima wie ein übermütiges Fohlen zwischen ihnen herumsprang.

Weit mussten sie nicht gehen, nur bis zur Tür der Gemächer, die an die Räumlichkeiten der Drachenreiter grenzten.

König Wilberen sah Erem feierlich an und legte ihm eine Hand auf die Schulter. „Ich hoffe sehr, dass unser Geschenk dir Freude bereiten wird, mein Junge." Er umfasste die Klinke, öffnete die Tür. „Dies ist ab heute dein Reich."

Die Räume waren, abgesehen von einem kleineren Zimmer, komplett eingerichtet - eine Küche, ein kleines Bad, ein Schlafzimmer (mit einem Doppelbett!), ein gemütlicher Wohnraum, und alles mit fantastischem Blick auf den Schlossgarten.

Erem spürte, wie ihm vor Rührung der Hals eng wurde. „*Ein* Zimmer hätte völlig ausgereicht", stammelte er ergriffen, konnte jedoch nicht verhindern, dass sich ein breites Grinsen auf seine Lippen stahl.

Der König lachte gutmütig. „Sei nicht so bescheiden. Du bist jetzt erwachsen, Erem, und bestimmt möchtest du auch irgendwann eine eigene Familie gründen. Vielleicht gibt es ja sogar schon eine Dame deines Herzens, und wenn es so ist, so sollst du wissen, dass sie mir hier stets willkommen sein wird."

Erem spürte, wie seine Wangen zu brennen begannen, und verneigte sich tief. „Danke. Ich danke Euch sehr."

König Wilberen lächelte. „Gern geschehen, Erem."

Serim, Kaderina und Cissima führten ihn durch die Räume, wiesen ihn auf das eine oder andere Detail hin, und vor allem Cissima erklärte immer wieder voller Stolz, was sie zur Einrichtung beigetragen hatte. Bald war Erem die Kehle so eng, dass er kaum noch etwas sagen konnte. Ihm blieb nur, sie alle dankbar zu umarmen. Irgendwann dämmerte ihm auch, welchem Zweck das kleinere, bisher unmöblierte Zimmer dienen sollte, und abermals wurden seine Wangen heiß. Für einen Moment schloss er die Augen, gab sich der Vision einer Zukunft hin, die - vielleicht - eines Tages Wirklichkeit werden mochte.

Die nächsten Minuten erlebte er wie im Traum, und auch als er schließlich zusammen mit Serim auf die Dachterrasse trat, fühlte er sich noch immer benommen. Rasch eilte er zu Alanerisk, drückte seine Stirn gegen dessen schlanken Hals und öffnete seinen Geist, wollte nichts mehr, als ihn an diesem Augenblick vollkommenen Glücks teilhaben zu lassen.

Alanerisks goldene Augen ruhten auf ihm, und auch er öffnete seinen Geist für ihn. Und da spürte Erem, wie tief er mit Alanerisk verbunden war, wie sehr der Drache ihm vertraute, ihn achtete, ihn sogar liebte. Hastig schloss er die Augen, um nicht zu weinen.

„Ich liebe dich auch, Alanerisk", flüsterte er in Gedanken. Alanerisk sollte es erfahren, unbedingt. Denn wer mochte wissen, wie oft er noch die Gelegenheit haben würde, ihm das zu sagen?

Schon wieder erschauerte er, als habe sich mit einem Mal eine dunkle Wolke vor die Sonne geschoben, die die Dachterrasse und das Schloss in Finsternis tauchte. Er drückte seine Stirn fester gegen Alanerisks Hals. „Ich liebe dich", flüsterte er noch einmal. Verglichen mit der beinahe ewigen Existenz der Drachen mochte sein Leben nur ein flackerndes Kerzenflämmchen sein, doch er würde alles tun, um dieses Flämmchen so heiß brennen zu lassen, dass Alanerisk ihn niemals vergessen würde, sollte ein grausames Schicksal ihn einmal von seiner Seite reißen.

* * *

Die seltsame Mischung aus Liebe, Trauer und Furcht hielt Erem weiterhin gefangen, als sich Alanerisk schließlich mit kräftigen Flügelschlägen in den wolkenlosen Himmel emporschwang. Wie üblich wandten sie sich zuerst nach Norden, wo sich in einiger Entfernung ein kleines Gebirge aus der weiten, grünen Ebene erhob. In dieser Richtung war das Land nur schwach besiedelt, und so gab es nur wenige Menschen, die sehen konnten, wohin sie tatsächlich flogen, zudem steuerten sie das einsam gelegene Heim seiner Eltern niemals direkt an. Niemand sollte wissen, wo es lag, und falls nicht jemand in jahrelanger Geduld jeder ihrer Flugbewegungen zu folgen versuchte, würde es auch keiner erfahren. Alanerisk ging in dieser Hinsicht keinerlei Risiko ein.

Die Stunden zogen dahin, während die sanften Hügel unter ihnen allmählich in die steilen und schroffen Felsgrate des Vorgebirges übergingen. Erem war tief in Gedanken versunken, und auch Serim und Alanerisk schwiegen. Sie schienen zu spüren, dass ihm im Augenblick nicht der Sinn nach einer lockeren Plauderei stand, und respektierten sein Bedürfnis, mit sich und seinen Gefühlen allein zu sein.

Plötzlich spürte er, wie sich Alanerisk anspannte und die gleichmäßigen Bewegungen seiner Schwingen ins Stocken gerieten. Gleich darauf war sein Flug vollends zum Erliegen gekommen, und er verhielt mit kraftvollen Flügelschlägen auf der Stelle.

„Was ist los?“, rief Serim.

„Dort unten ist ein Mensch in Gefahr“, erwiderte Alanerisk.

Erem beugte sich zur Seite und spähte hinab, konnte aber außer steilen Hängen und rauen Felsen nichts erkennen. Doch das hatte nichts zu sagen, denn die Augen eines Drachen waren sehr viel besser als die eines Menschen. Selbst ein Falke könnte in dieser Hinsicht kaum mit Alanerisk konkurrieren.

„Wir müssen ihm helfen“, sagte Serim entschlossen, und auch Erem nickte. Alanerisk hatte bereits den Kopf gesenkt, stellte die Flügel an und brachte sie in steilem Winkel tiefer.

Nur wenige Herzschläge später entdeckte Erem den Hilfebedürftigen. Es war ein Mann, gekleidet wie ein Hirte, der auf einem schmalen Sims an einer zerklüfteten Felswand balancierte. Mit einer Hand presste er ein kleines Lämmchen an sich, das schrill blökte und wild zappelte, so dass er es nur mit Mühe festhalten konnte; mit der anderen krallte er sich verzweifelt an den Felsen.

An der Felskante mehrere Meter über ihm hingen die ausgefransten Reste eines Seils. Offenbar war der Mann zu dem Sims hinabgeklettert, um das abgestürzte Jungtier zu retten, doch dann musste das Seil gerissen sein und hatte ihn hilflos in der Falle zurückgelassen. Und das Lämmchen war so verängstigt, dass es sie über kurz oder lang wohl beide mit seinem heftigen Widerstand in den Abgrund befördern würde, wenn der Mann es nicht bald losließ.

Alanerisk flog dicht an den Sims heran. Der Hirte sah den Drachen kommen und begann zu schreien.

„Hilfe! Bitte, bitte, helft mir!“

„Hab keine Angst“, rief Serim. „Dir wird nichts geschehen.“

Erem starrte mit klopfendem Herzen zu dem Mann herüber. Festgeschnallt auf Alanerisks Rücken, kamen weder er noch sein Bruder an den Pechvogel und sein Lamm heran. Auch für Alanerisk mit seiner gewaltigen Flügelspannweite war es schwierig, so nahe an der Flanke des Berges zu manövrieren, doch ihnen blieb keine Wahl.

Serim beugte sich vor. Seine Stimme wurde eindringlich. „Versuch, dich so wenig wie möglich zu bewegen. Alanerisk wird dich mit einer seiner Klauen packen. Keine Angst, er wird dir nicht weh tun.“

Der Mann nickte stumm, presste das Lämmchen noch enger an sich.

Alanerisk schwebte mit kräftigen Flügelschlägen auf der Stelle. Der Luftzug seiner Schwingen peitschte über den Sims, zerrte an dem Mann und ließ seine Kleidung und seine Haare flattern. Es war schmerzhaft offensichtlich, dass er sich nicht mehr lange an der Felswand würde halten können. Schon begann er zu schwanken, lösten sich seine Finger aus dem

Riss im Gestein, in den sie sich so verzweifelt klammerten. Da packte Alanerisk zu. Seine linke Vorderklaue schloss sich behutsam um den Hirten und sein panisch blökendes Lämmchen, dann gewann er mit einigen raschen Flügelschlägen an Höhe. Gleich darauf waren sie über sicherem Boden, und Alanerisk setzte zur Landung an.

Erem atmete tief durch. Das war mehr als knapp gewesen. Wären sie nur wenige Minuten später von König Wilberens Schloss aufgebrochen, hätten sie vermutlich nur noch zwei zerschmetterte Leichen aus dem Abgrund bergen können. Ob der Hirte wohl wusste, wie viel Glück er an diesem Tag gehabt hatte und wie unwahrscheinlich es gewesen war, in der unwirtlichen und nur spärlich besiedelten Gebirgsregion ausgerechnet auf zwei Drachenreiter und ihren Drachen zu treffen?

Erem runzelte die Stirn, und das Lächeln, das bereits auf seinen Lippen lag, verblasste. Sein Herz schlug plötzlich hart gegen seine Rippen, als er sich zur Seite beugte, um einen Blick auf den Mann zu werfen, der noch immer in Alanerisks Klaue hing.

Der Mann erwiderte seinen Blick. Kalter Triumph leuchtete in seinen Augen, dann glitt ein höhnisches Lächeln über sein Gesicht. Seine Hand öffnete sich, und Erem sah voller Grauen, wie das Lämmchen mit einem qualvollen Blöken in die Tiefe fiel, das verstummte, als es neun oder zehn Meter unter ihnen auf den Felsen aufschlug.

Für einen langen Moment war Erem wie erstarrt, schien der furchtbare Blick dieser Augen wie ein eisiger Frosthauch durch seine Seele zu wehen, jeden Gedanken und jedes seiner Gefühle zu lähmen. Dann begann er zu schreien.

„Lass ihn los, Alanerisk! *Lass ihn sofort los!*"

Doch es war zu spät. Mit einer schnellen Bewegung presste der Mann beide Hände auf Alanerisks Schuppen. Erem schrie erneut, als Alanerisk zu zucken begann, als sei unvermittelt ein Blitz, heißer als tausend Sonnen, aus dem wolkenlosen Himmel niedergefahren, der alle Nervenfasern seines Körpers in einem einzigen Augenblick zu Asche verbrannte. Dann erschlafften seine Schwingen, und er stürzte, stetig schneller werdend, wie ein Stein dem Boden entgegen.

Der Aufprall war hart, und er trieb Erem brutal die Luft aus den Lungen. Nur am Rande bekam er mit, wie der Körper des Hirten zwischen dem gewaltigen Leib des Drachen und dem schroffen Gestein zu blutigem Brei zermalmt wurde. Doch das war ohne Belang. Der Mann war bei seinem Tod ohnehin nur noch ein leeres Gefäß gewesen.

„Alanerisk!", kreischte Erem. Panisch zerrte er an seinen Gurten und schaffte es in seiner verzweifelten Hast, noch vor Serim freizukommen. Er warf sich herum, um seinem Bruder zu helfen, der noch immer benommen wirkte, da stieß ihm Serim beide Handflächen hart vor die

Brust. Erem riss die Augen auf, verlor das Gleichgewicht und kippte von Alanerisks Rücken.

„Lauf!", schrie Serim.

Hilflos starrte Erem zu seinem Bruder hinauf. Seine Hände ballten sich zu Fäusten, und Tränen schossen ihm in die Augen. Dann wirbelte er herum und begann zu rennen, fort von Alanerisk, fort von dem, was er sein würde, sobald er sich wieder erhob. Dicht hinter sich hörte er Serim, dem es endlich gelungen war, sich ebenfalls aus seinen Gurten zu lösen. Auch er lief, so schnell er konnte. Und doch würden ihre Bemühungen am Ende vergeblich sein. Vor einem Drachen gab es kein Entkommen.

Im Laufen warf Erem einen raschen Blick über die Schulter und sah, wie sich Alanerisks Kopf langsam, beinahe sinnend vom Boden hob; dann stieß der Drache einen langen, schrillen Schrei aus.

Erem krampfte sich das Herz zusammen. Das war nicht mehr Alanerisk. Er wusste es, spürte es bis zum tiefsten Grund seiner Seele. Alanerisk war dahin, und er würde niemals wiederkehren. Der Drache, der früher einmal Alanerisk gewesen war, entfaltete seine Schwingen und erhob sich majestätisch in die Lüfte.

Erem versuchte, noch schneller zu laufen, da fiel der Schatten des Drachen bereits über ihn. Eine Klaue streifte ihn an der Schulter, warf ihn zu Boden. Erem wälzte sich herum, wollte aufspringen und weiterrennen, als plötzlich sengende Flammen durch seinen Körper loderten, ihm beinahe das Bewusstsein raubten. Mit aufgerissenen Augen starrte er an sich herab, starrte auf die Kralle, die sich mit Wucht in seinen Oberschenkel gebohrt hatte und ihn wie ein aufgespießtes Insekt am Boden festnagelte.

„Erem!", hörte er wie aus weiter Ferne Serims panischen Schrei. Mühsam wandte er den Kopf, sah seinen Bruder nur wenige Meter von ihm entfernt neben dem Drachen stehen. Auch er starrte mit bleicher Miene und vor Entsetzen geweiteten Augen auf die schaurige Kralle, die noch immer tief in seinem Fleisch steckte, und auf das Blut, das den Stoff seiner Hose langsam rot färbte. Dann öffnete Serim den Mund, stellte die Frage, die doch schon längst beantwortet war.

„Wer bist du?"

Seine Stimme zitterte so stark, war so sehr von Angst und Verzweiflung erfüllt, dass sie beinahe wie die eines Fremden klang.

Erem holte tief Luft, drängte verbissen die Schmerzen zurück. „Es ist Kodorask!", stieß er keuchend hervor.

Der Drache kontrollierte seine Gefühle vollkommen, hatte das mentale Band, das Erem stets zwischen sich und Alanerisk gespürt hatte, gänzlich gekappt, und doch wirkte er kurz überrascht. Er bog den Kopf, so dass er Erem direkt ansehen konnte. Alanerisks vormals goldene Augen waren nun von düsterem Schwarz unterlegt, dem Schatten unendlichen Zorns und ewigen Hasses - ein Anblick, der Erem bis ins Mark erzittern ließ.

„Kodorask“, flüsterte er noch einmal. Er spürte die Tränen, die heiß über seine Wangen strömten, doch er vermochte sie nicht zurückzuhalten.

„Du weißt also, wer ich bin.“ Die Stimme des Drachen schnitt wie die Klinge eines Messers durch seine Gedanken. Sie klang noch immer wie die Alanerisks, doch etwas Fremdes, Eisiges lag nun darin. „Wie ist das möglich, Mensch?“

Er drehte leicht die Kralle, mit der er Erem auf den Boden spießte, und eine neue Schmerzwelle flutete über ihn hinweg, ließ ihn vor Qual aufkeuchen.

„Deine Augen“, presste er hervor. „Sie haben ... dich ... verraten.

Es war die Wahrheit, obwohl er sie nicht erklären konnte. Und doch spürte er eine unauslöschliche Gewissheit. Ganz gleich, welchen Wirt Kodorask auch gewählt hätte, er hätte ihn stets erkannt - an seinen Augen, oder besser, an dem Abgrund, der hinter ihnen lauerte. Denn während bei anderen Wesen, gleichgültig ob Mensch oder Drache, ein warmer, lebendiger Funke in ihren Augen tanzte, war Kodorasks Blick vollkommen ausdruckslos, war so kalt und tot wie ein mitternächtliches Grab. Dort, wo die Empfindungen des Drachen, seine Träume, Wünsche und Hoffnungen, wie im Sonnenlicht schimmerndes Herbstlaub jeden Betrachter mit ihrem magischen Farbenspiel in ihren Bann hätten ziehen sollen, war nichts außer einer tiefen, alles verschlingenden, finsteren Leere.

Der Anblick war so furchtbar, so erschreckend, dass Erem den Kopf abwandte.

Kodorask stieß ein bedrohliches Grollen aus, das jeden Knochen in seinem Leib zum Vibrieren brachte. „Es scheint, als habe Alanerisk das Gewürm, das ihm dient, gut unterwiesen. Ihm muss klar gewesen sein, dass ich allein das Recht beanspruchen würde, mich seines Körpers zu bemächtigen. Und doch hat er sein Ende nicht aufhalten können.“

Erem sah an der Flanke des Drachen vorbei, versuchte, Serims Blick einzufangen. Sein Bruder war noch immer leichenblass, wirkte aber dennoch auf eine beinahe unheimliche Weise gefasst, als er plötzlich einen Schritt vortrat und mit deutlich festerer Stimme als noch vor wenigen Minuten zu sprechen begann.

„Ich bitte dich, Kodorask, lass Erem gehen. Er ist fast noch ein Kind.“

Kodorasks Kopf stieß abrupt vor, bis er sich nur noch wenige Handbreit vor Serims Gesicht befand. Serim stolperte erschrocken wieder einige Schritte zurück, wich Kodorasks düster flammendem Blick jedoch nicht aus.

„Du bist nicht in der Position, Forderungen zu stellen, Drachenreiter!“

„Es war keine Forderung, sondern eine Bitte.“

Kodorask schwieg einen Moment, schien Serim beinahe neugierig zu betrachten. „Du bist mutig, Mensch. Doch dein Mut ist Staub. Natürlich werde ich ihn *nicht* gehen lassen. Er wird mir verraten, wo sich die Seelenkristalle befinden, die von eurer Familie versteckt werden."

Erem erstarrte. „Ich werde dir *gar nichts* sagen!", keuchte er.

Kodorask bog den Hals, richtete den Blick seiner Mitternachtsaugen nun auf ihn. „Noch mehr Heldenmut, und ebenso nutzlos. Du wirst mir alles erzählen, was ich wissen will, oder du wirst schreien, wie du noch niemals in deinem Leben geschrien hast."

Abermals drehte er seine Kralle, nur ganz leicht. Erem biss die Zähne zusammen, erwiderte Kodorasks Blick mit so viel grimmiger Entschlossenheit, wie er aufzubringen vermochte. „Vergiss es!", knirschte er. „Eher sterbe ich!"

Kodorask schnaubte beinahe amüsiert. „Oh, das wirst du, sei unbesorgt. Es liegt jedoch bei dir, ob es ein schneller Tod sein wird, oder ob du vorher einen *sehr* langen und intensiven Blick auf deine inneren Organe werfen wirst. Ich würde dir zu Ersterem raten."

Kalte Furcht grub sich in seinen Magen, doch Erem kämpfte sie verbissen nieder. „Tu, was du glaubst, tun zu müssen. Freiwillig werde ich niemals preisgeben, wo die Kristalle sind."

Kodorask betrachtete ihn einen Moment lang stumm. Seine Augen waren Seen aus Finsternis, ließen keine seiner Regungen nach außen dringen. „Wie du willst. Es ist deine Entscheidung."

„Das ist es *nicht*!", rief Serim wild. Sein Bruder hatte die Fäuste geballt, stand hoch aufgerichtet und herausfordernd da.

Kodorask wandte den Kopf, sah ihn ausdruckslos an. „Tatsächlich?"

Serim streckte trotzig den Rücken durch, doch Erem sah die Furcht in seinen Augen. „Ich kann Erem nicht erlauben, sein Leben auf diese Weise wegzuwerfen. Nimm mich an seiner Stelle."

„Nein." Die Kälte in Kodorasks Stimme schien die Luft auf dem felsigen Plateau zum Gefrieren zu bringen. „Er ist jünger als du. Sein Wille ist leichter zu brechen als deiner. Ich wähle *ihn*."

Serim schüttelte langsam den Kopf. Seine Schultern sanken herab, als laste mit einem Mal das Gewicht der gesamten Welt auf ihnen. „Es gibt keinen Grund, Erem zu quälen. Ich werde dich zu den Kristallen führen."

Erem keuchte auf. „Serim, nein! Tu das nicht!"

Serim schaute ihn an, ein langer, trauriger Blick. „Er wird es sowieso erfahren. Du kannst ihm nicht auf Dauer standhalten. Niemand könnte das."

„Ich kann es wenigstens *versuchen*!" Erem war nahe daran, unartikuliert zu brüllen und mit seinen Fäusten um sich zu schlagen. Sein rasender Herzschlag hämmerte so hart in seinen Schläfen, dass die ganze

Welt um ihn zu schwanken schien. Wie konnte sein Bruder einen derartigen Wahnsinn überhaupt in Erwägung ziehen?

Kodorask hielt den Blick seiner nachtschwarzen Augen unverwandt auf Serim gerichtet. „Du bietest deine Familie im Tausch gegen deinen Bruder? Ist dir nicht klar, dass euer beider Leben verwirkt ist, gleichgültig, wie sehr du ihn zu schützen versuchst?"

Erem sah, wie Serim erschauerte. „Das weiß ich. Ich bitte nicht um sein Leben. Ich bitte dich lediglich um einen schnellen, schmerzlosen Tod."

„Und du bist tatsächlich bereit, dafür deine gesamte Familie zu opfern?"

Serim atmete tief durch. Tränen schimmerten in seinen Augen. „Meine Familie ist bereits tot. Sie ist in dem Moment gestorben, als du Alanerisk bezwungen hast."

Schwarze Flammen schienen mit einem Mal in den düsteren Abgründen von Kodorasks Augen zu lodern. „Das ist sie."

Eine einzelne Träne rann langsam Serims Wange hinab. „Dann weißt du, dass ich *gar nichts* opfere." Er zögerte, und seine Miene wirkte plötzlich angespannt. „Da du mir heute alles nehmen wirst, erbitte ich noch eine allerletzte Gunst von dir. Ich bitte dich, Erem einen Tod zu gewähren, der eines Drachenreiters würdig ist."

Kodorask betrachtete ihn reglos, doch als er sprach, schien fast so etwas wie Respekt in seiner Stimme mitzuschwingen. „Du besitzt fürwahr Mut, Mensch. Und welche Art von Tod wäre es, die du als angemessen für einen Drachenreiter erachten würdest?"

Serim lächelte traurig. „Ich bitte dich, Erem noch ein letztes Mal fliegen zu lassen. Nimm ihn mit, wenn ich dich zum Versteck meiner Familie führe, und wenn wir dort sind, lass ihn einfach fallen. Die Luft ist unser Element, und die Umarmung der Luft sollte das Letzte sein, das wir spüren, wenn wir sterben."

„Wenn es so ist, wie du sagst - welches Ende erbittest du für dich selbst?"

Serim schüttelte den Kopf; sein Lächeln wurde noch trauriger. „Verfahre mit mir, wie immer es dir beliebt. Ich werde es akzeptieren."

Kodorask schwieg. Er wandte den Kopf, betrachtete Erem, dann wieder Serim. Schließlich stieß er ein tiefes Grollen aus. „Ich gewähre dir deine Bitte. Dein Bruder wird sterben, wie du es wünschst."

Erem schluchzte auf. „Nein! Ich will das nicht! Serim, *bitte!*"

Doch Serim wich seinem Blick aus, sah zu Boden.

Kodorask bog den Hals, fixierte ihn aus schwarzen Augen. „Du solltest deinem Bruder dankbar sein. Seine Vernunft erspart dir langes Leiden."

Erem hätte ihm am liebsten ins Gesicht gespuckt, hätte sich mit Zähnen und Fäusten auf ihn gestürzt, wenn er nur die Macht dazu besessen hätte.

„Lieber würde ich tagelang deine Folter ertragen, als zuzulassen, dass wegen mir alle getötet werden!"

Der Drache senkte seinen Kopf noch tiefer zu ihm herab. Sein Atem strich Erem wie ein warmer Sommerwind über die Haut, zauste seine Haare. Hätte er die Augen geschlossen, hätte er beinahe glauben können, es wäre noch immer Alanerisk gewesen.

„Ich weiß, dass du das tun würdest. Und dein Bruder weiß es auch."

„Verdammt sollst du sein!" Abermals strömten Tränen über seine Wangen, doch es war ihm egal. „Serim! Es ist *meine* Entscheidung!"

Sein Bruder sah ihn nicht einmal an. „Verzeih mir, Erem. Ich kann nicht anders handeln." Er straffte seine Schultern, hob seinen Blick zu Kodorask. „Darf ich seine Wunde verbinden, bevor wir aufbrechen?"

Der Drache neigte sein Haupt, doch in seinen Augen lohte schwarze Glut. „Das darfst du. Aber versuche nicht, mich zu täuschen, oder deine Familie wird noch schreien, nachdem dir die Aaskrähen schon längst das Fleisch von deinen zerschmetterten Knochen gepickt haben."

Serim sah Kodorask offen in die Augen. „Sei unbesorgt. Das werde ich nicht."

Erem presste die Lippen aufeinander. Es war Serim ernst mit seinem Versprechen. In seiner Stimme lag eine Wahrhaftigkeit, die der Drache ebenso spüren konnte wie er selbst.

Erem war wie betäubt, konnte seinen Bruder nur voller Unglauben und Entsetzen anstarren. Warum, um alles in der Welt, tat Serim das? Warum wollte er ihre gesamte Familie opfern und Kodorask die Seelenkristalle überlassen, nur damit Kodorask ihn nicht folterte? Das ergab keinen Sinn! Serim war ein Meister der Falkenflug-Technik. Er hätte lediglich sein Schwert zu ziehen, vorzuspringen und ihn mit einem einzigen schnellen Hieb niederzustrecken brauchen. So mächtig Kodorask auch sein mochte, konnte er doch nicht wissen, wie überlegen die Drachenreiter im Schwertkampf gegenüber gewöhnlichen Menschen waren. Mit Sicherheit ahnte er nicht, dass die Drachen ihre Reiter mithilfe ihrer Magie schneller, stärker und geschickter gemacht hatten, als sie es unter normalen Umständen gewesen wären. Serim hätte diesen einen tödlichen Schlag führen können, ganz bestimmt sogar! Doch er hatte es nicht getan, und er würde es auch nicht mehr tun. Seine Haltung war die eines Mannes, der den Kampf bereits aufgegeben hatte. Nicht einmal ein Hauch der für einen raschen Hieb notwendigen Körperspannung erfüllte ihn, und sie unter Kodorasks wachsamem Blick jetzt noch aufzubauen, würde ungleich schwieriger sein. Die Chance war vorbei. Serim hatte sie in voller Bewusstheit verstreichen lassen.

Verzweifelt presste Erem die Lider zusammen. Das war alles falsch, so unsagbar falsch! Serim hatte Alanerisk geschworen, die Seelenkristalle der dunklen Drachen unter *allen* Umständen zu beschützen, und jetzt *versuchte* er es nicht einmal! Wieso nur? Wieso?

Als Kodorask seine Kralle aus seinem Bein zog, schoss ein Blutschwall aus der Wunde, und er stöhnte voller Qual auf. Eine Woge aus Dunkelheit schien über ihn hinwegzuschwappen, füllte seinen Kopf mit betäubender Kälte und ließ seinen Blick verschwimmen.

Er musste kurz weggetreten sein, denn als er wieder klar sehen konnte, kniete Serim bereits neben ihm, hatte sein Hemd in Streifen gerissen und war dabei, seine Verletzung notdürftig zu verbinden. Erem wollte seinen Bruder anschreien, ihn irgendwie dazu bringen, mit diesem Wahnsinn aufzuhören und endlich sein Schwert zu zücken, doch ein einziger Blick in seine Augen ließ die Worte in seiner Kehle zu Eis gefrieren.

Als Serim den provisorischen Verband um seinen Oberschenkel fest anzog, brandete die Finsternis abermals heran, und diesmal riss sie ihn endgültig mit sich fort. Er spürte noch, wie sich Kodorasks Klaue erstaunlich behutsam um ihn schloss und ihn in die Höhe hob, dann schwanden ihm die Sinne, und die Welt versank im Dunkel.

9. Kapitel

„Erem, wach auf! Bitte! Wir haben nicht viel Zeit!"

Die Stimme war leise, schien wie ein Flüstern von einem weit entfernten Ort zu ihm getragen zu werden, und doch war sie so eindringlich, so sehr von wilder, verzweifelter Entschlossenheit erfüllt, dass sie Erem selbst in der schmerzdurchtränkten Dunkelheit seiner Ohnmacht erreichte.

Verwirrt schlug er die Augen auf, wusste im ersten Moment nicht, wo er sich befand und wie er hierhergelangt war. Dann spürte er den Wind, der ihm in scharfen Böen entgegenschlug, wie mit unsichtbaren Klauen an seiner Kleidung und seinen Haaren riss, und die Erinnerung loderte grell wie ein Blitz in mondloser Nacht durch seinen Geist.

Sein Blick klärte sich vollends, und er sah Serim, der, ebenso wie er selbst, verkrümmt wie ein von einem monströsen Raubvogel geschlagenes Lamm in Kodorasks Klaue hing. Sein Bruder starrte ihn an, fixierte ihn mit einer solchen Intensität, als wolle er ihm allein mit der Kraft seiner Gedanken ein Loch in den Schädel brennen.

„Erem, dem Himmel sei Dank! Kannst du mich hören? Verstehst du, was ich sage?"

Erem brauchte einen Moment, um zu begreifen. Dann keuchte er auf. Serim hatte seine Lippen nicht bewegt, sein Mund war geschlossen geblieben. Und doch hatte Erem jedes seiner Worte verstanden, als habe er sie laut ausgesprochen!

Sein Herz hämmerte mit einem Mal mit der doppelten Geschwindigkeit gegen seine Rippen, ließ ihm das Blut in den Ohren rauschen und seine Handflächen vor jäher Aufregung feucht werden.

„Serim, wie ist das möglich?" Er formte den Gedanken mit aller Konzentration, die er angesichts des Schreckens der letzten Minuten und der dumpf pochenden Schmerzen in seinem Oberschenkel aufzubringen vermochte, versuchte, ihn zu einem hellen, strahlenden Licht werden zu lassen, das trotz Nebel und Finsternis einen Weg zu seinem Bruder fand.

Serim blinzelte, dann glitt ein schwaches Lächeln über seine bleichen, abgehärmten Züge. „Es ist dein Verwandlungszauber", hörte Erem seine Stimme in seinem Geist. „Er verleiht dir die Fähigkeit, wie ein Drache zu kommunizieren."

„Aber woher wusstest du …?"

„Alanerisk." Erem spürte die zunehmende Dringlichkeit und Verzweiflung, die den Gedanken begleiteten, ihn wie eine bis zum Zerreißen gespannte Bogensehne vibrieren ließen. „Er wollte sich eigentlich nach dem letzten Drachentreffen mit dir darüber unterhalten, aber wegen dem, was dort geschehen ist, entschied er, damit noch zu warten. Er meinte, ein wenig normaler Alltag würde dir gut tun."

Oh Alanerisk. Erem hätte vor Trauer und Qual beinahe aufgeschluchzt. Mit tränenverschleiertem Blick sah er seinen Bruder an. „Ich darf mich nicht verwandeln, Serim! Ich kann uns nicht retten!"

Auch wenn Serim mit Sicherheit zu dem gleichen Schluss gelangt war wie er selbst, hatte er das Bedürfnis, es auszusprechen, wollte er seinem Bruder zeigen, dass er nicht leichtfertig und gedankenlos ihre einzige Chance vergab, das Grauen vielleicht doch noch abwenden zu können.

„Ich weiß, Erem." Er spürte die Liebe und das Verständnis, die wie eine tröstliche Umarmung zusammen mit den Worten durch seinen Geist wehten. „Du musst nichts erklären. Ich verstehe dich."

Und das tat er. Er tat es, weil sie beide Drachenreiter waren. Doch obwohl Erem klar war, dass er nicht anders handeln konnte, dass er selbst ohne seine Beinverletzung und im Vollbesitz seiner Kräfte nicht darauf hoffen durfte, einen alten, mächtigen Drachen wie Kodorask überwältigen oder ihm zusammen mit Serim entkommen zu können, war es die schwerste Entscheidung, die er je hatte treffen müssen. Aber er wusste, das Einzige, was er mit einem solchen Versuch erreichen würde, wäre, Kodorask ein weiteres Gefäß für seine abscheulichen Schergen zur Verfügung zu stellen - ein Gefäß mit der Fähigkeit, sich in einen Drachen zu verwandeln.

Vor ohnmächtiger Wut hätte er am liebsten geschrien, hätte mit seinen Fäusten um sich geschlagen und seine Verzweiflung in den gleichgültigen Himmel emporgebrüllt. Doch er blieb stumm, als ihm unvermittelt etwas anderes klar wurde.

„Wenn ich wirklich wie ein Drache kommunizieren kann, ist noch nicht alles verloren! Dann kann ich Vater, Mutter und die anderen warnen!"

Er erkannte, dass genau das Serims Plan gewesen sein musste. Sein Herz schlug plötzlich so schnell in seiner Brust, dass die ganze Welt um ihn zu schwanken schien, und der Schweiß brach ihm aus allen Poren. Es gab noch immer Hoffnung! Sie mochten Kodorask vielleicht nicht aufhalten können, aber sie konnten zumindest dafür sorgen, dass ihre Familie den heutigen Tag überlebte. Das war alles, was im Augenblick zählte.

Ob es allerdings tatsächlich eine Chance war, würde sich erst noch zeigen müssen, denn das Zeitfenster, das ihnen zum Handeln blieb, war so entsetzlich klein, dass er nur einen einzigen Versuch haben würde, das Blatt wider alle Wahrscheinlichkeit doch noch zu ihren Gunsten zu wenden. Selbst wenn er vom günstigsten Fall ausging und unterstellte, dass seine Gedankenstimme etwa die gleiche Reichweite besaß wie die eines echten Drachen - was keineswegs sicher war -, waren das trotzdem nur lächerliche zwei bis drei Kilometer. Seine Eltern und seine Geschwister würden kaum genug Zeit haben, auf seine Warnung zu reagieren, bevor Kodorask mit seinem Feuer und seinen Klauen über sie kam. Doch mehr als diese paar wenigen zusätzlichen Atemzüge würde er ihnen nicht verschaffen können.

Erem hoffte, betete, dass sie genügen würden, um Brion, Karan und dem Rest seiner Familie die Gelegenheit zu geben, zwischen den Bäumen des Waldes unterzutauchen oder den Fluchttunnel zu erreichen, der, sorgsam verborgen, unter dem Haus verlief, ehe der Drache sich auf sie stürzte. Doch als er den Schmerz und den Gram im Gesicht seines Bruders sah, gefror das zarte Flämmchen der Hoffnung in seinem Herzen zu Eis.

„Versuche es, Erem. Versuche es mit aller Kraft", erklang Serims Stimme in seinem Geist. „Dennoch wirst du nicht alle von ihnen retten können. Einige werden zurückbleiben müssen, damit Kodorask keinen Verdacht schöpft. Er darf nicht ahnen, dass sie gewarnt worden sind - und vor allem nicht, *wie* es geschehen ist."

Erem war, als habe ihm Serim zusammen mit seinen Worten ein Messer in den Leib getrieben. Und doch begriff er, dass sein Bruder recht hatte. Unvermittelt hatte er das Gefühl, in einen finsteren Abgrund zu stürzen, als der Schock dieser Erkenntnis wie eine eiserne Faust seinen Brustkorb zusammenpresste, ihm die Luft zum Atmen nahm.

„Oh Serim", schluchzte er in Gedanken. „Warum hast du mich nicht getötet, als du die Gelegenheit dazu hattest? Du hättest *uns beide* töten können, wenn du es nur gewollt hättest! Warum hast du es nicht getan?"

„Weil du leben musst, Erem!" Serim starrte ihn an, ließ seinen Blick nicht los, und Erem spürte die stählerne Entschlossenheit, die ihn erfüllte. „Weil du leben *wirst,* auch wenn Kodorask uns fallen lässt. Der Sturz in die Bäume wird dich nicht umbringen, denn dein Körper ist sehr viel zäher, als du glaubst. Außerdem werde ich dich mit meinem eigenen Körper abschirmen, so gut es mir möglich ist."

„Und was ist mit dir?"

Serim lächelte, ein Lächeln voller Wehmut und Trauer. „Ich liebe dich, Erem, vergiss das nie. Es war mir eine Ehre, dein Bruder sein zu dürfen."

„Serim!" Der Gedanke war beinahe ein Schrei, und doch vermochte er nicht die schreckliche Wahrheit zu leugnen, die Erem in den Augen seines Bruders sah, eine Wahrheit, die seine Seele zu zerschmettern, ihn innerlich zu zerreißen drohte. „Du opferst dich und unsere Familie, nur damit *ich* überleben kann, ohne auch nur darüber *nachzudenken!* Verdammt, Serim, das musst du nicht tun!"

Serims Lächeln wurde wärmer, ließ ihn ein letztes Mal die Liebe spüren, die er ihm all die Jahre seines Lebens so selbstverständlich geschenkt hatte. „Oh doch, Erem, das muss ich, und es ist in Ordnung. Ich habe die Möglichkeit, früh zu sterben, akzeptiert, als ich beschloss, in Alanerisks Dienste zu treten. Doch ich bin froh, dass ich dir noch ein letztes Mal helfen kann. Dich zu schützen, war immer wichtiger als alles andere."

„Was? Aber wieso …?"

„Wir haben keine Zeit mehr für Erklärungen." Serims Gedankenstimme wurde drängender, eindringlicher. „Wir sind schon ganz nahe. Bitte, Erem, wenn du ein paar von uns retten willst, musst du dich jetzt konzentrieren."

Einen letzten, verzweifelten Moment noch starrte Erem seinen Bruder an, dann holte er zitternd Luft, schloss die Augen und schob all seine Gedanken und Gefühle mit grimmiger Entschlossenheit beiseite, ließ sie wie Motten mit verbrannten Flügeln in die Dunkelheit stürzen, bis nur noch die liebevollen, unendlich vertrauten Gesichter seiner Eltern und seiner Geschwister Raum in ihm hatten. Dann bündelte er seinen Geist, ließ ihn zu einem hellen, lohenden Strahl werden, den er mit aller Kraft, die er in sich fand, zum Boden hinab und zwischen den Bäumen hindurch in Richtung des Anwesens peitschte, das bereits als kleiner, verschwommener Fleck am Fuße eines bewaldeten Steilhangs sichtbar wurde.

„Alanerisk ist von Kodorask besessen! Flieht! *Sofort!*"

Immer und immer wieder schrie er seine Botschaft hinaus, konzentrierte sich so stark, bis er das Gefühl hatte, sein Schädel müsse ihm bersten vor verzweifelter Anstrengung.

Er zuckte zusammen, als Kodorask plötzlich ein triumphierendes Brüllen ausstieß. In jäher Panik blickte er hinab und keuchte voller Qual und Entsetzen auf, als er seinen Vater und seine Mutter tief unter sich auf der kleinen Lichtung vor dem Haus stehen sah. Sie hatten ihre Gesichter gen Himmel gehoben, schauten dem gewaltigen Drachen, der sich über den Baumkronen rasch näherte, arglos und voller Vertrauen entgegen.

Erem schluchzte auf. Er hatte versagt. Er hatte alles gegeben, was er zu geben vermochte, und doch war es nicht genug gewesen. Seine Familie würde sterben, ausgelöscht von Kodorask, weil er zu schwach gewesen war, seine Warnung ans Ziel zu bringen.

Da erklang mit einem Mal eine Stimme in seinem Geist, durchdrang den düsteren Nebel aus Hoffnungslosigkeit und Furcht und strich sanft wie eine tröstende Berührung über ihn hinweg. „Wir lieben dich, Erem. Sei nicht traurig, dass es so endet. Auch wenn wir fort sind, wird unsere Liebe zu dir ewig bleiben."

Ein warmes Lächeln begleitete die Stimme seiner Mutter, und Erem war, als würde sie ihn noch einmal liebevoll in die Arme schließen, so wie früher, als er ein Kind gewesen war und sich zitternd und voller Angst vor den Nachtmahren aus seinen Albträumen unter seiner Bettdecke versteckt hatte. Er sah, wie seine Eltern unten auf der Lichtung die Arme hoben und zu winken begannen, um ihre Besucher freudig und scheinbar ahnungslos willkommen zu heißen. Gleich darauf ließen sie ihre Arme wieder sinken und nahmen sich an den Händen, erwarteten ihr Schicksal so ruhig und gelassen, dass Erem es kaum ertragen konnte.

„Ich liebe euch auch!", schluchzte er in Gedanken. Er öffnete den Mund, wollte schreien, wollte, dass sie davonliefen, sich in Sicherheit brachten, doch es war längst zu spät. Er spürte, wie Kodorasks mächtiger Leib erbebte, wie er tief und unheilvoll Atem holte. Keinen Herzschlag später zuckte eine grelle, sonnenheiße Feuerlanze brüllend zur Lichtung hinab. Sie erfasste seine Eltern, hüllte sie in einen gleißenden Flammenumhang, ließ sie wie Fackeln auflodern. Sie starben auf der Stelle und so schnell, dass sie nicht einmal mehr zu Boden stürzen konnten. Ihre Körper verbrannten im Stehen, wurden binnen eines Wimpernschlags zu rußiger Asche, und selbst die wurde vom Feuer des Drachen verzehrt.

Auch das Anwesen stand bereits in Flammen, und dahinter brannte der Wald. Kodorask strich wie ein jagender Raubvogel über die Lichtung hinweg, gewann mit kräftigen Flügelschlägen erneut an Höhe.

„Du hast mich nicht betrogen, Mensch." Kodorask richtete seine Worte an Serim, doch er ließ auch Erem in seinen Gedanken mithören. „So werde auch ich meinen Teil der Abmachung einhalten. Ihr mögt beide sterben, wie du es dir für deinen Bruder erbeten hast."

Damit ließ er sie los. Erem begann zu stürzen; Serim fiel dicht neben ihm. Kodorask beachtete sie nicht länger. Im Sturzflug jagte er erneut auf die Lichtung zu. Sein wildes, triumphierendes Brüllen zerriss die Luft, dann schoss ein weiterer Flammenstrahl zur Erde hinab. Eine Woge aus Feuer rollte über die Gräser und Sträucher, die uralten Eichen und Tannen und das Anwesen hinweg, verschlang alles, was sich in ihrem Weg befand.

Erem konnte die sengende Glut auf seinem Gesicht spüren, während er fiel, konnte spüren, wie sie wie ein heißer Wüstenwind über seine Haut strich, seine Augäpfel in ihren Höhlen zu verdorren drohte. Wie ein Stein stürzte er dem Erdboden entgegen, und doch vermochte er seinen Blick nicht von dem schrecklichen Schauspiel zu lösen, das sich in seine Netzhäute brannte, sich mit Zähnen und Klauen aus Feuer in seine Seele grub.

Dann war Serim bei ihm, ergriff im Fallen seinen Arm und zog ihn dicht zu sich heran. Er umschlang ihn fest mit beiden Armen, presste ihn an sich. Erem spürte seinen rasenden Herzschlag an seiner Brust, spürte seine Verzweiflung und seine Furcht, und plötzlich schwammen seine Augen in Tränen. Für einen kurzen, unendlich kostbaren Moment barg er seinen Kopf an der Schulter seines Bruders, sandte ihm ein stummes Lebewohl.

Dann brachen sie durch die Baumkronen. Harte Schläge erschütterten Serims Körper, als Zweige und Äste wie ein mörderischer Hagelschauer gegen sie peitschten. Und doch ließ er ihn nicht los, schützte ihn mit seinem eigenen Leib, auch als Erem seine Knochen brechen fühlte und die rauen Äste der Bäume seine Kleidung und sein Fleisch zerrissen.

Erem wollte schreien, wollte Serims Namen rufen, doch die Luft wurde ihm aus den Lungen gepresst, so dass er keinen Laut hervorbrachte. Durch das dichte Blätterdach sah er den Waldboden mit erschreckender Geschwindigkeit auf sie zukommen. Sie prallten von einem großen Ast ab, wurden einen schwindelerregenden Augenblick lang wild durch die Luft gewirbelt, dann schlugen sie mit knochenzerschmetternder Wucht auf dem Boden auf.

* * *

Das Erste, was Erem wahrnahm, war weder der Schmerz noch die Hitze, die wie mit tausend glühenden Nadeln in seine Haut stach, sondern der Qualm. Wie Säure brannte er in seiner Kehle, schien seinen Mund und seine Lunge mit flockiger Asche zu füllen. Ein qualvolles Husten schüttelte ihn, holte ihn endgültig aus dem Dunkel der Ohnmacht zurück.

Benommen öffnete er die Augen, hob den Kopf - und stöhnte auf, als selbst diese winzige Bewegung Lanzen der Pein durch seinen Körper trieb. Grimmig biss er die Zähne zusammen, sammelte alle Kraft, die er in sich fand, und wälzte sich von dem reglosen Körper herunter, den er unter sich spürte. Mühsam rappelte er sich auf Hände und Knie, starrte mehrere endlose Herzschläge lang mit leerem Blick ins Nichts. Dann wandte er langsam den Kopf, zwang sich dazu, seinen Bruder anzusehen.

Er sah sofort, dass Serim tot war. Blut sickerte aus zahlreichen Wunden, und seine Arme und Beine waren vielfach gebrochen und standen in grauenhaft verdrehten Winkeln von seinem Leib ab. Seine Augen waren weit aufgerissen, als habe er sich noch im Moment seines Todes voller Verzweiflung an sein Leben geklammert, und starrten blicklos ins Leere. Die Hitze des nahen Feuers ließ die Hornhaut bereits trübe werden.

Langsam, wie in Trance, hob Erem die Hand, um seinem Bruder die Augen zu schließen. Als er sie wieder senkte, sah es beinahe so aus, als würde Serim nur schlafen. Trotz der furchtbaren Verletzungen, trotz der unerträglichen Schmerzen, die er in seinen letzten Sekunden hatte erdulden müssen, wirkten seine Züge friedlich, und selbst das Blut, das an seinen Schläfen und seinen Wangen trocknete, konnte diesen Eindruck nicht schwächen.

Schwankend kam Erem auf die Füße. So, wie Serim es vorausgesagt hatte, schien er selbst den Sturz einigermaßen heil überstanden zu haben. Zwar war sein ganzer Körper von Prellungen übersät, und die stechenden Schmerzen in seinem Brustkorb ließen darauf schließen, dass er sich vermutlich einige Rippen gebrochen hatte, doch das einzige Blut an ihm war das, das seine Hose um Serims provisorischen Verband an seinem Oberschenkel durchtränkt hatte. Der Sturz durch die Baumkronen und der Aufprall auf dem Waldboden hatten ihm - anders als Serim - keine einzige blutige Schramme gerissen. Weil er so *zäh* war! Weil Serim ihn beschützt hatte!

Ein gequältes Schluchzen entrang sich seiner Kehle, hätte ihn beinahe erneut in die Knie sacken lassen. Trotz der hell lodernden Flammen um ihn herum war seine Welt dunkel geworden, und er spürte, wie eine schreckliche Kälte in seine Glieder zu sickern begann, eine Kälte, die ihm bis ins Mark drang und jeden Gedanken und jedes seiner Gefühle mit klirrendem Frost zu überziehen schien. Er fand keine Kraft, keinen Willen in sich, konnte sich nicht bewegen, obwohl das Feuer ihn zusehends einschloss.

Er konnte seine Eltern nicht begraben, und auch Serim würde von den Flammen verzehrt werden. Wieso sollte also ausgerechnet er überleben? Wieso konnte er nicht einfach hier sitzen bleiben, an Serims Seite, und ihm im Tod Gesellschaft leisten?

Weil du leben musst, Erem. Dich zu schützen, war immer wichtiger als alles andere.

Wie ein geisterhaftes Echo hallte Serims Stimme durch seinen Geist, und Erem klammerte sich daran wie ein Ertrinkender, der plötzlich vor sich auf den Wellen eine Holzplanke vorbeitreiben sieht. Steif, als wäre er selbst nur ein lebender Toter, wankte er einen Schritt von seinem Bruder fort. Er musste weg von hier, und das rasch, oder Kodorasks Feuer würde auch ihn verschlingen.

Er hatte keinen Zweifel daran, dass der Drache längst weitergezogen war, und dass er nun drei weitere Seelenkristalle besaß - Kristalle, die gierig darauf warteten, neue Opfer zu finden. Für Kodorask war es mit Sicherheit ein Leichtes gewesen, den Felsbrocken beiseite zu räumen, mit dem die Sucherdrachen den Eingang zu der Höhle versperrt hatten, in der die Seelenkristalle seiner Clanangehörigen aufbewahrt worden waren. Vermutlich hatten ihm die ungeduldigen Rufe seiner ehemaligen Kampfgefährten bereits den Weg gewiesen, als er noch im Anflug auf das Versteck gewesen war.

Taumelnd setzte sich Erem in Bewegung, begann zu laufen, erst langsam, dann immer schneller. Sein rechter Knöchel schmerzte höllisch, war verstaucht, möglicherweise sogar gebrochen, und sein Oberschenkel fühlte sich dort, wo ihn Kodorask mit seiner Kralle durchbohrt hatte, noch immer an, als stecke eine hungrige Ratte darin, die unermüdlich an seinem Fleisch nagte. Doch er ignorierte die Schmerzen, ebenso wie das scharfe Stechen in seinem Brustkorb, das jeden seiner Atemzüge zur Qual machte.

Nicht einmal den Flammen, die rings um ihn loderten, schenkte er Beachtung. Er trat einfach durch sie hindurch, war zu schnell vorbei, als dass sie nach ihm hätten greifen können. Mit zusammengebissenen Zähnen stürmte er voran, eilte so rasch, wie seine Beine ihn trugen, nach Norden. Er wusste, wohin sich Kodorask als Nächstes wenden würde. Dass er zuerst Alanerisk angegriffen hatte, zeigte, wie sehr der Hass auf jenen Drachen, der ihn während des Krieges vor neunhundert Jahren getötet hatte, noch immer in ihm brannte. Allein aus Rache an Alanerisk würde es ihm ein besonderes Vergnügen bereiten, sich Eysenderia, den Beschützerdrachen des Königreichs Sidoreth, mit Hilfe seiner erbeuteten Seelenkristalle gefügig zu machen, denn er musste längst wissen, dass Alanerisk Eysenderia näher stand als jedem anderen Drachen. Ahnungslos und voller Vertrauen würde sie Kodorask willkommen heißen, und er würde über sie herfallen und ihren Körper stehlen, so wie er es bei Alanerisk getan hatte.

Erem biss die Zähne noch fester zusammen. Er war der Einzige, der wusste, welche Gefahr den Drachen drohte. Er musste Eysenderia warnen, musste verhindern, dass Kodorasks unheiliger Clan die Welt nach beinahe tausend Jahren erneut mit Feuer und Tod überzog.

Und so hastete er wankend und humpelnd voran, während hinter ihm das Leben, das er gekannt hatte, in Flammen aufging.

10. Kapitel

Irgendwann ließ Erem das Feuer und die Hitze der Flammen hinter sich. Zwar war die Luft noch immer dick vor Asche und Rauch, doch immerhin hatte er sich so weit von dem Brand entfernt, dass er nicht mehr bei jedem keuchenden Atemzug das Gefühl hatte, Glasscherben und rostige Nägel zu inhalieren. Das war zumindest in einer Hinsicht eine Verbesserung.

Schwer atmend blieb er schließlich stehen, ließ sich zitternd mit dem Rücken gegen einen Baumstamm sinken. Schwarze Flecken tanzten vor seinen Augen, und das Blut rauschte ihm so laut in den Ohren, dass er längst nichts anderes mehr wahrnahm. Auch wenn er sich für seine Schwäche am liebsten selbst ein Messer in den Leib gerammt hätte, brauchte er eine Pause, und er brauchte sie jetzt. Ansonsten würde er bald nicht mehr die Kraft haben, sich auf den Beinen zu halten.

Jeder Muskel seines Körpers schien lichterloh in Flammen zu stehen, und die Schmerzen in seinem Oberschenkel und seinen malträtierten Rippen waren so übel, dass ihm trotz der Wärme kalter Schweiß auf die Stirn trat. Zögernd hob er den Arm, betastete mit seinen Fingerkuppen vorsichtig sein Gesicht. Der Weg durch das Feuer und die Zeit, die er nach seinem Sturz ohnmächtig auf dem Waldboden gelegen hatte, hatten ihre Spuren hinterlassen. Die Hitze hatte seine Haare gekräuselt, als sei er mit dem Kopf zu dicht an die Öffnung eines Backofens geraten, und seine Wimpern und Augenbrauen waren teilweise weggesengt worden. Als er behutsam über seine Wangen strich, klebte Ruß an seinen Fingern, und seine Haut fühlte sich dort, wo er sie berührte, heiß und gespannt an und war von dumpf pochenden Brandblasen bedeckt. Und doch waren es nicht so viele, wie er eigentlich erwartet hatte. Anscheinend war er auch gegen Feuer unempfindlicher als andere Menschen.

Für seine Kleidung galt das allerdings nicht. Sie war ihm beinahe komplett vom Leib gebrannt worden und hing nur noch in löchrigen Fetzen an ihm herab; lediglich der Ledergürtel, in dem er seine beiden Schwertscheiden trug, war noch immer fest um seine Hüfte geschlungen.

In einer hastigen, fast instinktiven Bewegung fuhr seine Hand zum Griff seiner Waffen hinab. Er hatte sie nicht verloren, nicht beim Sturz und auch nicht bei seiner Flucht vor dem Feuer. Erleichtert stellte er fest, dass das komplizierte Geflecht aus Stofffasern und Leder, mit dem die Schwertgriffe umwickelt waren, zwar deutlich unter der Hitze gelitten hatte, dass aber zum Glück nur die äußerste Schicht angesengt war und verkohlt aussah. Die Klingen selbst waren von den Flammen gänzlich unbeeindruckt geblieben. Er würde beide Schwerter noch immer sicher führen können – was mehr als gut war, denn er zweifelte nicht daran, dass er sie bald dringend benötigen würde.

Erem gab sich noch eine Minute, zwang sich, ruhig und gleichmäßig durchzuatmen, während er sich innerlich für das bereit machte, was er gleich würde tun müssen. Bereits als er vorhin losgelaufen war, war ihm klar gewesen, dass er es in seinem momentanen körperlichen Zustand niemals schaffen würde, rechtzeitig ins Königreich Sidoreth und zu Eysenderia zu gelangen, bevor Kodorask über sie herfiel. Im Grunde war es ein Wunder, dass er trotz seiner Schmerzen und seiner ganzen Verletzungen überhaupt so weit gekommen war. Doch nun, da sich Kodorask ziemlich sicher nicht mehr in unmittelbarer Nähe befand und vermutlich auch keinen Blick mehr zurückwerfen würde, wurde es Zeit für ein neues Wunder.

Bedächtig, mit vor Schwäche noch immer zitternden Fingern, löste Erem den Gürtel von seiner Hüfte und knotete die beiden Schwerter fest zusammen, wobei er sorgfältig darauf achtete, dass sie nicht aus ihren Scheiden rutschten konnten. Als er mit seinem Werk zufrieden war, holte er noch einmal tief Luft, straffte seine Schultern, dann stieß er sich mit zusammengebissenen Zähnen von dem Baumstamm ab und stapfte weiter, bis er schließlich eine kleine Lichtung fand.

Er machte sich nicht die Mühe, die Reste seiner Kleidung abzulegen. Sie zerrissen und fielen in verkohlten Fetzen von ihm ab, als er sich auf den Verwandlungszauber konzentrierte und in Gedanken die Worte sprach, die die Drachen ihn gelehrt hatten. Er spürte, wie sein Körper sich veränderte, wie er in die Drachengestalt floss, die auf unerklärliche Weise durch uralte, geheimnisvolle Magie zu einem Teil von ihm geworden war.

Noch während er sich verwandelte, fühlte er, dass etwas nicht stimmte. Bereits die Rückverwandlung, als er vor wenigen Wochen zum ersten Mal an Alanerisks Seite über die schneebedeckten Gipfel der Dreaden geflogen war, war – im Gegensatz zu seiner ersten Verwandlung im Schrein kurz zuvor – beinahe schmerzfrei gewesen. Nun jedoch loderten plötzlich sengende Flammen durch seinen Leib, als hätte sich von einer Sekunde zur anderen eine titanische Bärenfalle um seine Brust und seine Gliedmaßen geschlossen, die ihre stählernen Zähne unbarmherzig durch Haut und Fleisch und Knochen grub.

Er keuchte auf, taumelte und kippte – bereits in seiner Drachengestalt – schwer auf die Seite, als sein rechtes Vorderbein unvermittelt unter ihm nachgab, sein Gewicht nicht tragen konnte. Panisch schlug er mit den Flügeln und stieß einen gequälten Schrei aus, als greller Schmerz wie siedendes Öl durch seinen Brustkorb raste und dort, wo die Muskulatur seiner Schwingen an den Rippen befestigt war, in einer sonnenheißen Eruption zu explodieren schien.

Der Schock der Erkenntnis hätte ihn beinahe vollends in die Knie sacken lassen. Er war so entsetzlich naiv gewesen! Erst jetzt wurde ihm bewusst, dass er stets wie selbstverständlich davon ausgegangen war, dass er in seiner Drachengestalt auf ebenso magische Weise, wie der Zauber der Drachen ihn verwandelt hatte, heil und unversehrt sein würde. Doch das war offensichtlich nicht der Fall. Seine Prellungen und Rippenbrüche ebenso wie die Wunde an seinem Oberschenkel peinigten ihn noch genauso, wie sie es bei seinem Erwachen nach seinem Sturz getan hatten. Weder war er wie durch ein Wunder von seinen Verletzungen genesen, noch hatte er plötzlich das Gefühl, vor neuer, überbordender Kraft ein Gebirge stemmen zu können.

Jähe Furcht grub sich in sein Herz, ließ die Welt im Rhythmus seines hämmernden Pulses um ihn schwanken. Mit gebrochenen Rippen würde er womöglich nicht fliegen können!

Doch Erem gab nicht auf. Es war nur Schmerz. *Nur Schmerz.* Serim hatte viel Schlimmeres als das erduldet, um ihn zu retten. Er musste die übrigen Drachen warnen, und das würde er nur tun können, wenn er selbst ein Drache war. Selbst dann gab es keine Garantie, dass er noch rechtzeitig kam. Alles hing davon ab, wie energisch Kodorask seine Pläne vorantrieb, nun, da er aus dem Schatten ins Licht getreten war.

Grimmig drängte Erem den Schmerz zurück, warf sich ihm mit all seiner Entschlossenheit entgegen und kämpfte sich auf die Beine. Behutsam schob er eine Kralle unter die zusammengeschnürten Schwerter, umschloss sie mit seiner Klaue wie einen kostbaren Schatz. Er zögerte, holte bebend Luft, wappnete sich gegen das Feuer, das gleich neue Nahrung erhalten würde. Dann breitete er abermals seine Schwingen aus, während er sich gleichzeitig kraftvoll vom Boden abstieß.

Der Schmerz raubte ihm beinahe das Bewusstsein, ließ ihn wie eine von einem Pfeil getroffene Ente durch die Luft torkeln. Um ein Haar hätte er mit seinem Bauch die Baumwipfel am Rand der Lichtung gestreift. Erst im letzten Moment gelang es ihm, seinen Flug zu stabilisieren und mit ein paar verzweifelten Flügelschlägen an Höhe zu gewinnen.

Die Lichtung und der raucherfüllte Wald blieben hinter ihm zurück, während er dicht über den Baumkronen dahinglitt, die Flammen in seinem geschundenen Leib vom Wind kühlen ließ. Höher wagte er nicht zu steigen, zum einen, weil er seinen Kräften nicht über den Weg traute und nicht riskieren wollte, zum zweiten Mal innerhalb eines Tages wie ein Stein vom Himmel zu fallen, zum anderen, weil er nicht sicher wissen konnte, wo sich Kodorask befand. Das Schlimmste, was passieren konnte, war, dass der Drache ihn durch Zufall entdeckte und beschloss, ihn kurzerhand in seine neue Armee einzugliedern. Er musste vorsichtig sein, durfte nicht den direkten Weg nach Sidoreth einschlagen, den vermutlich Kodorask nahm. Seine einzige Hoffnung bestand darin, dass Kodorask sich auf seinem Flug nicht so wie er selbst bis an die Grenze seiner Kraft und darüber hinaus voranpeitschen würde, da er nicht davon ausgehen würde, dass irgendein Überlebender seines Massakers in der Lage war, den übrigen Drachen und Königreichen rechtzeitig eine Warnung zukommen zu lassen.

Möglicherweise aber - der Gedanke ließ Erem trotz der sengenden Flammen in seinem Leib einen eisigen Schauer über die Haut laufen - war Sidoreth gar nicht sein Ziel. Was, wenn Kodorask, bevor er sich Eysenderia oder einem der anderen Drachen zuwandte, zunächst einen kleinen Zwischenstopp in König Wilberens Schloss einlegte, das immerhin viel näher lag als jeder andere Ort, an dem sich potenzielle Feinde aufhielten?

Die Erinnerung an die fröhlichen, lachenden Gesichter von Kaderina und Cissima schien sich mit dem Gewicht eines Berges auf Erem herabzusenken, schnürte ihm vor Kummer und Furcht die Kehle zu. Würde Kodorask das Schloss König Wilberens ebenso niederbrennen, wie er es mit dem Anwesen seiner Familie getan hatte? Würde er wie ein aus Feuer geborener Rachegeist um die Türme und Zinnen streichen, sein gewaltiges Maul öffnen und Mauern, Gebäude und Bewohner mit seinen sonnenheißen Flammen zu Schlacke schmelzen?

Falls es so wäre, gab es nur wenig Hoffnung für das Königreich. Lediglich Kaderina und Cissima würden vielleicht eine winzige Chance haben, dem Angriff zu entkommen. Erem wusste, dass es zwischen Serims Frau und Alanerisk ein Ritual gab, das ihnen zumindest einen kleinen Vorsprung verschaffen konnte. Jedes Mal, wenn Alanerisk von einem Flug zurückkehrte, sandte er kurz vor seiner Ankunft eine gedankliche Botschaft an Kaderina, in der er ihr mitteilte, dass alles in Ordnung war, und er schloss diese Botschaft mit einem geheimen Wort, das nur Serims Familie bekannt war. Bei aller Sorgfalt, mit der Kodorask offensichtlich bei der Planung seiner Rache vorgegangen war, konnte er davon auf keinen Fall etwas wissen. Sollte er im Schloss landen, ohne dass er zuvor mit Kaderina Kontakt aufgenommen hatte, würde sie erkennen, was geschehen war, und sofort zusammen mit Cissima fliehen. Doch konnte man einem Drachen tatsächlich entkommen?

Waren die anderen entkommen?

Was war mit Brion, Karan und Simai? Was mit ihren Ehepartnern und Kindern? Wie viele von ihnen waren in Kodorasks Flammen gestorben?

Und was würde mit König Wilberen geschehen, wenn sich Kodorask tatsächlich zu einem Angriff entschloss? Würde der Drache ihn ebenfalls töten, oder würde er ihn einem seiner Seelenkristalle zum Fraß vorwerfen, um eine wichtige gegnerische Spielfigur durch seine eigene zu ersetzen?

Erem spürte, wie er zu zittern begann, wie die energischen Bewegungen seiner Schwingen ins Stocken gerieten, als sich der Gedanke an diese Möglichkeit wie mit spitzen Zähnen in seine Seele grub, ihn innerlich vor Qual aufheulen ließ. Verzweifelt presste er die Lider zusammen, versuchte, die schrecklichen Bilder mit Gewalt beiseitezuschieben. Wofür auch immer sich Kodorask am Ende entscheiden mochte, er musste seine eigenen Entscheidungen treffen. Er durfte nicht umkehren, durfte nicht riskieren, wertvolle Zeit zu verlieren, zumal er – sollte Kodorask wirklich auf dem Weg zum Schloss sein – ohnehin zu spät kommen würde, um noch irgendetwas bewirken zu können. Er musste nach Sidoreth und zu Eysenderia. Musste zu ihr, bevor auch sie Kodorasks teuflischem Treiben zum Opfer fiel.

* * *

Zwei Tage dauerte sein Flug ins Nachbarkönigreich Sidoreth, zwei Tage, in denen Erem weder aß noch trank und nur landete, um seinem geschundenen Körper einige wenige Minuten Erholung zu gönnen. Trotz der Anstrengung, die er seinen Muskeln abverlangte, hatten die Schmerzen in seinem Brustkorb und seinem Bein inzwischen spürbar nachgelassen. Vielleicht heilten seine Verletzungen in seiner Drachengestalt doch schneller, als er vor zwei Tagen zu hoffen gewagt hatte. Vielleicht war sein Leib aber einfach nur taub geworden, lag wie seine Seele begraben unter einer Decke aus Kälte und Dunkelheit. Erem hätte es nicht zu sagen gewusst.

Als er in der Ferne das Schloss erblickte, in dem König Karenan über Sidoreth herrschte, wäre er vor Erleichterung und Erschöpfung beinahe vom Himmel gestürzt. Mit dem letzten Rest seiner Willenskraft, der noch in ihm steckte, fing er sich ab, glitt nun noch dichter als zuvor über den Wipfeln der Bäume dahin, bis er endlich nahe genug heran war. Dann begann er in Gedanken verzweifelt Eysenderias Namen zu schreien.

Doch obwohl er den saphirblauen Drachen längst auf der Dachterrasse des Schlosses entdeckt hatte, erhielt er keine Antwort. Er verdoppelte seine Anstrengungen, konzentrierte sich so stark, dass seine Schläfen schmerzhaft zu pochen begannen und sein rasender Herzschlag wie die Fäuste von Riesen von innen gegen seinen Brustkorb dröhnte. Wieso hörte sie ihn nicht? Seine Gedanken waren so intensiv auf sie gerichtet, dass er sie selbst aus tiefem Schlaf hätte reißen müssen. Doch sie wandte nicht einmal den Kopf in seine Richtung.

Der Schock der Erkenntnis grub sich wie eine Klinge aus Eis in ihn hinein, ließ ihn vor Entsetzen aufkeuchen. Jetzt ließ er sich tatsächlich fallen, krachte wie eine vom Himmel geschossene Taube in die Bäume des Waldes, der sich zwischen dem Schloss und der nahe gelegenen Hauptstadt Sagarinth erstreckte.

Die Drachengestalt floss von ihm ab, als er den Zauber löste, und er fiel zitternd auf die Knie. Er war zu spät gekommen! Eysenderia war ebenso wie Alanerisk verloren. Eine andere Erklärung gab es nicht. Nur deshalb hatte sie ihn nicht hören können, denn seine Gedanken waren an

Eysenderia gerichtet gewesen, nicht an die fremde Seele, die nun in ihr wohnte.

Eine Woge aus Finsternis rollte über ihn hinweg, drohte, ihn vollends zu Boden zu schmettern. Seine Brust zog sich zusammen, nahm ihm beinahe die Luft zum Atmen. Er schluchzte auf, presste beide Handballen auf die Augen, als heiße Tränen darin zu brennen begannen. *Oh Alanerisk! Eysenderia!*

Für lange Minuten war er wie erstarrt, schienen seine Gedanken und Gefühle wie Sand aus einer gesprungenen Sanduhr aus ihm herauszuströmen, ohne dass er die Kraft gefunden hätte, sie festzuhalten. Irgendwann - er hätte nicht zu sagen vermocht, ob es nach Minuten, Stunden oder Tagen war - versiegten seine Tränen, und neue Gedanken und Empfindungen begannen, sich zaghaft wie Nebelstreifen in der Leere und Düsternis seiner Seele zu regen. Eysenderia war fort, war ebenso wie Alanerisk von einem grausamen Feind aus dem Leben gerissen worden. Doch was war mit Selos? Was mit seiner Familie? Hatte der fremde Drache sie getötet, so wie Kodorask es mit der seinen getan hatte?

Erem hob den Kopf, holte tief Luft, und beinahe ohne sein bewusstes Zutun ballten sich seine Hände zu Fäusten. Es gab nur eine Möglichkeit, das herauszufinden. Seine Gedanken flogen hinaus, konzentrierten sich ganz auf Selos, versuchten, ihn zu erreichen, wo auch immer er sich befand - *falls* er sich noch irgendwo in der Reichweite seiner Gedankenstimme befand. Falls er nicht längst tot war.

Selos' Antwort kam beinahe sofort.

„Erem? Bist ... bist du das?"

Erem hätte vor Erleichterung am liebsten einen lauten Freudenschrei ausgestoßen. Selos lebte! Er hatte es geschafft, dem heimtückischen Angriff zu entkommen! Doch nur einen Augenblick später spürte er, wie sich sein Magen erneut zu verkrampfen begann. Selos' Gedankenstimme war so schwach gewesen, hatte so zittrig geklungen, als sei sie wie der letzte Hauch eines Sterbenden durch die Dunkelheit eines unendlich tiefen Abgrunds zu ihm geweht. Erem presste die Lippen aufeinander, versuchte, die Furcht zurückzudrängen, die seinen Pulsschlag beschleunigte und ihm kalten Schweiß auf die Stirn trieb.

„Ja, Selos, ich bin es. Wo bist du?"

„In ... in der Stadt."

„Wo genau?"

Schmerz strich wie ein fiebriger Hitzeschauer durch seinen Geist. „Am Pranger."

Erem keuchte auf. Dann fletschte er die Zähne, und ein wildes Knurren stieg seine Kehle empor. „Ich komme."

„Sei vorsichtig", hauchte Selos. „Wachen."

Erem zog sein Schwert. Die stählerne Klinge schimmerte gefährlich im Licht der Sonne. „Es wird nicht genug Wachen geben, um mich aufzuhalten."

Er begann zu rennen. Seine eigene Schwäche spürte er nicht mehr. Weißglühender Zorn erfüllte ihn. Wie konnten sie es wagen, Selos *an den Pranger* zu stellen? Ihn wie einen Schwerverbrecher öffentlich zu erniedrigen?

Nur wenige Minuten später war er aus dem Wäldchen heraus, lief ein Stück querfeldein und betrat Sagarinth. Erst jetzt fiel ihm auf, wie still es hier war. Obwohl der Morgen bereits deutlich vorangeschritten war, sah er kaum Menschen auf den Straßen, und die, die es waren, hasteten mit gesenkten Köpfen und ängstlich eingezogenen Schultern ohne aufzublicken ihres Weges. Die meisten von ihnen bemerkten ihn nicht einmal, obwohl er, nackt und rußverschmiert, wie er war, einen reichlich seltsamen Anblick bieten musste.

„Was ist passiert?", fragte er Selos, während er energisch weiter Richtung Marktplatz eilte. Zwar war er bisher nicht oft in der Hauptstadt des Königreichs Sidoreth gewesen, aber das brauchte er auch nicht. Der Pranger würde sich unweigerlich am zentralen Punkt der Stadt befinden, und um dorthin zu gelangen, musste er einfach nur den breitesten Straßen folgen. Er spürte beinahe körperlich, wie viel Anstrengung es Selos kostete, in seinen Gedanken eine Antwort zu formen.

„Eysenderia ist … besessen. Der König trug die fremde Seele in sich. Wir haben nichts geahnt, als er zu uns aufs Dach kam. Und dann … hat er Eysenderia berührt." Selos' Gedanken stockten, ertranken in Kummer und Schmerz. „Der Drache hat meinen Bruder getötet. Er hat ihn ... mit seiner Klaue zermalmt. Er konnte nicht einmal reagieren. Ich versuchte wegzulaufen, aber der Drache hat die Soldaten auf mich gehetzt. Ich habe gekämpft, aber es waren so viele, und ich … ich konnte mein echtes Schwert nicht benutzen." Bittere Selbstanklage schwang in seinen Worten mit, schien ihn beinahe zu ersticken.

„Du hast richtig gehandelt." Erem bemühte sich, so eindringlich zu sprechen, wie es ihm nur möglich war. „Ich hätte an deiner Stelle nichts anderes getan. Die Soldaten trifft keine Schuld. Sie haben lediglich die Befehle des Drachen befolgt. Was ist geschehen, nachdem sie dich gefangen hatten?"

Ein Zittern lief durch seinen Geist, das noch immer den Schock und das Entsetzen über die schrecklichen Ereignisse in sich trug.

„Sie haben mich in die Stadt geschleppt und an den Pranger gekettet. Ich ... ich soll hier vor den Augen aller verhungern!"

Erem knirschte mit den Zähnen. „Das wirst du nicht, Selos. Ich bin gleich bei dir."

„Ist Alanerisk auch hier?"

Selos' Frage war so voller Hoffnung, dass es Erem die Kehle zuschnürte. Er brauchte drei Anläufe, bis er sich so weit konzentrieren konnte, dass Selos seine Antwort zu hören vermochte.

„Nein."

Selos schwieg, aber sein Erschrecken war deutlich spürbar.

Erem lief noch schneller. Bald begegnete er mehr Menschen. Die, die einen Blick auf ihn warfen, wichen erschrocken vor ihm zurück, doch Erem beachtete sie nicht. Seine Finger schlossen sich fester um den Griff seines Schwertes - seines wahren, scharfen Schwertes, nicht der stumpfen Übungsklinge, die Selos benutzt hatte. Was auch immer geschehen mochte, er würde gewappnet sein. Und keinesfalls - unter keinen Umständen - würde er sich von den Soldaten oder den Schergen des Drachen gefangen nehmen lassen.

Wenige Herzschläge später erreichte er den Marktplatz. Heute jedoch wurde er seinem Namen nicht gerecht. Kein einziger Stand war aufgebaut, kein Karren rumpelte geschäftig über das Pflaster, keine Frauen feilschten mit den Budenbesitzern lautstark um den Preis von Obst und Gemüse. Keine Männer saßen beim Brunnen zusammen, um gemeinsam ein Pfeifchen zu rauchen, keine Kinder tollten durch die Menge, ja nicht einmal die sonst so allgegenwärtigen Tauben ließen sich blicken. Der ganze Platz lag wie ausgestorben vor ihm - ausgestorben bis auf den Pranger, der sich wie ein obszönes Fanal genau in seinem Zentrum erhob, und die Soldaten, die mit unbewegten Gesichtern davor standen.

Erem sog zischend Luft ein, und seine Miene wurde hart. Der Pranger war ein Folterinstrument von bestechender Schlichtheit, entworfen, um den Stolz eines Menschen und seinen Willen zu brechen. Die ganze Konstruktion bestand aus einem hohen Holzblock, auf dem ein breiter Querbalken befestigt war. Dieser Querbalken war in Längsrichtung geteilt, besaß an seinem einen Ende ein Scharnier und an seinem anderen ein Schloss, wodurch er leicht und mühelos aufgeklappt werden konnte, um den Hals und die Hände des unglückseligen Opfers in die kleinen Aussparungen hineinzuzwingen, die sich in seinem Holz befanden. Schnappten die hölzernen Kiefer wieder zu, war man gefangen, war seinen Feinden so hilflos ausgeliefert wie ein Tier, das mit seinen Läufen in eine Bärenfalle geraten war.

Doch die Gestalt, die dort in der Mitte des Platzes verkrümmt, zerschunden und am ganzen Körper zitternd an den Querbalken des Prangers gefesselt war, war kein Tier. Da die widerwärtige Konstruktion für die Maße eines erwachsenen Mannes ausgelegt war, hatte man eine Kiste unter Selos' Füße geschoben, dennoch war qualvoll offensichtlich, dass ihm die unnatürlich gebeugte Haltung Schmerzen bereitete. Zumindest schien man ihn - so wie es eigentlich üblich war - bisher noch nicht mit faulem Obst und Gemüse beworfen zu haben.

Die sechs Soldaten, die das erbärmliche Schauspiel bewachten, hatten ihn mittlerweile entdeckt und sahen ihm mit gerunzelter Stirn entgegen, als Erem mit energischen Schritten auf sie zuhielt. Auch sie zogen ihre Schwerter, schienen jedoch unschlüssig, wie sie die Situation einschätzen sollten.

Der älteste der Männer - der einzige, in dessen Haar sich bereits silberne Fäden zeigten - trat einen Schritt vor. Eine Kordel auf der rechten Schulter wies ihn als Hauptmann aus.

„Es ist keine kluge Idee, Soldaten des Königs mit gezogenem Schwert entgegenzutreten, Junge. Steck es fort und geh, dann werden wir vergessen, dass du hier warst."

Erem schüttelte den Kopf und deutete mit der Schwertspitze auf Selos. „Wenn ich gehe, werde ich meinen Freund mitnehmen. Und ich rate euch, mir dabei nicht in die Quere zu kommen."

Der Mann hob eine Braue. „Das sind große Worte für jemanden, der nicht einmal eine Hose anhat. Wer bist du?"

Erem sah dem Soldaten ruhig in die Augen. „Ich bin Erem, Jungreiter des Drachen Alanerisk. Tretet zur Seite oder lasst es. Beides wird mich nicht daran hindern, Selos zu befreien. Ich bin durch ein Feuer gegangen, dessen Flammen röter waren als das Blut, das ich vergießen werde, wenn ihr euch mir in den Weg stellt."

Das Stirnrunzeln des Hauptmanns vertiefte sich. Er musterte Erem von Kopf bis Fuß, und ein besorgter Ausdruck legte sich auf seine Züge. „Du siehst aus, als seist du nicht nur durch ein Feuer, sondern durch die Hölle selbst gegangen. Dennoch können wir dich nicht passieren lassen. Eysenderia selbst hat verfügt, ihren Reiter auf diese Weise zu bestrafen. Dieser Junge hier hat seinen Bruder im Streit die Treppe hinuntergestoßen und so leichtfertig seinen Tod verschuldet. Eine solche Tat ist ohne Beispiel in den elf Königreichen."

Erem sah kurz zu Selos, der nur schwach den Kopf hob. Er schien es aufgegeben zu haben, seine Unschuld zu beteuern.

Kalte Wut packte Erem, ließ seine Zähne knirschend aufeinandermahlen. Nur mit Mühe konnte er sich davon abhalten, dem Mann seine Faust ins Gesicht zu schmettern. „Narren!", zischte er. „Dumme, einfältige Narren! Glaubt ihr wirklich, Eysenderia würde jemals einen derartigen Befehl geben? Eysenderia *liebt* die Menschen! Sie würde sie niemals *foltern* lassen!"

Der Soldat wich seinem Blick aus, schaffte es nicht mehr, ihm in die Augen zu sehen. „Ich verstehe deine Gefühle. Wir hoffen alle, dass die Strafe bald vorüber ist. Der Junge hat bereits genug gelitten."

„Die Strafe ist vorüber, wenn Selos *tot* ist!", brüllte Erem. „Der Drache will ihn hier am Pranger verhungern lassen! Wollt Ihr mir weismachen, Ihr hättet das nicht gewusst?"

Der Hauptmann erbleichte. „Davon war nie die Rede."

„Es ist wahr!", krächzte Selos. „Der Drache selbst hat es mir gesagt."

„Aber Eysenderia ..."

„Der Drache ist nicht mehr Eysenderia", unterbrach ihn Erem schroff. „Eine andere Drachenseele hat von ihrem Körper Besitz ergriffen."

„Eine ... andere Drachenseele?" Der Hauptmann starrte ihn verwirrt an.

Abermals knirschte Erem mit den Zähnen, doch er konnte dem Mann seine Begriffsstutzigkeit schlecht zum Vorwurf machen, immerhin hatten die Drachen selbst über eine lange Zeit sehr wirkungsvoll dafür gesorgt, dass nur die Könige der verschiedenen Reiche und die Familien ihrer Reiter von ihrem größten und schrecklichsten Geheimnis Kenntnis erhielten. Es war nicht verwunderlich, dass die Soldaten nicht einmal im Ansatz verstanden, was gerade vor sich ging. Also holte er tief Luft, versuchte, seinen Zorn und seine Ungeduld so gut wie möglich beiseitezuschieben, und sagte: „Drachenseelen sind unsterblich. Keiner der Drachen ist vor neunhundert Jahren in dem großen Krieg tatsächlich gestorben - nicht *wirklich*. Die Seelen von Kodorask und seinem Clan haben die Jahrhunderte überdauert, und nun sind sie zurückgekehrt. Und eine von ihnen steckt nun in Eysenderia."

Der Hauptmann begann zu zittern; Entsetzen verzerrte seine Züge. „Das ... das ist unmöglich!"

„Und doch ist es so. Glaubt es oder glaubt es nicht, aber *geht mir endlich aus dem Weg!* Wir stehen am Beginn eines neuen Drachenkrieges, und ich habe keine Zeit für Eure Befindlichkeiten!"

Der Mann zuckte zusammen, dann blinzelte er, als wäre er gerade aus einem fiebrigen Albtraum erwacht. Noch einmal musterte er Erem, dann keuchte er unter dem Schock einer plötzlichen Erkenntnis auf. „Was ist mit Alanerisk? Hat er etwas mit den Flammen zu tun, von denen du eben gesprochen hast?"

Erem schluckte hart. Niemals hatten Worte so bitter geschmeckt wie die, die er nun über seine Lippen zwingen musste. „Es war Kodorask. Kodorask hat Alanerisks Leib gestohlen."

Selos schrie erstickt auf, und auch die Soldaten schauten einander furchtsam an.

Auch der Hauptmann war bleich wie ein Laken geworden. „Ist das wirklich wahr?", fragte er mit bebender Stimme. „Wird es tatsächlich einen neuen Drachenkrieg geben?"

Erem fühlte sich plötzlich unsagbar müde. „Ich weiß es nicht. Ich kam hierher, weil ich Eysenderia warnen wollte. Doch ich bin zu spät gekommen."

Betretene Stille antwortete ihm, eine Stille, die sich schwer wie ein Leichentuch auf Erem herabsenkte, ihn unter sich zu begraben drohte. Er straffte seine Schultern, sah die Soldaten eindringlich an. „Aber noch ist nicht alles verloren. Selos und ich werden versuchen, die übrigen Drachen zu warnen. Euch jedoch kann ich nur raten, schleunigst von hier zu verschwinden. Nehmt eure Familien, nicht nur Frau und Kinder, sondern alle Verwandten, und verlasst die Stadt. Versteckt euch irgendwo, bis der Zorn des Drachen darüber, dass ihr mich nicht aufgehalten habt, erloschen ist."

Eine der anderen Wachen trat einen raschen Schritt vor. Die Unterlippe des Mannes bebte, und sein Blick flackerte unstet, dennoch hob er drohend sein Schwert. „Wenn Eysenderia wirklich besessen ist, werde ich bestimmt nichts tun, was sie gegen mich oder meine Familie aufbringt. Ich werde dich nicht passieren lassen."

Der Hauptmann wollte den Soldaten anfahren, doch Erem kam ihm zuvor. Mit kaltem Blick hob er ebenfalls sein Schwert.

„Du kannst frei wählen, Soldat. Entweder du lässt Selos und mich ziehen und fliehst zusammen mit deiner Familie, oder du versuchst, mich aufzuhalten. Dann aber wirst du auf der Stelle durch meine Klinge sterben."

Natürlich hatte er nicht vor, den Mann tatsächlich zu töten, aber er hoffte, dass allein die Bedrohlichkeit seiner Worte ausreichen würde, um ihn zum Einlenken zu bewegen. Er trat einen Schritt auf den Soldaten zu, machte sich bereit zum Angriff.

Hastig schob sich der Hauptmann zwischen sie. „Bitte, Jungreiter Erem, das wird nicht nötig sein. Wir werden uns zurückziehen."

Der andere versteifte sich. „Aber ..."

„Halt den Mund!", fuhr der Hauptmann ihn an. „Willst du wirklich aus Feigheit zulassen, dass ein Unschuldiger noch länger gequält wird? Selos hat mehrfach versucht, uns zu erklären, was tatsächlich geschehen ist, aber wir haben ihm nicht zugehört. Willst du unsere Schande noch größer machen, als sie es ohnehin bereits ist?" Er verzog die Lippen zu einem bitteren Lächeln. „Außerdem wären wir alle schon längst tot, wenn Erem das gewollt hätte, ohne dass wir auch nur das Geringste dagegen hätten tun können. Mach die Augen auf, du Narr! Vor uns steht ein *Drachenreiter!*"

Erem gab der Einschätzung des Hauptmanns im Stillen recht. Selbst in seinem jetzigen desolaten Zustand würde er nicht einmal eine Minute brauchen, um alle sechs Soldaten kampfunfähig zu machen. Und er würde nicht zögern, es zu tun, sollte es sich als notwendig erweisen.

Die Soldaten schienen seine Gedanken von seinem Gesicht abzulesen, denn drei von ihnen wichen unwillkürlich einen Schritt zurück, der vierte ließ bei seinem hektischen Versuch, sein Schwert eilig zurück in seine Scheide zu schieben, selbiges beinahe auf das Pflaster fallen, und auch der fünfte gab nach einem Moment des Zögerns seine trotzige Haltung auf und senkte den Blick. Der Hauptmann nickte Erem zu.

„Wir ziehen uns zurück."

Erem schenkte ihm ein knappes Lächeln. „Eine weise Entscheidung."

Den Hauptmann an seiner Seite, trat er an den Pranger heran.

„Habt Ihr einen Schlüssel?"

„Leider nein."

„Auch gut."

Erem schwang sein Schwert. In einem schimmernden Bogen sauste es auf das Schloss herunter, durchschnitt das Metall wie warme Butter. Keinen Herzschlag später fiel das Schloss in zwei Hälften zu Boden. Der Hauptmann fasste Selos behutsam an den Schultern, half ihm vorsichtig dabei, von der Kiste herabzusteigen, auf der er viel zu lange steif und bewegungslos hatte ausharren müssen. Selos sackte schwer gegen ihn, und der Soldat legte seinen Arm um ihn und hielt ihn aufrecht, während er Erem einen beschämten Blick zuwarf.

Mit Entsetzen sah Erem, wie schwach und zittrig sein Freund in den Tagen seiner Gefangenschaft geworden war. Dennoch durften sie keine Zeit verlieren. Sie mussten fort sein, bevor der Drache merkte, was geschehen war.

Er tauschte einen stummen Blick mit Selos. „Wir müssen gehen. Sofort."

Selos lächelte tapfer. „Ich weiß."

Der Hauptmann entließ seine Untergebenen mit der Empfehlung, genau das zu tun, was Erem ihnen geraten hatte, und Erem verfolgte mit grimmiger Befriedigung, wie die Männer jegliche militärische Disziplin über Bord warfen, die Beine in die Hand nahmen und in verschiedene Richtungen über den großen Platz davonsprinteten. Der Hauptmann selbst begleitete sie bis zum nächstgelegenen Stadttor. Während des gesamten Weges trug er Selos wortlos auf seinen Armen; erst als sie vor den weit geöffneten Torflügeln angekommen waren, setzte er ihn vorsichtig ab.

Selos schwankte leicht, schaffte es aber, sich aus eigener Kraft auf den Beinen zu halten.

Die Stirn des Hauptmanns legte sich in sorgenvolle Falten. „Werdet ihr zurechtkommen?"

Erem lächelte matt. „Natürlich. Wir sind Drachenreiter."

Die Augen des Soldaten füllten sich mit Kummer. „Ich könnte euch Pferde und Proviant besorgen, wenn ihr wollt. Es würde nicht lange dauern."

Der Gedanke war verlockend, doch Erem schüttelte den Kopf. „Ihr habt bereits genug getan. Geht jetzt lieber, warnt Eure Familie und bringt sie und Euch in Sicherheit."

Der Hauptmann nickte, dann reichte er Erem die Hand. „Ich wünsche euch viel Glück.“

Erem erwiderte nichts. Für ihn gab es kein Glück mehr. Es war in den lohenden Flammen des Drachenfeuers verbrannt und auf dem harten Waldboden zerschmettert worden, war unter dem grausamen Blick aus Kodorasks schwarzen Augen zu Staub zerfallen. Wortlos wandte er sich ab, verließ zusammen mit Selos die Stadt, in die trotz all seiner verzweifelten Bemühungen der Tod Einzug gehalten hatte.

11. Kapitel

Schweigend und stets mit einem furchtsamen Blick nach oben hetzten Erem und Selos voran. Selos war noch immer reichlich wacklig auf den Beinen, und so stützte ihn Erem, so gut es eben ging. Zum Glück ließen sie die nach allen Seiten weithin offenen Felder schon bald hinter sich und tauchten in den Schutz des nahen Waldes ein.

An einem kleinen Bach machten sie Halt, stillten ihren Durst und aßen von den Beeren, die in der Nähe seines Ufers wuchsen. Vor allem Selos musste rasch wieder zu Kräften kommen, doch auch Erem selbst fühlte sich noch immer so müde und erschöpft, dass er sich am liebsten ins warme Gras gelegt und eine Woche durchgeschlafen hätte. Doch das war unmöglich, solange die Drachen nicht wussten, in welcher Gefahr sie alle schwebten. Was danach mit ihm geschah, ob er lebte oder starb, war ihm gleichgültig; doch diese eine Pflicht würde er erfüllen, ganz egal, was es ihn kostete.

Er schrak aus seinen düsteren Gedanken hoch, als Selos leise fragte: „Ist Serim tot?"

Erem sah auf und begegnete Selos' Blick. Die sonst so fröhlichen blauen Augen seines Freundes glänzten unter nahen Tränen, und sein Gesicht wirkte ausgezehrter und älter, als es das mit seinen vierzehn Jahren tun sollte. Erem nickte stumm; es auszusprechen, wäre zu schmerzhaft gewesen.

Selos zögerte, schien Mut zu sammeln für seine nächste Frage. „Und die anderen? Was ist mit dem Rest deiner Familie?"

„Ich ... ich weiß es nicht."

Selos senkte den Kopf; als er seinen Blick wieder hob, lag ein flehender Ausdruck darin. „Du hast dich in einen Drachen verwandelt, nicht wahr? So bist du doch hergekommen?"

„Ja."

„Dann, Erem, bring mich bitte zu meiner Familie! Ich muss wissen, ob es ihnen gut geht."

Erem wollte widersprechen, wollte Selos erklären, dass sie keine Zeit zu verlieren hatten, aber er bekam die Worte nicht über seine Lippen. Stattdessen fragte er lediglich: „In welche Richtung müssen wir fliegen?"

Die verzweifelte Hoffnung in Selos' Augen war beinahe mehr, als er ertragen konnte. „Nach Norden. Wenn du genau hinschaust, kannst du am Horizont die Ausläufer einiger Berge erkennen. Dort lebt meine Familie."

Erem seufzte still. „In Ordnung. Wir sehen nach. Aber nur kurz."

Selos wirkte, als wäre er ihm am liebsten um den Hals gefallen. „Danke, Erem! Vielen, vielen Dank!" Er wischte sich mit einem zittrigen Lächeln die Tränen aus den Augen. „Danach können wir nach Leronda weiterfliegen und Vanadeen warnen. Vom Haus meiner Familie bis zum Schloss ist es gar nicht so weit."

Erem nickte. Er war längst zu dem gleichen Schluss gekommen.

In unausgesprochenem Einverständnis erhoben sie sich und eilten weiter. Erem hatte vor, zunächst noch ein wenig mehr Abstand zwischen sich und Eysenderia zu bringen, bevor er riskieren wollte, sich selbst in einen Drachen zu verwandeln, und Selos protestierte nicht dagegen. Auch er wusste, dass ihnen Geschwindigkeit allein nichts nützen würde, wenn sie dadurch zu früh ins Visier ihrer Gegner gerieten.

Während sie nebeneinander durch den Wald hetzten, spürte Erem, wie sich sein Magen schmerzhaft zusammenzog. Der Moment war gekommen, da er die Frage, deren Antwort er so sehr fürchtete, nicht mehr länger aufschieben konnte. Er holte tief Luft, blickte Selos von der Seite an. „Hat der Drache von euch wissen wollen, wo eure Familie lebt und die Seelenkristalle versteckt sind?"

Selos schüttelte den Kopf. „Nein. Meinen ... meinen Bruder hat er sofort getötet, und auch als ich gefangen genommen worden war, hat er mir keine Fragen gestellt. Er ist nur einmal über die Stadt hinweggeflogen, wohl, um sich davon zu überzeugen, dass ich tatsächlich in Ketten liege."

Erem presste die Lippen aufeinander, während sich eisige Kälte in ihm ausbreitete. Selos' Stimme hingegen klang so verzweifelt hoffnungsvoll, dass er den Blick abwenden musste und mit grimmiger Konzentration auf den Boden vor sich starrte.

„Das ist ein gutes Zeichen, nicht wahr? Der Drache kann nicht wissen, wo meine Familie lebt. Bestimmt sind sie in Sicherheit!"

Erem hätte sich lieber selbst die Zunge abgebissen, als seinen furchtbaren Verdacht auszusprechen, doch er musste es tun. Wenn es Selos unvorbereitet träfe, wäre es noch viel schlimmer.

„Selos, Kodorask wusste sehr genau über Alanerisk und seine Gewohnheiten Bescheid. Er wusste, dass wir zunächst eine Runde über die Berge gedreht haben, bevor wir in die Richtung abgeschwenkt sind, in der unser eigentliches Ziel lag. Deshalb konnte er uns dort eine Falle stellen. Das alles aber kann er nur erfahren haben, wenn er uns zuvor lange beobachtet hat."

Er hörte, wie Selos aufkeuchte. „Aber Eysenderia war immer sehr vorsichtig! Niemand konnte uns folgen!"

Sein Magen krampfte sich noch stärker zusammen. „Ich behaupte doch gar nicht, dass Eysenderia leichtsinnig war. Aber bei einem Feind, der genug Zeit zur Planung hat, nützt die größte Vorsicht nichts."

„Ich verstehe nicht ... "

„Selos, wie lange hast du am Pranger gestanden?"

„Einen Tag und zwei Nächte." Selos' Stimme klang rau, als seien die Worte Scherben, die in seine Kehle schnitten. „Davor habe ich mehrere

Stunden gegen die Wachen gekämpft, bis sie mich schließlich überwältigt haben."

Der Verdacht wurde zur schrecklichen Gewissheit. Erem schluckte hart. „Also wurde Eysenderia vor zwei Tagen angegriffen - ebenso wie Alanerisk. Beide Angriffe müssen nahezu zeitgleich erfolgt sein."

Selos blieb mit einem Ruck stehen, starrte ihn voller Grauen an. „Du glaubst, beide Drachenseelen wussten voneinander und haben ihr Handeln koordiniert?"

Erem nickte. „Ja. Ich bin überzeugt davon, dass sie dies alles seit langem geplant haben. Und wer weiß" - er stockte, musste sich zwingen, die Worte auszusprechen, auch wenn die Qual ihn innerlich zu zerreißen drohte - „wer weiß, wie viele der übrigen Drachen noch unter ihrer Kontrolle stehen."

Selos begann zu zittern. „Aber die Wahrscheinlichkeit, dass sich zufällig zwei Menschen treffen, die beide von einer Drachenseele besessen sind, ist ..."

„... verschwindend gering. Das ist mir bewusst. Dennoch ist es geschehen, und deshalb gehe ich davon aus, dass Kodorask schon vor Jahren, womöglich sogar schon vor Jahrzehnten oder Jahrhunderten, zurückgekehrt ist. Die Sterblichkeit seiner menschlichen Wirte ist kein Problem für ihn, er kann schließlich einfach von einem Körper auf den nächsten wechseln, wenn der vorherige zu alt oder verletzt wird. Aber statt sofort blindlings loszuschlagen, hat er sich im Verborgenen gehalten und nach Menschen gesucht, die ebenfalls eine Drachenseele in sich trugen. Vielleicht hat er auch selbst einen Seelenkristall gefunden und sich auf diese Weise einen Verbündeten geschaffen." Seine Hände ballten sich zu Fäusten. „Kodorask und seine Helfer können jahrelang in unserer unmittelbaren Nähe gelebt haben. Und wir haben nichts davon geahnt!" Ein kalter Hauch strich über ihn hinweg, und er erschauerte. „Kodorask hätte nicht einmal *wissen* dürfen, dass die Familien der Drachenreiter den Auftrag hatten, die Seelenkristalle seines Clans zu hüten. Immerhin ist das alles geschehen, *nachdem* er von Alanerisk getötet worden war. Und doch wusste er es."

„Aber Kodorask wusste nicht *genau*, wo deine Familie lebte!" Es war schmerzhaft offensichtlich, wie verzweifelt Selos um einen Lichtschimmer in der Dunkelheit kämpfte, die sie von allen Seiten zu ersticken drohte.

Erem zwang sich zu einem Nicken. „Das ist wahr."

„Dann könnte die Seele in Eysenderia ebenfalls ahnungslos gewesen sein. Vielleicht hat sie geglaubt, mein Widerstand sei gebrochen, wenn ich erst ein paar Tage am Pranger gestanden habe. Vielleicht hatte sie gar nicht vor, mich sterben zu lassen, sondern wollte mir bloß Angst machen, damit ich rede."

Erem dachte an Kodorasks schaurige Drohungen und an die Kralle, die er ihm so beiläufig in sein Bein gerammt hatte, und der Hals wurde ihm eng. Er war überzeugt, dass der Drachenseele in Eysenderia andere – und weitaus brutalere – Mittel zur Verfügung gestanden hätten, Selos zum Reden zu bringen, wenn sie das gewollt hätte. So wie es schien, hatte die Entscheidung, Selos am Pranger öffentlich zu demütigen, allein ihrer persönlichen und abartigen Belustigung gedient.

Er legte Selos eine Hand auf die Schulter und lächelte ihm aufmunternd zu. „Wir werden herausfinden, ob es deiner Familie gut geht. Das verspreche ich dir."

Doch er wusste, dies würde das einzige Versprechen sein, das er würde halten können. Alles andere lag nicht in seiner Macht.

* * *

Nachdem sich Erem verwandelt hatte und Selos beinahe ehrfürchtig auf seinen Rücken geklettert war, kamen sie bedeutend schneller voran als noch wenige Augenblicke zuvor. Doch es dauerte nur eine knappe Stunde, bis das zarte Flämmchen der Hoffnung, das Selos so verzweifelt am Leben hielt, endgültig von der Finsternis verschlungen wurde.

Erem konnte spüren, wie es begann. Als er weit vor ihnen die ersten schwarzen Narben entdeckte, die nur die lodernden Flammen eines Feuers ins grüne Gewebe des Waldes hatten reißen können, fühlte er, wie sich sein Freund auf seinem Rücken mehr und mehr verkrampfte, bis seine Zähne schließlich wie im Fieber aufeinanderschlugen.

Der Brand konnte noch nicht lange her sein, denn Erem sah noch immer vereinzelte Glutnester, die wie bösartige rote Augen höhnisch zu ihnen emporzustarren schienen, und je weiter sie vordrangen, desto schwerer und stickiger wurde die Luft. Wolken aus feinen Aschepartikeln zogen an ihnen vorbei, schienen die Kehle bei jedem Atemzug mit winzigen Glassplittern zu füllen, und der Geruch nach Rauch und verbranntem Holz wurde von Sekunde zu Sekunde stärker.

Erem wollte etwas tun, Selos helfen, ihn trösten, doch die bittere Wahrheit, die sich mit jedem Flügelschlag deutlicher vor ihnen enthüllte, hätte jedes Wort des Trostes schal und abgestanden klingen lassen. Und so schwieg er, bis Selos plötzlich laut aufschluchzte. Sein Freund musste nichts sagen, nichts erklären. Mit vor Trauer blutendem Herzen setzte Erem zur Landung an, obwohl es unter ihnen nichts gab – nichts außer geschwärzten, bis zur Unkenntlichkeit zusammengeschmolzenen Ruinen, die einmal ein Haus gewesen waren.

Der Boden rund um das einstige Anwesen war zu glasiger Schlacke erstarrt, in sonnenheißem Drachenfeuer zu einer schaurigen, schwarzen Kruste gebacken worden, die niemals wieder Leben hervorbringen würde.

Nicht weit entfernt sah Erem einige große, mit verbranntem, klumpigem Humus bedeckte Felsbrocken, die einmal einen künstlichen Hügel gebildet haben mussten. Selbst jetzt noch konnte man die Höhlung und den kleinen Tunnel erkennen, der hineingeführt hatte. Doch nun war der Hügel zerstört, war von starken Drachenklauen aufgerissen worden wie der Bauch eines erlegten Beutetiers. Erem brauchte nicht nachzuschauen, um zu wissen, dass auch dieser Jäger erfolgreich gewesen war. Auch Selos' Familie hatte es nicht geschafft, die verborgenen Seelenkristalle vor ihren Feinden zu schützen.

Selos sprang von seinem Rücken herunter, kaum dass Erem den Boden berührte. Er rannte ein paar Schritte, blieb stehen, sah nach links, dann nach rechts, schien nach seinen Eltern rufen zu wollen, doch obwohl sein Mund sich bewegte, kam kein Laut über seine Lippen.

Tödliche Stille lag über der Lichtung. Nirgendwo raunte der Wind in Gräsern und Blättern, nirgendwo zirpten und summten Insekten, nirgendwo zwitscherten Vögel in den Ästen der Bäume. Und nicht einmal das leiseste Wispern menschlicher Stimmen drang durch die rußgeschwängerte Luft an ihre Ohren.

Schweigend verwandelte sich Erem zurück in seine menschliche Gestalt. Er wollte zu Selos gehen, doch der stolperte von ihm fort, schien ihn gar nicht mehr wahrzunehmen. Mit weit aufgerissenen Augen irrte sein Blick umher, glitt flackernd über die geschmolzenen Mauern des Hauses, in dem er einmal gelebt hatte. Tränen rannen über seine bleichen Wangen, und seine abgehackten, keuchenden Atemzüge zogen Erem vor Kummer den Magen zusammen.

Kurz erwog er, seinem Freund zu folgen, doch dann zögerte er, als etwas am Rande seines Blickfelds seine Aufmerksamkeit auf sich zog. Er runzelte die Stirn, dann ging er langsam, seine Hand fest um die Griffe seiner beiden Schwerter verkrampft, auf den zerstörten Hügel zu. Der glasierte Boden unter seinen nackten Füßen fühlte sich noch immer heiß an, und flüchtig kam Erem der Gedanke, dass die Haut eines gewöhnlichen Menschen vermutlich innerhalb weniger Sekunden von schmerzhaften Brandblasen übersät gewesen wäre. Er aber beachtete die Hitze kaum.

Wachsam bewegte er sich auf einen der großen Felsbrocken zu, umrundete ihn halb - und blieb abrupt stehen, als habe ihm jemand einen Schlag in den Magen versetzt. Hastig wollte er sich zurückziehen, damit Selos nicht bemerkte, was er entdeckt hatte, doch der schaute gerade in diesem Moment zu ihm herüber. Ihre Blicke trafen sich, und schon kam sein Freund mit jäher, verzweifelter Hoffnung auf seinen abgehärmten Zügen auf ihn zugestürzt.

Erem griff nach seinem Arm, versuchte, ihn festzuhalten. „Selos, bleib da weg!"

Doch Selos schlug seine Hand grob beiseite, drängte sich an ihm vorbei - und keuchte erstickt auf.

Erem war sofort neben ihm, packte ihn bei den Schultern und drehte ihn weg, doch es war zu spät. Der Anblick, der sich Selos' schreckensstarren Augen bot, würde ihn vermutlich bis an sein Lebensende in seinen Albträumen verfolgen - und ihn selbst ebenfalls.

Drachenfeuer konnte einen menschlichen Körper vollständig zu Asche verbrennen, konnte Haut und Fleisch und Knochen binnen eines Wimpernschlags verdampfen lassen wie eine Schnecke, die man auf eine glühende Herdplatte warf, so wie Kodorask es bei seinen Eltern getan hatte. Doch offensichtlich konnte es auch anders dosiert werden. Der Mensch, der wenige Meter vor ihnen von den Flammen des Drachen getroffen worden war, war nicht als Aschewolke vom Wind davongeweht worden. Der Drache hatte ihm mit chirurgischer Präzision seine Haut und seine Muskeln von den Knochen geschält, das Skelett selbst jedoch intakt gelassen. Es war in dem vergeblichen Versuch, die Seelenkristalle vielleicht doch noch vor dem Zugriff des Feindes in Sicherheit zu bringen, mit dem Felsen verschmolzen; seine Arme waren in einer hilflosen Geste nach vorne gestreckt, als habe der Unglückliche noch mit den letzten Atemzügen seines Lebens verzweifelt darum gekämpft, das Verhängnis abzuwenden, das mit so jäher Grausamkeit über ihn gekommen war. Erem spürte, wie ihm Tränen in die Augen stiegen, als sein Blick auf den goldenen Ring fiel, der wie ein letzter, höhnischer Gruß des Drachen an einem der gekrümmten Skelettfinger steckte. Es war ein Ehering.

Ein Schauer lief mit einem Mal wie eine Bebenwelle über Selos' Gestalt, und ein unartikulierter Laut entrang sich seiner Kehle. Erem fing ihn auf, als seine Muskeln schlaff wurden, das Gewicht seines Körpers nicht länger tragen wollten, und führte ihn behutsam von den Felsbrocken fort. Es gab hier nichts mehr, was sie noch tun konnten. Schließlich ließ er Selos vorsichtig zu Boden gleiten und trat dann einige Meter von seinem Freund weg, ehe er sich erneut verwandelte.

Stumm und mit steifen, mechanischen Bewegungen zog sich Selos an seiner Flanke empor, nahm schweigend seinen Platz auf seinem Rücken wieder ein. Erem wünschte sich verzweifelt, Selos helfen, ihm irgendwie Trost spenden zu können, doch er spürte, dass weder mitfühlende Worte noch trostreiche Gesten seinen Freund im Moment zu erreichen vermochten. Selos war geflohen, hatte sich wie ein verwundetes Tier tief in die Dunkelheit zurückgezogen, die über seine Seele gekommen war. Es war die einzige Form von Flucht, die ihm jetzt noch blieb.

Erem presste die Zähne aufeinander, versuchte, seine eigene Trauer, seinen eigenen Schmerz beiseitezuschieben, sie ebenso wie Selos in die Finsternis stürzen zu lassen, die auch sein eigenes Herz erfüllte. Er sah nicht zurück, als er sich mit kräftigen Flügelschlägen in die Luft emporschwang. Es gab nur einen einzigen Gedanken, der ihn antrieb, einen einzigen Gedanken, der seine Muskeln zwang, sich weiterhin zu bewegen, noch immer Blut durch seinen erschöpften, geschundenen Körper zu pumpen: Sie mussten Vanadeen warnen. Mussten ihn warnen, bevor die Dunkelheit auch ihn verschlang.

12. Kapitel

Dreieinhalb Tage benötigte Erem bis zum Schloss im Herzen Leondras, dreieinhalb Tage, in denen sie nur einige wenige, kurze Pausen einlegten, um sich in aller Eile ein paar Nüsse und Beeren in den Mund zu stopfen und ihren Durst an den kleinen Bächen zu stillen, die Erem aus der Luft erspähte. Selos hatte die meiste Zeit apathisch vor sich hin gestarrt und lediglich mechanisch die Bewegungen ausgeführt, die Erem von ihm verlangte, doch Erem hatte weder die Geduld noch die Kraft gehabt, daran etwas zu ändern.

Verbissen peitschte er sich voran, Stunde um Stunde, Tag und Nacht, bis sie so weit in das Königreich vorgedrungen waren, wie er wagte. Diesmal würde er nicht den Fehler begehen, bis auf Sichtweite an das Schloss heranzufliegen. So viel Verstand besaß er gerade noch, auch wenn sonst kaum mehr ein Gedanke in seinem Kopf zusammenfand.

Zitternd vor Erschöpfung ging er schließlich auf einer kleinen Lichtung nieder und verwandelte sich in seine menschliche Gestalt zurück. Er packte Selos am Handgelenk und zog ihn schweigend mit sich, doch müde, wie er war, wäre es ihm vermutlich nicht einmal aufgefallen, wenn er nicht mehr seinen Freund, sondern nur noch dessen Arm hinter sich her gezerrt hätte. Längst tanzten schwarze Flecken vor seinen Augen, drohende Vorboten einer nahen Ohnmacht, und sein Atem ging schwer und keuchend wie der eines Tieres, das sich auf der Flucht vor den Jägern mit letzter Kraft zurück in den Schutz seiner Höhle zu schleppen versucht. Fünfeinhalb Tage ohne Schlaf, mit wenig Rast und noch weniger Essen und Trinken begannen, massiv ihren Tribut zu fordern. Bereits gestern wäre er einige Male beinahe vom Himmel gestürzt, als ihm vor Müdigkeit für ein paar Sekunden die Augen zugefallen waren, und erst im letzten Augenblick war es ihm gelungen, eine unfreiwillige Bruchlandung in den Baumwipfeln zu verhindern.

Und doch war er weitergeflogen, hatte weiterfliegen *müssen.* Dieselbe Notwendigkeit hielt ihn auch jetzt aufrecht, ließ ihn wie in Trance einen Schritt vor den anderen setzen. Vanadeen. Er musste Vanadeen warnen!

Die Taubheit in seinem Kopf nahm zu, ließ ihn ein ums andere Mal taumeln. Irgendwann stolperte er, schlug lang hin und riss Selos dabei mit sich. Sekundenlang lag er einfach nur da, während sich die Erschöpfung mit dem Gewicht eines ganzen Gebirgsmassivs auf ihn herabsenkte, ihm mit unerbittlicher Gewalt die Lider nach unten zwang. Dann rollte er sich auf die Seite, kämpfte sich mit zusammengebissenen Zähnen wieder auf die Beine. Selos hingegen rührte sich nicht, blieb wie niedergestreckt im Gras liegen. Erem wollte sich zu ihm herunterbeugen, doch als er die Bewegung auch nur andeutete, schwindelte ihn so stark, dass er erneut umzukippen drohte. Also ließ er Selos liegen und wankte allein weiter.

Seine Gedanken mussten kurz ausgesetzt haben, denn als er sich seiner Umgebung das nächste Mal bewusst wurde, konnte er vor sich bereits die Mauern des Schlosses aufragen sehen. Rasch ging er hinter dem Stamm eines Baumes in Deckung, versuchte hektisch, die Schleier vor seinen Augen fortzublinzeln, und spähte über die grasbewachsene Ebene, die den Wald von der Residenz des Königs trennte, zur Dachterrasse des Hauptgebäudes hinüber. Doch die schwarzen Flecken waren zu dicht, und er konnte Vanadeen nirgendwo auf dem Dach entdecken.

„Vanadeen!", schrie er in Gedanken. Sein Herz raste, und würgende Angst schnürte ihm die Kehle zusammen. Was, wenn er auch von Vanadeen keine Antwort erhielt? Wenn er ebenso wie Eysenderia schon längst von Kodorasks Schergen überwältigt worden war?

„Erem? Was tust du hier?"

Vanadeens Gedankenstimme klang so aufrichtig verdutzt, dass Erem vor Erleichterung laut aufschluchzte. Er spürte, wie sich die Überraschung des Drachen sogleich in Besorgnis verwandelte. „Erem, was ist los? Wo ist Alanerisk?"

Erem schloss die Augen und holte zitternd Luft. Erst als er die Feuchtigkeit auf seinen Wangen spürte, merkte er, dass er weinte.

„Kodorask ist wieder da! Er hat Alanerisks Körper gestohlen, und auch Eysenderia ist von einer fremden Drachenseele übernommen worden. Die beiden haben bereits sechs Seelenkristalle an sich gebracht!"

Entsetzen und eisiger Schock schlugen so jäh über Erem zusammen, dass er keuchend in die Knie sackte.

„Wo bist du, Erem?"

„Südlich vom Schloss. Ich habe Selos bei mir. Er liegt irgendwo hinter mir im Wald. Bitte hilf …"

Seine Gedankenstimme erlosch, als er mit dem Gesicht voran auf den Boden prallte. Er versuchte, sich noch einmal aufzubäumen, doch er schaffte es nicht. Zu lange hatte er schwankend am Rand der Klippe gestanden. Die Bewusstlosigkeit rollte wie eine gewaltige Woge über ihn hinweg und riss ihn endgültig mit sich in den Abgrund.

* * *

Als Erem wieder erwachte, spürte er eine warme, weiche Drachenflanke, die sich sanft an seinen Rücken schmiegte. Mit einem Schrei auf den Lippen fuhr er hoch.

„Alanerisk!"

Doch die Schuppen des Drachen waren nicht smaragdgrün, sondern flammend rot. Yadell. Erem schloss die Lider, presste sie fest zusammen. Sein Magen verkrampfte sich, und seine Kehle schien plötzlich mit Asche gefüllt zu sein.

„Tut mir leid, Erem“, strich Yadells Gedankenstimme beinahe zaghaft durch seinen Geist. „Ich wünschte wirklich, ich wäre Alanerisk.“

Erem schwieg. Er wollte nichts sehen, wollte nichts hören. Er spürte, wie sein Herz hart gegen seine Rippen hämmerte, jeder Schlag ein qualvoller Vorwurf gegen den Raubbau, den er in den letzten Tagen mit seinem Körper getrieben hatte, spürte die Schwäche seiner Muskeln, die, kaum dass er aus seiner Ohnmacht erwacht war, bereits wieder Unheil verkündend zu zittern begannen.

Wie sollte er aufstehen? Warum sollte er *überhaupt* aufstehen? Alanerisk war fort, war innerhalb eines einzigen entsetzlichen Augenblicks aus seinem Leben gerissen worden, und nun, da er Vanadeen gewarnt hatte, war seine Pflicht erfüllt. Hatte er nicht genug getan? Er hatte so viel verloren, so viel zu betrauern. Warum konnte er nicht einfach hier liegen bleiben, sich bis ans Ende seiner Tage im warmen Sand von Vanadeens Dachkuppel zusammenrollen und so tun, als sei die Welt jenseits dieser Dachterrasse nicht mehr als ein böser Traum, der verblassen würde, wenn er nicht länger ein Teil davon war? Hatte das Schicksal ihm nicht schon genug genommen?

Er fühlte die Tränen, die heiß hinter seinen geschlossenen Lidern zu brennen begannen, und seine Hände ballten sich zu Fäusten. Verbissen stemmte er sich auf die Beine.

Als Yadell merkte, was er vorhatte, bog er seinen langen Hals nach hinten, und seine Augen wurden dunkel vor Sorge.

„Lass es langsam angehen, Erem. Du warst in einem *wirklich üblen* Zustand, als wir dich fanden.“

Erem schwankte kurz, fing sich wieder, und seine Miene verschloss sich. „Es geht mir gut.“ Verglichen mit seinem Zustand während der letzten Tage, war das nicht einmal eine Lüge. Zumindest schien er sich nicht mehr am Rande einer Ohnmacht zu befinden. Alles andere konnte er ignorieren.

Vorsichtig, um keinen neuen Schwindel auszulösen, senkte er den Kopf, sah an sich selbst herab. Man hatte ihm Staub, Schmutz und Asche abgewaschen und ihm leichte Kleidung angelegt, ebenso wie Selos, der noch immer schlafend an Yadells Flanke lehnte. Die Lider seines Freundes hoben sich auch nicht, als sich Erem behutsam über ihn beugte.

„Wie geht es ihm?“ Das furchtsame Beben in seiner Gedankenstimme ließ ihn beklommen schlucken, und sein Herzschlag beschleunigte sich unwillkürlich. Auf seine Weise war Selos in einem noch viel schlimmeren Zustand als er selbst gewesen, als sie beim Schloss angelangt waren.

Yadell seufzte. „Körperlich gesehen hat er es besser getroffen als du. Zumindest hat er sich nicht geschunden, bis er vor Erschöpfung zusammengebrochen ist.“

Seine Worte mochten anklagend gemeint gewesen sein, doch sie berührten Erem nicht. Er schwieg, zuckte nicht einmal mit den Schultern.

Yadell seufzte erneut. „Selos hat noch kein Wort gesagt, seit er hier ist. Anders als du hat er nicht die gesamte Zeit geschlafen, dennoch weigert er sich, die Augen zu öffnen oder mit jemandem zu sprechen."

Erem nickte bedrückt. „Und wie lange habe ich geschlafen?"

Yadell zögerte, und seine Augen verdunkelten sich noch mehr. „Achtzehn Stunden."

„Ist Vanadeen unterwegs, um die anderen Drachen zu warnen?"

„Natürlich. Außerdem haben wir berittene Boten und Brieftauben ausgesandt."

„Verstehe."

Offensichtlich hatte Vanadeen nichts dem Zufall überlassen. Erem spürte, wie ein Gewicht, das die ganzen Tage unsichtbar auf seiner Seele gelastet hatte, noch weiter von ihm fortwich. Sollten Kodorask und seine Schergen Vanadeen abfangen, würde die Warnung dennoch weiterlaufen.

„Nun, da du wach bist, solltest du endlich etwas essen." Yadells Gedankenstimme klang so missbilligend und tadelnd, dass Erem unwillkürlich lächeln musste. Es tat gut zu sehen, dass einige Dinge sich wohl niemals ändern würden.

Er nickte stumm, und nur einen Augenblick später erklang Yadells Stimme erneut in seinem Kopf, diesmal mit spürbarer Befriedigung.

„Ich habe einen Diener angewiesen, dir etwas zu bringen. Er wird gleich hier sein."

„Danke, Yadell. Ich weiß das zu schätzen."

„Keine Ursache. Vanadeen hätte es lieber gesehen, wenn du bereits gestern etwas gegessen hättest, aber du warst einfach nicht wach zu bekommen." Yadell bog seinen Hals noch tiefer zu ihm herab, starrte ihm nun genau in die Augen. „Ich verstehe, dass du es eilig hattest, Erem. Aber wie konntest du nur derart leichtsinnig sein? Wärst du vor Schwäche vom Himmel gefallen, hätte uns deine Warnung im schlimmsten Fall überhaupt nicht erreicht."

Erem blickte zur Seite. „Für Festgelage war keine Zeit, Yadell. Hättest du mir denn applaudiert, wenn Kodorasks Schergen Vanadeens Körper gestohlen hätten, während ich gemütlich in irgendeinem Wirtshaus gesessen und geschmaust hätte?"

„Und was hättest du getan, wenn du trotzdem zu spät gekommen wärst?"

„Ich wäre weitergeflogen."

Yadell schnaubte. „Du redest Unsinn, Erem. Dafür hätten deine Kräfte niemals ausgereicht."

„Das behauptest du, weil du keine Ahnung hast, was pure Notwendigkeit bewirken kann."

„Sie kann ganz sicher kein Herz wieder zum Schlagen bringen, das vor Überanstrengung den Dienst quittiert."

Erem knirschte mit den Zähnen. „Was willst du eigentlich von mir hören, Yadell?"

Nun mischte sich unübersehbar Zorn in das Farbenspiel von Yadells Augen. „Für den Anfang wäre ich schon zufrieden, wenn du mir versicherst, dass du dich nicht noch einmal derart selbstzerstörerisch aufführen wirst. Ist dir eigentlich klar, *wie* schlecht es um dich stand, als wir dich fanden? Hast du eine Ahnung, wie besorgt Vanadeen um dich war? Am liebsten wäre er gar nicht weggeflogen, aber er hatte keine Wahl. Also hat er mich beauftragt, meine Drachengestalt anzunehmen und über dich zu wachen, obwohl er nicht sicher war, ob das genügen würde."

„Ich lebe noch, also war es genug", erwiderte Erem knapp.

„Ja, du lebst noch. Aber das hast du allein der Tatsache zu verdanken, dass unsere Körper wie die eines echten Drachen von einer heilsamen Aura umgeben sind, sobald wir uns verwandeln. Trotzdem *sind* wir keine echten Drachen, und deshalb hätte es, verdammt noch mal, beinahe nicht gereicht!" Der Zorn in Yadells Augen loderte heißer. „In den letzten achtzehn Stunden wärst du zweimal fast gestorben, Erem! Ich habe gespürt, wie dein Herz immer langsamer schlug, wie deine Atmung schwächer und schwächer wurde, und ich konnte nichts dagegen tun. Ich konnte einfach nur dasitzen und beten, dass du nicht gänzlich ins Dunkel gleitest. Ich habe auf dich eingeredet, versucht, dich zu wecken, aber du hast auf nichts reagiert. Einmal stand dein Herz beinahe eine Minute lang still, bevor es wieder zu schlagen begann, und ich sage dir, Erem - das war wahrhaftig die längste Minute meines Lebens!"

Nun konnte Erem unter Yadells Wut auch seine Furcht spüren, die noch immer nicht gänzlich von ihm gewichen war. „Vielleicht wärst du tatsächlich gestorben, wenn nicht plötzlich Selos im Traum zu schreien begonnen hätte. Gleichgültig, wie es um dich selbst stand, seine Not hat dich erreicht. Du bist aus dem Dunkel zurückgekehrt, hast im Schlaf nach seiner Hand gegriffen und sie nicht mehr losgelassen, bis er sich wieder beruhigt hatte."

Erem senkte betroffen den Kopf. Es erschreckte ihn, dass er offenbar derart am Ende seiner Kräfte gewesen war. Dennoch hatte er keine Wahl gehabt, und er würde, stünde er noch einmal vor der gleichen Entscheidung, wieder genauso handeln. Er sah Yadell an, wollte etwas erwidern, doch die Ankunft eines Dieners, der mit einem riesigen Tablett voller Obst, Käse und Brot sowie einem Kännchen heißen Kakaos auf die Dachterrasse trat, enthob ihn einer Antwort.

Der Diener stellte das Tablett behutsam vor Erem auf den Boden. „Benötigt Ihr sonst noch etwas?"

Erem nickte. „Ja. Ich brauche Proviant für eine mehrtägige Reise."

„Vanadeen hat das bereits veranlasst. Der Proviant für drei Personen ist bereits gepackt."

„Dann packe bitte neu. Ich werde allein reisen."

Er ignorierte Yadells überraschten Blick und machte sich stattdessen über das Frühstück her, während sich der Bedienstete mit dem Versprechen, alles Nötige in die Wege zu leiten, von der Dachterrasse zurückzog. Er musste Yadell zugutehalten, dass er ihn zunächst in Ruhe essen ließ, bevor er in seinem üblichen belehrend- vorwurfsvollen Tonfall erneut das Wort ergriff.

„Ich weiß nicht, was du vorhast, Erem, aber du wirst deine Pläne ändern müssen. Vanadeen hat uns klare Anweisungen hinterlassen."

Obwohl Erem die Antwort ahnte, fragte er dennoch. „Welche?"

„Sobald du dich kräftig genug fühlst, deine Drachengestalt anzunehmen, sollen wir uns zusammen mit Selos auf den Weg zum Drachenschrein machen."

„Du kannst mit Selos vorausfliegen. Ich komme nach."

„Das geht nicht. Vanadeens Befehle sind eindeutig. Wir sollen auf jeden Fall zusammen bleiben."

Erem schüttelte den Kopf. „Ich werde allein gehen."

„Und wohin?"

„Nach Hause."

Yadells Drachenkopf wich mit einem Ruck von ihm fort. In seinen Augen loderte rote Glut. „Bist du irre? Du könntest Kodorask direkt ins offene Maul laufen!"

„Kodorask ist doch längst weg. Außerdem hält er mich für tot."

Was er eigentlich auch hätte sein müssen, bedachte man, aus welcher Höhe er abgestürzt war. Erem schluckte hart, und erneut spürte er, wie sich sein Magen voller Qual zusammenzog. Serim war gestorben. Für ihn.

„Aber es gibt nichts, was du dort tun könntest!" Yadells Gedankenstimme nahm einen beschwörenden, beinahe verzweifelten Tonfall an.

Erem holte tief Luft. „Du irrst dich, Yadell. Serim und meine Eltern sind tot, das weiß ich genau. Doch Serims Familie und meine übrigen Geschwister, ihre Ehepartner und Kinder könnten überlebt haben. Ich muss mich davon überzeugen, ob es ihnen gut geht, ihnen helfen, falls sie in Not sind, oder sie begraben, falls sie tot sind."

„Aber ..."

„Das schulde ich ihnen, Yadell! Serim und meine Eltern sind gestorben, um *mich* zu beschützen! Würde ich jetzt einfach davonlaufen und mich feige in irgendeinem Loch verkriechen, könnte ich mir nie wieder in die Augen sehen."

„Wir verkriechen uns nicht. Aber wir sind bloß *Jungreiter!* Was willst du denn tun? Willst du Kodorask und seine Kumpane zum Faustkampf fordern?"

„Glaubst du wirklich, ich würde mich auf eine unnötige Konfrontation einlassen?"

„Es könnte sich sehr leicht eine Situation ergeben, in der du genau dazu gezwungen sein wirst."

„Nur wenn meine Familie in Gefahr ist. Und in dem Fall ist eine Konfrontation nicht unnötig, sondern unausweichlich."

„Und was dann? Willst du etwa allein gegen die gesamte Armee König Wilberens antreten? Oder gegen Kodorask?"

Yadells Gedankenstimme troff vor Hohn, doch Erem spürte auch die Angst, die darunter lag. „Ich werde versuchen, beidem auszuweichen."

„Und wenn das nicht geht?"

Erem zuckte mit den Schultern. „Dann soll es eben so sein."

„Dein selbstgerechter Fatalismus widert mich an", zischte Yadell. „Du hast es nicht geschafft, dich zu Tode zu schinden, also versuchst du es nun auf eine andere Weise. Ist dir dein Leben denn so wenig wert?"

Erem zuckte unter Yadells harten Worten zusammen, und für einen Moment war ihm, als könne er noch einmal Serims Stimme hören und die verzweifelte Dringlichkeit in seinen Augen sehen - eine Dringlichkeit, die er damals nicht verstanden hatte und auch heute noch nicht begriff. *Dich zu schützen, war immer wichtiger als alles andere.* Er erschauerte.

„Du verstehst das nicht, Yadell. Ich suche nicht den Tod, aber ich werde niemanden mehr an meiner Stelle sterben lassen."

Yadell stieß zornig Luft aus. „Du denkst, ich verstehe das nicht? Glaubst du ernsthaft, ich würde an deiner Stelle nicht genauso handeln?"

„Warum versuchst du dann, mich aufzuhalten?"

„Weil ich Vanadeen versprochen habe, auf dich aufzupassen. Er hat mir *ausdrücklich* befohlen, dich nicht gehen zu lassen. Offenbar ahnte er schon, dass du deine eigenen Pläne haben würdest."

Erem lächelte müde. „Ich fürchte, du wirst mich nicht daran hindern können, diese Pläne in die Tat umzusetzen."

„Das werden wir sehen", knurrte Yadell. Mit einer schnellen Bewegung hob er eine Klaue und packte Erem bei den Schultern. „Na los, Erem. Zeig mir, wie weit du gehen würdest! Du wirst dich schon verwandeln müssen, um von diesem Dach herunterzukommen."

Erem sah Yadell ruhig in die Augen. „Ich würde niemals in meiner Drachengestalt gegen dich kämpfen, das weißt du genau. Und du weißt ebenso, dass es Momente im Leben eines Menschen gibt, in denen er seinem eigenen Herzen folgen *muss,* oder er würde nie wieder derselbe sein."

Er bewegte die Schultern, schob Yadells Klaue einfach beiseite. Yadell ließ es geschehen. Ein gequälter Ausdruck erschien in seinen Augen.

„Verdammt sollst du sein, Erem! Vanadeen wird mir den Kopf abreißen, wenn er davon erfährt!“ Er zögerte, dann spielte er den letzten Trumpf aus, den er offenbar glaubte, gegen ihn noch ins Feld führen zu können. „Und Falis ebenso.“

Erem biss sich auf die Lippe. So blasiert und selbstverliebt Yadell sonst oft war, schien er manchmal doch mehr mitzubekommen, als man ihm gemeinhin zutraute.

„Falis wird auch im Schrein sein?“

„Was denkst du wohl? Sobald Tunerian die Warnung erhält, wird er sie ebenfalls dorthin bringen. Wie soll ich ihr erklären, dass du nicht bei mir bist?“

„Sag ihr, dass ich noch etwas zu erledigen hatte und nachkommen werde.“

Yadell sah Erem ernst an. „Wirst du das wirklich?“

„Ja.“

„Versprich es mir! Schwöre, dass du keine selbstmörderischen Taten begehst.“

„Ich schwöre. Das hatte ich nie vor.“

Yadell sah ihn einen Moment lang zweifelnd an, dann seufzte er. „Na schön, Erem. Verschwinde! Aber wenn du dein Versprechen brichst, komme ich und hole dich!“

Erem lächelte. „Ich danke dir, Yadell.“

„Danke mir nicht. Vermutlich werden wir beide diese Entscheidung noch bitter bereuen.“

Erem wandte sich von Yadell ab, beugte sich zu Selos herunter und strich ihm sanft eine Haarsträhne aus der Stirn, doch Selos erwachte nicht. Einen Teil von ihm schmerzte es, seinen Freund nach allem, was er durchgemacht hatte, ohne einen Abschied auf der Dachterrasse zurückzulassen, aber wahrscheinlich war es besser so. Selos würde ihn ebenso wenig gehen lassen wollen wie Yadell oder, schlimmer noch, darauf bestehen, mit ihm zu kommen.

„Was soll ich ihm sagen, wenn er aufwacht?“, fragte Yadell.

„Das Gleiche wie Falis.“

„Also schön.“

„Kümmere dich bitte gut um ihn, Yadell. Er hat eine harte Zeit hinter sich.“

Yadell neigte seinen mächtigen Drachenkopf. „Das werde ich. Mach dir keine Sorgen. Wenn er in zwei Stunden immer noch schläft, werde ich ihn aufwecken, und dann fliegen wir los. Im Drachenschrein werden wir alle in Sicherheit sein.“

Erem rang sich ein zuversichtliches Lächeln ab, doch er spürte selbst, wie wenig es ihm gelang. „Wir treffen uns dort."

Er wandte sich ab, trat aus Vanadeens gläserner Kuppel auf die Dachterrasse hinaus. Mit einem stillen Seufzen schloss er seine Hand um seine beiden Schwerter, die draußen an der Kuppelwand lehnten, sandte Yadell noch einen letzten Gruß, dann verließ er das Dach. Auf einer kleinen Lichtung im nahen Wald verwandelte er sich. Noch einmal atmete er tief durch, dann schwang er sich mit einigen kräftigen Flügelschlägen in den wolkenlosen Himmel empor.

Obwohl er wusste, dass man ihn vom Schloss aus nicht mehr sehen konnte, hatte er das Gefühl, dass Yadells Blicke ihm noch lange folgten.

13. Kapitel

Grau und schwer wie Grabsteine ballten sich die düsteren Wolken über ihm zusammen, bedeckten den Himmel von einem Horizont zum anderen wie ein kaltes, trostloses Meer, das sich mit jedem seiner Flügelschläge tiefer und bedrohlicher auf ihn herabzusenken, ihm mehr und mehr die Kraft aus den Muskeln zu saugen schien. Schon seit Stunden prasselte kühler Regen auf ihn nieder, der erste unerwartete, viel zu frühe Vorbote kommender Herbststürme, und immer wieder wurde er von jähen Windböen gepackt, die wie boshafte Geister versuchten, ihn von seinem Kurs abzubringen und hinab in die Baumwipfel zu drücken.

Zweieinhalb Tage waren vergangen, seit er Yadell und Selos verlassen hatte, und obwohl er Yadell versprochen hatte, sich dieses Mal mehr zu schonen, verbrachte er doch die meiste Zeit in der Luft. Er hatte lediglich einige wenige kurze Pausen eingelegt, um etwas zu essen und zu trinken und, so gut es eben möglich war, nach der Anstrengung des Fluges wieder ein wenig zu Kräften zu kommen, doch geschlafen hatte er seit seinem Aufbruch überhaupt noch nicht.

Er hatte es redlich versucht, denn natürlich war er nicht dumm und wusste durchaus, dass Yadell mit seinen tadelnden Worten nicht gänzlich falsch gelegen hatte und es niemandem nützte, wenn er vor Erschöpfung einfach vom Himmel fiel und sich dabei möglicherweise sogar verletzte. Doch wann immer er die Augen schloss, sah er sofort die Gesichter seiner Geschwister vor sich - gramzerfurchte Gesichter voller Schmerz, die ihn aus der kalten Düsternis eines Grabes anklagend anzustarren schienen. Wie könnte er ruhen, solange er nicht wusste, ob sie überlebt hatten?

Auch während der nächsten Stunden blieben die finsteren Regenwolken seine treuen Begleiter, und Erem hieß sie willkommen wie alte Freunde, die gekommen waren, um im Angesicht einer gleichgültigen Welt seine Verfehlungen und seine Schuld zu bezeugen. Die Wolken hüllten ihn ein, woben ihn in ein Leichentuch aus Zwielicht und Bitterkeit, verbargen ihn vor allen Blicken, die vom Boden aus nach ihm hätten Ausschau halten können. Natürlich hätte man ihn auch dann nicht entdeckt, wenn er einfach weiter emporgestiegen und oberhalb der dichten Wolkendecke geflogen wäre, so wie damals, als er an Alanerisks Seite über die schneebedeckten Gipfel der Dreaden gestrichen war und dabei das Gefühl gehabt hatte, mit seinen Schwingen beinahe die Sterne zu berühren.

Doch diese Momente des Glücks und der Freude waren zusammen mit Alanerisk gestorben, waren in den lodernden Flammen von Kodorasks Feueratem zu Asche verbrannt. Nun schnürte ihm der Gedanke, noch einmal frei wie ein Vogel unter den Strahlen einer wärmenden Sonne durch den Himmel zu gleiten, vor Qual die Kehle zusammen, trieb Klauen aus Eis in seinen Magen und ließ ihn wie im Fieber zittern. Für ihn gab es kein Licht mehr, nur noch Dunkelheit.

Er begriff nicht, warum Serim so bereitwillig für ihn in den Tod gegangen war und warum offenbar auch seine Eltern geglaubt hatten, ihn vor allem anderen schützen zu müssen. Ob seine übrigen Geschwister wohl ebenfalls davon überzeugt gewesen wären, dass er so herausragende Qualitäten besaß? Oder würden sie anfangen, ihn zu hassen, nun, da ihr Bruder und ihre Eltern tot waren und er selbst ohne einen einzigen Kratzer davongekommen war? Wie konnte er denen, die Kodorasks furchtbaren Angriff vielleicht überlebt hatten, überhaupt noch einmal unter die Augen treten?

Doch selbst wenn sie ihn fortjagten und verstießen, wäre das immer noch besser als die Ungewissheit. Solange sie nur lebten und sich in Sicherheit befanden, wäre alles andere bedeutungslos, und er würde ihren Richtspruch akzeptieren, wie immer er auch ausfallen mochte. Täte er es nicht, würde er auch das noch verlieren, was niemand, nicht einmal Kodorask, ihm nehmen konnte: seine Würde und seine Menschlichkeit. Wenn ihm schon sonst nichts mehr blieb, daran musste er festhalten, um jeden Preis, auch im Andenken an Alanerisk. Er sollte sich niemals seiner schämen müssen.

Und so trieb sich Erem unbarmherzig weiter voran, während der Regen in kalten Schauern auf ihn niederprasselte und heulende Sturmböen wild an seinen Flügeln rissen, näherte sich Kilometer um Kilometer dem Ort, der ihm mehr Furcht einflößte, als es Kodorask selbst mit all seiner Grausamkeit jemals vermocht hätte, und der ihn doch mit unwiderstehlicher Macht zu sich rief.

Die Minuten wurden zu Stunden, wurden eins mit den düsteren Wolken und dem strömenden Regen, und irgendwann schien die Zeit gänzlich stillzustehen, war erstarrt in einem einzigen Moment der Qual, der bis ans Ende der Ewigkeit fortdauern würde. Und irgendwie, das spürte Erem, war das auch die Wahrheit.

Beinahe ohne dass er es merkte, begannen seine Gedanken zu wandern, sickerten hinaus in die Stille und das Zwielicht, und neue Gesichter tauchten vor seinem inneren Auge auf. Wen hatte Vanadeens Warnung bereits erreicht? Welche der anderen Jungreiter befanden sich gerade in diesem Augenblick auf dem Weg zum Schrein oder waren vielleicht sogar schon dort eingetroffen? Und was mochte Kodorask inzwischen unternommen haben? Sechs Kristalle waren ihren Feinden bereits in die Hände gefallen – sechs finstere Seelen, die darauf warteten, neue Körper zu besetzen. Wer würde ihr nächstes Opfer sein? Wer *war* es bereits geworden?

Als hätte ein boshaftes Schicksal nur darauf gelauert, dass er sich genau diese Frage stellte, loderte mit einem Mal ein sengender Schmerz durch seinen Leib, bohrte sich ihm wie eine Lanze aus Feuer mitten durchs Herz. Erem schrie gellend auf. Er krümmte sich, kreischte in qualvoller Agonie, während er wie ein Stein dem Boden entgegenzustürzen begann. Er spürte, wie Ajan starb, spürte, wie er genau in diesem Augenblick *ermordet* wurde. Vanadeens Warnung war zu spät gekommen!

Der Schmerz in seiner Brust wurde noch stärker, schien ihn innerlich zerreißen zu wollen, und seine Gedanken wirbelten umher wie Ascheflocken im Sturm, waren zu sehr in Schock und Entsetzen erstarrt, um die Gefahr zu erkennen, in der er schwebte. Allein seine Instinkte, die Instinkte seines Drachenkörpers, retteten ihn.

Mit wilden Flügelschlägen bremste er seinen Absturz, kurz bevor er wie ein von einer Klippe geworfenes Ei auf den rauen Felsen aufschlug. Dennoch war der Aufprall hart, und er trieb ihm brutal die Luft aus den Lungen. Erem überschlug sich mehrere Male, rutschte unkontrolliert über das vom Regen nasse Gestein, bis ein großer Felsbrocken seiner schlingernden Vorwärtsbewegung ein jähes Ende setzte.

Dennoch hörte er nicht auf zu schreien. Er schrie, bis seine Kehle wund war, brüllte Ajans Namen zu den grauen, gleichgültigen Wolken hinauf; brüllte, bis die Drachengestalt von ihm abfiel und er, nach Atem ringend, auf die Knie sank. Sofort schwammen seine Augen in Tränen, und er schluchzte auf, krümmte sich zusammen wie ein verwundetes Tier und schlang sich zitternd die Arme um den Leib. Weinkrämpfe liefen wie Bebenwellen über seinen Körper, und endlich, endlich flossen die Tränen, die er weder bei Serims Tod noch bei dem seiner Eltern hatte vergießen können, als der Panzer aus Eis, der seine Seele umschlossen gehalten hatte, wie unter dem Schlag eines gewaltigen Hammers in tausend Splitter zerbarst.

Ajans Verlust brannte wie eine offene Wunde in seinem Herzen, spülte wie eine alles verschlingende Woge aus Kummer und Gram über ihn hinweg und riss ihn mit sich fort. Erem krümmte sich noch stärker zusammen, als sich sein Magen zu einem harten Knoten verkrampfte und bittere Galle seine Kehle hinaufschoss. Er keuchte und würgte, bis nichts mehr da war, was sein Körper noch hätte hergeben können, und er schließlich, völlig entkräftet, auf den kalten Boden sank. Noch immer flüsterte er Ajans Namen, hauchte seinen Klang wie ein stummes, hoffnungsloses Gebet in den Sturm und den Regen.

Ajan durfte nicht tot sein! Es durfte nicht sein, dass der gutmütige, stets freundliche und besonnene Jungreiter so grausam aus dem Leben gerissen worden war. Beinahe ohne dass er selbst es merkte, griff sein Geist hinaus, versuchte Ajans Seele noch ein letztes Mal zu berühren, ihm ein letztes, wehmütiges Lebewohl zu sagen - und erstarrte, als etwas diese Berührung erwiderte. Es war nur ein Hauch, kaum wahrnehmbar und so flüchtig wie eine Daunenfeder, die in der Dunkelheit der Nacht über seine Haut strich, und doch lag unverkennbar Ajans Präsenz darin.

Ungläubig zwang sich Erem auf die Knie und hob den Kopf. „Ajan", flüsterte er.

Er merkte kaum, wie er die Hand ausstreckte, während sich all seine Sinne nach innen wandten, verzweifelt versuchten, die zarte Resonanz nicht zu verlieren, die für einen winzigen Moment wie ein unendlich weit entferntes Wetterleuchten durch seinen Geist geflackert war. „Ajan", flüsterte er noch einmal, als wäre der Name ein geheimes Zauberwort, das auf magische Weise die Macht besaß, den Abgrund zwischen Leben und Tod zu überwinden.

So konzentriert, wie er es vermochte, dachte Erem an die Begegnungen, die er mit Ajan gehabt hatte, rief sich jede Geste, jedes Wort, jede Regung seiner Züge ins Gedächtnis zurück. Er spürte, wie Ajans Präsenz an Kraft gewann, wie die Finsternis, die sie voneinander trennte, ein klein wenig lichter wurde.

Als die ersten Gefühle wie in der Düsternis glimmende Funken über ihn hinwegstrichen, keuchte er erstickt auf. Es waren Gefühle voller Verzweiflung, Verwirrung und Furcht, und Erem wusste, sie gehörten Ajan. Energisch drängte er seinen eigenen Kummer zurück, versuchte mit all seiner Kraft, Ajans Seele Trost zu spenden, ihm zu versichern, dass er nicht vergessen werden würde.

Wieder strömten Tränen über seine Wangen, doch er beachtete sie nicht. Gleich würde Ajan endgültig fort sein, würde verschlungen werden von einer Dunkelheit, in die Erem ihm nicht folgen konnte. Doch auf eine unbegreifliche Weise war ihm ein letztes Geschenk gemacht worden, und er war unendlich dankbar dafür.

Plötzlich zuckte er zusammen, und seine Augen weiteten sich, als er spürte, wie sich ihm Ajans Seele, statt sich wieder von ihm zu entfernen, ihrerseits entgegenzustrecken begann, wie sie energisch nach dem Seil griff, das er ihr über den Abgrund hinweg zugeworfen hatte. Er wagte nicht, sich zu rühren, wagte nicht einmal mehr zu atmen, als könne die winzigste Regung, der zarteste Lidschlag ausreichen, um das Wunder des Augenblicks unwiderruflich zunichtezumachen.

Seine Augen wurden noch größer, als mit einem Mal ein sanftes Licht in der wolkenverhangenen Düsternis um ihn herum aufzuschimmern begann. Das Licht zog sich zusammen, wurde zu einem silbern strahlenden Funken, der wie ein vom Firmament herabgestiegener Stern über seiner noch immer ausgestreckten Hand schwebte.

Erem starrte ihn an, während sein Herz wie rasend in seiner Brust dröhnte und ihm das Blut so laut in den Ohren rauschte, dass es längst jedes andere Geräusch übertönte. Langsam, unendlich behutsam, ließ er die Hand sinken und beobachtete gebannt, wie der Funke der Bewegung folgte, wie er wie ein Schmetterling aus Licht auf der Suche nach einer Blüte näher und näher kam.

Vorsichtig hob Erem auch die andere Hand, formte mit seinen Handflächen einen Kelch, eine warme Höhlung, die Geborgenheit und Schutz vor der Kälte versprach. Das Licht strahlte noch heller, als spüre es seine Absicht, und wurde schließlich so grell, dass er geblendet die Lider zusammenpresste.

Doch Erem brauchte nicht zu sehen, um zu wissen, was geschah. Er spürte, wie das Licht in seinen Händen Form und Gewicht gewann, wie die Dunkelheit mehr und mehr zurückwich, ihr schon sicher geglaubtes Opfer nicht länger zu halten vermochte. Vollkommen reglos stand er da, während der Regen auf ihn niederprasselte und der Sturm um ihn heulte, und wartete; wartete, bis das Wunder, dessen Zeuge er war, sich in all seiner Ehrfurcht gebietenden Größe und Erhabenheit vor ihm offenbart hatte.

Erst als das Licht gänzlich erloschen war, wagte Erem, die Augen zu öffnen. Atemlos vor ungläubiger Faszination starrte er auf den filigranen Kristall, der kühl und glatt wie eine Perle aus Sternenstaub auf seiner Handfläche lag. Es war ein Seelenkristall. *Ajans* Seelenkristall.

Erem schwindelte. Ein Zittern lief durch seinen Körper, ließ sein Herz in seinem Brustkorb flattern und schien sämtliche seiner Muskeln in Wasser zu verwandeln. Wie war das nur möglich? Konnte der Zauber der Drachen tatsächlich *so etwas* bewirken? Besaß ihre Magie die Fähigkeit, sie nicht nur körperlich, sondern mit ihrem gesamten Wesen in einen Drachen zu transformieren - einen echten, wahrhaftigen Drachen, der selbst in seinem Tod nicht aufhörte, ein Drache zu sein? Oder - Erem erschauerte angesichts dieser Möglichkeit - war Ajan *in seiner Drachenform* gestorben? Hatte er, bereits schwer verletzt, versucht, sich vor seinen Verfolgern in Sicherheit zu bringen, und irgendwann nicht mehr die Kraft gehabt, noch weiterzufliegen? Hatte er deshalb den Augenblick von Ajans Tod so intensiv spüren können, obwohl sie so viele Kilometer voneinander trennte?

Ajan vermochte ihm darauf keine Antwort zu geben. Seine Seele war durch die Gewalt, die ihm angetan worden war, noch immer zu aufgewühlt und verwirrt, um zu ihm sprechen zu können. Das Einzige, was Erem im Moment für ihn tun konnte, war, seinen Kristall behutsam in seinen Händen zu bergen und Ajan dadurch so viel Trost zu spenden, wie ihm nur möglich war. Alles Weitere würde die Zukunft zeigen müssen.

In dieser Nacht flog er nicht mehr weiter. Es gab noch immer viele ungeweinte Tränen in ihm, und er hatte nicht mehr die Kraft, sie in sich zu verschließen.

* * *

Zwei Tage später erblickte Erem tief unter sich die schwarze, noch immer schwelende Narbe, die Kodorasks Drachenfeuer ins grüne Gewebe des Waldes gebrannt hatte. Wie die Beine einer monströsen Spinne hatten sich die Flammen von ihrem Ursprung nach außen gefressen und dabei jedes Lebewesen in ihrem Weg, das nicht schnell genug hatte fliehen können, zu Asche verbrannt. Dort, im Zentrum der Vernichtung, lag der Ort, an dem alles begonnen - oder alles geendet - hatte; dort würde er seine Antworten finden.

Er landete am Rand der verkohlten Fläche nahe des Steilhangs, an dessen Fuß das Anwesen seiner Familie gestanden hatte, allerdings ein ganzes Stück nördlich davon. Obwohl er in den vergangenen Tagen reichlich Zeit gehabt hatte, sich mit seinen Ängsten und Hoffnungen auseinanderzusetzen, brachte er es nicht über sich, direkt inmitten der Trümmer niederzugehen. Ihm war klar, dass ein paar wenige Minuten mehr nichts bewirken würden, was ihm auf dem gesamten Flug hierher nicht gelungen war, doch er konnte einfach nicht anders. Zu qualvoll war ihm bewusst, dass ihn jede Sekunde, die verstrich, der Wahrheit ein winziges Stück näher brachte - wie auch immer diese Wahrheit am Ende aussehen mochte.

Mit gesenktem Kopf verwandelte er sich in seine menschliche Gestalt zurück, löste schweigend die Kleidung und seine beiden Schwerter aus dem Bündel, das er in seinen Klauen mit sich getragen hatte, und richtete sich für das Unvermeidliche her. Zuletzt barg er Ajans Seelenkristall behutsam in seiner Hand, strich vorsichtig mit den Fingerkuppen über seine matt schimmernde Oberfläche und versuchte, Ajan ein paar Gefühle des Friedens und der Geborgenheit zu senden.

Er spürte, dass die Seele des Jungreiters noch immer in wildem Aufruhr und von tiefem Schmerz und Verwirrung erfüllt war, und konnte nur mühsam seine Tränen zurückhalten. Doch Ajan brauchte seine Stärke und seine Zuversicht, nicht seine Verzweiflung.

Sich stets im Schatten der Felswand haltend, machte sich Erem auf den Weg. Mit heftig klopfendem Herzen und schweißfeuchten Händen versuchte er, sich für das Kommende zu wappnen, und doch traf ihn der Anblick der geschwärzten Ruinen bis ins Mark, als sie schließlich vor ihm aus dem Dunst auftauchten, vor allem, da er sie erst auf den zweiten Blick erkannte. Das Drachenfeuer hatte die Gebäude so vollständig dem Erdboden gleichgemacht, dass außer ein paar armseligen Häufchen schwarzer, zu Glas erstarrter Schlacke nichts mehr von ihnen übrig war.

Erem begann zu zittern. Konnte ein solches Inferno überhaupt *irgendjemand* überlebt haben? Er biss die Zähne zusammen. Plötzlich schienen Zentnergewichte an seinen Beinen befestigt, die Sohlen seiner Stiefel unwiderruflich mit dem toten, geschändeten Boden verschmolzen zu sein. Mit grimmiger Entschlossenheit zwang er sich weiter vorwärts, setzte mechanisch einen Schritt vor den anderen. Totenstille begleitete ihn. Es gab keine Tiere mehr, die diesem Ort der Zerstörung mit ihren Lauten zumindest den Anschein von Leben und Hoffnung hätten verleihen können, und auch die feinen Aschewolken, die bei jeder seiner Bewegungen aufstäubten, sanken in vollkommener Lautlosigkeit zur Erde zurück.

Erem atmete flach, wollte so wenig Asche wie möglich in seinen Mund und seine Nase bekommen. Hier hatten seine Eltern gestanden, als sie von Kodorasks Flammen verbrannt worden waren. Der Gedanke trieb würgende Übelkeit seine Kehle hinauf und ließ ihn noch stärker zittern.

Wie in Trance schlurfte er weiter voran, bis er schließlich vor dem Eingang zur Höhle stand, in der die Kristalle der dunklen Drachenseelen verborgen gewesen waren. Wie er erwartet hatte, war der mächtige Felsbrocken, der den Zugang blockiert hatte, zur Seite gerollt worden – etwas, das nur ein Drache vermochte. Der Tunnel, der sich dahinter anschloss, gähnte ihm wie ein düsterer Schlund entgegen, schien begierig darauf zu lauern, dass er einen Schritt hineinsetzte.

Erem spürte, wie sein Mund trocken wurde und sich seine Rückenmuskulatur verkrampfte. Dabei musste er die Höhle überhaupt nicht betreten, um sich zu vergewissern, dass die Kristalle tatsächlich fort waren; er konnte es fühlen. Das leise, beinahe hypnotische Flüstern in seinem Geist, mit dem die Seelen der dunklen Drachen versuchten, menschliche Opfer zu sich zu locken, war verstummt. Es gab nur noch Stille.

Reglos starrte er in den finsteren Korridor, der sich tief in den Berg hineinwand, so eng, dass er bei einem Angriff nicht einmal sein Schwert hätte ziehen können, ohne mit der Klinge links und rechts gegen die Felswände zu stoßen, und eine seltsame Unruhe begann, in seinem Hinterkopf zu nagen, das Gefühl, dass er etwas Wichtiges übersah, obwohl es offen vor seinen Augen lag.

Erem runzelte die Stirn, versuchte, den Gedanken zu fassen zu bekommen, bevor er ihm wieder entgleiten konnte, da ließ ihn ein Geräusch aus der Dunkelheit des Tunnels jäh zusammenzucken. Erschrocken wich er zurück, und seine Hand fuhr zum Griff seines Schwertes hinab. Jetzt klang ein leises Scharren auf – das Geräusch von Schritten, die langsam, aber stetig näher kamen. Erem fuhr sich mit der Zunge über die trockenen Lippen, wagte kaum zu atmen. Das Dröhnen seines rasenden Herzens schien den Boden unter seinen Füßen in schwankende Bewegung zu versetzen. Dann schälte sich allmählich die Gestalt eines Mannes aus der Düsternis – und erstarrte, als sie ihn als schattenhafte Silhouette im hellen Tageslicht vor dem Eingang der Höhle stehen sah.

„Komm heraus!", rief Erem mit so viel grimmiger Autorität, wie er aufzubringen vermochte, und zog als eindeutige Warnung, dass es ihm ernst war, sein Schwert aus der Scheide.

„Erem!"

Der Klang der wohlvertrauten Stimme ließ Erem vor Erleichterung beinahe in die Knie sacken. Das Schwert entglitt seinen Fingern, als wäre es auf einmal glühend heiß geworden, und klapperte mit einem dumpfen Laut zu Boden.

„Brion", flüsterte er.

Sein Bruder stürzte auf ihn zu und schloss ihn heftig in die Arme.

„Erem! Bei allen Drachen, es tut so gut, dich zu sehen! Wir waren uns nicht sicher, ob du tatsächlich überlebt hast."

Erem schluchzte auf. Er spürte, wie sich ein Stachel, der seit den Ereignissen jenes schrecklichen Morgens unsichtbar in seiner Seele gesteckt hatte, unter der Wärme von Brions Umarmung aufzulösen begann. Plötzlich waren seine Wangen nass vor Tränen. Er wollte etwas sagen, doch seine Stimme brach, bevor er auch nur einen Ton hervorgebracht hatte. Es war nur ein einziges Wort, das schließlich den Weg über seine Lippen fand.

„Wir?"

Sein Bruder löste sich aus der Umarmung, nahm ihn bei den Schultern und sah ihm fest in die Augen. „Karan, Simai, unsere Ehepartner und unsere Kinder - sie alle haben überlebt. Wir waren alle im Haus, als deine Warnung uns erreichte, und wir konnten durch den Fluchttunnel entkommen, bevor das Feuer des Drachen uns erwischt hat. Du hast uns gerettet, Erem! Du hast meinem Sohn und meiner Tochter eine Zukunft geschenkt!"

Beschämt wandte Erem den Blick ab. Die ehrliche Dankbarkeit in Brions Augen zu sehen, war beinahe mehr, als er ertragen konnte. „Ich habe nicht alle gerettet", sagte er dumpf.

Der Druck von Brions Fingern um seine Schultern verstärkte sich. „Sieh mich an, Erem!"

Erem verkrampfte sich.

„Bitte, Erem! Sieh mich an!"

Zaghaft hob Erem den Kopf.

„Du bist nicht schuld an dem, was passiert ist." Brions Stimme war eindringlich, duldete keinen Widerspruch. „Serim ebenso wie Vater und Mutter haben geschworen, dich notfalls mit ihrem Leben zu beschützen. *Wir alle* haben das getan. Und glaub mir, Erem - niemand hat uns dazu gezwungen."

Verwirrt runzelte Erem die Stirn. Ihm war, als könne er noch einmal Serims Stimme hören, kurz bevor er gemeinsam mit seinem Bruder in den Tod gestürzt war. *Dich zu schützen, war immer wichtiger als alles andere.*

„Wem ... wem habt ihr das geschworen?“, flüsterte er.

Brions Züge wurden weich. Plötzlich sah Erem auch in seinen Augen Tränen schimmern. „Deinem Vater.“

Die eigentümliche Wortwahl seines Bruders ließ Erem unvermittelt einen Schauer über den Rücken laufen. Sein Herz schien auf einmal mit der doppelten Geschwindigkeit gegen seine Rippen zu hämmern, und seine Haut begann zu kribbeln, als sei sein gesamter Körper von Horden wimmelnder Ameisen bedeckt. Benommen sah er seinen Bruder an, sah in Brions blaue Augen - Augen, die Serims so sehr glichen, und den seinen so wenig.

„Brion, was ...“

Er verstummte, als etwas, das die ganze Zeit mit enervierender Hartnäckigkeit an den Mauern seines Bewusstseins gekratzt hatte, ohne dass er den Finger darauf hätte legen können, plötzlich in grelles Licht getaucht wurde. Mit einem Ruck wandte er den Kopf, starrte ungläubig auf den Höhleneingang und den finsteren Tunnel, der in den Berg hineinführte, dorthin, wo noch vor wenigen Tagen das Versteck der Seelenkristalle gewesen war; einen Tunnel, der so eng war, dass kein Drache mit seinem gewaltigen Körper jemals hindurchgepasst hätte. Und doch waren die Kristalle fort. Der Widerspruch war so offensichtlich, dass Erem nicht begreifen konnte, wieso er ihm bisher nicht aufgefallen war.

Ein Schleier schien vor seinen Augen zu zerreißen, und mit der Macht einer Brandungswelle fluteten Bilder in seinen Geist, die Bilder eines Traums, den er erst vor kurzer Zeit geträumt und dennoch bis eben vollständig vergessen gehabt hatte; Bilder einer wunderschönen Frau mit weißem Haar und saphirblauen Augen, in deren Tiefen die Weisheit von Jahrtausenden verborgen lag, einer Frau, die sich über ihn gebeugt und ihn liebevoll auf die Stirn geküsst hatte. Nur dass es kein Traum gewesen war.

Ein ersticktes Keuchen entrang sich seiner Kehle, und er begann zu zittern, erst innerlich, dann äußerlich, bis er schlotterte wie ein Säugling, den man in einer eisigen Winternacht in eine Schneewehe getaucht hatte. Die Welt schien von ihm abzurücken, ihre Farben und Formen mit jedem seiner angestrengten Atemzüge wie Blut aus einer offenen Wunde in einen dumpfen, grauen Nebel hinauszuströmen, und Erem spürte, wie er schwankte, als der Boden unter seinen Füßen seine Festigkeit verlor und das Universum um ihn herum knirschend in eine neue Form gepresst wurde. Mit weit aufgerissenen Augen starrte er seinen Bruder an.

„Kodorask hat sich verwandelt, nicht wahr? Nur so konnte er die Kristalle stehlen. Er hat sich in einen *Menschen* verwandelt.“ Seine Stimme versagte ihm, wurde zu einem rauen Krächzen. „Und die Frau, die ich beim Drachentreffen gesehen habe, die Frau, die mich geheilt hat - sie ist ebenfalls ein Drache gewesen.“ Eine weitere Bebenwelle lief durch seinen

Körper, ließ seine Zähne klappernd aufeinanderschlagen. „Die Frau war Eysenderia, nicht wahr?" Erem fühlte es tief in seinem Herzen. Es gab keine Zweifel.

Brion nickte stumm.

Eine seltsame Kälte breitete sich in Erem aus, schien in jede Zelle seines Körpers zu sickern und seine Seele mit eisigem Griff zusammenzupressen. Noch immer starrte er seinen Bruder an – den Bruder, der ein Teil seines Lebens gewesen war, seit er seinen ersten krähenden Atemzug von sich gegeben hatte, der ihm als Kind beigebracht hatte, mit dem Bogen auf Eichhörnchen und Hasen zu schießen, und nicht müde geworden war, seine Augen mit Geschichten über die ruhmreichen Helden vergangener Zeiten zum Glänzen zu bringen. Und doch war ihm, als sähe er Brion heute zum ersten Mal *wirklich.*

Erem öffnete den Mund, um die Worte auszusprechen, die die Welt, die er bisher so selbstverständlich zu kennen geglaubt hatte, endgültig und unwiderruflich zerschmettern würden, doch seine Zunge schien mit einem Mal an seinen Gaumen genagelt zu sein. Er räusperte sich einmal, zweimal, ballte die Fäuste; sammelte Kraft für das, was getan werden musste. Als er schließlich sprach, klang seine Stimme so heiser und brüchig, dass er sie kaum als seine eigene erkannte. Aber vermutlich war das der Bedeutung des Augenblicks nur angemessen.

„Der Zauber, den ich von den Drachen im Schrein erhalten habe … mit dem ich mich selbst in einen Drachen verwandeln kann … das war im Grunde gar kein Zauber. Es war ein *Gegen*zauber – einer, der die eigentliche Verwandlung rückgängig macht und mir meine wahre Gestalt zurückgibt."

Die Worte lagen wie kaltes Metall auf seiner Zunge; und obwohl es seine eigenen Lippen gewesen waren, die die Laute geformt hatten, schienen sie zu einem Fremden zu gehören, schien sein Gehirn außerstande zu sein, dem Gesagten irgendeine Art von Sinn zu verleihen, der die Macht besessen hätte, sein stockendes Herz dazu zu bringen, seinen nächsten Schlag zu tun. Er blickte in Brions Gesicht, hoffte verzweifelt darauf, dass sein Bruder in schallendes Gelächter ausbrechen und ihn einen törichten Narren nennen würde. Doch Brion blieb stumm.

Erem wartete eine Sekunde, zwei Sekunden, ehe er begriff, dass das erlösende Lächeln, der gutmütige brüderliche Tadel ob seiner absonderlichen Fantastereien nicht kommen würden. Die Worte hingen zwischen ihnen in der stillen Morgenluft, gewaltig wie ein Gebirgsmassiv. Einmal ausgesprochen, schienen sie immer weiter anzuschwellen, dehnten sich aus wie eine titanenhafte mythologische Kreatur, die seine Seele und sein Fleisch unter dem Gewicht ihrer äonenalten Präsenz zu Staub zermalmte.

Erem schluckte mühsam. „Ihr habt mich aufgezogen, als wäre ich einer von euch; habt mir das Gefühl gegeben, als würde ich tatsächlich zu euch gehören. Aber das tue ich nicht." Sein Blick verschleierte sich. Plötzlich sah er Brion nur noch verschwommen. „Du bist nicht mein Bruder - weder du noch Karan, noch Serim. Und auch Simai ist nicht meine Schwester. Wie könntet ihr auch? Ich bin nicht einmal ein Mensch." Er stockte, holte tief Luft. Dann sprach er aus, was offensichtlich jeder außer ihm gewusst und ihm Zeit seines Lebens vorenthalten hatte. „Ich bin ein Drache."

Er spürte kaum, wie Brion ihm behutsam eine Hand auf die Schulter legte, fühlte kaum die Wärme seiner Berührung auf seiner Haut. Nur vage und schemenhaft drangen Brions Worte an sein Ohr, wispernde Gespenster eines Lebens, das niemals etwas anderes als eine Lüge gewesen war.

„Es stimmt, Erem. Du *bist* ein Drache. Doch du bist ebenso mein Bruder. Für keinen von uns bist du jemals etwas anderes gewesen." Brions Stimme wurde beschwörend. Erem spürte, wie verzweifelt sein Bruder versuchte, das Chaos zu durchdringen, das in seinem Inneren tobte, nicht zuzulassen, dass er die Brücke niederriss, die ihn mit seiner Menschlichkeit verband. „Wir waren so *stolz,* Erem, dass wir dich als einen Teil unserer Familie aufziehen durften. Vater, Mutter, Karan, Simai und Serim - *ganz besonders* Serim - wir alle haben dich geliebt, und wir tun es noch. Nichts wird daran jemals etwas ändern."

Erem nickte mechanisch, als habe Brion eine Wahrheit ausgesprochen, die unbedingt nach einer Bestätigung verlangte, um nicht sogleich von einer eisigen Dunkelheit verschlungen zu werden. Ein Drache? Er sollte tatsächlich *ein Drache* sein? Das klang so absurd, war so fern von jeder Möglichkeit des Begreifens, dass er sich nur mit Mühe davon abhalten konnte, Brion mit all seinen pompösen Enthüllungen einfach stehen zu lassen und zu gehen. *Erem, der Drache.* Fast hätte er gelacht.

Wie oft hatte er sich in seiner Fantasie genau das vorgestellt, hatte sich ausgemalt, wie es wäre, gemeinsam mit jenen wundervollen, beinahe ewigen Geschöpfen am Himmel dahinzugleiten, und wie oft hätte er sich aus Scham über seine Anmaßung am liebsten in den Wurm verwandelt, als der er sich bei solchen Gedanken fühlte? Er war nur ein Mensch, das war ihm stets mit schmerzhafter Deutlichkeit bewusst gewesen; und ein Mensch, der sich in seiner eigenen Hybris verlor, der sich selbst für etwas Besseres und Besonderes hielt, war der gefährlichste von allen.

Und nun stand er hier, vor den schwarzen, zerschmolzenen Ruinen des Hauses, in dem er seine Kindheit verbracht hatte, und erfuhr, dass seine Sehnsucht gar keine Hybris gewesen war, sondern eine Wahrheit, die er sein ganzes Leben tief in sich gefühlt hatte, ohne sie jemals mit Worten benennen zu können. Und doch - wie konnte es sein, dass er achtzehn

Jahre lang nicht bemerkt hatte, dass er in Wirklichkeit ein Drache war? Wie war es möglich, dass er mit all seiner Fehlerhaftigkeit und seinen Schwächen, seiner Impulsivität und seinem hitzigen Temperament tatsächlich *einer von ihnen* sein sollte? Wie konnten *sie* wie er sein?

„Wie ... wie lange wisst ihr es schon?“, flüsterte er.

Ein Lächeln voller Wärme erschien auf Brions Gesicht. „Wir wussten es von Beginn an. Deine Mutter hat dich hier geboren, und sie und dein Vater entschieden dann, dich in unsere Obhut zu geben.“

Erem schloss die Augen, presste die Lider so fest zusammen, dass seine Schläfen zu pochen begannen. „Alanerisk und Eysenderia. Sie sind es. Sie sind meine Eltern.“

Brion nickte. „Das sind sie.“

Erem merkte kaum, wie er die Fäuste ballte, wie er nach dem Einzigen griff, das er dem bröckelnden Fundament seiner Selbstbeherrschung noch entgegenzuhalten vermochte - seinem Zorn. „Warum ... warum haben sie mich angelogen? Warum ließen sie mich glauben, ich sei ein Mensch? Und wieso erzählst du mir gerade *jetzt* davon?“

Brion schaute ihn ernst an. Plötzlich schien Stahl in seinen Augen zu schimmern. „Sie wählten die Täuschung, um dich zu schützen. Neugeborene Drachen sind beinahe noch genauso verwundbar wie gewöhnliche Menschen. Erst mit den Jahren wird eure Magie stärker, und ihr werdet widerstandsfähiger. Alanerisk und Eysenderia wollten nicht riskieren, eine dunkle Drachenseele auf dich aufmerksam zu machen, die vielleicht bereits unerkannt unter den Menschen lebte. Und was mich betrifft - ich denke, dass Unwissenheit nicht länger ein Schutz für dich ist. Je eher du die Wahrheit über deine Identität erfährst, desto besser kannst du die Situation einschätzen und entsprechend handeln.“

Erem erstarrte, als ihm unvermittelt etwas klar wurde. Der Schock der Erkenntnis war wie ein Kübel Eiswasser, der über seinem Kopf entleert wurde und ihm half, in den bizarren, surrealen Traum, in dem er gefangen war, ein paar weitere harte Kanten Realität hineinzumeißeln. Seine Hand glitt in seine Tasche, berührte Ajans Seelenkristall, der plötzlich wie ein Stück glühende Kohle auf seiner Haut zu brennen schien.

„Sie wissen es“, hauchte er.

Brion runzelte die Stirn. „Was meinst du?“

„Kodorask. Er weiß jetzt, dass es uns gibt.“

Brion wurde aschfahl. „Was ist passiert?“

Wortlos zog Erem die Hand mit dem Seelenkristall aus der Tasche. Obwohl es kaum möglich schien, wurde Brion noch bleicher.

„Wessen Kristall ist das?“

Erem holte zitternd Luft. Es war, als würde erst dadurch, dass er den Namen offen aussprach, Ajans Tod endgültig zu einem Teil seiner Wirklichkeit werden, als habe er damit ein Band zwischen ihnen gekappt, dessen er sich bis zu diesem Augenblick nicht einmal bewusst gewesen war.

„Ajans. Er starb vor zwei Tagen."

„Aber wie ..."

Erem sprach schnell weiter, ließ seinen Bruder nicht zu Wort kommen. „Als er starb, hatte ich das Gefühl, als würde ich selbst sterben. Ich bin mir sicher, dass alle Drachen in diesem Moment dasselbe empfanden oder zumindest genau gespürt haben, was geschehen ist. Unsere menschliche Existenz wird uns nicht länger vor Kodorask schützen können. Nun, da sich ein Jungreiter als Drache herausgestellt hat, wird er versuchen, uns alle in seine Hand zu bekommen." Er hob seinen Blick von dem Kristall auf seiner Handfläche und schaute Brion fragend an. Aber natürlich war die Frage schon längst beantwortet worden. „Es *gibt* doch noch andere Drachen unter den Jungreitern, nicht wahr? Ajan und ich waren nicht die einzigen."

Nur deshalb war es den Drachen unmöglich gewesen, Serim - so wie ihm selbst - ihren Zauber zu verleihen. Nun ergab mit einem Mal alles einen Sinn.

Brion schüttelte den Kopf. „Nein, Erem. Ihr wart nicht die Einzigen. Insgesamt gibt es ..." Er stockte. ... „*gab* es elf Jungdrachen."

Nun waren es nur noch zehn. Erneut spürte Erem, wie heiße Tränen in seinen Augen zu brennen begannen. Seine Finger schlossen sich um Ajans Seelenkristall, als wollten sie ihn nie wieder loslassen, doch er bemerkte es kaum.

„Wie bist du in seinen Besitz gelangt?", fragte Brion leise. „Warst du zusammen mit Ajan unterwegs, als er starb?"

Erem presste die Lippen aufeinander. Bitterkeit stieg seine Kehle empor, schnürte ihm die Brust ein. „Wäre ich bei ihm gewesen, wäre Ajan vielleicht noch am Leben." Oder es gäbe stattdessen lediglich einen Seelenkristall mehr, der einsam und vergessen irgendwo im Schlamm gelegen hätte. Erem erschauerte. „Der Kristall kam zu mir."

Brion blinzelte verdutzt. „Er ist einfach bei dir aufgetaucht?"

„Nein, ich ..." Erem schluckte, drängte seine Tränen mit Gewalt zurück. „Ich glaube, Ajans Seele hat auf meinen Schmerz reagiert. Sie hat gespürt, dass ich von ihr Abschied genommen habe. Ich denke, das hat sie angezogen."

Obwohl Brions Miene noch immer starr vor Entsetzen war, glitt ein staunender, beinahe andächtiger Ausdruck über sein Gesicht. „Ich wusste nicht, dass so etwas möglich ist."

„Ich auch nicht." Erem knirschte mit den Zähnen. Grimmig zwang er seinen Verstand, sich auf das zu konzentrieren, was im Augenblick tatsächlich wichtig war. Alles andere hatte Zeit bis später. „Das könnte unsere Lage allerdings noch übler machen, als sie ohnehin schon ist."

Er sah, wie sich Brion versteifte. „Was meinst du?"

„Ich meine, dass auch Kodorask und die Drachen seines Clans das können, was ich kann. Wenn Kodorask bereits seit vielen Jahren - oder sogar Jahrzehnten - unerkannt unter den Menschen gelebt hat, ist es sehr gut möglich, dass er die Seelen seiner gefallenen Clanangehörigen nicht zufällig aufgespürt, sondern sie aktiv zu sich gerufen hat. Das bedeutet, dass seine Streitmacht viel größer sein könnte, als wir bis jetzt vermutet haben. Er könnte bereits jetzt genug Kristalle besitzen, um jeden einzelnen Drachen zu übernehmen - einschließlich der Jungdrachen."

Brion keuchte auf. „Ich hoffe, du irrst dich. Ich bete darum."

Erem schwieg. Er konnte keine Hoffnung aufbringen, nicht einmal den kleinsten Funken.

„Was denkst du, wie viele Drachen Kodorask inzwischen zum Opfer gefallen sind?", fragte Brion bedrückt. „Nachdem wir unsere Kinder in Sicherheit gebracht hatten, sind Karan und Simai sofort weitergeritten, um sie zu warnen, aber wie ich nun weiß, ist diese Warnung zumindest für Sapherion zu spät gekommen."

Erem senkte den Kopf. „Nicht nur für ihn."

Brion erstarrte. „Wer?", hauchte er.

Erem atmete tief durch. „Eysenderia."

„Oh Erem!" Brions Augen füllten sich mit Tränen. „Es tut mir so leid! Ich ..."

„Nein!", unterbrach Erem ihn schroff. „Sprich nicht weiter! Ich bin nicht der Einzige, der seine Eltern verloren hat."

„Das ist etwas anderes. Wir ..."

„Nein!", sagte Erem noch einmal. Er spürte, wie erneut der Zorn in ihm zu pochen begann. Es war ein gutes Gefühl, und er tat nichts, um es zurückzuhalten. „Es spielt keine Rolle, welchen Eid ihr Alanerisk geschworen habt, als ihr mich in eure Familie aufnahmt. Ich weiß, dass ihr euer Leben im Vergleich zu meinem als bedeutungslos empfindet, aber das ist es nicht. Das ist es *ganz und gar* nicht! Ihr seid doch nicht geringer als ich, bloß weil ihr Menschen seid!" Er lachte bitter auf. „Wenn ich ein Beispiel dafür bin, wie es sich anfühlt, ein Drache zu sein, dann gibt es nichts, was an den Drachen bewundernswert wäre. Nein, Brion" - er schüttelte heftig den Kopf - „ihr hättet so einen Schwur niemals leisten dürfen! Alanerisk hatte nicht das Recht, so etwas von euch zu verlangen. Serim hätte *euch* beschützen sollen, nicht mich! Ich bin nur ein Einzelner, gleichgültig, ob ich nun mit meinen Flügeln flattern kann oder nicht. Ich habe niemals um euren Schutz gebeten, und ich hätte niemals zugelassen, dass einer von euch für mich sein Leben gibt. Eher wäre ich selbst gestorben!"

Er sah, wie Brion die Schultern straffte und sein Rücken gerader wurde. Plötzlich wirkte er weniger wie der Bruder, mit dem er aufgewachsen war, als wie ein Soldat, der vor seinem Truppenführer zum Appell antrat. „Das war uns allen bewusst, Erem. *Gerade deshalb* mussten wir dich mit allen Mitteln beschützen."

Er wollte Erem die Hand auf die Schulter legen, doch Erem wich vor ihm zurück. Die Wut kochte mit einem Mal so heiß in ihm, dass sie ihn innerlich zu verbrennen schien. „Mit allen Mitteln? Ihr seid doch nicht meine Sklaven, Brion! Sollen das etwa die Werte sein, für die die Drachen stehen? Wenn das so ist, habe ich *wirklich* achtzehn Jahre lang eine Lüge gelebt."

Betroffenheit und Schmerz gruben sich in Brions Gesicht, als er seine Hand wieder sinken ließ. „Ach, Erem! Urteile nicht zu hart über Alanerisk! Alles, was wir taten, haben wir freiwillig getan – weil wir daran geglaubt haben. Alanerisk hat uns niemals zu irgendetwas gezwungen. Das musste er nicht. Wir wussten immer, dass der Lohn für unseren Einsatz alles andere aufwiegen würde."

Erem starrte ihn ungläubig an. „Alles andere? Brion, sieh dich um!" Er machte eine heftige Bewegung mit der Hand, die die tote, verbrannte Fläche umfasste, die einst eine blühende Wiese gewesen war. „Dies hier ist *alles andere!* Und dafür soll *ich* der Lohn sein?"

Brion schüttelte den Kopf; als er sprach, klang seine Stimme beinahe sanft. „Nicht nur du. Glaubst du, es ist Zufall, dass die Drachen in den neunhundert Jahren, die seit dem Krieg vergangen sind, nur elf Kinder bekommen haben?"

„Nein. Ich …" Erem zögerte. Er spürte, wie ihm sein Zorn zu entgleiten begann, ohne dass er ihn festzuhalten vermochte. Zu genau erinnerte er sich an sein Gespräch mit Selos beim letzten Drachentreffen und an die düstere Schwermut, die ihn stets überkommen hatte, wenn er daran dachte, dass die Drachen eines Tages vielleicht vollständig vom Antlitz der Erde verschwunden sein könnten. Plötzlich beschämt, sanken seine Schultern herab. „Ich weiß es nicht."

Brion sah ihn ernst an. „Es war weder ein Zufall, noch lag eine bestimmte Absicht darin. Hätten die Drachen die Macht besessen, würden heute bereits wieder Hunderte von ihnen am Himmel kreisen. Doch diese Macht haben sie nicht. Ein weiblicher Drache ist nur etwa alle tausend Jahre einmal empfängnisfähig, und meist sind jedem Paar dabei auch nur ein oder bestenfalls zwei Nachkommen vergönnt, obwohl ihre Fruchtbarkeitsphase nahezu hundert Jahre dauert. Für unsere Drachen ist die Phase der Vermehrung schon zur Hälfte wieder vorbei." Ein schwaches Lächeln glitt über sein Gesicht, vermochte den Schmerz in seinen Augen jedoch nicht zu lindern. „Wir hatten großes Glück. Jedes Paar hat ein Kind bekommen, manche sogar zwei. Trotzdem seid … wart ihr nur elf. Sollten noch mehr von euch sterben, könnte dies tatsächlich das Ende der Drachen bedeuten." Seine Brust hob und senkte sich unter einem tiefen Atemzug, als seien seine Worte eine Last, die zu tragen er nicht länger in der Lage war. „Man mag es leicht vergessen, weil wir es noch niemals erlebt haben, aber auch die Drachen leben nicht ewig. Bei drei oder vier Paaren ist nicht sicher, ob sie in ihrer nächsten Fruchtbarkeitsphase überhaupt noch einmal Kinder bekommen können, und für Arkendeon, den ältesten von ihnen, wird es vermutlich nicht einmal mehr tausend Jahre geben." Brions Blick wurde so eindringlich, dass es schmerzte. „Verstehst du es nun, Erem? Es geht nicht nur um dich allein. Es geht um euch alle. *Das* ist die Verpflichtung, der wir uns verschrieben haben. Weil die Drachen *wichtig* sind. Weil sie nicht sterben dürfen. Vor neunhundert Jahren haben sie dasselbe für uns getan."

Erem schüttelte den Kopf. „Nein", sagte er dumpf. „Du irrst dich. Es war nicht dasselbe. Die Drachen haben die Menschen gerettet, aber Drachen waren es auch, die sie damals beinahe ausgerottet haben. Wieso wollt ihr uns dennoch beschützen?"

„Du kennst die Antwort, Erem, weil du sie in deinem eigenen Herzen spürst. Du weißt, dass Alanerisk und die übrigen Drachen mit Kodorask und seinem Clan nichts gemein haben. Ebenso wie du und der Rest der Jungdrachen. Dieses Wissen genügt mir. Es genügt uns allen."

Erem schwieg. Natürlich hatte Brion recht, und sein Bruder wusste es.

Brion nahm sein Schweigen mit einem Lächeln auf. Es erlosch, als er seinen Blick erneut auf den Seelenkristall richtete. Er befeuchtete seine Lippen, schien sich zu fürchten, die Frage zu stellen, die ihm offensichtlich auf der Zunge lag.

„Wenn Eysenderia nun einer *von ihnen* ist … was ist mit Selos? Was mit seiner Familie? Geht es ihnen gut?"

Erem atmete tief durch. „Ja, Selos geht es gut. Aber sein Bruder und seine Eltern sind tot. Der Drache hat sie ermordet."

Brions Augen verdunkelten sich vor Trauer, und doch lag eine eigenartige Zuversicht in seinem Blick, als er Erem voller Mitgefühl ansah. „Das tut mir sehr leid für ihn. Aber Selos ist stark. Er wird über seinen Verlust hinwegkommen, denn er hat nicht alles verloren. Er hat noch immer einen Bruder, der für ihn da ist."

Erem riss die Augen auf. „Mich!", flüsterte er. „Er hat mich."

Brion nickte. „Ja. Selos ist Alanerisks und Eysenderias Sohn, so wie du es bist. Ich glaube, ihr habt das schon immer gespürt. Auf den Drachentreffen wart ihr stets unzertrennlich."

Erem biss seine Zähne so fest zusammen, dass sie knirschten. Plötzlich rauschte ihm das Blut so laut in den Ohren, dass er das Gefühl hatte, von einer gewaltigen Woge gepackt und mit dem Kopf unter Wasser gedrückt zu werden.

„Ich verstehe, dass die Drachen aus Angst vor Kodorask die Existenz der Jungdrachen geheim gehalten haben." Die Worte schmeckten schal und bitter auf seiner Zunge, doch Erem zwang sich, sie trotzdem auszusprechen. „Ich verstehe das wirklich. Aber dass ihre Furcht so groß war, dass sie mich und meinen Bruder all die Jahre getrennt haben aufwachsen lassen; dass sie zugelassen haben, dass wir einander nur drei oder vier Mal im Jahr für einige wenige Stunden begegnen konnten - das verstehe ich *nicht.* Es muss andere Möglichkeiten gegeben haben."

Ob sie nun Drachen oder Menschen waren, spielte dabei nicht die geringste Rolle. Alanerisk und die übrigen Drachen hatten nicht das Recht gehabt, eine derartige Entscheidung für sie zu treffen. So oft hatte er das Gefühl gehabt, dass etwas Elementares in seinem Leben fehlte, dass er nicht wirklich dazugehörte, und so oft hatte er unter diesen seltsamen und unerklärlichen Empfindungen gelitten, die einfach keinen Sinn zu ergeben schienen. Er hatte seine Familie - seine *menschliche* Familie - von ganzem Herzen geliebt, und er tat es noch. Und doch begriff er erst jetzt, dass die Leere, die stets ein Teil von ihm gewesen war, nur von seiner *wahren* Familie hätte gefüllt werden können. Und er wusste, dass Selos - dass *alle* Jungdrachen - das Gleiche empfunden haben mussten.

„Ich werde zum Drachenschrein fliegen", erklärte er brüsk, bevor Brion auf seine vorwurfsvollen Worte etwas erwidern konnte. „Vanadeen sagte, dass sich dort alle versammeln werden. Yadell und Selos dürften inzwischen ebenfalls dort sein."

Brion sah ihn an, zögerte, dann fragte er: „Wirst du Selos die Wahrheit sagen?"

Erem lächelte dünn. „Darauf kannst du wetten. Falls die Drachen es nicht schon getan haben, werde ich es *allen* sagen."

„Auch gegen den Willen der Drachen?"

Erem erwiderte seinen sorgenvollen Blick mit unbewegter Miene. „Warum fragst du, wenn du die Antwort doch bereits kennst?"

Brion seufzte, dann nickte er. Sein Bruder wusste ebenso gut wie er, dass die Zeit der Geheimniskrämerei vorbei war; dass sie vorbei sein *musste,* sollten sie überhaupt noch eine Chance haben, das Blatt noch einmal zu wenden. Bevor er jedoch seinen Weg zum Schrein fortsetzte, musste er eine Sache unbedingt noch wissen.

„Weißt du, was aus Kaderina und Cissima geworden ist? Haben sie es geschafft, aus dem Schloss zu entkommen?"

Brion lächelte. „Das haben sie. Als der Drache landen wollte, ohne ihnen zuvor das vereinbarte Kennwort zu schicken, sind sie sofort geflohen. Sie befinden sich zusammen mit unseren Frauen und Kindern in einem sicheren Versteck."

Erem atmete auf. „Das ist gut." Dann runzelte er die Stirn. „Und was ist mit König Wilberen? Lebt er noch?"

Brions Miene verdüsterte sich. „Das tut er. Allerdings benimmt er sich mehr als nur ein wenig eigenartig. Du wirst übrigens niemals darauf kommen, wer die zwei neuen Drachenreiter sind."

Erem schluckte beklommen. Er musste nicht raten. Die Antwort lag leider viel zu nahe.

„Ich nehme an, es sind Jorran und sein Sohn."

„In der Tat."

Erem war danach, vor ohnmächtigem Zorn um sich zu schlagen. Der Gedanke, dass ausgerechnet Jorran und Keiran den Platz auf Alanerisks Rücken eingenommen hatten, war ihm unerträglich, auch wenn es nicht mehr Alanerisks Seele war, die im Körper des Drachen wohnte. Er stieß ein wütendes Zischen aus.

„Dann muss König Wilberen ebenfalls übernommen worden sein. Bei klarem Verstand hätte er eine solche Entweihung niemals geduldet."

Brion nickte. „So sehe ich das auch."

Erem sah ihn an, sah in das Gesicht seines Bruders, und plötzlich wurde ihm bewusst, dass diese Begegnung durchaus die letzte Erinnerung sein mochte, die sie beide miteinander teilten; dass der Tod auch sie bald mit grausamer Endgültigkeit auseinanderreißen konnte. Ein Schauer strich über seine Haut, ließ ihn trotz der sommerlichen Wärme frieren.

„Was machst du eigentlich noch hier?", fragte er mit belegter Stimme. „Keiner von uns sollte mehr an diesem Ort sein."

Obwohl er keinen Vorwurf in seine Worte hatte hineinlegen wollen, schien Brion seine Gedanken erraten zu haben. „Keine Sorge, Erem. Ich bin noch nicht lange hier. Ich habe die letzten Tage damit verbracht, Boten in die verschiedenen Königreiche zu schicken. Danach bin ich hierher zurückgekehrt, um Serim zu begraben und für Vater und Mutter in der Höhle Gedenktafeln zu errichten."

Plötzlich hatte Erem das Gefühl, nicht mehr genug Luft zu bekommen. „Du hast Serim gefunden? Er ist nicht verbrannt?"

Im dunstigen Morgenlicht sah er Tränen in Brions Augen schimmern. „Die Flammen haben seinen Körper nicht vollständig verzehrt. Ich habe bestattet, was von ihm noch übrig war."

Erem spürte, wie auch seine Augen zu brennen begannen. „Ich ... ich möchte sein Grab sehen."

„Dann komm."

Brion führte ihn ein gutes Stück die Steilwand entlang zu einem schmalen Pfad, der sich in engen Serpentinen den zerklüfteten Berghang hinaufwand. Oben angekommen, folgten sie der Kante, bis die Büsche und Sträucher vor ihnen zurückwichen und den Blick auf den Wald freigaben, der sich tief unter ihnen in alle Richtungen erstreckte – zumindest auf das, was von ihm noch übrig war.

Brion schien zu spüren, was in ihm vorging, denn er legte ihm behutsam eine Hand auf die Schulter und wies mit der anderen in einer weiten Geste über das Land. „Die Bäume werden sich wieder erholen. Nur dort, wo wir gewohnt haben, ist der Boden verglast, der Rest war im Grunde nichts anderes als ein gewöhnlicher Waldbrand. Damit wird die Natur fertig. Schon bald werden Blumen, Gräser und Büsche die kahlen Flächen zurückerobern, und in einigen Jahren werden sich hier auch wieder neue Bäume in den Himmel erheben." Er lächelte wehmütig. „Serim hat es verdient, diesem Himmel auch im Tode nahe zu sein."

Er trat einen Schritt beiseite, gab den Blick auf das Grab frei. Brion hatte es vollständig mit runden Flusskieseln bedeckt. An seinem Kopfende ragte ein hüfthoher Stein empor, glatt geschliffen und mit einer Inschrift versehen. Mit stockender Stimme las Brion vor:

„Hier ruht Serim, geliebter Mann, Sohn, Vater und Bruder. Möge seine Seele so frei den Himmel bereisen, wie er es einst im Leben getan hat."

Unvermittelt hatte Erem das Gefühl, innerlich zu zerreißen. Ein qualvolles Schluchzen quoll tief aus seiner Brust empor, und wie eine gewaltige Woge fluteten Erinnerungen über ihn hinweg – Erinnerungen an Serim, wie er ihn sanft in den Arm nahm und tröstete, wenn er im Schloss wieder einmal auf eine Mauer aus Unverständnis und Ablehnung gestoßen war; Serim, der ihn mit unendlicher Geduld in der Kunst des Schwertkampfs unterrichtete; Serim, wie er glücklich im Kreis seiner Familie saß, mit Kaderina lachte, mit Cissima spielte; Serim, der König Wilberen ein unersetzlicher Berater und Freund gewesen war. Serim, der ihn noch im Sturz fest umklammert hielt, der sein Leben gab, um ihn zu beschützen.

Erst als Brion ihn behutsam an sich zog, merkte Erem, dass er weinte. Gemeinsam trauerten sie um ihren Bruder, weinten um das, was verloren war und niemals wiederkehren würde.

Sie standen lange an Serims Grab, schweigend und einander in den Armen haltend. Und während ihm die Tränen ungehemmt über seine Wangen strömten und das Hemd seines Bruders mit seinem Gram benetzten, leistete Erem einen heiligen Schwur. Niemals wieder würde er es hinnehmen, wenn jemand sagte, ein Opfer sei unvermeidlich. Sowohl seine Familie als auch die Drachen hatten das geglaubt, aber sie hatten sich geirrt. Sie hätten die Jungdrachen einweihen müssen, hätten ihnen das Geheimnis ihrer Existenz nicht vorenthalten dürfen. Hätte er von Anfang an gewusst, dass er in Wirklichkeit ein Drache war, hätte Serim möglicherweise nicht zu sterben brauchen. Ajan zumindest hatte seine Ahnungslosigkeit nicht geschützt. Im Gegenteil, er war gestorben, gerade weil weder er noch Kodorask und sein Clan gewusst hatten, wer er in Wahrheit war, und Selos und ihm wäre es beinahe ebenso ergangen.

Erem atmete tief durch, legte den Kopf in den Nacken und sah mit verschleiertem Blick zum Himmel empor. Seine Gedanken jedoch waren klar und so hart wie ein Diamant. Nie, niemals wieder würde er zulassen, dass ein Leben geopfert wurde, ganz gleich, zu welchem Zweck oder für welches angeblich hehre Ziel dies geschah. Es musste einen anderen Weg geben, das zu schützen, was schützenswert war, und er würde ihn finden, gleichgültig, wer oder was sich ihm dabei in den Weg stellte.

14. Kapitel

Brion schaute schweigend zu, wie Erem seine Kleidung ablegte und sie zusammen mit seinen Schwertern zu einem festen Bündel schnürte, um schließlich den Zauber zu wirken, der ihn aus seiner menschlichen in seine Drachengestalt - seine *wahre* Gestalt - zurückfließen ließ. Er sah die Ehrfurcht und den Stolz in den Augen seines Bruders, als dieser an ihn herantrat und ihm beinahe schüchtern eine Hand auf den silbrig glänzenden Leib legte, und sandte ihm in Gedanken ein stilles Lächeln.

„Was wirst du jetzt tun?", ließ er seine Gedankenstimme leise in Brions Geist erklingen. Obwohl er nun wusste, dass er in Wirklichkeit niemals Stimmbänder gebraucht hatte, fühlte es sich noch immer merkwürdig an, auf diese Weise zu kommunizieren. Mit einem seltsamen Gefühl der Trauer spürte er, dass von nun an jedes Mal, wenn er es tat, sein bisheriges Leben ein winziges Stück mehr von ihm fortrücken würde.

Brion hob die Schultern. „Es gibt nicht viel, was ich noch tun kann. Das hier ist euer Kampf, nicht der der Menschen. Ich werde zu meiner Familie zurückkehren und meinen Kopf unten behalten, bis - hoffentlich - dieser ganze Spuk vorüber ist."

Euer Kampf. Der der Drachen. Erem erschauerte. Mit gefalteten Flügeln sah er auf seinen Bruder herab, der neben seinem mächtigen Drachenleib wie ein Kind wirkte - ein schwaches, hilfloses Kind, das mit ängstlich geweiteten Augen beobachtete, wie sich die schwarzen Gewitterwolken immer bedrohlicher am Horizont zusammenballten, und zitternd darauf wartete, dass die ersten Blitze auf die Erde niederfuhren.

„Könntest du den anderen etwas von mir ausrichten?", fragte er, plötzlich merkwürdig beklommen.

Brion lächelte. „Natürlich. Ich werde es ihnen sagen."

Erem legte den Kopf schräg. „Du weißt, was ich sagen wollte?"

Brions Lächeln vertiefte sich. „Du magst zwar jetzt Erem, der Drache sein, aber für mich bist du trotzdem noch immer mein kleiner Bruder. Daran wird sich niemals etwas ändern."

Wäre er in seiner menschlichen Gestalt gewesen, wären Erem angesichts ihres Abschieds, der nun unmittelbar bevorstand, vermutlich die Tränen gekommen. So vieles war ungewiss, so vieles mochte sich in den nächsten Tagen und Wochen vom Schlechten zur völligen Katastrophe wenden, und vielleicht waren dies die letzten Worte, die sie jemals zueinander sprechen würden. Die Vorstellung war zu entsetzlich, um sie länger als einen winzigen Augenblick gewähren zu lassen.

Erem versuchte, seine Gedanken zu fokussieren, Brion ein letztes Lebewohl zu schicken, bevor sich ihre Wege trennten und sie beide in die Welten aufbrachen, in die sie gehörten, doch seine Konzentration ließ ihn im Stich. So öffnete er seinem Bruder einfach sein Herz, ließ ihn alles darin lesen, was er für ihn und seine Familie empfand – seine Trauer und seinen Schmerz über Serims Tod und den seiner Eltern, seine Liebe und seine Dankbarkeit sowie seine tiefe Entschlossenheit, diesmal *sie* zu beschützen.

Brion schlang beide Arme um seinen schlanken Drachenhals und drückte ihn fest an sich. „Unsere Liebe begleitet dich, wohin du auch gehst, Erem. Vergiss das niemals."

„Das … das werde ich nicht."

Dann war er plötzlich da, der Moment des Abschieds. Brion nickte Erem ein letztes Mal zu, trat zurück, und Erem entfaltete seine Schwingen, schloss eine Klaue um sein Bündel und stieß sich kräftig vom Boden ab. Mit starken Flügelschlägen gewann er rasch an Höhe. Er flog eine enge Schleife über Serims Grab und stieß einen langgezogenen Drachenschrei aus, bevor er seinen Körper wie einen Pfeil nach oben schnellen ließ, wo er in die dichten Wolken eintauchte und rasch Brions Blicken entschwand. Er schaute nicht zurück, doch in seinem Herzen weilte er noch immer an Brions Seite. Und für einen kurzen Moment, nur dieses eine Mal, gestattete er sich zu wünschen, er wäre als Mensch geboren worden.

* * *

Obwohl Erem so schnell flog, wie er konnte, benötigte er dennoch fünfeinhalb Tage zum Drachenschrein, während Alanerisk dieselbe Strecke bei ihrem letzten Besuch in nur dreieinhalb Tagen zurückgelegt hatte. Hätte es noch eines Beweises bedurft, wie überlegen die alten, erwachsenen Drachen den Jungdrachen waren, so wäre er damit in schmerzhafter Deutlichkeit erbracht worden. Aber was eine direkte Konfrontation mit Kodorask und dem Rest seines verderbten Clans betraf, so gab sich Erem ohnehin keinen Illusionen hin. Gleichgültig, wie heroisch er sich auch mit Yadell, Jeron und den anderen in die Schlacht warf, es würde nicht an ihnen sein, eine Wende in diesem schrecklichen Krieg herbeizuführen.

Oft in diesen fünfeinhalb Tagen dachte er daran, wie viele Drachen Kodorask mittlerweile wohl noch zum Opfer gefallen sein mochten. Wenn er Alanerisks Körper bis zum Äußersten trieb, könnte er inzwischen vom Reich Zunarint, in dem Sapherion übernommen worden war, beinahe in jedes andere Königreich Mendoris gelangt sein. Vorausgesetzt natürlich, dass es tatsächlich Kodorask gewesen war, der mithilfe seiner erbeuteten Seelenkristalle Sapherions Körper geraubt hatte, und keiner seiner Schergen, der, so wie bei Eysenderia, in einer unabhängigen Aktion zugeschlagen hatte.

Die Ungewissheit nagte schwer an ihm, doch er hatte keine Möglichkeit, im Augenblick etwas daran zu ändern. Wenigstens waren seit Ajan keine weiteren Drachen mehr gestorben. Das ließ hoffen, dass die Warnung die anderen Drachen schneller erreicht hatte als Kodorask.

So groß aber seine Furcht vor den düsteren Wolken auch war, die sich so bedrohlich über ihren Köpfen zusammenballten, so sehr verblasste sie jedes Mal, wenn er in seiner Erinnerung zu seiner letzten Begegnung mit seinem Bruder zurückkehrte. Noch immer haftete Brions Enthüllungen etwas Unwirkliches, Traumartiges an, und auch wenn seine Worte eine Saite in seiner Seele zum Schwingen gebracht hatten, wo zuvor nur das vage, kaum greifbare Gefühl eines Verlusts gewesen war, der doch scheinbar niemals stattgefunden hatte, fiel es ihm dennoch schwer, sie wirklich zu sich selbst in Beziehung zu setzen. Obwohl er nun wusste - tatsächlich *wusste* und sich nicht nur in wilden Tagträumen zurechtfantasierte -, dass er in Wahrheit ein Drache war, schien die Bedeutung dieser Erkenntnis dennoch merkwürdig fern, und statt ihn in ein permanentes, rauschhaftes Hochgefühl zu versetzen, stellte er mit nicht geringer Verwunderung fest, dass er letztlich noch immer derselbe war wie zuvor. Wenn er in sich hineinspürte - was er in den letzten Tagen oft getan hatte -, fand er dort dieselben Gedanken, Empfindungen und Unzulänglichkeiten, die auch vorher schon da gewesen waren. Nichts schien sich in seinem Inneren auf eine grundlegende Weise verändert zu haben, und keine kosmischen Fanfaren erklangen und ließen die Welt erbeben, wenn er daran dachte, dass der Körper, mit dem er gerade so kraftvoll und elegant durch die Wolken glitt, wirklich und wahrhaftig *sein eigener* war.

Doch vielleicht war das auch gar nicht anders möglich. Vielleicht war es das Schicksal jedes echten Wunders, in die Niederungen des Profanen zurückzusinken, sobald man seiner ansichtig geworden war. Das Leben nahm weiter seinen Lauf, man aß, man schlief, und der unerbittliche Fluss der Zeit ließ das, was nur einen Moment zuvor noch eine göttliche Offenbarung gewesen war, als bloße Erinnerung am Wegesrand zurück. Die schlichte Wahrheit war, dass er trotz allem immer noch Erem war. Er bezweifelte, dass er jemals etwas anderes sein würde.

Als er am späten Nachmittag des sechsten Tages sein Ziel vor sich sah, dämmerte es bereits, und die weite, schneebedeckte Ebene des Hochplateaus und die schroffen Berggrate ringsum waren in tiefe Schatten getaucht. Dennoch war es noch nicht so dunkel, dass er nicht sofort die beiden Drachen bemerkte, die sich reglos wie Wasserspeier vor dem Eingang zum Schrein postiert hatten. Einer von ihnen war der gewaltige, erdfarbene Vacanesion. Neben ihm hoben sich Tunerians obsidianschwarze Schuppen in deutlichem Kontrast vor dem weißen Schneefeld ab.

Sie hatten ihn ebenfalls bereits entdeckt, wie ein leichtes Zupfen im Hintergrund seiner Gedanken bewies, doch sie sprachen ihn nicht an, sondern ließen ihm Zeit zu landen. Vermutlich hatte er diese Rücksichtnahme allein dem stets besonnenen Tunerian zu verdanken, denn Vacanesions Körperhaltung, das spürte er, war alles andere als entspannt. Während seines gesamten Anflugs fixierte er ihn mit starrem, ausdruckslosem Blick, sein Kopf pendelte hin und her, als könne er sich nur mit Mühe davon abhalten, sich auf der Stelle auf ihn zu stürzen, und seine Augen loderten wie zwei glühende Kohlestücke in wildem, düsterem Rot. Erem schluckte beklommen. Es hätte ihn nicht überrascht, Flammen aus Vacanesions Nüstern schlagen zu sehen. Zornig genug war er offenbar.

Er landete etwas abseits der beiden auf freiem Feld und nahm sich mehr Zeit, sich anzukleiden, als vermutlich nötig gewesen wäre, doch er brauchte noch einen Moment, um seine Gedanken zu ordnen. Zuletzt ließ er eine Hand in seine Tasche gleiten, berührte kurz Ajans Seelenkristall. Ajans Seele schien in den letzten Tagen ein wenig zur Ruhe gekommen zu sein, zumindest wurde Erem nicht mehr jedes Mal, wenn er sie mit seinem Geist zu berühren versuchte, von Angst, Verzweiflung und Schmerz überflutet. Lediglich die Verwirrung war geblieben. Aber vielleicht konnte Ajan in der Geborgenheit jener, die vor ihm gestorben waren, zu sich selbst zurückfinden. Erem wünschte es ihm.

Langsam schritt er auf die beiden Drachen zu, die ihm ihrerseits schweigend entgegenblickten. Obwohl ihm im Angesicht von Vacanesions offensichtlichem Zorn eigentlich das Herz in die Hose hätte rutschen müssen, empfand er eher eine profunde Erleichterung. Das allerdings war nicht wirklich überraschend, bedachte man, dass Tunerians Anwesenheit auf dem Plateau bedeuten musste, dass auch Falis als seine Jungreiterin sicher im Schrein eingetroffen war. Dies zu wissen, machte alles andere beinahe unwichtig.

„Vanadeen hatte dir ausdrücklich befohlen, dich zusammen mit Selos und Yadell zum Schrein zu begeben", donnerte Vacanesion, kaum dass Erem bei den beiden Drachen angekommen war. Das grelle Rot seiner Augen schien rauchende Löcher in das dämmrige Zwielicht zu brennen, und seine Gedankenstimme war so scharf, dass es beinahe körperlich wehtat. Dennoch spürte Erem, dass ihn Vacanesions Zorn auf einer Ebene seltsam unberührt ließ, dass er weder erschrocken zusammenzuckte noch voller Schuldgefühl und bitterster Selbstanklage wie ein reuiger Sünder seine Verfehlungen gestand und in demütiger Zerknirschung Besserung gelobte, so wie er es vermutlich noch vor Kurzem getan hätte. Fast hätte er gelächelt. Wie es schien, war die göttliche Offenbarung nicht so vollständig hinter ihm am Wegesrand zurückgeblieben, wie er bislang geglaubt hatte.

Er richtete sich gerader auf, als könne er so Vacanesion, der von weit oben auf ihn herabstarrte, aus gleicher Höhe in die Augen sehen. „Ich hatte meine Gründe", sagte er ruhig.

„Über die uns Yadell informiert hat", erwiderte Tunerian rasch, bevor Vacanesion weiterzetern konnte. „Hast du deine Familie gefunden? Sind sie wohlauf?"

Erem warf ihm einen dankbaren Blick zu. „Ja, das sind sie. Sie sind alle in Sicherheit."

„Was sie allerdings auch ohne deinen Ungehorsam gewesen wären", knurrte Vacanesion.

„Wir sollten nicht streiten." Tunerians Gedankenstimme legte sich wie kühlender Tau über die zornige Hitze, die zwischen ihnen in der Luft schwelte. „Erem ist unversehrt zu uns zurückgekehrt. Das allein zählt."

Erem schüttelte den Kopf. „Das tut es nicht. Habt ihr die Familien der Drachenreiter gewarnt? Haben sich alle in Sicherheit bringen können?"

Er spürte, wie Tunerians mentales Achselzucken wie eine sanfte Brise durch seinen Geist strich. „Wir wissen nicht, ob sie in Sicherheit sind. Alle Drachen, die die Warnung erhielten, haben ihre erwachsenen Reiter losgeschickt, um ihre Familien über die Bedrohung in Kenntnis zu setzen."

„Losgeschickt?" Erem starrte Tunerian ungläubig an. „Etwa auf *Pferden?*"

„Natürlich auf Pferden. Worauf sonst?"

„Auf *euch!*" Erem ballte die Fäuste. „Es kostet einen Drachen nur wenige Stunden, zu den Verstecken der Familien zu fliegen. Mit einem Pferd braucht man *Tage!*" Er konnte es nicht fassen. „Ihr habt die Familien eurer Reiter sich selbst überlassen, nur damit ihr die Jungreiter möglichst schnell zum Schrein bringen konntet."

„Und was ist daran falsch?" Vacanesion senkte seinen massigen Schädel tief zu Erem hinab. Noch immer loderte rote Glut in seinen Augen.

„Was daran *falsch* ist?" Erem spürte, wie er vor Wut zu zittern begann. „Glaubt ihr tatsächlich, dass auch nur ein einziger von uns Jungdrachen sich wünschen würde, dass um seinetwillen die Familie, die ihn aufgenommen und großgezogen hat, geopfert wird?"

Vacanesions Augen weiteten sich, und auch Tunerian sah ihn überrascht an. „Woher kennst du die Wahrheit über deine Herkunft?" Seine Frage enthielt keine Anklage, sondern nur ehrliche Neugier. „Den anderen haben wir sie erst bei ihrer Ankunft im Schrein enthüllt."

Also hatten die Drachen ihr Versteckspiel tatsächlich aufgegeben – allerdings nur, weil die Umstände ihnen keine andere Wahl gelassen hatten. Wortlos griff Erem in seine Tasche und zog Ajans Seelenkristall hervor.

Vacanesions Kopf fuhr abrupt in die Höhe, als habe Erem ihm einen Fausthieb versetzt, und Tunerian keuchte auf, als sei die Luft auf dem Plateau mit einem Mal zu dünn zum Atmen geworden.

„Ajan! Es ist Ajans Kristall!", hauchte Vacanesion. Auf einen Schlag wich sämtliche Wut aus seinen Augen. Nur Trauer und Verwirrung blieben zurück.

Erem betrachtete den Kristall auf seiner Handfläche, der trotz der zunehmenden Dunkelheit in einem sanften Licht erstrahlte, dann hob er den Blick zu den beiden Drachen. „Er erschien direkt in meiner Hand. Ich bin kein alter und weiser Drache, so wie ihr es seid, aber ich spüre, dass Ajan leidet. Ich wäre euch deshalb sehr verbunden, wenn ihr mir endlich den Weg freigeben würdet." Noch immer vibrierte der Zorn in seiner Stimme, doch es war ihm egal. Die Drachen würden es sich gefallen lassen müssen, von einem der ihren die Art von Antwort zu erhalten, die sie verdienten, ob ihnen das nun passte oder nicht.

Ein leises, kummervolles Seufzen wehte durch seinen Geist. Es kam von Tunerian. „Gib den Kristall Caderell. Sie ist Ajans Mutter."

Erem nickte. „Das werde ich." Er zögerte. „Und Liva ist seine Schwester, nicht wahr?"

„Ja. Das ist sie."

Erem atmete tief durch. Er schob den Seelenkristall wieder in seine Tasche, dann ging er an den beiden Drachen vorbei, ließ die Kälte und die Dunkelheit hinter sich zurück und betrat den Schrein.

15. Kapitel

Die vertraute Wärme und das samtige Licht umfingen Erem, kaum dass er seinen ersten Schritt in die Kuppel gesetzt hatte, doch anders als bei früheren Besuchen hatte er diesmal nicht mehr als einen flüchtigen Gedanken dafür übrig. Mit klopfendem Herzen huschte sein Blick umher, um herauszufinden, welche Drachen bereits eingetroffen waren - und welche immer noch fehlten. Obwohl ihm Tunerians Anwesenheit am Eingang verraten hatte, dass Falis ebenfalls nicht weit entfernt sein konnte, wurden seine Knie ganz weich vor Erleichterung, als er sie zusammen mit Selos an einer der Wände sitzen sah.

Jeron, Yadell und Aleya bildeten eine zweite Gruppe, eine dritte bestand aus der kleinen Liva und Caderell, die ihre menschliche Form angenommen hatte, um das Mädchen auf ihrem Schoß wiegen zu können. Das Zentrum der Halle indes nahmen die gewaltigen Drachenleiber von Arkendeon, Roderis, Inorisk und Amnerona ein. Damit waren zusammen mit Tunerian und Vacanesion Drachen aus vier Königreichen sowie drei Sucherdrachen im Schrein versammelt; sieben Drachen von achtzehn. Doch drei würden niemals kommen.

Fehlten noch acht. Erem betete zu allen Göttern, die ihm einfielen, dass auch sie sich in den nächsten Tagen auf dem Hochplateau einfinden würden - sie und ihre Kinder, die sie vor Kodorasks Zugriff zu schützen versuchten.

Der Gedanke, dass sie dabei nur an sich selbst gedacht hatten, während ihre Reiter, von den Drachen im Stich gelassen, auf mühsamen Pfaden und auf eigene Faust versuchen mussten, zu ihren Familien zu gelangen, ließ bittere Galle in seiner Kehle emporsteigen. Die Tatsache ihres unerwarteten Egoismus wog umso schwerer, als es seit vielen hundert Jahren die erste Gelegenheit gewesen wäre, bei der die Drachen durch mehr als ihre bloße Präsenz einen Beweis für ihre Verbundenheit mit den Menschen hätten erbringen können. Dass sie genau das nicht getan hatten - dass es ihnen offenbar nicht einmal in den Sinn gekommen war -, erfüllte ihn gleichermaßen mit Scham, Zorn und einem eigentümlichen Gefühl des Verlusts, das wie ein kalter, harter Stein in seinem Magen pochte und ihn erneut die Fäuste ballen ließ.

Während er, mit sich und seinen verworrenen Empfindungen ringend, wie festgewachsen im Eingang stand, war seine Anwesenheit nicht unbemerkt geblieben. Die Köpfe der vier Drachen wandten sich synchron zu ihm um, als hätten sie sich mithilfe ihrer Gedankenstimmen gegenseitig auf sein Eintreten aufmerksam gemacht, und er sah, wie sich Yadells Miene bei seinem Anblick sogleich verfinsterte und sich seine Lippen zu einem harten Strich zusammenpressten - was vermutlich kein Wunder war, bedachte man, dass er sich einem direkten Befehl Vanadeens widersetzt und es gewagt hatte, ohne ihn beim Schrein zu erscheinen. Und wenn Vacanesions Reaktion symptomatisch für die Stimmung der Drachen gewesen war, wäre er an Yadells Stelle wohl ebenfalls nicht sehr gut auf ihn zu sprechen gewesen.

Auch Selos und Falis schauten nun in seine Richtung. Falis' Augen weiteten sich, und Erem registrierte mit beinahe kindlicher Freude die Erleichterung, die wie ein plötzlicher Sonnenstrahl ihr Gesicht erhellte. Er nickte ihr lächelnd zu, wandte seinen Blick dann zu Selos.

Sein Mund wurde trocken, und er spürte, wie sich sein Herzschlag vor banger Furcht zu beschleunigen begann. Er hatte Selos bei Yadell in Vanadeens Dachkuppel zurückgelassen, hatte ihn ohne ein Wort des Abschieds zurückgelassen und war allein weitergeflogen, obwohl er gewusst hatte, wie schlecht es Selos gegangen war. Was, wenn er ihn dadurch nur noch tiefer in seine Apathie getrieben hatte? Wenn er in Selos' Augen sah und dort nur Leere fand?

Doch seine Sorge erwies sich als unbegründet, denn Selos sprang auf die Füße, kaum dass er ihn erblickt hatte, und stürmte mit geballten Fäusten auf ihn zu.

„Tu das nie wieder!", schrie er und stieß Erem heftig gegen die Brust, dass er einige Schritte zurücktaumelte. „Nie wieder, hörst du?" Er schubste ihn gleich noch einmal. Tränen sammelten sich in seinen Augen, strömten über seine vor Wut geröteten Wangen.

Erem nahm die Schläge hin. Er hatte sie verdient. „Verzeih mir, Selos. Ich musste gehen."

Selos schüttelte wild den Kopf. „Glaubst du, das wüsste ich nicht? Kannst du mir denn gar nicht vertrauen?"

Erem schaute ihn voller Wärme an. „Ich vertraue dir vollkommen, Selos. Verzeih mir, dass ich dir nicht die Wahl gelassen habe. Ich wollte dich schützen, indem ich allein ging, aber das war falsch. Es stand mir nicht zu, diese Entscheidung für dich zu treffen."

Statt einer Antwort schlang Selos plötzlich seine Arme um ihn und drückte sich zitternd an seine Brust. Erem erwiderte die Umarmung und spürte, wie auch in seinen Augen Tränen zu brennen begannen.

„Ich verspreche dir, dass ich diesen Fehler nicht noch einmal machen werde", raunte er Selos in Gedanken zu. „Von nun an werde ich versuchen, dir der Bruder zu sein, den du verdienst."

Selos erbebte in seinen Armen. „Das warst du immer", flüsterte er. Als er sich schließlich wieder von ihm löste, noch immer aufgewühlt, aber zumindest nicht mehr am ganzen Körper schlotternd, stand Falis neben ihnen.

Nun war es Erem, der erschauerte. So oft während der letzten beiden Wochen hatte er sich danach gesehnt, sie endlich wiederzusehen, sie ebenfalls in seine Arme zu schließen und erst wieder loszulassen, wenn dieser ganze schreckliche Albtraum ein Ende gefunden hatte, und nun schienen sich sämtliche seiner Gliedmaßen inklusive seiner Zunge von einer Sekunde auf die andere in massives Felsgestein verwandelt zu haben, das ihn bewegungslos auf der Stelle bannte. Doch wie könnte es auch anders sein? Er hatte es schon nicht geschafft, ihr seine Gefühle zu offenbaren, als sie beide noch geglaubt hatten, Menschen zu sein. Jetzt aber wussten sie, dass sie *Drachen* waren. Er hatte keine Ahnung, wie sehr Falis diese schockierende Enthüllung erschüttert hatte, was sie und die anderen Jungreiter angesichts der identitätszerschmetternden Offenbarung der Drachen gerade empfinden mochten. Vielleicht war seine alberne Zuneigung im Augenblick das Allerletzte, wonach ihr der Sinn stand, schließlich war ungewiss, ob überhaupt noch eine Zukunft auf sie wartete, in der diese Zuneigung irgendwann einmal von Bedeutung sein könnte.

Andererseits - und dieser Gedanke war so stark, dass er wie ein Blitz Funken sprühend durch seinen Körper zu fahren schien - spielte es möglicherweise gar keine Rolle, was die Zukunft für sie beide bereithielt. Er stand jetzt hier vor ihr, so real, wie er es jemals sein würde, und er wusste, dass er sie liebte. Dies war die Gegenwart, in die Kodorask sie hineingezwungen hatte, und sie mussten das Beste daraus machen, denn etwas anderes blieb ihnen nicht übrig. Es war keine Zeit mehr für Ausflüchte und kindliche Ängste, keine Zeit, um furchtsam um Fantasien und Eitelkeiten zu kreisen und Dinge zurückzuhalten, die der andere unbedingt erfahren musste, um seine eigenen Entscheidungen treffen zu können. Wenn ihn die Drachen mit ihrer Politik der Geheimniskrämerei eines gelehrt hatten, dann dies.

Und so öffnete er seinen Geist für sie, wie er es so oft für Alanerisk getan hatte, ließ Falis alles darin lesen, was er an Liebe für sie empfand, zeigte ihr all seine Ängste und Zweifel und kleinlichen Schwächen ebenso wie seine bedingungslose Bereitschaft, auch mit seinem Leben für sie einzustehen. Vielleicht erwiderte sie seine Gefühle, vielleicht auch nicht, doch letztlich war das nicht wichtig; wichtig war allein, dass sie nun die *Wahl* hatte.

Falis' Augen wurden groß. Für einen Moment blieb sie stocksteif stehen, und ein Ausdruck beinahe ehrfürchtigen Staunens legte sich auf ihr Gesicht. Dann füllten sich ihre Augen unvermittelt mit Tränen. Wortlos trat sie an ihn heran, legte behutsam ihre Hände auf seine Wangen; dann spürte Erem, wie ihre Lippen sanft die seinen berührten.

Ihr Kuss schien Ewigkeiten zu dauern - Ewigkeiten, in denen Gebirge zu Staub hätten zerfallen und Wüsten zu blühenden Auen hätten werden können, Erem wäre blind und taub dafür gewesen. Er war berauscht von ihrem Geschmack und der Wärme ihrer Berührung, und mit dem winzigen Rest seines Verstandes, der nicht von Wogen erlesenster

Wonnen hinweggespült wurde, erkannte er, dass alle seine Bemühungen der letzten Jahre, das wahre Ausmaß seiner Empfindungen vor ihr zu verbergen, unnötig gewesen waren.

Als sich ihre Lippen schließlich voneinander lösten und sie zurücktrat, lächelte sie. Erem erwiderte ihr Lächeln, zum ersten Mal frei von der Angst, dabei einfältig und plump zu erscheinen und mehr von sich preiszugeben, als sein eitles männliches Ego zu verkraften in der Lage war. Aus dem Augenwinkel sah er, dass Selos die ganze Szene mit einem geradezu unanständigen Grinsen verfolgt hatte, und obwohl er noch immer so erfüllt war von Falis' Präsenz, dass er glaubte, darin ertrinken zu können, freute er sich doch, Selos nach der Düsternis der vergangenen Tage wieder ein wenig fröhlicher zu sehen.

Noch zwei, drei Herzschläge lang gestattete er es sich, diesen wundervollen, kostbaren Moment zu genießen, ihn in all seiner Schönheit und Wahrhaftigkeit in sich aufzunehmen. Dann seufzte er still, atmete tief durch, und sein Lächeln verblasste.

„Entschuldigt mich bitte. Ich muss mit Caderell sprechen. Ich erzähle euch nachher, was geschehen ist."

Er war ihnen dankbar, dass sie keine Fragen stellten, und so nickte er den beiden zu, straffte seine Schultern und ging im sanften Licht der weiten Halle mit klopfendem Herzen zu Caderell hinüber. Der weibliche Drache blickte ihm neugierig entgegen. Obwohl ihr menschliches Gesicht ihm fremd war, hätte er sie nun, da er wusste, über welche Magie die Drachen verfügten, unter tausenden von Menschen sofort erkannt. Als Drache besaß sie nebelgraue Schuppen, und nebelgrau waren nun ihre Augen. Und auch wenn ihr Körper jetzt ein anderer war, war die Ausstrahlung von Würde und schlichter Eleganz, die er stets an ihr bewundert hatte, dieselbe geblieben.

Noch immer ruhte die kleine Liva auf ihrem Schoß, eng an ihre Mutter gekuschelt. Die Augen der Neunjährigen waren rot und verquollen. Der Tod des Bruders, den sie niemals als Bruder hatte erleben dürfen und nun für immer verloren hatte, schien sie tief erschüttert zu haben, und auch Caderells Züge waren von Gram gezeichnet.

Ihren Schmerz und ihre Trauer zu sehen, schnürte Erem die Kehle zusammen. Tausend Jahre lang hatte Caderell darauf warten müssen, neue Kinder zu gebären, doch nur achtzehn kümmerliche Jahre waren ihr und ihrem Sohn vergönnt gewesen, bevor ein grausames Schicksal ihn wieder aus ihrem Leben gerissen hatte. Und selbst während dieser armseligen Zeitspanne hatte sie ihn kaum zu Gesicht bekommen, denn Ajan hatte bei seinem Vater Sapherion gelebt. Doch die Hoffnung, ihn auf diese Weise schützen zu können, hatte sich nicht erfüllt.

Caderell nickte ihm freundlich zu. Anders als Vacanesion begegnete sie ihm nicht sofort mit einer scharfen Anklage, sondern ließ eine warme

Brise aus Anteilnahme und Mitgefühl sanft wie einen Sommerwind durch seinen Geist streichen, bevor sie beinahe behutsam das Wort an ihn richtete.

„Ich begrüße dich, Erem. War deine Suche erfolgreich?"

Erem bemerkte fasziniert, dass Caderells menschliche Stimme genauso klang wie die Gedankenstimme ihres Drachen-Ichs. Er lächelte.

„Das war sie. Meine Familie ist wohlauf."

„Das sind gute Nachrichten. Ich wünschte, es gäbe mehr davon."

Es tat ihm beinahe körperlich weh, den Schmerz in ihrer Stimme zu hören. Seine Hand schloss sich um Ajans Seelenkristall in seiner Tasche. Wie sehr wünschte er, er könnte seiner Mutter mehr als diesen Kristall zurückbringen!

„Ich habe es gespürt, als Ajan starb", sagte er leise.

Caderells Augen verschleierten sich. „Ich weiß. Wir alle haben es gespürt."

Erem schluckte, suchte verzweifelt nach den richtigen Worten. Wie konnte er selbst ein Drache sein und doch so wenig über die Drachen wissen? Er wollte ihr helfen, wollte ihr Leid und ihre Trauer lindern, doch würde sie es überhaupt verstehen? Würde er ihr nicht noch mehr Schmerz zufügen, wenn sie erfuhr, dass ihr Sohn Trost bei einem anderen Jungdrachen gesucht hatte, statt zu ihr zu kommen? Und wog dieser Umstand nicht umso schwerer, da die Drachen stets behauptet hatten, dass niemand voraussagen könne, wann und wo die Seelenkristalle der gestorbenen Drachen auftauchen würden? Sie mussten sich geirrt haben. Ajan war eindeutig von ihm angezogen worden.

Erem gab sich einen Ruck. Es machte keinen Sinn, es länger hinauszuzögern.

„Das ist aber noch nicht alles", begann er stockend. „Ich weiß nicht, wie und warum es geschehen ist, aber Ajans Tod hat mich so tief berührt, und ich … ich habe versucht, seiner Seele ein letztes Lebewohl mit auf den Weg zu geben. Und dann … ist das hier passiert."

Er zog den Seelenkristall aus seiner Tasche hervor und streckte ihn Caderell auf der flachen Hand entgegen.

Die Drachenfrau erstarrte. „Ajan!", hauchte sie.

Die Zeit schien plötzlich stillzustehen. Alle Gespräche in der weiten Halle, selbst die, die nur in Gedanken geführt worden waren, verstummten auf einen Schlag, und die Blicke aller Anwesenden wandten sich wie von einem unsichtbaren Magneten angezogen zu ihm hin. Auch Livas verweinte Augen waren groß und rund geworden, während sie in vollkommener Verblüffung gebannt auf den Kristall starrte.

Behutsam nahm Erem Caderells Hand und legte Ajans Seelenkristall hinein. Er spürte, wie sie erschauerte. Sofort schloss sie auch die andere

Hand darum, barg den Kristall wie einen kostbaren Schatz an ihrer Brust, während sich ihre Augen mit Tränen füllten.

„Danke", flüsterte sie. „Vielen, vielen Dank, Erem."

Er lächelte. „Der Dank gebührt Ajan, nicht mir."

„Du irrst dich", vernahm er mit einem Mal Arkendeons Gedankenstimme in seinem Kopf. „Du warst Ajans Anker. Ohne dich hätte er in seinem momentanen Zustand niemals seinen Seelenkristall formen können."

Erem wandte sich zu dem uralten Bronzedrachen um. „Dann habe ich seine Seele tatsächlich *zu mir gerufen?* Ist das wirklich möglich?"

Arkendeons Jadeaugen schlossen sich kurz, als der Drache nickte. „Das ist es, wenn ich es auch, wie ich zugeben muss, selbst noch nicht erlebt habe. Doch das ist nicht überraschend. Wenn ein Drache stirbt, so geschieht dies normalerweise nach einem langen, erfüllten Leben. Ajan hingegen war noch jung, kaum mehr als ein Neugeborenes nach unseren Maßstäben. Es ist kein Wunder, dass sein gewaltsamer Tod ihn zutiefst verwirrt und verängstigt hat. Die Seelen alter Drachen wandern meist viele Jahrzehnte oder sogar Jahrhunderte umher, bevor sie sich als Kristall niederlassen. Für gewöhnlich haben sie es nicht eilig damit, haben sie doch gerade erst Jahrtausende gelebt. Sie genießen die Freiheit, nur Geist zu sein. Doch Ajan *hatte* noch gar nicht richtig gelebt. Er sehnte sich danach, weiterzuleben, *wieder* zu leben, so dass sich seine Seele instinktiv sofort kristallisierte. Allerdings hätte das ohne deine Hilfe wohl kaum geschehen können."

Erem runzelte die Stirn. „Aber ihr habt doch ebenso wie ich gespürt, als Ajan starb. Habt ihr denn nicht auch versucht, ihm zu helfen? Wie kann es sein, dass Ajan ausgerechnet *zu mir* gekommen ist?"

„Weil du der Einzige warst, der ihn gerufen hat." Ein sanftes Lächeln wehte durch seinen Geist. „Wir alten Drachen trauern zwar um unsere Toten, aber wir halten sie nicht fest. Jede Seele hat das Recht, ihre Reise auf die Weise anzutreten, die ihren Wünschen entspricht. Ihr dieses Recht zu verweigern, wäre - bei allem Verständnis für den Schmerz, der mit einem solchen Abschied einhergeht - ein Akt der Selbstsucht, der weder für den Trauernden noch für den Verstorbenen eine Hilfe wäre."

Obwohl kein Vorwurf in Arkendeons Worten gelegen hatte, erschrak Erem dennoch. Er warf einen raschen Blick auf Caderell und ihre Tochter, die von dem Wunder, das ihnen gerade widerfahren war, noch immer benommen schienen und in gebannter, selbstvergessener Faszination in den Anblick von Ajans Seelenkristall versunken waren. „Verzeih. Ich wollte nicht gegen ein Gesetz verstoßen."

Arkendeon betrachtete ihn mit sanft schimmernden Augen. „Sorge dich nicht, junger Erem. Meine Worte sind nur für uns alte Drachen wirklich von Bedeutung. Doch die Welt hat sich gewandelt, seit wir jung waren. Früher war es für uns unvorstellbar, dass einer der unsrigen vor seiner Zeit sterben könnte. Erst im Krieg gegen Kodorask haben wir erfahren, dass der gewaltsame Tod etwas ist, was auch uns Drachen betrifft. Damals waren wir zu schockiert, zu festgefahren in unseren Denkweisen, um zu tun, was nötig gewesen wäre. Und als wir es schließlich erkannten, war es zu spät, um diejenigen noch zu erreichen, die sich selbst verloren hatten; diejenigen, die zu verwirrt und verängstigt waren, um zu begreifen, dass ihre Seele in Wahrheit unsterblich war und es nur eines einzigen bewussten Gedankens bedurft hätte, um zum Seelenkristall zu werden, statt wie ein flüchtiger Wind von einem Ort zum nächsten zu treiben."

Erem war, als gefröre er innerlich zu Eis. „Willst du damit sagen, dass es *noch immer* Seelen gibt, die seit damals ziellos umherwandern? Die noch immer nicht zum Kristall geworden sind? Aber der Krieg gegen Kodorask ist *neunhundert Jahre* her!"

Ein stilles, trauriges Seufzen schien über ihn hinwegzustreichen. „Und dennoch ist es wahr."

„Aber könnt ihr nicht trotzdem versuchen, sie zu rufen? Ich war nur ein Einzelner, und ich *wusste* nicht einmal, dass ich selbst ein Drache bin. Wenn wir uns alle gemeinsam darauf konzentrieren würden, könnte es dennoch gelingen!"

„Nein. Dafür ist es längst zu spät." In Arkendeons Stimme lag eine Endgültigkeit, die Erem innerlich zusammenzucken ließ. „Die Erinnerungen an ihre vergangene Existenz sind nach all den Jahrhunderten zu schwach, als dass wir ihnen noch ein Leuchtfeuer zurück ins Leben sein könnten. Bedenke, dass Ajans Tod nur *Minuten* zurücklag, als du seine Seele zu dir gerufen hast. Darüber hinaus wart ihr beide Jungdrachen. Die Gefühle und Erfahrungen, die ihr miteinander gemein hattet, hätten möglicherweise allein schon ausgereicht, um ein Band zwischen euch zu knüpfen, dem Ajans Seele hätte folgen können. Es ist sehr unwahrscheinlich, dass Ajan ein solches Band in mir oder selbst in seiner Mutter gesehen hätte."

Erem zögerte, versuchte, seine nächsten Worte mit Bedacht zu wählen. Doch die Gelegenheit schien so günstig, dass er sie einfach nicht ungenutzt verstreichen lassen durfte. „Arkendeon, darf ich dir eine Frage stellen?"

„Frage."

„Warum haben die alten Drachen in früheren Zeiten nach ihrem Tod überhaupt entschieden, irgendwann ihre Freiheit aufzugeben und zum Seelenkristall zu werden? Haben sie sich so sehr nach der Gegenwart der anderen Kristalle hier im Schrein gesehnt, dass sie nicht mehr ohne sie sein wollten? Empfindet ihr die Existenz als Kristall ebenfalls als *Leben?"*

Arkendeon schwieg einen Moment, dann trat ein belustigtes Funkeln in seine Augen. „Alanerisk meinte stets, dass du von allen Jungdrachen der wissbegierigste wärst - derjenige, der sich niemals mit der Oberfläche der Dinge zufrieden gibt und nach Antworten sucht, wo andere nicht einmal eine Frage sehen. Und er hatte recht damit. Das ist die Eigenschaft, die ich an einem Drachen immer am meisten geschätzt habe, vor allem in einer Zeit, in der Unwissenheit für jeden von uns eine Gefahr darstellt. Nun, Erem, ich bin bereit, dir die Antworten zu geben, nach denen es dich so sehr dürstet." Der Glanz in Arkendeons Jadeaugen verstärkte sich. „Das Dasein als Kristall ist für uns Drachen eine andere Form der Existenz, aber es ist kein *Leben* im eigentlichen Sinn. Leben bedeutet, in einem Körper aus Fleisch und Blut auf seinen eigenen Schwingen durch den Himmel zu gleiten. Wenn sich die Seele eines Drachen entschließt, sich in einem Kristall zu manifestieren, ist dies für sie nur eine Zwischenstation auf dem Weg zu ihrem nächsten Leben. Es ist wie ein langes, tiefes Atemholen, bevor sie sich entscheidet, erneut geboren zu werden."

Erem starrte ihn an. Plötzlich schlug ihm das Herz schnell und hart gegen die Rippen, und das Blut rauschte ihm so laut in den Ohren, als würde er auf Alanerisks Rücken aus zehntausend Metern Höhe im Sturzflug dem Erdboden entgegenrasen. Er glaubte, sich verhört zu haben, konnte nicht fassen, was Arkendeon ihm gerade enthüllt hatte.

„Sie entscheiden sich, *erneut geboren zu werden?* In einem richtigen, echten Körper? Als *Drache?*"

Ein gutmütiges Lächeln strich durch seinen Geist. „Das wollen wir hoffen, junger Erem."

„Aber ... aber ... verdammt, Arkendeon, wann hattet ihr vor, uns das zu sagen?"

Das Lächeln verblasste, verwandelte sich in ehrliches Bedauern. „Nun ist es an mir, dich um Verzeihung zu bitten. Doch keiner von uns konnte ahnen, dass sich die Dinge so schnell zum Schlechteren wenden würden. Kodorasks Auftauchen hat uns alle überrascht."

Erem schüttelte den Kopf, versuchte, seine wild umherwirbelnden Gedanken zu klären. „Soll das heißen, der Seelenkristall eines Drachen verschwindet, wenn er sich zur Wiedergeburt entschließt? Dass dieser Schrein hier gar nicht das Ende eurer Reise ist, sondern ihr die Kristalle der verstorbenen Drachen hier nur *zwischengelagert* habt? Dass irgendwann in ferner Zukunft all diese Nischen leer und all eure Toten wiederauferstanden sein werden?"

„Das ist unsere Hoffnung, junger Erem."

„Aber ... aber dann ..." Erem versuchte, ruhig und gleichmäßig zu atmen, seine jähe Aufregung niederzukämpfen. „Was ist mit den

Jungdrachen? Waren unsere Seelenkristalle ebenfalls hier im Schrein, bevor wir geboren wurden? *Wisst* ihr, wer wir vor diesem Leben waren?"

Er spürte, wie Arkendeon innerlich vor ihm zurückwich, seine Gedanken und Empfindungen vor ihm verschloss.

„Was wir über euch wissen oder nicht, ist ohne Belang. Wenn ein Drache sich zur Wiedergeburt entschließt, bedeutet dies, dass er mit seiner vorhergehenden Existenz abgeschlossen hat. Er hat Jahrtausende mit einer bestimmten Identität gelebt, hat sie in die Phase des frei wandernden Geistes und in seine Existenz als Seelenkristall mit hinübergenommen. Während dieser Zeit hat er seine Erinnerungen gepflegt, gelernt, was auch immer er aus ihnen lernen wollte, und sich an den Bindungen und Erfahrungen seines gerade zurückliegenden Lebens erfreut; und erst dann, wenn er all dies bis zur Neige gekostet hat, wird er die Entscheidung treffen, erneut geboren zu werden. Darin steckt auch das Bedürfnis, das alte Leben abzustreifen, es mit allen Erinnerungen und Bindungen hinter sich zu lassen und Neues zu erleben. Dies ist das älteste und unantastbarste Recht eines Drachen. Keiner von uns darf in diesen Zyklus eingreifen."

„Heißt das, ihr würdet euch selbst dann nicht zu erkennen geben, wenn der neugeborene Drache in seinem vorherigen Leben euer Kind oder euer Partner gewesen ist?"

„So ist es."

Erem atmete tief durch. „Und der Drache, der geboren wird, verliert alle Erinnerungen an sein zurückliegendes Leben?"

„Ja. Allerdings sind sie nicht gänzlich verloren. Die Erfahrungen, die er gemacht hat, haben seine Seele über einen sehr langen Zeitraum hinweg geprägt und bereichert, und das wird sich auch in seiner neuen Identität zeigen. Gerade das unmittelbar vorausgegangene Leben hat immer einen deutlichen Einfluss auf das neue, und sei es auch nur in der Form, dass man Fehler, die man zuvor begangen hat, nun instinktiv vermeiden möchte."

Abermals spürte Erem, wie sich sein Herzschlag beschleunigte und sein Mund vor Aufregung trocken wurde. „Es gibt also eine Möglichkeit, die Seele eines Drachen zu läutern! Falsche Entscheidungen und begangenes Unrecht müssen nicht bis in alle Ewigkeit fortbestehen!"

Arkendeons Augen verdunkelten sich. „Ich weiß, was du denkst, junger Erem, und ich wünschte von Herzen, ich könnte dir hier zustimmen. Doch eine Seele kann nur dann geläutert werden, wenn sie bereit ist, ihr früheres Handeln als falsch zu erkennen. Kodorasks feiger Angriff auf Alanerisk hat jedoch gezeigt, dass weder er noch sein Clan von dem Wahnsinn, der sie schon damals beherrscht hat, abgelassen haben. Aber wie könnte es auch anders sein? Sie haben den Zyklus des Lebens unterbrochen, verweigern sich ihrer Wiedergeburt, indem sie die Körper anderer Wesen stehlen und sich mit aller Macht an die Identität klammern, die sie in ihrem gegenwärtigen Leben besitzen. Solange sie nicht gewillt sind, diese Überzeugung aufzugeben, werden sie *niemals* wiedergeboren werden. Dies ist die Entscheidung, die sie seit neunhundert Jahren jeden Tag aufs Neue getroffen haben und, wie ich befürchte, auch in tausend Jahren noch treffen werden."

„Aber könnte nicht dennoch der eine oder andere von ihnen im Laufe der Jahrhunderte das Unrecht in seinem Tun erkannt haben und auf den Pfad der Wiedergeburt zurückgekehrt sein?" Die Vorstellung, dass Kodorask und alle seine damaligen Gefährten niemals, selbst nicht in unendlich weit entfernter Zukunft, zur Besinnung kommen könnten, schien sich wie ein Mühlstein auf Erem herabzusenken und trieb ihm beinahe die Tränen in die Augen. Es war ein Schmerz, der ebenso intensiv wie eigentümlich war, bedachte man, auf welch grausame und kaltblütige Weise Kodorask Serim und seine Eltern ermordet hatte. Er knirschte mit den Zähnen, versuchte, das seltsame und unwillkommene Gefühl beiseitezuschieben.

„Es wäre möglich." Arkendeons Gedankenstimme klang merkwürdig ausdruckslos. „Bedenke jedoch dies: Von allen Kristallen, die sich in der Obhut der Drachenreiterfamilien befanden, ist kein einziger verschwunden, als ihr - unsere Kinder - geboren wurdet. Keiner von ihnen hat die Chance, ein neues Leben zu führen, ergriffen."

„Und was ist mit denen, die ihr noch nicht gefunden habt? Von ihnen könnte doch durchaus der eine oder andere verschwunden sein, ohne dass ihr etwas davon bemerkt habt."

Arkendeon schwieg einen Moment und starrte ihn beunruhigend lange und intensiv an. Erem schluckte, wich seinem Blick jedoch nicht aus.

„Falls dies tatsächlich geschehen sein sollte, so ist es nur bei einem Einzigen geschehen."

Trotz der Wärme im Schrein spürte Erem, wie ihm ein eisiger Schauer über den Rücken rann. „Elf Drachen sind damals geboren worden", flüsterte er. „Zehn Kristalle sind bei ihrer Zeugung aus dem Schrein verschwunden. Nur der elfte nicht. Habe ich recht?"

Arkendeons Blick wurde noch eindringlicher. „Und wenn es so wäre, junger Erem? Was würdest du aus dieser Tatsache folgern?"

Die Kälte schien in jede Zelle seines Körpers zu sickern, seine Haut mit Raureif zu überziehen. „Ich bin es, nicht wahr? Mein Seelenkristall war nicht im Schrein."

„Ob es so war oder nicht, spielt keine Rolle. Du bist, wer du bist. Dies ist, wofür du dich entschieden hast."

„Bitte, Arkendeon, sag mir die Wahrheit! Ich muss es wissen!"

„Um was mit dieser Wahrheit anzufangen? Sehnst du dich so sehr nach deinem vergangenen Leben?"

Erem erbebte. „Was, wenn ich einer *von ihnen* war?"

„Was, wenn du es *nicht* warst? Du bist nun Erem, Sohn von Alanerisk und Eysenderia. Das ist die einzige Wahrheit, die du in deinem Herzen bewahren musst. Lass nicht zu, dass sie durch Furcht und Zweifel beschmutzt wird."

„Das werde ich nicht."

„Dann hör auf zu fragen."

Arkendeon wandte sich ab, womit er unmissverständlich deutlich machte, dass er ihr Gespräch als beendet betrachtete. Erem sah ihn noch einen Augenblick an, aber der Drache beachtete ihn nicht länger.

Er senkte den Kopf, doch seine Hände ballten sich zu Fäusten. Ihm war, als würde er unvermittelt aus einem bizarren Traum erwachen – einem Traum voller dunkler Andeutungen und geisterhafter Schemen, die gerade außerhalb seines Blickfeldes dahinhuschten und ihn mit ihrem höhnischen Wispern zu verspotten schienen. Auf eine seltsame und beunruhigende Weise hatte er das Gefühl, von Arkendeon gerade *getestet* worden zu sein. Oder empfand er nur deshalb so, weil er so überzeugt davon war, Arkendeons Antworten zu kennen, obwohl dieser letztlich gar nicht wirklich etwas gesagt hatte? Warum aber hatte er dann überhaupt zugelassen, dass ihr Gespräch in diese Richtung lief? Warum hatte er es nicht schon früher abgebrochen?

Mit einem Mal fühlte sich Erem allein und merkwürdig fehl am Platz, als sei er nicht mehr als eine hässliche, missgestaltete Kreatur, die ihr schauriges Antlitz hinter einer einnehmenden Maske verbarg, die jeder außer ihr selbst zu durchschauen vermochte. Dabei hätte es nur eines einzigen Satzes bedurft, um ihm all seine Sorgen und Zweifel zu nehmen. Arkendeon hätte ihm lediglich zu sagen brauchen, dass sein Seelenkristall einer der zehn gewesen war, die bei der Zeugung der Jungdrachen im Schrein geruht hatten. Aber genau das hatte er nicht getan. Er hatte ihn in voller Absicht im Ungewissen gelassen. Die Gründe dafür waren letztlich bedeutungslos. Erem hatte seine Antwort bekommen.

16. Kapitel

Die folgenden fünf Tage verbrachte Erem in quälender Untätigkeit, während alle darauf warteten, dass endlich auch die restlichen Drachen eintrafen. Obwohl es niemand offen aussprach, machte doch die Ungewissheit, ob sie nicht längst vergeblich auf die Ankunft ihrer übrigen Kampfgefährten hofften, jedem von ihnen schwer zu schaffen. Doch sie konnten nicht mehr tun, als sich jeden Tag aufs Neue in Vertrauen und Geduld zu üben, auch wenn Erem spürte, dass selbst bei den erwachsenen Drachen die Nerven zunehmend blank zu liegen begannen.

Mehrere Male versuchte er, mit ihnen über Kodorask zu sprechen, vielleicht bereits gemeinsam mit ihnen eine Marschroute für ein Vorgehen gegen ihn und seinen Clan zu entwickeln, doch wann immer er das Thema anschnitt, stieß er auf eine eisige Mauer des Schweigens, die ihm unmissverständlich zu verstehen gab, welche Rolle ihm und den anderen Jungdrachen in dem bevorstehenden Kampf zugedacht war. Das erfüllte ihn gleichermaßen mit Hilflosigkeit und kaltem Zorn, und wäre er von den zurückliegenden Strapazen nicht noch immer entsetzlich erschöpft gewesen, wäre er wohl noch wesentlich öfter gegen diese Mauer angerannt. So aber verschlief er meist den größten Teil der Tage, um zumindest so weit wieder zu Kräften zu kommen, wie es die Umstände zuließen, denn eins war klar: Wenn sie erst einmal in die Schlacht zogen, würde es auf unbestimmte Zeit keine Erholungspausen mehr für sie geben.

War er hingegen wach, suchte er, so oft es ging, Selos' und Falis' Gesellschaft, und auch die übrigen Jungreiter schlossen sich ihrem kleinen Grüppchen an, wann immer ein weiterer von ihnen unter erleichterten Begrüßungsrufen zusammen mit seinem Drachen auf dem Hochplateau eintraf; lediglich Yadell, Jeron und Aleya blieben stets für sich.

Yadell strafte Erem seit seiner Ankunft vor fünf Tagen mit kaltem, vorwurfsvollem Schweigen, starrte ihn nur hin und wieder finster aus der Entfernung an und tat ansonsten alles, um seine Anwesenheit im Schrein komplett zu ignorieren. Obwohl Erem seine Gefühle durchaus verstand, begann er doch zunehmend, sich über Yadells Reaktion zu ärgern. Bedachte man, dass gerade ihre gesamte Rasse dabei war, kopfüber in den Abgrund zu stürzen, mutete es beinahe lächerlich an, dass er an dem Rüffel, den ihm die Drachen wegen seiner Befehlsverweigerung verpasst hatten, derart verbissen herumnagte und offenbar nicht darüber hinwegkam, nach dem Vorfall beim letzten Drachentreffen möglicherweise nun erneut in ihrer Achtung gesunken zu sein. Fast beneidete ihn Erem sogar darum. Wenn ein Tadel der alten Drachen doch auch nur seine geringste Sorge wäre!

So wie an den anderen Tagen zog er sich auch am fünften Tag gegen Mittag zu einem Schläfchen zurück. Mittlerweile waren bis auf drei alle Drachen beim Schrein eingetroffen, und er spürte, wie seine Anspannung ganz allmählich ein wenig nachzulassen begann. Der Schlaf musste ihn überwältigt haben, ohne dass er es bemerkt hatte, und vermutlich wäre er auch nach Stunden noch nicht aus seinem Schlummer erwacht, wenn nicht plötzlich Falis' Gedankenstimme leise, wie von einem dichten Nebel gedämpft, durch seine Träume gedrungen wäre. Sie rief seinen Namen, unablässig und drängend, und die Nervosität in ihrer Stimme ließ ihn abrupt von seinem Lager hochfahren, ehe er sich seiner Umgebung noch richtig bewusst geworden war. Sein Herz begann zu rasen, als er die Augen aufschlug und direkt in ihr sorgenvolles Gesicht blickte.

„Was ist los?"

Erleichterung glitt über ihre Züge, und sie seufzte auf. „Du bist wach! Endlich!" Bevor er erneut fragen konnte, wies sie mit einer knappen Kopfbewegung zur Mitte der Halle. „Sie haben sich versammelt. Alle."

Erem hätte sich am liebsten selbst geohrfeigt. Die letzten drei Drachen mussten eingetroffen sein, während er geschlafen hatte. „Wie lange sind sie schon hier?"

„Seit beinahe zehn Stunden, und genauso lange beraten sie bereits."

Erem keuchte ungläubig auf. *„Zehn Stunden?"* Ich habe *zehn Stunden* geschlafen?"

Er wollte aufstehen, doch Falis legte ihm eine Hand auf den Arm und hielt ihn zurück. „Warte, Erem. Bevor du dort hinübergehst, solltest du wissen, dass Vacanesion vorhin kurz an deinem Lager war und dich berührt hat. Danach warst du einfach nicht mehr wach zu bekommen, obwohl es unmittelbar zuvor so ausgesehen hat, als würdest du gleich von selbst aufwachen."

Heißer Zorn brodelte in Erem empor. „Und nur ein paar Minuten später sind die letzten drei Drachen zur Tür hereinmarschiert, habe ich recht?"

Falis nickte. „Ja. Sie müssen bereits in Reichweite unserer Gedankenstimmen gewesen sein, als Vacanesion zu dir kam."

Erem ballte die Fäuste. „Ich verstehe." Er hätte nicht gedacht, dass ihn die alten Drachen als einen derartigen Störenfried und Unruhestifter empfinden würden, dass sie sich genötigt sahen, ihn auf eine so hinterhältige Weise aus dem Verkehr zu ziehen. Oder - der Gedanke war wie eine Kralle aus Eis, die sich in seinen Magen grub und ihn innerlich zusammenzucken ließ - lag es an dem, was Arkendeon bei seiner Ankunft im Schrein zu ihm gesagt hatte? Wollten sie ihn nicht bei ihrer Beratung dabei haben, weil sie ihm nicht *vertrauten?* Weil er sich ihres Vertrauens in seinem letzten Leben nicht als würdig erwiesen hatte?

Erem biss seine Zähne so fest zusammen, dass sie protestierend zu knirschen begannen. „Ich sollte den hohen Herren und Damen endlich meine Aufwartung machen. Es ist ärgerlich genug, dass ich mich so sehr verspätet habe."

Mit einem gleichermaßen grimmigen wie trotzigen Blick starrte er auf die Drachen, die sich im Zentrum der weiten Halle versammelt hatten – fünfzehn uralte Geschöpfe, die ihre Drachengestalt wie einen Mantel abgeworfen und ihre menschliche Form angenommen hatten, obwohl der Schrein selbst zwanzig weiteren Drachen problemlos Platz geboten hätte. Doch nun, da ihr Geheimnis gelüftet war, schienen sie für ihre Beratung aus welchen Gründen auch immer ihre menschlichen Körper vorzuziehen.

In ihren langen, weißen Roben sahen sie beinahe wie Priester aus – kalte, mitleidlose Priester, die sich von ihren Gläubigen abgewandt hatten, um einer neuen, fremdartigen Gottheit zu huldigen. Es war ein beunruhigender Gedanke, der Erem seltsam beklommen machte. Schnell ließ er seinen Blick weiterwandern, betrachtete für einen Moment stumm die übrigen Jungdrachen, die nicht weit von ihm entfernt auf dem Boden hockten und geduldig auf das Ende der Versammlung zu warten schienen. Doch Geduld war noch nie seine Stärke gewesen.

Entschlossen straffte er seine Schultern, dann setzte er sich in Bewegung. Als Yadell sah, was er vorhatte, sprang er hastig auf die Füße und trat ihm in den Weg.

„Wo willst du hin?", knurrte er ihn mit seiner Gedankenstimme an. Offenbar war er mehr als erpicht darauf, den Drachen nicht schon wieder einen Anlass für eine ihrer Strafpredigten zu liefern.

Erem fixierte ihn mit eisigem Blick. „Ist das nicht offensichtlich?"

„Das ist es in der Tat. Dazu kann ich allerdings nur sagen: Vergiss es!"

„Und warum?"

„*Warum?*" Yadell starrte ihn an, als zweifle er ernsthaft an seinem Verstand. „Weil du mit deinem Egoismus nicht schon wieder Unfrieden stiften wirst."

Erem lächelte dünn. „Ich nenne das nicht Unfrieden stiften. Ich nenne es an einer Beratung teilnehmen."

Yadell schnaubte verächtlich. „Nenn es, wie du willst. Du wirst die Versammlung nicht stören."

Erem schüttelte den Kopf, atmete tief durch und bemühte sich um Mäßigung. „Yadell, denkst du nicht, dass wir alle das Recht haben sollten, unsere Gedanken in diese Beratung einzubringen? Immerhin steht das Schicksal unserer gesamten Rasse auf dem Spiel."

„Wenn die erwachsenen Drachen ebenfalls dieser Meinung wären, säßen wir bestimmt mit im Kreis. Siehst du einen von uns dort sitzen, Erem?"

Erem zuckte betont gleichmütig mit den Schultern. „Offenbar haben sie vergessen, uns dazuzurufen."

„*Vergessen?*" Yadell wirkte auf eine beinahe absurde Weise empört. „Sie haben uns nicht dazugerufen, weil wir gemessen an ihrer Lebenserfahrung bestenfalls Säuglinge sind. Glaubst du im Ernst, auch nur einer von uns Jungdrachen wäre in der Lage, irgendetwas Sinnvolles zur Lösung der Probleme beizutragen, denen wir uns im Augenblick gegenübersehen?"

„Wir werden es niemals herausfinden, wenn wir es nicht versuchen."

Yadell packte ihn am Arm. „Das werde ich nicht zulassen!"

Erem fletschte die Zähne. „Lass mich los!"

„Ganz gewiss nicht."

„Ich sagte: *Lass mich los!*" Sein Zorn peitschte heiß wie eine Lohe aus Drachenfeuer durch Yadells Geist, so rein, so kompromisslos und unbeugsam in seiner Intensität, dass Yadell mit einem erschrockenen Keuchen zurückwich.

Erem beachtete ihn nicht länger, sondern stapfte mit grimmig aufeinandergepressten Lippen an ihm vorbei.

Vacanesion, der in seiner menschlichen Gestalt ein wahrer Riese von beeindruckend muskulöser Statur war, bemerkte ihn als Erster. Sogleich zogen sich seine Brauen bedrohlich zusammen.

„Geh zu den anderen zurück, Junge. Unsere Beratung ist noch nicht beendet."

Noch vor wenigen Wochen hätte sich Erem unter der Strenge seines Blicks wie der unwürdigste Wurm der Welt gefühlt. Doch seitdem hatte sich vieles verändert, und die Karten, die auf dem Spielbrett lagen, waren gründlich neu gemischt worden.

„Ich verlange, bei eurer Beratung gehört zu werden", erklärte er so laut, dass sich die Köpfe sämtlicher Drachen beinahe synchron in seine Richtung wandten.

Auf Vacanesions marmorstarrem Antlitz schienen sich Gewitterwolken zusammenzubrauen. „Du hast kein Recht, irgendetwas zu *verlangen*. Du bist nur ein Kind - ein ungehorsames noch dazu."

„Haben Kinder etwa kein Recht darauf, die Wahrheit zu erfahren? Haben sie kein Recht darauf, ihre Meinung zu äußern?"

„Früher mag deine Art, alles und jeden anzuzweifeln, ja amüsant gewesen sein, doch im Augenblick ist sie unpassend und unangemessen", knurrte Mavaderas. „Wir haben keine Zeit, uns mit dir herumzustreiten."

Erem schüttelte den Kopf. „Ich habe nicht vor, mit euch zu streiten, und ich bin auch niemand, der lediglich um des Widersprechens willen widerspricht."

„Nur wenn er glaubt, dass die anderen Unrecht haben", sagte Vanadeen mit mildem Spott. „Was offenbar ziemlich oft der Fall ist."

„Gebt mir die Chance, euch zu überzeugen."

Vacanesions, Mavaderas' und Vanadeens Mienen blieben so hart und abweisend wie Granit, und auch den anderen Drachen konnte er ihre Abneigung, ihn in ihre Diskussion mit einzubeziehen, deutlich von ihren Gesichtern ablesen.

Obwohl sich Erem nach Kräften bemühte, gleichmütig und entschlossen zu wirken, spürte er, wie sich ihm angesichts ihrer brüsken Zurückweisung der Magen zusammenzog. Wo waren die Jahre geblieben, in denen ihm die Drachen trotz all seiner Schwächen und Unzulänglichkeiten stets das Gefühl gegeben hatten, ihn zu respektieren und Wert auf seine Gedanken und seine Sicht auf die Welt zu legen? In denen sie bei ihren Treffen oft stundenlang mit ihm geplaudert und bereitwillig ihre Erfahrungen und Weisheiten mit ihm geteilt hatten? Doch nun, da ihr alter Feind aus den Schatten ins Licht getreten war, schien nichts davon noch irgendeine Bedeutung zu haben.

Als er schon glaubte, Vacanesion würde ihn packen und einfach ein weiteres Mal seinen Schlafzauber auf ihn anwenden, um endlich Ruhe vor seiner Impertinenz zu haben, erhob plötzlich Tunerian seine Stimme. Er sprach leise, beinahe sanft, und doch zog er augenblicklich alle Aufmerksamkeit auf sich.

„Ich möchte hören, was Erem zu sagen hat. Unser letzter Kampf gegen Kodorask liegt neunhundert Jahre zurück. Erem stand ihm erst vor wenigen Tagen gegenüber. Seine Einschätzung von Kodorasks Verhalten kann uns wertvolle Informationen liefern, die wir nicht ignorieren sollten."

Erem nickte ihm dankbar zu. Er spürte, wie die Drachen in ihrem Geist miteinander kommunizierten, ohne ihn jedoch an ihren Gedanken teilhaben zu lassen. Minutenlang verharrte er reglos, wartete mit zunehmender Anspannung auf ihre Entscheidung. Er fühlte, wie sich Yadells finstere Blicke in seinen Rücken brannten, und versuchte, auch sie zu ignorieren. Als die Drachen schließlich wortlos ihren Kreis für ihn öffneten und ihm Tunerian mit einem aufmunternden Lächeln bedeutete, näher zu treten, wäre er vor Überraschung beinahe zusammengezuckt.

„Berichte uns ausführlich von deiner Begegnung mit Kodorask. Wir werden dir zuhören."

Und so begann Erem zu erzählen. Stockend und mit schwankender Stimme schilderte er, wie er und Alanerisk im Gebirge den vermeintlichen Hirten entdeckt hatten, wie Alanerisk von Kodorask übernommen worden war und Serim und seine Eltern den Tod gefunden hatten. Erneut spürte er Tränen in seinen Augen brennen, doch er rang sie verbissen nieder, zwang sich Wort für Wort voran, denn dies hier war wichtig. Bislang hatte keiner der Drachen, auch nicht Vanadeen, den er zuerst gewarnt hatte, mehr als eine vage Vorstellung von dem, was tatsächlich geschehen war.

In Anbetracht der grauenhaften Gefahr, in der sie alle schwebten, mutete es noch absurder und unverständlicher an, dass dennoch keiner von ihnen auf die Idee gekommen war, einen Erfahrungsbericht aus erster Hand von ihm zu verlangen, den sie als Grundlage für ihre weiteren strategischen Planungen hätten verwenden können. Das war so fahrlässig und dumm, dass vermutlich keinem Heerführer in der gesamten menschlichen Geschichte selbst in seiner größten Hybris und Arroganz jemals ein derartiges Versäumnis unterlaufen wäre.

Alle Drachen hörten ihm aufmerksam zu, unterbrachen ihn nicht, doch als er schließlich nichts mehr zu sagen wusste, schüttelte Mavaderas mit einem unwilligen Knurren den Kopf.

„Nichts von alledem ändert etwas an dem, was wir tun müssen." Die Kälte in seiner Stimme schien sämtliche Wärme in der weiten Halle in Eis zu verwandeln.

Erem erschauerte. „Ihr wollt die drei befallenen Drachen töten." Es war eine Feststellung, keine Frage.

Mavaderas starrte ihn an. Schwarze Flammen schienen in seinen Augen zu tanzen. „Es geht nicht um das, was wir wollen. Es geht um das, was wir *müssen*. Es gibt keinen anderen Weg."

„Habt ihr denn niemals versucht, die fremde Seele auf eine andere Weise von dem geraubten Körper zu trennen?", rief Erem. „Ihr seid doch magische Wesen! Die Magie ist ein *Teil* von euch! Wie kann es sein, dass Kodorasks Zauber so viel mächtiger ist als der eure?"

Tunerian seufzte. „Es ist nicht so sehr eine Frage der Macht, Erem. Um einen Zauber rückgängig zu machen oder abwehren zu können, muss man ihn zuerst verstehen. Genau das aber ist uns nie gelungen. Kodorask und sein Clan benutzen die Magie der Drachen auf eine Weise, die vollkommen anders ist als alles, was wir jemals für möglich gehalten haben. Sein Zauber ist unserer Natur so fremd, dass wir bisher nicht in der Lage waren, sein Wesen zu begreifen. Aus diesem Grund sind wir auch machtlos gegenüber der Berührung durch eine verderbte Seele."

„Aber wie haben es Kodorask und sein Clan geschafft, etwas zu vollbringen, das allen anderen Drachen trotz ihrer Weisheit verwehrt geblieben ist?" Es fiel Erem schwer, sich mit Tunerians lapidarer Antwort zufriedenzugeben. Die Drachen mussten bei ihrem Bemühen, dieses Rätsel zu lösen, irgendetwas übersehen haben!

Tunerian hob die Schultern in einer erstaunlich menschlichen Geste. „Vielleicht waren sie einfach sehr motiviert."

„Sei es, wie es sei", knurrte Vacanesion. „Diese Diskussion führt zu nichts. Wir werden die drei Infizierten aufspüren, ihre Körper zerstören und die gestohlenen Seelenkristalle zurück in unseren Besitz bringen. Dann werden wir endlich Ruhe vor Kodorask haben."

„Bis er erneut zum Seelenkristall wird und alles von vorn beginnt", sagte Erem bitter.

Vacanesion verzog die Lippen zu einem dünnen, harten Lächeln. „Nicht dieses Mal."

Erem runzelte die Stirn. „Was meinst du damit?"

„Er meint damit, dass Kodorask ein sehr riskantes Spiel spielt", sagte Arkendeon. „Erinnerst du dich daran, dass ich bei unserem letzten Gespräch sagte, Kodorask und die Seinen hätten den Zyklus des Lebens unterbrochen? Dass sie nicht wiedergeboren werden könnten, solange sie nicht bereit sind, ihre alte Identität loszulassen, und die Körper anderer Drachen stehlen? Das war die Wahrheit - aber nicht die *ganze* Wahrheit." Arkendeon betrachtete ihn ernst; in seinem Blick lag eine seltsame Traurigkeit. „Kodorask und die beiden Seelen, die Eysenderia und Sapherion übernommen haben, werden *niemals* wiedergeboren werden - nicht, nachdem sie ihre Magie dazu missbraucht haben, in einen fremden Körper zu fahren. Bis zu diesem Zeitpunkt hätten sie die Wahl gehabt; danach war ihr Schicksal besiegelt. Die Tür in ein neues Leben wird sich niemals wieder für sie öffnen. Wenn ihre Körper *diesmal* sterben, werden ihre Seelen verlöschen. Sie werden einfach aufhören zu existieren - und das, junger Erem, wird unser größter Triumph sein."

Erem starrte Arkendeon voll Grauen an. „Ihre Seelen werden *verlöschen?* Woher wisst ihr das? Wie könnt ihr dessen so sicher sein?"

„Wir wissen es, weil wir es selbst erlebt haben", sagte Mavaderas schroff. „Wir haben gegen diese verderbten Kreaturen gekämpft! Wir alle haben es gespürt, wenn es geschah. Es gibt keinen Zweifel."

„Aber dann muss Kodorask es ebenfalls wissen", hauchte Erem. „Wieso ist er dennoch ein solches Risiko eingegangen? Wie konnten er und sein Clan sich jemals auf diesen Irrsinn einlassen, wenn der Preis *derart* hoch ist?"

„Du hast dir die Antwort gerade selbst gegeben", knurrte Mavaderas. „Sie konnten sich darauf einlassen, weil sie rettungslos dem Wahnsinn verfallen waren. Mehr gibt es dazu nicht zu sagen."

Erem schüttelte den Kopf. Seine Gedanken rasten. „Wenn die fremde Seele erlischt, wenn der Körper stirbt, was geschieht dann mit seinem ursprünglichen Besitzer? Seine Seele kann noch immer wiedergeboren werden, oder? Irgendwann wird es wieder eine Zukunft für Alanerisk, Eysenderia und Sapherion geben."

Arkendeon nickte. „Das wird es. Ihre Seelen werden durch den Tod ihres Körpers von ihrer Knechtschaft befreit und können erneut zu Seelenkristallen werden, wann immer sie dies wünschen. Sie sind lediglich das Opfer einer Abscheulichkeit, die gegen ihren Willen über sie gekommen ist. Sie sind nicht verantwortlich für das, was ihnen angetan wurde."

„Ich verstehe es einfach nicht!" Erem hätte sich vor ohnmächtiger Wut am liebsten die Haare gerauft. „Wieso nur gelingt es ihnen nicht, aus eigener Kraft ihre Ketten zu sprengen und wieder die Herrschaft über ihren Körper zu übernehmen? Ich begreife nicht, welche Macht Kodorask über sie besitzt, die sie daran hindert, *irgendetwas* zu tun!"

„Es ist müßig, weiter darüber zu spekulieren", brummte Vanadeen. „Damit vergeuden wir lediglich kostbare Zeit. Tatsache ist, dass wir nicht wissen, in welchem Zustand sich die gefangenen Seelen befinden. Wir können nicht einmal mit Gewissheit sagen, ob sie überhaupt bei Bewusstsein sind oder etwas von dem wahrnehmen, was um sie herum geschieht. Um ihretwillen sollten wir hoffen, dass dies nicht der Fall ist." Er machte eine unwillige Handbewegung. „Und nun ist es genug mit der Unterrichtsstunde. Lasst uns endlich in unserer Planung fortfahren."

Erem atmete tief durch. „Wie werdet ihr vorgehen?"

Vacanesions Gesicht wurde hart vor kalter Entschlossenheit. „Was denkst du wohl? Wir werden sie zu einem offenen Kampf fordern und vom Himmel fegen, wie wir es schon einmal getan haben. Wir sind fünfzehn, sie nur zu dritt. Sie haben nicht den Hauch einer Chance, unserer Vergeltung zu entgehen."

Die anderen Drachen nickten beifällig, doch Erem runzelte die Stirn. Vor neunhundert Jahren war das Verhältnis ähnlich positiv gewesen, und dennoch waren Vacanesion, Vanadeen und der Rest der alten Drachen von Kodorask und seinem Clan beinahe ausgelöscht worden.

„Ist es nicht genau das, womit Kodorask rechnen muss?", gab er zu bedenken.

Mavaderas stieß ein verächtliches Schnauben aus. „Selbst wenn er es tut, ändert es nichts. Wenn wir mit aller Härte zuschlagen, gibt es nichts, was er dagegen unternehmen kann. Mag er noch immer derselbe sein wie damals - *wir* sind es nicht." Der düstere, unheilvolle Unterton in seiner Stimme ließ Erem unwillkürlich frösteln. Von plötzlicher Furcht erfüllt, sah er Mavaderas an.

„Wie seid ihr denn?", fragte er beklommen.

Mavaderas erwiderte seinen Blick, und Erem fror noch stärker. „So, wie wir von Anfang an hätten sein sollen. So, wie wir gewesen wären, hätten Zaudern und Selbstzweifel unsere Zähne und Klauen nicht stumpf und den Schlag unserer Flügel schwach gemacht." Rote Glut loderte in seinen Augen, schien ihn innerlich zu verzehren. „Doch diesen Fehler werden wir kein zweites Mal begehen. Kodorask kennt uns nicht so gut, wie er glaubt. *Wir* hingegen kennen seine Niedertracht genau. Wenn er sieht, dass er einem Kampf nicht ausweichen kann, wird er die Menschen als Faustpfand gegen uns verwenden, um unsere Entschlossenheit zu schwächen und unseren Willen zu lähmen. Doch anders als früher werden wir diesmal nicht zögern, seinen Schutzschild zu zerschmettern, um die verderbte Kreatur zu töten, die sich dahinter verbirgt."

Erem brauchte ein paar Sekunden, um die Bedeutung von Mavaderas' Worten zu begreifen. Dann keuchte er auf. „Ihr würdet das Leben unschuldiger Menschen opfern, um euer Ziel zu erreichen?"

Mavaderas betrachtete ihn mit undurchdringlicher Miene. „Was wiegt schon das Leben einiger weniger, wenn das Schicksal unserer gesamten Rasse auf dem Spiel steht?"

Erem konnte nichts anderes tun, als ihn schockiert und entgeistert anzustarren. „Was es wiegt? Ist das euer Ernst?" Er ließ seinen Blick beschwörend von einem Gesicht zum anderen wandern, versuchte verzweifelt, darin die moralische Integrität und selbstlose Hingabe zu entdecken, die er an den Drachen stets so sehr bewundert hatte. Er suchte vergebens. „Wie könnt ihr so etwas nur sagen?", flüsterte er. „Habt ihr während der letzten neunhundert Jahre denn lediglich eine Lüge gelebt?"

„Erspar uns deine Moralpredigt", zischte Vacanesion. „Es gibt hier niemanden, der sie hören will."

„Urteile nicht zu hart über uns, Erem", sagte Arkendeon in beschwichtigendem Tonfall. „Die Dinge sind selten so einfach, wie sie zu sein scheinen. Es mag dir nicht gefallen, und doch ist es eine Tatsache, dass wir selbst durch unser zögerliches Handeln mit zur damaligen Katastrophe beigetragen haben. Wären wir nur von Anfang an mit der nötigen Konsequenz gegen Kodorask vorgegangen, als wir die Gelegenheit dazu gehabt hätten, wäre es uns sehr wahrscheinlich gelungen, das Feuer zu löschen, bevor es einen ganzen Kontinent verschlungen hätte. Doch das Wohlergehen der Menschen lag uns zu sehr am Herzen. Kodorask hat das gewusst und dieses Wissen als Waffe gegen uns eingesetzt."

Erem holte tief Luft. Auch wenn es ihm schwerfiel, zwang er sich dazu, seine Gedanken auf das Wesentliche zurückzulenken. Alles andere hieße, Kodorask in die Hände zu spielen. „Ich glaube nicht, dass sich Kodorask hinter einem menschlichen Schutzschild verstecken wird. Hätte er das vorgehabt, hätte er sich gar nicht erst so offen gezeigt." Er schüttelte den Kopf. „Ich denke vielmehr, dass er sich selbst als Köder anbieten wird, um euch genau dorthin zu locken, wohin er euch haben will."

„Du meinst, er wird versuchen, uns eine Falle zu stellen?", fragte Tunerian mit besorgter Miene. Auch einige der anderen Drachen wirkten mit einem Mal deutlich weniger selbstsicher als noch einen Moment zuvor.

Erem nickte entschieden. „Davon bin ich überzeugt."

Vacanesion verschränkte die Arme vor seiner muskulösen Brust und betrachtete ihn mit einer Mischung aus Herablassung und Neugier. „Und wie sollte er das bewerkstelligen? Es gibt wohl kaum eine Möglichkeit, wie drei Drachen fünfzehn ihrer Artgenossen überwältigen könnten."

Erem knirschte mit den Zähnen. „Das können wir nicht mit Sicherheit wissen. Es wäre auf jeden Fall ein unkontrollierbares Risiko, wenn ihr alle gemeinsam angreift. So kann er auch alle von euch auf einen Schlag übernehmen."

Vacanesion lachte laut auf. „Mit welcher Armee? Unabhängig davon, dass allein der Gedanke absurd ist, besitzt Kodorask dazu nicht genug Seelenkristalle."

Erem spürte, wie die Wut stärker in ihm zu pochen begann. „Auch das ist nicht sicher. Von sechs Kristallen wissen wir definitiv, dass sie sich in seinem Besitz befinden, hinzu kommen sehr wahrscheinlich noch die drei der Familie, die Sapherion gedient hat. Außerdem ist es gut möglich, dass er noch weitere Seelen seiner Clanmitglieder zu sich gerufen hat, so wie ich es mit Ajans getan habe. Kodorask könnte also durchaus eine Armee zur Verfügung stehen, von der wir nicht die geringste Ahnung haben."

Vanadeen sah ihn nachdenklich an. „Es wäre denkbar. Dennoch würde ein solches Vorgehen sehr viel Zeit in Anspruch nehmen."

„Wer sagt, dass er die nicht gehabt hat? Was lässt euch glauben, dass sein Seelenkristall erst vor Kurzem von einem Menschen entdeckt wurde? Kodorask könnte schon vor Jahrhunderten zurückgekehrt und seitdem von einem menschlichen Wirt zum anderen gesprungen sein." Erem dachte daran, wie genau Kodorask an jenem verhängnisvollen Morgen die Route gekannt hatte, die er und Alanerisk nehmen würden, und wie perfekt seine Falle darauf abgestimmt gewesen war. „Vergesst nicht, dass die fremde Seele in Eysenderia wusste, wo die Familie ihres Reiters lebte und die Kristalle versteckt waren. Sie *muss* es gewusst haben, ansonsten hätte sie nicht zeitgleich mit Kodorask zuschlagen können. Selbst wenn Kodorask und sein Clan nicht *alle* Verstecke kennen, so könnten es dennoch bereits genug sein, um euch allen eure Körper zu stehlen." Er verkniff sich die Bemerkung, dass die Wahrscheinlichkeit dafür durch den Umstand, dass die Drachen ihre Reiter und deren Familien so schändlich im Stich gelassen hatten, in nicht unerheblichem Maße gestiegen war.

Vanadeen schwieg einen Moment, dann schüttelte er den Kopf. „Selbst wenn das tatsächlich der Fall sein sollte, werden sie kaum etwas damit anfangen können. Um unsere Körper zu übernehmen, müssen sie uns mit ihren Kristallen erst einmal berühren, und diese Gelegenheit werden sie nicht bekommen. Unser Drachenfeuer wird sie verschlingen, sobald sie es versuchen."

„Und was ist, wenn sie menschliche Waffen gegen euch einsetzen?"

Ein kurzes Lächeln glitt über Vanadeens Gesicht. „Es gibt keine Waffe von Menschenhand, die uns Schaden zufügen könnte, das sollte dir klar sein."

Seine gelassene Selbstsicherheit ließ erneut Wut in Erem hochkochen. „Das muss sie auch gar nicht. Wenn ich Kodorask wäre, würde ich ein paar Schleudern und Katapulte in Stellung bringen, die die Kristalle direkt auf euch abfeuern, sobald ihr im Anflug seid. Kodorask mag zwar ein Drache sein, aber er muss nicht wie ein Drache kämpfen, um seine Ziele zu erreichen - und ihr solltet es auch nicht."

Ein Raunen ging durch die Reihen der alten Drachen, und zum ersten Mal sah Erem so etwas wie Furcht in einigen Gesichtern. Er nahm es mit bitterer Befriedigung zur Kenntnis.

„An eine solche Möglichkeit hat tatsächlich bisher keiner von uns gedacht", sagte Arkendeon und nickte ihm anerkennend zu. „Dennoch erscheint es mir nicht sinnvoll, in einem Kampf gegen Kodorask unsere Kräfte zu teilen. Es mag eine Situation eintreten, da wir unsere vereinte Stärke dringend benötigen könnten."

„So ist es." Obwohl sich Vanadeens Stirn in nachdenkliche Falten gelegt hatte, schien auch er nicht gewillt, von ihrem ursprünglichen Vorgehen abzulassen. „Dein Einwand ist klug, Erem, doch nun wissen wir, worauf wir achten müssen. Wenn wir hoch genug fliegen, können einfache Pfeile und Schleudern uns nicht mehr erreichen, und Katapulte sind zu groß, als dass man sie leicht überall verstecken könnte. Sollte Kodorask tatsächlich einen derartigen Hinterhalt planen, so bin ich mir sicher, dass wir sie rechtzeitig entdecken und unschädlich machen werden."

„Im Zweifelsfall werden wir einfach die gesamte Umgebung des Kampfgebietes mit unseren Flammen bestreichen und die Kakerlaken aus ihren Löchern treiben, bevor wir uns Kodorask und seine beiden Kumpane vornehmen. Sollen sie doch mit ihren Heckenschützen und Katapulten auf uns lauern. Unser Feuer wird sie alle in Asche verwandeln." Vacanesion grinste so zufrieden, dass Erem ihm am liebsten an die Gurgel gesprungen wäre.

„Ich wollte, dass ihr vorsichtig seid", rief er aufgebracht. „Nicht, dass ihr einen Massenmord begeht."

Vacanesion zuckte lässig mit den Schultern. „Was ist los? Du hast doch bekommen, was du wolltest. Wir werden deine Warnung ernst nehmen. Wie wir allerdings damit umgehen, musst du schon uns überlassen."

Erem begegnete seinem amüsierten Blick mit grimmigem Zorn. „Du meinst, weil ihr die Einzigen seid, die etwas zu verlieren haben?" Er stieß ein humorloses Lachen aus. „Hat eigentlich in den letzten zehn Stunden auch nur einer von euch an uns Jungdrachen gedacht? Was geschieht mit *uns,* wenn ihr versagt? Weder ich noch Yadell oder einer der anderen werden in den nächsten paar Jahrhunderten stark genug sein, um es mit Kodorask aufnehmen zu können."

„Das müsst ihr auch nicht“, sagte Tunerian sanft. „Niemand wird euch hier im Schrein etwas anhaben können, dafür haben wir gesorgt. Wir haben sowohl den Eingang als auch die Wände und den Boden mit einem Zauber versiegelt. Keiner der dunklen Drachenseelen wird es gelingen, sich gegen unseren Willen hier Zutritt zu verschaffen.“ Er lächelte. „Zudem wissen sie ja noch nicht einmal, wo sich der Schrein befindet.“

„So, wie Kodorask nicht gewusst hat, wo er mir und Alanerisk in den Bergen auflauern konnte? So, wie die fremde Seele in Eysenderia völlig unwissend war, wo sie das Versteck der Kristalle von Selos' Familie suchen musste?“ Erem schüttelte den Kopf. „Verzeih mir, Tunerian, wenn deine Versicherung in meinen Ohren nicht allzu vertrauenerweckend klingt.“

„Niemand kann etwas von dem Schrein wissen!“, rief Vacanesion hitzig. „Das ist vollkommen unmöglich!“

„Ach ja?“ Erem starrte ihn herausfordernd an. „Hast du vergessen, was ich eben gesagt habe? Kodorask könnte schon vor *Jahrhunderten* zurückgekehrt sein und euch ausspioniert haben, ohne dass ihr davon etwas bemerkt habt. Das ist aber vielleicht nicht einmal das größte Problem. Könnt ihr wirklich mit Sicherheit ausschließen, dass es keinen Weg gibt, wie er an die Erinnerungen und das Wissen der befallenen Drachen herankommen kann? Ihr habt vorhin selbst zugegeben, dass ihr den Zauber nicht versteht, mit dem er euch eure Körper stiehlt. Ist es da so weit hergeholt, anzunehmen, dass euer Unverständnis seiner Magie noch weiter reicht, als ihr glaubt?“

Vacanesion tat seinen Einwand mit einer abfälligen Handbewegung ab. „Hätte er diese Macht, wäre er doch schon längst hier. Außerdem scheinst *du* vergessen zu haben, dass er und die Seinen den Schrein nicht betreten können, selbst wenn sie gegen jede Wahrscheinlichkeit von seinem Standort Kenntnis erhalten. Kodorask könnte tausend Jahre draußen vor dem Eingang toben, und er wäre trotzdem nicht einen Schritt näher an euch herangekommen.“

Obwohl eine tausendjährige Belagerung nicht unbedingt das war, was sich Erem für seine Zukunft erträumt hatte, verzichtete er darauf, eine entsprechende bissige Bemerkung zu machen, denn es gab noch einen weiteren Haken an der Sache, der ihm mehr als nur ein wenig Schmerzen bereitete. „ Es sind aber nicht nur die besessenen Drachen und Menschen, vor denen wir uns in Acht nehmen müssen. Was, wenn sie Kämpfer anwerben, die ihnen aus freien Stücken zu Diensten sind?“

„Warum sollte sich auch nur ein einziger Mensch mit diesen verderbten Kreaturen einlassen?“, fragte Vanadeen sichtlich verblüfft.

Erem wandte den Kopf zu dem alten Drachen, dessen Haut in menschlicher Gestalt beinahe ebenso weiß war wie die Schuppen seines Drachenkörpers.

„Erinnerst du dich noch an Jorran?"

Ein Ausdruck tiefen Abscheus glitt über Vanadeens Gesicht. „Wie könnte ich ihn je vergessen?"

„Dann dürfte dich interessieren, dass Jorran seit Kurzem eine neue Aufgabe hat. Kodorask hat ihn und seinen Sohn zu seinen neuen Reitern erwählt."

Vanadeen zuckte zusammen. „Wurden sie ebenfalls übernommen?"

„Nein. Das war gar nicht nötig. Jorran hat lediglich das bekommen, wonach er sich all die Jahre vergeblich verzehrt hat. Ich gehe davon aus, dass auch Keiran als sein Sohn für seine Dienste von Kodorask die gleiche übermenschliche Stärke erhalten hat, die alle Drachenreiter besitzen. Kodorask weiß genau, womit er sich die Menschen gefügig machen und ihre Loyalität gewinnen kann. Nicht alle natürlich, aber ich fürchte, mehr als genug, um uns Probleme zu bereiten."

„Vielleicht weiß Jorran nicht, wer in Alanerisks Körper steckt", sagte Vanadeen leise.

„Wie könnte er es nicht wissen?", widersprach Erem hart. „Alanerisk hätte Serim und mich doch niemals verstoßen und dafür Jorran und Keiran an unsere Stelle gesetzt! Vermutlich war es sogar Kodorask selbst, der ihm seine wahre Identität offenbart hat. Jorran hasst euch alle für das, was du ihm damals angetan hast. Er wird wahrscheinlich erst dann zufrieden sein, wenn er endlich auf unseren Gräbern tanzen kann."

Vanadeen schwieg betroffen, und auch die anderen Drachen schien die Vorstellung, dass Menschen aus Bosheit oder Eigennutz mit Kodorask und seinem Clan paktieren könnten, tiefer zu erschüttern, als Erem erwartet hätte. Er sah sie der Reihe nach an und versuchte, so viel Ernst in seine Worte zu legen, wie er vermochte.

„Ist euch klar, was das bedeutet? Nehmt nur eine Sekunde lang an, Kodorask wüsste, wo sich der Schrein befindet. Was sollte ihn davon abhalten, Jorran und einige Dutzend andere gedungene Söldner hierherzuschaffen? Da sie nicht besessen sind, stellt euer Zauber kein Hindernis für sie dar. Im schlimmsten Fall rechnet Kodorask sogar damit, dass ihr uns allein hier zurücklasst, schickt seine Truppen, um uns zu überwältigen, und benutzt uns als Geiseln, um euch zur Aufgabe zu zwingen. Nach Ajans Tod ist ihm sehr wohl bewusst, dass wir alle Jungdrachen sind, und Serim hat ihm eindrucksvoll bewiesen, wie viel bereits die menschlichen Reiter für uns opfern würden. Nicht weniger würde er von euch, unseren Eltern, erwarten."

Einige der Drachen wandten alarmiert ihre Köpfe zu ihren Kindern, und jähe Furcht grub sich in ihre Züge. Arkendeon aber schüttelte bedächtig den Kopf. „Selbst wenn du mit deinen düsteren Worten recht hättest, würde Kodorasks Plan misslingen, denn du hast einen entscheidenden Punkt übersehen."

„Welchen?"

„Du und die anderen müsstet euch nicht mit Schwertern gegen die Angreifer zur Wehr setzen. Auch Falis und Dris haben inzwischen den Verwandlungszauber von uns bekommen, so dass ihr euch, ausgenommen Selos, Liva und Cia, nun alle in Drachen verwandeln könnt. Gegen einen erwachsenen Drachen habt ihr zwar so keine Chance, aber ein paar Dutzend Menschen werden euch in dieser Gestalt keinesfalls etwas anhaben können."

Das war ein gutes Argument. Daran hatte Erem tatsächlich nicht gedacht. Dennoch beruhigte ihn Arkendeons Einwand nicht. Noch immer hatte er das Gefühl, dass sie etwas Wichtiges übersahen, dass Kodorask all ihren Überlegungen um mehr als nur einen Schritt voraus war. Er *wusste,* ohne es erklären zu können, dass sie hier im Schrein nicht sicher waren, dass Kodorask eine Möglichkeit finden würde, sich ihrer zu bemächtigen. Er wusste nur nicht, wie.

„Es wäre trotzdem besser, wenn wir uns ein anderes Versteck suchen würden", sagte er, bereits ohne Hoffnung, dass seine Worte noch etwas bewirken könnten. „Wenn sie nicht wissen, wo wir sind, können sie uns auch nicht angreifen."

„Womit du wieder am Anfang deiner Argumentation wärst", knurrte Vacanesion. „Du *glaubst* lediglich, dass Kodorask weiß, wo sich der Schrein befindet. Aber selbst wenn er es wüsste, gäbe es keinen Ort, an dem ihr sicherer wärt. Hast du eben nicht zugehört?"

„Doch, aber ..."

„Genug jetzt! Wir müssen eine abschließende Entscheidung fällen."

Und das taten sie, ohne Erem noch einmal zu Wort kommen zu lassen. Sie schlossen ihn auch aus ihren Gedanken aus, gaben ihm keine Gelegenheit, sich mit seinen Befürchtungen noch weiter Gehör zu verschaffen.

Kurz darauf beendeten sie ihre stumme Konferenz, und Arkendeon rief nun auch die anderen Jungdrachen herbei.

„Wir haben entschieden. Noch heute werden wir aufbrechen, um Kodorask und den Rest seiner verderbten Brut ein für alle Mal vom Antlitz dieser Welt zu tilgen. Yadell, dir übertragen wir während unserer Abwesenheit die Verantwortung über die Jungdrachen. Sorge dafür, dass keiner von ihnen den Schrein verlässt, bis wir zurückgekehrt sind."

Wütend und enttäuscht ließ Erem den Kopf hängen. Also hatten sie tatsächlich all seine Einwände vollständig ignoriert. Tunerian, Caderell und ein oder zwei der anderen mochten ihm geglaubt haben, doch falls sie es getan hatten, waren sie von den übrigen überstimmt worden.

Ohnmächtige Verzweiflung und Bitterkeit schnürten ihm die Kehle zu, als die erwachsenen Drachen wenig später in geschlossener Formation am wolkenlosen Horizont verschwanden. Er stand draußen in der eisigen

Kälte des Hochplateaus und sah ihnen nach, bis es nichts mehr zu sehen gab, dann wandte er sich mit einem tiefen Seufzen ab und kehrte zum Schrein zurück.

Am Eingang trat ihm Yadell entgegen. Dass er bis auf Weiteres die Oberaufsicht über die Jungdrachen führen durfte, hatte ihm offenkundig einen guten Teil seiner früheren Überheblichkeit zurückgegeben, denn ein unerträglich selbstzufriedener Ausdruck erschien auf seinem Gesicht, während er tadelnd den Kopf schüttelte.

„Ich habe es dir gesagt, Erem. Du hättest dich raushalten sollen. Hast du wirklich geglaubt, mit deinen gerade einmal achtzehn Jahren könntest du es mit der Weisheit und der Erfahrung von Jahrtausende alten Drachen aufnehmen? Du kannst froh sein, dass sie dir überhaupt zugehört haben."

Erem schritt wortlos an ihm vorbei, die Lippen zu einem schmalen Strich zusammengepresst. Wieso nur war er so fest davon überzeugt, dass die Drachen einen schrecklichen Fehler machten, dass sie blind und ahnungslos geradewegs in Kodorasks weit geöffnetes Maul flogen? Und wieso hatte er das Gefühl, Kodorask sehr viel besser zu kennen, als es nach ihrer kurzen Begegnung eigentlich der Fall sein sollte? Er wusste mit jeder Faser seines Körpers, wusste es so sehr, dass es schmerzte, dass Kodorask sich niemals offenbart hätte, wenn er nicht vollkommen sicher gewesen wäre, aus diesem Kampf als Sieger hervorzugehen.

Seine Hände ballten sich zu Fäusten. Mochte Yadell auch ein gehorsamer kleiner Soldat sein, der jeden Widerspruch scheute, für ihn galt das nicht. Auf keinen Fall durfte er zulassen, dass sie hilflos wie aus dem Nest gefallene Vogelküken hier herumhockten und Däumchen drehten, denn eins spürte er genau: Die Drachen, die schließlich zurückkehren würden, würden höchstwahrscheinlich nicht mehr die sein, die sie gekannt hatten.

17. Kapitel

Als er den Schrein betrat, beschloss Erem, keine Zeit zu verlieren. Ein Blick in die Gesichter der anderen zeigte ihm, dass alle seine Diskussion mit den erwachsenen Drachen mit angehört hatten - was kein Wunder war, bedachte man, wie schnell er es geschafft hatte, vor allem Vacanesion in Rage zu versetzen. Zudem hatte er zu seiner nicht geringen Befriedigung bemerkt, dass Falis, Selos und die übrigen Jungdrachen im Verlauf der Beratung immer näher an den Kreis der alten Drachen herangerückt waren, um sich keines seiner und ihrer Worte entgehen zu lassen - sehr zu Yadells Verdruss, wie er mit einem flüchtigen Grinsen vermutete.

Auch ohne dass sie es offen aussprachen, sah er die Furcht in ihren Augen, und er wusste, dass seine Argumente zumindest bei ihnen auf fruchtbaren Boden gefallen waren. Lediglich Jeron, der stets so lange wartete, bis Yadell seine Meinung verkündete, bevor er sich zu einem eigenen Standpunkt entschloss, wandte den Blick ab, als er ihn durch den Eingang treten sah. Aleya hingegen zögerte noch. Erem spürte, wie Loyalität, Angst und Vernunft in ihrem Herzen miteinander rangen, doch schließlich erstarrten ihre Züge, ihre Schultern sanken herab, und sie blickte in stumpfer Resignation zu Boden. Es war offensichtlich, wie sehr sie unter der Situation litt, wie sehr sie sich wünschte, weder ihn noch Yadell vor den Kopf zu stoßen. Dennoch, auch sie hatte gewählt.

„Wir können nicht hierbleiben. Wir müssen gehen, am besten sofort!" Er sprach lediglich mit seiner Gedankenstimme, und er schirmte seine Worte sowohl vor Yadell als auch vor Jeron und Aleya ab. Die Zeit für lange Debatten war endgültig vorüber, und er würde sich nicht noch einmal in nutzlose Diskussionen hineinziehen lassen.

Zustimmung, aber auch Sorge und Zweifel strichen durch seinen Geist. „Yadell wird uns nicht gehen lassen." Falis' Gedankenstimme war kaum mehr als ein Raunen, als fürchte sie, dass jeden Augenblick Vacanesion, Vanadeen oder einer der anderen alten Drachen gemeinsam mit Yadell durch die Tür stürmen könnte, um sie für ihre rebellischen Anwandlungen zur Rechenschaft zu ziehen.

Erem schenkte ihr ein aufmunterndes Lächeln. „Ich weiß. Ich werde mich darum kümmern."

Bei seinen Worten runzelte Selos alarmiert die Stirn. Er trat einen Schritt auf ihn zu, doch noch bevor er den zweiten tun konnte, öffnete Erem seinen Geist für ihn, erklärte ihm seinen Plan - und ließ ihm die Freiheit, selbst zu entscheiden, welche Rolle er darin einnehmen wollte.

„Bevor du jedoch deine Entscheidung triffst, bedenke dies: Wenn Kodorask Yadell, Jeron und mich gefangen nehmen sollte, wirst du der einzig freie männliche Drache sein."

Selos' Augen weiteten sich. Er war zu klug, um nicht sofort zu begreifen, was das bedeutete. Kummer grub sich in seine Züge, doch er nickte tapfer. Nie war Erem stolzer auf ihn gewesen als in diesem Augenblick.

„Ich werde gehen. Aber du musst mir versprechen, uns zu folgen, wenn du kannst. Wenn Yadell nicht auf dich hört, lass ihn in sein Unglück rennen. Lass nicht zu, dass er dich mit hineinzieht."

Erem sah ihm tief in die Augen, ließ seinen Blick nicht los. „Ich verspreche es. Ich komme nach, sobald ich kann."

Allerdings war es gut möglich, dass er dieses Versprechen nicht würde halten können. Denn noch immer galt, was er damals in Vanadeens Dachkuppel zu Yadell gesagt hatte. Er würde niemals, unter keinen denkbaren Umständen, in seiner Drachengestalt gegen einen anderen Drachen kämpfen. Zu oft war dieser Fehler bereits begangen worden, und er hatte nicht vor, ihn ausgerechnet bei seiner bevorstehenden Konfrontation mit Yadell zu wiederholen. Alles hing davon ab, wie weit Yadell zu gehen bereit war, um den Befehlen der alten Drachen Folge zu leisten.

Er wandte seinen Blick zu Falis, und sie nickte, noch bevor er ihr seine Gedanken gesandt hatte. „Mach dir keine Sorgen. Ich passe auf Selos auf - auf ihn und auf alle anderen."

„Bring sie an einen sicheren Ort."

„Das werde ich. Aber wie willst du uns finden?"

„Ist dir je der Berg aufgefallen, der ein gutes Stück östlich des Hochplateaus liegt, auf dem wir die Drachentreffen abgehalten haben?"

„Du meinst den mit der weißen Krone?"

„Ja."

Dieser Berg war tatsächlich ungewöhnlich, da er, anders als seine rostroten Verwandten, durch weißliche Mineralablagerungen eine helle Spitze trug, die wie Schnee gewirkt hätte, wenn in jener heißen, kargen Gegend Schnee nicht etwas Undenkbares gewesen wäre.

„Wenn es dir sicher erscheint, flieg dorthin und hinterlasse auf dem Gipfel eine Nachricht, wo ich euch finden kann."

„In Ordnung."

Erem seufzte still. „Noch etwas. Versucht niemals, mich auf andere Weise zu finden. Ich komme zu euch, nicht ihr zu mir. Darauf muss ich mich verlassen können."

Ihre Augen wurden groß, als sie begriff, was er ihr mit seinen Worten zu sagen versuchte. Er schaute sie an, bat sie stumm um Verzeihung.

„Wir müssen damit rechnen, dass Kodorask uns erwischt, und dann werde ich nicht mehr Erem sein. Dann bin ich nur noch ein Köder, mit dem Kodorask euch aus eurem Versteck locken will. Darauf dürft ihr nicht hereinfallen! Ganz gleich, wie die Situation auch erscheint, zeigt euch niemals! Bleibt in Deckung, bis ich zu euch komme. Und wenn ich nicht komme, bin ich so oder so verloren."

Falis' Augen füllten sich mit Tränen, doch er hatte keine andere Wahl gehabt, als ihr so schonungslos wie möglich klar zu machen, wie die Dinge standen. Kodorask würde jede ihrer Schwächen ausnutzen, ohne auch nur einen Wimpernschlag zu zögern, daran hatte er keinen Zweifel. Wenn sie überleben wollten, mussten sie darauf vorbereitet sein.

„Was geht hier vor?"

Yadell, der unbemerkt zu ihnen getreten war, starrte wild von einem zum anderen, bevor er seinen grimmigen Blick auf Falis heftete. „Was für eine Teufelei heckst du nun schon wieder aus, Erem?"

Erem atmete tief durch. „Keine Teufelei, Yadell. Ich versuche lediglich, unsere Existenz zu schützen."

Yadell schnappte vor Empörung hörbar nach Luft. „Wir *sind* geschützt! Wir sind hier im Schrein sicherer als an jedem anderen Ort der Welt."

Erem schüttelte bedächtig den Kopf. „Das ist deine Meinung, aber nicht die meine. Ich habe nicht vor, hierzubleiben und auf Kodorask und seine Schergen zu warten."

Yadells Miene wurde hart. „Genau das wirst du aber tun. Niemand verlässt dieses Plateau, bis unsere Eltern wieder zurück sind."

„Wenn sie zurückkehren, werden es nicht mehr unsere Eltern sein."

Yadell ballte die Fäuste, als wolle er sie im nächsten Moment auf seinen Schädel niedersausen lassen, und sein Gesicht verzerrte sich vor Wut. „Ich habe genug von diesem Irrsinn! Halt deinen Mund, Erem, halt, verdammt noch mal, *endlich deinen Mund!*"

Erem versuchte, ruhig zu bleiben, obwohl er spürte, wie sich seine Muskeln anspannten. „Hör mir zu, Yadell", sagte er beschwörend. „Nimm nur für einen Moment an, dass ich recht haben könnte. Wenn die alten Drachen fallen, sind wir die letzten freien Drachen, die es gibt. Willst du ein solches Risiko tatsächlich eingehen?"

„Es *gibt* kein Risiko!", brüllte Yadell.

Erem deutete mit dem Kopf an Yadell vorbei. „Einige von uns sehen das anders."

Tatsächlich hatten sich Cia, Liva und Selos inzwischen in warme Mäntel und Umhänge gehüllt, während Falis, Dris und Iscina feste Bündel aus Decken und Proviant geschnürt und sich demonstrativ unter den Arm geklemmt hatten. Lediglich Jeron und Aleya standen abseits des kleinen Grüppchens und schauten betreten zu Boden.

Yadells flammender Blick ruckte von links nach rechts und wieder zurück. „So, tut ihr das? Ihr alle?"

Ein ängstliches, aber dennoch entschlossenes Nicken lief durch die Reihe der Jungdrachen, das erst bei Jeron und Aleya stoppte.

„Du bist überstimmt, Yadell“, stellte Falis nüchtern fest. „Wenn du klug bist, schließt du dich uns an. Und ihr beide ebenfalls“, sagte sie, an Jeron und Aleya gewandt.

„Habt ihr alle den Verstand verloren?“, keuchte Yadell. „Ihr habt kein Recht, abzustimmen, geschweige denn mich zu *über*stimmen! Ihr habt gehört, was Arkendeon gesagt hat. Die Drachen haben mir während ihrer Abwesenheit die Verantwortung übertragen. Nicht Erem! *Mir!*“

„Dann solltest du endlich anfangen, dieser Verantwortung gerecht zu werden“, sagte Erem.

Yadell wirkte, als stünde er kurz davor zu hyperventilieren. „Das würde ich ja, wenn du mir nicht ständig Steine in den Weg werfen würdest!“ Seine Augen wurden schmal, und er duckte sich wie ein Raubtier kurz vor dem Sprung. „Aber ich durchschaue dich, Erem. Mich kannst du nicht täuschen. Glaubst du, ich weiß nicht, warum du die anderen gegen mich aufzubringen versuchst? Du kannst es einfach nicht ertragen, dass die Drachen mich dir vorgezogen haben.“

Erem schaute ihn beinahe mitleidig an. „Hast du es immer noch nicht begriffen, Yadell? Das Letzte, was ich will, ist, ein Anführer zu sein. Das Gegenteil ist wahr. Ich will, dass jeder für sich selbst entscheiden kann.“

„Und wieso zwingst du den anderen dann deine Meinung auf?“

„Das tue ich nicht. Ich habe sie mit Argumenten überzeugt.“

„Indem du ihnen Angst gemacht hast!“

„In unserer augenblicklichen Lage ist Angst ein verdammt guter Ratgeber. Hättest du Kodorask so wie ich in die Augen geblickt, wüsstest du das.“

Yadell schnaubte verächtlich. „Es ist mir schon klar, dass du vor Angst nicht mehr schlafen kannst. Könnte ich wohl auch nicht, wenn ich nur deshalb noch leben würde, weil andere sich für mich geopfert haben.“

Der Schlag saß, doch Erem ließ nicht zu, dass Yadell ihm seinen Schmerz ansah. „Du kannst mich beleidigen, so viel du willst, das ändert nichts an meinem Entschluss.“

Yadell fletschte die Zähne. „Du kannst entschließen, was immer du willst, aber ich werde dich nicht gehen lassen. Keinen von euch.“

Er wandte den Kopf, versuchte das kleine Grüppchen der Jungdrachen mit der geballten Kraft seiner nicht vorhandenen Autorität niederzustarren. Es war eine Sekunde der Unaufmerksamkeit, die Erem sofort nutzte. Er sprang vor, packte Yadell am Handgelenk, drehte ihm den Arm auf den Rücken und zwang ihn auf die Knie. Yadell schrie vor Schreck und Schmerz, versuchte kurz, sich zu wehren, doch Erem hielt ihn eisern fest. Yadell hätte sich schon den Arm auskugeln müssen, um freizukommen. Dazu aber war er offensichtlich nicht bereit, was Erem nicht weiter überraschte. Yadell hatte schließlich niemals einen Lehrmeister wie Jorran gehabt.

„Lass mich sofort los! Erem, du verfluchter Bastard, *lass mich los!*"

Erem ignorierte sein Gezeter. „Falis, Selos, ihr anderen, geht jetzt! Rasch!"

„Ihr bleibt hier!", brüllte Yadell.

Niemand beachtete ihn. Falis nahm Cia bei der Hand, Iscina führte Liva, Dris und Selos bildeten den Abschluss. Am Eingang blieb Selos noch einmal kurz stehen und warf einen letzten kummervollen Blick zurück auf Erem, bevor auch er nach draußen in die Kälte und den Schnee verschwand.

Erem wünschte, er könnte sie begleiten, könnte ihnen auf ihrer Flucht zur Seite stehen, doch Yadells Sturheit hinderte ihn daran. Am liebsten hätte er ihn einfach niedergeschlagen, aber Yadell in dieser Form zu verletzen, kam für ihn nicht infrage, nicht, solange es noch andere Optionen gab. Und diese Optionen gab es, denn sowohl Jeron als auch Aleya wirkten auf eine beinahe schmerzhafte Weise unentschlossen. Keiner der beiden war der fliehenden Gruppe in den Weg getreten, um sie aufzuhalten und Yadells Befehlen Folge zu leisten; allerdings hatten sie sich ihr auch nicht angeschlossen.

„Was steht ihr da herum?", brüllte Yadell mit hochrotem Kopf. „Holt diese Idioten sofort zurück!"

Jeron und Aleya zuckten unter seinen scharfen Worten zusammen, rührten sich aber noch immer nicht von der Stelle. „Vielleicht hat Erem recht", murmelte Aleya, wagte aber nicht, Yadell dabei anzusehen.

Yadells Gesicht verzerrte sich vor Verachtung. „Fällst du mir nun auch noch in den Rücken? Gerade du?"

Aleya wirkte, als würde sie jeden Moment in Tränen ausbrechen. „Nein, das würde ich niemals tun. Aber ich ..."

Yadell hörte ihr nicht einmal mehr zu. Erem presste wütend die Lippen aufeinander. Ahnte Yadell denn nicht, was er Aleya mit seinem Zorn und seinen wüsten Anschuldigungen antat? Hatte er nie die sehnsuchtsvollen Blicke bemerkt, die sie ihm während all der Jahre versteckt - und häufig auch sehr offen - zugeworfen hatte? Hatte er nie gesehen, wie sich ihre Wangen röteten, wenn er auch nur auf Pfeilschussweite in ihre Nähe kam? Aber nein, Großmeister Yadell hatte für solche Trivialitäten keinen Blick übrig.

„Und was ist mit dir?", zischte Yadell und fixierte Jeron mit einer derartigen Kälte, dass dieser unwillkürlich einen Schritt zurückwich. „Bist wenigstens du auf meiner Seite?"

„Muss es denn unbedingt eine Seite geben, für die ich mich entscheiden muss?", fragte Jeron und wirkte dabei so ängstlich wie ein Kind, das sich am liebsten die Bettdecke über den Kopf gezogen hätte, um das unheimliche Knacken und Knarren in der Dunkelheit seines Schlafzimmers nicht länger ertragen zu müssen.

„Jetzt schon! Dafür kannst du dich bei Erem bedanken! Und jetzt *hilf* mir endlich, verdammt!"

Jeron wich noch weiter zurück. „Bitte, Yadell, zwing mich nicht, gegen einen von uns zu kämpfen!"

„Wenn du es nicht tust, dann tue ich es eben selbst", knurrte Yadell und verdrehte seinen Kopf, so dass er Erem trotz seiner unbequemen Lage ansehen konnte. „Ich gebe dir noch eine letzte Chance, mich loszulassen. Tu es jetzt sofort oder ich werde mich verwandeln!"

Erem spürte, wie sich seine Rückenmuskulatur erneut anspannte. „Du könntest mich dabei töten, Yadell."

Yadell lachte abfällig. „Netter Versuch, Erem, aber ich habe dieselben Lektionen wie du bekommen. Gewöhnliche Menschen sterben, wenn sie uns während der Verwandlung berühren, doch du *bist* kein Mensch, wie wir alle ja inzwischen wissen. Du wirst es überstehen."

Erem wusste, dass Yadell vermutlich recht hatte. Dennoch sagte er: „Bist du dir wirklich sicher? Wir mögen zwar Drachen sein, aber wir sind *sehr junge* Drachen. Willst du dieses Risiko tatsächlich eingehen?"

Ein Hauch von Furcht flackerte in Yadells Augen auf, doch er erstickte ihn sofort mit seiner schroffen Antwort. „Das ist deine eigene Schuld. Du musst mich nur loslassen, dann passiert dir nichts."

„Das kann ich nicht."

Yadell starrte ihn wild an. „Manchmal hasse ich dich, Erem! Wieso bist du nur so verdammt selbstgerecht? Wieso zwingst du mich dazu, dir weh zu tun?"

„Ich zwinge dich zu gar nichts. Du entscheidest selbst, wie weit du gehen willst, um deinen Überzeugungen zu folgen. Dasselbe Recht nehme ich für mich selbst in Anspruch. Gleichgültig, wie du dich entscheidest, ich werde meine Überzeugungen nicht verraten."

„Dann wirst du verstehen, warum ich meine ebenfalls nicht aufgeben kann."

Erem sah Yadell ruhig in die Augen. „Ja, natürlich."

Da waren sie nun, zwei junge Drachen, einer bereit, für seine Überzeugung zu sterben, der andere willens, für die seine zu töten. Einen kurzen, atemlosen Moment noch hielt Yadell seinen Blick fest, versuchte, mit der Hitze seines Zorns seinen Willen zu brechen, doch Erem begegnete seiner Wut mit stoischer Gelassenheit.

Yadells Miene wurde starr. „Wehe, du stirbst!"

„Yadell!", schrie Aleya, doch es war zu spät. Yadell verwandelte sich.

Unvermittelt hatte Erem das Gefühl, von der Faust eines Riesen gepackt und mehrere Meter durch die Luft geschleudert zu werden. Eine Woge aus kochendem Öl schwappte über ihn hinweg, hüllte ihn in lodernde Flammen, schien ihm die Haut und das Fleisch von seinen Knochen zu schälen. Er brüllte, brüllte so laut und qualvoll wie nie zuvor, doch sein Schrei endete abrupt, als er hart auf den Boden prallte und sämtliche Luft aus seinen Lungen floh.

Nur verschwommen nahm er wahr, wie Yadell in seiner Drachengestalt aus dem Schrein stürmte. Er hoffte inständig, dass die anderen die wenige Zeit, die er ihnen hatte verschaffen können, genutzt hatten, um so viel Abstand zwischen sich und das Hochplateau zu bringen, dass Yadell ihre Spur nicht mehr finden würde. Aber selbst wenn es ihm gelingen sollte, sie aufzuspüren und ihnen hinterherzujagen, würde er sie nur mit Gewalt zurückholen können. Allerdings hatte er die Bereitschaft, genau das auch zu tun, gerade eindrucksvoll unter Beweis gestellt.

„Falis!", schrie er in Gedanken. „Schnell! Er kommt! Er kommt!"

Dann verließ ihn seine Kraft, seine Konzentration entglitt ihm, und er stürzte kopfüber in die Finsternis.

18. Kapitel

Ein dunkler Schatten schien lautlos vor ihm durch die Düsternis zu gleiten, bewegte sich unruhig von links nach rechts über seine geschlossenen Lider und wieder zurück. Er lockte ihn aus der Schwärze, in der er für eine unbestimmte Zeit getrieben hatte, zurück ins Licht, fesselte seine Aufmerksamkeit, bevor er realisierte, dass die Finsternis nicht länger Macht über ihn besaß. Das graue Dämmerlicht um ihn herum hellte sich weiter auf, nahm einen warmen, goldenen Farbton an, und er erkannte mit einem Gefühl tiefer Erleichterung, dass er sich noch immer im Schrein befand. Wie es schien, war das Verhängnis also bisher noch nicht über sie hereingebrochen.

Erem seufzte still. Auch der Schatten stellte keine Bedrohung dar, erkannte er doch das charakteristische Bewegungsmuster, das ihm zugrunde lag. Wie schon vor zwei Wochen war es Yadell, der nervös und offensichtlich bis zum Äußersten angespannt vor ihm auf und ab tigerte und dabei keine Sekunde still sitzen zu können schien. Doch anders als damals war es diesmal nicht Falis, sondern Aleya, die bei ihm - und über ihn - wachte.

Auch ohne dass er die Augen aufschlug, wusste Erem, dass sie sich in einen Drachen verwandelt hatte. Sein Kopf und sein Oberkörper ruhten weich an ihrer warmen Flanke, und er konnte die heilende Kraft der Magie spüren, die wie das reine, klare Wasser eines Gebirgsbachs von ihr auf ihn überströmte.

Er tastete mit seinem Geist in sich hinein und hatte das beunruhigende Gefühl, dass er das gleichmäßige Heben und Senken seines Brustkorbs weniger ihm selbst als ihr zu verdanken hatte. Trotz ihrer tatkräftigen Unterstützung fühlte er sich, als würde er nicht neben, sondern *unter* einem Drachen liegen, und als er nun die Ohren spitzte, wurde ihm bewusst, dass diese Empfindung wohl die Quelle der schauerlichen Geräusche sein musste, die rau wie das Gerassel rostiger Ketten über seine Trommelfelle kratzten. Es waren seine eigenen, gequälten Atemzüge, röchelnd und gurgelnd wie die eines hundertjährigen Greises beim Stemmen eines prall gefüllten Bierfasses, und auch sein Herz schlug so langsam und schwer, als habe jemand während seiner Ohnmacht massive Bleiplatten hineingestopft. Selbst die Schmerzen waren noch da, zwar nicht mehr so heiß und verzehrend wie zu Beginn, aber noch immer stark genug, um ihm sämtliche Kraft aus den Knochen zu saugen. Er konnte sich nicht bewegen, ja nicht einmal die Lider heben, und an einen auch nur entfernt sinnhaften Gebrauch seiner Zunge brauchte er erst recht keinen Gedanken zu verschwenden.

Aleya bewegte sich leicht in seinem Rücken, und Erem konnte ihre Sorge, ihre Furcht und ihre Verzweiflung spüren, während sie versuchte, ihn nicht in seinem Heilschlaf zu stören. Zu seiner Überraschung vernahm er nur wenige Sekunden später ihre Gedankenstimme in seinem Kopf. Doch er merkte sofort, dass sie nicht mit ihm sprach, sondern mit Yadell. Offenbar war sie so aufgewühlt und durcheinander, dass sie ihre Konzentration nicht genügend zu fokussieren vermochte.

„Yadell, hör bitte auf, so nervös hier herumzurennen! Du machst mich noch verrückt damit! Reicht es dir nicht, dass du Erem *schon wieder* beinahe umgebracht hättest? Musst du auch noch mich und Jeron in den Wahnsinn treiben?"

Die Bewegungen des Schattens stoppten abrupt. „Ist das etwa meine Schuld? Er hat mir keine Wahl gelassen, das weißt du genau!"

Auch Yadell machte sich nicht die Mühe, seine Gedankenstimme vor ihm zu verbergen, entweder weil er glaubte, dass seine Ohnmacht ohnehin so tief war, dass er nichts von der Unterhaltung mitbekommen würde, oder weil er sich so wie Aleya emotional nicht genug unter Kontrolle hatte. Erem konnte spüren, wie viel Angst in seinen Worten mitschwang.

„Natürlich hattest du die Wahl!", rief Aleya wütend. „Du hättest ihn einfach gehen lassen können."

„Aber die Befehle unserer Eltern ..."

„Ich kann mich nicht erinnern, dass sie dir aufgetragen haben, einen von uns umzubringen!"

Erem fühlte den Schmerz, den es Aleya bereitete, Yadell auf eine so unbarmherzige Weise zu kritisieren, und er fühlte, wie enttäuscht sie von seinem Handeln war. Sie hatte nicht den Mut gehabt, sich offen gegen ihn aufzulehnen und für Erem Partei zu ergreifen, aber sie hatte ganz offensichtlich auch nicht gewollt, dass er *so weit* ging.

Erem biss die Zähne zusammen, sammelte so viel Kraft, wie er vermochte.

„Yadell hat recht."

Aleya zuckte zusammen, als seine Gedankenstimme in ihrem Geist erklang, und auch ohne dass er die Augen öffnete wusste er, dass sie gerade ihren schlanken Hals bog, um ihn überrascht anzusehen. Eine Sekunde später war auch Yadell an seiner Seite, ging neben ihm auf die Knie und ergriff ihn bei den Schultern.

„Erem, du bist wach! Den Göttern sei Dank!"

„Hallo, Yadell."

Obwohl er nur in Gedanken sprach, war die Anstrengung beinahe zu groß für ihn. Er hörte, wie nun auch Jeron herankam, der sich offenbar die ganze Zeit schweigend im Hintergrund gehalten hatte. Andere Geräusche vernahm er hingegen nicht, was bedeutete, dass Falis, Selos und die übrigen Jungdrachen tatsächlich entkommen sein mussten. Wie es schien, war Falis seinem Rat gefolgt und mit ihren Schützlingen so schnell wie möglich in dunkle Bergtäler oder dichte Wolkenbänke abgetaucht, um einer Entdeckung durch Yadell zu entgehen. Mit ein wenig Glück mochten sie inzwischen sogar schon ein sicheres Versteck gefunden haben. Das kam ganz darauf an, wie viel Zeit seit ihrer überstürzten Flucht verstrichen war.

„Wie lange …"

„Zwei Tage", sagte Aleya rasch und enthob ihn damit der Notwendigkeit, mit seiner Gedankenstimme weitere Worte formen zu müssen. „Du warst beinahe zwei Tage lang bewusstlos. Yadells Verwandlung hätte dich fast getötet. Du bist noch immer vollständig gelähmt und wirst es vermutlich auch noch einige Zeit bleiben. Anfangs konntest du nicht einmal selbstständig atmen!"

Ihre Stimme war immer schriller geworden, je länger sie sprach, und drohte am Ende gänzlich zu brechen. An der Bewegung des Schattens auf seinen Lidern sah Erem, dass Yadell den Kopf senkte und zu Boden blickte. Dieses Mal versuchte er nicht, sich zu rechtfertigen.

„Dennoch trifft … Yadell … keine Schuld", sagte er schwach.

Verwirrung, aber auch Wut wehten durch seinen Geist, als Aleya hörbar nach Luft schnappte. „Wie kannst du so etwas nur sagen, Erem? Wieso nimmst du ihn in Schutz?"

„Weil ich ihm … wirklich keine Wahl gelassen habe. Wir sind beide für das eingetreten, was wir … für richtig hielten. Deshalb trage ich ihm … nichts nach."

Yadell stieß einen Laut aus, der beinahe wie ein Schluchzen klang. „Wie großmütig von dir! Du vergibst mir, dass du mich durch deinen Egoismus gezwungen hast, etwas zu tun, was ich niemals wollte? Dann höre meine Worte, Erem: *Ich* werde dir *niemals* vergeben!"

Ein solches Versprechen wog schwer aus dem Mund eines Drachen, doch Erem glaubte ihm. Er vermochte sich nicht vorzustellen, was geschehen wäre, wenn die alten Drachen heil und unversehrt zurückgekehrt wären und nur noch seine Leiche vorgefunden hätten. Yadells Unbesonnenheit beim letzten Drachentreffen schrumpfte demgegenüber zu einer geradezu lächerlichen Trivialität zusammen, das war ihnen allen mehr als deutlich bewusst. Er hörte an Yadells zittrigem Atemzug, dass auch er in diesem Moment daran dachte.

„Diesmal werde ich nicht den Kopf für dich hinhalten, Erem. Wenn Vanadeen, Arkendeon und die anderen wieder da sind, wirst du ihnen *genau* erklären, was zwischen uns vorgefallen ist. Und glaub bloß nicht, dass du dich so einfach aus deiner Verantwortung stehlen kannst! Wenn du wieder auf den Beinen sein solltest, bevor die Drachen zurück sind, wirst du den Rest der Zeit gut verschnürt in irgendeiner Ecke zubringen, und wenn es zehn Jahre dauern sollte! Noch einmal lasse ich mich nicht von dir für dumm verkaufen!"

Yadells Drohung überraschte Erem nicht. Er hätte an seiner Stelle vermutlich nicht anders gehandelt.

„Du musst mich nicht fesseln, Yadell. Ich bin jederzeit bereit, mich für meine Entscheidungen zu verantworten. Allerdings wäre es mir lieber, nicht gerade hier auf die Rückkehr der Drachen zu warten. Lass uns ihre Ankunft aus der Ferne beobachten. Wenn wir sicher sind, dass keine Gefahr besteht, können wir uns immer noch zu erkennen geben. Bitte, Yadell! Tu mit mir, was du willst, aber vertrau mir zumindest so viel, dass du es in Erwägung ziehst."

„Vielleicht bin ich ja nicht so klug wie du, Erem", zischte Yadell und wich abrupt von ihm fort. „*Ich* vertraue meinem Vater und den anderen Drachen. Es steht dir frei, zu denken, was du willst, aber das ist dein Problem, nicht meins."

Erem widersprach ihm nicht. Das hätte keinen Sinn gemacht. Er besaß keine neuen Argumente, und im Augenblick war Yadell noch weniger als zuvor bereit, ihm zuzuhören. Yadell vertraute den Drachen blind, und blindes Vertrauen war die schlimmste und gefährlichste Form der Naivität, mit der man sich selbst belog. Es war ein Fehler, den er nie wieder begehen würde.

„Ich hoffe, dass du recht behältst, Yadell", flüsterte er. „Ich hoffe es für uns alle."

Denn wenn nicht, würden Falis, Selos und die vier anderen die letzten freien Drachen der Welt sein. Und das Antlitz der Erde würde sich verdunkeln, bis es nur noch Finsternis gab.

* * *

Die Hoffnung starb nur wenige Stunden später, als die Sonne gerade hinter den schroffen Berggipfeln versunken war und die Schatten der heraufziehenden Nacht die Schneefelder des Hochplateaus und den Schrein in Finsternis zu hüllen begannen. Aleya bemerkte sie zuerst und weckte Erem aus einem leichten Schlummer, als ihr Kopf erschrocken in Richtung Eingang pendelte; nur einen Wimpernschlag später hörte er es ebenfalls.

Die Luft vibrierte unter dem kräftigen Flügelschlag mehrerer Drachen, die sich rasch näherten. Mit Gewissheit waren es mehr als zehn, doch wie viele genau? Fünfzehn? Oder - der Gedanke ließ das Hämmern seines rasenden Herzens jäh ins Stocken geraten - achtzehn?

Doch Erem musste nicht zählen, um die Antwort zu kennen. Die Drachen waren vor nicht einmal drei Tagen zu ihrer Entscheidungsschlacht gegen Kodorask aufgebrochen. Die Wahrscheinlichkeit, dass es ihnen in dieser kurzen Zeit tatsächlich gelungen war, im Handstreich über ihre Feinde zu triumphieren, war lächerlich gering. Kodorask andererseits konnte, wenn er seine Falle nur geschickt genug gestellt hatte, seine sich so unangreifbar und überlegen wähnenden Gegner durchaus so schnell überwältigt haben. Wenn es um Klugheit und strategische Planung ging, traute ihm Erem leider um einiges mehr zu als Vacanesion, Mavaderas und dem ganzen Rest der selbstgefälligen und verbohrten Bande, die sich so leichtfertig über all seine Bedenken hinweggesetzt hatten.

„Jeron, Yadell, schützt den Eingang!", schrie er den beiden in Gedanken zu.

Die zwei waren längst auf den Beinen. Jeron war beim Klang der Drachenschwingen sämtliches Blut aus dem Gesicht gewichen, und er starrte Erem mit weit aufgerissenen Augen an, ohne sich von der Stelle zu rühren. Yadell hingegen hatte ein dümmliches Grinsen aufgesetzt, das immer breiter wurde, während er ihm einen höhnischen und triumphierenden Blick zuwarf, ansonsten aber keinerlei Anstalten machte, sich in Bewegung zu setzen. Erem hätte ihn am liebsten gepackt und geschüttelt. Hatte dieser Idiot denn gar nichts begriffen? Glaubte er tatsächlich, die Drachen, die sich dort draußen sammelten, wären noch immer ihre Freunde? So naiv sollte nicht einmal Yadell sein!

Doch schon wenige Herzschläge später erstarrte das Grinsen auf seinen Lippen, als sich plötzlich rings um den Schrein ein eigentümlicher Gesang erhob, der schwerelos wie Spinnweben durch die Luft zu schweben schien, sanft wie vergifteter Tau über ihre Haut strich, ehe er sich mit der Zielstrebigkeit eines hungrigen Blutwurms durch Fleisch und Knochen geradewegs in ihr Gehirn grub. Gleichzeitig stieß Aleya einen gequälten Schrei aus. Sie wich so überstürzt von ihm fort, dass Erem unsanft mit Kopf und Oberkörper auf den Boden schlug. Dann verwandelte sie sich, verlor ihre Drachengestalt und floss zurück in ihre menschliche Form. Erem musste nicht in ihr bleiches, entsetztes Gesicht blicken, um zu wissen, dass der Wille, der diese Verwandlung herbeigezwungen hatte, nicht ihr eigener gewesen war.

„Ich kann mich nicht in einen Drachen verwandeln!", hörte er nur eine Sekunde später Jerons panische Stimme.

Erem presste die Lider zusammen, als Hoffnungslosigkeit wie eine gewaltige dunkle Woge über ihn hinwegspülte. Sie waren verloren. Sie alle.

Jenseits des Eingangs flammten nun Fackeln auf, deren blutigroter Widerschein die harten, grimmigen Gesichter der Soldaten erhellte, die mit gezückten Schwertern draußen vor dem Schrein Aufstellung bezogen hatten. Auch diese Befürchtung von ihm hatte damit ihre bittere Bestätigung gefunden. Kodorask handelte genau so, wie es von Anfang an offensichtlich gewesen war. Da es ihm selbst und den Angehörigen seines Clans unmöglich war, den Schrein zu betreten, hatten sie menschliches

Fußvolk auf das Hochplateau geschafft, das dies an ihrer Stelle vermochte. Und mit dem Zauber, der die Verwandlung aller noch existenten Verteidiger in ihre Drachengestalt blockierte, hatten sie alle Vorteile auf ihrer Seite.

Erem stöhnte voller Verzweiflung auf. Dies war es, was er instinktiv befürchtet hatte, der Stachel, dessen schmerzhaftes Pochen er zwar gespürt hatte, den er aber nie hatte greifen können. Dabei war es so einfach, so logisch! Der Gesang der Drachen hatte ihm die Fähigkeit zur Verwandlung geschenkt, was lag also näher als die Vermutung, dass derselbe Gesang sie ihm auch wieder nehmen oder sie zumindest unterdrücken konnte? Wenn Arkendeon, Vacanesion und die anderen auch nur eine Sekunde lang nachgedacht hätten, anstatt ihre Zeit damit zu verschwenden, ihn wie ein dummes, unreifes Kind zu behandeln, hätten sie ebenfalls auf diese Idee kommen können. Aber sie hatten es vorgezogen, all seine Einwände zu ignorieren und sich geistlos wie Motten in die Flammen zu stürzen, die Kodorask für sie entzündet hatte.

Erem biss grimmig die Zähne zusammen, kämpfte mit wilder Verzweiflung gegen die Schwäche an, die ihn noch immer gefangen hielt, doch es war hoffnungslos. Nach wie vor gelang es ihm nicht, auch nur den Kopf zu drehen, geschweige denn, sich vom Boden zu erheben und sein Schwert zu ziehen. Das Einzige, was er mittlerweile vermochte, war, seine Lider dazu zu zwingen, nicht sogleich wieder wie zwei mit Blei beschwerte Lappen herabzufallen, nachdem er sie mit übermenschlicher Anstrengung in die Höhe gestemmt hatte, so dass ihm das Schicksal zumindest die zweifelhafte Gunst gewährte, dem nahenden Verhängnis offenen Auges entgegenblicken zu dürfen.

Er sah, wie Yadell, Jeron und Aleya mit bleichen Gesichtern nach ihren Schwertern griffen und zum Eingang eilten, bereit, das Eindringen der feindlichen Soldaten zu verhindern, solange es ihnen nur möglich war. Doch er wusste, ihre Bemühungen würden von Anfang an zum Scheitern verurteilt sein.

Schon kamen die ersten Soldaten mit ohrenbetäubendem Gebrüll durch den kurzen Tunnel herangestürmt. Als die ersten Klingen aufblitzten und die Geräusche aufeinanderprallenden Stahls die Luft erfüllten, enthüllte sich eine weitere bittere Wahrheit, denn Erem erkannte sofort, dass ihre Gegner über eine größere Kraft und Gewandtheit verfügten, als sie eigentlich hätten besitzen dürfen. Ganz so, wie er es erwartet hatte, hatte Kodorask bei der Planung seines Angriffs nichts dem Zufall überlassen.

Obwohl sich alles in ihm dagegen sträubte, zwang er sich, die Augen zu schließen, nicht, weil er es nicht ertragen konnte, mitanzusehen, wie das Unheil seinen Lauf nahm, sondern weil er nach dem letzten winzigen Strohhalm griff, der - vielleicht - noch einen Funken Hoffnung in sich barg. Verzweifelt raffte er alles an Konzentration zusammen, was er unter den chaotischen Umständen in sich zu finden in der Lage war, bündelte seinen Willen und schleuderte ihn in Richtung der Wände, wo die Seelenkristalle der verstorbenen Drachen still und reglos wie vom Himmel herabgefallene Sterne in ihren Nischen ruhten.

„Helft mir!", schrie er in Gedanken. „Brecht Kodorasks Zauber! Ich bitte euch!"

Das war die einzige Möglichkeit, die ihnen noch blieb. Nur als Drachen konnten sie hoffen, gegen die Angreifer bestehen zu können. Doch selbst dann ... was waren schon drei lächerliche Jungdrachen angesichts der unermesslichen, jahrtausendealten Macht, die draußen auf sie warten würde? Erneut drohte ihn Hoffnungslosigkeit zu überwältigen, doch er drängte sie energisch zurück und verdoppelte seine Anstrengungen.

„Bitte! Ihr müsst uns helfen! Seht ihr denn nicht, was geschieht?"

Er schrie, brüllte und tobte, während er äußerlich reglos auf dem kalten, harten Boden lag und nur wenige Meter von ihm entfernt Yadell, Jeron und Aleya verzweifelt versuchten, dem Ansturm von Kodorasks Truppen standzuhalten. Warum unternahmen die Seelen der Drachen nichts? Der verdammte Schrein war doch *voll* von ihnen!

„Erem."

Er zuckte innerlich zusammen, als eine Stimme leise wie das Flüstern des Windes in hohem Gras durch seinen Geist wehte.

„Kensarin? Bist du das?"

Vor jäher Aufregung hätte er beinahe seine Konzentration verloren. Mit einem tiefen Atemzug versuchte er, sich wieder zu beruhigen.

Ein bestätigendes Nicken strich über ihn hinweg. Erem spürte die Trauer und den Schmerz darin, noch bevor Alanerisks Sohn ein weiteres Mal das Wort ergriff.

„Es tut mir so leid, Erem. Aber wir können euch nicht helfen. Wir sind nur Seelen. Ohne unsere Körper sind wir machtlos."

„Aber ihr habt mitgesungen, als Alanerisk mich verwandelt hat!" Erem hörte selbst, wie vorwurfsvoll und verbittert seine Stimme klang, doch er hatte nicht die Kraft, daran etwas zu ändern. „Ihr habt zu seinem Zauber beigetragen!"

„Du irrst dich, Erem. Wir haben der Zeremonie lediglich beigewohnt. Alanerisks Magie allein hat dich verwandelt, nicht die unsere. Wir haben keine Macht."

„Doch, die habt ihr." Erem spürte, wie sein Herz schnell und hart gegen seinen Brustkorb zu hämmern begann, als ihn wie ein greller Blitz in stockdunkler Nacht ein Gedanke durchzuckte - ein so kühner, verwegener Gedanke, dass selbst Kodorask einen solchen Schachzug nicht würde kommen sehen. „Ruft gemeinsam mit mir nach Alanerisk! Lasst uns die Ketten zerschmettern, die seine Seele gefangen halten! Wir sind so viele, und Kodorask ist nur ein Einzelner! Wenn es überhaupt eine Chance gibt, Alanerisk und die anderen zu befreien, dann existiert sie *jetzt!*"

Er wusste, es gab einen Weg, fühlte es tief in seinem Herzen. Kein Zauber der Welt konnte so mächtig sein, wie Arkendeon, Vacanesion und die übrigen Drachen glaubten. Auch Kodorask war nur ein gewöhnlicher Drache, kein Gott. Er war intelligent und verschlagen und boshaft bis ins Mark, aber er war trotzdem nur ein Wesen aus Fleisch und Blut.

Doch noch während er seine beschwörenden Worte in seinem Geist Gestalt annehmen ließ, spürte er, wie Kensarin und die anderen Drachenseelen zurückzuckten, wie sich ihre Hoffnungslosigkeit und Resignation wie kalter, grauer Nebel auf ihn herabsenkte und die Flamme seiner Entschlossenheit zu ersticken drohte. Wütend biss er die Zähne zusammen.

„Gebt nicht auf, ohne es überhaupt versucht zu haben! Verdammt, Kensarin! Kämpft mit mir!"

Sie zögerten, klagten, beweinten stumm ihre eigene Machtlosigkeit. Erem fluchte grimmig in sich hinein. Wenn sie es vorzogen, sich winselnd wie geprügelte Hunde in irgendeinem Loch zu verkriechen, statt denen, die so dringend ihrer Hilfe bedurften, die Hand zur Unterstützung zu reichen, dann sollte es eben so sein. Er war nicht wie sie. Er würde keinen Krieg verloren geben, bevor nicht die allerletzte Schlacht geschlagen war. Solange ihm Kodorask nicht sein Herz aus der Brust riss, würde er niemals aufhören zu kämpfen.

Und so bündelte er seinen Willen, versuchte, ihn zu einem hellen, strahlenden Licht werden zu lassen, einem heißen, sengenden Strahl, den er durch den Lärm und die Hektik des Kampfgetümmels hindurch nach draußen jagte, wo Kodorask in der eisigen Dunkelheit des Hochplateaus wie eine monströse Spinne in ihrem Netz geduldig auf seine Opfer wartete. Gleichzeitig ließ er in seinen Gedanken einen Schrei erklingen, ließ ihn lauter und lauter werden, bis jede einzelne Zelle seines Körpers von seiner verzweifelten Wildheit zu vibrieren schien. Er schrie nach Alanerisk, schrie nach dem Vater, den er niemals wirklich hatte kennenlernen dürfen, tauchte tief hinein in den kostbaren Schatz aus Bildern und Erinnerungen, die ihn mit Alanerisk verbanden. Sein Schmerz und seine Trauer fielen von ihm ab, blieben in den stillen, düsteren Mausoleen der Gegenwart zurück, während er noch einmal spürte, wie es gewesen war, schwerelos auf Alanerisks Rücken durch die Wolken zu gleiten, zusammen mit ihm wie mit einem alten, unendlich vertrauten Freund im warmen Sand von König Wilberens Dachterrasse zu sitzen und zuzuschauen, wie die Sonne langsam hinter den Bergen am Horizont versank; in Alanerisks wundervolle goldene Augen zu blicken und darin jene besondere und unerklärliche Zuneigung zu entdecken, die er niemals einem anderen als ihm geschenkt und derer sich Erem bis zum Ende für unwürdig gehalten hatte.

Er ritt auf all diesen Erinnerungen wie auf sturmgepeitschten Wogen, schleuderte sie gegen die Mauern des Gefängnisses, in dessen finsteren Gewölben Kodorask seinen Vater gefangen hielt. Mit all seinen Sinnen lauschte er in die kalte, glatte Dunkelheit, die ihm aus Kodorasks Geist entgegenschlug, versuchte, irgendwo in der lichtlosen Schwärze einen Hauch von Alanerisks sanfter, liebevoller Präsenz zu erspüren, so wie es ihm damals auf so unerwartete Weise mit Ajans Seele gelungen war, bevor sich diese schließlich als Seelenkristall in seiner Handfläche manifestiert hatte.

„Alanerisk!" Erem brüllte den Namen, bis er das Gefühl hatte, sein Schädel müsse im nächsten Augenblick vor Anstrengung wie eine mürbe Eierschale auseinanderplatzen, brüllte, bis der so schmerzhaft vertraute Klang das ganze Universum zu füllen schien. Doch er erhielt keine Antwort, spürte keine Resonanz, wie zart und flüchtig auch immer, die ihm gezeigt hätte, dass Alanerisks Seele seine verzweifelten Bemühungen wahrzunehmen in der Lage war. Tränen begannen über seine Wangen zu strömen, doch er bemerkte sie kaum. Er würde nicht aufgeben! Er würde weiter gegen Alanerisks Kerkermauern hämmern, bis er seinen Vater befreit hatte, oder bei dem Versuch sterben. Nichts anderes war nun noch von Bedeutung.

Plötzlich spürte er, wie sich ein neuer Klang in seine Schreie mischte, neue Stimmen, die sich zaghaft in seine eigene woben, die ihn stützten und hielten, als er selbst kaum noch Kraft in sich fand.

Erem schnürte sich vor jäher Dankbarkeit die Kehle zusammen. Kensarin und die anderen Drachenseelen hatten endlich in den Kampf eingegriffen! Noch immer fühlte er ihre Zweifel, fühlte ihre lähmende Furcht vor einer Magie, die alles besudelte und zerstörte, woran sie jemals geglaubt hatten. Und doch versuchten sie, ihren Ängsten die Stirn zu bieten, sich von ihnen nicht länger in den Staub drücken und zu armseligen Zerrbildern ihrer einstigen Größe degradieren zu lassen.

Mehr und mehr Drachenseelen fielen in sein Rufen ein, vereinigten sich mit seiner Stimme zu einem mächtigen Chor, der wie ein tosender Ozean gegen die Mauern von Alanerisks Gefängnis brandete. Und dann, plötzlich, von einem Wimpernschlag zum anderen, spürte er, wie sich etwas veränderte, wie ein schwacher, unendlich weit entfernter Funke in der eisigen Finsternis zu glimmen begann.

„Alanerisk!"

Erem fühlte, dass er es war, fühlte es ohne den winzigsten Hauch eines Zweifels. Lachend stürzte er auf das ferne Glühen zu, durchschnitt die Dunkelheit, die ihn nicht länger zurückzuhalten vermochte. Er berührte das Licht, umschloss es fest mit seinem Geist, als wolle er es niemals wieder loslassen.

Als würde ein schwerer, dunkler Vorhang beiseite gezogen, war Alanerisks Präsenz mit einem Mal überall um ihn herum, so kraftvoll und klar, als stünde er unmittelbar vor ihm, und Erem spürte die tiefe Freude und das Glück, die Alanerisks Seele erfüllten. Er schluchzte auf.

„Alanerisk! Endlich habe ich dich gefunden!"

Er wartete eine Sekunde, zwei Sekunden, bevor er begriff, dass etwas nicht stimmte; bevor er realisierte, dass Alanerisk ihm keine Antwort gab, seine Anwesenheit überhaupt nicht wahrzunehmen schien. Verwirrt wich er vor dem Licht zurück.

„Alanerisk?"

Beinahe furchtsam streckte er seinen Geist aus, berührte Alanerisks Präsenz ein weiteres Mal, vorsichtiger und behutsamer und nicht so stürmisch und ungestüm wie zuvor. Als hätten sie nur auf diesen Moment gewartet, fluteten plötzlich Bilder über ihn hinweg, und das Gefühl vollkommenen Glücks, das von Alanerisk ausging, wurde noch intensiver.

Erem erstarrte. Er begriff sofort, was er vor sich sah. Es waren Alanerisks Erinnerungen. Er sah Eysenderia, sah sie durch Alanerisks Augen, ihren wunderschönen, schlanken Drachenleib, wie er vor ihm im grünen, sommerwarmen Gras einer Lichtung ruhte. Und er erblickte das winzige Etwas an ihrer weichen Flanke, den zerbrechlichen, silberfarbenen Körper, der sich nun regte, seinen kleinen Kopf hob und mit Augen voller Vertrauen zu ihm emporschaute.

Erem vergaß beinahe zu atmen. Er wusste, er wurde gerade Zeuge eines besonderen Moments, wusste es, noch bevor er Alanerisks Stimme hörte, die ihn zärtlich und liebevoll wie eine warme Decke zu umhüllen schien.

„Willkommen, Eremedawn. Willkommen zurück im Leben."

Die Vision zerbarst, explodierte zu Splittern aus silbrigem Licht, als ihn ein brutaler Tritt in die Rippen traf und einen guten Meter zur Seite schleuderte. Greller Schmerz loderte durch seinen Leib, ließ ihn vor jäher Qual aufkeuchen. Verzweifelt versuchte er, Alanerisks Seele festzuhalten, doch sie zerfaserte wie Nebel im Sonnenlicht, wich zurück hinter die Mauern aus Finsternis, die sie gefangen hielten. Nur Sekunden später war sie fort, war die unendlich vertraute Präsenz in seinem Geist erloschen, als habe sie niemals existiert.

Benommen hob Erem die Lider; gerade rechtzeitig, um in Keirans wildes, hassverzerrtes Gesicht zu blicken, bevor der zweite knochenzerschmetternde Tritt in traf.

Jorrans Sohn lachte hämisch, als er seine Rippen unter seinem Stiefel brechen fühlte. Er beugte sich zu ihm herab, packte ihn grob in den Haaren und zerrte ihn halb vom Boden hoch.

„Ich wusste, du bist ein Feigling, Erem!", zischte er. „Kaum besitzen wir beide die gleichen Kräfte, drückst du dich vor einem Kampf!"

Noch während er sprach, schlug er Erem mit Wucht in den Magen, als wolle er sogleich den Beweis dafür antreten, dass sie nun tatsächlich ebenbürtig waren. Dabei hätte es eines solchen Beweises gar nicht mehr bedurft. Die vier bis fünf gebrochenen Rippen, die Erem in seinem Brustkorb spürte, reichten als Demonstration vollkommen aus. So schwer hätte Keiran ihn früher niemals verletzen können, ganz gleich, wie unbeherrscht er auf ihn eingedroschen hätte.

Mit zusammengepressten Lippen und vor Schmerzen verschleiertem Blick sah er an Jorrans Sohn vorbei zum Eingang des Schreins. Erst jetzt realisierte er, dass der Kampflärm um ihn herum verstummt war. *So schnell.* Tränen sammelten sich in seinen Augen, ließen seinen Blick noch mehr verschwimmen. Er sah die reglosen oder sich unter Schmerzen krümmenden Körper unzähliger Soldaten wie von einem Sturm umhergeschleuderte Puppen am Boden liegen, ein eindrucksvoller Beweis, wie entschlossen sich Yadell, Jeron und Aleya den heranbrandenden Angreifern entgegengeworfen hatten. Und doch waren sie von der schieren Übermacht ihrer Feinde innerhalb kürzester Zeit niedergerungen worden. Erem bekam gerade noch mit, wie die schlaffen, von festen Seilen gebundenen Leiber seiner Freunde von finster dreinblickenden Söldnern grob aus dem Schrein ins Freie geschleift wurden, bevor Keirans höhnisch grinsendes Gesicht erneut sein Blickfeld füllte. In dumpfer Resignation schloss er die Augen, beschwor statt Keirans triumphierendem Feixen die Erinnerung an Falis' wunderschönes lächelndes Antlitz herauf. Wenigstens war sie in Sicherheit. So wie Selos und die anderen.

„Du verdammter Mistkerl!", brüllte Keiran, offenbar empört, dass Erem ihn nicht länger beachtete. Er schlug ihm ins Gesicht, erst mit der flachen Hand, dann mit der Faust. „Sieh mich an! Sieh mich gefälligst an!"

Doch Erem ließ die Augen geschlossen. Aber selbst wenn er sie geöffnet hätte, hätte Keiran nicht das in ihnen entdeckt, wonach er offensichtlich so begierig suchte - seine Angst. Sollte er ihn doch umbringen, wenn er sich dadurch besser fühlte. Es wäre ein weitaus gnädigeres Schicksal als das, das ihn erwarten würde, sobald Kodorask sich seiner annahm.

Keiran schlug erneut zu. Und wieder. Und wieder. Er fletschte die Zähne wie ein tollwütiger Hund, keuchte und fauchte und sprühte Erem dabei seinen warmen Speichel ins Gesicht. Der Schmerz war grausam und allumfassend, und Erem tat nichts, um dagegen anzukämpfen. Er ließ sich von den Flammen verzehren, die durch seinen Körper loderten, versank darin wie in einem Meer aus glühenden Dornen, die mit jedem gequälten Atemzug tiefer und tiefer in sein Fleisch drangen, sich mit Zähnen aus

Feuer in sein Herz gruben und blutige Stücke aus seiner Brust zu reißen schienen. Doch kurz bevor sie seinen stolpernden Herzschlag tatsächlich zum Stillstand brachten, dröhnte mit einem Mal eine mächtige Stimme, gewaltig und ohrenbetäubend wie Donnergrollen, durch seinen Geist, und an der Art, wie Keiran erschrocken zusammenzuckte, erkannte Erem, dass er sie ebenfalls vernommen hatte.

„Es ist genug, Keiran! Bring ihn zu mir!"

Keiran schien binnen Sekunden in sich zusammenzuschrumpfen. Erst jetzt wurde ihm offenbar bewusst, dass er dem schrecklichsten aller Drachen beinahe seine Beute gestohlen hätte. Er packte Erem am Kragen und schleifte ihn wie einen alten Lumpen hinter sich her, doch Erem konnte spüren, wie sehr seine Hände bebten, während er ihn schweigend nach draußen zerrte. Trotz der Düsternis und Hoffnungslosigkeit seiner Lage war diese Beobachtung auf eine eigenartige Weise tröstlich. Mochte Keiran auch ein machtgieriger Dummkopf sein, so schienen doch zumindest seine natürlichen Instinkte noch zu funktionieren. Dennoch hatte er sich entschieden, und es war diese Entscheidung, die am Ende zählte.

Am liebsten hätte Erem seine Augen auch weiterhin geschlossen gehalten, auch als er schließlich die eisige Gebirgsluft auf seinem Gesicht spürte, die wie mit tausend winzigen Nadeln in seine Haut stach, und den Schnee unter Keirans Füßen knirschen hörte. Er wollte nicht sehen, wie viele Drachen sich draußen vor dem Eingang zum Schrein versammelt hatten, wollte nicht sehen, wie tief die Finsternis war, die sie verschlungen hatte; von der sie sich durch Arroganz und Engstirnigkeit hatten verschlingen *lassen*. Doch er hatte keine Wahl. Die Würfel waren gefallen, und er durfte nicht wegschauen, durfte sich der Wahrheit nicht verweigern. Es zu tun, hieße, das Andenken an Serims Opfer und an das seiner Eltern zu entehren. Mochte Kodorask mit ihm anstellen, was er wollte, aber er würde die letzten Momente seines Lebens, in denen er noch er selbst sein würde, nicht als Feigling verbringen.

Mühsam zwang er seine Lider in die Höhe, und noch mühsamer drehte er seinen Kopf. Er musste nicht einmal zählen. Sie waren alle da – achtzehn Drachen, hinter deren Augen nun fremde Seelen wohnten. Nicht ein einziger war entkommen; nicht der arrogante, selbstgefällige Vacanesion, nicht der vorsichtige Tunerian, nicht die sanfte Caderell. Kein einziger.

Und dort, nur wenige Meter von ihm entfernt im Zentrum des Kreises, den die Drachen gebildet hatten, stand Kodorask. Sein Hass und die kalte, mitleidlose Grausamkeit, die wie die Hitze eines unsichtbaren Feuers von ihm ausstrahlten, ließen seinen gestohlenen Körper noch düsterer und bedrohlicher wirken, während er aus starren, mitternachtsschwarzen Augen auf ihn herabblickte. Zu seinen Füßen, so nah, dass er sie mit einer einzigen gelangweilten Bewegung seiner Klauen hätte aufspießen können, lagen die Körper von Yadell, Jeron und Aleya reglos wie hingeschlachtete Lämmer im aufgewühlten Schnee.

Nur einen Augenblick später spürte Erem einen harten Stoß im Rücken, der ihn unsanft nach vorne schleuderte. Hilflos wie ein Sack Kartoffeln landete er neben den drei schaurigen Opfergaben, die noch vor kurzer Zeit seine Freunde gewesen waren, mit dem Gesicht voran vor Kodorask im Schnee. Bevor er jedoch tiefer einsinken konnte, fühlte er, wie sich eine Klaue beinahe behutsam um seine Brust schloss und in die Höhe hob.

„Unfähig, auch nur einen Finger zu krümmen, und doch hast du als Letzter aufgegeben." Kodorask betrachtete ihn mit eigentümlicher Neugier, während er ihn wie ein Spanferkel, das er im nächsten Moment zu verspeisen gedachte, dicht vor seinen massigen Schädel hielt.

Erem schwieg. Ein Lob aus Kodorasks Mund bedeutete ihm nichts, das musste auch Kodorask klar sein.

„Und doch waren deine Anstrengungen vergeblich. Du könntest *niemals* Alanerisks Seele befreien."

Erem erstarrte. Durch den Nebel aus Schmerz und Benommenheit spürte er, wie sein Herz einen jähen Sprung machte. Also hatte er *tatsächlich* Alanerisks Seele berührt! Kodorask musste etwas davon bemerkt haben, das war offensichtlich. Doch warum hatte er es für nötig gehalten, ihn davon wissen zu lassen? Aus welchem Grund hatte er von allen Möglichkeiten, ihn zu quälen und zu erniedrigen, ausgerechnet diese gewählt? Konnte es sein, dass er näher daran gewesen war, die Mauern von Alanerisks Kerker niederzureißen, als er geahnt hatte? Wäre es ihm vielleicht sogar gänzlich gelungen, hätte er nur mehr Zeit gehabt? Und wollte ihm Kodorask deshalb einreden, dass er niemals eine Aussicht auf Erfolg gehabt hätte?

Erem biss sich auf die Lippe, versuchte, Schmerz und Taubheit zurückzudrängen und seinen Verstand zu klären. Hatte Arkendeon nicht gesagt, jeder Zauber könne gebrochen werden, wenn man ihn nur verstehen würde? Viel Zeit würde ihm vermutlich nicht mehr bleiben, bevor auch ihn dasselbe Schicksal wie Alanerisk, Eysenderia und die anderen ereilte. Doch er würde versuchen, Widerstand zu leisten, solange er es vermochte. Und er würde versuchen, zu verstehen.

Kodorask legte den Kopf schräg. „Schon wieder sehe ich Trotz in deinen Augen. Aber ich habe nichts anderes von dir erwartet. Schon als wir uns das erste Mal begegnet sind, hätte ich wissen müssen, dass ein gewöhnlicher Mensch niemals den Mut gehabt hätte, mir solcherart die Stirn zu bieten, wie du es getan hast. Nun aber weiß ich, dass *nichts* an dir gewöhnlich ist. Alanerisks Blut fließt in deinen Adern!"

Kodorask zischte wie eine Schlange, die nach langer, vergeblicher Suche endlich ihr Mittagessen erspäht hat. Heißer Rauch quoll aus seinen Nüstern, und er schob seinen Kopf so dicht an Erem heran, dass seine riesigen Augen die ganze Welt auszufüllen schienen. Unbändiger Hass loderte darin.

„Wäre dein Vater jetzt hier, um unserem kleinen Beisammensein beizuwohnen, würde ich dich vor seinen Augen in Streifen schneiden, Erem, Sohn des Alanerisk. Ich würde dir das Fleisch von den Knochen schälen, bis du nichts anderes mehr tun könntest, als zu schreien. Und dann, wenn deine Seele durch die Schmerzen zerbrochen und unwiederbringlich dem Wahnsinn verfallen wäre, würde ich dir mit meinen Krallen das Herz aus der Brust reißen. Für dich würde es niemals wieder etwas anderes als Dunkelheit geben, so wie es bei Sapherions Sohn geschehen ist. Er jedoch starb, weil wir nicht wussten, wer er war. *Deinen* Tod hingegen würde ich genießen, wie ich noch keinen zuvor genossen habe!"

Beinahe gegen seinen Willen musste Erem lächeln. „Ajans Seele ist nicht verloren."

Mit einem jähen Ruck schloss sich Kodorasks Klaue fester um seinen Brustkorb und ließ ihn vor Qual aufkeuchen. „Was soll das heißen?"

Erem sah dem uralten Drachen ruhig in die Augen. „Ajans Seelenkristall ruht sicher im Schrein. Seine Seele war verwirrt, verzweifelt und voller Angst, und fast wäre sie tatsächlich zerbrochen. Doch als ich sie gerufen habe, ist sie meinem Ruf gefolgt. Ajan ist dir entkommen, Kodorask. *Ihm* kannst du nichts mehr antun."

Er hatte so viel an Triumph und Spott in seine Gedankenstimme gelegt, wie ihm überhaupt möglich war, aber Kodorasks Reaktion überraschte ihn dennoch. Kodorask wurde nicht einfach nur wütend; seine Seele schien förmlich zu explodieren vor Hass. Er warf den Kopf in den Nacken und stieß einen Schrei aus, so schrill und durchdringend, dass ihn die Felswände der Berge ringsum als schauriges Echo über die schneebedeckte Weite des Hochplateaus zurückwarfen, brüllte so ohrenbetäubend und laut, dass sich die anderen Drachen ängstlich zusammenduckten und instinktiv einige Schritte zurückwichen. Gleichzeitig schoss eine grelle Feuerlanze aus seinem Maul, so heiß, dass sie den Himmel selbst zu schmelzen schien, loderte wie ein gespenstisches Fanal weit in die sternenklare Nacht hinauf.

Bevor Erem begriff, in welche düstere Wunde er offenbar unabsichtlich seine Klinge gebohrt hatte, schleuderte ihn Kodorask wild von sich. Er wirbelte durch die Luft, pflügte durch eine Schneewehe und spürte dabei weitere seiner Rippen brechen. Doch diesmal bekamen die Schmerzen keine Gelegenheit, ihre Zähne abermals in sein Fleisch zu schlagen. Erem floh vor ihnen in die Dunkelheit.

19. Kapitel

Ein rüder Schlag ins Gesicht holte Erem unsanft zurück in die Wirklichkeit.

„Wach auf!"

Die Worte waren laut gesprochen worden, nicht nur in seinem Geist. Erem riss die Augen auf, während sein Puls jäh in die Höhe schnellte. Er fuhr von seinem Lager hoch, noch bevor er realisierte, dass er sich wieder bewegen konnte. Wie lange auch immer die Ohnmacht ihn in ihren Klauen gehabt hatte, es hatte ausgereicht, um seine Lähmung vollständig abklingen zu lassen. Doch auch seine Schmerzen waren fort, und seine Rippen fühlten sich entschieden weniger gebrochen an, als er sie in Erinnerung hatte. Das überraschte ihn nicht wirklich, schließlich würde die Drachenseele, die Kodorask zu seinem neuen Mitbewohner auserkoren hatte, wenig Verlangen danach verspüren, in eine derart ramponierte Hülle zu fahren, wenn es sich vermeiden ließ. Dass er allerdings nach wie vor Herr über seine Gedanken und seine Glieder war, damit hätte er nicht gerechnet - ebenso wenig wie damit, dass ihm diese Erkenntnis nicht auf einer harten, wurmzerfressenen Pritsche in irgendeinem finsteren Kerkerloch, sondern in seinem eigenen Bett gekommen war. Auch wenn er niemals Gelegenheit gehabt hatte, darin zu schlafen, erkannte er doch das Zimmer, in dem er sich befand, sofort als einen Teil jener Räumlichkeiten, die ihm von König Wilberen anlässlich seines achtzehnten Geburtstages zum Geschenk gemacht worden waren. Ein halbes Drachenleben schien seitdem vergangen zu sein.

Doch seine Umgebung war bedeutungslos. Das Einzige, was zählte, war der Mann, der neben seinem Bett stand und mit starrer, ausdrucksloser Miene auf ihn herabblickte. Obwohl er wusste, dass es vergeblich sein würde, spürte Erem, wie sich sämtliche Muskeln seines Körpers anspannten, sich bereit machten, ihn wie ein in die Enge getriebenes Tier die Flucht ergreifen oder um sein Leben kämpfen zu lassen. Doch vor der Kreatur, die dort vor ihm stand, gab es kein Entkommen.

„Kodorask", flüsterte er.

Erem wusste sofort, dass er es war, erkannte es an der Kälte in seinen Augen und dem Hass, der wie Sturmwolken an einem mitternächtlichen Winterhimmel in ihren düsteren Tiefen brodelte. Dass es sich auch bei seiner menschlichen Gestalt um den gestohlenen Körper Alanerisks handeln musste, änderte nichts daran, machte die Schändung, die er an Alanerisk begangen hatte, nur noch größer und abscheulicher. Zum ersten Mal in seinem Leben erblickte Erem die Gestalt, die sein Vater als Mensch besessen haben musste, und doch war er außerstande, etwas anderes als Kodorask darin zu sehen. Denn trotz der einnehmenden, beinahe aristokratischen Schönheit seiner fein geschnittenen Gesichtszüge, des sinnlichen Schwungs seiner Lippen und seines schwarzen Haars, das im durch das Fenster hereinfallenden Sonnenlicht seidig wie das Gefieder von Raben glänzte, würde seine Seele niemals im Licht wandeln, würde in seinem Herzen immer Finsternis sein.

Kodorask neigte leicht den Kopf. „Dies ist bereits das zweite Mal, dass du mich bei meinem Namen nennst, Sohn des Alanerisk. Waren es abermals meine Augen, die mich verraten haben?"

Echtes Interesse schien in seiner Frage mitzuschwingen, doch Erem spürte auch den Zorn, der darunter lag. Er nickte bedächtig.

„Ja. Kein Wesen auf dieser Welt kann so viel Hass empfinden wie du. Ich würde dich überall erkennen, gleichgültig, welcher Gestalt du dich auch bedienen magst."

Kodorasks Züge schienen noch mehr zu erstarren. Seine Lippen wurden zu einem schmalen Strich.

„Nun sehe ich, dass du wahrhaft Alanerisks Sohn bist. Seine Arroganz war schon immer beispiellos."

Erem runzelte die Stirn. Obwohl es absurd schien, wirkte Kodorask auf eine eigenartige Weise verletzt, als habe Erem mit seinen offenen Worten unabsichtlich an einer Wunde gerührt, die bereits vor so langer Zeit geschlagen worden war, dass der plötzliche Schmerz darin selbst Kodorask zu überraschen schien.

„Du nennst mich und Alanerisk arrogant?" Erem versuchte, sich seine Furcht nicht anmerken zu lassen, während er Kodorask fest in die Augen blickte und sich langsam aus seinem Bett erhob. Was immer das Schicksal in den nächsten Minuten auch für ihn bereithielt, er würde seinem Henker von Angesicht zu Angesicht gegenüberstehen. Halb rechnete er damit, von Kodorask gepackt und zurück auf die Matratze geschleudert zu werden, doch die Machtdemonstration, die er erwartet hatte, blieb aus.

„Ich weiß, warum du Alanerisk hasst. Aber warum hasst du *mich?* Ist es, weil Alanerisk etwas vollbracht hat, was dir niemals gelungen ist - ein liebender Vater zu sein, während du deinen eigenen Sohn durch deinen Wahnsinn mit dir ins Verderben gezogen hast?"

Er glaubte nicht, dass er es schaffen würde, Kodorask derart zu provozieren, dass er ihm in einem Anfall von Wut den Kopf von den Schultern riss, bevor seine Persönlichkeit mit all ihren Gedanken, Gefühlen und Erinnerungen von einer fremden Seele hinweggefegt werden würde, aber er wollte es zumindest versuchen.

Kodorask sog zischend Luft ein. Seine Hand schoss vor, packte Erem an der Kehle und presste ihn hart gegen die nächste Wand.

„Ich hasse dich, weil deine pure Existenz mich verhöhnt. Weil Alanerisk dir *seinen* Namen gegeben hat! Selbst nach all der Zeit will er mich noch immer demütigen! Wie konnte ich jemals glauben, dass eure Namensgleichheit ein *Zufall* gewesen ist?“

Erem hielt still, wagte nicht, sich zu rühren - zum einen, weil ihm Kodorasks stählerner Griff nur wenig Luft zum Atmen ließ, zum anderen, weil er in den Augen des Drachen etwas entdeckte, das er dort niemals erwartet hätte: Qual; eine so entsetzliche, alles verzehrende Qual, dass kein fühlendes Wesen sie auf Dauer zu ertragen vermochte. Und plötzlich bekam er Angst.

„Was hat Alanerisk getan? Wer … wer war Eremedawn?“ Dies war der Name, den er gehört hatte, als er auf dem Hochplateau Alanerisks Seele berührt hatte; der Name, den Alanerisk ihm bei seiner Geburt verliehen hatte. Bis zu jenem Moment hatte Erem ihn nicht gekannt. Dennoch war Alanerisk selbst mit der Kurzform - *Erem* - ein unglaubliches Risiko eingegangen, schließlich war es jener Name, mit dem er aufgewachsen war und Tag für Tag in König Wilberens Schloss gelebt hatte. War es Alanerisk tatsächlich ein so tiefes Bedürfnis gewesen, Kodorask auf diese Weise zu erniedrigen?

Als Kodorask den Namen hörte, loderte der Hass in seinen Augen noch heißer empor, und Erem spürte, dass er dieses Mal kurz davor war, sich endgültig darin zu verlieren; dass er an der Kante eines Abgrunds schwankte, dessen bodenlose Schwärze ihn niemals wieder freigeben würde, sollte er abrutschen und in die Tiefe stürzen. Erem wusste ohne den geringsten Hauch eines Zweifels, dass er auf der Stelle sterben würde, sollte es tatsächlich dazu kommen.

Doch Kodorask stürzte nicht, sondern ließ ihn stattdessen abrupt los. Als er sprach, klang seine Stimme gepresst, als seien seine Worte Dornen, die sich mit ihren Widerhaken in das Fleisch seiner Kehle gruben, um für immer in der trostlosen Leere seines Herzens gefangen zu bleiben.

„Eremedawn war mein Bruder. Er war noch ein Kind, als der Krieg begann, noch keine sechzig Jahre alt.“ Kodorasks Gesicht verzerrte sich, und ein Beben lief über seine Gestalt, als versuche er mit aller Kraft, sich davon zurückzuhalten, das Schloss und alle seine Bewohner in einer einzigen gewaltigen Eruption roher Gewalt zu Staub zu zermalmen. „Niemals hat es eine reinere Seele als ihn gegeben. Er hat in jedem stets nur das Gute gesehen. Er war nicht wie ich oder Alanerisk. Er wäre niemals in der Lage gewesen, irgendjemandem ein Leid zuzufügen. Auch Alanerisk wusste das. Und doch hat es ihn nicht gekümmert. Er hat Eremedawn vor meinen Augen in Stücke gerissen.“

Erem starrte ihn voller Entsetzen an. „Du musst dich irren! Das kann nicht sein!“

Kodorask erwiderte seinen Blick mit einer solchen Verachtung, dass er unwillkürlich einen Schritt zurückwich.

„Und doch ist es geschehen. Dein Leugnen ändert nichts an der Wahrheit. Alanerisk hat meinen Bruder ermordet. Er hat ihn ermordet, weil er wusste, dass es die einzige Möglichkeit war, den Krieg zu beenden." Er stieß ein bitteres Lachen aus; es war ein schrecklicher Laut voller Hass und Seelenqual. „Warum, glaubst du, konnte Alanerisk mich besiegen? Wie konnte er triumphieren, obwohl er und die seinen bereits mit dem Rücken zur Wand standen? Glaubst du, ich hätte den Krieg verloren, weil dem überragenden Intellekt meiner Feinde mit einem Mal eine strategische List von solch überwältigender Genialität entsprang, dass ich gar nicht anders konnte, als in meinem offensichtlichen Wahnsinn blindlings hineinzustolpern?" Seine Worte waren wie Gift, das von seinen Lippen tropfte und rauchende Wunden in die Luft zu brennen schien. „Nein - wozu sie heute nicht in der Lage waren, wäre ihnen auch vor tausend Jahren nicht gelungen. Alanerisk hat das erkannt. Deshalb hat er mir das genommen, was mir von allem am liebsten war. Ihm war klar, dass Eremedawns Tod mich auf eine Weise schwächen würde, wie es meine Gegner in einem offenen Kampf niemals vermocht hätten. Du kannst deinem Vater gratulieren. Sein Plan hat funktioniert. Alanerisk hat mich keine Stunde später ebenfalls umgebracht."

Und damit den Krieg entschieden. Erem wollte den Gedanken festhalten, wollte sich daran festklammern wie ein Ritter, der in der Hitze der Schlacht mit seinem gepanzerten Handschuh den Griff seines Schwertes umschloss. Doch er entglitt ihm, wurde zu Asche verbrannt von der schrecklichen Wahrheit, die er in Kodorasks Augen las.

„Aber all das hat ihm noch nicht gereicht", zischte Kodorask. „Um seinem schändlichen Triumph ein ewiges Denkmal zu setzen, hat er Eremedawns Namen gestohlen und ihn *dir* verliehen! Dazu hatte er kein Recht! *Kein Recht!*"

Wieder wirkte er, als stünde er kurz davor, sich brüllend wie ein wildes Tier auf Erem zu stürzen und ihn mit seinen Zähnen und Klauen in blutige Fetzen zu reißen. Erem spürte, wie sich ein kalter, harter Stein in seinen Magen senkte, der mit jedem hämmernden Schlag seines Herzens weiter anschwoll und ihm die Kehle zusammenpresste. Niemals hätte er geglaubt, einmal ausgerechnet mit Kodorask übereinzustimmen. Doch er tat es. Wenn dies tatsächlich die wahre Herkunft seines Namens war, und wenn er ihm von Alanerisk tatsächlich in dieser Absicht verliehen worden war, dann wollte er lieber gar keinen tragen.

Die Klammer um seine Kehle wurde noch enger, und er begann zu zittern. Das konnte einfach nicht sein! Alanerisk konnte nicht so grausam sein, nicht so kalt, so berechnend. Doch wieso nur, wieso hatte er ihm diesen Namen gegeben? Das machte nicht den geringsten Sinn - außer den, den Kodorask genannt hatte.

Er presste die Lider zusammen, versuchte, Kodorask mit all seinem Hass und seinem Schmerz zumindest für einen kurzen Moment aus seinem Kopf zu verbannen und sich an jenen Augenblick zurückzuerinnern, als er auf dem Hochplateau vor dem Schrein Alanerisks Seele berührt hatte. Was für eine Schuld Alanerisk auch immer vor neunhundert Jahren auf sich geladen, wie sehr er seine Werte und Ideale auch für eine vermeintlich größere Sache verraten hatte, in *jenem* Moment hatte er keinen Triumph empfunden, hatte nicht voller hämischer Genugtuung an seinen alten und verhassten Feind gedacht. Nichts als Freude und vollkommenes Glück hatten seine Seele erfüllt, als er das winzige, silberfarbene Wesen betrachtet hatte, das warm und sicher an Eysenderias Flanke ruhte, und es bei seinem Namen rief. Das *konnte* keine Lüge gewesen sein!

Von einer plötzlichen Traurigkeit erfüllt, schaute er Kodorask an. „Ist das der Grund, warum du zurückgekehrt bist? Um Rache für den Tod deines Bruders zu nehmen und die Menschen abermals für etwas büßen zu lassen, woran sie keine Schuld tragen?"

Zu seiner Überraschung stieß Kodorask ein verächtliches Schnauben aus, als habe er gerade einen besonders amüsanten Witz zum Besten gegeben. Die grelle, sengende Wut in seinen Augen sank zu einem düsteren Glosen herab, als er Erem beinahe mitleidig ansah.

„Ist es das, was sie dir über den Krieg erzählt haben? Dass ich nichts weiter als ein blutgieriges Monster bin, das seinen Clan in einen Vernichtungsfeldzug gegen die Menschen geführt hat, einfach weil es *Spaß* daran hatte?"

Erem nickte stumm, verwirrt über die plötzliche Bitterkeit in Kodorasks Stimme.

Kodorask hob die Schultern; es war eine irritierend menschliche Geste. „Es ist das Vorrecht der Sieger, die Geschichte so zu entstellen, wie es ihnen genehm ist. Ich hätte vermutlich an ihrer Stelle nichts anderes getan."

Erem zögerte, unschlüssig darüber, wie er mit Kodorasks unerwarteter Offenheit umgehen sollte. Er wusste, dass ein falsches Wort von ihm genügen würde, um den lodernden Hass erneut in seinen Augen aufflammen zu lassen, und wenn das geschah, würde es sehr wahrscheinlich nur noch Minuten dauern, bis auch er sich so wie die anderen Drachen in die Armee von Kodorasks Marionettenkörpern einreihen würde. Er begriff ohnehin nicht, warum er noch nicht längst zu seinem Henker geschleift worden war. Doch was auch immer der Grund dafür sein mochte, er würde die Zeit, die ihm geschenkt worden war, nicht ungenutzt verstreichen lassen.

Er fuhr sich mit der Zunge über die Lippen, wählte seine Worte mit Bedacht. „Und wie war es wirklich? Wie ist deine Sicht der Dinge?"

Kodorask betrachtete ihn beinahe versonnen, als versuche er sich darüber klar zu werden, ob ihm der Sinn mehr nach einer entspannten Konversation oder blutigen Innereien stand. „Welches Lügenmärchen haben sie dir denn aufgetischt? Ich nehme an, dass ich es gewesen sein soll, der den Krieg begonnen hat."

Erem blinzelte verdutzt. „Willst du damit sagen, du warst es *nicht?* Du hast keinen Drachen getötet, der versucht hat, die Bewohner eines Dorfes zu beschützen, die du in Stücke reißen wolltest?"

Kodorask verzog die Lippen zu einem dünnen Lächeln, doch Erem spürte den Schmerz darin. „Eine schöne Halbwahrheit. Gerade so viel davon ist richtig, dass sie nicht völlig falsch klingt."

„Dann hast du den Drachen getötet?"

„Das habe ich. Aber den Krieg, den habe ich nicht begonnen."

„Wer dann?"

„Die Menschen."

Erem runzelte die Stirn. „Wie sollte das möglich sein? Warum sollten sie das tun? Jeder weiß, dass man Drachen mit menschlichen Waffen nicht verletzen kann."

Kodorasks Miene verdüsterte sich unheilvoll. „Denk nach, du Narr! Bist du nicht selbst oft genug von Jorran, dem Waffenmeister, in Grund und Boden geprügelt worden? Und hast du nicht die Schmerzen gespürt, die sein Schwert dir zugefügt hat? Glaubst du, es wäre kein Blut geflossen, wenn er dir die Klinge stattdessen durch dein Herz gebohrt hätte?" Er fletschte die Zähne und stieß ein gepresstes Zischen aus. „*Erwachsene* Drachen mögen gegen die Teufeleien der Menschen gefeit sein - *junge* Drachen sind es nicht."

Erem spürte, wie ein Finger aus Eis seinen Rücken hinabstrich. „Was willst du andeuten, Kodorask?"

Kodorask starrte ihn mit einer Wildheit an, die ihn innerlich zusammenzucken ließ. „Siehst du es wirklich nicht? Glaubst du tatsächlich, die Menschen würden die Drachen *lieben?* Das Einzige, was sie lieben, sind sie selbst." Seine Hände ballten sich zu Fäusten, doch er schien es nicht zu bemerken. „Menschen sind schwache, erbärmliche Kreaturen, voller Neid und Missgunst gegenüber allem, was sie nicht besitzen oder zerstören können. Sie haben gewusst, dass sie niemals so stark und mächtig wie wir Drachen sein würden, und deshalb haben sie uns gehasst."

Erem schüttelte entschieden den Kopf. „Das kann ich nicht glauben. Die achtzehn Drachen, die nach dem Krieg noch übrig waren, haben neunhundert Jahre lang in Frieden und Harmonie mit den Menschen gelebt. Warum sollte das vor dem Krieg anders gewesen sein?"

Kodorasks Miene verhärtete sich. „Hast du denn keine Augen, um zu sehen? Die Harmonie, von der du sprichst, war niemals etwas anderes als eine Illusion. Die Menschen *fürchten* die Drachen! Doch weil wir unangreifbar für sie waren, haben sie stets alles getan, um nicht unseren Zorn auf sich zu lenken. Aber während *wir* unsere Überlegenheit niemals ausgenutzt haben, haben *sie* dennoch jeden Tag ängstlich darauf gewartet, dass die mildtätigen Götter endlich ihre Maske fallen lassen. Also haben sie nach einem Weg gesucht, uns zuvorzukommen - und sie haben ihn gefunden."

Erem spürte, wie ihm sämtliches Blut aus dem Gesicht wich. „Haben sie ... haben sie einen Jungdrachen getötet?" Die Vorstellung war so entsetzlich, dass sich alles in ihm dagegen wehrte, die Worte über seine Lippen zu zwingen. Aber er hatte keine Wahl. Er musste es wissen.

Kodorask sah ihn mit ausdrucksloser Miene an. „Es war kein Jungdrache."

Erem brauchte nur einen Moment, um zu begreifen. Dann keuchte er auf. „Ein Ei", hauchte er. „Sie haben ein Ei zerstört."

Kodorask nickte; es war eine steife, merkwürdig kraftlose Bewegung, ohne die wilde, zornige Hitze, die sonst so sehr ein Teil seines Wesens zu sein schien. „Am Ende brauchte es nur eine Handvoll Bauern, um einen Drachen zu töten. Sie stahlen das Ei meines Sohnes Jaidell. Als er den Diebstahl entdeckte und ihnen folgte, war es bereits zu spät. Die Schale war zerbrochen, sein Junges tot."

Erem taumelte vor Entsetzen. Er spürte ohne den Hauch eines Zweifels, dass Kodorask die Wahrheit sagte. Sein Blick verschwamm, als ihm Tränen in die Augen stiegen. Nur einmal in tausend Jahren konnten Drachen Kinder bekommen. Eines von ihnen auf eine solche Weise zu verlieren, musste unerträglich gewesen sein.

Er räusperte sich einmal, zweimal, bevor es ihm gelang, die Frage aus seiner Kehle zu pressen, die doch eigentlich schon beantwortet war. „Was hat Jaidell getan?"

Kodorasks jadefarbene Augen verdunkelten sich, als ballten sich Schatten in ihren düsteren Tiefen zusammen, die gierig das Licht verschlangen und nur eine dumpfe, graue Kälte hinterließen, wo noch einen Moment zuvor Wärme und Leben gewesen waren. „Er hat die Männer zermalmt, die sein Junges getötet hatten."

Erem atmete tief durch. Dann nickte er. „Ich verstehe."

Kodorask starrte ihn durchdringend an, schien auf eine bestimmte Reaktion zu warten. Als er merkte, dass sie nicht kommen würde, hob er in offenkundiger Verwirrung eine Braue. „Du verurteilst ihn nicht? Du schimpfst ihn nicht einen feigen Mörder?"

Erem schüttelte den Kopf. „Nein. Ich verstehe seinen Zorn. Doch das ist es nicht allein. Dein Sohn hatte gar keine andere Wahl. Die Männer durften ihr Wissen nicht weitergeben. Ansonsten wäre niemals wieder eines eurer Jungen sicher gewesen."

Kodorask betrachtete ihn nachdenklich. „Es ist eigenartig, ausgerechnet aus deinem Mund solche Worte zu hören."

Erem sah ihm offen in die Augen. „Ich kann nicht ungeschehen machen, dass Alanerisk mir den Namen deines Bruders verliehen hat. Ich weiß nicht, was ihn dazu bewogen hat, aber was er auch immer für einen Grund gehabt haben mag, es war nicht meine Entscheidung, noch wäre sie es jemals gewesen. Wenn du glaubst, mich für etwas hassen zu müssen, das neunhundert Jahre vor meiner Geburt geschehen ist, so liegt es nicht in meiner Macht, daran etwas zu ändern. Aber ich bin weder Alanerisk noch einer der anderen Drachen, die damals gegen dich in die Schlacht gezogen sind. Ich bin nur ein Jungdrache. Mir fehlt die Engstirnigkeit der Jahrtausende."

Kodorask lachte leise. „Beherzt gesprochen. Engstirnigkeit war es in der Tat, die uns alle auf den Pfad geführt hat, den wir bis zum heutigen Tag beschreiten. Nun - bist du bereit, auch den Rest der traurigen Geschichte zu hören, Erem, Sohn des Alanerisk?"

Noch einmal holte Erem tief Luft. Der Moment war zu fragil, konnte zu leicht durch ein falsches Wort oder eine falsche Geste wieder zunichtegemacht werden, als dass er etwas anderes zu tun wagte, als schweigend zu nicken.

Kodorasks Blick verlor seine brennende Intensität, wanderte zurück an einen Ort und zu einer Zeit, die seit beinahe tausend Jahren vergangen und doch noch immer gegenwärtig waren. „Das Blut der Mörder war noch nicht getrocknet, als Vanescan, ein junger Drache eines anderen Clans, bei einem Flug über das Land Jaidell inmitten der zerschmetterten Leichen der Bauern entdeckte. Da die Männer aus dem Dorf kamen, zu dessen Schutz er sich berufen fühlte - und weil Vanescan schon immer ein Hitzkopf und Einfaltspinsel gewesen war - mischte er sich ein. Jaidell versuchte, ihm zu erklären, was passiert war, aber Vanescan glaubte ihm nicht. Er beharrte darauf, Drachen seien durch nichts von Menschenhand Geschaffenes zu töten, gleichgültig, ob geschlüpft oder nicht, und dass es reine Bosheit gewesen sei, die Jaidell auf die wehrlosen Bauern losgehen ließ."

„Hat er denn die Leiche des Jungen nicht gesehen?" Erem konnte es nicht fassen.

Kodorask schüttelte den Kopf. „Die hatte Jaidell zu dem Zeitpunkt bereits mit seinem Flammenatem verbrannt. Er konnte es nicht ertragen, sein Kind derart geschändet und tot auf dem nackten Fels liegen zu sehen."

„Und was geschah dann?"

Kodorasks Lippen wurden zu einem harten Strich. „Als Vanescan zu dem Schluss kam, genug Ausflüchte von Jaidell gehört zu haben, hat er sich in seinem selbstgerechten Zorn auf ihn gestürzt. Offenbar war es seine Absicht, die Welt auf der Stelle von dem wahnsinnig gewordenen Drachen zu befreien. Hätte mich Jaidell in seiner Verzweiflung nicht zu Hilfe gerufen - und wäre ich nicht zufällig gerade in der Nähe gewesen -, hätte Vanescan ihn tatsächlich getötet."

„Deshalb hast du dann ihn getötet." Es war weder eine Frage noch eine Anklage, lediglich eine Feststellung.

Kodorask schaute ihn merkwürdig an. „Als ich hinzukam, lag Jaidell am Boden, und Vanescan stand über ihm. Er hielt ihn am Nacken gepackt und wollte ihm das Genick durchbeißen. Ich war schneller als er."

Erem zog sich vor Grauen der Magen zusammen. „Warst du wirklich sicher, dass Vanescan zugebissen hätte?"

„Natürlich war ich sicher!", fauchte Kodorask.

Doch Erem hatte den Zweifel gespürt, leise, nagend, beinahe unhörbar, der in seiner Stimme mitgeschwungen hatte, und er verstand. Kodorask hatte sich von seinen Instinkten überwältigen lassen - den Instinkten eines Vaters, der versucht hatte, sein Kind zu beschützen. Vermutlich hätte kaum einer der Drachen in einer solchen Situation anders gehandelt. Er erschauerte.

„Auch Vanescan hatte einen Vater", sagte er leise.

Kodorasks Blick verlor sich noch mehr in der Vergangenheit, und ein eigentümlicher Schmerz grub sich in seine Züge. „Ich habe versucht, es ihnen zu erklären. Ich habe es immer wieder versucht. Aber sie wollten mir nicht zuhören. Sie zweifelten sogar daran, dass Jaidell überhaupt ein Junges gehabt hatte."

Er musste gespürt haben, wie Erem ihn befremdet anblickte, denn er kam der Frage zuvor, die ihm bereits auf der Zunge lag. „Haben euch diese Narren denn überhaupt nichts gelehrt?" Er schnaubte abfällig. „Sind sie so lange vor den Menschen im Staub herumgekrochen, dass sie vergessen haben, dass sie einmal *Drachen* gewesen sind?"

Trotz der Schroffheit seiner Worte war der heiße, verzehrende Zorn inzwischen beinahe gänzlich aus seiner Stimme verschwunden, war ersetzt worden durch eine düstere, schwermütige Melancholie, als seien Hass und Gram zwei Flammen, die nicht gleichzeitig am selben Ort zu brennen vermochten. Kodorask schien die Veränderung in seiner Stimmung nicht einmal aufgefallen zu sein. Das Sonnenlicht fing sich im strahlenden Grün seiner Augen und ließ sie wie Jade schimmern, als er an Erem vorbei zum Fenster sah.

„Die Gedanken der Drachen kreisen nicht auf eine so groteske Weise um die Schwangerschaft und die Geburt, wie es die der Menschen tun. Solange ein Junges nicht geschlüpft ist, ist es eine Angelegenheit, die nur die Eltern selbst und ihre engsten Vertrauten etwas angeht - zumindest war das damals so. Und so stand Jaidell plötzlich in den Augen der Drachen der anderen Clans als Lügner da, der sich feige aus seiner

Verantwortung stehlen wollte. Da es unbestreitbar war, dass er die Bauern tatsächlich umgebracht hatte, hieß es auf einmal, mein Clan wolle die Menschen unterwerfen oder gleich gänzlich ausrotten - dieselbe dumme Geschichte, die sie dir aufgetischt haben. Doch rechtschaffen, wie sie waren, beließen sie es nicht nur bei Worten." Der Schmerz in seinen Zügen vertiefte sich, eine schwarze Flamme, die ihn innerlich zu verzehren schien. „Vanescans Vater wollte Rache für den Tod seines Sohnes, und wenig später bekam er sie auch. Er tötete Ashuran, meinen zweiten Sohn. Aber auch das reichte ihnen noch nicht."

Erem starrte ihn an. Der Stein in seinem Magen wurde zu Eis. „Heißt das, der ganze Krieg war nichts anderes als eine Blutfehde, die außer Kontrolle geraten ist?"

„Eine Blutfehde?" Kodorask schien das Wort auf seiner Zunge zu kosten wie den Nektar einer betörenden, aber giftigen Blume, von der er nicht wusste, ob sie ihm Erlösung oder Verderben bringen würde. „Ja, so würden es die Menschen wohl nennen. Eine Blutfehde, die alle Drachenclans mit sich in den Abgrund gerissen hat."

Erem biss sich auf die Lippe. Die Wahrheit schmeckte bitter, doch sie war so schmerzhaft offensichtlich, dass er seine Augen nicht davor verschließen konnte. „Sie haben damals nicht zugehört, und sie haben in den letzten neunhundert Jahren nichts dazugelernt. Ich hatte sie gewarnt, dass sie in eine Falle laufen würden, aber natürlich haben sie meine Einwände ignoriert. Hätten sie meine Bedenken ernster genommen, hättest du sie nicht so leicht besiegt."

Kodorasks Blick kehrte unvermittelt aus der Vergangenheit in die Gegenwart zurück und heftete sich erneut mit sengender Intensität auf ihn. „War das der Grund, warum nur noch du und die drei anderen Jungdrachen im Schrein waren? Hast du die übrigen fortgeschickt? Weil du wusstest, dass ich kommen würde?"

Erem nickte. „Ja."

Kodorask neigte anerkennend den Kopf. „Schlau. Aber alle hast du offensichtlich nicht überzeugen können."

Erem hob die Schultern. „Yadell hat lediglich seine Befehle befolgt."

Ein beinahe belustigter Funke glomm in Kodorasks Augen auf. „Ich nehme an, es waren dieselben Befehle wie deine."

Abermals zuckte Erem mit den Schultern. „Anscheinend bin ich nicht so ein braver kleiner Soldat, wie Yadell einer ist. Die erwachsenen Drachen haben den Schrein für eine uneinnehmbare Festung gehalten, aber mir war klar, dass es irgendeine Möglichkeit geben musste, um trotzdem hineinzugelangen."

Kodorask lächelte dünn. „Mehr, als du vermutlich ahnst."

Erem starrte zu Boden. Unvermittelt wurde ihm die ganze Unwirklichkeit des Gesprächs bewusst, das er gerade führte. Nicht nur, dass er gegen jede Wahrscheinlichkeit noch immer nicht von einem von Kodorasks Schergen zu einer willenlosen Marionette gemacht worden war, schien Kodorask darüber hinaus auch keinerlei Bedürfnis zu verspüren, ihre kleine Plauderei von sich aus zu beenden. Fast musste sich Erem zwingen, sich daran zu erinnern, dass es dieser Drache gewesen war, der Serim und seine Eltern kaltblütig ermordet hatte; dieser Drache, der nicht zögern würde, die Welt erneut mit Blut, Tränen und Leid zu überziehen, wenn niemand ihn aufhielt. Und doch fühlte sich dieses Wissen auf eine eigenartige Weise *falsch* an, empfand er eine qualvolle Vertrautheit mit dem Anführer des dunklen Drachenclans, die er nicht empfinden wollte und es dennoch tat. Eines jedenfalls war völlig klar - Kodorask hätte er nicht erst händeringend davon überzeugen müssen, dass es gefährlicher Leichtsinn war, im Schrein zu bleiben; er hätte es selbst gewusst. Ihre Gedanken schienen sich ähnlicher zu sein, als es bei jedem anderen der erwachsenen Drachen - vielleicht mit Ausnahme von Alanerisk - jemals der Fall gewesen war. Es war eine gleichermaßen beunruhigende wie seltsam faszinierende Vorstellung.

Erem ballte die Fäuste und sah ruckartig auf. Es ließ sich leicht herausfinden, *wie* ähnlich sie sich tatsächlich waren!

„Du hast mich nicht gefragt, wo sich die anderen Jungdrachen versteckt haben."

Kodorask blickte ihn mit unbewegter Miene an. „Warum sollte ich das tun, wo es doch offensichtlich ist, dass du diese Information nicht besitzt? Und um deine nächste Frage vorwegzunehmen - natürlich werde ich dich *nicht* als Köder benutzen, um sie aus ihrem Versteck zu locken. Ich an deiner Stelle hätte diese Möglichkeit vorhergesehen und sie davor gewarnt, dass genau das passieren könnte. Aber ich gehe davon aus, dass du dir das bereits gedacht hast."

Erem knirschte mit den Zähnen. Das hatte er in der Tat. Das Gefühl einer eigenartigen Vertrautheit mit Kodorask, das in den letzten Minuten auf so unerwartete Weise in ihm gewachsen war, schien spöttisch im Hintergrund seiner Gedanken zu lachen.

„Allerdings" - Kodorask schien mehr zu sich selbst als zu ihm zu sprechen - „könnte ich dich so lange foltern, bis du mir den Ort verrätst, an dem sie eine Nachricht für dich hinterlassen haben, wo du sie im Zweifelsfall finden kannst - was, nebenbei bemerkt, natürlich genauso dumm war, als hätten sie dir ihr Versteck selbst verraten."

Erem erstarrte. Ein eisiger Schrecken durchfuhr ihn.

Kodorask betrachtete ihn aufmerksam und nickte leicht. „Du kannst unbesorgt sein. Ich werde dich nicht foltern. Ich weiß, dass du eher sterben würdest, als das Versteck preiszugeben. Das habe ich schon damals erkannt."

Damals. Als Kodorask ihm alles genommen hatte.

„Hast du …“ Erem atmete tief durch, versuchte, die stählerne Klammer zu sprengen, die seine Kehle zusammenpresste. „Hast du deshalb Serims Angebot akzeptiert?“

„Natürlich. Ich hatte kein Interesse daran, euch unnötig zu quälen.“

Erem keuchte auf. „Unnötig zu quälen? Du hast meinen Bruder und meine Eltern getötet!“

Kodorask erwiderte seinen ungläubigen Blick mit regloser Miene. „Und auch dich, wenn du kein Drache gewesen wärst. Ihr hättet mir die Kristalle niemals freiwillig überlassen. Doch den Rest deiner Familie habe ich verschont.“

Erem schwindelte plötzlich. Er spürte, wie ihm der kalte Schweiß ausbrach. „Du ... du hast sie gesehen?“

Seine verspätete Panik schien Kodorask zu amüsieren. „Hältst du mich für blind? Ich habe sie im Wald entdeckt, als ich auf dem Rückweg war. Aber da hatte ich längst, was ich wollte. Es gab also keinen Grund, sie anzugreifen. Sie stellten keinerlei Bedrohung für meine Pläne dar, und ich bin nicht so rachsüchtig wie einige meiner Familienmitglieder. Aber auch sie haben nur die getötet, die sich gegen uns verschworen hatten.“

„Die Drachenreiter und ihre Familien“, sagte Erem dumpf. „Sind sie alle tot?“

„Die meisten. Das Versteck deiner Familie war das einzige, das wir nicht kannten. Alanerisk war immer viel vorsichtiger als die anderen, deshalb konnten wir das Risiko nicht eingehen, ihn zu verfolgen. Aber von den anderen Verstecken wussten wir bereits seit Jahren.“ Sein Blick wurde zu kaltem Stahl, ließ jeden flüchtigen Gedanken an Mitgefühl, den Erem noch vor wenigen Minuten gehabt hatte, zur Selbsttäuschung eines Kindes werden, das sich verzweifelt einzureden versucht, dass das gelbe Funkeln im Unterholz lediglich von im Sonnenlicht glitzernden Tautropfen stammt, während schon das hungrige Knurren der Wölfe an seine Ohren dringt. „Endlich haben wir uns zurückgeholt, was niemals einem anderen als unserem Clan hätte gehören dürfen.“

Würgender Kummer schnürte Erem die Luft ab, hätte ihn beinahe aufschluchzen lassen. All das hätte verhindert werden können, wenn die Drachen ihre Reiter nicht so schändlich im Stich gelassen hätten. Doch durch den Nebel aus Schmerz und Trauer dämmerte eine andere Erkenntnis herauf, die schon die ganze Zeit an den Rändern seiner Aufmerksamkeit genagt hatte, ohne dass er bisher den Finger darauf hätte legen können.

„Es ging euch niemals darum, Rache an den Menschen zu nehmen, nicht wahr? Ihr wolltet lediglich die Kristalle.“

„Was scheren mich die Menschen?“, zischte Kodorask. „Auch vor neunhundert Jahren hätten wir keinen Krieg gegen sie begonnen, trotz allem, was sie Jaidell angetan hatten. Drachen sind nicht so blutrünstig – zumindest dachte ich das."

„Aber warum das alles?", rief Erem aufgebracht. „Warum habt ihr euch die Seelenkristalle mit Gewalt geholt? Weshalb stehlt ihr dafür sogar die Körper anderer Drachen? Warum habt ihr nicht einfach auf eure Wiedergeburt gewartet?"

Kodorask starrte ihn so ungläubig an, dass er darüber sogar seinen Zorn und seinen Hass zu vergessen schien. „Auch das weißt du nicht? Auch darüber haben sie euch belogen?" Unvermittelt begann er zu zittern. „Wir stehlen die Körper, weil wir nur so überleben können."

Erem runzelte die Stirn. „Was soll das heißen?"

„Du glaubst, dass sie die Kristalle nur deshalb vor uns versteckt haben, um zu verhindern, dass wir uns neue Körper holen und die Welt mit Vernichtung überziehen?"

Erem nickte stumm.

Nun war es Kodorask, der seine Hände zu Fäusten ballte. Sein Gesicht verzerrte sich zu einer Maske der Qual. „Sie haben die Seelenkristalle meines Clans nicht einfach nur *versteckt*. Sie haben sie *gefangen genommen*. Uns nur zu töten, hat ihnen nicht gereicht. Sie wollten uns *bestrafen* – auf eine so grausame und unbarmherzige Art, dass sie vermutlich sogar das Vorstellungsvermögen der Menschen übersteigt." Kodorask holte bebend Luft, rang offensichtlich um seine Fassung. Es war ein beunruhigenderer Anblick, als wenn er vor Hass getobt und gebrüllt und mit seinen bloßen Fäusten die Mauern zertrümmert hätte. „Was immer sie euch erzählt haben, es war eine Lüge. Eure Eltern haben alle Seelenkristalle meines Clans, die sie aufspüren konnten, mit einem machtvollen Zauber umhüllt. Keine der Seelen, die von ihren menschlichen Dienern vor uns verborgen gehalten wurden, hätte sich *jemals wieder* inkarnieren können! Sie wollten uns, die wir in ihren Augen auf eine so abscheuliche und unverzeihliche Weise aus der Art gefallen waren, auf ewig den Weg in ein neues Leben verwehren."

„Aber das …" Erem schüttelte benommen den Kopf. Seine Gedanken wirbelten wild durcheinander, und sein Herz raste plötzlich so heftig in seiner Brust, dass der Boden unter seinen Füßen zu schwanken schien. Erst vor wenigen Tagen hatte er mit Arkendeon darüber gesprochen, dass kein Drache aus Kodorasks Clan jemals die Chance auf eine Wiedergeburt ergriffen hätte. Arkendeon hatte ihm damit noch einmal eindringlich das boshafte und bis ins tiefste Innere verdorbene Wesen der dunklen Drachen vor Augen führen wollen. Doch alles, was er zu ihm gesagt hatte, war eine Lüge gewesen!

„Das ist doch Wahnsinn! Dadurch haben sie euch ja überhaupt keine andere Wahl gelassen, als Körper zu stehlen!"

Kodorask lächelte ein seltsames Lächeln voller Traurigkeit und Wehmut. „Wir haben es immer gehasst, und wir tun es noch. Und glaub mir, Sohn des Alanerisk - wir hätten niemals mit diesem Irrsinn angefangen, hätten die Drachen der anderen Clans damals nicht so schnell damit begonnen, ihre finsteren Drohungen gegen uns auszustoßen. Es überrascht mich, dass gerade ein Jungdrache etwas versteht, wozu offenbar keiner der viel älteren und weiseren Drachen in der Lage war."

„Was kann man denn daran *nicht* verstehen?" Erem war beinahe übel vor Empörung und Zorn. „Alle Angehörigen deines Clans wurden im Krieg getötet. Nur die Sieger können neue Kinder zeugen, doch wenn sie euch die Möglichkeit der Wiedergeburt nehmen, ist es so, als hätten sie euch damit vollständig ausgelöscht. Ihr müsstet bis in alle Ewigkeit ein Kristall bleiben, ohne Hoffnung auf ein neues Leben, Läuterung - oder Vergebung. Das ist abscheulich!"

Es war nicht nur ein Verbrechen, es war eine Obszönität, nicht minder verwerflich und verachtenswert wie das, wofür sie Kodorask und seinen Clan so sehr verdammten. Niemals hätte er für möglich gehalten, dass ausgerechnet die Drachen - jene wundervollen Geschöpfe, die er Zeit seines Lebens so sehr verehrt hatte - so niederträchtig und nachtragend sein könnten. Erem war, als wäre ein Teil seiner Seele, der bis eben ein blühender Garten voller Wärme und Licht gewesen war, plötzlich zu einer toten, verdorrten Wüste geworden.

Und noch etwas anderes begriff er. Vielleicht hatten sie seine Warnungen nicht nur deshalb ignoriert, weil er ein Jungdrache war. Sein Kristall war nicht im Schrein gewesen. Er könnte also durchaus die Wiedergeburt eines der Dunklen sein, ein Angehöriger von Kodorasks Clan, den sie nicht rechtzeitig hatten aufspüren und an seiner neuen Inkarnation hatten hindern können. Hatte es deshalb so viele Geheimnisse gegeben? Weil man *ihm* nicht traute? Wären sie womöglich als Drachen aufgewachsen, wenn sein Kristall so wie der der anderen bei seiner Geburt im Schrein gewesen wäre; wenn man sich seiner Herkunft sicher gewesen wäre?

Ein kalter Windhauch schien über ihn hinwegzustreichen und ließ ihn unvermittelt frösteln. Im Nachhinein konnte er vermutlich froh sein, dass sie ihn überhaupt in ihrer Mitte geduldet hatten. Doch was wäre wohl passiert, wenn irgendetwas an ihm den Verdacht erweckt hätte, er könne tatsächlich die Wiedergeburt eines ihrer alten und verhassten Feinde sein? Wie dünn war das Eis gewesen, auf dem er so sorglos und unwissend herumspaziert war?

Während er den Aufruhr seiner Gefühle wieder unter Kontrolle zu bringen versuchte, hatte ihn Kodorask aufmerksam gemustert. Nun neigte er bedächtig den Kopf. „Du hast recht, es ist abscheulich. Genau deshalb bin ich hier. Ich werde meine Familie befreien, gleichgültig, was es kostet.

Ich werde alles tun, damit wenigstens ein paar von uns wieder leben können."

Erem nickte traurig. „Dann können wir vermutlich nicht mit deiner Gnade rechnen."

Kodorask erwiderte seinen Blick mit derselben Traurigkeit - oder bildete er sich das nur ein, weil er es sehen *wollte?* „Nein, das könnt ihr nicht. Die Fähigkeit, Gnade zu gewähren, habe ich schon im Krieg verloren. Das sollte dir inzwischen klar sein."

„Hast du Yadell, Aleya und Jeron bereits von deinen Leuten übernehmen lassen?"

„Nein, noch nicht. Es liegt allein an dir, wann - und ob - dies geschieht."

„Was verlangst du von mir?"

„Kannst du dir das nicht denken?"

„Doch, das kann ich."

„Dann, Erem, Sohn des Alanerisk, entscheide weise."

Erem straffte seine Schultern und sah Kodorask fest in die Augen. „Das habe ich."

20. Kapitel

Kodorask wirkte nicht überrascht, als Erem ihm seine Entscheidung mitteilte. Vermutlich hatte er bereits gewusst, welche Wahl er treffen würde, als er vorhin in seinem Bett wieder zu sich gekommen war.

Erem presste grimmig die Lippen zusammen. Kodorask kannte ihn wirklich viel zu gut. Doch ob er die Bedingungen, die er an seine Entscheidung knüpfte, ebenfalls vorhergesehen hatte, würde sich gleich zeigen.

„Ich möchte mit Yadell und den anderen sprechen."

Kodorask nickte, als habe er auch diesmal nichts anderes erwartet. „Du willst ihnen erklären, wie es damals zum Krieg gekommen ist?"

„Ja. Sie müssen es erfahren."

„Sie werden dir nicht glauben."

„Das spielt keine Rolle. Erst wenn sie wissen, was ich weiß, sind sie frei, ihre eigenen Entscheidungen zu treffen."

„Sie werden dich ganz sicher nicht unterstützen."

„Damit rechne ich auch nicht."

Dabei musste er nicht einmal an seine letzte Auseinandersetzung mit Yadell zurückdenken, um sich in dieser Hinsicht keinerlei Illusionen zu machen. Dennoch - es war allein Yadells, Aleyas und Jerons Entscheidung, was sie tun wollten, und er würde ihnen das Recht dazu nicht verwehren, nur weil er ahnte, wie sie ausfallen würde.

Kodorask musterte ihn kurz, dann nickte er. „Einverstanden. Du darfst zu ihnen." Der Hauch eines Lächelns spielte um seine Lippen. „Bei der Gelegenheit kannst du dich auch gleich davon überzeugen, dass sie noch immer sie selbst sind."

Erem blinzelte verdutzt. Der Gedanke hätte ihm vielleicht kommen müssen, war er aber nicht. Irgendwie wusste er, dass Kodorask nicht gelogen hatte. Es schien einfach nicht zu ihm zu passen. Er war ein hervorragender Stratege und Taktiker und ein erbarmungsloser Gegner, aber kein Lügner.

Doch gerade weil das so war, musste er unbedingt noch etwas wissen. Vermutlich war es bedeutungslos, vermutlich war der Zeitpunkt, zu dem er noch irgendetwas mit dieser Information hätte anfangen können, ohnehin schon seit langem verstrichen - sofern er überhaupt jemals existiert hatte -, trotzdem mochte es sich irgendwann in der Zukunft vielleicht doch noch als nützlich erweisen. Solange er noch spüren konnte, wie sein Herz in seiner Brust schlug, würde er die Hoffnung nicht aufgeben.

„Kodorask, wie hast du die anderen Drachen besiegt?"

Falls Kodorask überrascht über den plötzlichen Themenwechsel war, so ließ er sich nichts davon anmerken. In seinen Augen schien ein Funke echter Neugier aufzuglimmen, als er Erem forschend ansah. „Wie wärst du vorgegangen?"

Erem wiegte nachdenklich den Kopf. „Ich weiß nicht genau. Es musste auf jeden Fall sehr schnell gehen. Beim ersten übernommenen Drachen wären die anderen gewarnt gewesen. Da trotzdem keiner von ihnen entkommen ist, würde ich sagen, habt ihr sie alle zur gleichen Zeit angegriffen, so dass sie keine Möglichkeit mehr zur Gegenwehr hatten."

„Genau so ist es geschehen."

„Aber wie?"

Kodorask hob eine Braue. „Kannst du dir das nicht denken?"

„Das kommt darauf an."

„Worauf?"

„Ob ihr nicht nur Drachen und Menschen, sondern auch Tiere übernehmen könnt."

„Wie kommst du auf diese Idee?"

Obwohl Kodorasks Miene ausdruckslos blieb, spürte Erem die Befriedigung, die plötzlich von ihm ausstrahlte - die Befriedigung eines Lehrers, dessen bester Schüler gerade eine besonders schwierige Aufgabe gemeistert hat. Fast hätte er gelächelt.

„Der Gedanke geht mir im Kopf herum, seit du vorhin gesagt hast, dass ihr nahezu alle Verstecke der Drachenreiterfamilien bereits gekannt habt. Ich habe mich gefragt, wie ihr das angestellt habt. Es gibt nicht viele Möglichkeiten, einem Drachen unauffällig zu folgen. Zu Fuß hinterherzulaufen wäre absurd, und auch ein Pferd wäre zu langsam, außerdem hätten euch die Drachen früher oder später entdeckt, gleichgültig, wie vorsichtig ihr gewesen wärt. Doch auf ein Tier achtet niemand. Was habt ihr benutzt? Falken?"

Es musste auf jeden Fall ein Tier gewesen sein, das wie die Drachen den Himmel bereisen konnte. Zudem musste es schnell genug sein, um von einem Drachen, der sich nicht sonderlich beeilte, nicht binnen kürzester Zeit abgehängt zu werden. Darüber hinaus - der dritte wichtige Punkt, der für den Erfolg eines solchen Unternehmens unabdingbar war - besaßen Falken als Raubvögel eine hervorragende Weitsicht, so dass sie bei einer Verfolgung einen ausreichenden Sicherheitsabstand halten konnten, ohne zu riskieren, ihr Opfer dadurch aus dem Blick zu verlieren. Doch trotz all dieser Vorzüge waren es lediglich Tiere, in denen niemand eine Gefahr sehen würde, solange sie nichts taten, was sie verdächtig machte.

Kodorask nickte anerkennend. „Du bist ein interessanter Gegner, Sohn des Alanerisk. Es scheint, als müsste ich meinem Glück dafür danken, dass du noch nicht älter bist und deine Stimme nicht mehr Gewicht besaß."

„Also stimmt es!"

„Natürlich stimmt es. Der Körper eines Tieres kann eine Drachenseele zwar nur für einige wenige Tage aufnehmen, bevor er ausbrennt und stirbt, aber für unsere Zwecke hat das vollkommen genügt. Auf die gleiche Weise haben wir auch den Drachenschrein entdeckt."

Erem war nicht überrascht. „Du hast vorausgesehen, dass die erwachsenen Drachen uns dort versammeln würden, sollten deine Pläne vorzeitig enthüllt werden. Und dir war ebenfalls klar, dass sie uns dort zurücklassen würden, wenn sie gegen dich in die Schlacht ziehen. Du brauchtest deinen Vogelschwarm nur noch irgendwo in den Wolken in Stellung zu bringen und zu warten, bis die Drachen genau unter euch waren. So hätte *ich* es zumindest gemacht."

Kodorask schien zunehmend Gefallen an ihrer kleinen Plauderei zu finden. Sein Gesichtsausdruck wirkte beinahe entspannt, als er bestätigend den Kopf neigte. „Hätten diese Narren auch nur einen wie dich in ihren Reihen gehabt, wäre mein Sieg nicht so einfach gewesen." Fast schien so etwas wie Bedauern in seiner Stimme mitzuschwingen.

Auch wenn es schmerzte, kam Erem nicht umhin, seiner Einschätzung in Gedanken beizupflichten. Kodorask hätte Arkendeon und die anderen niemals derart leicht überrumpeln dürfen. Kein Wunder, dass er in dem Krieg vor neunhundert Jahren so lange hatte bestehen können, obwohl sein Clan allein gegen alle anderen hatte kämpfen müssen.

Ruckartig hob er den Kopf, als plötzlicher Trotz in ihm emporquoll. „Alanerisk hättest du nicht so leicht übertölpeln können!"

Die Entspannung wich aus Kodorasks Miene, und seine Augen wurden hart. „Du hast recht. Das hätte ich nicht. Aus diesem Grund wäre Alanerisk *immer* mein erstes Ziel gewesen, selbst wenn er meinen Bruder damals nicht derart heimtückisch ermordet hätte."

Erem zuckte zusammen. Das war das Einzige, was er Kodorask nicht glauben konnte - nicht glauben *wollte*!

Aus Kodorasks Augen schienen mit einem Mal Funken zu schlagen, und seine Züge verzerrten sich in einer eigentümlichen Mischung aus Zorn und Verletztheit. „Du zweifelst noch immer an meinen Worten? Du hältst Alanerisk noch immer für unschuldig? Nun gut - ich werde dir zeigen, *wie* unschuldig dein Vater tatsächlich ist!"

Noch während er sprach, öffnete er seinen Geist für ihn. Erem keuchte auf, als ihn Kodorasks Erinnerungen wie Peitschenhiebe trafen, sich wie glühende Messerklingen in ihn hineinfraßen. Er wurde von den Farben, Bildern und Empfindungen davongewirbelt, versank darin wie in den Fluten eines sturmgepeitschten Ozeans, die ihn unbarmherzig hinab in die Tiefe zogen, und plötzlich sah er die Welt durch Kodorasks Augen, spürte seine Panik und seine verzweifelte Anstrengung, seinen jüngeren Bruder einzuholen, der als kleiner, silberner Funke weit voraus am Himmel tanzte.

Eremedawn war tatsächlich noch sehr jung, das erkannte Erem sofort, und offensichtlich deutlich langsamer als Kodorask. Kodorask holte rasch auf, doch seine Furcht wurde nicht geringer. Erem spürte, wie schnell sein Herz in seinem mächtigen Brustkorb schlug, wie es bebte und sich verkrampfte wie ein Tier in der Falle, das bereits die Schritte des Jägers zwischen den Bäumen hört und weiß, dass sein Ende unausweichlich ist. Er sah, wie Eremedawn immer wieder seinen Kopf von einer Seite zur anderen drehte, als halte er Ausschau nach irgendetwas oder irgendjemandem, den er bisher weder am wolkenlosen Firmament noch unten auf der felsigen Einöde zu entdecken vermochte.

„Wonach sucht er denn nur?" Seine Stimme klang leise und dumpf, und er war sich kaum bewusst, dass er die Worte laut ausgesprochen hatte.

Kodorasks Antwort war wie kalter, grauer Nebel, der über die trostlosen Grabsteine eines Friedhofs strich. „Ich weiß es nicht. Er hätte überhaupt nicht dort sein sollen. Er war noch viel zu jung, um zu kämpfen. Er hätte niemals allein wegfliegen dürfen!"

In seiner Erinnerung hatte Kodorask inzwischen beinahe aufgeschlossen. Erem fühlte seine Erleichterung, seine verzweifelte Hoffnung, dass vielleicht doch noch alles gut werden könnte; dass es ihm gelingen könnte, seinen Bruder zurück in ihr Versteck und in Sicherheit zu bringen, bevor sie von ihren Feinden entdeckt wurden.

Doch die Hoffnung verwandelte sich in jähes Entsetzen, als plötzlich ein smaragdgrüner Schatten heranschoss und sich mit einem markerschütternden Brüllen auf den kleinen Silberdrachen stürzte. Erem erstarrte. Es war Alanerisk, ganz ohne Zweifel. Ein Irrtum war vollkommen ausgeschlossen.

Voller Grauen sah er, wie Eremedawn den Kopf hob, wie er dem auf ihn zujagenden Drachen ruhig entgegenblickte, ohne Anstalten zu machen, die Flucht zu ergreifen oder Alanerisks wildem Angriff seinerseits mit wütender Aggression zu begegnen. Er schlug mit den Flügeln, verharrte reglos auf der Stelle, schien ergeben darauf zu warten, dass die Klinge des Scharfrichters auf ihn niederfuhr. Ihm musste sofort klar gewesen sein, dass es keine Möglichkeit für ihn gab, seinem Verhängnis noch entkommen zu können. Neben Alanerisk wirkte Eremedawns schlanker Leib noch zarter und zerbrechlicher, als er es ohnehin bereits tat, schien kaum mehr Substanz zu besitzen als Sonnenlicht, das sich silbrig auf der Oberfläche eines Meeres brach.

Doch trotz seiner äußerlichen Gelassenheit sah Erem das Zittern, das über seine Flanken lief, ein Zittern, das immer stärker wurde, je näher Alanerisk herankam. Eremedawn hatte Angst, das war unverkennbar.

Erem spürte kaum, wie sich seine Fingernägel tief in sein Fleisch gruben, als er vor Entsetzen und ohnmächtiger Wut die Fäuste ballte.

Alanerisk musste doch sehen, dass von diesem Jungdrachen keine Gefahr ausging! Er musste sehen, dass Kodorasks Bruder nicht den Kampf suchte, dass er nicht gekommen war, um Gewalt und Tod zu bringen.

Doch falls er es sah, ignorierte er es. Mit einem einzigen, grell lodernden Flammenstoß zerfetzte er den rechten Flügel des kleinen Drachen. Eremedawn schrie gellend auf und geriet sofort ins Trudeln, doch selbst jetzt ließ Alanerisk nicht von ihm ab. Mit der knochenzerschmetternden Wucht einer ins Tal stürzenden Geröllawine prallte er gegen ihn und trieb noch im selben Atemzug seine Krallen in seinen zierlichen Leib. Ein Regen aus Blut folgte dem sterbenden Drachen bei seinem Sturz wie der Schweif eines Kometen, als Alanerisk ihn endlich losließ.

Doch noch steckte ein Rest von Leben in seinem verbrannten, von Alanerisks Klauen und Zähnen zerrissenen Körper, noch glomm ein winziger Funke aus Licht in der eisigen Dunkelheit, die gekommen war, um die Nacht seiner Seele vollkommen zu machen. Erem schluchzte auf, als er sah, wie sich Eremedawns Augen mit Tränen füllten, als er im Fallen Kodorask erblickte, und er erschauerte, als Eremedawns leise, wehmütige Stimme wie der letzte ersterbende Hauch eines Sommertages durch seinen Geist wehte.

„Vergib mir."

Als der silberfarbene Leib den Boden berührte, erlosch die Erinnerung, wurde verschlungen von Schwärze und Bitterkeit und Hass. Es war eine Finsternis, die Kodorask seitdem im Leben wie im Tod unwiderruflich umklammert hielt, die ihn nie wieder losgelassen hatte.

Erem taumelte und wäre beinahe in die Knie gesackt, als die Tore zu den düsteren Katakomben von Kodorasks Seele abrupt vor ihm zugeschlagen wurden, ihn mit höhnischer Brutalität in die schroffe, schmerzhaft vertraute Realität seines Quartiers zurückstießen. Er wollte schreien, so wie Eremedawn geschrien hatte, als er von Alanerisks Klauen zerfetzt worden war, doch kein Laut drang über seine Lippen. Nun gab es keinen Zweifel mehr, kein Schlupfloch, wie winzig auch immer, durch das er noch hätte hindurchschlüpfen können, um das Bild von Alanerisk, das ihn so viele Jahre seines Lebens mit Stärke und Zuversicht erfüllt hatte, weiterhin aufrechterhalten zu können. Eine Erinnerung - all das, was Drachen miteinander teilten, wenn sie einander ihre Seele öffneten - konnte niemals eine Lüge sein, nicht einmal etwas, woran der Drache fälschlicherweise glaubte, weil er eine Situation missverstanden hatte. Das, was Erem gerade durch Kodorasks Augen erblickt hatte, sprach für sich selbst, und die Wahrheit darin war so schrecklich, dass sie auch noch den letzten Grundpfeiler seines Lebens, den er bislang für sicher und unverrückbar gehalten hatte, zu Staub zermalmte: Alanerisk war ein Mörder.

* * *

Die folgenden Minuten erlebte Erem wie in einem Traum - einem grausamen, surrealen Traum, in dem Illusionen und Selbsttäuschungen wie bleiche Gespenster durch seinen Geist wirbelten, ihn mit ihrem kalten, boshaften Lachen verhöhnten. Er konnte nicht sprechen, sich nicht bewegen, nicht einmal denken. Er war erfüllt von einer dumpfen, grauen Taubheit, die jeden Widerspruch und jedes zornige Aufbegehren, die bisher noch in ihm gewesen waren, unter sich begrub, ihr trotziges Flackern erstickte, bis nur noch Trauer übrig war.

Auch Kodorask schwieg. Erstaunlicherweise lag kein Triumph in seinem Blick, während er Erem stumm betrachtete, und auch kein Hass. Das Einzige, was Erem in seinen Augen las, waren Schmerz, Sehnsucht und Hoffnung - Hoffnung, die neunhundert Jahre lang nur eine tote, verdorrte Pflanze ohne Wasser und Licht gewesen und plötzlich, unerwartet, zu neuem Leben erwacht war.

Ein letztes Mal atmete Erem tief durch, sammelte Kraft für die Aufgabe, die vor ihm lag.

„Bitte bring mich zu Yadell, Jeron und Aleya", sagte er leise.

Kodorask wandte sich wortlos um, und Erem folgte ihm. Er hielt seinen Blick gesenkt, schaute nicht auf, während sie wie zwei Schatten, die das Licht flohen, in beinahe völliger Lautlosigkeit durch die langen Korridore in Richtung Kerker schritten. Nur hin und wieder hörte er leise Stimmen, deren hallende Echos von weither an sein Ohr drangen, doch er beachtete sie nicht. Sie gehörten zu einem Leben, das so fern und bedeutungslos geworden war wie Gesichter auf einem alten Gemälde, deren Besitzer schon seit langem tot und zu Staub zerfallen waren; einem Leben, das mit jedem seiner Schritte und jedem Atemzug weiter hinter ihm zurückzubleiben schien.

Das geisterhafte Wispern verstummte, als sie die Treppe zu den Kellergewölben erreichten und ihren Abstieg in die düsteren Tiefen begannen. Der Zugang zum eigentlichen Kerkerbereich wurde von zwei finster dreinblickenden Soldaten bewacht, die Erem noch nie zuvor gesehen hatte. Ob es sich bei ihnen um Drachen in Menschenkörpern oder um gedungene Söldner handelte, vermochte er nicht zu sagen, aber auch das war letztlich nicht wichtig.

„Ich gebe dir eine Stunde." Kodorask nickte ihm zu, dann befahl er den Wachen, die vergitterte Tür zu öffnen und ihn zu den anderen Jungdrachen zu führen. Erem sah ihm schweigend nach, als er sich abwandte und ihn im trüben Licht einiger flackernder Öllampen mit den beiden Soldaten allein zurückließ. Er straffte seine Schultern, dann richtete er seinen Blick entschlossen nach vorn.

Anders als in den Königreichen früherer Zeitalter, über die er in den Büchern der Schlossbibliothek gelesen hatte, war der Kerker in König Wilberens Schloss keine feuchte, dreckige, stinkende Kloake, sondern ein Ort, der es den Gefangenen - wenn er auch naturgemäß nicht zum gemütlichen Verweilen einlud - dennoch so angenehm wie möglich zu machen versuchte. Der Boden der kleinen, nur durch Gitter voneinander getrennten Zellen war mit sauberem, trockenem Stroh bedeckt, und für die kälteren Jahreszeiten standen zwei große, gusseiserne Öfen bereit, die von den Wachen mit Feuerholz versorgt wurden.

Und doch überkam Erem bereits nach wenigen Schritten ein eigentümliches Gefühl der Beklemmung, spürte er, wie sich ein unsichtbares Gewicht auf ihn herabsenkte, sich wie mit kalten, klammen Fingern um seine Brust schloss und ihm das Atmen schwer machte. Die massiven Steinmauern schienen wie eine sich ballende Faust näher und näher zusammenzurücken, die Luft aus seinen Lungen zu quetschen und ihn - so wie die bedauernswerten Seelen, die an diesem bedrückenden Ort gefangen waren - unter Tonnen aus grob behauenen Felsquadern lebendig begraben zu wollen. Da es keine Fenster gab, durch die auch nur der winzigste Lichtstrahl von draußen hereinfallen konnte, vermochte man niemals zu sagen, ob es gerade Tag oder Nacht war, ob es regnete oder schneite oder die Sonne schien; der einzige Hinweis darauf, dass überhaupt Zeit verstrich, war das Kommen und Gehen der Wachen, die Essen und Wasser brachten und in regelmäßigen Abständen die Nachttöpfe leerten.

Insgesamt zählte Erem zehn Zellen, von denen momentan allerdings nur drei belegt waren. Er hatte keine Ahnung, ob es tatsächlich im Augenblick keine anderen Gefangenen gab oder ob Kodorask sie nur verlegt hatte, damit sie nicht mit den Jungdrachen in Kontakt kamen, aber auch das spielte - wie so vieles andere auch - letztlich keine Rolle.

Plötzlich bemerkte er, dass er allein im Korridor vor den Zellen stand. Der Soldat, der ihm vorausgegangen war, hatte sich lautlos zurückgezogen, aber Erem war so in Gedanken versunken gewesen, dass es ihm nicht einmal aufgefallen war.

Sein Herzschlag beschleunigte sich, als er hörte, wie Aleya seinen Namen rief.

„Erem!"

Yadell und Jeron fuhren beim Klang ihrer Stimme jäh von ihren Strohlagern auf und starrten ihn mit großen Augen an.

Aleya eilte zum Gitter, schien ihre Hand hindurchstrecken, ihn berühren zu wollen, doch Yadells scharfer Ruf ließ sie mitten in der Bewegung erstarren.

„Sei vorsichtig! Wir wissen nicht, wen wir tatsächlich vor uns haben."

Aleya zuckte erschrocken zurück. Unsicherheit und Angst gruben sich in ihre Züge.

Auch Yadell und Jeron traten nun ans Gitter heran und fixierten ihn mit kalten, feindseligen Blicken.

„Wer bist du?", zischte Yadell.

Statt einer Antwort öffnete Erem seinen Geist für sie, ließ sie alles an Gefühlen darin lesen, was er ihnen zum jetzigen Zeitpunkt enthüllen durfte.

Er sah, wie Freude und Erleichterung in Aleyas Augen zu leuchten begannen. Yadells grimmige Miene wurde hingegen noch finsterer.

„Wieso stehst du *vor* der Tür und nicht so wie wir dahinter?", fragte er argwöhnisch. „Wir waren fest davon überzeugt, man hätte dich von uns getrennt, weil du zuerst übernommen werden solltest. Doch offenbar ist das nicht der Fall. Sag mir, Erem – wieso bist du frei?"

Erem schüttelte bedächtig den Kopf. „Ich bin nicht frei, Yadell. Kodorask hat mir lediglich erlaubt, mit euch zu sprechen."

Yadell runzelte die Stirn. „Und worüber?"

„Über den Krieg. Ihr müsst wissen, wie er begonnen hat."

„Wir *wissen*, wie er begonnen hat", knurrte Yadell. „Was für einen Unsinn willst du uns jetzt wieder auftischen, Erem?"

Erem merkte kaum, wie er die Fäuste ballte, wie er, bebend vor plötzlichem, wildem Zorn, einen Schritt nach vorne trat, bereit, Yadell durch die Gitterstäbe hindurch zu packen und ihm seine Arroganz ein für allemal aus seinem bornierten Schädel zu prügeln.

„Ihr wisst *überhaupt* nichts!", fauchte er. „Tu dir selbst einen Gefallen, Yadell, und halt nur einmal in deinem Leben den Mund. Sei einfach still und hör mir zu!"

Yadell sog scharf Luft ein, und sein Gesicht nahm einen bedrohlichen roten Farbton an. Er öffnete seinen Mund, zweifellos, um Erem seine schroffen Worte mit gleicher Münze zurückzuzahlen, doch da schob Aleya ihren Arm durch das Gitter, das ihre Zelle von seiner trennte, und legte ihm ihre Hand auf die Schulter.

„Bitte, Yadell. Ich möchte hören, was Erem zu sagen hat."

Yadell riss sich brüsk von ihr los. „Und warum? Weil Erem wieder einmal *erleuchtet* worden ist? Weil er so viel *klüger* ist als wir?" Seine Stimme war schneidend vor Verachtung und Hohn. „Was immer er uns erzählen wird, es werden lediglich Kodorasks Lügen sein. Wenn du den Einflüsterungen dieser verderbten Kreatur Glauben schenken willst, nur zu! Ich werde es ganz gewiss nicht tun!"

„Das erwarte ich auch gar nicht von dir, Yadell." Plötzlich fühlte sich Erem unsagbar müde. Er wollte nicht hier sein, wollte nicht mit Yadell streiten und über die schrecklichen Ereignisse sprechen, die vor neunhundert Jahren zum Krieg zwischen den Drachen – und zu seinem

Ende - geführt hatten. Und doch würde er sowohl das eine als auch das andere tun müssen.

Er spürte, wie er zu zittern begann, wie seine Beine drohten, unter ihm wegzuknicken. Halt suchend streckte er die Hand aus, schloss seine Finger um das Gitter, um in der Berührung des kalten, harten Metalls Trost und Stütze zu finden.

„Erem? Erem, was ist los mit dir?"

Aleyas Stimme klang so ängstlich und besorgt, dass sie Erem aus seiner benommenen Taubheit riss. Mühsam hob er den Kopf und sah sie an. Ihre Augen waren groß und dunkel, ließen seinen Blick nicht los.

„Bist du verletzt? Hat Kodorask ... hat er dich gefoltert?"

Ihre Unterlippe fing an zu zittern, und unvermittelt schien sie mit den Tränen zu kämpfen.

Stumm schüttelte er den Kopf. Nein, Kodorask hatte keine Gewalt anwenden müssen. Das war gar nicht nötig gewesen. Die Wahrheit war viel grausamer als jeder Schmerz, den er ihm hätte zufügen können.

Stockend begann er zu erzählen. Er ließ nichts aus und beschönigte nichts, nicht die schändliche Rolle, die die Menschen beim Ausbruch des Krieges gespielt hatten, und auch nicht den Mord, den Alanerisk begangen hatte. Nur ein einziges Detail behielt er für sich - er verschwieg, auf welche Weise er zu seinem Namen gekommen war. Darüber zu sprechen war mehr, als er ertragen konnte, und es ging niemand anderen als ihn selbst etwas an.

Aleya und Jeron hörten ihm schweigend zu, während Yadell bei der einen oder anderen Stelle seines Berichts schnaubend Luft ausstieß und das Gesicht verzog, als hätte er gerade in eine besonders abscheuliche Frucht gebissen. Aber auch er unterbrach ihn nicht, bis Erem mit seiner Schilderung zum Ende gelangt war. Danach kannte er allerdings kein Halten mehr.

„Ist das tatsächlich dein Ernst?", rief er ungläubig und warf theatralisch die Arme in die Höhe. „Das alles ist nichts weiter als ein riesiger, stinkender Haufen Schweinemist! Ich glaube kein Wort von diesem Schwachsinn, und du musst vollkommen verblödet sein, wenn du es tust, Erem! Denkst du wirklich, das wäre die *Wahrheit?* Dann ist dir wahrhaftig nicht mehr zu helfen."

Erem seufzte müde. Nur ein winziger Teil von ihm konnte Zorn über Yadells Sturheit empfinden, der Rest war wie betäubt, war so abgestorben und tot wie die letzte Blume des Sommers, die unter der zugefrorenen Oberfläche eines Flusses von der Strömung langsam in die Dunkelheit und das Vergessen getrieben wird.

„Es ist mir egal, was du glaubst, Yadell. Ich bin nicht zu euch gekommen, um euch zu überzeugen. Ich wollte euch nur mitteilen, was ich erfahren habe. Was ihr mit diesem Wissen macht, ist eure Sache."

„Was *können* wir denn damit machen?" Yadells Blick war eine einzige Herausforderung. „Was gedenkst *du* damit anzufangen? Hast du aus lauter Mitgefühl für dieses Monster etwa die Seiten gewechselt? Wirst du gleich mit Kodorask dinieren, während wir weiterhin in diesem Rattenloch festsitzen?"

„Yadell!" Aleya starrte ihn schockiert an. „Du kannst unmöglich glauben, dass Erem so etwas tun würde!"

Yadell lachte höhnisch. „So, kann ich nicht? Mach die Augen auf, Aleya! Ich glaube, was ich sehe. Und ich sehe, dass wir eingesperrt sind und Erem nicht."

Erem schüttelte den Kopf. „Ich habe nicht die Seiten gewechselt. Aber ja, du hast recht - ich *empfinde* Mitgefühl für Kodorask. Nicht er hat diesen Krieg begonnen. Er wurde ihm aufgezwungen - von den anderen Drachenclans und unseren Eltern."

Yadells Miene wurde hart. „Nicht unsere Eltern haben den ersten Mord begangen. Das war Kodorask."

Erem nickte. „Das ist wahr. Aber ich verstehe seine Gründe. Vermutlich hätte ich an seiner Stelle dasselbe getan."

„Dann bist du nicht besser als Kodorask", zischte Yadell. „Bist du ebenfalls vor Mitgefühl dahingeschmolzen, als er Serim getötet und deine menschlichen Eltern zu einem Häufchen Asche verbrannt hat? Oder hast du ihn dabei vielleicht sogar noch angefeuert?"

Erem knirschte mit den Zähnen. „Es gibt etwas, das ihr noch nicht wisst. Auch davon müsst ihr erfahren."

Und so erzählte er ihnen von dem Zauber, mit dem die achtzehn überlebenden Drachen die Seelenkristalle der Clanmitglieder Kodorasks versiegelt und von ihrer Wiedergeburt abgeschnitten hatten. Während er sprach, spürte er, wie sich ihm angesichts der Abscheulichkeit einer solchen Tat erneut der Magen zusammenzog und seine Kehle mit jedem weiteren Wort, das er über seine Lippen zwang, rauer und kratziger wurde. Doch er hatte keine Wahl. Nur wenn Yadell, Jeron und Aleya erfuhren, zu was sich die Drachen in ihrem Hass auf Kodorask hatten hinreißen lassen, konnte er darauf hoffen, dass sie seine Entscheidungen, wenn sie sie vielleicht auch nicht billigten, so doch zumindest verstehen würden.

Aber natürlich war ihm klar, dass er sich damit nur selbst belog. Denn während Jerons und Aleyas Gesichtsausdruck ihr zunehmend größer werdendes Entsetzen widerspiegelte, sah er, wie sich Yadells Miene stattdessen nur noch mehr verschloss. Kaum hatte er gesagt, was er zu sagen hatte, verschränkte Yadell die Arme vor der Brust, und seine Lippen kräuselten sich spöttisch.

„Armer Kodorask! Er hatte keine Skrupel, einen der unseren kaltblütig zu ermorden, aber sobald es darum geht, mit den Konsequenzen seiner ruchlosen Taten zu leben, jammert und greint er wie ein kleines Kind! Du hast vollkommen recht, Erem - dem armen Kerl gebührt mein ganzes Mitgefühl!"

Erem atmete tief durch. „Hältst du eine solche Strafe tatsächlich für angemessen, Yadell? Die Wiedergeburt ist keine Belohnung, die man einem anderen gewährt oder verweigert, wenn einem gerade der Sinn danach steht. Sie ist ein *Teil* von uns! Und nicht nur das. Sie ist auch eine Läuterung. Sie reinigt die Seelen von den Fehlern, die sie in ihrem vorherigen Leben begangen haben."

„Fehlern?" Wieder stieß Yadell ein höhnisches Lachen aus. „Die Seelen von Kodorask und seinen Anhängern sind verrottet bis ins Mark! Ein derartiger Makel *kann* nicht geläutert werden! Unsere Eltern haben das erkannt. Warum erkennst du es nicht?"

„Auch unsere Eltern haben getötet."

„Weil sie sich wehren mussten!"

„Ein Recht, das auch Kodorask für sich in Anspruch genommen hat."

Yadell sah aus, als hätte er Erem am liebsten ins Gesicht gespuckt. „Was willst du eigentlich, Erem? Du hast gesagt, dass es dir gleichgültig ist, ob wir dir glauben oder nicht. Dann handele auch entsprechend und verschwinde endlich! Ich habe nicht vor, die letzten Stunden meines Lebens, in denen ich noch ich selbst bin, damit zu verschwenden, mir dein Geschwätz anzuhören."

„Das musst du vielleicht auch gar nicht." Erem sah Yadell ernst an. „Möglicherweise kann ich uns alle retten."

Yadells Augen verengten sich misstrauisch. „Wovon redest du?"

Erem ließ seinen Blick von ihm zu Jeron und Aleya und wieder zurück wandern. „Kodorask hat mir ein Angebot gemacht."

Yadells Augen wurden noch schmaler. „Was für ein Angebot?"

Erem fuhr sich mit der Zunge über die Lippen, versuchte, die plötzliche Nervosität niederzukämpfen, die seinen Herzschlag beschleunigte und sich als angstvolles Beben in seine Stimme zu schleichen drohte.

„Er will, dass ich seinen Bruder finde."

„Seinen … *Bruder?"* Ein Ausdruck vollkommener Verwirrung erschien auf Yadells Gesicht, der beinahe komisch gewirkt hätte, wäre die Sache nicht so ernst gewesen.

Erem nickte langsam, während sich die Bilder aus Kodorasks Erinnerung erneut wie Tonnengewichte auf ihn herabzusenken und ihm die Luft aus den Lungen zu pressen schienen. „Sein jüngerer Bruder, der im Krieg vor neunhundert Jahren getötet wurde. Kodorask hat überall nach ihm gesucht, aber er konnte ihn nirgendwo finden. Er glaubt, dass er zu einer verlorenen Seele geworden ist - so wie Ajan beinahe eine geworden wäre."

„Weiß Kodorask, dass du Ajans Seele zu dir gerufen hast?“

Erem spürte die Zweifel, aber auch die jähe Hoffnung, die Aleyas Stimme vibrieren ließen, und nickte ihr zu. „Er weiß es. Ich selbst habe es ihm erzählt. Mein Versuch, ihn damit zu verhöhnen, ist allerdings gründlich nach hinten losgegangen.“

„Und jetzt will er, dass du für seinen Bruder dasselbe tust, was du bei Ajan getan hast?“ Yadells eisiger Blick ließ keinen Zweifel daran aufkommen, was er von der ganzen Angelegenheit hielt.

Erem erwiderte seinen Blick mit so viel Gelassenheit, wie er aufzubringen vermochte. „Ja.“

„Und wirst du ihm helfen?“

Erem atmete tief ein und ließ die Luft langsam wieder entweichen. „Er hat gesagt, er würde uns freilassen, wenn ich es tue.“

„Und das glaubst du ihm?“ Yadell packte die Gitterstäbe, als wolle er sie mit roher Gewalt aus ihrer Verankerung reißen. „Kodorask ist unser *Erzfeind!* Alles, was aus seinem Mund kommt, ist eine Lüge!“

Erem hob die Schultern. „Vielleicht. Vielleicht aber auch nicht. Aber es geht hierbei nicht allein um Vertrauen. Kodorask hat seine Erinnerungen mit mir geteilt. Ich habe *gesehen,* wie sein Bruder gestorben ist - wie Alanerisk ihn *ermordet* hat! Und ich weiß, dass er einen solchen Tod nicht verdient hat. Doch so oder so habe ich gar keine andere Wahl, als ihm zu helfen. Nur wenn ich es schaffe, ihn zurückzuholen, hat er eine Chance auf eine Wiedergeburt. Ich muss es wenigstens versuchen, Yadell.“

„Warum macht es Kodorask nicht selbst, wenn es ihm so wichtig ist? Warum musst ausgerechnet du die Drecksarbeit für ihn erledigen?“

Erem sah ihn eindringlich an. „Weil ich offenbar der einzige Drache bin, der so etwas überhaupt schon einmal erfolgreich getan hat. Kodorask braucht mich, weil mir etwas gelungen ist, was ihm selbst unmöglich war.“

„Und was passiert, wenn du es tatsächlich schaffst?“ Yadell krallte seine Finger so fest um die Gitterstäbe, dass seine Knöchel weiß unter seiner Haut hervortraten. „Sobald er hat, was er will, werden wir alle schneller unsere Körper verlieren, als du „Oh, wie gemein!“ rufen kannst.“

„Wie gesagt, Yadell - das Risiko muss ich eingehen.“

Yadells Gesicht verzerrte sich vor Wut. „Wie schön, dass du bei deiner Entscheidung wieder einmal auch an uns denkst.“

Erem seufzte still. „Würdest du wirklich tatenlos zusehen, wie man deinen Körper stiehlt, ohne die Chance zu ergreifen, mit der du das vielleicht verhindern könntest?“

„Das ist keine Chance!“, brüllte Yadell. „Das ist Verrat! Dazu werde ich niemals meine Zustimmung geben!“

Erem nickte schweigend. Er hatte nichts anderes erwartet. Traurig sah er zu Aleya.

„Das gilt für uns alle", zischte Yadell und warf Aleya einen so wilden Blick zu, dass sie zusammenzuckte und augenblicklich den Kopf senkte.

Erem ließ seinen Blick zu Jeron weiterwandern. Jeron, der sich an der Unterhaltung bisher ohnehin mit keinem einzigen Wort beteiligt hatte, wich zurück, als habe ihm Erem gerade ein Messer an die Kehle gesetzt, und sah mit ängstlicher Miene zu Yadell hinüber.

Erem schloss kurz die Augen, dann nickte er. „In Ordnung. Ich danke euch trotzdem, dass ihr mir zugehört habt."

Es hatte keinen Zweck, weiter auf Yadell einzureden, ihm zu erklären, dass es nicht nur um Kodorasks Bruder ging. Yadell hatte Kodorask nicht erlebt, hatte nicht gespürt, wie sehr Eremedawns Tod ihn verändert hatte. Sollte es ihm tatsächlich gelingen, Kodorask nach beinahe tausend Jahren seinen Bruder zurückzubringen, konnte vielleicht auch Kodorask wieder der Bruder sein, der er vor all den schrecklichen Ereignissen, der Gewalt und dem Hass gewesen war. Möglicherweise war es ein Anfang, auf dem man würde aufbauen können.

Er war bereits an der Tür, als Yadells Ruf ihn erreichte.

„Erem!"

Erem drehte sich um, sah zu Yadell. In Yadells Augen loderte der Hass.

„Wenn du Kodorask tatsächlich hilfst - wenn du diese Grenze überschreitest -, werde ich dich fortan als Feind betrachten, ganz gleich, welche Seele in dir steckt."

Erem verschloss seinen Kummer tief in sich, ließ nichts von seinem Schmerz nach außen dringen. „Das ist dein gutes Recht."

Doch seine Entscheidung würde er trotzdem nicht zurücknehmen.

21. Kapitel

In den nächsten zwei Wochen besuchte Erem Yadell, Jeron und Aleya nicht noch einmal, hatte Kodorask aber das Versprechen abgenommen, ihnen würdigere Haftbedingungen zuzugestehen. Er selbst verbrachte die gesamte Zeit in seinen eigenen Räumen, doch auch wenn er in einen engen Pferdeverschlag gesperrt worden wäre, hätte das vermutlich kaum einen Unterschied gemacht.

Sobald der erste Schimmer des neuen Morgens durch das Fenster auf sein Bett fiel, stand er auf, nahm ein schnelles Frühstück zu sich, bevor er sich, einem strengen, selbst auferlegten Ritual folgend, in der Mitte des Zimmers mit geschlossenen Augen im Schneidersitz auf dem Boden niederließ und für die nächsten Stunden in einer tiefen Konzentration versank. Es waren Stunden, in denen er seinen Geist weit öffnete, während er in Gedanken mit all seiner Kraft nach Kodorasks Bruder rief. Kodorask hatte noch einige weitere Erinnerungen mit ihm geteilt, wodurch er ein noch besseres Bild von der Persönlichkeit des jungen Drachen gewonnen hatte, dessen Seele er durch Nebel und Dunkelheit hindurch zu berühren versuchte.

Sein Namenszwilling war das letzte Kind von Kodorasks Eltern gewesen. Beide waren nur wenige Jahrzehnte nach seiner Geburt gestorben. Danach war es Kodorask zugefallen, seinen kleinen Bruder aufzuziehen, und er widmete sich dieser Aufgabe mit einer bedingungslosen, aufopferungsvollen Hingabe, die – das spürte Erem ohne den Hauch eines Zweifels – unter den Drachen der damaligen Zeit Ihresgleichen gesucht hatte. Er wusste es, weil jedes Erinnerungsbild, an dem Kodorask ihn hatte teilhaben lassen, von zwei überwältigend starken Gefühlen durchdrungen gewesen war: der Liebe zu Eremedawn und dem brennenden, qualvollen Schmerz darüber, dass er ihn nicht hatte beschützen können.

Vermutlich wäre Kodorask an jenem schrecklichen Tag so oder so gestorben, auch wenn er nicht von Alanerisk besiegt worden wäre, denn die Flamme, die ihn am Leben hielt, war durch Eremedawns Tod so schwach und zittrig geworden, dass er wahrscheinlich auch von jedem anderen Drachen hätte niedergerungen werden können, selbst wenn dieser nicht über Alanerisks Kraft, Gewandtheit und Erfahrung verfügt hätte. Hätte man ihn bei lebendigem Leib in Stücke gerissen, er hätte dennoch bis zum letzten Blutstropfen weitergekämpft; doch der Verlust seines Bruders hatte ihn vernichtet.

Auch dies fühlte Erem mit vollkommener Gewissheit: Kodorask hatte es bis heute nicht geschafft, mit jener Schuld zu leben. Sie fraß an ihm wie eine bösartige Krankheit und tauchte seine Seele in Finsternis – eine

Finsternis, die ihn niemals wieder freigeben würde, sollten die Bemühungen, Eremedawn zurückzubringen, vergeblich sein.

Auch deshalb trieb sich Erem Tag für Tag bis zur Erschöpfung, versuchte, seine Gedanken zu einem hellen, strahlenden Leuchtfeuer werden zu lassen, bis ihm vor Anstrengung der Schädel zu bersten schien. Doch mit jedem weiteren Tag, der ergebnislos verstrich, schwand seine Hoffnung ein kleines Stückchen mehr dahin, und nach vierzehn Tagen gab er auf.

Am fünfzehnten Tag lag er einfach nur still auf seinem Bett und versuchte, neue geistige Kraft zu schöpfen. Er würde sie schon sehr bald bitter brauchen.

Am Morgen des sechzehnten Tages stand er noch vor Einsetzen der Morgendämmerung auf, nahm ein leichtes Frühstück zu sich und kleidete sich an, doch er nahm nichts davon wirklich wahr. Seine Gedanken weilten in der Zukunft, und seine Augen ruhten auf der Tür, die, wie er wusste, nicht mehr lange geschlossen bleiben würde.

Kodorask erschien mit dem ersten Schimmer des Morgens. Erem hatte keine Kerzen entzündet, und so standen sie sich im düsteren Zwielicht gegenüber, reglos, schweigend, zwei dunkle Silhouetten im Schatten der langsam sterbenden Nacht. Bei keinem seiner Besuche hatte Kodorask die Frage gestellt, die ihn mehr als alles andere bewegte, und er tat es auch jetzt nicht. Stumm sah er Erem an, wirkte im stumpfen, toten Grau der Dämmerung eher wie eine Statue aus Marmor denn wie ein Drache in Menschengestalt - die Statue eines gebrochenen, vom Schicksal verhöhnten Mannes, dessen ebenmäßiges Antlitz auf ewig in einem qualvollen Amalgam aus Schmerz und Selbsthass erstarrt war.

Erem atmete tief durch. Es wäre grausam und feige gewesen, Kodorask die Wahrheit noch länger vorzuenthalten. Jeder Moment des Zögerns würde es nur noch schwerer machen, als es ohnehin bereits war.

„Es tut mir leid, Kodorask. Ich habe alles getan, was ich konnte. Falls Eremedawns Seele noch irgendwo dort draußen ist, so antwortet sie nicht auf meine Rufe. Ich spüre keine Resonanz, nicht einmal ein entferntes Zupfen am Rande meiner Aufmerksamkeit. Einfach gar nichts."

Trotz des nahen Sonnenaufgangs schienen sich die Schatten um Kodorask zu verdichten, schien sich die Düsternis wie ein lebendiger Mantel um seine Schultern zu legen, ihn endgültig zu einem Wesen der Nacht zu machen. „Glaubst du, dies könnte sich ändern, wenn du es weiter versuchst?"

Erem spürte, wie sich sein Magen in Erwartung der Antwort, die er würde geben müssen, zu verkrampfen begann. „Nein. Vielleicht ist Eremedawns Seele längst zu einem Kristall geworden, der irgendwo auf der Welt verborgen liegt. Doch falls nicht, so bin offenbar nicht ich derjenige, der sie zu erreichen vermag, oder es ist seit seinem Tod einfach viel zu viel Zeit vergangen. Es tut mir leid."

Niemals hatte er etwas so sehr bedauert, nicht nur um seinetwillen.

Kodorask zögerte lange, atmete tief und schwer durch, bevor er antwortete. „Eine ehrliche Antwort."

Erem schwieg. Eine Lüge brachte gar nichts, würde das Unvermeidliche bestenfalls um einige Tage hinausschieben. Außerdem würde er sich selbst nicht mehr ins Gesicht sehen können, würde er Kodorask gerade in dieser Angelegenheit falsche Hoffnungen machen, nur um die Axt des Scharfrichters noch ein paar lächerliche Stunden länger von seinem Nacken fernzuhalten. Wenn er seinem Henker schon nicht entkommen konnte, so wollte er zumindest aufrecht und in Würde zum Richtblock gehen und nicht kriechend und sich windend wie ein Wurm.

Ein nachdenklicher Ausdruck erschien auf Kodorasks Zügen. „Ist dir klar, was das für dich und deine Freunde bedeutet?"

„Ja."

Kodorask nickte bedächtig. Seine Schultern sanken herab, und sein Gesicht wirkte mit einem Mal verhärmt und eingefallen. „Dann ist es entschieden. Mein Sohn Jaidell wird deinen Körper übernehmen. Er kennt Eremedawn aus der Zeit vor dem Krieg. Vielleicht gelingt ihm, was du nicht vermocht hast."

Erem spürte, wie sich auch ihm vor Kummer die Kehle zusammenschnürte. Wie verzweifelt musste Kodorask sein, wie sehr musste ihn das Wissen um Ajans Schicksal mit neuer, qualvoller Hoffnung erfüllt haben, wenn er nun seinem Sohn - dem Sohn, um dessentwillen er einen Mord begangen und einen Krieg begonnen hatte - für alle Zeiten die Möglichkeit auf eine Wiedergeburt nahm, ihn als letzten Einsatz in die Waagschale warf, obwohl er ihn bisher offenbar aus allen Aktionen der vergangenen Wochen herausgehalten und stattdessen andere Angehörige seines Clans bei seinem Kampf gegen seine alten Feinde in die vorderste Front geschickt hatte? Wusste er nicht, wie gering die Chancen waren, dass Jaidell etwas vollbringen konnte, wobei bereits er selbst, Kodorask, gescheitert war? Doch Kodorask hatte seine Entscheidung getroffen, und es lag nicht in seiner Macht, ihn wieder davon abzubringen.

Erem streckte den Rücken durch, versuchte, jede Spur von Furcht aus seiner Stimme zu tilgen. „Ich verstehe dich, Kodorask. Jeder von uns tut, was er glaubt, tun zu müssen." Überrascht spürte er, wie sich fast gegen seinen Willen ein Lächeln auf seine Lippen legte. „Dir sollte deshalb klar sein, dass ich mich deinem Sohn nicht kampflos ergeben werde. Richte Jaidell aus, dass ihn ein heißer Tanz erwarten wird, wenn er versucht, mir meinen Körper zu stehlen."

Für einen kurzen Augenblick wirkte Kodorask tatsächlich verunsichert, schienen Zweifel und Furcht in seinen Augen zu flackern. Dann wurden seine Züge starr, verwandelten sich erneut in eine Maske aus kaltem Marmor. Langsam neigte er den Kopf.

„Ich werde es ihm sagen. Doch ich schätze, er wird das Risiko trotzdem eingehen."

Erem sah ihn an und wusste, dass sie in diesem Moment beide dasselbe dachten. Ihnen war beiden klar, dass der Zauber, der einem Drachen den Körper nahm, noch niemals hatte abgewehrt werden können. Alanerisk war von Kodorask in nur wenigen Sekunden unterworfen worden. Wie sollte ausgerechnet er es schaffen, erfolgreich Widerstand zu leisten? Dennoch, er musste es versuchen.

Kodorask wandte sich wortlos ab und ließ ihn allein, kehrte jedoch bereits nach wenigen Minuten wieder zurück. In der Hand hielt er einen Seelenkristall.

„Streck die Hand aus!"

Erem gehorchte. Es machte keinen Sinn, noch länger zu zögern. Der Augenblick der Wahrheit war gekommen. Dies war eine Schlacht, die nur er allein schlagen konnte; eine Schlacht, die er unbedingt gewinnen musste. Denn wenn er versagte, war der Krieg ohnehin verloren.

* * *

Als der Kristall seine Handfläche berührte, war ihm, als würde sich eine glühende Messerklinge durch seine Stirn geradewegs in seinen Schädel bohren. Erem wollte schreien, doch der Schrei versiegte, bevor er über seine Lippen gekommen war, wurde fortgerissen von einem wirbelnden Mahlstrom aus Zorn, Verachtung und Hass, der auch seine Seele zu verschlingen schien, sie zwischen Tonnen aus brodelnder Schwärze zu zermalmen drohte.

Er verlor den Zugang zu seinen Sinnen, das Gefühl für seinen Körper, versank in kochender, beinahe lebendiger Dunkelheit, die sich immer enger und enger um ihn zusammenschloss, ihn wie eine Fliege im Baumharz bis zum Ende aller Zeiten zur Bewegungslosigkeit verdammen wollte. Doch noch war die Finsternis nicht vollkommen, noch war ein kleines Licht geblieben, schwach, weit entfernt, aber es war da. Er konnte es sehen. Es rief nach ihm, lockte ihn, versprach Hoffnung, Freiheit.

Gleichzeitig spürte er neue Bewegung in der Dunkelheit, die ihn auf allen Seiten umtoste. Erschrocken blickte er sich um, starrte voller Entsetzen auf die zuckende, klumpige Wolke, die sich hinter ihm zu bilden begann; eine Wolke, in deren Zentrum pure Bösartigkeit zu lauern schien, eine Bösartigkeit, die seine Seele auf ewig zerstören musste, sollte er von ihr berührt werden.

Instinktiv warf sich Erem herum, floh vor dem dämonischen Auge, schwamm auf das Licht zu. Es ging leichter als erwartet, viel leichter sogar. Er stürzte geradezu auf das Licht zu, war innerhalb weniger Lidschläge so nahe heran, dass er bereits dessen Wärme auf seiner Haut zu spüren glaubte. Zu seinem Erstaunen sah er, wie sich Schemen in dem samtigen Schimmer zu formen begannen, blass und unwirklich wie Gespenster, doch schon einen Atemzug später so real, dass sie beinahe lebendig schienen. Freundliche Gesichter erwarteten ihn, liebende Hände streckten sich ihm entgegen, versprachen ihm Schutz, Geborgenheit und eine Zuflucht vor dem Schrecken, der ihn verfolgte.

Es schien richtig zu sein, diese Hände zu ergreifen. Erem fühlte, dass alles, was jemals in seinem Leben wahrhaftig und gut gewesen war, in diesem Licht enthalten war. Wenn er darin eintauchte, sich ganz von seiner sanften Wärme umhüllen ließ, konnte er sicher genug Kraft finden, dem Bösen zu widerstehen; womöglich könnte es ihn dann nicht mehr verschlingen. Er könnte Frieden finden, müsste nicht mehr kämpfen. Nie mehr.

Aber auch Alanerisk hatte nicht mehr gekämpft. Als es ihm damals auf dem Hochplateau für jenen kurzen Moment gelungen war, Alanerisks Seele zu berühren, waren es nicht Entsetzen und Qual gewesen, die er gespürt hatte, sondern Glück - ein so vollkommenes, allumfassendes Glück, dass niemand, der noch bei klarem Verstand war, es jemals wieder losgelassen hätte, sollte er es einmal erlebt haben. Die gleiche Glückseligkeit wartete nun auf ihn. Er brauchte lediglich zuzugreifen.

Eine Falle! Die Erkenntnis traf Erem wie ein Blitz. Schlagartig wusste er, wie Kodorasks Zauber funktionierte, und er begriff, warum keines der bisherigen Opfer in der Lage gewesen war, dem Raub ihrer Körper Widerstand entgegenzusetzen.

Als habe das Licht gespürt, dass sich etwas in ihm verändert hatte, schien sein Sog noch einmal an Stärke zuzunehmen. Erem sah das Lächeln auf den Gesichtern, die ihm aus dem golddurchwirkten Nebel entgegenblickten, sah die Liebe und das Verständnis in ihren Augen, und das Bedürfnis, sich einfach fallen zu lassen, sich der tröstlichen Umarmung jener ausgestreckten Hände zu ergeben, wurde schier übermächtig in ihm. Geflüsterte Worte voller Wärme und Zuneigung strichen sanft wie Elfenflügel über ihn hinweg, schienen ihn wie auf unsichtbaren Schwingen zu jenem Ort zu tragen, der von allen gütigen Mächten des Universums nur zu einem einzigen Zweck geschaffen worden war: um ihm Obdach zu gewähren in einer Welt, die nicht länger die seine war; einer Welt, die nichts als Bitterkeit und Schmerzen für ihn bereithielt.

Mit einem verzweifelten Aufschrei warf sich Erem herum, stemmte sich mit aller Kraft gegen den Sog, der ihn unerbittlich vorwärts zog. Die brodelnde schwarze Wolke war schon ganz nahe, hatte ihn beinahe erreicht. Ihr schauriger Anblick ließ qualvolle Erinnerungen in ihm emporquellen, die wie Blasen aus Faulgas an die Oberfläche seines Bewusstseins stiegen, ihn mit ihren giftigen Dämpfen zu ersticken drohten. Er sah Serims zerschmetterten Körper vor sich auf dem Waldboden liegen, die Augen gebrochen und starr und ohne Leben, sah, wie Kodorasks Feuerlanze aus dem Himmel herabfuhr und seine Eltern zu Asche verbrannte; hörte sein triumphierendes Lachen, das wie die Klinge eines Messers durch seinen Geist schnitt, ihn bei lebendigem Leib in Stücke zu reißen schien.

Die grauenhaften Bilder trafen ihn wie Faustschläge, trieben ihn noch weiter auf das Licht zu. Alles in ihm schrie danach, sich hineinzustürzen, den schrecklichen Erinnerungen und Gefühlen zu entkommen, nicht länger von der Schuld gequält zu werden, von der sie mit höhnischen Stimmen wisperten. Es war zu viel, sein Versagen zu groß. Er konnte den Schmerz nicht länger ertragen. Er wusste ohne den geringsten Hauch eines Zweifels, dass er auf der Stelle sterben würde, sollte er nur noch einen einzigen Atemzug zögern.

Dennoch kämpfte er – und er tat das, was er immer getan hatte, wenn die Angst in ihm zu groß geworden war: Er warf sich dem gierigen Auge aus Finsternis entgegen, stürzte sich mitten hinein in die Schrecken, die mit ihren Zähnen und Klauen nach ihm zu greifen versuchten. Er brüllte, als der gesammelte Schmerz seines Lebens, jede Traurigkeit, jeder Kummer, jede Furcht, jede Qual, die er je empfunden hatte, in einer einzigen endlosen Sekunde wie eine gewaltige dunkle Woge über ihm zusammenschlugen, sich wie Millionen glühender Schürhaken gleichzeitig in seine Seele gruben. Kein denkendes und fühlendes Wesen, gleichgültig ob Mensch oder Drache, konnte darauf hoffen, einem solchen Ansturm kreischender Dämonen zu trotzen, ihnen mit gezogenem Schwert auf seinem Schlachtross entgegenzupreschen und siegreich aus dieser Schlacht hervorzugehen.

Doch Erem hob weder Schwert noch Schild, versuchte nicht, seine Feinde zurückzuschlagen oder vor ihnen davonzulaufen. Hätte er es getan, das spürte er genau, wäre er auf der Stelle vernichtet worden. Stattdessen ließ er die Woge über sich hinwegspülen, ergab sich dem Schmerz, so wie er es während all der Jahre in seinem Schwerttraining gelernt hatte. Wenn der Gegner übermächtig ist, wenn du ihn nicht besiegen kannst, beuge dich seiner Gewalt, nimm sie hin, akzeptiere sie, erdulde den Schmerz, halte ihn aus, bis er nachlässt, warte auf deine Chance.

Diese eine, spezielle Lektion hatte er öfter erhalten als jeder andere. Ganz gleich, wie sehr Jorran ihn gedemütigt, wie oft er ihn vor seinen versammelten Kameraden in den Staub geprügelt hatte, am Ende war er stets wieder aufgestanden. Weder Schrammen noch blaue Flecken hatten ihn jemals zu brechen vermocht.

Auch jetzt spürte er, wie die grässlichen Bilder und Erinnerungen ihn bluten ließen, wie sie tiefe Wunden in seine Seele rissen, doch er ignorierte den Schmerz, tauchte durch ihn hindurch, tiefer und tiefer hinab bis zu jenem harten, stählernen Kern in ihm, den selbst die schlimmste Erfahrung, das grausamste Leid niemals hatten auslöschen können, der auch jetzt nicht sterben würde, nicht sterben *konnte,* wenn er ihn nur erreichen konnte. Diesen starken, inneren Kern der Wahrhaftigkeit konnte ihm niemand nehmen, wenn er selbst es nicht zuließ, weder Jorran noch Kodorask oder dessen Sohn, noch irgendein anderer. *Diese Macht* besaßen sie nicht über ihn, noch hatten sie sie jemals besessen. Seine Würde und seine Entschlossenheit ebenso wie die Werte, für deren Verteidigung er diese Entschlossenheit zum Einsatz brachte, gehörten ihm allein, und er griff danach wie ein Ertrinkender, der sich im tobenden Sturm an eine Holzplanke klammert.

Das Chaos heulte und kreischte um ihn herum, noch wilder, noch zorniger als zuvor, als spürte sein Gegner, dass ihm seine bereits sicher geglaubte Beute zwischen seinen Klauen hindurchzuschlüpfen drohte, doch Erem ließ nicht locker, kämpfte verbissen weiter, auch als Selbstzweifel, Zaudern und Kleinmut wie wütende Hagelschauer über ihn hinwegpeitschten, die Mauer seiner Willenskraft zu zerschmettern und zum Einsturz zu bringen versuchten. Er schrie, brüllte, krallte sich verzweifelt an den letzten, winzigen Rest seines Ichs, der ihm noch geblieben war.

Und dann, plötzlich, war es vorüber. Von einem Moment zum anderen sank der heulende Sturm in sich zusammen, wurde zu einem leisen, weit entfernten Flüstern, und eine tiefe Stille umfing ihn. Erem spürte, wie sein Geist sich öffnete, wie er weiter und weiter wurde, sich ausdehnte wie ein Stern, der beinahe erloschen gewesen war und nur eine Sekunde später mit seiner Helligkeit das ganze Universum zu füllen schien. Und er fühlte, dass er in diesem Universum nicht allein war.

Bevor er noch gänzlich zu begreifen vermochte, was gerade mit ihm geschah, strömten mit einem Mal Bilder auf ihn ein, neue Erinnerungen, die wie ein Meer aus Lichtfunken um ihn herumwirbelten, sich wie die Blütensamen seltsamer, exotischer Blumen in seine Seele senkten und zu blühen begannen. Er hörte Namen, sah Gesichter und Orte, die er nie zuvor gesehen hatte, und dennoch wusste er – auf eine Weise, die er mit Worten niemals hätte erklären können –, dass diese Erinnerungen ein Teil von ihm waren, dass sie zu ihm gehörten seit einer Zeit, die länger zurückreichte, als die wenigen Jahre seines bisherigen Lebens zählten. Es waren Tausende, Zehntausende, und obwohl sie mit einer solchen Geschwindigkeit durch seinen Geist fluteten, dass er keine von ihnen festhalten konnte, erfüllten sie ihn doch mit neuer Kraft, und zum allerersten Mal begriff er wirklich, was es bedeutete, ein Drache zu sein. Begriff, was es hieß, wahrhaft *unsterblich* zu sein.

Im Angesicht dieses Wissens schrumpfte jeder Schmerz und jede Unzulänglichkeit eines einzelnen Lebens zu einem lächerlichen Nichts zusammen, war nicht mehr als ein vom Wind bewegter Halm in einem Ozean aus Gras. Und ebenso wenig wie ein solcher Halm die Existenz der Wiese zu negieren vermochte, auf der er wuchs, so wenig würden die Entbehrungen und Qualen eines einzelnen Lebens jemals in der Lage sein, der äonenalten, beinahe ewigen Seele eines Drachen ein Leid zuzufügen. Gleichgültig, wie sehr man es auch versuchen mochte oder selbst davon überzeugt war, es war einfach nicht möglich.

Die Furcht, der Schrecken und die Selbstzweifel seiner gegenwärtigen Inkarnation flossen mit einem Mal so mühelos von ihm ab wie Regentropfen, die von einer Glasscheibe rinnen. Er wischte sie zur Seite, ließ seinen Geist emporsteigen, fort von dem irrwitzigen Tanz seiner vergangenen Leben, hinaus in das brodelnde Chaos, das ihn nur wenige Momente zuvor mit einem solchen Grauen erfüllt hatte. Nun stieß er hindurch wie ein Messer, das durch weichen Hefeteig schnitt, zerriss mit einem einzigen beiläufigen Gedanken den Schleier, mit dem Kodorasks Sohn versucht hatte, seine Willenskraft und seine Entschlossenheit zu lähmen, und traf nur einen Atemzug später auf Jaidells Seele.

Jaidell wich voller Entsetzen vor ihm zurück. Erem spürte, wie er verzweifelt versuchte, seinen Zauber zu verstärken, doch er ließ ihm keine Gelegenheit dazu. Nun, da er die Täuschung durchschaut hatte, besaß Jaidells Magie nicht länger Macht über ihn, und sie wurde zu dem, was sie immer gewesen war - zu einem Taschenspielertrick, der die Sinne verwirrte, dem Zuschauer aber nur noch ein gelangweiltes Gähnen entlockte, sobald er sich nicht mehr von der Oberfläche der Dinge blenden ließ. Mühelos ergriff er Jaidells Seele, umschloss sie mit stählerner Faust wie eine Mücke, die ihren Hunger an einem gepanzerten Ritter zu stillen versuchte - und schlug nur einen Atemzug später die Augen auf.

22. Kapitel

Das Erste, was er sah, war Kodorask, der sich mit angespannter Miene über ihn beugte und ihm ins Gesicht starrte. Nur beiläufig registrierte Erem, dass er nicht auf dem Boden, sondern auf seinem Bett lag. Kodorask musste ihn dort abgelegt haben, nachdem er ihm den Kristall seines Sohnes in die Hand gedrückt hatte. Es mochte Minuten oder Stunden her sein, Erem hätte es nicht zu sagen gewusst.

Langsam hob er die Hand, berührte mit einem vagen Gefühl der Verwunderung die Nässe auf seinen Wangen. Hatte er geweint?

Kodorasks Augen weiteten sich, als sie gebannt seiner Bewegung folgten, und ein neuer Ausdruck erschien auf seinen Zügen - Furcht.

„Du ... du bist nicht Jaidell!"

Mühsam richtete sich Erem auf und erhob sich von seinem Bett. Von Angesicht zu Angesicht sah er Kodorask in die Augen.

„Du hast recht. Das bin ich nicht."

Kodorask wich einen Schritt vor ihm zurück. „Was ist mit Jaidell? Ist er tot?"

Seltsam, wie schwach seine Stimme plötzlich klang, wie angsterfüllt. In ihren Erzählungen hatten die erwachsenen Drachen Kodorask stets wie ein grausames, skrupelloses Monstrum dargestellt, doch nun konnte Erem nichts anderes in ihm sehen als einen Vater, der um das Leben seines Kindes bangte.

Er nickte bedächtig. „Er lebt. Seine Seele befindet sich in meiner Gewalt."

Kodorask atmete tief durch, doch es gelang ihm nicht, die Panik aus seiner Stimme zu verbannen.

„Was verlangst du?"

Erem wusste, dass sie beide in diesem Moment dasselbe dachten. Zwar hatte Jaidell seinen Zauber nicht erfolgreich zum Abschluss bringen können, dennoch war er mit dem festen Entschluss angetreten, einem anderen Wesen den Körper zu stehlen. Offensichtlich war sich auch Kodorask alles andere als sicher, ob nicht bereits dieser klare Vorsatz genügt hatte, um seinem Sohn unwiderruflich die Chance auf eine Wiedergeburt zu nehmen und seine Seele - sollte Erem aus welchem Grund auch immer seines Leibes verlustig gehen - der sofortigen Auslöschung anheimfallen zu lassen. Er war besiegt, und er wusste es.

Erem straffte den Rücken. „Lass meine drei Kameraden und mich gehen."

Kodorask stieß ein unterdrücktes Knurren aus. „Wir wissen beide, dass du meinem Sohn nicht mutwillig schaden würdest. Warum sollte ich deine Forderung erfüllen?"

Erem hob betont gleichmütig die Schultern. „Du solltest sie erfüllen, weil ich nicht weiß, wie lange ich Jaidells Seele festhalten kann. Hätte ich sie nicht gefangen gesetzt, wäre sie jetzt bereits fort. Ich gebe dir mein Wort, dass ich seine Seele in ein anderes Gefäß übertragen werde, sobald wir in Sicherheit sind."

Kodorask schwieg einen Moment. „Ich nehme an, du wirst keinen Menschen als Wirt akzeptieren?"

Erem lächelte schwach. „Gib mir einen Wagen und ein Pferd. Sobald wir eine Tagesreise vom Schloss entfernt sind, gebe ich Jaidell frei, und er kann in Gestalt des Pferdes zu dir zurückkehren."

Sich in einen Drachen zu verwandeln, wagte er nicht. Es erforderte einiges an Konzentration, Jaidells Seele in seinem Körper zu halten. Ob er dieses Maß an Konzentration noch aufzubringen in der Lage wäre, während er gleichzeitig den Verwandlungszauber wirkte, war eine Frage, die er nicht wirklich beantwortet wissen wollte - und, wie er vermutete, Kodorask ebenso wenig.

„Eins noch, Kodorask: Es wäre gut, wenn du Yadell, Aleya und Jeron mit einem Schlafzauber belegen würdest, bis ich Jaidell freigelassen habe. Je weniger Ablenkung es auf der Fahrt gibt, desto besser."

Kodorask sah ihn durchdringend an. „Wenn ich dies alles tue, musst du schwören, niemals hierher zurückzukehren."

Erem schüttelte traurig den Kopf. „Einen solchen Schwur kann ich nicht leisten, das weißt du. Ich weiß jetzt, wie euer Zauber funktioniert. Früher oder später muss ich versuchen, die anderen Drachen zu befreien. Ich habe keine Ahnung, ob mir das gelingt, aber sie sind meine Familie. Ich habe keine Wahl - genauso wenig wie du. Auch du wirst mir niemals versprechen können, uns Jungdrachen auf Dauer in Ruhe zu lassen, weil du uns brauchst. Du brauchst uns, um die Mitglieder *deiner* Familie ins Leben zurückzubringen."

Kodorask seufzte; es war ein seltsam melancholischer Laut. „Du bist noch viel gefährlicher, als ich angenommen hatte."

Erem sah ihm offen in die Augen. „Es ist nicht mein Wunsch, dein Gegner zu sein, doch im Augenblick sehe ich keine Möglichkeit, dies zu ändern."

Das wäre wohl nur möglich gewesen, wenn er es geschafft hätte, Eremedawns Seele zu finden.

In tiefem Ernst fuhr er fort. „Dennoch gebe ich dir ein anderes Versprechen. Sollte ich oder irgendein anderer Jungdrache jemals auf einen Seelenkristall deines Clans stoßen, kannst du dir absolut sicher sein, dass wir niemals versuchen werden, diese Seele mit Magie an ihrer Wiedergeburt zu hindern. Sie wird frei sein, sich neu zu inkarnieren, wann immer sie dies möchte. Und falls sich irgendwann herausstellen sollte, dass einer der Kristalle, die wir finden, tatsächlich der deines

Bruders ist, so verspreche ich dir, dass ich ihn persönlich zu dir bringen werde. Das schwöre ich bei all meinen Leben."

Es war ein seltsamer Schwur, doch er war ihm wie von selbst über die Lippen gekommen, und er fühlte sich richtig an.

Kodorask betrachtete ihn stumm, atmete noch einmal tief durch, dann nickte er. „Einverstanden."

„Dann darf ich meine Freunde mitnehmen?"

„Ja. Wir werden es genauso machen, wie du vorgeschlagen hast."

Erem neigte den Kopf. „Ich danke dir."

Kodorask stieß ein kurzes, bitteres Lachen aus. „Du hättest Jaidell vorhin töten können, doch du hast ihn verschont. Kein anderer hätte das getan. Es besteht kein Grund, *mir* zu danken."

Erem sah in Kodorasks schönes, aristokratisches Gesicht, aus dem die Furcht noch immer nicht gänzlich gewichen war, und das Herz wurde ihm schwer. „Ich würde niemals einen anderen Drachen verletzen. Nicht, wenn ich die Wahl habe."

Doch er wusste, er *würde* es tun, wenn er dazu gezwungen wäre. Wenn er nur so seine Freunde und seine Familie schützen konnte. Genau da aber lag das Problem. Denn genau so hatte auch der Krieg begonnen.

Erem spürte, wie sich Hoffnungslosigkeit mit dunklen Schwingen auf ihn niedersenkte, das Licht und die Wärme im Raum zu verschlingen schien. *Gab* es überhaupt einen Weg, diese unselige Fehde jemals zu beenden?

* * *

Keine halbe Stunde später stand der Wagen im Hof bereit. Ein kurzer Blick auf die Ladefläche genügte, um Erem erkennen zu lassen, dass Kodorask sein Wort gehalten hatte. Yadell, Jeron und Aleya lagen selig schlummernd hinter dem Kutschbock, und auch das versprochene Pferd war bereits angespannt. Es war ein kräftiges und äußerst robust wirkendes Tier, wie Erem mit einem leichten Lächeln bemerkte. Offensichtlich hatte Kodorask nicht vor, in dieser Hinsicht irgendein Risiko einzugehen.

Wie wenig er tatsächlich dazu bereit war, zeigte sich, als Kodorask einige Minuten später aus dem Hauptgebäude trat und mit schnellen Schritten über den gepflasterten Innenhof auf ihn zukam. In der Hand hielt er ein Schwert - ein Schwert, das Erem sofort als sein eigenes erkannte. Beinahe feierlich reichte Kodorask ihm die Waffe.

„Hier. Das wirst du vielleicht brauchen."

Überrascht nahm Erem das Schwert entgegen und schnallte sich wortlos die Scheide um. Augenblicklich spürte er, wie das vertraute Gewicht an seiner Hüfte ihn beruhigte und mit neuem Selbstvertrauen erfüllte. Natürlich war es die scharfe Klinge, nicht das stumpfe Trainingsschwert.

Dankbar nickte er Kodorask zu, eine Geste, die zugleich ein Versprechen in sich barg. Sollte irgendein Räuber oder Wegelagerer tollkühn genug sein, ihn anzugreifen, würde er diese Dummheit teuer bezahlen, denn diesmal würde er nicht nur für sich selbst und seine Freunde kämpfen, sondern auch für Jaidell. Der Seele von Kodorasks Sohn durfte unter keinen Umständen ein Leid geschehen.

Schweigend und mit unbewegter Miene sah Kodorask zu, wie Erem auf den Kutschbock kletterte und nach den Zügeln griff. Erem spürte die unsichtbaren Blicke, die ihn aus den Fenstern heraus beobachteten, doch niemand zeigte sich. Selbst die Sonne war hinter düsteren grauen Wolken verschwunden, und eine tiefe, gespenstische Stille hatte sich über den Hof gesenkt, als hielten alle Bewohner des Schlosses unwillkürlich den Atem an. Wie viele von ihnen allerdings die tatsächliche Bedeutung dessen begriffen, was sich gerade vor ihren Augen abspielte, vermochte er nicht zu sagen.

Erem blickte nicht zurück, als er den Wagen durch das Tor und hinaus auf den Weg lenkte, der durch blühende Wiesen und Felder in Richtung des nahen Waldes führte. Dort ließ er das Zugpferd in eine raschere Gangart wechseln, die sie zügig voranbrachte. Obwohl er bereits am eigenen Leib erfahren hatte, wie wirkungsvoll der Schlafzauber der Drachen war, ertappte er sich dabei, wie er alle paar Minuten mit klopfendem Herzen darauf lauschte, ob sich die drei anderen Jungdrachen auf der Pritsche des Wagens rührten, doch alles blieb ruhig. Angesichts seiner derzeitigen Situation verspürte er darüber mehr als nur ein wenig Erleichterung. Ein weiterer Streit mit Yadell war das Letzte, wonach ihm im Augenblick der Sinn stand. Es war anstrengend genug, Jaidells Seele in seinem Körper zu halten.

Zu anstrengend, wie sich bald herausstellte. Nicht lange, und Erem spürte, wie dumpfe Kopfschmerzen hinter seiner Stirn zu pochen begannen, die stetig schlimmer wurden. Schließlich dröhnte sein Schädel derart heftig, dass er bei jedem Rumpeln und Schaukeln des Wagens ernsthaft befürchtete, sich übergeben zu müssen. Verbissen hielt er dennoch noch einige Kilometer länger durch, doch am Ende musste er einsehen, dass es einfach nicht mehr ging.

Obwohl er erst seit wenigen Stunden unterwegs war und eigentlich vorgehabt hatte, noch bis tief in die Nacht weiterzufahren, um genügend Abstand zwischen sich und das Schloss zu bringen, lenkte er den Wagen schließlich bereits am frühen Nachmittag an den Straßenrand und ließ sich mit wackligen Knien vom Kutschbock rutschen. Noch länger zu zögern hieße, die Sicherheit von Jaidells Seele aufs Spiel zu setzen.

Erem atmete tief durch, versuchte, gleichzeitig seine Übelkeit zu bezwingen und seinen plötzlich rasenden Puls zu beruhigen, dann trat er dicht an das Pferd heran. Auch wenn er es bedauerte, so wäre es entschieden zu leichtsinnig gewesen, das Tier bereits jetzt von seinem Geschirr zu befreien. Sobald Jaidells Seele den Körper gewechselt hatte, würde es brandgefährlich werden. Selbst angeschirrt konnte ihm Jaidell mit einem einzigen Tritt seiner Hufe durchaus den Schädel brechen, wenn es ihm nicht gelang, schnell genug zurückzuspringen. Ob ihm seine robuste Drachennatur auch dann noch half, wollte er lieber nicht herausfinden, sofern es sich vermeiden ließ.

Langsam, vorsichtig streckte Erem die Hand aus. Als er seine Handfläche auf die warme Flanke des Pferdes presste, riss er keuchend die Augen auf. Von einer Sekunde zur anderen schienen knisternde Blitze dicht unterhalb der Haut durch seinen Körper zu jagen, rasten Funken sprühend seinen Arm entlang, als hätten sich bereits seit Stunden Gewitterwolken in seinem Inneren zusammengeballt, die nur noch auf ein Zeichen von ihm gewartet hatten, um ihre angestaute Hitze in die Welt entlassen zu können. Und doch war diese Hitze nicht unangenehm, verbrannte ihn nicht. Erem konnte fühlen, wie sie sich in seiner Handfläche sammelte, wie sie von dort in seine Fingerkuppen strömte – und verschwand.

Er brauchte nur einen Wimpernschlag, um zu begreifen, was das bedeutete. Mit einem weiten Satz sprang er zurück, halb geduckt, die Hand am Schwertgriff.

Er sah, wie das Pferd wie unter einem heftigen Schlag zusammenzuckte. Für einen Moment war es erstarrt, stand vollkommen reglos, dann lief ein Beben über seine Flanken, und es stieß ein schrilles Wiehern aus.

Vorsichtshalber wich Erem noch ein paar Schritte zurück. Das Pferd verfolgte seine Bewegungen argwöhnisch mit seinen Blicken, und ein zorniges Funkeln trat in seine Augen. Wäre er in der Reichweite von Jaidells Hufen gewesen, würde er sich vermutlich jetzt bereits mit der einen oder anderen gebrochenen Rippe im Staub krümmen, so viel stand fest.

Erem seufzte. „Hör zu, Jaidell. Ich kann mir vorstellen, dass du mich am liebsten umbringen würdest. Ein solcher Versuch würde allerdings, fürchte ich, weder mir noch dir gut bekommen."

Er wartete darauf, dass Jaidell begann, mit seiner Gedankenstimme finsterste Drohungen und Beschimpfungen gegen ihn auszustoßen, doch alles blieb ruhig. Entweder hatte Kodorasks Sohn beschlossen, ihn mit kalter Verachtung zu strafen – was wenig wahrscheinlich war –, oder er war in seiner gegenwärtigen Tiergestalt nicht in der Lage, auf geistigem

Weg mit ihm zu kommunizieren. Doch seine Worte schien er sehr gut verstanden zu haben, wie sein abfälliges Schnauben bewies.

Erem sah ihn eindringlich an. „Ich weiß von deinem letzten Kampf, Jaidell. Ich weiß, dass Alanerisks Sohn dich tödlich verwundet hat und du ihn noch im Sterben mit in den Tod gerissen hast. Mir ist also sehr wohl bewusst, dass du am gefährlichsten bist, wenn du bereits besiegt bist. Das ist der Grund, warum du noch immer in diesem Geschirr steckst."

Jaidell zerrte wild an seinen Fesseln und rollte mit den Augen.

Erem trat einen kleinen Schritt näher, dicht an den Rand von Jaidells Reichweite. „Ich will nicht mit dir kämpfen. Ich will dich auch nicht töten. Wäre das meine Absicht gewesen, wäre deine Seele jetzt bereits verloren, und das weißt du."

Das Pferd schnaubte und bleckte halbherzig die Zähne.

Unwillkürlich musste Erem lächeln. „Wenn du versprichst, dich ruhig zu verhalten, verspreche ich, dich loszumachen. Je schneller du wieder im Schloss bist, desto besser. Denkst du nicht auch?"

Zweifellos würde Jaidell nach seiner Rückkehr von Kodorask innerhalb kürzester Zeit einen neuen Körper erhalten, doch das war nichts, woran Erem im Augenblick denken wollte.

Das Pferd nickte heftig und ließ dann demonstrativ den Kopf sinken.

Erem fuhr sich mit der Zunge über die Lippen. Hatte Jaidell tatsächlich nachgegeben? Oder versuchte er lediglich, ihn in Sicherheit zu wiegen? Wie rachsüchtig und heimtückisch war er wirklich?

Wachsam und bereit, jederzeit erneut zurückzuspringen und sein Schwert zu ziehen, trat er noch näher an das Pferd heran.

Jaidell rührte sich nicht. Ein ganz leichtes Zittern lief über seine Flanken, und seine Ohren zuckten nervös, doch er schien nicht die Absicht zu haben, ihm mit einer schnellen Drehung des Kopfes seine Zähne in den Hals zu graben oder ihm mit einem kräftigen Tritt die Kniescheiben zu zertrümmern. Aber noch war er auch nicht frei.

Angespannt machte sich Erem daran, die Schnallen und Ösen des Zaumzeugs zu lösen und Jaidell die Ledergurte behutsam über den Kopf zu streifen. Danach war das Geschirr an der Reihe - was deutlich gefährlicher war, da er nun endgültig in die Reichweite von Jaidells Hufen geriet.

Während er sich hinunterbeugte und nach den Gurten griff, verfluchte sich Erem dafür, dass er außer Pferd und Wagen nicht auch noch einen Käfig und einen Kanarienvogel von Kodorask gefordert hatte. Das hätte die ganze Sache entschieden weniger nervenaufreibend gestaltet.

Als der letzte Gurt zu Boden fiel, beeilte sich Erem, aus der unmittelbaren Gefahrenzone herauszukommen. Rasch trat er zurück, ohne Jaidell dabei aus den Augen zu lassen.

Jaidell wusste offensichtlich genau, wie kritisch der Moment war und wie leicht die Situation am Ende doch noch eskalieren konnte, denn weder setzte er ungestüm zu einem Sturmangriff an, um Erem mit seiner Masse einfach über den Haufen zu trampeln, noch zeigte er irgendein anderes Anzeichen von Aggression. Langsam, beinahe zaghaft machte er ein paar kleine Schritte, dann blieb er stehen, seinen Blick unverwandt auf die Hand gerichtet, die kampfbereit auf dem Schwertgriff ruhte.

Erem wartete einige Sekunden, dann ließ er langsam den Atem entweichen, den er angehalten hatte, ohne es zu bemerken. Jaidell war offenbar klug genug, ihn nicht zu provozieren, aber er schien seinen noblen Absichten noch immer nicht gänzlich über den Weg zu trauen - so wie umgekehrt auch er selbst nicht wirklich sicher sein konnte, dass Kodorasks Sohn nicht lediglich auf eine günstige Gelegenheit lauerte, um an seinem Gegner, der ihn so sehr gedemütigt hatte, blutige Rache zu nehmen, sobald er glaubte, ohne eine Gefahr für sich selbst zuschlagen zu können.

Sich vollkommen des Risikos bewusst, das er damit einging, ließ Erem sämtliche Anspannung aus seinen Muskeln entweichen und nahm behutsam seine Hand vom Schwertgriff, schenkte Jaidell die wenigen Augenblicke, die er benötigen würde, um seine Pläne in die Tat umzusetzen.

Drei lange Atemzüge starrte Jaidell ihn an, ohne sich von der Stelle zu rühren. Dann senkte er bedächtig den Kopf, wandte seinen Blick demonstrativ von Erem ab und heftete ihn auf den Boden vor sich, als habe er dort etwas entdeckt, das seine ungeteilte Aufmerksamkeit verlangte.

Erem atmete tief durch. Vertrauen für Vertrauen. Jaidell hatte seine Wahl getroffen.

Er nickte. „Ich wünsche dir viel Glück, Jaidell. Ich hoffe, wir werden uns eines Tages unter besseren Umständen wiedersehen."

Jaidell verharrte noch für einige Sekunden reglos, dann warf er seinen Kopf zurück und stieß ein lautes Wiehern aus. Auch wenn er im Augenblick nicht in der Lage war, auf geistigem Weg mit ihm zu kommunizieren, ahnte Erem, was er ihm zu sagen versuchte. Wäre vor neunhundert Jahren nur ein einziger Drache bereit gewesen, ihm und Kodorask wirklich zuzuhören, seine eigenen Ängste und Vorurteile beiseitezuschieben, wäre es niemals zum Krieg gekommen.

Stumm schwor Erem, nicht den gleichen Fehler zu begehen. Vertrauen war stets mit einem Risiko verbunden, doch ohne ein solches Risiko würde es niemals eine Hoffnung auf Frieden geben.

Mit einem leisen Lächeln beobachtete er, wie Jaidell sich abwandte und begann, die schmale Straße, der sie auf dem Hinweg gefolgt waren, in umgekehrter Richtung zurückzutraben. Für einen Moment noch ließ er seinen Blick auf der stämmigen Gestalt des Pferdes ruhen, in dem nun Jaidells Seele wohnte, beobachtete mit einem beinahe ehrfürchtigen Gefühl des Staunens das Spiel von Licht und Schatten auf seinen geschmeidigen Muskeln, als es sich zwischen den Bäumen von ihm entfernte. Dann hob er seufzend die Hand, um sich mit seinen Fingerspitzen über die Stirn zu reiben, hinter der das schmerzhafte Pochen noch immer nicht gänzlich abgeklungen war.

So sah er die huschende Bewegung, die plötzlich hinter einem Baumstamm hervorschoss, nur aus dem Augenwinkel; sah nur eine schimmernde Reflexion von Sonnenlicht auf Stahl, als die Klinge des Schwertes mit Wucht in den Nacken des Pferdes drang, ihm mit einem einzigen grausamen Schlag beinahe den Kopf von den Schultern trennte.

Jaidell war auf der Stelle tot. Für einen einzigen entsetzlichen Augenblick spürte Erem, wie Jaidells Seele erschauerte, wie sie zitterte und bebte wie Nebel, in den ein jäher Windstoß gefahren war. Der Wind wurde stärker, unerbittlich, war wie ein Raubtier, das seine Zähne in den Leib seines wehrlosen Opfers schlägt - und der Nebel zerriss.

Erem presste sich schreiend die Hände an die Schläfen, als Gefühle, Bilder und Erinnerungsfetzen wie ein scharfkantiger Hagelschauer über ihn hinwegfegten, ihn brüllend vor Schmerz in die Knie brechen ließen. Er fühlte, wie Jaidells Seele auseinanderbarst, wie sie wie von einer gewaltigen Faust gepackt und in Stücke gerissen wurde. Ein heulender Sturm aus Emotionen und Erinnerungsfragmenten wirbelte durch seinen Geist, strömte aus Jaidells erlöschender Seele wie Wasser aus einem geborstenen Damm, das keine Mauer und kein Wille mehr zurückzuhalten vermochte.

Es dauerte nur Sekunden, bis auch der letzte Gedanke, die letzte Erinnerung vergangen war, bis alles, was Jaidells unsterbliche Seele ausgemacht hatte, wie Rauch an einem dämmrigen Winterhimmel davongeweht war. Nur die Stille blieb.

Auch Erem schrie nicht mehr. Er hatte nicht bemerkt, wie er vornüber gekippt war, nicht bemerkt, dass er zusammengerollt wie ein Fötus auf der staubigen Straße lag. Agonie füllte seinen Geist, lähmte seine Gedanken. Irgendwo weit entfernt, jenseits der dumpfen, grauen Leere, flüsterte eine Stimme, und Erem wusste, sie versuchte ihm etwas zu sagen, ihn an etwas zu erinnern, das er unter keinen Umständen vergessen durfte, doch er fand nicht die Kraft, auf ihre Worte zu lauschen. Ein leises Wimmern drang über seine Lippen, und er krümmte sich noch stärker zusammen.

Ein brutaler Tritt in die Seite ließ ihn vor jäher Qual aufkeuchen. Der Schleier zerriss, und Licht und Farben fluteten zurück in die Welt. Erem riss die Augen auf, als ein zweiter Tritt ihn traf und auf den Rücken warf.

Ein düsterer Schatten fiel auf ihn, dann spürte er den kalten Stahl einer Klinge, die gegen seinen Hals gedrückt wurde.

„Einer ist geschlachtet. Der zweite folgt sogleich." Ein spöttisches Lachen erklang. „Und *ihr* nennt euch unverwundbar! Was für eine Arroganz!"

Jorran. Durch das dumpfe Rauschen des Blutes in seinen Ohren und die stechenden Schmerzen in seinen Rippen hindurch erkannte Erem die Stimme des Waffenmeisters.

„Wa … warum?", krächzte er.

Der Druck der Schwertklinge wurde stärker. Erem spürte, wie ein einzelner Blutstropfen langsam seinen Hals hinabrann.

„Das fragst du?" Jorrans Stimme wurde zu einem kalten, hasserfüllten Zischen. „Glaubst du im Ernst, ich hätte mit den Kreaturen, die dort hinten im Schloss hausen, gemeinsame Sache gemacht? Mich von ihnen *kaufen* lassen?" Jorran fletschte die Zähne. „Eher würde ich meine eigenen Gedärme fressen, als mich dazu herabzuwürdigen, einem von *euch* zu dienen!"

„Jaidell war unschuldig", flüsterte Erem. „Er hat dir niemals etwas getan." Das Entsetzen und die Trauer über Jaidells sinnlosen Tod schnürten ihm die Kehle zu. Nur mit Mühe konnte er verhindern, dass Tränen in seine Augen stiegen. Doch diesen Triumph wollte er Jorran nicht gönnen.

„Unschuldig?" Die Schwertklinge zitterte plötzlich an seinem Hals. Erem erstarrte. „*Keiner* von euch ist unschuldig! Ihr lasst uns wie Würmer vor euch im Dreck kriechen und nennt das großmütig *Freundschaft!* Auf diese Freundschaft *spucke* ich!" Jorran verzog die Lippen zu einem dünnen, grausamen Lächeln. „Vielleicht kann ich nicht alle von euch umbringen, aber zumindest habe ich dafür gesorgt, dass ihr euch gegenseitig genauso sehr hasst, wie ich *euch* hasse." Er wies mit einem Kopfnicken hinter sich, wo um den Kadaver des hingeschlachteten Pferdes bereits die Fliegen zu summen begannen. „Kodorask wird eure vier Leichen niemals finden. Das Einzige, was er sehen wird, wenn er hier erscheint, wird *das da* sein. Und wir wissen beide, was er dann glauben wird. Er wird den Rest eurer Brut, der sich bisher noch versteckt hält, jagen, und wenn er sie aufgespürt hat, wird er sie entweder töten oder sich ihre Körper nehmen." Er hob die Schultern. „Tot wärt ihr mir zwar am liebsten, aber ich kann warten. Die Zeit der Menschen wird kommen, wenn nicht heute, dann morgen. Denn eines kann ich dir versichern, Erem – ich werde mein Wissen nicht für mich behalten. Alle sollen erfahren, wie leicht es ist, einen Drachen zu töten, der einen fremden Körper übernommen hat." Jorrans Lächeln wuchs in die Breite, wurde zu einem hungrigen Grinsen. „Ich freue mich schon darauf, König Wilberen mein

Schwert in die Kehle zu stoßen. Sein Tod wird mir eine ganz besondere Genugtuung sein."

„Nicht alle Drachen werden ein so leichtes Opfer sein wie Jaidell oder König Wilberen", presste Erem hervor.

Jorran lachte; es war ein schauriger Laut, der Erem durch Mark und Bein ging. „Das ist wahr. Allerdings legen Pferde und Könige auch keine Eier - *echte* Drachen dagegen schon." Er starrte wild auf Erem herab. In seinen Augen glühte der Hass. „Du magst uns Menschen für dumm halten, Erem, aber sei versichert - das sind wir nicht. Auch wenn wir den alten Drachen mit unseren Waffen nichts anhaben können - ihre *Eier* können sie nicht vor uns verstecken. Wir werden sie suchen, und wir werden sie finden. Und wenn wir mit ihnen fertig sind, werden wir ihre Überreste an unsere Schweine verfüttern."

Erem gefror innerlich zu Eis. Es gab nicht den Hauch eines Zweifels - Jorran würde nicht eher ruhen, als bis er alle Drachen vom Angesicht der Erde getilgt hatte. Er wollte ihre gesamte Rasse vernichten, und er würde seinen Hass an seinen Sohn und über ihn an alle Menschen weitergeben, die nach ihm kamen, Generation um Generation - bis auch das letzte Drachenei unter den Stiefeln eines wahnsinnigen Mobs zermalmt sein würde.

Doch noch war nichts von alledem geschehen. Noch war die Zukunft, von der Jorran träumte, nicht mehr als die Fantasie eines einzelnen, von Hass und Bosheit zerfressenen Menschen. All dies konnte noch immer verhindert werden.

Mit einem Mal überkam Erem eine eigentümliche Ruhe. Trauer, Schmerz und Verzweiflung fielen von ihm ab, waren nicht länger von Bedeutung für ihn. Er schloss die Augen, ignorierte die Schwertklinge, die noch immer gegen seine Kehle drückte, und öffnete seinen Geist, ließ ihn weiter und schärfer werden, als er jemals zuvor gewesen war. Er hörte das Rascheln von Jorrans Kleidung, als dieser überrascht und triumphierend Atem holte, spürte selbst die winzigsten seiner Bewegungen als zarten Lufthauch auf seiner Haut. So deutlich, als könne er ihn noch immer vor sich sehen, fühlte Erem, wie der Waffenmeister mit höhnischem Grinsen auf seinen vermeintlich geschlagenen Gegner herabblickte, wie sich seine Muskeln anspannten und er sich bereit machte, zu Ende zu führen, weswegen er gekommen war.

Das Schwert verschwand von seinem Hals, wurde gehoben; verharrte einen Herzschlag lang wie der Giftstachel eines monströsen Skorpions über seinem Kopf. Dann fuhr es mit Wucht auf ihn herab.

Zweifellos hatte Jorran vorgehabt, ihm mit einem einzigen brutalen Schlag den Kopf vom Rumpf zu trennen, so wie er es bei Jaidell getan hatte. Eine filigranere Tötungsart hätten sein Hass und sein grobschlächtiges Naturell niemals zugelassen. Genau darauf hatte Erem vertraut, und Jorran hatte ihn nicht enttäuscht.

Einen Sekundenbruchteil, bevor die niedersausende Klinge ihn traf, rollte er sich zur Seite, sprang auf die Füße und zog gleichzeitig sein Schwert. Jorran, der durch seinen eigenen Schwung nach vorne taumelte, riss erschrocken die Augen auf, wirbelte aber sofort herum und holte zu einem neuen Schlag aus.

Die beiden Klingen prallten Funken sprühend aufeinander. Schon erschien das herablassende Grinsen auf Jorrans Gesicht, das Erem von ihren Trainingskämpfen so gut kannte.

„Was soll das werden, Erem? Ich hätte geglaubt, du würdest dein Ende mit Würde tragen. Erwartest du ernsthaft, du könntest *mich* besiegen?"

Erem tänzelte geschmeidig zurück. „Ich will dich nicht besiegen", erklärte er ruhig. „Ich werde dich töten."

Jorran starrte ihn ungläubig an, dann brach er in lautes Gelächter aus. „Du willst mich töten? Nicht in *diesem* Leben, du Wicht!"

Erem sparte sich den Atem für eine Antwort. Sie war unnötig.

Jorran indes schien wie üblich Gefallen an seinem eigenen Geschwätz zu finden, denn er plapperte munter weiter. „Glaubst du etwa, nur weil du jetzt weißt, dass du ein Drache bist, bist du dadurch auch zu einem besseren Schwertkämpfer geworden? Du bist noch Jahre davon entfernt, auch nur meine Stiefel zu lecken! Außerdem besitzt du gar nicht den Mumm, jemanden zu töten. Denkst du, ich habe nicht bemerkt, wie du bei den Übungskämpfen jedes Mal zurückgezuckt bist, wenn du mit deinen Schlägen jemanden hättest verletzen können? Du bist eine Memme, Erem! Und auch wenn du jetzt Feuer spucken kannst, wirst du immer eine Memme bleiben!"

Da musste Erem lächeln. Jorran hatte recht, und doch war er zugleich ein Dummkopf, wenn er tatsächlich glaubte, seine Trainingskämpfe gegen die anderen Gardisten und eine Situation, in der es darum ging, einen Wahnsinnigen von einem Genozid an einer gesamten Rasse abzuhalten, wären auch nur ansatzweise miteinander vergleichbar. Aber Jorran war schon immer ein Narr gewesen.

Jorrans Augen verengten sich. „Was grinst du so blöd? Bist du so begierig darauf, mein Schwert zwischen deinen Rippen zu spüren?"

Erem schüttelte den Kopf. „Du begreifst es wirklich nicht, oder?"

„Was?"

„Den Unterschied zwischen einem Kämpfer und einem Schläger."

Natürlich glotzte Jorran ihn lediglich verständnislos an. Aber wie sollte es auch anders sein? Ein Mann, der stets nur von Hass und Verachtung getrieben worden war, konnte in einem echten Kampf niemals über sich hinauswachsen, niemals seine eigenen Grenzen überwinden. Doch jemand, der nicht nur für sich selbst, sondern auch für andere kämpfte, würde an dieser Hürde niemals scheitern. Dies war die wahre Kraft der „Falkenflug"-Technik.

Nur Sekunden später stürzten sie aufeinander zu, so synchron, als habe jemand mit einem geheimen Signal den Beginn ihrer letzten, tödlichen Begegnung verkündet. Ihre Klingen prallten aufeinander, zuckten zurück, verwoben sich in einem rasend schnellen Tanz aus Stahl und schimmerndem Licht. Wie früher auf dem Übungsplatz versuchte Jorran sofort, ihn mit der schieren Wucht und Geschwindigkeit seiner Schläge in die Knie zu zwingen, ihn mit brutaler Gewalt in Grund und Boden zu prügeln.

Doch dies hier war kein Training mehr. Zum ersten Mal in seinem Leben konnte Erem jede Beschränkung hinter sich lassen, schöpfte die gesamte Tiefe seiner Schwerttechnik aus. Er bewegte sich so schnell und elegant wie nie zuvor, führte seine Klinge mit einer Präzision, als sei jede einzelne Bewegung schon immer ein Teil von ihm gewesen, als habe er sie nicht erst seit einigen wenigen Jahren, sondern bereits Jahrhunderte lang im Kampf geschult.

Anders als bei ihren früheren Auseinandersetzungen gelang es ihm beinahe mühelos, Jorrans Attacken abzuwehren und mit eigenen schnellen Schlagfolgen zu beantworten, und bereits nach wenigen Minuten spürte er, wie der Waffenmeister in die Defensive geriet.

Jorran spürte es ebenfalls. Das arrogante Lächeln verschwand von seinen Lippen, verwandelte sich mehr und mehr in eine Maske des Entsetzens, und Schweißperlen glitzerten plötzlich auf seiner Stirn.

Erem nutzte seinen ersten kleinen Fehler, um mit einem entschlossenen Angriff seine Deckung zu durchbrechen. Er stieß sein Schwert nach vorne, rammte Jorran die Klinge so tief in die Brust, dass sie am Rücken wieder austrat.

Jorrans Augen weiteten sich. Er starrte Erem an, als könne er nicht glauben, was gerade geschehen war. Seine Lippen bewegten sich, versuchten verzweifelt, Worte zu formen, doch seine Augen brachen, und er sackte in sich zusammen, ohne einen Laut von sich zu geben.

Mit regloser Miene sah Erem auf den Toten herab. Er empfand keinen Triumph, aber auch kein Bedauern. Jorran hatte sein Schicksal selbst gewählt, als er beschlossen hatte, sich gegen die Drachen zu wenden.

Schweigend beugte sich Erem herab, löste das Schwert aus Jorrans schlaff gewordenen Fingern, dann trieb er die Klinge mit einem harten Ruck dicht neben dem Kopf des Waffenmeisters in den Boden. Es war ein Zeichen, das Kodorask hoffentlich verstehen würde. Wäre es nur um ihn allein gegangen, hätte er bei Jorrans Leiche ausgeharrt, bis Kodorask voller Verzweiflung und Zorn über den Tod seines Sohnes auf seinen mächtigen Schwingen über ihm am Himmel aufgetaucht wäre. Doch einen solchen Luxus konnte er sich nicht leisten, denn er trug auch die

Verantwortung für Yadell, Aleya und Jeron. Falls Kodorask ihm nicht glaubte, wären sie alle erneut in größter Gefahr, und dieses Risiko durfte er nicht eingehen, so sehr er auch hoffte, dass Kodorask die Wahrheit erkennen würde.

Es würde ohnehin knapp werden. Der Kampf gegen Jorran hatte ihn viel zu viel Zeit gekostet, Zeit, die er besser genutzt hätte, um einen möglichst großen Abstand zwischen sich und das Schloss zu bringen. Fast wunderte es ihn, dass Kodorask sich noch nicht längst auf ihn gestürzt hatte, da er mit ziemlicher Sicherheit bereits wenige Augenblicke, nachdem er das Verlöschen von Jaidells Seele gespürt hatte, in der Luft gewesen war.

Ohne noch länger zu zögern, entledigte sich Erem seiner Kleidung, verstaute alles neben seinen noch immer schlafenden Freunden auf der Ladefläche des Wagens, dann verwandelte er sich. Behutsam ergriff er den Wagen mit seinen Klauen, stieß sich mit vorsichtigen Flügelschlägen vom Boden ab und erhob sich in die Luft. Die ersten Meter waren schwierig, doch sobald er über die Baumwipfel hinaus war und seine Schwingen frei entfalten konnte, fiel es ihm leichter, mit seiner ungewohnten Last die Balance zu halten.

Nur ein einziges Mal gestattete er sich zurückzuschauen, dann richtete er seinen Blick entschlossen nach vorn. Zwar gab es durch Jorrans Tod für die Drachen nun eine Gefahr weniger, nur leider war der Waffenmeister trotz seiner Grausamkeit und Niedertracht die bei Weitem kleinere Bedrohung gewesen. Ob sich das Schicksal ihrer Rasse noch einmal zum Guten wenden ließ, war durch Jorrans furchtbare Bluttat ungewisser als je zuvor.

Während er mit Trauer im Herzen und tränenverschleiertem Blick über das weite Land dahinglitt, betete Erem, dass Jaidells Tod nicht der letzte grausame Stoß gewesen war, der Kodorasks Seele endgültig und unwiderruflich in die Finsternis stürzen ließ.

23. Kapitel

Die Sonne war bereits seit Stunden hinter dem Horizont versunken, als Erem es wagte, in einem kleinen Wäldchen zur Landung anzusetzen. Er bemühte ein letztes Mal die Kräfte seiner Drachengestalt, um den Wagen von der Lichtung, auf der er niedergegangen war, ein gutes Stück zwischen die Bäume zu schieben, damit er aus der Luft nicht mehr so leicht entdeckt werden konnte, dann verwandelte er sich.

Taumelnd vor Erschöpfung schloss er für einen Moment die Augen, lehnte sich mit zitternden Muskeln an einen Baumstamm. Er war so entsetzlich müde, dass er das Gefühl hatte, in einem dichten, watteartigen Nebel zu stehen, der jeden Gedanken und jede seiner Bewegungen träge und unwirklich machte, und obwohl schon beinahe ein halber Tag verstrichen war, seit er Jaidells Seele freigegeben hatte, pochte noch immer ein dumpfer Schmerz hinter seiner Stirn, der einfach nicht verschwinden wollte.

Der bloße Gedanke an das Schicksal von Kodorasks Sohn genügte, um ihm erneut Tränen in die Augen steigen zu lassen. Er hatte gespürt, wie Jaidells Seele erloschen war; wie sie von unsichtbaren Kräften *auseinandergerissen* worden war. Hatte den Moment gespürt, als Jaidell erkannt hatte, dass es keine Wiedergeburt für ihn geben würde. Nie würde er die vollkommene Hoffnungslosigkeit und Resignation vergessen, die Jaidell in diesem Augenblick überwältigt hatte, die grauenhafte, alles verzehrende Dunkelheit, die über ihn gekommen war, bevor alle Gedanken, Gefühle und Erinnerungen, die ihn zu einem besonderen, einzigartigen Wesen gemacht hatten, wie von einem gewaltigen Sturm ergriffen und wie welke Blätter im Wind davongewirbelt wurden.

Erem presste sich stöhnend eine Hand auf den Leib, als sich sein Magen jäh zusammenkrampfte und würgende Übelkeit seine Kehle hinaufschoss. Es hätte nicht viel gefehlt, und er hätte sich an Ort und Stelle übergeben müssen. Mühsam atmete er ein paar Mal tief durch, versuchte, das Chaos seiner Gefühle wieder unter Kontrolle zu bekommen und seine gereizten Nerven zu beruhigen. Gerade jetzt konnte er es sich nicht leisten, seiner Schwäche nachzugeben. In den nächsten Minuten stand ihm noch ein letzter harter Gang bevor, bei dem er all seine körperliche und geistige Kraft vermutlich bitter benötigen würde.

Mechanisch, wie eine Puppe, die von einem Willen gelenkt wurde, der nicht ihr eigener war, stieß er sich von dem Baumstamm ab und schlurfte zum Wagen hinüber. Mit steifen Bewegungen holte er seine Kleidung und sein Schwert von der Ladefläche und legte beides an, dann warf er einen langen, prüfenden Blick auf Yadell, Jeron und Aleya. Während der letzten halben Stunde hatte er mehrere Male gehört, wie sie sich im Schlaf zu bewegen und leise zu stöhnen begonnen hatten. Offensichtlich war Kodorasks Schlafzauber dabei, endgültig seine Wirkung zu verlieren. Auch dies war ein Grund gewesen, warum er es nicht gewagt hatte, noch länger in der Luft zu bleiben.

Doch noch war es nicht soweit; noch schlug keiner der drei die Augen auf. Erem seufzte und wandte sich ab. Vielleicht konnte er es doch riskieren, in den wenigen Minuten, die ihm blieben, ein kleines Nickerchen zu halten. Er war so müde, so müde …

Die Moospolster auf dem Waldboden schienen ihm leise zuzuraunen, seinen Kopf in ihren weichen Schoß zu betten, beherzt die Gunst des Augenblicks zu nutzen. Nur zwei Schritte, zwei lächerliche Schritte, und er könnte sich darauf ausstrecken und endlich, endlich schlafen.

Er schaffte nicht einmal den ersten, da klang ein zorniger Schrei hinter ihm auf.

„Du verdammter Mistkerl!"

Bevor er sich auch nur umdrehen konnte, prallte Yadell auch schon gegen ihn. Die Wucht, mit der er sich auf ihn warf, ließ Erem taumeln, doch bevor er zu Boden stürzen konnte, packte ihn Yadell am Kragen, zerrte ihn grob herum und presste ihn gegen den nächsten Baumstamm.

„Was für eine Teufelei hast du jetzt wieder mit uns vor?", brüllte er. „Was hat dein neuer Freund Kodorask für perfide Pläne? Rede, oder ich drehe dir den Hals um!"

Erem sah in Yadells wildes, wutverzerrtes Gesicht, und seine Erschöpfung wurde noch größer. „Was glaubst du denn, Yadell?" Er fand kaum genug Kraft in sich, um die Worte über seine Lippen zu bringen. „Sieh dich um und beantworte deine Frage selbst."

Yadells Augen wurden schmal. „Ich weiß, dass wir nicht mehr im Kerker sind. Was für ein Spiel spielst du mit uns, Erem? Willst du nun etwa auch noch Falis und die anderen verraten? Willst du Kodorask zu ihnen führen?"

Erem atmete tief durch. Eines musste man Yadell lassen, er stand zu seinem Wort. Ganz offensichtlich betrachtete er ihn nun wirklich als seinen Feind.

Bevor er eine Erwiderung auf diese absurde Anschuldigung zu formulieren vermochte, legte sich plötzlich eine Hand auf Yadells Schulter und zog ihn energisch von Erem weg.

„Es reicht, Yadell! Hör sofort auf damit!"

Erem blinzelte an Yadell vorbei. Wie es schien, hatte Yadells Gebrüll auch Aleya aus ihrem Schlaf gerissen. Überrascht bemerkte er den Zorn, der in ihren Augen blitzte.

„Was mischst du dich ein?", knurrte Yadell. „Das hier geht dich nichts an!"

Aleya erstarrte; die Glut in ihren Augen loderte noch heißer. „Du bist ein Holzkopf, Yadell. Lange Zeit habe ich es nicht wahrhaben wollen, aber bei allen Drachen, es ist die Wahrheit! Du bist blind, und du bist dumm, und das Schlimme ist, du gefällst dir darin." Sie machte eine schroffe Handbewegung in die Runde. „Mach einfach die Augen auf, du Idiot, dann *weißt* du, was Erem getan hat."

„Ach? Und was wäre das?"

„Er hat uns befreit. Mehr gibt es dazu nicht zu sagen."

Yadell lachte höhnisch auf. „Wir sind frei, weil Erem mit Kodorask einen *Pakt geschlossen* hat. Hast du das vergessen?"

Aleya verdrehte entnervt die Augen. „Und hast *du* vergessen, dass wir gestern noch im Kerker gesessen und darauf gewartet haben, dass irgendjemand unsere Körper stiehlt? Werd endlich erwachsen, Yadell! Die Welt ist nicht so schwarz oder weiß, wie du sie gerne hättest. Dass Erem Kodorask geholfen hat, macht weder ihn zu einem Monster noch Kodorask zu einem Lämmchen. Alle wissen, dass Erem uns niemals verraten würde, nur du nicht."

„Aber Erem ..."

Aleya ließ ihn nicht zu Wort kommen. „Außerdem hätte uns Erem durchaus im Kerker verrotten lassen können, wenn er tatsächlich vorgehabt hätte, die anderen an Kodorask auszuliefern. Weißt du etwa, wo sich ihr Versteck befindet? *Ich* weiß es nämlich nicht." Sie schüttelte heftig den Kopf. „Erem hätte ganz allein aufbrechen können, ohne einen einzigen Gedanken an uns zu verschwenden, und wir hätten es niemals erfahren. Und damit ist diese Diskussion beendet. Ich habe diesen Unfug viel zu lange und aus den falschen Gründen mitgemacht, obwohl ich es besser wusste, aber genug ist genug!"

Yadell öffnete den Mund, zögerte, dann klappte er ihn wieder zu. Aleyas unerwartet klare Worte schienen ihn tatsächlich zu verunsichern.

„Aleya hat recht." Erem sah Yadell fest in die Augen, obwohl ihm vor Müdigkeit bereits der Blick verschwamm und seine Gedanken wie Nebelschleier in alle Richtungen auseinanderzutreiben drohten. Doch eine Sache gab es noch, bevor er endlich loslassen und in die lockende Dunkelheit davonschweben konnte. „Hätte Kodorask geglaubt, dass ihr wisst, wo sich das Versteck der anderen befindet, hätte er euch so lange gefoltert, bis er euren Willen gebrochen hätte. Aber nun müsst ihr es erfahren." Er schaute zu Aleya. Selbst wenn sich Yadell weiterhin als störrisch erweisen sollte, wusste er nun, dass Aleya die richtige Entscheidung treffen würde. „Fliegt zum Ort der Drachentreffen. Ein Stück nördlich davon ist ein Berg mit einer weißen Krone. Auf seinem Gipfel wollte Falis eine Nachricht hinterlassen. Fliegt schon voraus. Ich komme nach."

Morgen, oder in einer Woche. Da war er nicht ganz sicher. Sicher war nur eines: Die letzten vierundzwanzig Stunden hatten ihn emotional und körperlich so viel Kraft gekostet, dass er einfach nicht länger wach bleiben konnte. Er fühlte sich, als habe ihm jemand eine ganze Wagenladung Blei auf die Schultern gehäuft, und auch an seinen Augenlidern schienen Zentnergewichte zu hängen, die ihn unbarmherzig in die Tiefe zogen. Er spürte noch, wie er taumelte, als seine Muskeln ihm endgültig den Dienst versagten, dann stürzte er kopfüber in die Dunkelheit.

* * *

Mit dem Schlaf kamen die Träume. Von einem Moment zum anderen spürte Erem den Wind unter seinen Schwingen, fühlte die warme Sonne auf seiner Haut, während er hoch über der tiefblau schimmernden Weite des Ozeans mit kräftigen Flügelschlägen auf der Stelle verhielt. Mit seinen scharfen Drachensinnen erspähte er seine Beute dicht unter der Oberfläche der sanften Dünung, und sein Herz machte vor wilder Vorfreude einen Sprung. Die kleinen, silberfarbenen Fische waren unglaublich schwer zu fangen, doch der köstliche Geschmack ihres zarten Fleisches wog alle Anstrengungen der Jagd bei Weitem auf.

Sein Herz begann vor Aufregung noch schneller zu schlagen, als er den Kopf wandte und zu dem Drachen hinübersah, der neben ihm in der Luft schwebte. „Da sind sie!", rief er ausgelassen.

„Ich sehe sie", erwiderte der andere. Seine Stimme, unendlich vertraut, ließ Erem vor Liebe und Stolz die Tränen in die Augen steigen.

Sein Bruder war der größte und schönste Drache, den es gab. Er maß beinahe fünfzehn Meter vom Kopf bis zur Schwanzspitze, und seine Spannweite war sogar noch gewaltiger. Neben ihm wirkte Erem wie ein Zwerg, war er doch kaum halb so groß. Nun, er war schließlich noch jung. In ein paar Jahrzehnten würde die Sache ganz gewiss anders aussehen. An die erhabene Größe seines Bruders würde er jedoch niemals heranreichen, so viel stand fest.

Aber das war in Ordnung. Sein Bruder war der Führer ihres Clans, also war es mehr als angemessen, dass er etwas Besonderes war. Doch nicht nur seine Größe war ungewöhnlich, die Färbung seiner Schuppen war es nicht minder. Braun-, Rot-, Blau- und Grüntöne gab es häufig unter den Drachen, ebenso wie schwarz und weiß; seltener waren metallische Farben wie Silber, Gold, Kupfer oder Bronze. Doch der Leib seines Bruders schimmerte in tiefem Violett, in der Farbe eines kostbaren Amethystkristalls, und seine Schwingen waren nur einen Deut heller.

Ein liebevoller Blick aus silbergrauen Augen traf Erem, als sein Bruder ebenfalls zu ihm herübersah.

„Bist du bereit?"

Erem lachte. „Natürlich!"

Wie könnte er nicht? Es gab keinen Ort auf der Welt, an dem er jetzt lieber wäre; nichts, was ihn glücklicher machte, als hier an der Seite seines Bruders zu sein und gemeinsam mit ihm Fische zu jagen.

Sekunden später stürzten sie sich synchron in die Fluten, schossen in vollkommener Harmonie durchs Wasser, in ihren Herzen und Seelen eins. Es war eine Verbundenheit, wie sie sein Bruder nur zu ihm aufrecht erhielt. Selbst seinen eigenen Kindern war er nicht so nahe. Jedes Mal, wenn Erem daran dachte, wollte ihm das Herz schier überquellen vor Glück, und er wünschte, diese Momente würden nie vorübergehen; wünschte, die Zeit mit seinem Bruder würde niemals enden.

Doch der Traum verblasste, wurde unscharf und trüb wie das Licht einer Laterne, die vor seinen Augen langsam im Nebel verschwand. Dunkelheit folgte, dann ein neuer Traum.

Das Nächste, was Erem spürte, war Angst - eine so kalte, lähmende Angst, als habe sich jede Faser seines Körpers von einer Sekunde auf die andere in Eiskristalle verwandelt. Nur ganz am Rande nahm er war, dass er sich nicht länger in seiner Drachengestalt befand.

Er rannte, hastete so schnell, wie ihn seine menschlichen Beine trugen, durch gewaltige Höhlen und breite, aus dem Fels gehauene Gänge, vorbei an anderen Drachen, deren bleiche Gesichter denselben ungläubigen Schrecken zeigten, den auch er empfand. Namen wirbelten durch seinen Kopf, wann immer er an ihnen vorüberkam, waren jedoch so schnell wieder verschwunden, dass er keinen von ihnen festzuhalten vermochte.

Doch das war bedeutungslos, verblasste angesichts des Entsetzens und der Qual, die vor wenigen Minuten aus heiterem Himmel wie eine Woge aus Feuer über sie hinweggeschwappt waren, sich mit glühenden Zähnen und Krallen durch ihre Seelen gewühlt und sie verzweifelt und furchterfüllt zurückgelassen hatten. Schon einmal hatte er jenen Schmerz gespürt, vor Jahrzehnten, als seine Eltern gestorben waren. Doch beide waren damals uralt gewesen, und alle hatten gewusst, dass ihre Zeit, in einen neuen Zyklus der Wiedergeburt aufzubrechen, unmittelbar bevorgestanden hatte. Nur ihm zuliebe waren sie noch ein wenig länger geblieben, als sie es sonst wohl getan hätten.

Heute aber war es anders gewesen. Wieder war ein Drache gestorben, und dennoch waren die Empfindungen, die sein Tod in ihm ausgelöst hatte, mit nichts zu vergleichen, was er jemals zuvor gefühlt hatte. Denn der Drache, dessen Leben am heutigen Morgen zu Ende gegangen war, war *jung* gewesen. Seine Existenz in seiner gegenwärtigen Inkarnation hätte noch *Jahrtausende* währen müssen - Jahrtausende der Freude und der persönlichen Erfüllung, die er mit jenen hätte teilen können, die so wie er selbst die Entscheidung getroffen hatten, in diese Zeit und in dieses einzigartige Leben hineingeboren zu werden. Und trotzdem war er nun tot, hatte seine Seele seinen Körper verlassen, um - irgendwann, in einer fernen Zukunft - erneut zu einem Seelenkristall zu werden.

Wieder wurde Erem von Grauen geschüttelt. So etwas hätte niemals geschehen dürfen. Drachen starben nicht vor ihrer Zeit! Drachen waren unverwundbar! Es gab nur eines, was einen Drachen verletzen konnte, und das war ein anderer Drache.

Erem rannte noch schneller, rannte, bis er die Öffnung erreicht hatte, die als Eingang zu dem gewaltigen Höhlensystem in der Flanke des Berges klaffte. Er entdeckte sofort die beiden winzigen Punkte am Horizont, die rasch größer wurden, der eine violett, der andere kupferrot.

„Was ist passiert?", schrie er seinem Bruder in Gedanken zu, kaum dass sie nahe genug herangekommen waren.

Die Gefühle seines Bruders bohrten sich wie Messerklingen in ihn hinein, ließen ihn keuchend in die Knie brechen. Schmerz, Entsetzen und Selbsthass fluteten wie eine kalte, dunkle Woge über ihn hinweg, tauchten seine Seele in Finsternis. Und da ahnte Erem die Wahrheit, noch bevor er seine Antwort bekam.

„Ich habe getötet, Erem. Ich habe einen anderen Drachen getötet!"

Erem schrie voller Qual auf. Blind vor plötzlichen Tränen warf er sich herum, floh zurück in die Höhle. Er wollte nichts mehr hören, nichts mehr fühlen. Und doch konnte er spüren, wie die Welt um ihn herum zerbrach. Von heute an würde nichts mehr so sein, wie es einmal gewesen war.

Er brüllte seinen Schmerz heraus, brüllte, bis er heiser war, trommelte mit seinen Fäusten gegen den rauen Felsen, bis sanfte, tröstende Hände ihn umfingen.

Er schrie noch immer, als er schließlich erwachte. In Panik wollte er auffahren, konnte es aber nicht, weil Jeron und Aleya neben ihm im Wagen saßen und ihn festhielten. Mit bleichen, schreckensstarren Gesichtern starrten sie ihn an, ganz offensichtlich selbst nur mit Mühe in der Lage, ihre eigene Panik unter Kontrolle zu halten.

„Erem, den Drachen sei Dank! Du bist endlich wach!" Aleyas Stimme zitterte mitleiderregend, und in ihren Augen schimmerten plötzlich Tränen.

Sein Schrei erstarb ihm in der Kehle. Im gleichen Moment spürte Erem, dass auch seine eigenen Wangen nass vor Tränen waren.

„Was ... was ist passiert?", krächzte er. Er war tatsächlich heiser. Wie lange hatte er geschrien?

Aleya lächelte, noch immer ein wenig zittrig. „Nachdem du eingeschlafen warst, haben wir beschlossen, deine Anweisung zu ignorieren. Egal, was Yadell sagt, wir hätten dich auf keinen Fall allein hier zurückgelassen. Also haben wir dich auf den Wagen gelegt und sind gemeinsam in Richtung Treffpunkt aufgebrochen. Jeron und ich haben den Wagen abwechselnd getragen. Du hast einen ganzen Tag lang wie ein

Stein geschlafen. Vor etwa einer Stunde wurde dein Schlaf plötzlich unruhig. Du hast erst leise vor dich hin gemurmelt, dann hast du angefangen, dich hin und her zu werfen, und schließlich wurden deine Bewegungen so heftig, dass wir Angst hatten, du könntest aus dem Wagen fallen. Bevor wir landen konnten, hast du plötzlich zu schreien begonnen." Aleya holte bebend Luft. Nur langsam kehrte die Farbe in ihre Wangen zurück. „Das war vor einer halben Stunde. Seitdem haben wir versucht, dich irgendwie wach zu bekommen. Und du hast die ganze Zeit so furchtbar geschrien."

Erem schluckte mühsam. „Ich ... ich habe geträumt."

Jeron schnitt eine Grimasse. „Das muss ja ein wahrhaft übler Traum gewesen sein."

Erem nickte matt. „Das war er." Doch war es wirklich nur ein Traum gewesen? Alles hatte sich so echt, so *real* angefühlt. Konnten Träume tatsächlich so lebendig sein?

Er atmete tief durch, versuchte, seine Gedanken zu klären und vollends in die Gegenwart zurückzukehren. Es gab keinen Zweifel, wer der amethystfarbene Drache gewesen war, ebenso wenig, welche Rolle er sich selbst in seinen beiden Träumen zugedacht hatte. Doch warum, bei allen Drachen, träumte er ausgerechnet *so etwas?*

Gewaltsam schob er die Erinnerung an die beiden Träume beiseite. Er wollte jetzt nicht weiter darüber nachdenken, denn er spürte, wenn er es täte, würde das Grauen ihn abermals überwältigen. Was auch immer die Träume ihm zu sagen versuchten – *falls* sie ihm überhaupt etwas zu sagen versuchten –, er würde sich später damit beschäftigen.

Aleya hatte ihn die ganze Zeit nicht aus den Augen gelassen. Ihm entging nicht die Anspannung in ihrer Stimme, als sie sich vorbeugte, ihn prüfend musterte und schließlich in scheinbar unverfänglichem Plauderton fragte: „Und? Willst du uns nun verraten, was zwischen dir und Kodorask *tatsächlich* im Schloss vorgefallen ist? Welchem glücklichen Umstand verdanken wir unsere Freiheit?"

Er lächelte ihr zu, dankbar für ihren Versuch, das Gespräch auf ungefährlicheres Terrain zu lenken, und öffnete den Mund, um ihr zu antworten, da hob sie rasch die Hand. „Bitte warte. Yadell sollte das ebenfalls hören."

Ihr grimmiger Tonfall verriet, dass trotz ihrer klaren Worte von vorhin die Vernunft nur zögerlich bei Yadell Einzug hielt, aber mit etwas anderem hatte Erem auch nicht gerechnet. Es war ihm auch herzlich gleichgültig.

Tatsächlich machte Yadell nicht wirklich ein glückliches Gesicht, als er kurz darauf zu ihnen auf den Wagen stieg, doch immerhin verzichtete er darauf, ihm sofort wieder an die Gurgel zu springen.

Erem ignorierte ihn vollständig, richtete seine Worte allein an Jeron und Aleya, während er ausführlich schilderte, welche Ereignisse ihrem Erwachen auf der Lichtung vorausgegangen waren. Er spürte, wie sehr das Reden ihm half, die Erinnerung an seine Träume noch weiter von sich wegzuschieben, und er war froh darüber. Denn eines war sicher: So sehr er sich auch dagegen sträubte, spürte er doch, dass die Träume ihn nicht zufällig gerade jetzt heimgesucht hatten. In ihnen lag eine Botschaft - eine Botschaft, die außerordentlich gefährlich war und sein Leben für immer verändern würde, wenn er sie erst zu lesen verstand.

24. Kapitel

Nachdem Erem schließlich alles gesagt hatte, was wichtig war, und selbst Yadell keine Anstalten mehr machte, ihn mit weiteren Anschuldigungen und Schmähungen zu bedenken, brachen sie auf. Den Wagen ließen sie auf der Lichtung zurück, da Erem nun ausgeruht genug war, um sich von seinen eigenen Schwingen tragen zu lassen.

Das allerdings mochte weniger bedeuten, als es nach außen hin den Anschein hatte. Denn obwohl die bleierne Erschöpfung aus seinen Gliedern gewichen und die alte Kraft in seine Muskeln zurückgekehrt war, fühlte er sich noch immer zittrig und auf eine merkwürdige Weise abgetrennt von der Welt und den Geschehnissen um ihn herum, die nichts mit den Anstrengungen der letzten Tage zu tun hatte.

Natürlich wusste er, dass es nur einen Grund für seine eigentümlichen Empfindungen geben konnte. Und er wusste ebenso, dass es zwecklos war, die Augen vor den Träumen zu verschließen, die so unvermittelt in seinen Verstand eingebrochen waren - und vor der Bedeutung, die sie in sich trugen. Auch wenn er den Blick davon abwandte, sie in den finstersten Winkel seines Bewusstseins verbannte, die Wahrheit, die in ihnen lag, bliebe dennoch bestehen, und sie würde ihm keine Ruhe lassen, bis er wagen würde, ihr ins Gesicht zu sehen.

Erem spürte, wie sein Herz wie rasend in seiner Brust zu schlagen begann, sobald er nur daran dachte, was diese *Wahrheit* sein könnte. Konnte es tatsächlich möglich sein? *Oh Alanerisk, was hast du getan?*

Die furchtbare Ahnung ließ ihn endgültig stumm werden. Er zog sich noch mehr in sich selbst zurück, verschloss sich vollständig Aleyas und Jerons Versuchen, eine lockere Plauderei in Gang zu bringen, wann immer sie in ihrem Bemühen, die bedrückende Stimmung ein wenig aufzuhellen, das Wort an ihn richteten.

Als Yadell schließlich brüsk verkündete, dass es Zeit für eine Pause sei, widersprach er nicht, sondern sank sofort zum Boden herab. Er machte nicht einmal den Versuch, ein Stück Brot an der Enge in seiner Kehle vorbeizuzwingen, entschuldigte sich mit einem knappen Kopfnicken bei den anderen und streckte sich wortlos zwischen den Bäumen auf dem weichen Moos aus.

Sie waren in einem kleinen Wäldchen niedergegangen, vermutlich einem der letzten Gehölze, die es rings um das heiße, trockene Hochplateau gab, wo ihr Ziel lag. Erem ignorierte die Gesprächsfetzen der anderen, die leise zu ihm herüberdrangen, atmete ein paar Mal tief durch und schloss die Augen. Er wollte nicht schlafen, wollte nicht zurückkehren zu den Schrecken, die in den Abgründen seiner Träume auf ihn warteten. Und doch wusste er, dass er nur dort die Antworten bekommen würde, derer er so dringend bedurfte, Antworten, die er nicht nur mit seinem Verstand begreifen, sondern auch in seinem Herzen fühlen konnte. Er presste seine Lider so fest zusammen, dass es beinahe schmerzte, spürte die Furcht, die wie ein wildes Tier in ihm pochte, und knirschte mit den Zähnen. Er war nie ein Feigling gewesen, und er hatte gewiss nicht vor, gerade jetzt einer zu werden. Zu viel stand auf dem Spiel.

Trotz seiner grimmigen Entschlossenheit dauerte es Stunden, bis der Schlaf ihn endlich fand. Mit dem Schlaf kamen die Träume.

Wieder hastete Erem durch düstere Gänge und Höhlen. Er wusste sofort, dass er sich an einem anderen Ort befand als beim letzten Mal. Dieser Ort war kalt, abweisend, und er spürte mit jeder Faser seines Herzens, dass er nicht hier sein wollte. Die Wände der Tunnel um ihn herum wirkten roh und unfertig, wie in großer Hast aus dem Fels gehauen, und die Luft, die er in seine Lungen sog, roch staubig und abgestanden, als gäbe es in der Decke nicht genügend Öffnungen und Zugänge nach draußen, um das gesamte Höhlensystem mit frischer Luft und Licht zu versorgen. Dies hier, das fühlte Erem mit qualvoller Gewissheit, war nicht sein Zuhause, war es niemals gewesen.

Noch schlimmer als dieses Wissen aber war die Stille. Welche Korridore und Kavernen auch immer er auf seinem atemlosen Lauf passierte, nirgendwo begegnete Erem einem anderen Drachen, und wo früher Lachen, Freude und Lebendigkeit gewesen waren, herrschte nun tödliches Schweigen.

Wie lange noch?, schienen die Stimmen der Toten in seinem Geist zu wispern. *Wie lange noch, bis man sie alle ermordet hatte?*

Erem hetzte weiter, kämpfte verzweifelt mit den Tränen. Wie viele ihres Clans waren noch übrig? Zwei Dutzend, vielleicht weniger. Er wagte nicht zu zählen.

Vor wenigen Minuten erst war sein Bruder von einem weiteren Kampf zurückgekehrt. Wieder hatte es Tote gegeben, auf beiden Seiten, wieder waren vertraute Gesichter verschwunden. Ihre Feinde waren unerbittlich, gnadenlos. Sie waren wie Wölfe, die ihre Beute so lange hetzten, bis sie sie endgültig zur Strecke gebracht hatten. Mitleid, das hatte Erem bitter erfahren, war ein Wort, das ihnen fremd war.

Er presste die Lippen aufeinander und beschleunigte seinen Lauf, als am Ende des Tunnels die Kammer seines Bruders in Sicht kam. Auch sie war nicht mehr als eine schlichte, schmucklose Höhle, die in aller Eile aus dem Fels geschlagen worden war. Doch das war gleichgültig. Sie würde ihnen vermutlich ohnehin nur für kurze Zeit als Zuflucht dienen. In den letzten Wochen hatten sie ihre Verstecke in immer kürzeren Abständen wechseln müssen, und es gab immer weniger geeignete Plätze, an denen sie sich verbergen konnten. Zu viele Berge, Täler und Wälder waren inzwischen vom Drachenfeuer dem Erdboden gleichgemacht worden.

Endlich hatte Erem die Kammer erreicht, stürzte über die Schwelle – und erstarrte. Er war gekommen, um seinen Bruder zu trösten, ihm irgendwie in seiner eigenen Not zur Seite zu stehen, doch der Anblick, der sich ihm bot, bannte ihn auf der Stelle, als habe sich ihm unvermittelt die Klinge eines Schwertes in die Brust gebohrt.

Sein Bruder stand vor ihm, nur mit einer dünnen Hose bekleidet. Blut schimmerte auf seinem nackten Oberkörper, sickerte in schaurigen Rinnsalen aus den frischen Wunden, die zwischen alten, kaum verheilten Narben seine Haut bedeckten. Er schien die Verletzungen nicht einmal zu bemerken.

Er stand in der Mitte der Kammer, reglos, die Hände zu Fäusten geballt, und zitterte. Tränen strömten über seine Wangen, tropften lautlos zu Boden, und sein Gesicht war verzerrt, als sei ein Schrei in seiner Kehle gefangen, den er nur mit äußerster Willensanstrengung in der trostlosen Leere seiner Seele verschlossen hielt; ein Schrei, so sehr von Schmerz und Qual erfüllt, dass niemand, der ihn hörte, darauf hoffen konnte, nicht auf der Stelle vor Kummer und Gram zu sterben.

Erem schluchzte auf. Halb blind vor Tränen stürzte er vorwärts, schlang die Arme um seinen Bruder und presste sich an ihn.

Er spürte, wie sein Bruder erstarrte. Dann schien mit einem Mal sämtliche Kraft aus seinen Muskeln zu weichen, und er sank in die Knie. Erem ließ ihn nicht los, und so zog er ihn mit sich zu Boden.

„Warum lassen sie uns nicht endlich in Ruhe?"

Erem verstand ihn kaum, so schwach und kraftlos war seine Stimme. Ein weiteres Beben lief durch seinen Körper, und er schluchzte jetzt heftig.

„Ich ertrage das nicht länger, Erem! Ich will nicht mehr kämpfen! Warum kann das Morden nicht endlich aufhören?"

Erem hatte keine Antwort auf seine verzweifelten Fragen. Niemand hatte das. Hilflos presste er seinen Bruder noch fester an sich.

Da hob sein Bruder den Kopf, sah ihn an. Es war ein Blick, den Erem zu fürchten gelernt hatte. Schreckliche Angst lag in diesem Blick – und Hass. Ein düsteres Feuer loderte mit einem Mal in den Augen seines Bruders.

„Sie würden auch dich töten, Erem, wenn sie die Gelegenheit dazu erhielten. Nicht einmal *davor* würden sie Halt machen!" Ein eigenartiger Laut drang über seine Lippen; es war fast ein Knurren. „Aber das wird ihnen nicht gelingen. *Dich* werden sie nicht bekommen. Ich werde dich beschützen. Und wenn ich dafür jedem einzelnen von ihnen das Herz herausreißen muss, dann soll es so sein!"

Nun war es Erem, der erzitterte. „Bitte", flüsterte er. „Ich will nicht, dass du für mich tötest. Es muss doch einen anderen Weg geben!"

„Nein." Das Feuer in den Augen seines Bruders loderte heißer. Es war eine schreckliche, grausame Flamme, die Erem frieren ließ. „Es *gibt* keinen anderen Weg. Wir sind alle verdammt. Aber nicht du, Erem. *Nicht du.* Du wirst überleben. Das schwöre ich dir."

Sein Bruder war so verzweifelt, so sehr von Trauer und Schmerz erfüllt. Und dennoch würde er weiterkämpfen. Er würde weiterkämpfen, bis es niemanden mehr gab, gegen den er noch in die Schlacht ziehen konnte, oder bei dem Versuch sterben. *Für ihn.* Weil er ihn *beschützen* wollte.

Und da wusste Erem, welchen Weg er selbst würde gehen müssen; wusste, dass es nur eine einzige Hoffnung gab, diesen Krieg zu beenden, sofern es denn überhaupt möglich war. Kalte Angst grub sich in sein Herz, schnürte ihm die Kehle zusammen, doch er drängte sie entschlossen zurück. Stumm legte er den Kopf an die Brust seines Bruders, ließ sich von ihm halten und spürte ein letztes Mal die Liebe, die sie beide miteinander verband. Er hoffte, hoffte so sehr, dass sein Bruder eines Tages verstehen würde, dass ihm keine andere Wahl geblieben war; dass er erkennen würde, dass er einzig aus Liebe gehandelt hatte.

Als Erem die Kammer seines Bruders schließlich verließ, tat er es in der Gewissheit, dass sie einander in diesem Leben niemals wiedersehen würden.

Der Traum endete abrupt, die Gefühle und Bilder sickerten wie Blut in die Dunkelheit und verblassten. Doch das war nicht mehr wichtig. Selbst als Erem die Augen aufschlug und mit klopfendem Herzen hinauf in den Nachthimmel starrte, wusste er genau, was er damals getan hatte - und wie es geendet hatte.

Er hatte seine Antworten bekommen. Mit einem leisen, wehmütigen Lächeln spürte er die Tränen, die feucht über seine Wangen rannen. So wie vor neunhundert Jahren stand auch heute der Weg, den er würde beschreiten müssen, unverrückbar fest, gab es nur eine einzige Entscheidung, die er mit diesem Wissen treffen konnte. Vielleicht würde sie ihn alles kosten, was er jemals geliebt hatte, vielleicht würden sich alle, deren Freundschaft und Zuneigung ihm etwas bedeutete, voller Ekel und Abscheu von ihm abwenden, wenn sie die Wahrheit über ihn erfuhren.

Doch auch dies war etwas, das zu beeinflussen letztlich nicht in seiner Macht lag. Die Karten, die das Schicksal verteilt hatte, schienen damals wie heute dieselben zu sein. Ob sie Hoffnung oder Verdammnis für ihn bereithielten, würde die Zukunft zeigen.

25. Kapitel

Obwohl Erem Falis' Nachricht am vereinbarten Ort fand, brauchten sie noch eine knappe Woche, ehe sie beim Versteck der Jungdrachen eintrafen. Dies allerdings war weniger Falis' ungenauer Wegbeschreibung als der Tatsache geschuldet, dass sie bei der Wahl eines geeigneten Unterschlupfs offensichtlich auf Nummer sicher hatte gehen wollen. Sie hatte Selos und die anderen zu einer kleinen, von Menschen unbewohnten Insel geführt, die als Teil eines mehrere Inseln umfassenden Archipels ein gutes Stück vor der Südküste des Kontinents lag.

Als Erem schließlich am Abend des achten Tages nach seinem Aufbruch aus König Wilberens Schloss im Schutz der Dämmerung gemeinsam mit Yadell, Jeron und Aleya auf einem schmalen Streifen Sandstrand zur Landung ansetzte, schlug ihm das Herz bis zum Hals, und er fühlte sich mit einem Mal ängstlich und unsicher wie ein Kind, das zum ersten Mal ohne die Begleitung seiner Eltern die Treppe in den dunklen Keller hinuntersteigt und jeden Augenblick erwartet, von den Klauen eines Monsters gepackt und in die Finsternis gezerrt zu werden. Gleich würde er Selos wiedersehen! Und Falis!

Sein Herz schlug noch schneller, hämmerte beinahe schmerzhaft in seiner Brust. Bald würde er erfahren, ob er beide für immer verloren hatte.

Schweigend und mit gesenktem Kopf verwandelte er sich in seine Menschengestalt zurück und kleidete sich an. Yadell, Jeron und Aleya taten es ihm gleich. Der Stoff seiner Kleidung war durch den Abendnebel feucht und klamm geworden und lag unangenehm schwer auf seiner Haut, und obwohl es nicht wirklich kalt war, spürte Erem, wie ihn ein eisiger Schauer überlief. Ihm kam der Gedanke, dass es vielleicht an der Zeit war, nicht nach jedem Flug sofort wieder zum Menschen zu werden. Letztlich tat er es ohnehin nur aus Gewohnheit. Er hatte einfach zu lange als Mensch gelebt.

Plötzlich zuckte er zusammen, als ihm unvermittelt etwas klar wurde. Alle erwachsenen Drachen waren von fremden Seelen übernommen worden. Was, wenn es ihm nicht gelang, die Dinge zum Besseren zu wenden? Wenn ihnen nichts anderes blieb als eine Existenz im Schatten, ständig in der Furcht, von ihren Feinden aufgespürt und ebenfalls zu Sklaven gemacht zu werden? Wer sollte Selos, Cia und Liva beibringen, ihre Drachengestalt anzunehmen, wenn sie alt genug dazu waren? Weder er selbst noch Yadell, Jeron oder Aleya wussten, wie der Zauber aufzulösen war, der sie im Augenblick in ihrer menschlichen Form gefangen hielt.

Erem knirschte mit den Zähnen. Noch ein Problem, das er lösen musste. Noch ein Problem, das nur deshalb entstanden war, weil ihre Eltern sie belogen und in einer falschen Gestalt hatten aufwachsen lassen.

Lügen, immer nur Lügen! Damit musste endlich Schluss sein!

Er hatte seinen grimmigen Schwur kaum beendet, als er plötzlich eine Bewegung am nahen Waldrand wahrnahm. Keinen Atemzug später kamen Falis und Selos auf den Strand gestürmt, dicht gefolgt von den restlichen vier Mädchen ihrer Gruppe.

Beinahe gegen seinen Willen spürte Erem, wie ein Lächeln auf seinen Lippen erschien. Obwohl nur ein paar Wochen vergangen waren, seit sie sich zum letzten Mal gesehen hatten, schien Selos deutlich gewachsen zu sein, und auch Falis und die übrigen Mädchen wirkten älter und erwachsener, als er sie in Erinnerung hatte.

Selos erreichte ihn als Erster. Er warf sich so ungestüm gegen ihn, dass sie beide um ein Haar rückwärts in den Sand gestürzt wären.

„Erem, endlich bist du da! Wir haben uns solche Sorgen um euch gemacht!" Erem spürte, wie ein Beben durch seinen schlanken Körper lief. „Hat es einen Kampf gegeben? Ist einer von euch verletzt?" Er zitterte heftiger. „Wir alle haben es gespürt, als der Drache gestorben ist. Seitdem konnte keiner von uns mehr schlafen."

Erem schob ihn behutsam von sich. „Es geht mir gut, Selos. Uns allen."

Trotz seiner beruhigenden Worte runzelte Selos die Stirn. Er schien zu fühlen, dass etwas Wichtiges ungesagt geblieben war.

„Aber du wirkst besorgt."

Erem sah ihn ernst an. Unvermittelt spürte er, wie die Anspannung in ihm zunahm.

„Das bin ich auch. Ich erkläre es dir später. Es gibt etwas, das nur du und Falis erfahren dürfen."

Selos' Stirnrunzeln vertiefte sich, aber er nickte verständig. Er war *tatsächlich* gewachsen, und das in mehr als nur einer Hinsicht.

Für weitere Worte blieb keine Zeit, denn nun war Falis heran.

Selos konnte gerade noch mit einem raschen Schritt zur Seite treten, da hatte sie schon ihre Arme um ihn geschlungen und drückte ihn fest an sich. Erem sah die Freude auf ihrem Gesicht, ihr Strahlen, und wünschte sich nichts mehr, als sie seinerseits zu umarmen, sie so lange zu küssen, bis sie beide keinen Atem mehr für irgendetwas anderes übrig hatten. Doch das durfte er nicht. Er wollte ihr keine Zärtlichkeit stehlen, die sie ihm womöglich nicht mehr schenken würde, sobald sie die Wahrheit kannte. Und so wandte er seinen Kopf zur Seite, ließ zu, dass seine Muskeln steif und abweisend wurden, als sie versuchte, ihn ihrerseits zu küssen.

„Falis, bitte tu das nicht", bat er sie in Gedanken.

Seine Zurückweisung verletzte sie, das spürte er so deutlich, als habe er sich selbst ein Messer in die Hand gestoßen.

„Warum?", wisperte ihre Stimme fragend in seinem Geist.

Ihre Verwirrung und ihr Schmerz war beinahe mehr, als er ertragen konnte. „Es gibt etwas, das du noch nicht über mich weißt. Das musst du erfahren. Erst dann kannst du entscheiden, ob du mich weiterhin lieben willst."

Falis sah ihn lange an, blickte ihm tief in die Augen, und er öffnete sich ihr so weit, wie er es wagte, ließ sie alles von seinen Gedanken und Gefühlen lesen, was er ihr zum jetzigen Zeitpunkt enthüllen durfte. Er sah, wie sich ihre Augen weiteten. Dann keuchte sie ungläubig auf.

„Ich werde dich *niemals* verstoßen, Erem!" Ihre Gedankenstimme vibrierte vor Empörung. „Egal, was für ein finsteres Geheimnis du bisher vor mir verborgen hast, so abscheulich, dass ich dich deswegen zu hassen beginne, *kann* es nicht sein!"

Doch das konnte sie nicht ernst meinen, nicht, bevor sie nicht wusste, was sie da eigentlich versprach.

Dennoch ließ er zu, dass sie ihn bei der Hand nahm. Diese winzige Geste der Zuneigung konnte er ihr nicht auch noch verwehren, und sich selbst auch nicht. Womöglich war es das letzte Mal, dass sie ihn berühren mochte.

Inzwischen waren die übrigen Mädchen ebenfalls herangekommen. Nach den Wochen der Angst und Ungewissheit wirkten alle ausgelassen, beinahe überdreht. Cia und Liva begannen sogleich aufgeregt zu schnattern, und Erem sah mit einem leisen Lächeln, wie der verblüffte Jeron von Iscina mit einem langen, innigen Kuss im Empfang genommen wurde, der sie selbst nicht weniger zu überraschen schien als ihn.

Es waren Falis und Selos, die dem Durcheinander schließlich Einhalt geboten und den Mädchen auftrugen, die vier Neuankömmlinge zu ihrem Versteck zu führen. Als sei es das Selbstverständlichste auf der Welt, wurde Erem von Selos und Falis in die Mitte genommen, und obwohl er spürte, dass sich dadurch die Last seines Geheimnisses noch schwerer auf ihn niedersenkte, brachte er es nicht über sich, ihre wortlose Demonstration der Verbundenheit zurückzuweisen.

Vermutlich ohne dass sie es bewusst hätten benennen können, schien jeder der beiden das Gefühl zu haben, ihn beschützen, irgendeinen düsteren Schatten von ihm fernhalten zu müssen, dessen Blicke seit seiner Ankunft auf der Insel mit kaltem, tödlichem Hunger auf ihm ruhten. Sie spürten die Präsenz dieses Schattens, und sie taten, was sie immer tun würden - sie versuchten, ihn vor Schaden zu bewahren. Doch er wusste, diesmal würden ihre Anstrengungen vergeblich sein. Denn gleichgültig, wie aufrichtig ihre Motive im Augenblick auch sein mochten, *diesem* Schatten konnte er nur allein gegenübertreten.

Er hob den Kopf und sah, wie Falis schnell den Blick von ihm abwandte, als fürchte sie, ihn durch ihre Sorge noch weiter von sich wegzutreiben. Für Sekunden konnte Erem kaum noch atmen. Sie war so schön, so stark und bedingungslos in ihrer Liebe - und doch so fern. Unerreichbar.

Unvermittelt spürte er, wie Tränen in seinen Augen zu brennen begannen. Er wünschte so sehr, er könnte etwas sagen, irgendetwas tun, um den Ausdruck der Angst und Verwirrung auf ihrem Gesicht zum Verschwinden zu bringen. Doch das konnte er nicht. Nicht hier, nicht jetzt, nicht, solange die anderen es hören konnten. Vor allem Yadell durfte niemals davon erfahren. Geschah dies doch, würden sie wohl kämpfen müssen.

Grimmig presste Erem die Lippen aufeinander. Nein, er würde nicht kämpfen. Niemals, ganz gleich, was auch geschah. Niemals würde er seine Klauen oder seinen Feueratem benutzen, um einem anderen Drachen ein Leid zuzufügen, auch dann nicht, wenn er nur so überleben konnte. Lieber starb er, als den Fehler zu wiederholen, der bereits ihren Eltern nichts als Trauer und Schmerz gebracht hatte.

Er war so in seine düsteren Gedanken versunken, dass er den Eingang zum Versteck beinahe übersehen hätte. Erst als Selos vortrat und die Blätter und Zweige des Gebüschs beiseiteschob, das die schmale Öffnung im Fels verbarg, wurde er darauf aufmerksam. Der Gang, der sie aufnahm, führte mehrere Minuten lang in engen Windungen tiefer in den Berg hinein, bis er sich schließlich weitete und wenige Schritte später zu einer Höhle wurde, breit und hoch genug, um selbst zwei ausgewachsenen Drachen bequem Platz zu bieten.

Staunend ließ Erem seinen Blick von einer Seite der Höhle zur anderen wandern. Mehrere provisorische Fackeln erhellten das Dunkel mit ihrem flackernden Licht und enthüllten einen kleinen See, der fast ein Drittel des Höhlenbodens bedeckte, und mit einem anerkennenden Kopfnicken registrierte Erem sowohl die Tunnelöffnungen, die ringsumher in den Wänden klafften, als auch den steten Luftzug, der kühl über seine Haut strich. Zumindest ein weiterer dieser Tunnel besaß also eine Verbindung zur Oberfläche. Sollte Kodorask sie irgendwann auf dieser Insel aufspüren, würde ihnen eine Situation, wie sie sie vor wenigen Wochen im Drachenschrein erlebt hatten, damit hoffentlich erspart bleiben.

In der Mitte der Höhle standen ein großer runder Tisch und Stühle, beides offensichtlich selbst erbaut, und an der rechten Seite gab es eine kleine Kochnische. Daneben erhob sich ein schlichtes hölzernes Regal, auf dem sich aus Ton gefertigte Teller, Becher und Schüsseln stapelten.

Erem spürte, wie ihm bei diesem Anblick ein wenig leichter ums Herz wurde. Selos, Falis und die Mädchen hatten wirklich ganze Arbeit geleistet.

„Gefällt es dir?", hörte er eine Stimme neben sich leise fragen.

Er wandte den Kopf zu Falis und nickte. „Es ist perfekt."

Ein kleines Lächeln spielte um Falis' Lippen. „Solange du nicht hier warst, konnte es niemals perfekt sein."

Erem senkte den Blick. Noch vor wenigen Wochen hätten ihn diese Worte vor Freude singen und tanzen lassen. Heute schnürten sie ihm vor Kummer die Kehle zu.

Nachdem auch der Letzte ihrer Gruppe die Höhle betreten hatte, versammelten sich alle rund um den großen Tisch. Bedrückt bemerkte Erem, dass sich Yadell den Stuhl heranzog, der am weitesten von seinem eigenen Platz entfernt war. Seit ihrem letzten Streit am ersten Tag ihrer Flucht hatten sie kein Wort mehr miteinander gewechselt, und Yadell schien nicht vorzuhaben, an dieser Tatsache in absehbarer Zeit etwas zu ändern. Allerdings kannte Erem ihn gut genug, um zu wissen, dass das sehr wahrscheinlich nicht lange so bleiben würde.

Noch einmal atmete er tief durch, sah in die gespannten und erwartungsvollen Gesichter der anderen, dann begann er mit ruhiger Stimme zu erzählen. Er berichtete ihnen, was nach ihrer Flucht aus dem Drachenschrein geschehen war und wie Kodorask Aleya, Jeron, Yadell und ihn selbst gefangen genommen hatte. Als er schilderte, wie er in seinem Zimmer in König Wilberens Schloss wieder zu sich gekommen war und sich Auge in Auge mit Kodorask wiedergefunden hatte, spürte er, wie Falis neben ihm fest seine Hand drückte. Schnell redete er weiter.

„Ihr mögt euch nun fragen: Wenn alles so hoffnungslos schien - wieso sind wir jetzt hier?" Er ließ seinen Blick ernst über die bleichen Gesichter der Jungdrachen wandern. „Die Wahrheit ist, dass die Dinge ein wenig anders liegen, als wir alle geglaubt haben. Kodorask hat ..."

„Das will niemand hören!", zischte Yadell. Er starrte Erem wild an. Seine Hände auf der Tischplatte waren zu Fäusten geballt. „Wir alle kennen die Wahrheit!"

Erem hörte, wie Aleya scharf Luft einsog, doch er ließ sie nicht zu Wort kommen. „Tun wir das?", fragte er. „Kennen wir tatsächlich die Wahrheit? Waren wir nicht vor Kurzem noch überzeugt, wir wären Menschen? Und, Yadell - *sind* wir Menschen?"

Yadells Lippen wurden schmal. „Das eine hat mit dem anderen nichts zu tun. Unsere Eltern wollten uns schützen, das weißt du."

Erem nickte. „Ja, das weiß ich. Ich zweifle nicht an ihrer Motivation, wohl aber an ihren Methoden. Wir hätten die Wahrheit verdient gehabt - in *jeder* Beziehung."

„Über den Krieg *haben* sie uns die Wahrheit gesagt", knurrte Yadell. „Wenn du es vorziehst, stattdessen Kodorasks Lügenmärchen zu glauben, dann ist das deine Sache."

Selos runzelte die Stirn. „Was für Lügenmärchen?"

Erem sah, wie Aleya ihm leicht zunickte. Yadell sah es ebenfalls, und seine Miene verzerrte sich vor Wut. „Schluss damit! Ihr wisst jetzt alles, was es zu wissen gibt. Das Gespräch ist beendet!"

Aleya stieß einen empörten Laut aus, während sich Falis' und Selos' Gesichter schlagartig verfinsterten. Auch Dris und Iscina wechselten einen raschen Blick.

„Wir möchten auch hören, was Erem zu erzählen hat", erklärte Dris gleich darauf bestimmt. „Ich bin es leid, dass ständig jemand für mich entscheidet, was ich erfahren darf und was nicht. Unsere Eltern haben diese Entscheidung viel zu lange für uns getroffen, und keiner von uns will, dass du dich jetzt an ihre Stelle setzt und das Gleiche tust, Yadell. Du bist nicht unser Anführer."

Yadell saß für einen Moment wie erstarrt. Erem konnte sehen, wie tief Dris' Worte ihn getroffen hatten. Er schluckte einmal, zweimal, dann lief ein Beben über seine Gestalt. Ruckartig stand er auf. „Macht doch, was ihr wollt. Aber kommt hinterher nicht angekrochen und bettelt um meine Hilfe." Er wandte sich ab, setzte sich ans Ufer des kleinen Sees und kehrte ihnen betont den Rücken zu.

Niemand sah ihm nach. Alle Augen waren längst wieder auf Erem gerichtet.

Und so erzählte ihnen Erem alles, was er von Kodorask über den Ausbruch und den gleichermaßen schändlichen Schlussakkord des Krieges erfahren hatte. Je länger er sprach, desto bleicher wurden die Gesichter der anderen. Als er schließlich nichts mehr zu sagen wusste, herrschte für einen Augenblick lähmende Stille. Er fing Selos' entsetzten Blick auf und wusste, dass alle in diesem Moment das Gleiche fühlten.

Selos räusperte sich. „Bist du dir vollkommen sicher, dass das die Wahrheit ist? Hat Kodorasks Wort für dich tatsächlich ein derartiges Gewicht?"

Erem nickte. „Ja, das hat es. Kodorask hat seine Erinnerungen mit mir geteilt. Es gibt keinen Zweifel."

„Tunerian hat mir niemals direkt gezeigt, was im Krieg geschehen ist", sagte Falis leise.

„Roderis auch nicht", meinte Aleya.

Erem spürte die Wut, die in ihren Worten mitschwang. Die anderen nickten stumm. Lediglich Yadell, der noch immer am Ufer des Sees saß und so tat, als ginge ihn das alles nichts mehr an, schnaubte abfällig. Aber sein Schweigen sagte mehr als genug. Auch Vanadeen hatte niemals seine Erinnerungen mit seinem Sohn geteilt.

Selos schüttelte den Kopf. „Das ist doch Wahnsinn! War ihnen denn nicht klar, dass sie dasselbe taten, was sie Kodorask vorgeworfen hatten? Spätestens als sie selbst zu töten begannen, wurden sie zu dem, was sie eigentlich bekämpfen wollten. Wie konnten sie *das* nicht erkennen?"

Erem hob die Schultern. „Vielleicht haben sie das. Vielleicht war das der Grund, warum ihre Grausamkeit schließlich keine Grenzen mehr kannte. Und vielleicht war es auch der Grund für all ihre Lügen. Es erfordert Mut, sich die Wahrheit über sich selbst einzugestehen."

Ehe einer von ihnen etwas darauf erwidern konnte, sprang Yadell plötzlich auf die Beine. Mit hochrotem Kopf und geballten Fäusten stürmte er auf Erem zu.

„Unsere Eltern haben harte Entscheidungen getroffen, weil sie es tun *mussten!* Ich lasse nicht zu, dass du alles in den Schmutz ziehst, wofür sie gelebt haben! Entscheide dich endlich, auf welcher Seite du stehst, Erem!"

Erem sah ihm ruhig in die Augen. „Verstehst du es immer noch nicht, Yadell? Es *gibt* keine Seiten. Dieser Krieg *konnte* nicht gewonnen werden. Wenn wir das nicht endlich begreifen, wird es für unsere Rasse keine Zukunft geben."

Yadell fixierte ihn mit kaltem Blick. „Oh doch. Wir *könnten* gewinnen! Du weißt, wie."

Ein unruhiges Raunen ging durch den Raum.

Falis sah ihn stirnrunzelnd an. „Was meint er damit, Erem?"

Erem atmete tief durch. „Er meint damit, dass Kodorasks Sohn meinen Körper übernehmen wollte und ich ihm widerstanden habe. Es war seine Seele, deren Verlöschen ihr gespürt habt."

Alle am Tisch schnappten hörbar nach Luft.

„Heißt das, du weißt, wie Kodorasks Zauber funktioniert?" Falis' Stimme zitterte plötzlich. „Du könntest unsere Eltern befreien?"

Erem nickte langsam. „Ja. Ich verstehe den Zauber jetzt. Ob ich die anderen Drachen mit diesem Wissen befreien könnte?" Wieder hob er die Schultern. „Möglicherweise. Bedenkt, dass die Seele von Kodorasks Sohn in *meinen* Körper eingedrungen ist. Ich habe keine Ahnung, wie es wäre, wenn ich stattdessen versuchen würde, eine Seele zu vertreiben, die bereits einen Körper in Besitz genommen hat."

„Aber du wirst es trotzdem tun, oder?" Die Augen der kleinen Liva waren groß und flehend. „Du wirst unsere Eltern retten."

Erem spürte, wie sich sein Magen verkrampfte. „Ich werde nicht gegen einen Drachen kämpfen. Weder gegen Kodorask und seinen Clan noch gegen irgendeinen anderen." Nicht, nachdem er erlebt hatte, wie Jaidells Seele vor seinen Augen in Stücke gerissen worden war; nicht, nachdem er die Wahrheit über sich selbst erfahren hatte. „Es muss einen anderen Weg geben."

„Du elender Feigling!" Yadell fletschte die Zähne. Er packte Erem am Kragen und zerrte ihn von seinem Stuhl. „Dein *Edelmut* widert mich an!"

Er stieß Erem grob von sich. Erem stolperte und stürzte schwer auf den harten Felsboden.

Ein Tumult entstand. Alle sprangen gleichzeitig von ihren Stühlen auf.

„Halt!“ Rasch hob Erem die Hand.

Selos und Falis, die sich bereits anschickten, sich auf Yadell zu stürzen, erstarrten mitten in der Bewegung.

Ohne seinen Blick von den beiden zu nehmen, rappelte sich Erem vom Boden auf. „Ich will keinen Kampf. Bitte respektiert das.“

Selos starrte ihn ungläubig an. „Willst du dich denn einfach von ihm schlagen lassen?“

Traurig erwiderte er Selos‘ Blick. „Jeder von uns trifft seine eigenen Entscheidungen, Selos. Wenn mich Yadell schlagen will, dann soll er es tun. Ich werde auf keinen Fall den gleichen Fehler wie unsere Eltern begehen.“

„Ist das so?“ Erem sah, wie sich Yadells Hand zur Faust ballte. „Du würdest dich nicht wehren? Du würdest dich tatsächlich von mir verprügeln lassen?“

Der Kummer wurde größer, erstickte ihn beinahe. Erem schenkte Yadell ein schwaches Lächeln. „Es ist, wie ich bereits sagte, Yadell: Du hast deine Überzeugungen, ich die meinen. Tu, was du glaubst, tun zu müssen. Ich werde es ebenso halten.“

„Dann soll es so sein.“ Unvermittelt schoss Yadells Faust vor.

Die Wucht, die er in seinen Schlag gelegt hatte, riss Erem den Kopf in den Nacken. Er hörte noch, wie die anderen erschrocken aufschrien, dann wurde es schwarz um ihn.

26. Kapitel

Als Erem wieder zu sich kam, fand er sich in einer deutlich kleineren Höhle wieder. Er lag auf einem schlichten Lager, das mit zwei Decken direkt auf dem Höhlenboden bereitet worden war, der einzige Luxus im Raum. Selos und Falis saßen dicht neben ihm, beide auf kahlem Fels.

Der matte Schein eines kleinen Windlichts zeichnete düstere Schatten auf ihre Gesichter, die beinahe geisterhaft über ihm in der Dunkelheit schwebten, während sie ihn mit harten, grimmigen Mienen sorgenvoll musterten. Erem spürte die Wut, die sie erfüllte, ebenso wie die Furcht und die Verwirrung, die darunter lagen, und eine kalte Faust schien sich um seine Kehle zu schließen. Er ignorierte die Schmerzen, die dumpf in seinem Kiefer pochten, biss die Zähne zusammen und richtete sich auf.

„Wie geht es dir?", fragte Falis leise.

Die ehrliche Sorge in ihrer Stimme trieb ihm beinahe die Tränen in die Augen. Er wusste, gleichgültig, was sie jetzt für ihn empfand, die nächsten Minuten würden alles verändern. „Es geht mir gut." Er merkte selbst, wie gepresst seine Stimme klang, und versuchte sich an einem Lächeln. „Wie lange war ich weggetreten?"

„Nur ein paar Minuten", knurrte Selos und warf einen wütenden Blick zum Eingang der Höhle. „Trotzdem könnte ich Yadell eins über den Schädel geben! Er hat dich *bewusstlos* geschlagen, obwohl er wusste, dass du dich nicht wehren würdest! Verdammt soll er sein!"

Erem sah zu Boden. „Kannst du es ihm wirklich verdenken? Ich bin der Einzige, der seine Eltern möglicherweise retten könnte, doch ich habe ihm direkt ins Gesicht gesagt, dass ich das nicht tun werde. Es ist verständlich, dass er mich nun hasst. Dabei weiß er das Schlimmste noch nicht einmal."

Selos runzelte die Stirn, und auch Falis sah ihn beunruhigt an.

„Was ist los, Erem?" Sie hob die Hand, berührte sein Gesicht und zwang ihn behutsam, sie anzuschauen. „Schon seit deiner Ankunft wirkst du, als würdest du das Gewicht der ganzen Welt auf deinen Schultern tragen. Was belastet dich?"

Erem schloss für einen Moment die Augen, versuchte, das Fallbeil noch ein paar wenige Atemzüge länger in seiner Verankerung zu halten, bevor es sein Leben endgültig und unwiderruflich in Trümmer schlug. Dann sagte er leise: „Ich habe euch vorhin von Kodorasks Bruder erzählt. Eremedawn. Dem Drachen, den Alanerisk ermordet und damit den Krieg beendet hat. Was ich euch *nicht* erzählt habe, ist, dass ich weiß, wo er ist." Er atmete tief durch. „Er sitzt direkt vor euch."

Selos und Falis brauchten ein paar Augenblicke, um die Bedeutung seiner Worte zu erfassen. Als sie zu begreifen begannen, was er gerade gesagt hatte, erstarrte Falis' Hand an seiner Wange, und Selos' Stirn legte sich in noch tiefere Falten. Er starrte Erem an, als sähe er ihn zum ersten Mal.

„Kodorasks Bruder? Hat *er* dir das erzählt?"

Erem spürte seine Zweifel, seine Verwirrung angesichts der plötzlichen und unerwarteten Wendung, die ihr Gespräch genommen hatte, und ein kalter Stein senkte sich in seinen Magen. „Nein. Kodorask weiß nichts davon."

„Aber wie …" Selos schüttelte den Kopf. „Kein Drache besitzt Erinnerungen an seine früheren Inkarnationen. Wie kannst du davon überzeugt sein, du wärst Kodorasks Bruder? Woher hast du diese Information?"

Für einen Moment war Erem, als würden Empfindungen, Bilder und Gesichter wie das Rauschen eines gewaltigen, unendlich weit entfernten Ozeans in der Tiefe seiner Seele wispern, eines Ozeans, der immer da gewesen war, der ihn umfangen und getragen hatte seit dem Anbeginn der Zeit – und es auch weiterhin tun würde, gleichgültig, was die Zukunft in diesem oder irgendeinem anderen Leben auch bringen mochte. Er fühlte, wie der eisige Klumpen in seinem Magen unter einer plötzlichen Wärme zu schmelzen begann. Mit einem eigentümlichen und unerwarteten Gefühl der Zuversicht erwiderte er Selos' Blick.

„Als Kodorasks Sohn meinen Körper übernehmen wollte, ist etwas mit mir geschehen. Es ist, als hätte sich irgendwo in mir … eine Tür geöffnet. Seitdem … habe ich Träume."

„Was für Träume?" Falis' Stimme klang angespannt. Doch noch immer lagen ihre Finger auf seiner Wange, spürte er ihre Wärme auf seiner Haut.

„Träume von der Vergangenheit. Träume von Kodorask." Sein Blick wanderte von Falis zu Selos und wieder zurück. „Inzwischen weiß ich, dass es mehr sind als Träume. Es sind Erinnerungen."

Selos' Miene nahm einen entschlossenen, grimmigen Ausdruck an. „Zeig sie mir! Ich möchte sehen, was du gesehen hast."

„Und ich ebenso." Falis sah ihm tief in die Augen. Noch immer nahm sie ihre Hand nicht fort.

Erem erschauerte. Und so öffnete er seinen Geist für sie. Er zeigte ihnen alles, die Erinnerungen, die Kodorask mit ihm geteilt hatte, ebenso wie die an seine Träume. Er verheimlichte auch nicht seine Gefühle und Gedanken, weder die damaligen noch die heutigen.

Als er seine Seele und sein Herz schließlich wieder vor ihnen verschloss, sah er Tränen in Falis' Augen schimmern.

„Wie konnten sie das nur tun?", flüsterte sie. „Wie konnten sie so grausam sein?"

Auch Selos war bleich geworden. „Ich hätte niemals für möglich gehalten, dass Kodorask unter den Kämpfen derart gelitten hat", sagte er mit bebender Stimme. „Du hattest vollkommen recht, Erem. Was unsere

Eltern getan haben, war abscheulich. Es gibt keinerlei Entschuldigung dafür."

Erem holte zitternd Luft. Auch wenn er die Wahrheit in seinem Herzen spürte, musste er es trotzdem aus ihrem Mund hören. „Dann macht es euch nichts aus, dass ich Kodorasks Bruder war? Ihr hasst mich nicht dafür?"

Falis lächelte. „Dummkopf."

Er blinzelte.

„Dummkopf", wiederholte sie leise, noch tiefer lächelnd. „Du bist wirklich dumm, wenn du deswegen Angst hattest. Es ändert gar nichts."

„Das ist wahr." Auch um Selos' Lippen spielte ein Lächeln. „Ist dir eigentlich klar, wie stolz ich auf dich bin, Erem? Jeder andere hätte dieses Wissen vermutlich für sich behalten. Aber nicht du! Du riskierst lieber, alles zu verlieren, als dich hinter einer Lüge zu verstecken. Ich verstehe, warum Kodorask seinen Bruder so sehr geliebt hat." Er zögerte, dann verblasste sein Lächeln, und die Sorge kehrte in seine Züge zurück. „Die Frage ist: Was wirst du mit deinem Wissen anfangen?"

Darauf gab es nur eine mögliche Antwort, und alle wussten es. Erem straffte die Schultern und versuchte, seine Stimme energisch und zuversichtlich klingen zu lassen.

„Ich muss zu Kodorask zurück. Ich habe es ihm versprochen. Ich habe ihm gesagt, dass ich seinen Bruder zu ihm bringen würde, wenn ich ihn gefunden habe. Und das habe ich."

„Aber muss Kodorask nicht glauben, dass du ihn verraten und seinen Sohn getötet hast?" Falis' Miene wirkte plötzlich angespannt. Furcht flackerte unübersehbar in ihrem Blick. „Vielleicht wirst du gar keine Gelegenheit bekommen, ihm zu sagen, wer du bist."

Erem seufzte. „Das Risiko muss ich eingehen."

Selos schüttelte den Kopf. „Du irrst dich, Erem. Das Risiko müssen *wir* eingehen. Wann werden wir aufbrechen?"

Auch Falis sah ihn erwartungsvoll an.

Erem versuchte gar nicht erst, es den beiden auszureden. Er hatte sich ihnen geöffnet, hatte sein Wissen mit ihnen geteilt. Es war ihre freie Entscheidung, wie sie mit diesem Wissen umgehen wollten.

Dankbar nickte er Falis und Selos zu. „Ich hatte vor, morgen Früh loszufliegen."

Falis warf Selos einen merkwürdigen Blick zu. „Dann sollten wir zusehen, dass wir bis dahin alle noch eine Mütze voll Schlaf bekommen."

Selos stutzte, dann glitt ein Grinsen über sein Gesicht. „Wohl wahr. Ich merke gerade, dass ich doch ziemlich müde bin. Wir sehen uns morgen, Erem."

Ehe Erem etwas darauf erwidern konnte, war er auf die Füße gesprungen und in der Dunkelheit verschwunden.

„Was …?“

Der Rest des Satzes sollte für immer ein Geheimnis bleiben. Erem vergaß augenblicklich, was er hatte sagen wollen, als sich Falis' Lippen ungestüm auf seine pressten. Ihr Kuss war wild, leidenschaftlich, ließ keinen Raum für Zweifel oder Unklarheiten. Er spürte, wie sich ihr Körper gegen seinen drängte, während ihre Hände hungrig über sein Gesicht, seine Brust, seinen Rücken glitten.

Sein rasender Herzschlag dröhnte ihm in den Ohren, war wie das Rauschen eines Ozeans, in dem nichts außer dem Geschmack von Falis' Lippen und der Berührung ihrer tastenden Finger noch irgendeine Gültigkeit besaß. Vor ungläubiger Benommenheit keuchend, spürte er, wie sie die Knöpfe seines Hemds öffnete, es ihm von den Schultern streifte und sich danach zielstrebig seiner Hose zuwandte.

Er brauchte keine weitere Aufforderung, es ihr gleichzutun. Nur wenige Augenblicke später sanken sie nackt auf sein Lager, rieben ihre erhitzten Körper in atemloser Leidenschaft aneinander, während ihre Zungen gierig den Mund des anderen erforschten. Mit einem eigenartigen Gefühl des Losgelöstseins nahm Erem wahr, wie sich das Rauschen seines Blutes veränderte, wie es lauter und kraftvoller wurde, als sei er mit einem Mal umgeben von tosenden Flüssen, deren dröhnender Donner wie heraufziehender Sturmwind die Luft erfüllte, und obwohl er es noch niemals zuvor erlebt hatte, wusste er sofort, was geschah.

Er fühlte, wie ihr jagender Puls, ihr keuchender Atem ein vielstimmiges Echo fanden, wie die Hitze ihrer Erregung auch in den anderen Jungdrachen erwachte. Überwältigt von einem Instinkt, der älter und mächtiger war als sie selbst, reagierten sie auf den Ruf, der laut und fordernd in ihren Herzen erklang. Fast konnte Erem sehen, wie in anderen Teilen der Höhle Jeron und Iscina, Aleya und Yadell, sogar Dris und Selos die Köpfe hoben, wie sie einander anblickten auf eine Art, wie sie es nie zuvor getan hatten. Wie ein glühender Funke sprang das Feuer, in dem ihre beiden Leiber zu brennen schienen, vom einen zum anderen über, floss heiß und verzehrend durch ihre Adern, verlangte nach Erlösung. Lediglich Liva und Cia waren zu jung, um den Ruf zu hören, die Hitze der Flammen zu spüren. Doch ihr eigener Instinkt ließ sie intuitiv erkennen, was vor sich ging, und schweigend und still zogen sie sich zurück, um die übrigen Jungdrachen nicht zu stören.

Während er in Falis eindrang und sich erst langsam, dann immer schneller und ungestümer in ihr zu bewegen begann, spürte er, wie Aleya Yadell in ungezügelter Wildheit die Kleidung vom Leibe riss, wie Iscina Jeron an sich zog und Dris und Selos eng umschlungen zu Boden sanken, und er wusste, auch sie spürten ihn; spürten, wie er und Falis einander hingaben, sich in immer schnelleren Bewegungen dem Höhepunkt ihrer Lust näherten. Vier Paare; acht getrennte Seelen, die durch die Glut ihrer

Leidenschaft zu einer neuen, stärkeren, elementareren Seele verschmolzen.

Mein Clan, dachte Erem ergriffen, dann eruptierte die Lust in ihm und schwemmte seinen Geist davon. Er schrie, brüllte in vollkommener Ekstase und hörte auch Falis schreien. Wie aus weiter Ferne, durch den massiven Fels der Höhle gedämpft, erklangen weitere Schreie, als nach und nach auch die anderen Jungdrachen in den wilden, heulenden Chor mit einfielen.

Irgendwann - es hätte nach Sekunden oder tausend Jahren sein können - sank Erem über Falis zusammen, zu schwach, um sich zu bewegen. Ihre Körper waren nass vor Schweiß, ihre Muskeln zitterten, doch er zwang sich, den Kopf zu heben und Falis anzusehen. Sie erwiderte seinen Blick mit einem erschöpften, aber glücklichen Lächeln. Ohne sich aus ihr zurückzuziehen, begann er, sie erneut zu küssen, und es dauerte nicht lange, bis die Hitze ihrer Leidenschaft sie abermals mit sich forttrug. Doch dieses Mal schlossen sie die anderen aus, blieben ganz für sich allein. *Dieser* Moment würde nur ihnen beiden gehören.

Stunden später lag Erem vollkommen erschöpft auf den Decken. Falis hatte sich eng an ihn gekuschelt, einen Arm quer über seine Brust gelegt und streichelte sanft seine Haut, was, obwohl das kaum möglich schien, ihn beinahe schon wieder erregte. Er sah sie an, und sie grinste verschmitzt.

„Überrascht, wie der Tag bisher so gelaufen ist?"

Er lachte leise. „Unwesentlich."

Danach lagen sie wieder still, genossen schweigend die Gegenwart des anderen. Es gab vieles, was er hätte sagen, was er sie hätte fragen können, doch dies schien weder der richtige Ort noch die richtige Zeit dafür zu sein. Er wusste nur, etwas Bedeutsames war gerade geschehen, nicht nur zwischen ihm und Falis, sondern mit ihnen allen. Was er vorhin im Rausch seiner Ekstase nur vage am Rande seiner Aufmerksamkeit wahrgenommen hatte, drang nun mit Macht in sein Bewusstsein: Vom heutigen Tage an würden sie alle nie wieder wirklich getrennt voneinander sein. Etwas Elementares hatte sie ergriffen, hatte sie zu etwas Neuem und Größerem gemacht, sie verwandelt. Auch wenn er nicht erklären konnte, wie und warum es geschehen war, fühlte Erem, es war die Wahrheit.

Ein neuer Clan war heute geboren worden. Als der Tag begonnen hatte, waren sie Jungdrachen gewesen; eine Gruppe verzweifelter, voneinander isolierter Individuen, die keine Ahnung davon gehabt hatten, was es bedeutete, wirklich und vollständig ein Drache zu sein. Nun waren sie eins, waren wie die Äste eines Baumes, dessen starke Wurzeln auch dem grimmigsten Sturm, der schrecklichsten Flut zu trotzen vermochten; wie die Flammen eines Feuers, dessen Wärme selbst in der eisigsten Kälte niemals erlosch.

Erst jetzt begriff Erem, auf welche tiefe Weise die Seelen der Drachen eines Clans tatsächlich miteinander verbunden waren. Und er verstand, dass Kodorask niemals anders hätte handeln können, als er seinen Sohn in Gefahr gewähnt hatte, und warum die Situation danach auf eine so entsetzliche Art eskaliert war. Ein Drache war stets Teil seines Clans, und der Clan war Teil jedes Drachen. Kein Drache würde es jemals ertragen können, wenn ein Mitglied seines Clans zu Schaden kam. Zu tief war das Clanbewusstsein in jedem von ihnen verwurzelt; für Rationalität blieb da kein Raum.

Als hätte sie seine Gedanken gelesen, nahm Falis auf einmal seine Hand und legte sie behutsam auf ihren Unterleib.

„Kannst du es fühlen?", fragte sie leise.

Erem erschauerte. „Unser Kind", flüsterte er.

Falis warf einen kurzen Blick zum Eingang der Höhle. „Dris, Iscina und Aleya haben ebenfalls empfangen."

Erem nickte. „Ich weiß. Ich habe es gespürt."

Nur mit Mühe konnte er die Tränen zurückhalten, die ihm die Kehle zusammenschnürten. Vier Kinder; vier neue Drachen. Es war nur ein erster Tropfen in einer beinahe verdorrten Wüste, aber es war ein Anfang. Ein Zeichen der Hoffnung.

Aber auch eine Verpflichtung.

Er runzelte die Stirn. „Ich fühle noch keine Seele in ihm."

Falis' Blick wanderte zu ihrem Bauch. Ein nachdenklicher Ausdruck glitt über ihr Gesicht. „Vielleicht muss der neue Körper erst einmal eine Weile wachsen, bevor er eine Seele aufnehmen kann. Wir wissen einfach zu wenig darüber, Erem."

Wie über so vieles andere. Erem nickte versonnen. „Wahrscheinlich."

Falis betrachtete ihn ernst. „Ändert es etwas an deinen Plänen?"

Er schüttelte den Kopf. „Nein. Das Gegenteil ist der Fall. Ich weiß jetzt genau, was ich zu tun habe."

Und das tat er. Vielleicht war es unmöglich, vielleicht war das Problem zu sehr ein Teil der Natur der Drachen, um jemals eine Lösung dafür zu finden. Und doch war ihm eines mit vollkommener Gewissheit klar: Der Grund für den Krieg und alles Schreckliche, das ihm folgte, war nicht Kodorask, noch waren es die anderen Drachen. Er hatte es bisher nicht erkennen, es nicht in seinem Herzen spüren können, weil er niemals selbst erfahren hatte, welche Macht das Bewusstsein seiner Clanzugehörigkeit über die Empfindungen eines Drachen besaß. Nun jedoch brauchte er nur ein einziges Mal für einen flüchtigen Augenblick seine Aufmerksamkeit nach innen zu richten, um diese Macht am eigenen Leib zu erleben. Es war ein Gefühl, das in seiner bedingungslosen Absolutheit gleichermaßen erhebend wie Furcht einflößend war.

Erem hauchte Falis einen Kuss auf die Stirn, presste sie noch enger an sich. Zwar hatte der Krieg alle Drachenclans ausgelöscht, doch die Sehnsucht danach - und die Erinnerung daran - war auch neunhundert Jahre später noch immer in den Herzen der Drachen lebendig. Das aber vor allem anderen war der Kern des Problems.

Erem erkannte mit vollkommener Klarheit, dass die Drachen als Art nur dann überleben konnten, wenn es keine Clans mehr gab. Es durfte nicht sein, dass sie von ihrer Loyalität gegenüber ihrem Clan derart überwältigt wurden, dass sie jegliche Vernunft und moralische Integrität über Bord warfen und zu nicht viel mehr wurden als Tiere, die blindwütig um sich bissen, sobald sie einen der ihren in irgendeiner Form in Bedrängnis wähnten. Die Verbundenheit, die sie füreinander empfanden, ebenso wie die Verpflichtung, von der sie ihr Handeln leiten ließen, durften sich nicht nur auf einige wenige richten, die zufällig demselben Clan wie sie selbst angehörten; sie mussten auch alle übrigen Drachen mit einschließen.

Früher hatte Erem geglaubt, dass genau das der Fall war, doch er hatte sich geirrt. Viele Jahrtausende hatten die Clans der Drachen in Harmonie miteinander gelebt, war ihre Existenz in einem perfekten Gleichgewicht gewesen. Dann waren die Menschen gekommen und hatten dieses Gleichgewicht zerstört.

Die Drachen, das erkannte Erem nun, hatten neunhundert Jahre lang versucht, einen Zustand wiederherzustellen und eine Zeit zu neuem Leben zu erwecken, die unwiederbringlich verloren waren. Es gab keinen Weg zurück, *konnte* ihn nicht geben. Zu viel Unrecht war in dem vergeblichen Versuch begangen worden, die Augen vor dieser schlichten Wahrheit zu verschließen.

Trotz der Wärme von Falis' Körper spürte Erem, wie er wie unter einem eisigen Windhauch fröstelte. Wenn es ihnen nicht gelang, eine neue Form des Gleichgewichts zu finden, würden jeder Frieden und jedes Gefühl der Sicherheit lediglich eine Illusion sein; so, wie sie während der letzten neunhundert Jahre eine Illusion gewesen waren. Ob er allerdings lange genug am Leben bleiben würde, um an diesen Bemühungen Anteil zu haben, würde sich erst am morgigen Tag erweisen.

27. Kapitel

Am nächsten Morgen brachen Erem, Falis und Selos auf. Alle hatten sich vor dem Eingang der Höhle versammelt, um ihrem Abflug beizuwohnen und ihnen ein gutes Gelingen zu wünschen, auch wenn keiner von ihnen wusste, was genau sie eigentlich vorhatten.

Doch das brauchten sie auch nicht. Als Erem seinen Blick ein letztes Mal von einem zum anderen wandern ließ, spürte er abermals, wie sehr die gestrige Erfahrung sie alle verwandelt, sie zu etwas Neuem, Größerem und Machtvollerem zusammengeschmiedet hatte. Selbst Yadell, der noch vor wenigen Stunden voller Zorn mit den Fäusten auf ihn losgegangen war, wirkte auf eine eigentümliche Weise sanft, schien über Nacht seinen gesamten Hass und seinen Neid auf Erem verloren zu haben. Es fühlte sich seltsam an, ihn nach den heftigen Auseinandersetzungen der vergangenen Wochen plötzlich derart friedlich zu erleben, und doch schien es auf einer anderen Ebene das Natürlichste und Selbstverständlichste auf der Welt zu sein.

Auch Yadell war nun ein Teil ihres Clans. Vieles von dem, was ihm noch gestern so wichtig gewesen war, was er geglaubt hatte, mit roher Gewalt gegen Anfechtungen und Zweifel verteidigen zu müssen, hatte mit einem Mal seine Bedeutung verloren, war für den *Clan* nicht länger relevant. Sie alle spürten dieselbe Veränderung in sich, fühlten die Wärme derselben Flamme in ihren Herzen, die sie mit Stärke und Mut erfüllte und ihnen mit ihrem Licht einen Weg durch die Dunkelheit wies, wie es die Zuneigung und Akzeptanz ihrer Eltern niemals vermocht hatte. Etwas war gegangen, und etwas Neues, unendlich Mächtigeres war an seine Stelle getreten. Wohin es sie führen würde, lag im Nebel der Zukunft verborgen, doch jeder Weg, den sie von hier aus wählten, würde *gut* und *richtig* sein, denn sie würden ihn gemeinsam gehen.

Aus diesem Grund war es auch nicht nötig gewesen, ihnen die Einzelheiten seines Plans zu verraten. Er hatte sie gebeten, ihm zu vertrauen, und das taten sie. Sie wussten – auf eine Art jenseits aller Worte –, dass er niemals gegen sie handeln würde.

Der Flug zurück zu König Wilberens Schloss dauerte sechs Tage – weniger, als sie für den Hinflug gebraucht hatten, da sie diesmal nicht den Umweg über das Hochplateau nehmen mussten. In der Morgendämmerung des siebten Tages gingen sie in dem kleinen Wäldchen in der Nähe des Schlosses nieder und legten den Rest des Weges zu Fuß zurück.

Als die beiden Wachposten auf dem Wehrgang über dem Tor sie kommen sahen, zuckten sie zusammen, als sei unvermittelt eine Horde axtschwingender Barbaren vor ihnen aus dem Erdreich gebrochen, und ihre Mienen wurden bleich. Ihre Gesichter verschwanden hinter den

Zinnen, und nur Sekunden später öffneten sich die Torflügel, und eine Gruppe Soldaten trat zögernd und mit sichtlichem Unbehagen hinaus ins Freie. Keiner von ihnen hatte seine Waffe gezogen, doch Erem sah die Nervosität in ihren Augen und spürte die Anspannung, die beinahe körperlich von ihnen ausstrahlte.

Er bemerkte, wie sich Selos und Falis neben ihm ebenfalls anspannten und ihre Hand unwillkürlich zum Griff ihrer Schwerter glitt, und schüttelte rasch den Kopf. Sie waren nicht gekommen, um zu kämpfen. Wenn es ihnen nicht gelang, den Tag ohne Blutvergießen zu überstehen, war ohnehin alles verloren.

Er bemühte sich, dem Hauptmann der Wache so offen und unbefangen wie möglich entgegenzublicken, als dieser seine Männer wenige Meter von ihnen entfernt anhalten und einen lockeren Halbkreis bilden ließ. So wie alle Soldaten des Schlosses, kannte Erem auch ihn mit Namen. Es war Bakuran, ein - zumindest nach menschlichen Maßstäben - hervorragender Schwertkämpfer, gegen den er in den vergangenen Jahren auf dem Übungsplatz mehr als einmal angetreten war.

Bakuran wand sich unter seinem Blick. „Ich werde euch gefangen nehmen müssen“, erklärte er halbherzig, machte aber keine Anstalten, seinen Worten Taten folgen zu lassen. Natürlich wusste er genau, dass er sie gegen ihren Willen nirgendwo hinbringen würde. In dem Fall wären er und seine Männer schneller tot, als sie nach Unterstützung rufen konnten.

Bakuran sah ihn beinahe flehend an. „Ich habe keine Ahnung, was zwischen dir und Alanerisk vorgefallen ist, Erem, aber ich habe meine Befehle. Verstehst du?“

Erem runzelte die Stirn. Offensichtlich wussten Bakuran und die Bewohner des Schlosses noch immer nicht, welchem Herrscher sie im Augenblick dienten. Aber natürlich spürte er, dass etwas nicht stimmte, und vermutlich wünschte er aus tiefstem Herzen, mit heiler Haut aus der ganzen Sache herauszukommen.

Erem nickte dem Hauptmann zu. „Wirst du uns zum Drachen bringen?“

Bakuran fuhr sich nervös mit der Zunge über die Lippen. „Ja. So hat er es befohlen, für den Fall, dass du zurückkehren würdest.“

Erem spürte, wie sein Herz vor plötzlicher Aufregung schneller zu schlagen begann. Kodorask hatte eine solche Möglichkeit tatsächlich in Betracht gezogen? War das ein Hinweis darauf, dass er seine Nachricht mit dem Schwert verstanden hatte? Dass er zumindest ahnte, dass nicht er für Jaidells Tod die Verantwortung trug? Oder wollte er ihn lediglich in Sicherheit wiegen, nur um dann umso härter und unbarmherziger zuschlagen zu können?

Es gab nur eine Möglichkeit, das herauszufinden.

Erem straffte die Schultern. „Gehen wir.“

Bakuran atmete sichtlich erleichtert auf. Er gab seinen Soldaten einen Wink, und der Halbkreis öffnete sich vor ihnen. Zu beiden Seiten flankiert von den Männern der Garde, traten Erem, Selos und Falis durch das Tor.

Erem merkte schnell, dass sie den Weg zum Ostflügel einschlugen, dorthin, wo sich die Dachterrasse mit Alanerisks Schlafkuppel befand. Es war ein Weg, den er in all den Jahren so oft gegangen war, dass seine Schritte ihn selbst mit verbundenen Augen ohne Mühe an sein Ziel gebracht hätten. Doch heute würde dort zum ersten Mal nicht Alanerisk auf ihn warten.

Sein Herz hämmerte noch härter in seiner Brust, ließ sich nun gar nicht mehr beruhigen. Er warf einen raschen Blick auf Selos und Falis, deren Gesichter dieselbe Anspannung zeigten, die auch er empfand. Nun würde es nicht mehr lange dauern. Der Augenblick der Wahrheit stand unmittelbar bevor.

So sehr er auch mit seinen eigenen Ängsten zu kämpfen hatte, fiel Erem doch die eigentümlich bedrückte Stimmung auf, die im Schloss herrschte. Wann immer ihnen auf ihrem schweigenden Marsch ein Diener oder eine Magd begegnete, wandten diese furchtsam, beinahe panisch den Blick von ihnen ab, erstarrten wie Rehe im Angesicht eines Wolfes, der sich noch nicht entschieden hatte, ob er sie ignorieren und an ihnen vorübergehen oder ihnen seine Zähne in die Kehle schlagen wollte. Sie duckten sich zusammen, hielten den Blick starr auf den Boden geheftet, während sie so taten, als seien sie vollkommen in ihre Arbeit vertieft. Doch Erem spürte die Angst, die in heißen Wellen von ihnen ausstrahlte, ihr verzweifeltes Bedürfnis, nicht durch eine unbedachte Bewegung die Aufmerksamkeit der Wachen auf sich zu lenken, und eine kalte Hand schien über seinen Nacken zu streichen. Wie viele Tote waren nötig gewesen, um so viel Furcht zu erzeugen? *Was war während seiner Abwesenheit im Schloss vorgefallen?*

Bakuran hätte es ihm vermutlich sagen können, doch Erem verzichtete darauf, ihm eine entsprechende Frage zu stellen. Es war besser, sich mit seiner Bitte um Antworten direkt an Kodorask zu wenden - sofern er ihm die Gelegenheit dazu ließ.

Wenige Minuten später standen sie am Fuß der Treppe, die hinauf zum Dach des Ostflügels führte. Bakuran zögerte, offensichtlich unschlüssig, ob er sie das letzte Stück des Weges begleiten oder sich mit seinen Männern zurückziehen sollte.

Erem nickte ihm zu. „Geh. Wir werden nicht fliehen. Wenn wir das wollten, wären wir gar nicht erst gekommen.“

Ein Ausdruck unverhohlener Erleichterung erschien auf Bakurans Gesicht. „Danke, Erem.“ Seine Brust hob und senkte sich unter einem tiefen Atemzug. Dann seufzte er. „Ich wünsche euch viel Glück. Was auch immer in diesem Schloss vor sich geht, ich hoffe, du kannst helfen, es wieder in Ordnung zu bringen." Er nickte ihnen noch einmal zu, dann gab er seinen Soldaten das Zeichen, abzurücken.

Nur mit Selos und Falis an seiner Seite stieg Erem die Treppe zur Dachterrasse empor. Als sie auf das Dach hinaustraten, fiel sein Blick sofort auf Kodorask, der, seinen Kopf in den weichen Sand gebettet, in seiner Drachengestalt im Inneren der gläsernen Kuppel lag. Für einen atemlosen Herzschlag sah Erem ihn so, wie er früher gewesen war - den gewaltigen, amethystfarbenen Leib, der in seiner majestätischen Schönheit jeden anderen Drachen in den Schatten gestellt hatte. Selbst Alanerisk, der ihm in dieser Hinsicht stets vollkommen erschienen war, verblasste dagegen.

Ein letztes Mal atmete er tief durch, versuchte, seinen rasenden Puls zu beruhigen. „Kodorask", rief er leise in Gedanken.

Kodorask schien tatsächlich geschlafen zu haben, doch jetzt fuhr sein gewaltiger Kopf blitzartig in die Höhe. Noch schneller war er auf den Beinen und schoss auf Erem zu.

„Du!"

Ehe Erem auch nur den Mund zu einer Erwiderung zu öffnen vermochte, war Selos mit zwei raschen Schritten an ihm vorbeigetreten. Seine Miene war bleich und angespannt vor Furcht, und er zitterte, doch seine Stimme hallte überraschend laut und klar über das Dach, als er in einer gebieterischen Geste die Arme nach vorne streckte.

„Halt!"

Keinen Herzschlag später war auch Falis an seiner Seite. Gemeinsam mit Selos starrte sie dem heranstürmenden Drachen grimmig entgegen.

Erem blieb bei diesem Anblick fast das Herz stehen. Hastig drängte er sich zwischen den beiden hindurch, ließ nicht zu, dass sie sich ein weiteres Mal schützend vor ihn stellten.

Doch was auch immer die Veränderung bewirkt haben mochte, Kodorask wurde tatsächlich langsamer. Bedächtiger kam er näher, und als er mit seinem mächtigen Drachenleib schließlich bedrohlich wie ein Berg vor ihnen in die Höhe ragte, stoppte er ganz. Sein Atem strich wie ein heißer Wüstenwind über Erem hinweg, trocknete den Schweiß auf seinem Gesicht.

Wortlos sank Erem auf die Knie, schloss die Augen und senkte den Kopf. „Wenn du glaubst, dass ich am Tod deines Sohnes die Verantwortung trage, dann töte mich auf der Stelle. Es ist dein gutes Recht."

Hinter sich hörte er Selos und Falis voller Entsetzen aufkeuchen, doch er blickte nicht auf. Er spürte Kodorasks Blick, der sich wie schwarze Flammen in seine Seele brannte.

Eine Sekunde verstrich. Dann zwei. Drei. Erem wagte nicht, sich zu rühren. Er wusste, Kodorask bräuchte nur ein einziges Mal das Maul zu öffnen, und er könnte ihn mit Haut und Haar verschlingen, so mühelos und beiläufig, wie er eine Rinderhälfte verschlang.

Doch er tat es nicht. Ein tiefes, hallendes Grollen stieg in seiner Brust empor, dann schüttelte er wild seinen mächtigen Kopf. Eine Sekunde später verwandelte er sich.

Noch immer auf den Knien, hob Erem den Blick. Kodorask stand vor ihm, nackt in all seiner schrecklichen Schönheit, und starrte auf ihn herab. Seine Miene war unbewegt, bar jeden Ausdrucks; kalter Marmor mit Augen, in denen grüne Flammen gespenstisch wie Elmsfeuer in mitternächtlicher Finsternis glühten.

„Wenn ich tatsächlich davon überzeugt wäre, würde ich nicht nur dich töten." Seine Stimme war wie Novemberwind, der über offene Gräber strich. „Ich würde auch die Leben dieser beiden dort nehmen." Er wandte seinen Kopf zu Selos und Falis. Dann riss er die Augen auf. „Und deines *Kindes!* Du hast sogar dein *Kind* dieser Gefahr ausgesetzt?"

Erem sah, wie Falis' Hand unwillkürlich zu ihrem Unterleib glitt. Dennoch erwiderte sie trotzig Kodorasks durchdringenden Blick. „Erem hat uns *gar nichts* ausgesetzt! Es war nicht seine Entscheidung, ob wir ihn begleiten oder nicht." Trotz ihrer Furcht spielte ein leichtes Lächeln um ihre Lippen. „Ein Clan lässt einen der seinen nicht im Stich."

Kodorask runzelte die Stirn wie jemand, dem sich auf einmal ein unerwarteter Geschmack auf die Zunge legt, den er schon so lange nicht mehr gekostet hat, dass er ihn nicht sogleich einordnen kann. Dann riss er die Augen noch weiter auf. „Ein *Clan?*", hauchte er beinahe ehrfürchtig. „Nach all den Jahrhunderten? Wie … wie hast du das vollbracht?"

Erem atmete tief durch. Er hielt Kodorasks Blick fest, ließ ihn nicht los. „Bitte, Kodorask, sag mir zuerst - hältst du mich für einen Mörder?"

Er sah, wie die Flammen in Kodorasks grünen Augen schwächer wurden und schließlich gänzlich erloschen. Nur graue Asche blieb zurück. „Du kennst die Antwort doch längst, Sohn des Alanerisk", sagte Kodorask mit dumpfer, toter Stimme. „Würde ich glauben, dass du für Jaidells Tod verantwortlich bist, wärst du im selben Moment gestorben, in dem du das Dach betreten hast. Auch deine Freunde hätten dich dann nicht retten können."

Erem spürte, wie seine Kehle eng wurde und sein Blick unter nahen Tränen zu verschwimmen begann, als ein Stachel, dessen Gift seit den schrecklichen Ereignissen vor zwei Wochen heiß und fiebrig in seiner Seele gebrannt hatte, fortgespült wurde. „Ich danke dir." Er blinzelte, als ihm unvermittelt etwas klar wurde. „Als du eben auf uns losgestürmt bist … das war ein Test, nicht wahr? Du wolltest sehen, wie ich reagiere."

Kodorask betrachtete ihn noch einen Moment lang reglos. Dann schüttelte er den Kopf. „Ich wusste, wie *du* reagieren würdest. Was ich nicht wusste, war, was *deine Begleiter* tun würden. Nun kenne ich die Antwort."

Erem lächelte. „Das sind Selos und Falis - mein Bruder und meine Frau." Sein Lächeln vertiefte sich. „Mein Clan."

Er sah, wie Kodorask erbebte, wie die ausdruckslose Maske seines marmornen Antlitzes endgültig auseinanderbrach und den Schmerz und die Verzweiflung preisgab, die darunter verborgen gewesen waren. Ehe er noch wusste, was er tat, war Erem auf die Beine gesprungen, streckte den Arm aus und legte Kodorask impulsiv die Hand auf die Schulter. Es war eine Geste, die ihm so unendlich vertraut war, dass er überhaupt nicht darüber nachdachte und erst merkte, dass sie eigentlich zu einem anderen Leben gehörte, als es längst zu spät war.

„Es tut mir so leid, Kodorask!" Seine Stimme war rau, zitterte unter seinem eigenen Schmerz, seiner eigenen Trauer. „Es ging alles so entsetzlich schnell. Weder Jaidell noch ich haben mit einem Angriff gerechnet. Jorran hat uns beide überrumpelt. Ich wäre dort geblieben, aber ich … ich war mir nicht sicher, ob du meine Botschaft verstehen würdest."

Ein seltsamer Ausdruck erschien in Kodorasks Augen. Er schien die Hand, die auf seiner Schulter ruhte, gar nicht zu bemerken - oder, falls er es tat, so wies er sie zumindest nicht zurück. Seine Brust hob und senkte sich unter einem tiefen Atemzug, während auf seinen Zügen Qual und Hass zu einem eigentümlichen Amalgam verschmolzen. „Jorran hat nicht nur dich getäuscht. Als ich seine Leiche fand, war mir sofort klar, was das bedeutete. Deshalb bin ich sofort zum Schloss zurückgekehrt. Fast wäre ich zu spät gekommen."

Erem starrte ihn erschrocken an. „Was ist passiert?"

Wieder loderten Flammen in Kodorasks grünen Augen. „Jorrans Sohn und einige seiner Getreuen haben in einem Handstreich versucht, die Macht an sich zu reißen. Beinahe wäre es ihnen gelungen, König Wilberen zu töten - und damit Ashuran, meinen zweiten Sohn."

Erem schwindelte vor Entsetzen. Hätte Kodorask innerhalb weniger Augenblicke nicht nur einen, sondern gleich beide Söhne auf eine solch furchtbare Weise verloren, hätte es für sie alle vermutlich keine Hoffnung mehr gegeben. „Ist Keiran tot?", fragte er leise.

Kodorasks Miene wurde hart. „Tot, begraben und vergessen. So wie auch der Rest seiner Anhänger."

Erem atmete auf. Eine Gefahr weniger.

„Willst du es ihm nicht endlich sagen?"

Erem wandte den Kopf. Selos schaute ihn erwartungsvoll an, grinste und machte eine auffordernde Handbewegung. Auch Falis nickte ihm zu. Nachdem sich Kodorask als entschieden weniger Furcht einflößend entpuppt hatte, als er sie am Anfang hatte glauben lassen wollen, schienen auch die letzten Bedenken und Zweifel von den beiden abgefallen zu sein.

Unvermittelt spürte Erem, wie ihm der kalte Schweiß ausbrach und sein Herz wie ein in die Enge getriebenes Tier gegen seinen Brustkorb zu hämmern begann. Plötzlich war seine Kehle so rau, dass er das Gefühl hatte, Sand statt Luft in seine Lungen zu saugen, und als er versuchte zu sprechen, drang nur ein heiseres Krächzen über seine trockenen Lippen. Er setzte einmal an, ein zweites Mal und begann zu zittern.

Kodorask runzelte die Stirn. „*Was* willst du mir sagen?"

„Kodorask …" Erem schluckte, atmete bebend ein. „Erinnerst du dich an das Versprechen, das ich dir gegeben habe, als ich das Schloss verließ?"

„Du wolltest dafür sorgen, dass die Seelen meiner Clanmitglieder nicht an der Wiedergeburt gehindert werden, solltest du Kristalle von ihnen finden."

Erem zwang sich, Kodorask in die Augen zu schauen, seinen Blick nicht von ihm abzuwenden. Sein Herz raste noch heftiger. „Nicht dieses Versprechen. Das … andere."

Kodorask brauchte mehrere Sekunden, um zu begreifen. Dann wurde er bleich. „Eremedawn? Du hast Eremedawn gefunden?" Seine Stimme war nur ein Hauch. Plötzlich zitterte auch er.

Erem schüttelte den Kopf. Tränen traten in seine Augen. „Ich brauchte ihn nicht zu finden. Er war nie verloren."

Kodorask packte ihn bei den Schultern. Seine Finger gruben sich hart und schmerzhaft in sein Fleisch. „Was soll das bedeuten? Sag es mir!"

Erem weinte jetzt offen. „Siehst du es denn nicht?", flüsterte er. „Du musst es doch genauso gefühlt haben wie ich. Du hast mich nicht nur deshalb respektiert, weil ich ein würdiger Gegner war. Du hast es getan, weil du mich *kennst!* So, wie auch *ich* dich kenne!"

Kodorasks Augen weiteten sich. Er öffnete den Mund, schien etwas sagen zu wollen, doch er zitterte jetzt so stark, dass er keinen Ton hervorbrachte. Erem spürte seine Verwirrung, sein verzweifeltes Bedürfnis, nach einem Licht zu greifen, wo beinahe tausend Jahre lang nur Finsternis gewesen war. Und doch zögerte er, die Hand danach auszustrecken, war die Furcht, der Hoffnung einen Namen zu geben und abermals enttäuscht zu werden, so groß, dass sie ihn innerlich erstarren ließ.

Da öffnete Erem seinen Geist für ihn, nahm ihn noch einmal mit in die Zeit, als er jauchzend vor Freude gemeinsam mit seinem Bruder vom Himmel herabgestoßen war, um in den blauen Tiefen des Meeres nach Fischen zu jagen; ließ ihn noch einmal das Glück und die Harmonie erleben, die sie beide damals verbunden hatte.

„Ich habe mich gar nicht so sehr verändert." Erem lächelte, während ihm Tränen über die Wangen liefen. „Ich bin immer noch ein kleiner Silberdrache, so wie damals."

„Eremedawn!“ Der Schrei, der aus Kodorask hervorbrach, war so herzzerreißend, dass Erem laut aufschluchzte. Dann schlossen sich starke Arme um ihn, drückten ihn so fest, als wollten sie ihn niemals wieder loslassen. „Mein Bruder! Endlich habe ich dich wieder!“

Erem spürte, dass auch Kodorask weinte. Er fühlte, wie seine Tränen sein Haar benetzten, sich mit seinen eigenen mischten, und schluchzte noch heftiger. Denn er wusste, er hatte sie nicht verdient.

Behutsam machte er sich von Kodorask los, schob ihn sachte von sich. „Bitte nicht.“ Die Worte schienen klaffende Wunden in seine Kehle zu reißen, doch er zwang sich, trotzdem weiterzureden. „Ich kann nicht mehr dein Bruder sein.“

Kodorask starrte ihn an, als hätte er vollends den Verstand verloren. „Was redest du da? *Natürlich* bist du mein Bruder! Auch wenn tausend Leben zwischen uns liegen sollten, werden wir *immer* miteinander verbunden sein!“

Erem schüttelte den Kopf, wich seinem Blick aus. „Das sagst du nur, weil du die Wahrheit nicht kennst.“

„Welche Wahrheit?“

Erem spürte, wie sich sein Magen verkrampfte. „Die Wahrheit, für die du mich hassen wirst.“

„Das wird niemals geschehen.“

„Doch, das wird es.“

„Eremedawn, warum …“

„Weil ich schuld an deinem Tod bin!“ Erem schluchzte auf. „Weil ich dich verraten habe!“

* * *

Einige atemlose Herzschläge lang sagte niemand ein Wort, schien die Ungeheuerlichkeit seiner Behauptung wie giftiger Nebel zwischen ihnen in der Luft zu schweben, die gesamte Szenerie zur Reglosigkeit zu verdammen.

Kodorask blinzelte. Er wirkte derart überrascht, war so offensichtlich außerstande, einen Sinn in das soeben Gehörte zu bringen, dass er nur hilflos dastehen und Erem anstarren konnte. Schließlich schüttelte er den Kopf wie jemand, der sich nach einer durchzechten Nacht verzweifelt daran zu erinnern versucht, wo seine Geldbörse und sein Hausschlüssel geblieben sind, und stieß ein beinahe zorniges Knurren aus. „Was ist das für ein Unsinn von Tod und Verrat, Eremedawn? Wie kommst du auf eine solche Narretei?“

Erem schluckte mühsam. Seine Kehle war mit einem Mal so eng geworden, dass er kaum noch Luft bekam, und seine Brust schmerzte, als hätten sich tonnenschwere Gewichte darauf niedergesenkt, die seine

Rippen zusammenpressten und sein Herz wie ein verängstigtes Tier in einem viel zu kleinen Käfig rasen ließen. Er erwiderte Kodorasks hilflosen, verwirrten Blick und lächelte traurig. „Erinnerst du dich an den Tag, als du mir deine letzte Erinnerung an Eremedawn gezeigt hast? Als du sagtest, du könntest dir nicht erklären, was Eremedawn an jenem Morgen überhaupt dort draußen zu suchen gehabt hätte? Ich weiß jetzt, was er gesucht hat - was *ich* gesucht habe." Durch einen Schleier aus Tränen hindurch sah er Kodorask an. „Ich habe den Tod gesucht."

Kodorask runzelte die Stirn. „Was soll das heißen?"

Er spürte Kodorasks plötzliche Angst, sein langsames Begreifen, und hätte nichts lieber getan, als sich herumzuwerfen und zu fliehen, davonzulaufen vor einer Wahrheit, die seit beinahe tausend Jahren unausgesprochen geblieben war. Doch sein Bruder hatte ein Recht darauf, endlich zu erfahren, *warum* er gestorben war. Erem holte zitternd Luft. „Du wolltest so sehr, dass ich am Leben bleibe. Du hättest *alles* getan, um mich zu beschützen. Ich war der Grund, warum dein Hass dich mehr und mehr verzehrt hat. Warum du weitergekämpft hättest, bis auch der letzte Drache sein Leben gelassen hätte." Seine Stimme sank zu einem Flüstern herab. „Deshalb … musste ich eine Entscheidung treffen."

Kodorask starrte ihn an. Seine Augen weiteten sich. „Eremedawn", hauchte er. „Was hast du getan?"

Erem spürte, wie ein Beben durch seinen Körper lief, ihn wie im Fieber zittern ließ. Hilflos schlotternd stand er vor seinem Bruder im frühen Licht des neuen Morgens. „Ich habe den Krieg beendet."

Kodorask riss die Augen noch weiter auf. Ungläubiges Entsetzen grub sich in seine Züge, und ein ersticktes Keuchen entrang sich seiner Kehle. „Indem du dich *geopfert* hast?"

Erem senkte den Kopf. „Dass es Alanerisk war, der mich als Erster entdeckt hat, war reiner Zufall. Ich wusste, dass du nicht mehr weiterkämpfen könntest, wenn ich tot wäre; dass sie dich dann besiegen würden." Seine Wangen waren nass vor Tränen; seine Brust schmerzte so sehr, dass er beinahe getaumelt wäre. „Ich habe dich verraten, Kodorask. Ich habe nicht *mich* geopfert; ich habe *dich* geopfert."

Er spürte, wie eine Hand ihn behutsam am Kinn berührte, seinen Kopf mit sanfter Gewalt anhob. Kodorasks Augen waren noch immer geweitet vor Schock und Entsetzen, aber Erem sah etwas, das er dort niemals erwartet hätte: Verständnis.

„Vergib mir, Eremedawn", sagte er leise. „Vergib mir, dass ich dich im Stich gelassen habe; dass meine Blindheit dich gezwungen hat, die Verantwortung für das Überleben unserer Rasse allein auf deinen Schultern zu tragen. Bitte vergib mir."

Abermals schlossen sich seine Arme um Erem, hielten ihn auf eine Weise, wie sie es seit tausend Jahren nicht getan hatten. Seine Hand strich sanft durch sein Haar, tröstend und voller Liebe; und plötzlich war es, als wäre er tatsächlich wieder Eremedawn, als stünde er noch einmal an der Seite seines Bruders an der sturmumtosten Küste des Meeres, während sich tief unter ihnen die Wellen schäumend an den Felsen brachen; als schwebe er noch einmal gemeinsam mit ihm durch die Weite des Himmels, unbeschwert und voller Zuversicht im Angesicht einer Zukunft, die noch tausende Jahre des Glücks und der Verbundenheit für sie bereithielt. Seine Tränen versiegten, als er zaghaft zu hoffen wagte. „Dann hasst du mich nicht?"

Die Umarmung wurde fester, ließ nicht zu, dass er sich abermals daraus befreite. „Wie könnte ich dich hassen? *Du* bist es, der jedes Recht darauf hätte, zornig zu sein. Nein, Eremedawn - du bist der einzige von uns, der keine Schuld auf sich geladen hat; der einzige, der den Mut hatte, der Wahrheit ins Gesicht zu sehen, und alles in die Waagschale geworfen hat, was er besaß, um diese Wahrheit von unserer Rasse abzuwenden. So war es damals - und so ist es noch heute."

Erem schloss die Augen. Kodorasks Worte strichen sanft wie Daunenfedern über seine fiebrige Seele, schenkten ihm einen Frieden, wie er ihn seit seiner Geburt nicht empfunden hatte. Er genoss das Vertrauen und die Liebe, die ihm sein Bruder selbst über den Abgrund von beinahe tausend Jahren noch immer entgegenbrachte, und er erwiderte diese Liebe mit aller Kraft, zu der er jemals in seinem Leben in der Lage sein würde. Still legte er seinen Kopf an Kodorasks Schulter, ließ sich von ihm halten, bis er spürte, dass sein Bruder die Umarmung von seiner Seite aus zu lösen begann. Als er den Blick hob, sah er in Kodorasks Augen ein Feuer, das - zum ersten Mal seit sehr, sehr langer Zeit - nicht von Rache und Hass genährt wurde. Ein eigentümliches Lächeln spielte um die Lippen seines Bruders, ein Lächeln, in dem gleichermaßen Wärme und stählerne Entschlossenheit lagen.

„Dieses Mal stehst du nicht allein, Eremedawn. Ich werde dich nicht noch einmal im Stich lassen."

Erem atmete tief durch. „Dann, Kodorask, habe ich eine Bitte an dich."

„Nenne sie mir."

Erem zögerte. Vielleicht war es eigensüchtig von ihm, doch er spürte, dass seine Gedanken niemals frei sein würden, wenn er auf eine bestimmte Frage keine Antwort erhielt. „Ist es möglich, mit Alanerisk zu sprechen, ohne dabei die Kontrolle über seinen Körper aufzugeben?"

Kodorask schaute ihn nachdenklich an. Natürlich kannte er ihn zu gut, um nicht genau zu wissen, was ihn bewegte. „Es wurde noch nie getan. Doch mit deiner Hilfe mag es gelingen."

Erem fuhr sich nervös mit der Zunge über die Lippen. Er fühlte, wie sich sein Puls vor plötzlicher Anspannung und Furcht zu beschleunigen begann.

Ein seltsam mitfühlender Ausdruck trat in Kodorasks Augen. „Was wirst du tun, wenn dir die Antworten nicht gefallen, die du bekommst?", fragte er sanft. „Willst du dieses Risiko tatsächlich eingehen?"

Erem hob die Schultern. Die stählernen Klammern zogen sich abermals um seine Brust zusammen, nahmen ihm beinahe die Luft zum Atmen. Dennoch versuchte er, seine Stimme energisch und fest klingen zu lassen. „Ich muss das tun, Kodorask. Ich muss wissen, ob Alanerisk mich jemals wirklich geliebt hat, oder ob alles nur ein grausamer Scherz von ihm war. Wusste er, wer ich war? Und wenn er es wusste - warum hat er mich erneut Erem genannt? Wollte er dich selbst nach deinem Tod noch verhöhnen? Oder war ich für ihn nicht mehr als eine Geisel, die er gegen dich verwenden wollte, solltest du irgendwann zurückkehren? Nur er kennt die Antworten darauf."

Kodorask nickte. Das Leuchten in seinen Augen vertiefte sich. „Das sind bedeutsame Fragen, Eremedawn. Lass es uns gemeinsam herausfinden."

28. Kapitel

Eng an die Seite seines Bruders geschmiegt, streckte sich Erem im weichen Sand unter der Glaskuppel aus. Er schenkte Selos und Falis, die sich mit besorgten Gesichtern neben ihm niedergelassen hatten, ein aufmunterndes Lächeln, obwohl auch ihm das Herz bis zum Hals schlug und seine Hände vor Anspannung klamm und feucht waren. Zu viel stand auf dem Spiel, als dass er mehr als einen fadenscheinigen - und von Selos und Falis vermutlich allzu leicht zu durchschauenden - Eindruck von äußerer Gelassenheit aufzubringen vermochte.

Was, wenn er erfuhr, dass neben all den anderen Lügen auch die Zuneigung, die er bei Alanerisk zu spüren geglaubt hatte, nichts weiter als eine niederträchtige Täuschung gewesen war? Er hatte Alanerisk so sehr geliebt, ihn so sehr verehrt. Er wusste nicht, ob er es ertragen könnte, auch noch diese Gewissheit zu verlieren.

Seine Kehle war trocken und rau, und er musste zweimal ansetzen, ehe er die Worte über die Lippen bekam. „Ich bin bereit. Was muss ich tun?"

Er spürte, wie Kodorasks Liebe sanft wie ein Frühlingswind über ihn hinwegstrich, seinen rasenden Herzschlag beruhigte. „Ich werde gleich meinen Geist für dich öffnen. Folge mir zu jenem Ort, an dem Alanerisks Seele gefangen ist. Sobald ich ihn aufgeweckt habe, musst du mit ihm sprechen und seine Aufmerksamkeit an dich binden. Dein Vater wird eine Entscheidung treffen müssen: Entweder er wendet sich mit seiner ganzen Kraft augenblicklich gegen mich, um die Herrschaft über seinen Körper vollends zurückzugewinnen, oder er steht dem Sohn, dem er angeblich so nahe war, Rede und Antwort. Ich wünsche dir von Herzen, dass er sich für das Letztere entscheidet."

Kodorasks Hand berührte kurz seine Schulter und drückte sie. Erem versuchte, ruhig und gleichmäßig durchzuatmen, seine Ängste und Zweifel beiseitezuschieben und sich auf die vor ihm liegende Aufgabe zu konzentrieren. Wenn Alanerisk ihn wirklich geliebt hatte, dann würde er nicht gegen Kodorask kämpfen. Dann würde er ihm zuhören, sich seinen Anklagen und Befürchtungen stellen und ihm schließlich - schockiert und entsetzt, dass Erem etwas derart Ungeheuerliches jemals hatte glauben können - versichern, dass alles nur ein grauenhaftes Missverständnis gewesen war. *Falls* es eines gewesen war.

Er schloss die Augen und öffnete seinerseits seinen Geist. Sofort spürte er einen leichten Sog, spürte die Einladung Kodorasks, den Weg, der vor ihnen lag, gemeinsam zu beschreiten, und er folgte seinem Ruf vertrauensvoll. Für einen winzigen Moment wurde es dunkel um ihn, und er hatte das Gefühl, kopfüber in einen schwarzen, bodenlosen Abgrund zu stürzen. Er wirbelte in die Tiefe, erschrocken und desorientiert, dann schien er plötzlich zu schweben, und er spürte Kodorasks Präsenz dicht neben sich.

„Erkennst du es wieder?", fragte sein Bruder leise, und obwohl er nicht in seiner körperlichen Gestalt bei ihm war, war es, als würde er ihn direkt anschauen.

Erem nickte beklommen. „Ja. Es ist der Ort, wo Alanerisk seinen schlimmsten Ängsten begegnet ist. Wo er vor ihnen in das Licht geflohen ist." So, wie er es beinahe ebenfalls getan hätte.

Er blickte suchend umher, und da sah er es - ein sanftes, warmes Leuchten, das weit vor ihnen in der Finsternis glomm. Seite an Seite schwebten sie auf das Licht zu, und Erem beobachtete mit wachsender Anspannung, wie der goldene Schimmer näher und näher heranrückte, bis er fast sein gesamtes Sichtfeld ausfüllte.

Irgendwo dort in diesem Licht war Alanerisks Seele gefangen und träumte ihre Träume von immerwährendem Frieden; träumte von einem Leben, das vor 18 Jahren seinen Anfang genommen hatte.

Seine Furcht wurde mit einem Mal so groß, dass er sich am liebsten herumgeworfen hätte und zurück in die Dunkelheit geflohen wäre. Doch er brauchte Antworten, brauchte sie unbedingt, oder die Wunde, die Alanerisk mit seinem verwirrenden und widersprüchlichen Handeln in seine Seele gerissen hatte, würde niemals heilen können.

Schweigend folgte er Kodorask, als dieser tiefer in das Licht hineinsank. Der goldene Schleier wich vor ihnen zurück, zerfaserte wie Morgennebel in einem plötzlichen Sturm und enthüllte, was bis zu diesem Augenblick dahinter verborgen gewesen war.

Erem hörte, wie Kodorask neben ihm ungläubig aufkeuchte. „*Das* ist Alanerisks glücklichster Moment?" Für einen winzigen Augenblick flackerte seine Präsenz, erbebte wie der schimmernde Nebel, den er gerade noch mit so viel energischer Entschlossenheit zerteilt hatte. „Wie ist das möglich? Er hat dich *getötet,* Eremedawn! Wie kann er dich jetzt *lieben?"* Seine Gedankenstimme klang tonlos und brüchig vor Verwirrung und Schock.

Mit dem Gefühl, als müsste er weinen, blickte Erem auf Alanerisk; Alanerisk, der mit gütigen, liebevollen Augen den kleinen Silberdrachen betrachtete, der sich vertrauensvoll an Eysenderias Flanke schmiegte. Und so wie damals auf dem Hochplateau hörte er die Worte, die sein Vater mit leiser, zärtlicher Stimme flüsterte.

„Willkommen, Eremedawn. Willkommen zurück im Leben."

Bebend vor verzweifelter Hoffnung, wandte er sich zu seinem Bruder; dem Bruder, der vor beinahe tausend Jahren von Alanerisk getötet worden war. So, wie er selbst von ihm getötet worden war.

„Kann er es tatsächlich ernst meinen? Glaubst du, er liebt mich wirklich?"

Kodorask wirkte noch immer halb betäubt von dem Anblick, der sich ihnen bot. Nur mühsam schien er sich auf die Frage konzentrieren zu können, die Erem ihm gestellt hatte. „Natürlich. So funktioniert der Zauber. Alanerisk kann gar nicht anders, als in seiner Erinnerung zu jenem Moment zurückzukehren, in dem er am glücklichsten war. Und dieser Moment ist ganz offensichtlich deine Geburt. Er *muss* dich lieben." Wieder lief ein Zittern durch seine Präsenz. „Er muss dich sogar mehr lieben als jeden anderen Drachen, der jemals Teil seines Lebens war."

Erem konnte nichts erwidern. Überwältigt von seinen Gefühlen, konnte er nicht mehr tun, als in stummer Faszination die Szene zu betrachten, die sich wieder und wieder vor seinen Augen abspielte.

„Ich werde ihn jetzt wecken!", erklärte Kodorask abrupt. „Frage ihn, was das zu bedeuten hat!"

Schon spürte Erem, wie sich der Zauber aufzulösen begann. Eysenderia und der kleine Silberdrache verblassten, wurden durchscheinend wie Kerzenrauch und waren nur einen Atemzug später gänzlich verschwunden. Einen atemlosen Herzschlag lang starrte Alanerisk verständnislos auf die leere Stelle, wo nur eine Sekunde zuvor seine Partnerin und sein Kind gewesen waren. Dann öffnete er sein Maul, und ein entsetzlicher Schrei entrang sich seiner Kehle. Es war ein Schrei voller Trauer, Schmerz und Verzweiflung, so voller Einsamkeit und Verlorenheit, dass Erem das Blut in den Adern gefror. Er spürte, wie Alanerisk versuchte, die Erinnerung festzuhalten, wie er sich, bereits ohne Hoffnung, in das letzte verlöschende Nachbild krallte. Dann zerriss der Schleier, und er erwachte vollends.

Sich plötzlich wieder sich selbst und seiner Umgebung bewusst, schwebte er körperlos vor ihnen in der Dunkelheit. Kodorasks Anwesenheit schien ihn nicht im Geringsten zu überraschen - was nahe lag, da er es war, dem er seine Gefangenschaft zu verdanken hatte - , doch als sein Geist Erem berührte, zuckte er verblüfft zusammen.

Erem fühlte Kodorasks Anspannung, seine Konzentration, mit der er sich bereit machte, einen möglichen Angriff Alanerisks zurückzuschlagen. Sollte Alanerisk vorhaben, die Ketten zu sprengen, die ihn banden, so war dies die beste Gelegenheit, die er jemals erhalten würde.

„Du hast nichts von mir zu befürchten, Kodorask." Alanerisks Gedankenstimme wehte wie ein sanfter Lufthauch durch die Finsternis. Weder Zorn noch grimmige Entschlossenheit lagen in dieser Stimme, sondern nur Erleichterung; eine Erleichterung, so tief und rein, wie sein verzweifeltes Brüllen zuvor von Qual erfüllt gewesen war. „Ich werde nicht gegen dich kämpfen. Das ist nicht mehr nötig." Erem spürte, wie seine liebevolle Präsenz sowohl ihn selbst als auch Kodorask umhüllte. „Endlich habt ihr euch gefunden. Kodorask hat erkannt, wer du bist."

„Du wusstest es“, flüsterte Erem. Er war so erfüllt von widersprüchlichen Gefühlen, dass seine Gedankenstimme sogar in seinen eigenen Ohren dünn und gepresst klang. „Du hast es die ganze Zeit gewusst.“

„Ja, das habe ich.“

Erem spürte das Bedauern und den Kummer in Alanerisks Stimme, und plötzlich, unerwartet, flammte heiße Wut in ihm auf. „Warum? Alanerisk, warum hast du es mir verschwiegen?“

Alanerisk schien vor seinem jäh emporlodernden Zorn zurückzuzucken. „Es tut mir so leid, Erem. Ich habe so oft gewünscht, ich könnte dir die Wahrheit sagen. Aber die Gefahr war einfach zu groß.“

Erem begriff augenblicklich. Er merkte kaum, wie Wut und Verbitterung von ihm abfielen, wie sie wie die Asche eines schon seit langem erloschenen Feuers in der Finsternis verwehten, als sich alles, was bisher unerklärlich und rätselhaft gewesen war, mit einem Mal zu einem Gesamtbild zusammenfügte. „Die anderen Drachen“, hauchte er. „Es ging niemals um Kodorask, nicht wahr? Du hast versucht, mich vor *ihnen* zu beschützen!“

Ein bestätigendes Nicken strich über ihn hinweg. Selbst jetzt noch - obwohl sich die Dinge inzwischen auf eine Weise entwickelt hatten, die keiner von ihnen hatte voraussehen können - spürte Erem die Furcht, die Alanerisk all die Jahre in seinem Herzen verschlossen gehalten hatte. „Hättest du die Wahrheit über den Krieg gekannt, hättest du es niemals auf sich beruhen lassen. Du bist, wer du bist, Erem. Und das ist gut so. Ohne deine Entschlossenheit und deinen Drang nach Gerechtigkeit wärst du niemals bis hierher gelangt. Aber hättest du die anderen Drachen zur Rede gestellt, und hättest du verlangt, dass auch der Rest der Jungdrachen die Wahrheit erfahren muss ... ich weiß nicht, was dann geschehen wäre.“

„Weil ich der Einzige bin.“ Erem fror plötzlich. Arkendeons düstere Andeutungen, die ihn damals im Schrein in solche Selbstzweifel gestürzt hatten, wehten wie ein eisiges Echo durch seinen Geist und ließen ihn zittern. „Der einzige Kristall, der bei der Geburt eines Drachen nicht im Schrein war.“

„Also weißt du auch dies.“ Alanerisks Präsenz erbebte wie unter einem schweren Seufzen. „Die meisten von uns haben dich sehr gern gehabt, Erem. Obwohl sie nicht wussten, wer du in deinem letzten Leben gewesen bist, haben sie nicht alles vergessen, was für die Drachen früherer Zeiten selbstverständlich war. Sie alle haben Tag für Tag mit ihrer Furcht gelebt. Doch nicht jeder ist stark genug, seinen Ängsten ins Antlitz zu blicken, ohne sich von ihnen beherrschen zu lassen.“

„Mavaderas, Vacanesion und Vanadeen.“ Es gab keinen Zweifel, von wem Alanerisk sprach. Obwohl er es nicht wirklich mit Worten hätte benennen können, hatte Erem doch stets die Distanz gespürt, mit der gerade Mavaderas und Vacanesion ihm begegnet waren, und auch Vanadeen hatte ihm gegenüber zumeist eine reservierte Förmlichkeit an den Tag gelegt, die zwar niemals von offenem Argwohn geprägt, aber auch nicht so herzlich wie das Verhalten von Tunerian und einigen anderen gewesen war. Bis vor Kurzem hatte er Mavaderas' und Vacanesions knurrigen Umgangston und die steife Reserviertheit Vanadeens schlicht für einen Ausdruck ihrer Persönlichkeit und ihres Temperaments gehalten. Nun wusste er es besser.

„Ja." Alanerisks Nicken war voller Bitterkeit und Schmerz, aber Erem fühlte auch den Zorn, der darin mitschwang. „Diese drei waren am besorgtesten deswegen."

„Also stimmt es." Er hatte es längst geahnt, doch es offen auszusprechen, war, als würde ihm etwas unendlich Kostbares, das er bereits verloren geglaubt hatte, von gierigen Klauen ein zweites Mal aus den Händen gerissen. „Ich bin der Grund, warum ihr uns nichts über unsere wahre Identität erzählt habt. Warum ihr die Jungdrachen als Menschen habt aufwachsen lassen. Weil sie *mir* nicht vertraut haben."

Ein warmer Mantel aus Mitgefühl und Liebe hüllte ihn mit einem Mal ein, versuchte, die Grausamkeit seiner Erkenntnis abzumildern und ihm Trost zu spenden. Er spürte, dass die Gefühle sowohl von Alanerisk als auch von Kodorask kamen, und er war ihnen dankbar dafür.

„Es ist wahr", sagte Alanerisk leise. „Und es ist auch der Grund, warum ich unter allen Umständen dafür sorgen musste, dass du dich wie die anderen verhältst. Hätte es auch nur den geringsten Zweifel an deiner Loyalität gegeben, wärst du in allergrößter Gefahr gewesen."

Die düsteren Implikationen von Alanerisks Worten ließen Erem unwillkürlich zusammenzucken. „Was hätten sie denn getan?" Obwohl er versuchte, grimmig und furchtlos zu klingen, merkte er, wie sehr seine Stimme zitterte. „Hätten sie mich in den Kerker geworfen? Mich für die nächsten tausend Jahre auf Wasser und Brot gesetzt? Oder" … das Zittern wurde unvermittelt stärker „hätten sie mich etwa *umgebracht?"* Er erstarrte. „Sie hätten mich tatsächlich getötet, nicht wahr? Der Schlange den Kopf abgeschlagen, bevor ihr Gift alle anderen infiziert. Sich ein paar hundert Jahre länger Sicherheit erkauft."

Die Dunkelheit um ihn herum schien mit einem Mal mit Raureif überzogen zu sein. Er spürte, wie auch Kodorask bei dieser Vorstellung von kaltem Zorn erfüllt wurde. Wären Vacanesion, Vanadeen und die übrigen Drachen wirklich so weit gegangen? Hätten sie tatsächlich einen der ihren geopfert, und das nur auf die vage Möglichkeit hin, dass er ein Angehöriger von Kodorasks ehemaligem Clan sein könnte? Er konnte es nicht glauben, doch er fühlte Alanerisks Zweifel und erschauerte.

„Ich weiß es nicht, Erem. Es wäre denkbar gewesen. Wer vermag zu sagen, zu was für Gräueltaten sich Mavaderas oder Vacanesion in ihrem

Hass hätten hinreißen lassen? Bereits vor neunhundert Jahren gab es für Mitgefühl und Gnade keinen Platz mehr in ihren Herzen."

„Aber du warst anders." Es war keine Feststellung, aber auch keine Frage. „Du hast mich nicht gehasst. Du hast mich geliebt. Obwohl du wusstest, wer ich in meinem früheren Leben war, hast du mich geliebt." Er konzentrierte sich jetzt vollkommen auf Alanerisk, wollte sich keine Nuance seiner Reaktion entgehen lassen. „Warum hast du das getan?"

Unvermittelt schien sich eine dunkle, eisige Wolke auf Alanerisk herabzusenken, und ein überwältigendes Gefühl der Scham strich wie toter, grauer Nebel über Erem hinweg. Er spürte, dass Alanerisk am liebsten geflohen wäre, dass es ihn all seine Kraft kostete, der Wahrheit, die beinahe tausend Jahre lang wie eine offene Wunde in der Finsternis seiner Seele verborgen gewesen war, ins Gesicht zu blicken und mit zitternden Fingern den Stachel zu berühren, der diese Wunde bis zum heutigen Tag hatte bluten lassen.

„Mavaderas, Vacanesion oder Vanadeen hätten dich vielleicht getötet, hätten sie erfahren, wer du wirklich bist." Alanerisks Stimme klang dumpf und leblos, war wie das geisterhafte Flüstern aus der Dunkelheit eines Grabes. „Ich aber, Erem, *habe* dich getötet."

„Dann war deine Liebe also nur eine Lüge? Hast du mich nur geliebt, um dein Gewissen zu beruhigen?" Es überraschte Erem, wie gefasst er sich anhörte, obwohl ihn die Furcht vor Alanerisks Antwort innerlich zittern ließ. War Alanerisks Schuldgefühl so groß gewesen, dass er seine Selbsttäuschung schließlich als Wahrheit empfunden hatte? War er deswegen zum vermeintlich glücklichsten Moment seines Lebens zurückgekehrt, als Kodorask ihn mit seinem Zauber in seinen Bann geschlagen hatte? Weil er sein Versagen nicht ertragen konnte und an etwas glauben wollte, was niemals Wirklichkeit gewesen war?

„Nein, Erem. Meine Liebe zu dir war immer echt." Ein heller Funke schien in der düsteren Wolke aufzuglimmen, die Alanerisks Präsenz in Schatten hüllte, und seine Stimme gewann erneut an Kraft. „Vom ersten Augenblick an, als ich dich sah, habe ich dich geliebt." Er stockte. Erem spürte, wie er nach Worten suchte, spürte sein verzweifeltes Bedürfnis, sich seinem Sohn verständlich zu machen – dem Sohn, den er kaltblütig ermordet hatte. „Damals … an jenem Tag vor neunhundert Jahren … als dein zerschmetterter Körper vor mir auf den Felsen lag … habe ich dir geschworen, dich zu beschützen. Noch im Sterben hast du deine Erinnerungen mit mir geteilt … weil du wolltest, dass ich *verstehe.* Und das habe ich."

„Du wusstest, warum ich an jenem Morgen losgeflogen bin. Du kanntest meinen Plan … weil ich dir meinen Geist geöffnet habe." Dieses Detail seiner Erinnerungen war Erem bislang unbekannt gewesen, und doch fühlte es sich auf eine eigentümliche Weise *richtig* an. Er verspürte eine seltsame Rührung, als er daran dachte, wie ein einziger Moment eines vergangenen Lebens genügt hatte, um das Schicksal zweier Drachenseelen für immer zu verändern.

„Ja." Obwohl er körperlos war, schien Alanerisk ihn direkt anzuschauen. „Erem … ich weiß, dass es keine Vergebung für das geben kann, was ich getan habe. An jenem Morgen … nur Stunden, bevor ich auf dich traf … habe ich Kensarin, meinen letzten Sohn, und Illilaim, meine Gefährtin, verloren, und als ich dich dann am Horizont auftauchen sah … da wollte ich nur noch Rache." Ein qualvolles Beben lief durch seine Präsenz, und Erem spürte, dass selbst neunhundert Jahre nicht ausgereicht hatten, um auch nur eine einzige von Alanerisks Wunden zu heilen. „Ich war blind vor Hass, und ich wollte nichts mehr, als Kodorask leiden zu lassen; so wie ich selbst gelitten habe. Ich wollte, dass er weiß, wie es sich anfühlt, alles zu verlieren, was er jemals geliebt hat. Erst später habe ich begriffen, was ich getan habe."

Erem spürte seinen Schmerz, seine Verzweiflung und seine Scham – und er erkannte, dass Alanerisk Unrecht hatte. „Du irrst dich, Vater. Ich *habe* dir längst vergeben. In dem Augenblick, als ich mich entschieden habe, als dein Sohn wiedergeboren zu werden, habe ich dir vergeben. Und ich habe deine Liebe akzeptiert."

Alanerisk erbebte noch stärker, und ein Laut, der ein Schluchzen hätte sein können, wehte durch die Finsternis. „Du beschämst mich, Erem. Ein weiteres Mal beschämst du mich. Ich hätte niemals zu hoffen gewagt, dass meine letzte Begegnung mit dir mich so glücklich machen würde. Ich danke dir, mein geliebter Sohn."

Erem spürte, wie er sich von ihm abwandte, und noch ehe er die Bedeutung seiner Worte wirklich zu begreifen begann, hörte er, wie Alanerisk mit leiser, aber beherrschter Stimme sagte: „Kodorask, damals habe ich dir Erem genommen. Heute gebe ich ihn dir zurück. Du brauchst deinen Zauber nicht länger. Nimm meinen Körper. Er gehört dir."

Erem war, als gefröre er innerlich zu Eis. „Vater, was soll das? Was hast du vor?"

„Er will sterben", sagte Kodorask, der sich bisher im Hintergrund gehalten und ihrem Gespräch schweigend gelauscht hatte. „Er will seinen Körper freiwillig verlassen. Er will mir ein neues Leben schenken."

„Du hattest das von Anfang an vor", flüsterte Erem. Plötzlich ergab alles auf eine schreckliche, qualvolle Weise Sinn. „Es war niemals dein Plan, gegen Kodorask zu kämpfen. Deine größte Angst war nicht, dass Kodorask irgendwann zurückkehren könnte. Du hattest Angst, dass er dich und mich umbringen könnte, bevor du dich ihm erklärt hast. Bevor er erfahren hätte, wer ich in Wirklichkeit bin."

„Ich habe dir und deinem Bruder die Zukunft geraubt." Alanerisks Stimme war so gramerfüllt, dass Erem vor verzweifeltem Kummer selbst geweint hätte, hätte er nur einen Körper besessen, der in der Lage gewesen wäre, Tränen zu vergießen. „Du hast mir erlaubt, achtzehn Jahre lang dein Vater zu sein. Du hast mir damit ein größeres Glück geschenkt, als ich verdient habe. Ich wünschte so sehr, ich könnte noch länger bleiben. Aber das darf ich nicht verlangen. Du hast Kodorask wiedergefunden. Endlich könnt ihr das Leben führen, das ihr schon vor neunhundert Jahren hättet führen sollen."

Erem war wie gelähmt, betäubt vor Schock und innerer Zerrissenheit. Er wollte widersprechen, wollte Alanerisk anschreien, ihn irgendwie zur Vernunft bringen, doch er brachte keinen Ton hervor. Denn wenn er Alanerisk zu bleiben bat - wenn er die Kontrolle über seinen Körper zurückerhielt -, dann war es Kodorask, der verloren war. Hilflos schluchzte er auf.

Es war Kodorask, der die Stille durchbrach. „Es ist genug, Alanerisk." Seine Stimme war wie Stahl, duldete keinen Widerspruch. „Deine Sühne wurde akzeptiert. Es ist nicht nötig, noch mehr zu geben."

Erem spürte, wie sich Kodorask ihm zuwandte. Als er erneut zu sprechen begann, war die schneidende Schärfe aus seiner Stimme verschwunden; nur Trauer und Schmerz waren geblieben. „Ach, Eremedawn! So viele Jahrhunderte habe ich nach dir gesucht. Doch erst jetzt, da ich dich gefunden habe, erkenne ich, wohin diese Suche mich gebracht hat." Die Qual, die von ihm ausstrahlte, vertiefte sich, schien beinahe körperlich greifbar. „Das Leben, das wir gemeinsam gelebt haben, an das ich mich mit all meiner Kraft geklammert habe - dieses Leben existiert längst nicht mehr. Du bist gestorben und wiedergeboren worden, Eremedawn. Und du hast Alanerisk als deinen Begleiter für dein neues Leben gewählt. *Er* ist deine Zukunft. Ich bin lediglich ein Gespenst aus der Vergangenheit, das sich weigert zu sterben." Eine unsichtbare Hand schien sanft und liebevoll über Erem hinwegzustreichen, ihn behutsam in die Arme zu schließen. „Es ist Zeit für mich, Abschied zu nehmen; so, wie ich es bereits vor neunhundert Jahren hätte tun sollen. Leb wohl, mein Bruder."

Erem war so überrumpelt von der erneuten Wendung der Geschehnisse, dass er erst realisierte, was geschah, als Alanerisk vor ungläubiger Überraschung aufkeuchte. Einen Herzschlag später spürte er es ebenfalls, und ein verzweifelter Schrei brach aus ihm hervor.

„Kodorask, nein! Lass es nicht so enden!"

Er fühlte, wie sich der Zauber, der Kodorasks Seele an Alanerisks Körper band, aufzulösen begann, wie er wie Staub aus einem offenen Grab in der Dunkelheit verwehte. Ein Zittern lief wie eine Bebenwelle durch Kodorasks Präsenz, und Erem spürte voller Entsetzen, wie die Seele seines Bruders an Substanz verlor, wie sie wie ein zerschlissenes Kleidungsstück von Sekunde zu Sekunde blasser und fadenscheiniger wurde. Es gab keine unsichtbaren Zähne, die sich in sie hineingruben und sie mit roher Gewalt auseinanderrissen, so wie es bei Jaidell der Fall gewesen war; es gab lediglich das langsame, wehmütige Verglimmen einer Seele, die nicht gehen wollte und dennoch glaubte, keine andere Wahl zu haben. Und da, endlich, begriff Erem.

„Kodorask, warte! Hör mir zu!" Seine Gedankenstimme überschlug sich vor jäher Aufregung. „Es liegt allein bei dir! Auch du kannst wiedergeboren werden. *Ihr alle* könnt es! Ihr müsst es nur wollen!"

Er spürte Kodorasks Zögern, seine Verwirrung; spürte, wie viel Kraft es ihn kostete, auf seine Worte zu reagieren. Die Flamme, die seine Seele am Leben hielt, war schon beinahe erloschen.

„Es ist zu spät, Eremedawn. Für mich gibt es keine Erlösung."

„Weil ihr überzeugt seid, sie nicht zu verdienen!" Verzweiflung und Furcht ließen seine Stimme schrill klingen, doch Erem versuchte, nicht darauf zu achten, sich allein auf Kodorask zu konzentrieren. „Weil ihr euch selbst verdammt habt. Weil ihr glaubt, das Recht auf Wiedergeburt verwirkt zu haben." Seine Stimme wurde zu einem Schluchzen. „Eure Seelen werden nicht deshalb ausgelöscht, weil ihr die Körper anderer Drachen gestohlen habt. Ihr *tut es selbst,* weil ihr es nicht ertragen könnt, mit eurer Schuld zu leben. Ihr begeht *Selbstmord,* Kodorask."

„Nein, das … ist unmöglich."

Kodorasks Seele erzitterte so stark, dass es schien, als würde sie im nächsten Moment endgültig in der Unendlichkeit verwehen. Doch Erem spürte seine Zweifel - ebenso wie das winzige Fünkchen Hoffnung, wo zuvor nur eine graue, trostlose Leere gewesen war.

„Bitte schau in dein Herz, Kodorask - und dann sag mir noch einmal, dass ich mich irre." Erem versuchte, so viel an Eindringlichkeit in seine Worte zu legen, wie er vermochte. „Sag mir, dass du dich nicht für das verabscheust, was du getan hast. Dass du es nicht als ein Verbrechen gegen die Natur selbst empfindest. Du, Jaidell und die anderen Drachen deines Clans - ihr alle habt geglaubt, dass es nur einen einzigen Weg gibt, um unserer Rasse ihre Würde zurückzugeben: Indem ihr die Welt von der Obszönität befreit, zu der ihr in euren Augen geworden wart." Behutsam begann er, sich in der Dunkelheit auf Kodorask zuzubewegen, seinen Geist nach ihm auszustrecken. „Doch wenn du wirklich für deine Taten sühnen willst, Kodorask, dann *lebe.* Kehre zurück in einem neuen Leben und lerne, dir selbst zu vergeben."

Einen ewigen Atemzug lang herrschte Stille, schien Kodorasks Seele unentschlossen auf der Schwelle zwischen Leben und Tod zu verharren. „Glaubst du das wirklich, Eremedawn?" Das Flüstern war leise, kaum wahrnehmbar, doch zum ersten Mal konnte Erem die Hoffnung, die darin mitschwang, so deutlich spüren, dass er selbst Hoffnung schöpfte.

„Ja, das tue ich."

„Dann … werde auch ich darauf vertrauen."

Kodorask wehrte sich nicht, als Erem sanft seine unsichtbaren Arme um ihn schloss, ihn all die Liebe und Zuversicht fühlen ließ, die er in seinem Herzen trug. Ein lautloses Seufzen schien wie ein letzter Gruß durch die Dunkelheit zu wehen. Als es verklang, war Kodorasks Seele fort.

Ehe er sich gänzlich darüber klar zu werden vermochte, was das bedeutete, spürte Erem, wie ein starker Sog nach ihm griff. Für einen übelkeiterregenden Moment hatte er das Gefühl, wie eine Holzplanke in einem Unterwasserstrudel orientierungslos umherzuwirbeln, dann gab es einen leichten Ruck, als würde er mit großer Geschwindigkeit kopfüber durch eine weiche, etwas zu enge Öffnung gepresst - und plötzlich sah er in die angespannten Gesichter von Falis und Selos, die seinen Blick mit offenkundiger Erleichterung erwiderten.

Beide kannten ihn gut genug, um sofort zu wissen, dass etwas gänzlich Unvorhergesehenes geschehen sein musste - etwas, das ihn zutiefst bewegt und aufgewühlt hatte.

„Erem, was ist passiert?" Selos' Stimme klang wachsam und argwöhnisch, als rechne er damit, jeden Augenblick aufspringen und Erem gegen einen Angriff aus dem Hinterhalt verteidigen zu müssen.

Erem öffnete den Mund, wollte Selos und Falis sagen, dass alles in Ordnung war, sie sich keine Sorgen um ihn zu machen brauchten. Da legte sich ihm eine Hand auf die Schulter, und eine sanfte Stimme sagte: „Ein Wunder, Selos. Nicht weniger als ein Wunder."

Alle drei wandten den Kopf. Alanerisk lächelte ihn an, und Erem spürte, wie sein Herz unvermittelt schneller zu schlagen begann. Die smaragdfarbenen Augen seines Vaters betrachteten ihn voller Wärme, wie sie es früher so oft getan hatten, wenn er neben Alanerisk im weichen Sand der Dachkuppel gesessen und seine Kümmernisse und Sorgen, seine Hoffnungen und Träume mit ihm geteilt hatte; einer Wärme, die er ihm in den vergangenen achtzehn Jahren seines Lebens so freimütig und erwartungslos geschenkt hatte, wie es wohl nur eine Mutter oder ein liebender Vater vermochten.

Erem schluckte. Ein heiseres Schluchzen stieg in seiner Kehle empor, und plötzlich schwammen seine Augen in Tränen. „Alanerisk", flüsterte er. „Du bist es wirklich." Noch mehr Tränen strömten über seine Wangen, als Alanerisks Gestalt von einem anderen Bild überlagert wurde - von der Erinnerung an einen großen, purpurfarbenen Drachen, der gemeinsam mit ihm über der endlosen Weite des Ozeans geschwebt war, um kleine, silberne Fische zu jagen. Kodorask war fort, war endgültig und unwiderruflich gegangen. Endlich - nach beinahe tausend Jahren der Verzweiflung und des Selbsthasses - hatte seine Seele die Sehnsüchte und Qualen seiner vergangenen Inkarnation hinter sich gelassen und war weitergezogen. Irgendwo und irgendwann, das spürte Erem genau, würde sein Bruder wiedergeboren werden. Er würde neue Erfahrungen machen, würde wieder lernen, was es hieß, Vertrauen und Liebe zu schenken und zuzulassen. Es würde andere Drachen geben, einen neuen Bruder vielleicht, mit denen er Seite an Seite am wolkenlosen Himmel dahingleiten würde; die er lieben würde, so wie er einst ihn geliebt hatte.

„Leb wohl, Kodorask", flüsterte Erem in seinen Gedanken. „Ich wünsche dir, dass du den Frieden findest, nach dem du so lange gesucht hast."

„Erem!"

Alanerisks ungläubige Stimme ließ Erem verwirrt den Kopf heben. Auch Selos und Falis starrten gebannt nach oben – starrten auf den winzigen silbernen Funken, der plötzlich über ihnen in der Luft erschienen war. Langsam, wie von einem geisterhaften Wind bewegt, schwebte der Funken auf Erem zu, sank lautlos wie Sternenlicht tiefer herab, während er heller und heller zu strahlen begann.

Erem keuchte auf. Er wusste, was geschah, und doch schien die Bedeutung dessen, was sich gerade unmittelbar vor seinen Augen abspielte, zu groß, um sie tatsächlich mit seinem Verstand erfassen zu können. Behutsam, als könne eine unbedachte Bewegung genügen, um die Magie des Augenblicks zu zerstören, streckte er die Hand aus. Als das schimmernde Licht seine Handfläche berührte, begann er zu zittern, und hätte Alanerisk nicht noch immer seine Schulter gehalten, wäre er, überwältigt vom schieren Ausmaß seiner Gefühle, vermutlich einfach zu Boden gesackt.

Das Leuchten wurde noch intensiver, bis es schließlich so grell war, dass Erem geblendet den Blick abwenden musste. Er spürte, wie sich das Licht zusammenzog, wie es sich verdichtete und auf seiner Handfläche materielle Form gewann. Erem wusste, was er sehen würde, sobald es gänzlich erloschen war. Er wusste es, weil er es vor wenigen Wochen schon einmal erlebt hatte.

Als er schließlich erneut den Kopf wandte, lag in seiner Hand, glatt und kühl wie eine vom Himmel herabgefallene Schneeflocke, ein Seelenkristall. Da begriff Erem, dass vom heutigen Tage an nichts jemals wieder so sein würde, wie es einmal gewesen war.

29. Kapitel

Ein ungewöhnlich rauer Wind fegte über den Tafelberg, blies Erem kalt ins Gesicht und zerrte wild an seinen Haaren. Neben sich hörte er Selos mit den Zähnen klappern, und auch Falis wünschte sich vermutlich nicht zum ersten Mal, sie hätte ihre dünne Lederweste vor ihrem Abflug gegen wärmere Kleidung getauscht. Er selbst hingegen hatte für die Kälte kaum mehr als einen flüchtigen Gedanken übrig.

Seit ihrer Ankunft auf dem Hochplateau war sein Blick nahezu unentwegt auf den Horizont gerichtet. Er wusste, kein Sturm würde die Drachen davon abhalten können, zu kommen - falls sie es wollten. Doch Ashuran war davon überzeugt, dass sie der Nachricht, die er ihnen geschickt hatte, folgen würden, und Erem vertraute seiner Einschätzung.

Noch immer kamen ihm die zurückliegenden Tage wie ein Traum vor - ein Traum, in dem jene, die in der Dunkelheit verloren waren, vom Licht verwandelt und nach Hause geführt wurden; in dem selbst Seelen, die im Fegefeuer brannten, geheilt werden konnten.

Trotz des schneidenden Windes und seiner Anspannung spürte Erem, wie ein Lächeln über sein Gesicht glitt, als er - wie so oft während der vergangenen Woche - an Kodorask dachte. Als seine Seele an jenem schicksalhaften Morgen in die Finsternis davongeweht war, hatte er geglaubt, seinen Bruder für immer verloren zu haben; hatte geglaubt, nach seinen letzten geflüsterten Worten nie wieder seine Stimme zu hören und von seiner liebevollen, unendlich vertrauten Präsenz umfangen zu werden. Doch wie sehr hatte er sich geirrt!

Obwohl er sich kaum davon hatte trennen können, hatte er Kodorasks Seelenkristall in der Obhut seines Sohnes zurückgelassen, bevor er zusammen mit Selos und Falis von König Wilberens Schloss aufgebrochen war. Zwar hatte Ashuran die übrigen Drachen bereits in seiner Botschaft über die jüngste Entwicklung informiert, doch erst wenn sie den Kristall ihres ehemaligen Clanoberhaupts mit eigenen Augen sahen und seine Stimme in ihrem Geist vernahmen, würden sie vermutlich wirklich begreifen, was das für sie selbst bedeutete.

Aber würde es tatsächlich genügen, um sie zur Einsicht zu bewegen? Würde es genügen, sie davon abzuhalten, ihn, Selos und Falis sofort bei ihrer Ankunft auf dem Hochplateau zu Asche zu verbrennen? Im Krieg hatte man sie verfolgt und getötet, in den Jahrhunderten danach ihre Seelen an ihrer Wiedergeburt gehindert. Wie konnten sie darauf vertrauen, dass ihnen nun keine Gefahr mehr drohte, zumal sie wussten, dass er ihr einziger ernstzunehmender Feind war? Ihm allein war es gelungen, ihrem Übernahmezauber zu widerstehen und Alanerisks Besessenheit zu beenden. Was lag also näher, als die Gelegenheit, die er ihnen bot, zu einem harten und vernichtenden Präventivschlag zu nutzen?

Kodorask hatte voller Vertrauen die Chance auf ein neues Leben ergriffen, doch er war sein Bruder gewesen, der ihn mehr als alles andere geliebt hatte. Was, wenn die übrigen Drachen seines ehemaligen Clans nicht so viel Enthusiasmus wie er zeigten, die Körper, die sie ihren alten Feinden geraubt hatten, wieder herzugeben?

Erem spürte, wie sich sein Magen zu verkrampfen begann, während er weiter in den von düsteren grauen Wolken bedeckten Himmel starrte. Wie so oft blieb ihm auch jetzt nichts anderes übrig, als die Zähne zusammenzubeißen, seine Ängste und Zweifel beiseitezuschieben und auf dem Weg, für den er sich entschieden hatte, entschlossen weiter voranzuschreiten.

Er wandte den Kopf, schaute auf Selos und Falis, die mit angespannten Gesichtern neben ihm standen. Wie gern hätte er auch Alanerisk an seiner Seite gehabt, hätte aus seiner Gegenwart zumindest ein klein wenig Stärke und Vertrauen geschöpft. Doch er hatte gespürt, dass er sich diesmal nicht auf Alanerisk stützen durfte. Auch wenn Alanerisk schon vor neunhundert Jahren anders gewesen war als der Rest der alten Drachen, so war er doch einer von *ihnen.* Er repräsentierte die Vergangenheit, repräsentierte Verzweiflung, Gewalt und Hass. Wenn er den Angehörigen seines ehemaligen Clans eine Zukunft bieten wollte, die sie als lebenswert empfinden konnten, das fühlte Erem, durfte er sich nicht an irgendetwas klammern, das Teil dieser Vergangenheit gewesen war. Er musste ihnen etwas *Neues* geben, musste ein Licht entzünden, wo sie zuvor nur Dunkelheit gesehen hatten. Ob er das tatsächlich vermochte, war die große Frage, die am heutigen Tag ihre endgültige und unwiderrufliche Antwort finden würde.

Als der erste Drachenschrei wild und gebieterisch in der Ferne erklang, straffte Erem die Schultern und atmete tief durch. Nur wenige Augenblicke später sah er sie am westlichen Horizont – siebzehn Drachen, die mit kräftigen Flügelschlägen rasch näher kamen. Einige von ihnen trugen Wagen mit offener Ladefläche in ihren Klauen, auf denen sich die Gestalten von mehreren Männern und Frauen drängten.

Erem spürte, wie sich zumindest ein Teil der Anspannung, die in seinem Magen pochte, aufzulösen begann. Es schien, als hätten Ashuran und Kodorask tatsächlich alle von der Dringlichkeit dieses Treffens überzeugen können, selbst jene Drachen, die bei ihrer Rückkehr lediglich mit einem gewöhnlichen menschlichen Körper hatten Vorlieb nehmen müssen. Unter ihnen befand sich auch Ashuran selbst, dessen Seele nach wie vor im Körper des bedauernswerten Königs Wilberen steckte, und der mit seiner Weitsicht und Vernunft maßgeblich dazu beigetragen hatte, den heutigen Morgen überhaupt erst möglich zu machen.

Erem fing seinen Blick auf, als die Drachen schließlich in einer gewaltigen Staubwolke zur Landung ansetzten, und nickte ihm stumm zu.

Der unendlich vertraute Anblick der majestätischen Drachenleiber und die Erinnerung an die vielen Stunden, die er gemeinsam mit Tunerian, Eysenderia und den anderen hier auf diesem Hochplateau verbracht und gebannt ihren Erzählungen über die Wunder einer goldenen Vergangenheit gelauscht hatte, schnürten ihm für einen qualvollen Moment die Kehle zusammen. Grimmig holte er noch einmal tief Luft, dann schritt er den wartenden Drachen entgegen.

Fast beiläufig registrierte er, dass er noch immer lebte und atmete, dass keiner ihrer drei Körper bislang zu einem Häufchen rauchender Schlacke geworden war. Das war ein hoffnungsvollerer Beginn, als er sich noch vor wenigen Wochen beim Gedanken an eine solche Begegnung hätte träumen lassen.

„Ich danke euch, dass ihr alle gekommen seid." Ernst ließ er seinen Blick von einem zum anderen wandern, schenkte jedem einzelnen von ihnen einen kurzen Moment seiner Aufmerksamkeit.

Ashuran neigte würdevoll den Kopf. „Und ich danke *dir,* dass du die Seele meines Vaters davor bewahrt hast, für immer zu verlöschen."

Erem lächelte ihm zu. „Der Dank gebührt Kodorask, nicht mir. Ohne sein Vertrauen und seinen Wunsch zu leben hätte ich nichts bewirken können."

Der Drache, der früher einmal Vacanesion gewesen war, stieß ein dumpfes Grollen aus. „Ashuran meinte, es sei deine Überzeugung, dass wir alle das Gleiche zu tun vermögen wie Kodorask. Dass wir alle wiedergeboren werden können."

Erem wandte sich ihm zu. Nun, da seine Träume ihm die Erinnerung an sein vergangenes Leben zurückgebracht hatten, fiel es ihm nicht schwer, die fremde Seele, die in den gewaltigen erdfarbenen Leib Vacanesions gefahren war, bei ihrem wahren Namen zu nennen.

„Das ist richtig, Shmitaran. Kodorask hat geglaubt, er habe seine Zukunft verwirkt, als er zum ersten Mal den Körper eines anderen Wesens gestohlen hat. Er hat sich so sehr dafür geschämt, dass er überzeugt war, die Natur selbst habe sich von ihm abgewandt, um ihn auf die Weise zu bestrafen, die er geglaubt hat, verdient zu haben. Doch er hat sich geirrt." Erneut ließ er seinen Blick von einem zum anderen wandern, versuchte, so viel an Eindringlichkeit hineinzulegen, wie er vermochte. „Ihr alle seid nach wie vor ein Teil der Natur. Ihr seid noch immer *Drachen.* Das Einzige, was ihr tun müsst, ist, euch selbst zu vergeben."

„Du sprichst von Vergebung?" Shmitarans Augen loderten plötzlich rot. „Wo war die Vergebung jener, die uns vor neunhundert Jahren ermordet haben? Die uns gezwungen haben, in Dunkelheit und Kälte dahinzuvegetieren, ohne Hoffnung darauf, jemals von dieser Qual erlöst zu werden? Was ist mit *ihrer* Vergebung?"

Erem musste sich zwingen, nicht vor Shmitarans jäh aufflammender Wut zurückzuweichen. Traurig schüttelte er den Kopf. „Sie haben euch nicht vergeben. Sie hassen euch heute noch genauso wie damals."

Shmitarans gewaltiger Drachenkopf bewegte sich ruckartig auf Erem zu. Heißer Rauch quoll zischend aus seinen Nüstern. „Und warum verschwendest du dann unsere Zeit? Es hat sich *nichts* geändert!"

Wieder schüttelte Erem den Kopf. „Und hier, Shmitaran, irrt ihr ein zweites Mal." Obwohl sein Herz hart gegen seine Rippen pochte und seine Handflächen vor Anspannung feucht waren, ließ er ein dünnes Lächeln auf seinen Lippen erscheinen. „Es hat sich *alles* verändert."

Ein unruhiges Murmeln erhob sich aus den Reihen der versammelten Drachen. Erem spürte ihren Argwohn, spürte die Furcht, die darunter lag, aber auch ihre Verwirrung. Offensichtlich hatte er sie mit seinen Worten vollkommen überrumpelt. Aus dem Augenwinkel sah er, wie Selos und Falis an seine Seite traten. Hoch aufgerichtet und stolz standen sie da, flankierten ihn wie einen König, der mit Schwert und schimmernder Rüstung vor sein Volk trat, um das Ende einer tausendjährigen Schreckensherrschaft zu verkünden.

„Von heute an wird die Zukunft neu geschrieben. Denn nun *gibt es einen neuen Clan!*" Er öffnete seinen Geist für sie, und Falis und Selos taten es ihm gleich.

Das Murmeln wurde zu einem ungläubigen Keuchen, als die Gedanken, Empfindungen und Bilder ihres kollektiven Clanbewusstseins machtvoll und Ehrfurcht gebietend wie die Stimme eines aus dem Himmel herabgestiegenen Gottes über die Seelen der Drachen hinwegtosten, ihre geraubten Körper wie von einem unerwarteten warmen Frühlingswind erbeben ließen.

Shmitaran riss die Augen auf. Aus weniger als einem Meter starrte er Erem ins Gesicht. „Was soll das bedeuten? Willst du uns verhöhnen? Reicht es euch nicht, dass eure Eltern uns so viele Jahre in ihre Käfige gesperrt und gequält haben? Wollen sich nun auch noch ihre Kinder an unserem Leid ergötzen?"

Erem erwiderte seinen Blick, wich nicht vor Shmitarans wildem Zorn zurück, denn er fühlte den Schmerz und die Verzweiflung, die darin mitschwangen. „Begreifst du es nicht, Shmitaran? Wir sind nicht wie unsere Eltern. Wir waren es nie. Wir wurden von ihnen ebenso betrogen, wie auch ihr betrogen worden seid."

„Denkt ihr wirklich, wir hätten ein derartiges Unrecht geduldet, wenn wir die Wahrheit gekannt hätten?" Selbst Erem zuckte vor der Härte in Falis' Stimme zusammen, als sie nun zum ersten Mal das Wort ergriff. „Denkt ihr, *wir* würden *ihnen* vergeben, jetzt, da wir in ihre Herzen geschaut und die Bosheit und Niedertracht darin erkannt haben? Dass wir ihnen vor Dankbarkeit um den Hals fallen würden, dafür, dass sie uns unser ganzes Leben lang belogen und für ihre erbärmlichen Zwecke missbraucht haben?" Sie stieß ein verächtliches Lachen aus. „*Keiner* von uns Jungdrachen war damals bei dem Krieg dabei. Das Einzige, das wir darüber wissen, sind die Lügen, die uns von einer Bande rachsüchtiger und sadistischer Kreaturen erzählt wurden, die sich selbst unsere Eltern schimpfen. Glaubt nicht, wir würden *ihre* Fehler begehen, nur weil sie uns geboren haben."

„Erem und Falis haben recht." Auch Selos gelang es scheinbar mühelos, seiner Stimme einen grimmigen und unversöhnlichen Klang zu verleihen. „Ich schulde meinen Eltern nichts, am allerwenigsten Gehorsam. Nicht *sie* sind Teil des neuen Clans. *Wir* sind es."

„Und ihr könnt es ebenfalls sein", sagte Erem. Er lächelte. „Wenn ihr es wollt."

Atemlose Stille senkte sich über das Plateau. Alle Drachen schienen zu vollkommener Reglosigkeit zu erstarren. Es war Ashuran, der schließlich vortrat. Seine Stimme klang rau und heiser, und er musste mehrmals ansetzen, ehe es ihm gelang, die Worte über seine Lippen zu bringen.

„Ihr bietet uns an, uns neu zu inkarnieren? Als Angehöriger eures Clans mit einer neuen Identität wiedergeboren zu werden?"

Erem nickte. „So ist es. Kodorask hat gezeigt, dass es euch möglich ist, erneut zu einem Seelenkristall zu werden. Er hat darauf vertraut, dass es eine Zukunft für ihn geben kann. Bitte tut das Gleiche. Werdet ein Teil unseres Clans. Verlasst die Körper, die ihr gestohlen habt, und lasst die Vergangenheit hinter euch."

Er spürte ihre Zweifel und ihre Furcht, aber auch ihre qualvolle Sehnsucht. Sie wollten ihm glauben, wollten es unbedingt, das fühlte er. Doch neunhundert Jahre lang hatten sie nur Verfolgung und Hass gekannt, waren sie ermordet, eingesperrt und gedemütigt worden. Zorn, Angst und Hoffnungslosigkeit waren das einzig Beständige in ihrem Leben gewesen. Sie hatten gelernt, die Dunkelheit in ihren Herzen willkommen zu heißen, weil es niemals eine Alternative gegeben hatte. Doch nun, plötzlich, hatte sich eine Tür geöffnet, die sie aus dieser Dunkelheit hinausführen konnte. Aber würden sie auch den Mut haben, hindurchzutreten?

„Euer Clan ist stark." Erem sah den Widerstreit der Gefühle in Shmitarans kupferfarbenen Augen. „Wir alle haben das gespürt. Doch wird er auch stark genug sein? Selbst wenn wir euren Worten glauben sollten – warum sollten es eure Eltern tun? Was wird geschehen, wenn wir ihre Körper freigeben? Werden sie nicht abermals versuchen, unsere Seelenkristalle in ihre Gewalt zu bekommen? Werden sie uns nicht erneut in Ketten legen, um unsere Wiedergeburt zu verhindern?"

Erem nickte; sein Lächeln vertiefte sich. „Das würden sie zweifellos – wenn sie die Gelegenheit dazu bekämen. Die aber werden sie nicht erhalten. Dafür allerdings, Shmitaran, brauchen wir eure Hilfe."

Und dann begann er, ihnen gemeinsam mit Selos und Falis seinen Plan darzulegen. Er redete lange, während der kalte Wind schneidend über das Hochplateau fegte und die schweren, grauen Wolken die ersten Regentropfen mit sich brachten, und er sah, wie der Zweifel langsam aus ihren Augen wich, wie er zuerst zu Überraschung und nachdenklichem Interesse und schließlich zu Zustimmung wurde. Und während er fühlte, wie sich ihre Herzen zaghaft wie Blumen, die zu lange ohne Wasser und Licht an einem finsteren Ort dahingewelkt waren, für die Wahrhaftigkeit in seinen Worten zu öffnen begannen, begriff er noch etwas anderes: Als er an jenem Morgen vor beinahe zwei Wochen gemeinsam mit Selos und Falis zu König Wilberens Schloss aufgebrochen war, hatte er es in dem Bewusstsein getan, dass zwischen ihm und den übrigen Jungdrachen etwas Neues und Machtvolles entstanden war, etwas, das über jeden Einzelnen von ihnen weit hinausging. Doch erst jetzt erkannte er, dass in der Art, wie ihn Yadell, Aleya und die anderen bei seinem Aufbruch angeblickt hatten, nicht nur Verbundenheit und Zuneigung gegenüber einem Angehörigen ihres Clans gelegen hatte. Es war dasselbe Gefühl gewesen, das er jetzt in den Augen der besessenen Drachen und Menschen sah – das Gefühl, dass sie ihn anschauten und tiefer blickten, als er selbst es vermochte; dass sich ihnen bei seinem Anblick eine Wahrheit enthüllte, die für alle außer ihn selbst offensichtlich war. Und er begriff, dass es – vor langer Zeit, in einem anderen Leben – dasselbe Gefühl war, mit dem sie Kodorask betrachtet hatten, wenn er von einem seiner Flüge über das weite Land in ihre Höhle zurückgekehrt war; wenn er zu ihnen gesprochen und sie voller Respekt und Ehrfurcht seinen Worten gelauscht hatten, weil sie seiner Klugheit und seiner Weitsicht bedingungslos vertrauten. Weil sie wussten, dass er dieses Vertrauen niemals verraten würde.

Clanführer.

Die Wucht dieser Erkenntnis ließ Erem erschauern, ließ für einen Moment den Boden unter seinen Füßen schwanken, und doch fühlte er, wie sich alles, was bisher schmerzhaft und unverständlich gewesen war, mit einem Mal zusammenfügte, ihn mit einer Klarheit erfüllte, nach der er sein Leben lang vergeblich gesucht hatte.

Vielleicht war es Regen, der über seine Wangen rann, vielleicht waren es Tränen, als Ashuran schließlich mit feierlichem Ernst verkündete, dass alle Drachen – alle Angehörigen seines ehemaligen Clans, die vor neunhundert Jahren seine Familie und seine Freunde gewesen waren – ihr Leben und ihr Schicksal vom heutigen Tage an in seine Hände legen würden; Erem wusste es nicht. Er wusste nur eines: Was auch immer die nächsten Tage und Wochen an Entscheidungen und Tragödien bringen würden, sie würden die Welt, wie sie sie zuvor gekannt hatten, für immer verändern.

30. Kapitel

Zweiundzwanzig menschliche Körper lagen vor ihm auf dem felsigen Boden des Hochplateaus - zweiundzwanzig Körper, die noch vor wenigen Wochen gewöhnliche Männer und Frauen gewesen waren und nun die Seelen jahrtausendealter Drachen in sich trugen. Es waren weniger, als Erem erwartet hatte. Zusammen mit ihren Eltern hatte Kodorasks furchterregende Streitmacht gerade einmal 39 Soldaten gezählt.

König Wilberen und die übrigen einundzwanzig Besessenen sollten die Ersten sein, die ihre geraubten Körper zurückerhielten. Die Drachen hatten einen engen Kreis um sie gebildet, wie um ihre alten Freunde und Weggefährten auf ihrem letzten Gang vor dem kalten Wind und dem Regen zu schützen, und sahen schweigend auf sie herab. Erem spürte ihre Aufregung, aber auch ihre Furcht. Sie vertrauten seinen Worten, und natürlich hatten sie mit Kodorasks Seelenkristall einen eindrucksvollen Beweis vor Augen, dass dieses Vertrauen gerechtfertigt war. Und doch mussten ihnen die letzten Tage und Stunden wie ein Traum vorgekommen sein, mussten sie sich fühlen, als seien sie unvermittelt aus der düsteren Trostlosigkeit eines Kellerverlieses in einen hellen, warmen Frühlingstag hinausgetreten. Das Licht blendete sie, machte sie ängstlich und unsicher, und zitternd verharrten sie auf der Schwelle, suchten in ihren Herzen nach dem Mut, um die Dunkelheit ihres alten Lebens endgültig hinter sich zu lassen.

Als sich der erste Seelenkristall über den Köpfen der Liegenden in der regengepeitschten Luft zu bilden begann, ging ein kollektives Aufstöhnen durch die Reihen der Drachen. Binnen weniger Augenblicke erschien ein zweiter, dann ein dritter, dann wurde das silbrig weiße Leuchten so grell, dass Erem den Blick davon abwenden musste. Als er wieder hinschaute, sah er zweiundzwanzig Kristalle, die wie Splitter aus Mondlicht in majestätischer Stille durch Regen und heulenden Sturm auf ihn zugeschwebt kamen, um schließlich, kaum eine Handspanne von ihm entfernt, zu Boden zu sinken.

Clanführer.

Ein weiteres Mal spürte Erem, wie er vor Dankbarkeit und tiefer Ehrfurcht erschauerte. Seine Schultern strafften sich, dann nickte er den wartenden Drachen zu, die das Schauspiel in gebannter Faszination verfolgt hatten. Erst jetzt, wo sie die Seelenkristalle ihrer ehemaligen Clangefährten mit eigenen Augen vor sich sahen, schienen sie tatsächlich glauben zu können, dass sie der Traum, den sie träumten, aus der Finsternis der Nacht sicher ins Licht eines neuen Morgens getragen hatte.

So, wie sie es zuvor besprochen hatten, würden die zweiundzwanzig Menschen, die nun wieder Herr über ihren eigenen Körper waren, von den Drachen mithilfe ihrer Magie während des gesamten Rückflugs in ihre Heimat in einem tiefen Schlaf gehalten werden. Es würde viel zu bereden geben, sobald sie wieder erwacht waren, doch die Zeit für Erklärungen war noch nicht gekommen.

Behutsam wurden die Körper König Wilberens und der anderen auf die Ladefläche der Wagen gebettet, die sie bereits bei ihrem Hinflug benutzt hatten, und nur wenige Momente später waren die gewaltigen Drachenleiber Vanadeens, Vacanesions und Sapherions mit ihren schlafenden Passagieren in den grauen, tief hängenden Wolken verschwunden. Auf die übrigen Drachen wartete indes eine andere Aufgabe. Gemeinsam mit Erem, Selos und Falis würden sie den langen Flug zum zweiten Kontinent antreten, dem verwüsteten, seit beinahe tausend Jahren verlassenen Land, das einst ihre Heimat gewesen war. Dort würden sie nach einem Ort suchen, der für ihre Zwecke geeignet war; einem Ort, geschaffen, um zum wahren Herz ihres neuen Clans zu werden. Unterwegs würden sie beim Versteck der Jungdrachen Halt machen, um Yadell, Aleya, Jeron und die anderen, die nun seit fast zwei Wochen nichts mehr von ihnen gehört hatten, endlich über den neuesten Stand der Entwicklungen in Kenntnis zu setzen. Und dann - wenn all dies getan war - würden sie die letzte, entscheidende Phase ihres Vorhabens in Angriff nehmen.

Nur kurze Zeit später brachen sie auf. Der Flug verlief ruhig und ohne weitere Vorkommnisse. Als am Morgen des zwölften Tages die raue Küste des südlichen Kontinents in Sicht kam, gab Erem den Drachen ein Zeichen, über die schroffen Gebirgsketten tiefer ins Landesinnere vorzustoßen. Dort teilten sie sich auf, strebten in kleinen Gruppen in verschiedene Richtungen davon, um bei ihrer Suche möglichst rasch ein möglichst großes Gebiet mit ihren scharfen Drachenaugen erfassen zu können.

Während Erem über den Hügeln und weiten Ebenen seine Kreise zog, stellte er erfreut fest, dass zumindest einige der Wunden, die das Drachenfeuer vor neunhundert Jahren ins Land gebrannt hatte, inzwischen zu heilen begonnen hatten. Zwar gab es noch immer ausgedehnte Flächen, die aus nichts anderem als verglastem Sand und Gestein bestanden, doch dazwischen behaupteten sich an vielen Stellen kleine Oasen aus Gräsern und Bäumen, die ihrerseits wiederum vielen Tieren ein Zuhause boten. Mancherorts, wo die Schicht geschmolzenen Grunds nur dünn gewesen war, hatten es keimende Pflanzen sogar vermocht, das Glas zu durchbrechen, und hatten durch winzige Risse und Spalten hindurch zu blühen begonnen, so dass er bei seinem Flug immer wieder grüne, mit bunten Blumen gesprenkelte Linien entdeckte, die sich wie die Adern und Venen eines gewaltigen, unbegreiflichen Lebewesens durch das düstere Schwarz des geschändeten Bodens zogen. All dies stimmte Erem zuversichtlich, hier tatsächlich einen Ort zu finden, der all seine Erwartungen erfüllen konnte.

Es war schließlich Yadell, der sich zusammen mit Aleya und Jeron ihrer Reise zum zweiten Kontinent angeschlossen hatte, der nach einigen Tagen Suche den perfekten Platz entdeckte. Erem war sofort begeistert, und auch den übrigen Drachen war die Überraschung und Freude über den Anblick, der sich ihnen bot, deutlich anzumerken.

Die Stelle lag hoch auf einem langgestreckten Bergrücken in einem Winkel, der aus mehreren Tälern gebildet wurde, die vom Drachenfeuer verschont geblieben waren. Unberührter Wald wogte in sattem Grün über die sanften Hänge, lediglich dort, wo die Täler sich trafen, wichen die Bäume ein Stück zurück und schufen eine natürliche Lichtung, deren Zentrum von einem kristallklaren, im Sonnenlicht tiefblau schimmernden See eingenommen wurde.

Der See wurde von einem kleinen Wasserfall gespeist, der rauschend über eine Felskante in die Tiefe stürzte und mit seiner sprühenden Gischt einen Vorhang wob, hinter dem sich der Eingang zu einer Höhle verbarg. Zuerst war die Spalte im Gestein nur schmal, zu eng, um den gewaltigen Leib eines Drachen passieren zu lassen, doch schon wenige Meter weiter verbreiterte sich der Gang und mündete in mehrere, verschieden große Kavernen. Die größte von ihnen lag zugleich auch am tiefsten im Berg, und alle waren sich einig, dass dies der Ort war, an dem der Schrein ihres neuen Clans entstehen sollte; ein Schrein, der, anders als früher, nicht nur einigen wenigen auserwählten, sondern *allen* Seelen, die sich in seine Obhut begaben, Schutz und das Versprechen auf eine sichere Zukunft bieten würde.

In den nächsten Tagen arbeiteten sie gemeinsam daran, die rauen Wände zu glätten und Nischen zu schaffen, in denen die Seelenkristalle jener ruhen konnten, die - in einem Jahr oder in tausend - den Wunsch hatten, ihre Vergangenheit endgültig hinter sich zu lassen und als Angehöriger des *neuen* Drachenclans wiedergeboren zu werden. Und diesmal, das schwor sich Erem, würde es keine Ketten geben, die sie davon abhalten würden, einen Weg zu beschreiten, über den zu bestimmen niemand außer ihnen das Recht besaß. Sie würden frei sein, zu sein *wer* sie wollten, *wann immer* sie es wollten.

In einer feierlichen Zeremonie, der alle Drachen beiwohnten, bettete er die Kristalle Kodorasks, seines Sohnes und der einundzwanzig übrigen Drachen, die sie auf ihrem Flug hierher mit sich geführt hatten, in die Felsnischen, die von nun an - solange sie dies wünschten - ihre neue Heimstatt sein würden. Als auch dies getan war, gab es nur noch eines, das blieb. Dies aber, das wusste Erem, durfte nicht hier geschehen. Zu groß war die Gefahr, alles zu verlieren, für das sie in den letzten Wochen mit so viel Mut und Opferbereitschaft gekämpft hatten, und am Ende doch noch zu scheitern.

Schweigend und tief in Gedanken versunken traten sie den Rückflug nach Hause an. Es wurde Zeit, siebzehn Eltern ihre Kinder zurückzugeben.

* * *

Wieder stand Erem auf dem felsigen Hochplateau, das so viele Jahre ein magischer Ort voller Wunder für ihn gewesen war - bevor Brion ihm enthüllt hatte, dass er selbst zu jenen Wesen gehörte, die er einmal so sehr geliebt und deren Wiedersehen er stets mit so viel Ungeduld entgegengefiebert hatte -, während hoch über ihm am Himmel die grauen Wolken dahinjagten und die Sonne nicht mehr war als eine Erinnerung, so geisterhaft und fern wie das Lachen und die Gespräche, die einst - in einem anderen Leben - die weite Ebene erfüllt hatten. Diesmal waren nicht nur Selos und Falis bei ihm. Alle Jungdrachen hatten sich schweigend und mit ernsten Gesichtern um ihn versammelt, und als Erem den Kopf wandte, blickte er in Alanerisks sanfte, in einem warmen Goldton schimmernde Augen, die voller Güte und Verständnis auf ihm ruhten.

Sein Blick wanderte weiter, schweifte zu den siebzehn gewaltigen Drachenleibern, die lang ausgestreckt und mit geschlossenen Augen vor ihnen zwischen den Felsen lagen. Wie sie es zuvor besprochen hatten, hatten die Angehörigen von Kodorasks ehemaligem Clan auf die von ihnen gestohlenen Körper einen starken Schlafzauber gewirkt, der auch dann noch anhalten würde, nachdem die Seelen ihrer ursprünglichen Besitzer von ihren magischen Fesseln befreit worden waren. Auch Alanerisk hatte sie mit seiner eigenen Magie tatkräftig dabei unterstützt, so dass Vanadeen, Vacanesion und die übrigen Drachen vermutlich nicht einmal dann aus ihrem Schlummer erwacht wären, wenn eine Büffelherde über sie hinweggetrampelt wäre.

Erem atmete tief durch. Dies war der Teil ihres Plans, vor dem er am meisten Angst gehabt hatte. Es wäre fatal gewesen, hätten Vacanesion und die anderen zu früh die Augen geöffnet und vor sich im Staub die Seelenkristalle jener Drachen entdeckt, die sie über Wochen geistig versklavt und gedemütigt hatten. Nicht einmal die stärksten Trümpfe, die er hoffte, gegen sie ins Feld führen zu können, hätten in einem solchen Fall die Katastrophe noch aufhalten können.

Als das erste schimmernde Licht über den schlafenden Drachen in der Luft erschien, spürte Erem, wie sein Herz schneller zu schlagen begann. Das Strahlen wurde heller, breitete sich aus, badete die weite Ebene des Hochplateaus in einen flackernden, silbrigen Schein. Dann, nur wenige

Augenblicke später, war es vorüber, und Erem starrte gebannt auf die siebzehn Kristalle, die wie vom Himmel herabgefallene Sterne vor ihm und den anderen Jungdrachen auf dem Boden lagen.

Behutsam verstauten sie die Kristalle in einer leinenen Tasche, die sie eigens zu diesem Zweck mitgebracht hatten, dann beugte sich Alanerisk herab, umschloss die Tasche beinahe ehrfürchtig mit seiner Klaue und schwang sich nach einem letzten stummen Gruß an Erem mit seiner kostbaren Fracht in die Luft empor. Erem sah ihm nach, bis sein gewaltiger smaragdfarbener Leib von den grauen Wolken verschluckt wurde, und seine Brust hob und senkte sich unter einem tiefen Atemzug. Was auch immer die nächsten Stunden an Erfolgen oder Niederlagen bringen mochten, die Seelenkristalle seiner ehemaligen Clanangehörigen würden in Sicherheit sein.

Er wandte sich um, schenkte Falis, Selos und den anderen ein aufmunterndes Lächeln. Dann warteten sie.

Es war Vanadeen, der als Erster die Augen aufschlug. Während er noch den Kopf hob und in offensichtlicher Verwirrung um sich blickte, erwachten auch Mavaderas und Vacanesion, und nur wenige Momente später sah sich Erem siebzehn gewaltigen Drachen gegenüber, die mit großen Augen auf sie herabstarrten.

„Was hat das zu bedeuten? Warum sind wir hier?“ Vacanesions flammender Blick heftete sich auf Erem. Ohne dass auch nur ein einziges Wort der Erklärung gefallen wäre, schien er ihn sofort als den Rädelsführer einer sinistren Verschwörung ausgemacht zu haben, die nur Übles hervorzubringen in der Lage war.

Angesichts der Arroganz und des Misstrauens, die ihm entgegenschlugen, spürte Erem, wie auch in ihm sogleich der alte Zorn zu erwachen begann. „Die eigentliche Frage, Vacanesion, sollte vielmehr lauten: Wie konnten wir so dumm sein, uns ohne Gegenwehr von Kodorask überwältigen zu lassen, obwohl wir doch angeblich so *klug* und *mächtig* sind?“

„Wir waren besessen“, flüsterte Tunerian. Die brutale Wucht der Erkenntnis ließ seine Gedankenstimme zittern. „Kodorask und die Seinen haben uns zu ihren Sklaven gemacht!“

Erem nickte grimmig. „Das ist wahr. Eure *Entscheidungsschlacht* war vorbei, bevor sie überhaupt begonnen hatte. Kodorasks Truppen haben euch übertölpelt, und ihr habt sie nicht einmal *kommen sehen!*“

„Aber wie ...“ Caderell wirkte noch immer verwirrt, schien Mühe zu haben, seine Worte und die Situation, in die sie so jäh hineingeworfen worden waren, mit ihren Erinnerungen in Einklang zu bringen.

„Das „wie“ ist ohne Belang“, schnitt ihr Mavaderas brüsk das Wort ab. „Wenn es stimmt, was du sagst, Erem, dann erkläre uns: Wieso sind wir frei? Ist das ein Trick?“

Erem lächelte dünn. „Du kannst dich entspannen, Mavaderas. Die Zeit für Tricks ist ein für allemal vorüber. Kodorask und seine Anhänger sind tot."

Alle Drachen schienen gleichzeitig aufzukeuchen. Für einen Moment senkte sich atemlose Stille über das Plateau, schien niemand zu wissen, wie er auf seine Worte reagieren sollte. Dann beugte sich Vacanesion ruckartig vor. Der Zorn in seinen Augen loderte noch heißer.

„Was willst du uns weismachen, Erem? Wer sollte sie getötet haben? Etwa du?" Er stieß ein bedrohliches Zischen aus. „Ich habe keine Ahnung, was Kodorask für ein Spiel spielt, aber es ist offensichtlich, dass es ihm gelungen ist, dich auf seine Seite zu ziehen. Oder war das am Ende gar nicht nötig? Warst du schon immer einer von *ihnen?*"

Erem knirschte mit den Zähnen. Kalt erwiderte er Vacanesions Blick. „Glaubt ihr denn im Ernst, Kodorask würde euch einfach so *gehen lassen?* Warum sollte er das tun? Warum sollte er irgendwelche Spielchen mit euch spielen? Er *hatte* euch. Er hatte euch so sicher wie die Spinne eine Fliege, die in ihrem Netz zappelt." Er schnaubte verächtlich, legte all seine Wut in seine nächsten Worte. „Im Übrigen solltest du nachdenken, bevor du den Mund aufmachst, Vacanesion. Jeder von euch war von einer fremden Seele besessen. Spürt in euch hinein, und dann sagt mir, ob ihr noch irgendetwas von diesem fremden Einfluss in euch fühlt. Wenn dies nicht der Fall ist, sagt mir weiterhin: Was passiert mit einer Drachenseele, wenn sie einen Körper aufgeben muss, den sie zuvor gestohlen hat?"

„Sie erlischt", sagte Arkendeon. Nachdenklich sah er Erem an.

Ein beinahe ehrfürchtiges Raunen ging durch die Reihen der Drachen. Erst jetzt schienen sie zu begreifen, was er gerade gesagt hatte, schien die Bedeutung seiner Worte durch den Nebel aus Schock und Verwirrung in ihr Bewusstsein zu sickern.

„Also ist es wahr." Arkendeon betrachtete ihn staunend. „Kodorask ist nicht mehr. Doch wie ist es möglich, dass ihre Seelen erloschen sind, während wir noch immer leben? Wieso sind unsere Körper noch immer unversehrt?"

„Weil, Arkendeon, es nicht nötig war, euren Körpern ein Leid zuzufügen, um Kodorask zu bezwingen." Erem lächelte. „Erinnerst du dich daran, als du damals im Schrein zu mir gesagt hast, ich würde mich niemals mit der Oberfläche der Dinge zufriedengeben? Dass ich nach Antworten suchen würde, wo andere nicht einmal eine Frage sehen? Du hattest recht damit." Er ließ einen harten, grausamen Ausdruck auf seinem Gesicht erscheinen. „Kodorask ist tot, weil *ich* ihn vernichtet habe. Ebenso, wie ich seinen Sohn Jaidell vernichtet habe, als dieser meinen Körper stehlen wollte."

Arkendeon riss die Augen auf. „Der Zauber", flüsterte er. „Du hast herausgefunden, wie er funktioniert."

Erem nickte. „Das habe ich."

Vanadeen stieß ein tiefes, grollendes Schnauben aus. „Soll das heißen, dass dir etwas gelungen ist, das in all den Jahrhunderten niemand zu vollbringen vermochte? Dass *du ganz allein* jede einzelne der dunklen Seelen aus unseren Körpern vertrieben hast?"

Erem wandte sich dem großen, schneeweißen Drachen zu. „Ja", sagte er schlicht.

„Ist das der Grund, warum wir hier auf dieser Ebene erwacht sind?", fragte Tunerian. Sein Blick ruhte beinahe versonnen auf Erem, als versuche er die Bedeutung einer Wahrheit zu ergründen, die in den ungesagten Tiefen seiner Worte verborgen lag.

Erem nickte ihm zu. „Kodorask und seine Anhänger waren genauso von ihrer eigenen Unverwundbarkeit überzeugt, wie ihr es wart. Wir haben ihnen hier oben auf dem Plateau eine Falle gestellt und uns selbst als Köder benutzt." Er hob die Schultern. „Die Versuchung, uns alle auf einen Schlag zu erwischen, war einfach zu groß. Allerdings hat sich *dieser* Festschmaus als unverdaulich erwiesen."

„Wenn du weißt, wie man Kodorasks Zauber unschädlich machen kann, verrate es uns." Ein begehrliches Glitzern war in Vacanesions Augen getreten, und seine Stimme klang nicht weniger bedrohlich als zuvor.

Erem schüttelte den Kopf. „Das werde ich nicht", sagte er fest.

„Wie kannst du es wagen?"

Der jäh aufflammende Zorn in Vacanesions Gedankenstimme schien heiß genug, das Felsgestein unter seinen Füßen zum Schmelzen zu bringen. Erem spürte, wie sich seine Rückenmuskulatur anspannte, die Muskeln seiner Arme und Beine sich unwillkürlich für einen Kampf bereit machten. Grimmig presste er die Lippen aufeinander.

„Kodorask und die Seinen sind Vergangenheit. *Euer Krieg* ist Vergangenheit. Und dort, Vacanesion, sollten sie von nun an bleiben."

„Das hast nicht du zu entscheiden", zischte Vacanesion. „Wer bist du, dass du dich erdreistest, uns in dieser Form Befehle zu erteilen?"

Erem richtete sich gerade auf. Hinter sich spürte er, wie Falis, Selos und die anderen Jungdrachen näher an ihn heranrückten. Dies war der Moment, auf den sie alle gewartet hatten.

„Ich bin Erem", sagte er. „Wer bist *du,* dass du dich erdreistest, vom Führer des neuen Drachenclans Gehorsam zu verlangen?" Noch während er sprach, öffnete er seinen Geist für die versammelten Drachen, und Falis, Selos, Yadell und die übrigen taten es ihm gleich.

Vacanesion zuckte zusammen, als habe ihm Erem eine Klinge aus Säure in den Leib gerammt. Ein gurgelnder Laut entrang sich seiner Kehle, und das flammende Rot in seinen Augen wurde zu Asche. Auch Vanadeen, Mavaderas und die anderen Drachen wichen keuchend zurück, als sei unvermittelt eine zweite Sonne vor ihnen aus dem Boden gewachsen, und starrten Erem mit großen, schockgeweiteten Augen an. Sie alle wirkten gelähmt, waren erschüttert auf eine Weise, die bis zu den Grundfesten ihrer Existenz hinabreichte.

Hoch aufgerichtet trat Erem einen Schritt vor. Das Bewusstsein seiner Clanzugehörigkeit toste wie eine gewaltige Woge durch seine Adern, erfüllte seine Seele wie ein Chor aus zehntausend Stimmen. Dieses Gefühl, das spürte er ohne den geringsten Hauch eines Zweifels, war nicht nur etwas, das dem Rhythmus und der Melodie seines eigenen Herzens entsprang. Es war die Stimme der Natur selbst, war reine, ungezügelte Lebenskraft; war die Essenz all dessen, was es bedeutete, ein Drache zu sein. In der Gegenwart dieses Empfindens musste das Wissen darum, was sie verloren hatten, für ihre Eltern beinahe unerträglich sein.

Erem ließ seinen Blick über die schockstarren Drachen wandern, über die verwirrten, qualverzerrten Gesichter jener, die er einst so sehr geliebt und zu denen er voller Bewunderung und Ehrfurcht aufgeblickt hatte.

„Es ist noch immer möglich", sagte er sanft. „Auch nach beinahe tausend Jahren ist es immer noch möglich."

„Wie … wie habt ihr das vollbracht?" Arkendeons Gedankenstimme war nicht mehr als ein heiseres Krächzen, klang so zittrig und schwach, wie Erem es noch nie bei dem uralten Drachen erlebt hatte. „Der Krieg …"

„Nein." Erem schüttelte den Kopf. „Gebt nicht dem Krieg die Schuld daran, dass die Clans verschwunden sind. Was hat euch davon abgehalten, euch nach dem Ende der Kämpfe zu einem neuen Clan zusammenzuschließen? Wieso ist es euch niemals gelungen, in euren Herzen das Gefühl einer *neuen* Zusammengehörigkeit entstehen zu lassen?" Seine Stimme sank zu einem leisen, traurigen Flüstern herab. „Obwohl sich jeder von euch einen neuen Partner gewählt und Kinder mit ihm gezeugt hat, hat *in euren Herzen* der Krieg niemals geendet. Selbst tausend Jahre haben nicht gereicht, um euch eure Angst und euren Hass zu nehmen. Den Krieg, Arkendeon, mögt ihr gewonnen haben, aber euer Vertrauen in unsere Rasse und in das Leben – das habt ihr verloren."

„Was versuchst du uns zu sagen, Erem?" Tunerians Blick war schmerzerfüllt, seine Stimme brüchig und rau. Natürlich war er zu klug, um die Bedeutung seiner Worte misszuverstehen.

Erem wandte sich ihm zu. „Du spürst es, Tunerian, nicht wahr? *Ihr alle* spürt es. All die Jahre wart ihr nicht die Drachen, die ihr tief in eurem Herzen sein wolltet. Ihr wart Soldaten, und ihr wart Gefängniswärter, aber ihr habt euch dabei so sehr von eurer wahren Natur entfernt, wie Kodorask und seine Anhänger es auf *ihre* Weise getan haben. Seht ihr nun, wohin euch eure Furcht vor Kodorask geführt hat? *Seht ihr es?"* Er sah sie beschwörend an. „Vacanesion, Mavaderas, ihr alle – lasst endlich los!

Lasst die Vergangenheit hinter euch, oder ihr werdet niemals den Mut in euch finden, wieder ein Teil von etwas Größerem zu werden."

„Wie könnten wir das?", sagte Vanadeen seltsam kraftlos. „Kodorask mag endgültig vernichtet sein, aber mit seinem Tod ist die Gefahr noch nicht gebannt. Du weißt das, Erem. All die Seelenkristalle seines Clans, die bisher noch nicht gefunden worden sind ..."

„Sind von nun an nicht mehr euer Problem." Erem streckte den Rücken durch, ließ seine Miene hart und entschlossen werden. „Sie sind *unser* Problem." Er sah nach links und rechts, sah zu Selos, Falis, Yadell und den anderen Jungdrachen, die seinen Blick mit derselben grimmigen Entschlossenheit erwiderten.

„Aber ihr ...", setzte Arkendeon an.

„Sind weitaus mehr, als wir vor wenigen Wochen waren." Erem lächelte. „Wir sind mehr, als *ihr* neunhundert Jahre lang gewesen seid." Er schüttelte den Kopf. „Sucht die Kristalle, wie ihr es bisher auch getan habt. Und wenn ihr einen gefunden habt, dann bringt ihn zu uns. Wir werden nicht mit euch zurückkehren. Wir werden die Kristalle an einem sicheren Ort verwahren - so lange, bis ihre Seelen die Entscheidung treffen, erneut geboren zu werden."

Er sah, wie sich Vacanesion, Mavaderas und einige der anderen Drachen versteiften, sah die Furcht, die plötzlich in ihren Augen aufflackerte. „Ich weiß, dass ihr die Kristalle, die von den Familien der Drachenreiter bewacht wurden, mit einem Zauber belegt habt", sagte er behutsam. „Einem Zauber, der sie an einer Wiedergeburt gehindert hat. Doch die Bedingungen haben sich geändert. *Wir* haben uns verändert. Kodorask und die anderen Seelen, die euch eure Körper geraubt haben, mögen unrettbar verdammt und verloren gewesen sein, doch für die Kristalle, die bisher noch nicht gefunden worden sind, gilt das nicht. Sie *haben* noch immer eine Wahl. Ob sie sie ergreifen oder nicht, liegt nicht in unserer Hand - vielleicht werden sie es niemals tun -, aber falls sie den Wunsch haben, sich neu zu inkarnieren, werden wir sie nicht davon abhalten. Bis dahin werden wir sie bewachen. Und falls sie während dieser Zeit tatsächlich versuchen sollten, uns mit sinistren Einflüsterungen auf ihre Seite zu ziehen, so kann ich euch versichern, dass *keine* Seele, und sei sie noch so diabolisch, der Macht eines *Clans* etwas anzuhaben vermag."

„Auch eine Wiedergeburt wird sie nicht läutern", sagte Arkendeon. Auch in seinen Augen sah Erem die Furcht schimmern, die so lange von Zorn und scheinbarer Arroganz verdeckt gewesen war.

Er blickte den uralten Bronzedrachen an, dessen Weisheit er stets so sehr bewundert hatte, und lächelte traurig. „Das könnt ihr nicht wissen. *Ich* aber weiß, dass selbst zehntausend weitere Jahre Misstrauen und Hass euch nicht helfen werden, das wiederzufinden, was ihr verloren habt." Er machte eine ausholende Handbewegung, die Falis, Selos und die übrigen Jungdrachen umfasste. „Dies ist, was *Vertrauen* bewirken kann! Ich bitte euch, Arkendeon, verlasst die Dunkelheit und kommt zu uns ins Licht. Auch ihr könnt ein Teil unseres Clans werden - wenn ihr es wirklich wollt; wenn ihr eure Herzen wieder dem öffnet, was es heißt, ein Drache zu sein. Wenn ihr es wieder *liebt,* ein Drache zu sein!"

Er spürte ihr Zögern, spürte, wie sie mit ihrer Furcht und ihren Zweifeln rangen. Doch das war in Ordnung. Er konnte nicht darauf hoffen, die Mauer um ihre Herzen, die sie beinahe tausend Jahre lang mit grimmiger Verbissenheit aufrecht erhalten hatten, mit ein paar wohlfeilen Worten zum Einsturz zu bringen. Sie würden Zeit brauchen, um sich der neuen Situation anzupassen; um in sich den Mut zu finden, Rüstung und Schild beiseitezulegen und zu wagen, wieder so schutzlos und verletzlich zu sein, wie sie es vor dem Krieg gewesen waren - dem Krieg, der alles auf so schreckliche Weise verändert hatte.

Es war Vanadeen, der das lähmende Schweigen als Erster durchbrach. Seine Gedankenstimme klang dumpf, war von einer so großen Qual erfüllt, als würde jedes seiner Worte mit roher Gewalt aus seiner Seele gerissen. Und doch zwang er sich, sie auszusprechen, nicht vor der Bedeutung zurückzuweichen, die sie in sich trugen.

„Dein Angebot, Clanführer, ist großzügig. Ich werde ... darüber nachdenken."

Seine mächtigen Schwingen peitschten die Luft, als er sich kraftvoll vom Boden abstieß und, ohne sich noch einmal umzublicken, in den grauen, tief hängenden Wolken verschwand. Einen Moment lang starrten ihm alle überrascht nach.

„Ich werde ... dasselbe tun." Vacanesions Stimme war kaum mehr als ein heiseres Zischen, und er schaute Erem nicht an. Seine Schwingen rauschten, wirbelten eine Wolke aus Staub und Geröll auf, als auch er wortlos davonflog.

Ihm folgten Mavaderas, Inorisk und Sapherion. Nur wenige Herzschläge später standen Erem und die Jungdrachen allein auf dem weiten, windumtosten Plateau und sahen stumm zum Himmel empor, wo die Gestalten ihrer Eltern - Eltern, deren Furcht vor den Gespenstern ihrer Vergangenheit so groß gewesen war, dass sie ihre Kinder vom Augenblick ihrer Geburt an gezwungen hatten, mit einer Lüge zu leben - kleiner und kleiner und schließlich gänzlich von den Wolken verschlungen wurden.

Erem wusste, sie alle standen noch immer unter Schock, waren verwirrt und fühlten sich durch die schonungslose Brutalität, mit der er den Schleier aus Selbsttäuschungen und moralischer Überlegenheit vor ihren Augen in Fetzen gerissen hatte, auf eine Weise gedemütigt, die vermutlich weder er noch irgendeiner der anderen Jungdrachen jemals würde ermessen können. Doch sie hatten ihm zugehört, hatten seine

Worte und die Wahrheiten, die sie in ihren Herzen gespürt hatten, nicht als lächerlichen Unsinn beiseite gewischt und auf ihre gewohnt liebenswerte Art seine Unterwerfung gefordert. Das war alles, worauf es im Augenblick ankam.

Vielleicht hätte es ihn schmerzen sollen, dass selbst Eysenderia, die ihn geboren hatte, ohne ein Wort des Abschieds oder der Zuneigung mit den anderen davongeflogen war, doch überrascht stellte er fest, dass es ihm nicht mehr wirklich etwas ausmachte. Er wandte den Kopf. Selos und Falis nickten ihm zu. Ein Lächeln glitt über ihre Gesichter.

Erem atmete tief ein, schmeckte die frische, klare Luft, die in Böen über das Hochplateau blies. Dann lächelte auch er.

„Lasst uns nach Hause fliegen."

31. Kapitel

Zusammen mit seinem Clan kehrte Erem zu der kleinen Insel zurück, auf der sich Falis und die übrigen Jungdrachen in der Zeit nach ihrer überstürzten Flucht aus dem Schrein verborgen gehalten hatten. Dort traf er auf Alanerisk, der mit den siebzehn Seelenkristallen seiner ehemaligen Clanangehörigen bereits voller Ungeduld auf seine Ankunft gewartet hatte.

Gemeinsam mit seinem Vater machte sich Erem kurze Zeit später erneut auf den Weg. Sie überquerten den Ozean, flogen ein weiteres Mal hinüber zum zweiten Kontinent. Erem wusste, dass das wilde, zerklüftete Land irgendwann erneut zur Heimat der Drachen werden würde, dass sich die Tage, in denen seine Rasse wie weise, gütige Hirten über die Geschicke der Menschheit gewacht hatte, nach den heutigen Ereignissen unwiderruflich ihrem Ende zuneigen würden.

Der Sehnsucht, nach beinahe tausend Jahren der Isolation und kleinmütigen Furcht wieder Teil eines Clans zu sein, sich so wie einst in der Gemeinschaft der Drachen geborgen zu fühlen und von ihr getragen zu werden, würde auf Dauer keiner ihrer Eltern widerstehen können. Sie würden gegen ihre inneren Dämonen kämpfen, und irgendwann würde es ihnen gelingen, über sie zu triumphieren. Es würde ihnen gelingen, weil es der einzige Weg war, der ihnen nun noch blieb; weil sie *Drachen* waren und deshalb keine andere Wahl hatten, als alles in die Waagschale zu werfen, was sie besaßen, um das Wunder, das sie bereits unwiederbringlich verloren geglaubt hatten, in ihr Leben zurückzuholen. Es würde nicht heute geschehen und auch nicht morgen, doch Erem war sich sicher, dass ihre verwundeten Seelen heilen würden. Eines Tages würden Angst, Misstrauen und Hass der Vergangenheit angehören.

Sie flogen, bis sie das Tal mit dem kleinen Wasserfall erreichten, hinter dem sich die Kavernen verbargen, die sie als Sanktuarium für die Seelenkristalle Kodorasks und seiner ehemaligen Clanangehörigen auserkoren hatten. Als Erem die siebzehn Kristalle behutsam zu den anderen bettete, spürte er, wie beim Anblick der unzähligen Nischen, die sich vom Boden bis zur Decke rundum an den Wänden reihten, seine alte Trauer zu ihm zurückkehrte. So viele von ihnen waren noch immer leer, und sie würden es vermutlich noch für viele Jahrzehnte oder sogar Jahrhunderte bleiben.

„Ich verspreche euch, dass ich nicht eher ruhen werde, als bis ich jeden einzelnen eures Clans gefunden und hierhergebracht habe“, sagte er in feierlichem Ernst. „Und ich verspreche euch, dass ich von nun an jeden Tag nach jenen rufen werde, deren Seelen noch immer nicht zum Kristall geworden sind. Ich weiß nicht, ob das nach all der Zeit überhaupt noch möglich ist, aber ich werde nicht müde werden, es zu versuchen.“

Ein winziger Funke glomm in den Kristallen auf, wurde rasch größer und tauchte Erem in einen sanften, silbernen Schein. Er spürte, wie ihm Tränen in die Augen traten, und doch wich die Schwere von seinem Herzen, und er konnte mit einem Mal wieder freier atmen. Die Seelen hatten seine Worte gehört, und sie vertrauten ihm.

„Eremedawn." Kodorasks Raunen war wie das Flüstern von Gras in warmem Sommerwind. „Eremedawn, fühlst du es nicht? Sie sind hier. Sie sind alle hier!"

Verwirrt hob Erem den Kopf. Das Leuchten um ihn herum war mit einem Mal stärker geworden, und es schien nicht länger nur von den Kristallen zu kommen. Er brauchte einen Augenblick, um zu begreifen, dann keuchte er ungläubig auf.

„Wie ist das möglich?", hauchte er. „Kodorask, geschieht dies wirklich?"

Ein leises Lachen voller Wärme und Zuneigung wehte durch seinen Geist, und für einen Moment war ihm, als könne er Kodorask vor sich sehen, wie er liebevoll auf ihn herablächelte und ihm tröstend eine Hand auf die Schulter legte, wie er es früher so oft getan hatte.

„Die verlorenen Seelen sind nicht länger verloren, Eremedawn. Endlich haben sie den Weg zurück nach Hause gefunden!"

Das Licht wurde immer heller, blendete ihn beinahe.

„Sie sind hier, Eremedawn! Du musst sie nur noch zu dir rufen."

Erem war wie betäubt. Er merkte kaum, wie er seinen Geist öffnete, wie er in seinen Gedanken beinahe zaghaft hinausgriff und in seinem Herzen eine Frage formulierte, die zu stellen neunhundert Jahre lang niemand den Mut gehabt hatte.

Er spürte sie sofort, spürte ihre Präsenz wie Schneeflocken aus Licht, die schwerelos in einem geisterhaften Wind tanzten. Einige von ihnen wirkten so vital, dass sie wie die Kristalle in den Nischen von innen heraus zu glühen schienen, andere waren so flüchtig und blass, dass er kaum zu atmen wagte aus Angst, sie mit einer unbedachten Bewegung in die Finsternis zurückzutreiben, aus der sie auf so wundersame Weise hervorgekommen waren.

Doch vielleicht war dieses Wunder am Ende gar nicht so groß. Erem begriff, dass viele von ihnen schon seit langem bereit gewesen waren, als Seelenkristall auf die Erde zurückzukehren. Sie hatten sich danach gesehnt, die Schrecken des Krieges, die Verfolgung und das Morden hinter sich zu lassen und in einem neuen Körper, mit einer neuen Identität, wiedergeboren zu werden; hatten sich danach gesehnt, nicht mehr länger als Abscheulichkeit gejagt und von unbarmherzigen Raubtieren zur Strecke gebracht zu werden, die, ewig hassend und niemals verzeihend, auf der Suche nach Beute die Welt durchstreiften.

Und nun, unerwartet, waren die hungrigen Blicke dieser Raubtiere stumpf geworden.

Erem sandte ihren Seelen ein Licht, ließ sie alles in seinem Herzen lesen, was sie brauchten, um in sich den Mut und das Vertrauen zu finden, den letzten Schritt zu tun, den sie bisher niemals zu gehen gewagt hatten. Das Strahlen um ihn herum wurde noch intensiver, und plötzlich glomm in einer der leeren Nischen ein Lichtfunke, der einen Augenblick zuvor noch nicht dort gewesen war. Nur einen Atemzug später erschien in einer anderen Nische ein zweiter, dann ein dritter, ein vierter, schließlich so viele, dass Erem geblendet den Blick abwenden musste.

Als er es irgendwann wagte, die Lider wieder zu heben, füllten sich seine Augen sogleich mit Tränen. In jeder Nische des Schreins, die zuvor leer gewesen war, ruhte, in einem sanften inneren Licht erstrahlend, ein Seelenkristall. Sie waren alle gekommen, waren seinem Ruf des Friedens und der Hoffnung gefolgt - die Seelen jener, die vor beinahe tausend Jahren seine Weggefährten und Freunde gewesen waren.

Ein flüchtiger Blick auf die samtig schimmernden Kristalle genügte, um die Erinnerung an Namen, Gesichter und gemeinsam geteilte Erlebnisse wie Blumen, die von der warmen Berührung der Sonne aus einem langen Schlaf geküsst werden, in seinem Geist erblühen zu lassen. Doch diesmal waren es mehr als düstere Schattengebilde, mehr als das wehmütige Echo einer Totenklage, die nichts als Trauer und Schmerz mit sich brachte. Diesmal waren sie *real,* waren so wirklich wie die Tränen, die nun haltlos über seine Wangen strömten, und der rasende Schlag seines Herzens, der schier seinen Brustkorb zu sprengen drohte.

„Ich danke euch", flüsterte Erem. Seine Kehle war so eng, dass er kaum zu sprechen vermochte. „Ich danke euch, dass ihr den Mut habt, nach vorne zu blicken und gemeinsam mit mir und meinem Clan den Weg in die Zukunft zu gehen. Wir werden euer Vertrauen nicht enttäuschen."

Als er sich zu Alanerisk umwandte, der die ganze Zeit stumm am Eingang der Höhle auf ihn gewartet hatte, lächelte er. Nach beinahe tausend Jahren würde die Wunde, die ihrer Rasse so viel Bitterkeit und Leid gebracht hatte, endlich heilen können.

Epilog

Fröhliche Gesichter und Lachen begrüßten Erem, als er aus seiner Schlafkammer trat und sich auf seinen allmorgendlichen Weg zum Schrein machte. Das leise Rauschen des Wasserfalls aus dem Tal begleitete ihn durch die Korridore und Kavernen hinab zum Herzen des gewaltigen Höhlensystems, das sie im Lauf der vergangenen Jahre in gemeinsamer Anstrengung tiefer und tiefer in den Fels getrieben hatten, um Raum für ihre ständig wachsende Gemeinschaft zu schaffen.

Ein nach all der Zeit noch immer beinahe ungläubiges Lächeln erschien auf seinem Gesicht, als er daran dachte, wie sehr sich sein menschlicher Bruder Brion vor nun fast zweitausend Jahren geirrt hatte, als er mit ihm über den Fruchtbarkeitszyklus der Drachen gesprochen hatte; auf welch spektakuläre Weise auch ihre Eltern und all die Drachen vor ihnen bei ihrem vermeintlichen Wissen über ihre wahre Natur in die Irre gegangen waren.

Eine Gruppe lachender Kinder stürmte an ihm vorbei und verschwand unter ausgelassenem Geschrei im nächsten Korridor. Erem schaute ihnen lächelnd hinterher, und einmal mehr staunte er darüber, wie schnell sich ihr neues Heim nach dem Ende der damaligen Auseinandersetzungen mit neuem Leben gefüllt hatte. Obwohl niemand es für möglich gehalten hatte, hatte Falis bereits wenige Jahre, nachdem sie ihr erstes Kind geboren hatte, ein weiteres Kind zur Welt gebracht, und den anderen Jungdrachen war es ebenso ergangen. Die Überzeugung, dass Drachen nur einmal alle tausend Jahre in der Lage waren, schwanger zu werden, hatte sich in geradezu aberwitzigem Tempo als kolossale Fehleinschätzung herausgestellt.

Im Nachhinein war natürlich offensichtlich, wie es zu einem derart bizarren Irrtum hinsichtlich der Fruchtbarkeit ihrer Rasse hatte kommen können. Vor dem schrecklichen Krieg hatte schlicht keine Notwendigkeit für ein Übermaß an Schwangerschaften bestanden, und danach hatten sich die wenigen Überlebenden so sehr in ihrer Furcht und ihrem Hass verloren, dass sie sich selbst von den natürlichen Rhythmen ihrer Existenz abgeschnitten hatten. Niemals war ihnen der Gedanke gekommen, dass die Dunkelheit, die sie Jahrhundert für Jahrhundert in ihren eigenen Herzen genährt hatten, für ihre Kinderlosigkeit verantwortlich sein könnte.

Inzwischen lebten beinahe wieder siebenhundert Drachen auf dem zweiten Kontinent, der vor so langer Zeit ihre ursprüngliche Heimat gewesen war. Auch die Natur hatte sich längst von den Spuren der furchtbaren Kämpfe erholt und gedieh nun üppiger und vielfältiger als auf Mendori, wo noch immer Menschen lebten. Doch während die Zahl der Drachen stetig wuchs, ging die Rasse der Menschen nach dem

Rückzug ihrer ehemaligen Beschützer ihrem unaufhaltsamen Niedergang entgegen. Kriege und Zerstörung wüteten überall auf Mendori, und weder Vernunft noch der Wunsch, das allgegenwärtige Leiden und Sterben enden zu lassen, schienen in der Lage zu sein, dem Wahnsinn Einhalt zu gebieten.

Oft tat es Erem weh zu sehen, wie die Menschen, zu denen er einst zu gehören geglaubt hatte, sich immer wieder selbst zu vernichten trachteten, doch er verurteilte sie nicht dafür, schließlich hatten die Drachen einmal den gleichen Fehler begangen. Auch wenn ihre gegenwärtige Entwicklung wenig Anlass zur Hoffnung bot, vertraute er darauf, dass sie eines Tages die Gewalt und das Morden hinter sich lassen und zu einer neuen Harmonie mit sich selbst und der Natur finden würden, so wie es auch den Drachen gelungen war. Und so wie die Drachen würden sie dabei lernen müssen, sich selbst zu vergeben.

Beinahe alle Drachen aus Kodorasks ehemaligem Clan waren inzwischen ins Leben zurückgekehrt. Als Erem gestern im Schrein gewesen war, hatten lediglich noch fünf Kristalle die Nischen in den Wänden gefüllt. Als er heute die Kammer betrat, waren vier von ihnen fort; nur ein einziger war geblieben.

Behutsam strich Erem mit den Fingerkuppen über den Kristall, sandte ihm in Gedanken einen stummen Gruß, so wie er es bereits seit zweitausend Jahren tat. Kodorasks Seele antwortete ihm sofort.

„Unser Weg ist nun beinahe zu Ende, Eremedawn. Die anderen sind letzte Nacht gegangen. Dank dir werden auch sie nun ein neues, glückliches Leben führen können."

Erem lächelte. „Ich glaube nicht, dass dieser Dank mir allein gebührt. Viele andere arbeiten für das gleiche Ziel."

„Ja, das ist wahr. Aber du hast ihnen ein Beispiel gegeben. Du hast uns den Weg gezeigt, als wir uns selbst verloren hatten. Und du tust es noch."

Erem schüttelte den Kopf. „Auch ein Clanführer ist nichts ohne einen Clan, der ihm vertraut."

Kodorask lachte leise. „Ohne dich hätte es niemals wieder einen Clan gegeben, der *irgendetwas* hätte tun können. Du hast vollbracht, was selbst vor dem Krieg undenkbar schien. Du hast alle Drachen zu einer einzigen, starken Gemeinschaft zusammengeschweißt. Weder Dummheit noch Streit werden *diesen* Clan jemals wieder auseinanderreißen können."

Erem schwieg. Er wusste, dass Kodorask recht hatte. Vielleicht würden sie in der Zukunft neue Fehler begehen, die sie zwingen würden, Antworten auf Fragen zu finden, die sich im Augenblick noch niemand vorzustellen vermochte. Doch die alten Fehler – jene, die vor dreitausend Jahren zu ihrem Sturz in die Finsternis geführt hatten – würden für immer der Vergangenheit angehören.

„Auch für mich ist es nun an der Zeit, Abschied zu nehmen", sagte Kodorask sanft.

Plötzlich wurde Erem der Hals eng. „Du hast dich entschieden", flüsterte er. „Du willst wiedergeboren werden."

„Ja. Alle Drachen meines Clans sind bereits gegangen. Es gibt keinen Grund mehr für mich, noch länger zu bleiben, und ein neuer Körper wartet bereits auf mich. Aber ich wollte dir vorher noch Lebewohl sagen. Eremedawn, mein geliebter Bruder. Bitte vergiss mich nicht."

Erem nahm Kodorasks Kristall auf, barg ihn in beiden Händen an seiner Brust. „Das werde ich nicht. Aber es ist kein Abschied für immer. Wir werden uns wiedersehen."

Kodorask seufzte leise. „Das mag sein. Aber ich werde nicht mehr wissen, wer wir einst waren."

„Aber *ich* werde es wissen. Und ich werde dich lieben, ganz gleich, wer du sein wirst."

„Danke, Erem. Das bedeutet mir viel."

Erem spürte, wie der Kristall in seinen Händen warm wurde. Nur Sekunden später verschwand er plötzlich. Wie betäubt ließ Erem die Arme sinken, starrte auf seine leeren Handflächen. Lange hatte er diesen Moment erwartet, jetzt war er da, und Erem zitterte unter der furchtbaren Leere, auf die nichts und niemand ihn hatte vorbereiten können. Kodorask war fort. Er war gegangen, um erneut geboren zu werden. Doch würde er ihn tatsächlich wiederfinden? Und falls er es tat – würde er ihn erkennen, wenn er ihn sah?

Ein leises Klopfen an der Tür riss ihn aus seinen Gedanken. Wie in Trance hob Erem den Kopf und blickte in Falis' strahlende blaue Augen. Auch nach über zweitausend Jahren war seine Gefährtin noch immer so schön wie am ersten Tag, und Erem spürte, wie bei ihrem Anblick trotz seiner Trauer ein warmes Lächeln auf seinen Lippen erschien.

Falis erwiderte sein Lächeln, und das Leuchten in ihren Augen vertiefte sich. Sein Blick folgte ihrer Hand, als sie beinahe ehrfürchtig mit den Fingerkuppen über ihren Bauch strich, dessen sanfte Wölbung sich deutlich sichtbar unter dem Stoff ihrer Kleidung abzeichnete.

„Hast du es gefühlt, Erem?" Ihre Stimme bebte vor Aufregung und Freude. „Unser Kind hat gerade eine Seele bekommen!"

Erem riss die Augen auf. Sofort öffnete er seinen Geist, berührte die Seele seines Kindes – des Kindes, das in wenigen Wochen geboren werden würde – und spürte, wie heiße Tränen über seine Wangen zu strömen begannen.

„Wie wirst du ihn nennen?", flüsterte Falis.

Erem sah sie an. Er fühlte, wie Trauer und Schmerz verschwanden und einem tiefen Frieden Platz machten. „Kodinell", sagte er fest. „Unser Kind wird Kodinell heißen."

Falis nickte zustimmend. Er sah in ihren Augen, dass sie die Wahrheit erkannt hatte und ebenso berührt davon war wie er selbst.

Erem beugte sich ein Stück herab und sprach leise zu dem Kind in ihrem Bauch.

„Willkommen zurück, Kodorask. Willkommen zurück im Leben."

Ende

Weitere Bücher von Susanne Gavénis

Fantasy-Romane

„Shai'lanhal - Die Legende vom ewigen Kampf", kindle direct publishing 2016

„Der Dunkelelf", kindle direct publishing 2017

„Wächter des Elfenhains", kindle direct publishing 2018

Gwailor-Chronik I - „Im Schatten der Prophezeiung", kindle direct publishing 2019

Gwailor-Chronik II - „Schicksalspfade", kindle direct publishing 2019

SF-Romane

Der Gambler I - „Invasion", kindle direct publishing 2017

Der Gambler II - „Abgrund", kindle direct publishing 2017

Schreibratgeber

„Aller Anfang ist *gar nicht* schwer", kindle direct publishing 2017

Mehr Informationen über diese Bücher und die Autorin selbst finden Sie auf:

https://susanne-gavenis.de

https://www.facebook.com/susannegavenis

Printed in Poland
by Amazon Fulfillment
Poland Sp. z o.o., Wrocław

78910458R00214